（日）竹添光鴻 箋注

毛詩會箋

壹

鳳凰出版社

圖書在版編目（CIP）數據

毛詩會箋 / （日）竹添光鴻箋注. -- 南京 : 鳳凰出版社, 2012.4 (2022.9重印)
ISBN 978-7-5506-1265-5

Ⅰ. ①毛… Ⅱ. ①竹… Ⅲ. ①《詩經》—注釋 Ⅳ. ①I222.2

中國版本圖書館CIP數據核字(2012)第052784號

書　　名　毛詩會箋
箋 注 者　(日)竹添光鴻
責任編輯　張永堃
出版發行　鳳凰出版社(原江蘇古籍出版社)
　　　　　發行部電話025-83223462
出版社地址　江蘇省南京市中央路165號,郵編:210009
印　　刷　金壇古籍印刷廠有限公司
　　　　　江蘇省金壇市晨風路186號,郵編:213200
開　　本　718毫米×1005毫米　1/16
印　　張　150.5
版　　次　2012年4月第1版
印　　次　2022年9月第8次印刷
標準書號　ISBN 978-7-5506-1265-5
定　　價　720.00圓(全四册)
　　　　　(本書凡印裝錯誤可向承印廠調换,電話:0519-82338389)

目録

第一册

卷第四

國風　王風

國風　鄭風

第二册

卷第五

國風　齊風

國風　魏風

卷第六

國風　唐風

國風　秦風

卷第七

國風　陳風

國風　檜風

國風　曹風

卷第八

國風　豳風

卷第九

小雅　鹿鳴之什

卷第十

小雅　南有嘉魚之什

第三册

卷第十一

小雅　鴻雁之什

卷第十二

小雅　節南山之什

卷第十三

小雅　谷風之什

卷第十四

小雅　甫田之什

卷第十五

小雅　魚藻之什

卷第十六

大雅　文王之什

第四册

卷第十七

大雅　生民之什

周頌　閔予小子之什

卷第二十

魯頌

商頌

附

毛詩會箋解説

王曉平

《毛詩會箋》為日本明治時期學者竹添光鴻所撰，是日本詩經學新舊交替的分水嶺。

竹添光鴻（一八四二—一九一七）名漸，字光鴻，亦字漸卿，通稱進一郎，號井井，別號獨抱樓。生於肥後（今熊本縣）天草上村（今大矢根町）。竹添光鴻出生在幕府末年，親眼目睹『脱亞入歐』的風潮中漢學遭遇的幾盡覆滅的衝擊。一八八二年竹添光鴻出任朝鮮公使，由於京城之變而失勢，撰寫漢文《紀韓京之變》以紀其事。一八九三年任東京帝國大學教授，一八九五年九月辭職，以後再未出仕。一九〇二年完成《左氏會箋》，並於一九一四年由此而獲得文學博士學位，其時已年過古稀，三年後去世。竹添光鴻所著尚有《論語會箋》、《獨抱樓遺稿》等。

竹添光鴻一生一波三折，經歷了書生、外交官、教授三種角色的轉換，卻均與詩歌相伴，可謂失之政壇而得之詩壇。明治之前，曾奉藩命奔走於京都、江戶和中國的上海，遭遇詩禍，後在熊本、玉名兩地開設私塾；三十四歲時，經勝海舟推舉，隨公使森有禮到中國，獨自徒步入蜀，寫下《棧雲峽雨詩草》，文名大震；五十二歲時就任東京大學文學部漢學科第二講座教授，兩年後辭職，專心著述，其中就有《毛詩會箋》。可以説因詩致禍，因詩獲名，又因《詩經》之研究為中日詩界後學所知。

中晚年所撰《左氏會箋》、《論語會箋》、《毛詩會箋》，合稱三《會箋》，效仿中國經師注疏體，採用中日所傳各本參校，綜合中日兩國各代學人眾説，以經解經，各章參互發明，以注經的方式，完成了他傾力為之的中日經學交流的一樁大事業。三《會箋》之中，《左氏會箋》於一九一四年獲頒『學士院獎』，後又被收入《漢文大系》第十、十一冊中，在我國先有臺灣影印本，繼之又由巴蜀書社、遼海出版社影印出版，最為知名；《論語會箋》則被收入崇文叢書，亦有臺灣廣文書局影印本，書中引用日本學人近三十家之説，可稱日本資料最富；而《毛詩會箋》刊行較後，流傳不甚廣，卻有作者將文學鑒賞引入詩歌闡釋的嘗試，可謂最能看出作者詩文功力和文學才華的一部注經之著。

《毛詩會箋》藍本為日本高倉天皇承安四年（一一七四）清原賴業加點的卷子本，校之以唐石經及延文古抄本，尤其多引延文古抄本。『延文』是日本北朝後光嚴天皇年號，相當於我國元朝至正十六年至二十一年（一三五六—一三六一）。此本今已不知存於何處，從《會箋》的引用來看，大體是《毛詩鄭箋》的完抄本，早於静嘉堂本一百多年，如能尋獲，當為至寶，故《會箋》所引頗可寶貴。不過，在用鉛字製版的過程中，也存在不得不改變字形的情況。儘管如此，在利用寫本研究《詩經》方面，《會箋》仍然是不能繞開的一本專著。

卷子本為經傳本，不存《鄭箋》。這不僅提供給學界一個未被當時通行的阮元校勘本所採納的古本，也使竹添本人得以不必專取鄭義，而採納衆説，自為發明。

《毛詩會箋》序説，所采主要為日本近儒，列舉了中井積德、龜井昱、仁井田好古、古賀煜、安井衡，而實際上人數較此説稍多；同時，由於援引其説時多不舉全名，不出書名，甚至引文止於何處皆不明晰，閲讀者殊為不便。現特將書中援引較多的學人及其著述羅列如下：

中井履軒（一七三二—一八一七），名積德，朱子學派。撰《詩雕題》七卷並附卷，有大阪大學懷德堂文庫刊行會影印本，尚有《詩雕題略》（寫本）等。另有《七經逢原》等。

古賀侗庵（一七八八—一八四七），名煜，號侗庵，朱子學派。撰《毛詩或問》一卷、《毛詩劉傳稿》一卷。

安井息軒（一七九九—一八七六），名衡，號息軒，有江戶儒學集大成者之稱。撰《毛詩輯疏》（收入一九三二年刊行的崇文叢書）、《毛詩詳説》十册等。

木下韡村（一八〇五—一八六七），名真太郎、犀潭，號韡村，為竹添之師。竹添曾為之整理編輯《韡村先生遺稿》。

龜井昭陽(一七七三—一八三六),名昱,號昭陽,著有《毛詩考》二十六卷十册、《詩經古序翼》六卷等。《毛诗考》有一九三四年安川敬一郎印行的影印本,又收入一九七八年福岡葦書房出版的《龜井南冥·昭陽全集》第二卷,有岡村繁解说。

太田錦城(一七六五—一八二五),名元貞,號錦城,折衷考證學派,其有關《詩經》的著述多達十五種,其中有《詩精義》、《毛詩微言》八卷等。江口尚純曾撰《江戶時期〈詩經〉研究的動向之一》專論。

仁井田好古(一七七〇—一八四八),字伯信,號南陽,撰《毛詩補傳》三十卷,有東京松雲堂書店一九三〇年刊本。

《毛詩會箋》中多引安井息軒《毛詩輯疏》,竹添光鴻從十五歲始師從木下韡村,故對其説也格外重視,獨以先生尊稱。儘管江戶時代研究《詩經》的著述數以百計,但對《會箋》影響最大的不過以上數家。

《毛詩會箋》『其體例一沿《左氏會箋》,以求合於諷喻之義』。竹添自言『他經説苟有步《毛詩》者,隨得隨采,複者删之,散者屬之,綜貫諸家之説,以期於會通』,在著述態度上一以貫之。這就是他在《左氏會箋》中所表明的:『夫經所以載道也。道原於人心之所同然,然則他人説經獲我心者,道在斯可知矣。以所同然之心,求所同然之道,何必容彼我之别於其間。集眾説折衷之,要在闡明經旨。』『闡明經旨』正是他為三《會箋》確立的最重要的目標和落脚點。

竹添從辨明文字入手,探求詩句乃至篇章本意,兼顧疏解和鑒賞,整體把握詩人情感和句外之意。

《毛詩會箋》前有《序説》,首先引鄭玄《詩譜》、王肅、韓愈、成伯璵、王安石、王得臣、曹粹中諸人之説,以説明自己對《詩序》的總體看法。竹添光鴻認為,《毛序》首二句為毛萇以前所傳古序,以下續申之詞為毛萇以後經師所附,因此自己採録諸家説,闡明其義。他在自己的《序説》中,還引大田元貞、元馬端臨、明郝敬之説以論《詩序》,引崔述之説以論删詩,引魏源之説以論讀詩之法,引明賀貽孫、成僎之説以論詩皆入樂,引王夫之、顧炎武、嚴虞惇、成僎之説以論叶韻。

明治中後期，漢學傳統改革派沿襲了江戶時代折衷學派的學風，不設古今派别壁壘，看重清代考據學派，亦不棄宋明朱子學派中有價值的資源。《毛詩會箋》是最注意吸收清代考據成果的著述。援引的清儒著述，文字音韻方面有顧炎武《詩本音》、王夫之《詩經協韻辨》、顧廣譽《學詩詳説》《學詩正詁》等。傳説方面有陳啟源《毛詩稽古編》、戴震《毛鄭詩考正》《杲溪詩經補注》、段玉裁《毛詩故訓傳定本》、焦循《毛詩補疏》、胡承珙《毛詩後箋》、馬瑞辰《毛詩傳箋通釋》、陳奂《詩毛氏傳疏》《毛詩説》《鄭氏箋考證》、李黼平《毛詩紬義》、俞樾《毛詩平議》《達齋詩説》、姜炳璋《詩序廣義》等。天文地理名物制度有趙佑《詩細》《毛詩草木疏校正》等，思辨學派有王夫之《詩繹》等，今文詩學有魏源《詩古微》等。

對於馬瑞辰《毛詩傳箋通釋》，竹添曾認真研讀，多處引用，注重領略和吸收今古文經學家以古音古義正其中訛誤，以雙聲疊韻明其通假，横貫全經以求其章法句法，以辭彩逆其情意的注詩方法，力圖將《詩經》放回兩周弦歌諷誦、斷章取義的現場去解讀，同時對漢代經師以《左傳》比附，以美刺説詩的方法也抱信從態度，在領會詩人情意的時候體察各地風俗影響的同時，淡化歷史、民族的差異，將《詩經》看成超越中日文化差異的人情鏡鑒。全書用漢文寫成。書成之時的明治末期，研究中國學術的學人多不屑於摳住文本一字一句死摳原義，更無心逐頁翻檢古人繁雜的解説，注疏體被視為無思想創新價值的舊物，《毛詩會箋》也就遠不如那些漢文訓讀並輔以日語口語翻譯解説的《詩經》講義之類的書知名，《毛詩會箋》可以説是一首日本經學舊注疏的挽歌。

不過，在象牙塔中純學術化的操作中，也並非没有對新時代、新學術的嚮往。竹添光鴻在中國遊歷的經歷，有助於他正確理解中國的語言。《毛詩會箋》對音韻説解雖然不多，其中也有一些值得重視的見解。《會箋》在每篇末，或從全篇結構的角度對各章内容加以分析或鑒賞、評論。竹添光鴻讀書的方法，注重『書不盡言，是以論其世』，又讚賞毛公『非獨見其情於意言之表者』，所以時有跳出詩句議論世人情事者。

竹添光鴻身為漢詩人，在説解詩意的時候，很在意鑒賞文字之美，這就不同於一般經學家。這些闡述詩意的文字，語彙豐富，講究修辭，多用排比、比喻等手法，從某種意義上説，竹添光鴻在用箋注作詩。和那些語言枯澀的箋疏文字相比，《毛詩會箋》的『箋曰』是比較具有可讀性的。明治時期漢文雖然受到新文風的打壓，但從歷史上看，那時的漢文實際上到達了最高點。竹添光鴻還充分發揮了熟悉《左傳》之長，在解釋詩中的比興時時出新意。

今天的人們完全有理由批評竹添光鴻沒有擺脱舊經學的影響，對《詩經》篇意仍然信從《詩序》之説，似乎明治期間的社會大變動和文化思潮的震盪絲毫沒有在《毛詩會箋》中留下痕迹。竹添光鴻本人一度處在政治漩渦之中，晚年閉門著述，是把經學研究當作現實社會生活以外的一人獨有的别一世界來看待的，似乎絶不把現實中的所思所想帶入學術研究中來，因此幾乎看不到他借《詩經》來明顯地議論現實政治的文字，只是有些地方間接地接觸到有限的近代知識和觀念。《毛詩會箋》重視的是對全詩作總括性的結構分析。

有關竹添光鴻《詩經》研究的文獻，東京都立圖書館日比谷分館特别文庫室諸橋文庫收藏有竹添光鴻抄寫本《毛詩雜抄》，該文庫還收藏有竹添光鴻再校抄寫本《毛詩會箋》。江口尚純著《江戸時期〈詩經〉關係書目》（第二次分類版）著録了竹添光鴻的親筆朱訂稿本，存二冊（卷十一、卷九末闕），並著録諸橋文庫藏所著《毛詩會箋序説》，親筆稿本一冊。一九六二年目録還著録了静嘉堂所收藏的《毛詩會箋》稿本二十卷，題作『毛詩』，為竹添光鴻親筆寫本。由此可知《毛詩會箋》收藏於諸橋文庫與静嘉堂文庫的情況。

竹添光鴻生前並沒有看到《毛詩會箋》的刊行。這本書最早由其養子竹添履信（一九〇〇—一九三四）主持，於一九二〇年四月東京排印後為上海商務印書館代印。履信是竹添光鴻女婿嘉納治五郎（一八六〇—一九三八）的長子，過繼給光鴻作養子。一九二八年八月東京松雲堂再次刊行。一九七〇年臺北大通書局影印出版的本子，五冊，二千三百二十頁。本書底本購自日本，底本與臺北刊本不同的是書後附有正誤表。需要説明的是，該底本十冊二十卷，每冊封面所標卷某實爲冊次，跟内文卷次無關。勘誤本沿用了此種作法，如『卷八』實際上指的是第八冊。讀者在使用正誤表時，可以通過正誤本中的篇名查找，以免被卷次誤導。

江瀚(一八五三—一九三一)曾為初版本作序。江翰字叔海,别號石翁山民,福建長汀人。一八九三年主持重慶東川書院,一九〇五年任江蘇高等學堂監督,一九一二年任京師圖書館館長。在這個期間曾到日本訪問,見到竹添光鴻的女婿嘉納治五郎。可以看出,江瀚注目的是竹添光鴻對字句的理解:「日本竹添進一郎先生撰《毛詩會箋》刊行的緣由。江瀚在民國九年撰寫的序言中,既談到了自己對《毛詩會箋》的評價,也説明了《毛詩會箋》若干卷,雖以《毛傳》為主,實兼采漢、宋,不立門户,務在平心静氣,融會貫通,往往有所闡明,深得詩人言外之旨。其於名物訓詁詮釋,亦極詳悉。」

與陳奂《詩毛氏傳疏》相同的是,《毛詩會箋》以《毛詩傳》為研究對象,尊《序》、《傳》的傾向是一致的。不同的是,陳奂重點在於為《傳》作文字和詩意的疏解,吸收鑒賞方面的成果,而《會箋》更多從詩學的角度進行闡發。在各種新思想如狂潮一樣湧來的時代,竹添光鴻以獨自堅守的態度,寫下的這部《會箋》,力圖將傳統經學與文學的研究結合起來,在研究方法上,考證、闡釋、鑒賞三者合一,在日本《詩經》研究史上,可以稱得上是新舊詩經學過渡的橋樑。

明治時代的文明開化運動,帶來了西方文學的翻譯高潮,學人陶醉於西方文學。在引進新的外來思想的同時,一切舊學問遭到嚴厲質疑,其中漢學也被視為阻礙新學的罪魁禍首。福澤諭吉在《福翁百話》中將所謂『學問無益説』的根源,歸結為『數百年我日本國流行的漢學之迂闊,已為世人所厭』,所以只要一聽人説起『學問』,就相信那是空談,所以打一開始就不去問學問的意義了。面對一切對漢學的指斥,舊漢學顯得毫無還手之力。從明治時代《詩經》研究的總體情況來看,竹添光鴻的《毛詩會箋》無疑是代表當時最高研究水準的著述。

竹添光鴻的入蜀詩篇,被選入《明治百二十家絶句》、《東瀛詩選》等,在中國早有流傳,《棧雲峽雨日記並詩抄》初刊於一八七八年,俞樾為之作序,多位中國文人撰寫題跋,一九一二年再刊(《獨抱樓詩文稿》附録)。竹添在華期間和很多官僚、文人有交往,李鴻章、黎庶昌、潘祖蔭等都曾為他所作《棧雲峽雨日記並詩草》撰寫序言，俞樾在《東瀛詩紀》中記述了竹添來訪和而後兩人頻通音問的情形，稱讚該詩草『於山水脈絡風俗得失，物産盈虛，言之歷歷』。相對於竹添的詩作，《毛詩會箋》還不太為今日中國學者所瞭解，此次鳳凰出版社將其影印出版，對於域外漢籍和經學的研究都不失為有力的推動。

毛詩會箋

樊增祥題

漢世詩分爲四毛詩最後出齊魯韓
三家皆列於學官惟毛公之學未得
立自鄭康成作毛詩箋而三家寖廢
魏晉以還說詩者大率依據毛氏至
趙宋乃新義日增而朱晦翁詩集傳
遂奪毛詩之席然晦翁雖攻小序至
于詩中訓故仍從毛鄭者居多且

所易亦非無本其後王魯齋之流併疑及本經舉二南而刪改之固不得以此歸獄於新安也近代學者力矯元明之弊治詩咸宗毛鄭又或堅持成見不容一語之出入識者病之於是復有專搜齊魯韓三家遺説掇拾殘賸肌決蘖擩强爲

傅會者善魏默深之掊擊毛詩蓋與其論尚書則是伏生而非馬鄭論公羊傳則尊董仲舒而抑何休同一爭勝之心耳夫參攷三家以扶翼微學可也屏棄毛詩而僅守不完不備之斷簡不可也士生今世而欲窺詩教之全洵舍毛詩無由矣

日本竹添進一郎先生撰毛詩會箋若干卷雖以毛傳爲主實兼采漢宋不立門戶務在平心靜氣融會貫通往往有所闡發深得詩人言外之旨其於名物訓詁詮釋亦極詳悉於關雎傳雎鳩王雎也鳥摯而有別先生謂鷹鷹傳通曰鳩雎鳩之鷙

鳥傳云摯而有別釋文摯本亦作鷙
義取有別非取其鷙鳥故傳下云若關
雎之有別焉鄭箋未審摯本鷙之
假借以為摯至字也王雎性雄情
意至然而有別矣此亦傳指也正義
合而一之殊誤别抉箋疏精確不移
其它可類推矣陳碩甫詩毛氏傳疏原

意在申毛顧于葛覃一篇從惠之說
之說謂左傳歸寧春秋時制文王初年
不當有此因於序而以歸安父母讀
可以歸絕句而傳文父母在九字則
斥為箋語竄入不知序之歸安父
母以對經歸寧父母而言有周天
子諸侯之降禮其之已久夏殷諸侯

夫人歸寧不歸寧之制更無可徵陳
氏述毛而輕仵不根之詞顯與毛戾不
其慎歟先生則謂序躬儉以下就
既嫁之後而言之凡史所稱躬儉節
儉紡績澣濯者惟王后貴人始以是
稱之未有處子在母家而稱躬儉節
用者也其見卓矣仵乎先生是書有

功毛詩而爲後學之寶筏也往者余
游日本與先生契交暨迨去春
重到東京則先生已歸道山哭先
生之女夫嘉納治五郎校長語
及先生遺著其左傳會箋已刊
行尚有毛詩會箋論語會箋二
書嘉納君將先取毛詩会箋鏤

印以傳屬余作序越年乃為序之余對著編既自慙荒落尤於吾國今日經學之衰不能無感云

中華民國九年二月長汀江瀚序

毛詩會箋序說

詩序之說、人人各異、鄭玄詩譜以爲、大序子夏作、小序子夏毛公合作、王肅家語注以爲、子夏所序、韓愈以爲子夏不序詩、其以爲子夏惟裁初句、以下出於毛公者成伯璵也、以爲詩人所自製者王安石也、以小序爲國史之舊文、以大序爲孔子作者明道程氏也、以首句卽爲孔子所題者王得臣也、以爲毛傳初行尙未有序、其後門人互相傳授、各記其師說者曹粹中也、其餘宋儒多謂、東海衞宏作小序、殊不知毛詩雖後出、亦在漢武時、詩必有序而後可授受、韓魯皆有序、毛詩豈獨無序、而必俟東漢衞宏爲之序乎、據後漢書儒林傳云、九江謝曼卿善毛詩、宏從受學、作毛詩序、善得風雅之旨、果序出於宏、則曼卿以前受之於師者皆無序矣、是理之所必無也、近儒王劼曰、後漢書云、衞宏作毛詩序、又云、馬融作毛詩傳、若衞宏作毛詩原序、豈馬融亦作毛詩原傳、隋書經籍志載、夏小正一卷戴德撰、四庫提要云、隋書根據七錄、最爲精核、不容不知夏小正爲三代之書、漫題戴德撰、疑

夏小正下當有傳字、或戴德撰、字當作戴德傳、
今本譌脫爾、推此則後漢書豈免譌脫、亦當爲
攷正者、宏受毛詩、作毛詩注、或作毛詩序注、如
鄭之箋毛可也、何作僞而作序邪、王說良然、今
參考諸說、定序首二語爲毛萇以前所傳古序、
以下續申之詞爲毛萇以後經師所附、因采錄
諸家說闡明其義、次之以删詩之辯、讀詩之法、
倂及樂章叶韻之說云、

大田元貞曰、葉少蘊謂、六經自秦火後、獨以諷誦
相傳、韓詩既出於人之諷詠、而齊魯與燕語音

不同、訓詁亦異、故其學往往多乖、獨毛之出也、其書貫穿先秦古書、其釋鵙鴞也與金縢合、釋北山烝民也與孟子合、釋昊天有成命與國語合、釋碩人清人黃鳥皇矣與左傳合、而序由庚等六章與儀禮合、不謂之源流子夏可乎、愚按、毛說與諸書合、是其所長也、雖然謂之源流子夏者、阿所好耳、班史藝文志云、又有毛公之學、自謂子夏所傳河間獻王好之未得立、言自謂則毛託子夏、是自重其學之言、豈足据之以信其眞然哉、學者宜論其說合本經也否、其傳源子夏與否、非所問也、然則詩序之作、其終不可知也邪、按鄭氏之箋、解亡詩以爲、諸序本合爲一編、毛公作傳之日、始分寘各篇之首、夫六亡詩義、唯是二句、例推衆篇則如關雎后妃之德也、葛覃后妃之本也、亦唯兩句耳、衆篇之義、合編爲一、名以詩義、又猶書易史漢鴻烈法言序、別爲一編、而至毛公始分判之、以寘諸篇之首、則序首二句出於先秦也明矣、且六月序總論小雅諸篇、其編第與毛推改者異、而與鄉飲酒燕禮同、則序首兩句、及小雅總論、出於先秦也

增明矣、

元馬端臨曰、書序可廢、而詩序不可廢、就詩而論、雅頌之序可廢、而十五國之序不可廢、何也、書直陳其事而已、序者令其深得經意、不過發明其所已言之事而已、詩則異於書矣、然雅頌之作、其辭易知、其意易明、至風之爲體、比興之辭多於敘述、風諭之意浮於指斥、蓋有反覆詠歎、聯章累句、而無一言敘作之之意者、序乃一言以蔽之曰、爲某事也、苟非其傳授之有源、探索之無舛、則孰能臆料當時指意之歸以示千載乎、而文公深詆之、且於桑中溱洧諸篇、辨析尤至、以爲安有刺人之惡、而自爲彼人之辭、以陷於所刺之地、其意葢謂、詩之辭如彼、而序之說如此、則以詩求詩可也、烏有舍明白可見之詩辭、而必欲曲從臆度難信之序說乎、然愚以爲、必若此則詩之難讀者多矣、豈直鄭衛諸篇哉、夫芣苢之序、以婦人樂有子爲后妃之美也、而其詩語不過形容采掇芣苢之情狀而已、黍離之序以爲閔周室宮廟之顚覆也、而其詩語不過慨歎禾黍之苗穗而已、此詩之不言所作之意、而賴序以明者也、叔于田之二詩、序以爲刺鄭莊公、而其詩語則鄭人愛叔段之辭耳、揚之水椒聊二詩、序以爲刺晉昭公、而其詩語則晉人愛桓叔之辭耳、此詩之序其事以諷、初不言刺之之意、而賴序以明者也、若舍序以求之、則四詩非子雲美新之賦、則袁宏九錫之文耳、鴇羽陟岵之詩、見於變風、序以爲征役者不堪命而作也、四牡采薇之詩見於正雅、序以爲勞使臣遣戍役而作也、而深味四詩之旨、則歎行役之勞苦、叙飢渴之情狀、憂孝養之不逮、悼歸休之無期、其辭語一耳、此詩之辭同意異、而賴序以明者也、即是數端而觀之、則知序之不可廢、序不可廢、則桑中溱洧何嫌其爲刺奔乎、夫詩發乎情者也、情之所發、其辭不能無過、故其於男女夫婦之間、多憂思感傷之意、而君臣上下之際、不能無怨懟激發之辭、蓋知詩人之意者莫如孔孟、慮學者讀詩而不知其意者亦莫如孔孟、是以有無邪之訓焉、則以其辭之不能不鄭乎邪也、使篇篇如文王大明、則奚邪之可閑乎、是以有害意之戒焉、則以其辭之不能不戾其意也、使章章如清廟臣工、則奚意之難明乎、如序者之說、則雖詩辭之邪者、亦必以正視之、如桑中刺奔、溱洧刺亂之類是也、如文公之說、則雖詩辭之正者、亦必以邪視之、如不以木瓜爲美齊桓、不以采葛爲懼讒、不以遵大路風雨爲思君子、不以褰裳爲思見正、不以子衿爲刺學校廢、不以揚之水爲閔無臣、而俱指爲淫奔謔浪要約贈苔之辭、是也、文公又謂、夫子於鄭衛、蓋絕其聲於樂以爲法、而存其詞於詩以爲戒、左傳言季札來聘、請觀周樂、而所歌者邶鄘衛鄭皆在焉、則諸詩固雅樂矣、使其爲里巷狹邪所用、則周樂安得有之、而魯之樂工亦安能歌之乎、左傳載列國聘享賦詩、固多斷章取義、然其大不倫者、亦以來譏誚、如鄭伯有賦鶉之奔奔、楚令尹子圍賦大明、及甯武子不拜彤弓之類、是也、然鄭伯如晉、子展賦將仲子、鄭伯享趙孟、子太叔賦野有蔓草、鄭六卿餞韓宣子、子蘦賦野有蔓草、子太叔賦褰裳、子游賦風雨、子旗賦有女同車、子柳賦蘀兮、此六詩皆文公所斥以爲淫奔之人所作也、然所賦皆見善於叔

向趙武韓起、不聞被譏、乃知鄭衞之詩、未嘗不施之於燕享、而此六詩之旨意訓詁、當如序者之說、不當如文公之說也、

明郝敬曰、雅頌所載文武諸詩、皆作於王業既成之後、故序以文事爲文王詩、武事爲武王詩、非謂其詩卽作於其時也、朱子據詩中有文武成康字、輒以生前稱謚爲疑、他凡詠其事者、謂卽作於其時、凡美刺代言者、謂卽其人自作、固矣、朱子又專以史傳質序、序自與史傳合、然序古而史傳後出、如曹風三百赤芾、序謂刺共公是

也、朱謂序附會左傳晉文公數曹乘軒三百之事、此左傳牽詩屬辭耳、豈眞曹有三百大夫之多乎、

以上論詩序

崔述曰、國風自二南豳以外、多衰世之音、小雅大半作於宣幽之世、夷王以前、寥寥無幾、如果每君皆有詩、孔子不應盡刪其盛、而獨存其衰、且武丁以前之頌、豈遽不如周、而六百年之風雅、豈無一二可取、孔子何爲而盡刪之乎、子曰詩三百、又曰誦詩三百、玩其詞意、乃當孔子時、已

止此數、非自孔子删之而後爲三百也、吳公子札來聘、所歌之風、無在今十五國外者、是十五國外、本無風可采、由此觀之、孔子原無删詩之事、古者風尚簡質、作者本不多、而又以竹寫之、其傳不廣、是以傳者少、而逸者多、國語云、正考父校商之名頌十二篇於周大師、以那爲首、鄭司農云、自考父至孔子、又亡其七篇、是正考父以前、頌之逸者已多、至孔子二百餘年、而又逸其七、是故世愈近則詩愈多、世愈遠則詩愈少、孔子所得止有此數、遂取是而釐正次第之、以

教門人、非删之也、

夫謂孔子删詩、必其有害于教者而後删之、云去其重、亦不應古詩三千而重者乃居什九、刪今經傳所引逸詩、粹者多矣、初未見有可删之道也、安知其非卽三百篇中語、葢貍首祈招之類、必非孔子删之、特皆雅詩篇目、或逸于孔子後耳、昭公十年、叔孫昭子聘宋、宋公賦新宮、時孔子年三十五矣、而新宮未亾、采齊貍首亦安見其亡也、故貍首之詩猶傳於記禮者之口、是孔子之時、諸詩具存、曰三百者舉成數也、既不限于三百、卽何必限于三百十一篇、而毛公不列於序者、倂序亦亡之也、蓋自商頌祀成湯、至株林刺陳靈公、上下千餘年、有更十君而取一篇者、夫子倂得之魯太師、編而錄之、非有意於刪也、卽風雅頌之別、或曰太師分之、或曰孔子分之、亦非也、詩人作之之始、已別之爲風爲雅爲頌矣、不待太師與孔子而後分也、且季札聘魯、太師已爲歌風歌雅歌頌矣、魯頌駉詩序曰、季孫行父請命於周、而史克作是頌、史記微子過周墟而作雅、觀此則其爲作者所自別也、明

矣、至於詩名之說、金縢云、公乃爲詩以貽王、名之曰鴟鴞、蓋亦作者所自定、其謂定自國史、定自子夏毛萇者亦非也、

以上論删詩

魏源曰、夫詩有作詩者之心、而又有采詩編詩者之心焉、有說詩者之義、而又有賦詩引詩者之義焉、作詩者自道其情、情達而止、不計聞者之如何也、卽事而詠、不求致此者之何自也、諷上而作、但蘄上寤、不爲他人之勸懲也、至太師采之以貢於天子、則以作者之詞、而諭乎聞者之

志、以卽事之詠、而推其致此之由、則一時賞罰黜陟興焉、國史編之以備矇誦、教國子、則以諷此人之詩、存爲諷人人之詩、又存爲處此境而詠已詠人之濟、而百世勸懲觀感興焉、請舉三家詩例、與毛詩之例質之、毛以二南皆美文王后妃之化、變雅皆刺幽厲、而魯韓則以抑及賓筵爲衛武自儆、白駒爲賢者招隱、是三家特主於作詩之意、而毛序主於采詩編詩之意、似不同、而實未嘗不同也、毛序雖以采詩編詩之意爲主、然衡門序云誘僖公、而傳則以衡門泌水爲賢者隱居樂道、宛邱序云刺幽公、而傳則以子斥大夫、他如抑傳無刺厲王之意、楚茨諸傳無刺幽王之意、考槃雄雉詩傳、無刺莊公宣公之意、胡承珙曰、羔羊鵲巢之功致也、麟趾、關雎之應也、騶虞鵲巢之應也、皆合衆作而推其義例、可見序詩者、與作詩之意、絕不相蒙、作詩者意盡於篇中、序詩者事徵於篇外、是毛傳仍同三家、不以序詩爲作詩、似相牴而非相牴也、本三例以讀全詩、則知芣苢兔罝標梅漢廣、皆男女民俗之詩、而推其止乎禮義、則以爲文王后妃之化焉、雄雉伯兮君子于役、本室家思其夫、葛生本寡婦悼亡、君子陽陽本遭亂招隱、而推其怨曠自傷之由則以爲刺宣公、刺時、刺晉獻公、刺平王、閔周室焉、簡兮北門考槃白駒隰桑、皆賢者自寫其情、相匡以義、而推其野有遺材、則以爲刺不用賢、刺士不得志、刺莊公使賢者退處、刺宣公幽王焉、綢繆自敘其新昏、蓼莪鴇羽自傷其父母、還與盧令自夸其畋獵、谷風黃鳥我行其野、自責其朋友昏姻、而推其征役刑政之失時、風俗恥尙之失所、則以爲刺晉亂、刺時刺荒刺宣王幽王焉、崧高以贈申伯、烝民以慰山甫、抑及賓筵乃武公自儆、小宛乃兄弟自相戒、而推本於中興之任賢、板蕩之憂禍、則一美宣王、一刺幽王焉、蓋古王者既命公卿獻詩、猶恐下情壅於上聞、又於每歲孟春、行人振木鐸以采詩、且使老而無子者求詩於巷黨之間、鄉傳於邑、邑達於國、及五載王巡狩、則與太史太師同車、命太師陳之、以觀民風、而國史錄其世次、是以王者明其好惡、有加地進律之慶、有削地貶爵之讓、凡以一國之事繫一人之本、而美惡皆歸於上、故藝文志曰、古有采詩之官、王者所以觀風俗知得失自考正、是則風之美刺出於王朝之慶讓、雅之美刺別於王政之隆替、非必詩人之意、篇篇此美此刺也、至若編詩以教萬世、則視采詩教一時者、其義尤賾、正風正雅詩樂章、既以播之朝廷鄉國、其餘亦備國子矇瞍諷誦之用、則一莊姜之詩、而妻道夫道皆可悟焉、一考槃衡門之詩、而臣道君道皆可觀焉、一汝墳也、可序爲勉君子、亦可爲美文王、亦可爲刺殷紂、一鴟鴞也、可序爲刺武庚、亦可爲

誨成王、亦可爲美周公遭難、是故凱風七子自
責也、編詩者以其可教孝、而序云美孝子、桑中
氓丰溱洧東門之墠東方之日、本男女流蕩之
詩也、編詩者以其可戒廉恥之防、而序云刺奔
刺亂刺時、羔裘本美大夫之正直、女曰雞鳴本
賢夫婦相儆、鳲鳩本美君子用心之均一、編詩
者以其亂世不多見、美此卽可刺彼、而以爲刺
朝、刺不說德、刺不一、大序所謂國史明乎得失
之迹、哀刑政之苛、唫詠性情以風其上、葢國史
掌世系、擇勸戒以授之矇瞍、如畢公憂康王之

晏朝、而詠關雎、周大夫感賢才幽隱、而絃鹿鳴、召穆公閔周宗不穆而奏常棣、雖非詩人言志之初心、適符國史美刺之通例、此則齊魯韓毛各有所得、觀其會通以逆其志、未始不殊途同歸者也、魏又曰、自國史諷詩述志、於是列國大夫有賦詩之事、自夫子錄詩正樂、於是齊魯學者有說詩之學、然說詩者、旨因詩起、即旁通觸類、亦止依文引申、蓋詩爲主、而義從之、所謂以意逆志也、賦詩與引詩者、詩因情及、雖取義微妙、亦止借詞證明、蓋以情爲主、而詩從之、所謂興之所之也、以意逆志者、志得而意愈毖、故其後爲傳注所自興、興之所至者、興近則不必拘所作之人、所采之世、故其後爲詞賦之祖、夫緡蠻黃鳥止於邱隅、而子曰於止知其所止、可以人而不如鳥乎、高山仰止、景行行止、而子曰詩之好仁如此、鄉道而行、不知年數之不足、俛焉日有孳孳斃而後已、桑戶綢繆則歎其知道、烝民物則又歎其知道、如切如磋、賜達乎貧富素以爲絢、商會於禮後、唐棣懷人、而借以言學、尙絅言服、而取其惡文、子思之鳶飛魚躍也、孟氏之小弁、凱風也、觀其會通、博其旨趣、何莫非左宜而右有也、此皆說詩者之法也、引詩則不然、維嶽降神生甫及申、在宣王之世、而記禮者引爲文武之德、夙夜匪懈以事一人、仲山甫之詩、而左氏引爲孟明之功、憂心悄悄慍于羣小、邶風柏舟、而以爲孔子之遇、戎狄是膺荆舒是懲、魯頌僖公、而以爲周公之事、是可不計采詩之世也、表記論君臣之順命逆命、則引鶉之賁賁、人之無良、我以爲君、論口惠而實不至、則引言笑晏晏、信誓旦旦、不思其反、季文子餞韓宣子、論大國信義威懷、則引女也不爽、士貳其行、士也罔極、二三其德、皆引淫詩以證正議、是不必問作詩之事也、左傳襄七年所載如叔孫穆子譏孫文子公登亦登、則曰、退食自公、委蛇委蛇、謂從者也、衡而委蛇必折、宣十六年羊舌職美士會爲政、羣盜奔秦則曰、禹稱善人、不善人遠、詩云戰戰兢兢、如臨深淵、如履薄冰、善人在上也、善人在上、則國無幸民、昭八年晉叔向論子野曰、君子之言、信而有徵、故怨遠其身、小人之言、僭而無徵、故殃咎及之、詩云哀哉不能言、匪

舌是出、惟躬是瘁、可矣能言、巧言如流、俾躬處
休、此之謂乎、成十二年郤至釋兎罝之詩則曰、
天下有道則公侯能爲民干城、而制其腹心、亂
則反之、略其武夫以爲己腹心股肱爪牙、其詩
曰、公侯好仇、是引詩者與詩人之意、可以違反
乖刺也、至若諸國大夫賦詩之義、則襄二十七
年子展賦草蟲、而趙孟曰、子展其後亡者也、在
上不忘降、昭元年穆叔賦采蘩而曰、小國如蘩、
大國省穡而用之、其何實非命、子皮賦野有死
麕之卒章、而趙孟曰、吾兄弟比以安、尨也可使

毛詩會箋

無吠、是賦詩者之心、不必用作詩者之本意也、是故定九年左氏曰、靜女之三章、取彤管焉、襄二十八年盧蒲癸曰、賦詩斷章、余取所求焉、古人稱詩之法、不旣昭然矣乎、

以上論讀詩之法

明賀貽孫曰、夫三百篇之詩皆樂章也、古之爲詩者、聲以依永、歌以永言、律以和聲、而樂作焉、今論詩者皆曰、詩之爲樂、不過雅頌二南而已、其十三國之詩、多出民間里巷閨幃之言、是謂徒詩、不可以入樂也、是不然、凡民間之言、有似詩

而非詩者、皆不可以入樂、其類有六、一曰歌、擊壤之歌所云日出而作、日入而息、成人之歌所謂蠶則績而蠏有筐、范則冠而蟬有緌之類、是也、一曰謠、春秋時童謠所云、楚王渡江得萍實、大如斗、赤如日、剖而食之、甜如蜜之類、是也、一曰謳、宋城者謳所云、睅其目、皤其腹、棄甲而復、于思于思、棄甲復來之類、是也、一曰誦、魯人之誦曰、韠之麛裘、投之無郵、章甫袞衣、惠我無私、鄭人之誦曰、孰殺子產、吾其與之、子產而死、誰其嗣之、晉人之誦曰、原田每每、舍其舊而新是謀之類、是也、一曰語、韓非所引里語曰、奔車之上無仲尼、覆車之下無伯夷、左傳所引里語曰、畏首畏尾、身其餘幾之類、是也、一曰諺、蘇秦所引里諺曰、寧爲鷄口、毋爲牛後、孟子所引夏諺曰、吾王不遊、吾何以休、吾王不豫、吾何以助、一遊一豫、爲諸侯度之類、是也、歌也、謠也、謳也、誦也、有音而無樂、調於肉而不調於絲與竹、語也、諺也、有聲而無音、若是者似詩而非詩也、獨至於詩則其用有大焉者矣、必聲成文而後謂之音、諧於金石絲竹、協於干戚羽旄、而後謂之樂、季札在魯請觀周樂、工爲之歌雅頌二南與十三國之風、是時周樂皆在於魯、故季札聘魯、請而觀之、使徒詩而不可以入樂、則何以皆謂之周樂、既非周樂矣、魯安得而備之、魯之工安得而歌之哉、

成僎曰、古未有詩而不入樂者、特宗廟朝廷不用耳、東漢之末、曹孟德平劉表、得漢雅樂郎杜夔、夔老矣、久不肆習、所得於三百篇者、唯鹿鳴騶虞伐檀文王四篇、伐檀今之變風也、春秋傳衛獻公使太師歌巧言之卒章、巧言今之變雅也、

觀此則變風變雅之亦入樂也明矣、如謂歌者謂之徒詩、則傳於南雅頌固同謂之歌矣、儀禮鄉飲酒禮、工告於樂正曰、正歌備、燕禮太師告樂正曰正歌備、又有房中之樂、註云絃歌周南召南之詩、未嘗不言歌也、其皆謂之徒詩乎、

又曰、史記詩三百五篇、孔子皆絃歌之、以求合韶武雅頌之音、是三百五篇皆樂也、蓋自后夔以來、樂以詩爲本、詩以聲爲用、虞書依永和聲之論尙矣、曁乎成周、大司樂掌成均之法、有樂德樂語樂舞之敎、而太師瞽矇鐘師籥章各有所

掌、是故鄉飲鄉射燕享之所歌見於儀禮者、燦然備具、漢去三代未遠、大樂氏以聲歌肄業、往往三百篇瞽史例能歌之、自漢而下、乃以其協於音者謂之樂府、而其所賦五言之屬爲徒詩、自宋而下則所謂樂府者、亦祇擬其辭、與徒詩無別、而詩與樂遂判然爲二、以視太和末左延年得鹿鳴一篇、每正旦大會東廂雅樂常作、又分升降焉、此所以凌夷以至於樂亡而詩亦亡也、

侯康曰、墨子公孟篇曰、誦詩三百、舞詩三百、毛公

本墨子作子衿傳云、古者教以詩樂、誦之歌之
絃之舞之、疏、誦之謂背文闇誦之、歌之謂引聲
長詠之、絃之謂以琴瑟播之、舞之謂以手足舞
之、按毛傳之歌、徒歌也、行葦或歌或咢、傳、歌者
合於琴瑟也、徒歌曰咢、此又稱名之異也、春秋
時列國賦詩、亦是歌、襄十六年傳云、歌詩必類、
魯語、公父文伯之母欲室文伯、饗其宗老、而爲
賦綠衣之三章、師亥曰、詩以合室、歌以詠之、度
於法矣、皆賦詩卽歌詩之明證、漢藝文志云、古
者諸侯卿大夫交接鄰國、以微言相感、當揖讓

之時、必稱詩以諭其志、蓋以別賢不肖、而觀盛衰焉、故孔子曰、不學詩無以言也、此志以稱詩爲賦詩、又引論語文以釋之、則第是擧其文辭與人贈答、故可謂之言、若合琴瑟之歌則非言矣、周語瞍賦、韋昭注、賦、賦公卿列士所獻詩也、此卽春秋傳之賦詩、雖一用之燕享、一用之箴諫、而其體則同、瞍賦者、引聲以歌之、矇誦者、背文以誦詩、二語分別在此、至若書傳有稱工歌者、則非公卿大夫賦詩之徒歌、儀禮鄉飲酒禮、燕禮工四人、二瑟、工歌鹿鳴四牡皇皇者華、乃間歌魚麗、笙由庚、歌南有嘉魚、笙崇丘、歌南山有臺、笙由儀、大射儀、工六人四瑟、乃歌鹿鳴三終、此皆以瑟和歌、卽絃也、非徒歌、大師、大祭祀帥瞽登歌、明堂位祭統仲尼燕居皆云升歌清廟、郊特牲歌者在上、虞書搏拊琴瑟以詠、鄭注、以詠謂歌詩、以上諸條、皆非徒歌、葢升歌在堂、胥用絃也、季札請觀於周樂、使工爲之歌周南召南、此亦是以曲合樂、非徒歌也、工歌詩與公卿大夫歌詩不同者、公卿大夫賦詩見志、不必諧以音節、若工本樂官、不歌則已、歌則必合樂也、周禮小師、掌教鼓鼗柷敔塤簫管絃歌、注、絃謂琴瑟也、歌依詠詩也、疏謂、工歌詩、依琴瑟而詠之、樂記弦歌詩頌、疏謂、以琴瑟之絃、歌此詩頌也、據此二疏、則絃歌二字連文、葢絃必有歌、故兼言之、書傳言絃歌者多、此類不必如毛傳之分二事也、舞有小舞、有大舞、有文舞、有武舞、樂師所掌以教國子者小舞也、大司樂所掌以教國子者大舞也、執干戚者武舞也、執羽旄者文舞也、大司樂、大射令奏騶虞、詔諸侯以弓矢舞、推之諸侯貍首、卿大夫采蘋、士采蘩亦當以弓矢舞、舞之可考者、不過數事、而墨子言舞詩三百、詩序言永歌之不足、不知手之舞之足之蹈之、則是凡詩皆可舞、左傳使諸大夫舞、曰歌詩必類、歌舞連文、葢卽命諸大夫以所歌之詩爲舞節、歌詩不限風雅頌、則舞詩亦必兼風雅頌矣、

以上論詩皆入樂、

王夫之曰、古之食者、醢蜹蝝而芼荼蓼、今薦之俎則螫舌而嗀唾、古之薰者、佩椒藿而焫蕭艸、今納之側、則刺鼻而煩冤、臭味既有習尚之殊、色

亦隨時而異、茅蒐古之赤也、紅藍御而茅蒐削色、堊土古之白也、鉛粉陳而堊土不鮮、後起之巧日增、古樸之傳無考、然則耳無一成之聽、口有不齊之音、執古不可以宜今、從今愈不能以限古、奈之何以沈約孫愐之韻、强風雅而求其叶邪、夫後之作者、以古爲基、非古之能豫謀夫後也、帝力何有之謠、皇祖有訓之歌、律以風雅之韻、未有洲鳩服側之叶、則不可以周詩律上古、抑不可以今韻準風雅明矣、故曰音員成韻、員者運流而不滯也、異地而弗能遷、再傳而非

其故、沈約生際齊梁、風沿吳會、不能均齊魯、而
埒商周矣、故東冬支微之別、約剏之、而約之前
未有也、約守之、而約所爲之詩賦、不能無出入
也、約傳之、而周伯琦之流、且欲亂之也、乃以推
諸未有約之先、屈抑本音、而從約之韻、不亦難
乎、年代邈杳、古音無考、見於說文者、字之本音、
多不合於今人之讀、古音不同於今音、則古韻
必殊於今韻、䶮今旨沇切、而說文云讀如捶擊
之捶、則四紙與十六銑無定也、袢今博幔切、而
說文云讀如普徧之普、則七麌與十五翰無定

也、如此類蓋不一矣、以此求之、古音通而今音隘、古韻博而今韻狹、所從來久矣、乃約之爲韻、以聲爲主、而不取其音、旣異於古之聲音五主矣、流及今玆、聲存音去、故東冬眞文異韻、而不能析其異、元魂野馬同韻、而不能會其同、乃守沈孫之孤尙、拘反切之成例、又奚可哉、夫古無韻名、而自有實、無其名故不可泥也、有其實故源流分合之際、不可亂也、則亦繪染異尙、而赤不可白、白不可赤也、是故有聲之合、有音之合、聲之合者東冬江、合也、支微佳灰、合也、魚虞、合也、眞文、合也、元寒删先、合也、蕭肴豪尤、合也、歌麻、合也、陽庚、合也、靑蒸、合也、侵覃鹽咸、合也、則休文亦以類次、而見合於離矣、音之合者、虞歌、合也、支魚、合也、支先蕭、合也、東冬庚、合也、支尤、合也、則休文離之、而固可合也、又入聲之音、總以其石而鬱者、爲相合之道、故有類合者、有遙合者、爲尤通用而無礙、而特不合屋於葉、合藥於洽、則其離之本遠、而必不可合者也、古之爲字也、字略而音廣、音略而義廣、後人徇其廣而離之、古人守其畧而合之、如御有迓至之義可仍籲音、疑有疑立之義可從鬌讀、初不似後人之髮櫛而粒量之、若平上去之三聲、則古人之所本合而不離者、尤不待拘拘之叶、而自通也、以此推之、是故爲叶韻之說者、其蔽凡十焉、一、字本兼衆義、通衆聲、而叶者爲贅、如服本有匐音、故扶服來服字皆作服、自與側叶、蛇有它音、故古人相問亡它、無蛇虫之傷也、自與紽叶、角有錄音、故角里角端字皆作角、自與族叶、正可如字而讀、不必贅注叶蒲北湯何盧各切之類、是也、二、本音合於沈韻、如字而讀、正與韻同、而叶者因流俗口齒之譌，妄爲改叶，如子本音祖里切，自與李叶，汜本音詳里切，自與以叶，俟本音鉏里切，自與止叶，否本音方九切，自與友叶，怒本音奴古切，自與雨叶，不當妄改作奬里、羊里、想止、滿美、㬋五切以求合俗耳之類是也。三，平上去三聲，古本不分，而叶者必變字音以求合。沈韻，如居御、永泳、姻信之類是也。四，沈韻連類相次，古字通用，非如江陽、尤侵之必不可合，而叶者必拘一韻，强爲之叶，如降自與忡蟲合，笑自與悼合，敗自與憩合，行自與筐合，不須轉降爲紅、轉笑爲燥、轉敗爲背、轉行爲杭之類是也、五、况韻雖不相次、而聲固可合、則叶不以韻而以聲、而叶者必破聲以求合於韻、失古人諧聲之本、如語麌二韻之合於馬者、古人諧聲、本無異響、故苄字从下得聲、而音戶、賈字从襾得聲而上音古、去音稼、可諗其通、則馬自與滸下楚叶、不當叶馬作姥下作戶、又尤與疑叶、見於周易者不一、今以孚浮諧聲所自思之可知、則治自與訧叶、不必叶訧作于其切之類是也、六、音相合、後失其傳、不可復通、而叶者勉强附合、母子異宮、非音響不成、則翻入他韻、盡失音聲之本、如眞先東侵全無相涉、而天人田零風心之相爲同用、自無從考、乃强叶天爲鐵因切、則似汀非汀、叶田爲徒因切、則似庭非庭、既不可收入眞韻、亦不可收入庚靑二韻、於古既無所據、於沈韻亦所不容也、七韻無適主、而音有定則任其扭合、則凡字皆可破讀、然使讀人作犬、以叶十六銑、讀父作奴、以叶七虞、其亦將忍爲之乎、而叶者不恤其意義之有無、恣情出入、一字兩處、分爲二音、如懷字自與灰支通叶、而左拘右牽、或叶胡隈切、或叶胡威切、家字本不可與東屋通、而一叶各屋切、一叶各空切之類是也、八、閒句餘文・本不用韻、而叶者槩欲以韻合之、如豈不夙夜、閒句也、而叶夜爲羊孺切、送我乎淇之上矣、已焉哉天實爲之、謂之何哉、餘文也、而叶中作樁、叶宮作姜、以就上、叶哉作玆、以就之之類是也、九、入韻古本互用、特爲尤愬、則谷莫鑊裕斁・本自可相協、且裕原从谷得聲、斁之得聲、與擇鐸同、意抑同莫韻、不必叶裕爲古略切、斁弋灼切、革緎本自相通、不必叶革爲棘力切、之類是也、十、周頌多不用韻者、升歌之詩、一唱三歎、唱者字也、歎者音也、于韻無字、字無韻、而抑以瑟浮其聲則韻寄於瑟、大音不和、此之謂矣、是固無勞求叶者也、乃此彊爾界、叶界以急、十千維耦、叶耦以擬、降福孔皆、叶皆以紀、以享以祀、叶祀以亦、既右烈考、叶考以口、緝熙於純嘏、叶嘏以古、蹻蹻王之造、叶造以剽、此尤不取清廟維清、而推之以迷於樂理、巧爲割裂者也、凡此十蔽、不揆之於六書、抑無益於六義、於字既失其正、於義亦不相安、強成周之詩人、受沈約之科禁、不知誰倡此說、而以成乎不解之惑、善說詩者自可置之爲餘食贅形、而無嫌也、又曰音注中叶韻未詳何始、注疏正義無此、近世金陵李士龍五經正文、尤爲繁謬、宣城梅膺祚字彙亦然、韓退之古詩自用古韻、而膺祚强爲之叶、絕不可省、金壇王肎堂太史筆麈辨正頗合于古、特其叶紽作題、叶訟作松、叶思作腮、則猶未免以沈韻爲拘、惟盡去叶韻、令後世略知古韻易簡之元聲、庶幾有功六藝乎、

顧炎武曰、古詩用韻之法、大約有三、首句次句連

用韻、隔第三句而於第四句用韻者、關雎之首章是也、凡漢以下詩及唐人律詩之首句用韻者源於此、一起卽隔句用韻者、卷耳之首章是也、凡漢以下詩及唐人律詩之首句不用韻者源於此、自首至末句句用韻者、若考槃淸人還著十畝之間月出素冠諸篇、又如卷耳之二章三章四章、車攻之一章二章三章七章、長發之一章二章三章四章五章是也、凡漢以下詩若魏文帝燕歌行之類源於此、自是而變則轉韻矣、轉韻之始、亦有連用隔用之別、而錯綜變化、不可以一體拘、於是有上下各自爲韵、若兎罝及采薇之首章、魚麗之前三章、卷阿之首章者、有首末自爲一韻、中間自爲一韻、若車攻之五章者、有隔半章自爲韻若生民之卒章者、有首提二韻而下分二節承之、若有瞽之篇者、此皆詩之變格、然亦莫非出於自然、非有意爲之也、

嚴虞惇曰、古人之文、大率用韻、易書中多有用韻者、詩爲樂章、被之詠歌、尤須依韻而成、所謂聲依永律和聲、是也、詩之韻自虞廷賡歌始、其後有五子之歌、三百篇、而下訖於後代詩、無不用

韻、而用韻之法、古今不同、古韻寬而今韻嚴、今韻起於梁沈約、而律詩用之、梁陳以來、古體詩亦皆通韻如東之通冬、魚之通虞、不盡拘沈韻也、唐詩以韓杜爲宗、五言古體皆用古韻、杜之彭衙行、眞文元寒刪先通用、自京赴奉先縣咏懷、質物月曷黠屑通用、韓之此日足可惜、東冬江陽庚青通用、元和聖德詩、語麌嚌馬有通用、如此之類、更僕未易數、今人作古體詩、尚通用古韻、豈有三百篇而反限以今律詩之韻之理、朱子泥於今韻、遂創爲叶韻之法、凡詩之不合於今韻者、俱從而叶之、就其所叶之韻、亦多有未可通者、如參差荇菜左右采之、窈窕淑女琴瑟友之、采友不同韻、則以采叶友可也、以友叶采可也、今采叶此禮反、友叶羽巳反、將以何韻爲準乎、維鵲有巢維鳩居之、之子于歸、百兩御之、居御不同韻、則以居叶御可也、以御叶居可也、今居叶姬御反、御叶魚據反、又以何韻爲準乎、更有不必用韻而亦叶韻者、如誰謂女無家、于嗟乎騶虞之類是也、有本同一韻而亦叶韻者、如麟之趾振振公子、殷其靁在南山之側、何斯違斯莫敢遑息之類、是也、更有上下各自爲韻而必叶爲一韻者、亦有決不可通之韻、本不入韻之字、而亦必叶爲韻者、附會牽合、支離煩碎、幾於無句不叶、殊非聲成文謂之音之義也、又古人四聲通用、亦始於虞之賡歌、降爲屈原之離騷、紛吾既有此內美兮、又重之以修能扈江離與辟芷兮、紉秋蘭以爲佩、則平去通韻、冀枝葉之峻茂兮、願竢時乎吾將刈、雖委絕其亦何傷兮、哀衆芳之蕪穢、則上去通韻、衆皆競進以貪婪兮、憑不厭乎求索、羌內恕己以量人兮、各興心而嫉妒、前望舒使先驅兮、後飛廉使奔屬、鸞鳳爲余先戒兮、雷師告余以未具、則去入通韻、惟玆佩之可貴兮、委厥美而歷玆、芳菲菲而難虧兮、芬至今猶未沬、則平入通韻、自楚詞至漢魏樂府皆然、何獨于三百篇、而必强爲一聲、又必强爲一韻乎、三百篇之詩、皆被之樂、無不可歌者、歌有抑揚抗墜輕重疾徐宛轉之節、一唱三嘆、音韻自然而協、不必以今韻之平上去入拘拘叶之、今之詞曲通用四聲、按節而歌、何嘗不協、俗樂尙不必限以一聲、豈古樂翻欲拘以一韻、由此推之、不特朱子之叶韻可删、而吳才老之韻補、亦俱可廢也、又案四聲出於天籟、有一字卽具有四聲、今西北人語、多無入聲、蓋由土風使然、非字之本無入聲也、元周德清中原音韻併四聲而爲三聲、更失天地自然之正、不足以言音學矣、

成僎曰、嚴思菴據顧亭林音學五書古無叶音之說、以駁朱子、毛西河則謂亭林爲陳第所惑、古字原無定讀、韻爲樂歌之節、更無定聲、故古人用韻、專取其不同音者、而以之節樂、其所撰古

今通韻、亦極爲博辨、甚矣韻學之難言也、今觀
其書、卷首論例所載平上去三聲、古皆不分一
條、靦思菴四聲通用之說、推闡較廣、其言曰、齊
中書郎周顒始創爲四聲、以平上去與入聲並
分之、而其後沈約張諒夏侯詠劉善經輩皆有
四聲傳世、然當時仍不肯用、故沈約作四聲譜、
梁武非之、嘗問周捨曰、何謂四聲、捨曰、天子聖
哲是也、庾肩吾傳亦稱、齊永明中王融謝朓沈
約爲文、始用四聲、而反拘聲韻、深以爲病、若隋
後盛行四聲、原祇爲律文設耳、若古則仍合三

聲、不分平仄、世嘗稱詞備三聲、曲備四聲、而不知實始於詩、嘗細按毛詩、其三聲並見、節節皆是、不下百十韻、卽漢後謠諺詩歌、其平上去雜見可考亦不下千百韻、則直是三聲合用一例、而自漢至今不察也、間考虞書賡歌、元首起哉、股肱喜哉、百工熙哉、實創此例、而其後毛詩五經如野有蔓草零露漙兮平也、清揚婉兮上也、適我願兮去也、形弓受言藏之、中心貺之、一朝饗之、天保亦孔之固、何福不除、以莫不庶、左傳周道挺挺、我心扃扃、集人來定、禮記曳杖歌、泰山其頽乎、梁木其壞乎、哲人其萎乎、且多三聲並見、其他通一二聲者、則觸目皆是、是齊梁末分四聲以前、三聲通讀、而宋人不識韻、凡遇三聲字、但以叶音混過、如鵲巢以御叶居、行露以訟叶從、鹿鳴以傚叶昭、生民以呱叶去、致使皆習誦不察、貿貿極矣、嘗考左傳圉緡、穀梁作閔、禮記曾子聞之瞿然、後漢申屠剛傳作懼然、史記亡名與亡命同、易屈信相感、信者申也、春秋以衆父讀終父、周官注以邸甸之甸爲田、凡三聲同部之字、即尋常讀音無不通合、故三聲既通、卽通及所通之三聲、雖當時所通三聲亦未嘗分、今但就已分者而盡通之、如鄭丰丰巷相押、則以東之通江而併通江之三聲東攻馳破相押、則以支之通歌、而併通歌之三聲、葛生夜居相押、則以魚之通麻、而併通麻之三聲、則本韻三聲是一例、通韻三聲又是一例、此鑿鑿不刊者也、蓋亭林以古音爲本音、據六書象形諧聲爲說、述陸德明不煩改字之言、以正吳才老叶音之失、所著五書大要四聲一貫、而西河則謂、古人用韻自有本宮、其在本宮者卽是本韻、故三聲兩合之說、論例既略舉大端、各韻下亦載之極詳、而與亭林說尤相齟齬、徐健菴古今通韻叙云、亭林西河二書、各有歸趣、其必傳於後無疑者、似屬調停之論、實亦以韻學難言、兩家之書、本不可以偏廢也、范家相詩瀋謂、三百五篇之韻、叶之而不諧者、其故有三、列國之方音不同、一也、古人一字每兼數音、而字音傳譌已久、非可執一以諧聲、二也、詩必歌而後、出每以餘音相諧、自歌詩之法不傳、而餘音莫辨、三也、此足以解亭林西河兩家之訟矣、

以上論叶韻

此書以卷子本爲藍本、以唐石經、及延文古抄本校之、卷子本則承安四年清原賴業加點、爾來世世相傳授至宣賢、宣賢自永正中講之、至天文四年畢、卷末記其年月日、卷中傍記本有摺無等字、又間有闕畫宋諱者、按其所原、蓋據家本、傳寫之際、以古抄本及板本對校、此不特此卷子、如左傳卷子本亦然、其所謂摺本蓋指宋槧本、而宋槧中所闕畫字、往往混入、非其書卽原于宋槧本也、會箋中所採近儒成說、在皇邦則中井氏積德、龜井氏昱、仁井田氏好古、古賀氏煜、安井氏衡、在清儒則顧氏炎武、王氏夫之、陳氏啓源、趙氏佑、姜氏炳璋、戴氏震、李氏黼平、焦氏循、段氏玉裁、兪氏樾、陳氏奐、胡氏承珙、馬氏瑞辰、魏氏源、顧氏廣譽諸家爲多、其體例一沿左氏會箋、以求合於諷諭之義、他經說苟有步毛詩者、隨得隨采覈者删之、散者屬之、綜貫諸家之說、以期於會通但安井氏詩說至大雅而輟、是以世鮮知之者、與中井龜井二家經說皆有完書行于世者不同、故特著其姓氏、意

在發潛光耳、非有軒輊也、

毛詩會箋

毛詩篇目

卷第一

周南 國風

召南 國風

卷第二

邶國風

柏舟　綠衣　燕燕　日月　終風　擊

鼓　凱風　雄雉　匏有苦葉　谷風

式微　旄丘　簡兮　泉水　北門　北

風　靜女　新臺　二子乘舟

卷第三

鄘國風

柏舟　牆有茨　君子偕老　桑中　鶉

之奔奔　定之方中　蝃蝀　相鼠　干

載馳

衛國風

淇奧 考槃 碩人 氓 竹竿 芄蘭

河廣 伯兮 有狐 木瓜

卷第四

王國風

黍離 君子于役 君子陽陽 揚之水

中谷有蓷 兔爰 葛藟 采葛 大

車 丘中有麻

鄭國風

緇衣　將仲子　叔于田　大叔于田

清人　羔裘　遵大路　女曰雞鳴　有

女同車　山有扶蘇　蘀兮　狡童　褰

裳　丰　東門之墠　風雨　子衿　揚

之水　出其東門　野有蔓艸　溱洧

卷第五

齊國風

雞鳴　還　著　東方之日　東方未明

南山　甫田　盧令　敝笱　載驅　猗

嗟

魏國風

葛屨　汾沮洳　園有桃　陟岵　十畝之閒　伐檀　碩鼠

卷第六

唐國風

蟋蟀　山有樞　揚之水　椒聊　綢繆　杕杜　羔裘　鴇羽　無衣　有杕之杜　葛生　采苓

秦國風

車鄰　駟驖　小戎　蒹葭　終南　黄

毛詩會箋

鳥　晨風　無衣　渭陽　權輿

卷第七

陳　國風

宛丘　東門之枌　衡門　東門之池

東門之楊　墓門　防有鵲巢　月出

株林　澤陂

檜　國風

羔裘　素冠　隰有萇楚　匪風

曹　國風

蜉蝣　候人　鳲鳩　下泉

卷第八

卷第九

卷第十

毛詩會箋

南有嘉魚之什　小雅

南有嘉魚　南山有臺　由庚　崇丘

由儀　蓼蕭　湛露　彤弓　菁菁者我

六月　采芑　車攻　吉日

卷第十一

鴻鴈之什　小雅

鴻鴈　庭燎　沔水　鶴鳴　祈父　白

駒　黃鳥　我行其野　斯干　無羊

卷第十二

節南山之什　小雅

節南山　正月　十月之交　雨無正

小旻　小宛　小弁　巧言　何人斯

巷伯

卷第十三

谷風之什　小雅

谷風　蓼莪　大東　四月　北山　無

將大車　小明　鼓鍾　楚茨　信南山

卷第十四

甫田之什　小雅

甫田　大田　瞻彼洛矣　裳裳者華

皇矣　靈臺　下武　文王有聲

卷第十七

生民之什　大雅

生民　行葦　既醉　鳧鷖　假樂　公

劉　泂酌　卷阿　民勞　板

卷第十八

蕩之什　大雅

蕩　抑　桑柔　雲漢　崧高　烝民

韓奕　江漢　常武　瞻卬　召旻

卷第十九

毛詩會箋三

清廟之什　周頌

清廟　維天之命　維清　烈文　天作

昊天有成命　我將　時邁　執競

思文

臣工之什　周頌

臣工　噫嘻　振鷺　豐年　有瞽　潛

雝　載見　有客　武

閔予小子之什　周頌

閔予小子　訪落　敬之　小毖　載芟

良耜　絲衣　酌　桓　賚　般

卷第二十

駉魯頌

駉　有駜　泮水　閟宮

那商頌

那　烈祖　玄鳥　長發　殷武

毛詩會箋

毛詩卷第一

箋曰、五字卷子本無、今依唐石經及摺本延文本補、每卷首放之、

竹添光鴻會箋

周南關雎詁訓傳第一　毛詩國風

箋曰、鄭氏詩譜云、周召者禹貢雍州岐山之陽地名、今屬右扶風美陽縣、朱子集傳云、在鳳翔府岐山縣、明清因宋制不改、而漢美陽縣兼有今扶風縣之地、周、地名、猶之召亦地名、非後來之國號矣、周召同爲地名、猶之邶與鄘亦同爲地名也、周召皆畿內之地、則應同隷於王、必繫之周召者、以所得詩之地名之、存其舊也、二南皆民閒歌謠、其體係乎風、所稱淑女、君子、與夫公子、之子、皆自民閒口中說出也、正義曰、關雎者詩篇之名、既以關雎爲首、遂以關雎爲一卷之目、詁訓傳者注解之別名、漢初爲傳訓者、皆與經別行、三傳之文、不與經連、故石經書公羊傳、皆無經文、藝文志云、毛詩經二十九卷、毛詩故訓傳三十卷、是毛爲詁訓、亦與經別也、及馬融爲周禮之注、乃云欲省學者兩讀、故具載本文、然則後漢以來、始就經爲注、未審此詩引經附傳、是誰爲之、其毛詩經二十九卷、不知併何卷也、關雎第一、元是大師所題也、詁訓傳毛自題之、陸德明釋文云、故訓舊本多作故、今或作詁、案詁故皆是古義、所以兩行、今宜隨本、不煩改字、馬瑞辰曰、漢藝文志載詩凡六家、有以故名者、魯故・韓故・齊后氏故・孫氏故、是也、有以傳名者、齊后氏傳・孫氏傳・韓

內傳外傳、是也、惟毛詩兼名詁訓傳、漢書揚雄傳言、雄少而好學、不爲章句、訓故通而已、後漢書桓譚傳亦言、譚偏通五經、皆詁訓大義、不爲章句、則知詁訓與章句有辨、章句者離章辨句、委曲支派、而語多傳會、繁而不殺、蔡邕所謂前儒特爲章句者、皆用其意、傳非其本旨者也、詁訓則博習古文、通其轉注假借、不煩章解句釋、而與義自闢者也、史漢儒林傳、漢藝文志皆言、魯申公爲詩訓故、而漢書楚元王傳・及魯國先賢傳皆言、申公始爲詩傳、則知漢志所載魯故者、卽魯傳也、何休公羊傳注亦言、傳謂詁訓、似故訓與傳初無甚異、而漢志既載齊后氏故・孫氏故・韓故、又載齊后氏傳孫氏傳・韓內外傳、則訓故與傳又自不同、蓋散言則故訓傳俱可通稱、對言則故訓與傳異、連言故訓、與分言故訓者又異、故訓卽古訓、又作詁訓、說文、詁訓・故言也、至於傳則釋名訓爲傳示之傳、正義以爲傳通其義、蓋詁訓第就經文所言者而詮釋之、傳則並經文所未言者而引伸之、此詁訓與傳之別也、古有倉頡訓故、又有三倉訓詁、此連言故訓也、爾雅廣雅俱以釋詁釋訓名篇、詩正義曰、詁者古也、古今異語、通之使人知也、訓者道也、道物之貌以告人也、此分言詁訓也、蓋詁訓本爲故言、由今通古皆曰詁訓、亦曰訓詁、而單詞則爲詁、重語則爲訓、詁第就其字之義旨而證明之、訓則兼其言之比興而訓導之、此詁與訓之辨也、毛公傳詩多古文、其釋詩實兼詁訓傳三體、故名其書爲詁訓傳、嘗卽關雎一詩言之、如淑善逑匹也之類、詁之體也、關關和聲也之類、訓之體也、若夫婦有別則父子親、父子親則君臣敬、君臣敬則朝廷正、朝廷正則王化成、則傳之體也、而餘可類推矣、訓故不可以該傳、而傳可以統訓故、故標其總目爲詁訓傳、而分篇則但言傳而已、〇毛詩國風者、詩是一部之大名、毛一字河閒獻王所加、毛者傳詩人姓、旣有齊魯韓三家、故題姓以別之、國字亦漢儒所加也、風者詩之一體、元是大師所題、二南之體、風也、故左氏稱風有采蘋采蘩、是風者統名、而二南與邶以下其分號耳、二南有周邦之詩、有南國之詩、合而命之曰南、邶鄘衛以下、乃是國風矣、以其詩限于一國也、四庫全書提要曰、漢書藝文志毛詩二十九卷、毛詩故訓傳三十卷、然但稱毛公、不著其名、後漢書儒林傳始云、趙人毛長傳詩、是爲毛詩、其長字不從艸、隋書經籍志載毛詩二十卷、漢河閒太守毛萇傳、鄭氏箋、於是詩傳始稱毛萇、然鄭玄詩譜曰、魯人大毛公爲訓詁、傳於其家、河閒獻王得而獻之、以小毛公爲博士、陸璣毛詩草木蟲魚疏亦云、孔子刪詩授卜商、商爲之序、以授魯人曾申、申授魏人李克、克授魯人孟仲子、仲子授根牟子、根牟子授趙人荀卿、荀卿授魯國毛亨、毛亨作訓詁傳、以授趙國毛萇、時人謂亨爲大毛公、萇爲小毛公、據是二書則作傳者乃毛亨、非毛萇、故孔氏正義亦云、大毛公爲其傳、由小毛公而題毛也、隋志所云殊爲舛誤、而流俗沿襲、莫之能更、朱彝尊經義考乃以毛詩二十九卷題毛亨撰、注曰佚、毛詩訓故傳三十卷、題毛萇撰、注曰存、意主調停、尤爲於古無據、今參稽衆說、定作傳者爲毛亨、以鄭氏後漢人、陸氏三國吳人、併傳授毛詩、淵源有自、所言必不誣也、正義曰、國風不冠於周南之上、而退在下者、按鄭注三禮周易中候尙書、皆大名在下、孔安國馬季長盧植王肅之徒、其所注者、莫不盡然、然則本題自然、非注者移之、定本亦然、當以皆在第下、足得總攝故也、班固之作漢

毛詩會箋　周南　關雎　二

毛詩會箋

書、陳壽之撰三國志、亦大
名在下、蓋取法於經典也、

關雎。后妃之德也。箋曰、后、君也、妃、匹也、君之匹曰后妃、君謂天子
也、曲禮曰、天子之妻曰后、省去妃字、周以後之
詞也、雅曰王后、則文武時不以后爲婦人、周禮乃以王后對言、至今爲女爵、
詩序后妃指大姒也、自周公制作之後言之、故曰后妃、但他經無稱王后爲
后妃者、卽本經何彼穠矣序、亦泛言則云下王后一等、葛覃傳王后織玄紞、
采蘩傳王后則荇菜、是序傳例稱王后、與周禮合、惟關雎八篇爲大姒作、故
特稱后妃以別之也、德者得也、自得於身也、篇中窈窕二
字卽后妃之德也、曰德、曰本、曰志、所以示三篇一貫也、風之始也。
箋曰、風之始謂國風之始也、所以風天下。而正夫婦也。箋曰、
明風雅頌四詩各有其始、大序
一篇、卽以古序爲起句、發明全詩三百篇之序、以明聖人
以詩立教之旨也、周公制作禮樂、其用之如此、故稱天下、故用之鄉
人焉。用之邦國焉。箋曰、用之、周公用之爲樂歌也、用之鄉人者、令
鄉大夫以之教其民、卽謂鄉飲酒禮、是鄉大夫
三年賓興賢能之禮、其經云、乃合樂周南關雎、是也、用之邦國者、令天下諸
侯以之教其臣、卽謂燕禮、是諸侯飲燕其臣子及賓客之禮、其經云、遂歌鄉
樂周南關雎、是也、周禮謂諸侯爲邦 風。風也。教也。箋曰、上風・謂詩、
國、此亦一例、〇以上釋關雎之用、下風・風霆之風、

序卦多例、詩之有風、有風動教化二義、**風以動之。教以化之。**箋曰、以象言曰風、以事言曰教、風之爲物、鼓舞搖蕩、所謂動之也、使欒者枯、甲者坼、所謂化之也、詩之有風亦若是、始於感之而動、終於教之而化、此明風天下之故、而下之風上亦若是、聞之生感、是動之也、感而爲善、是化之也、○以上釋國風之風、釋又下出、故簡、**詩者志之所之也。在心爲志。發言爲詩。**箋曰、詩之言·志也、**情動於中。而形於言。**箋曰、言者凡言也、此自凡人情說起、情者人心觸物、自然發動、而不涉思慮安排者也、故或曰情實、或曰情僞、禮運曰、何謂人情、喜怒哀懼愛惡欲·七者弗學而能、是也、**言之不足。故嗟歎之。嗟歎之不足。故永歌之。**箋曰、永歌言作詩、永讀爲詠、詠之爲永、猶諷之爲風、皆古今字、**永歌之不足。不知手之舞之。足之蹈之也。**箋曰、樂舞於是作矣、舞之蹈之二之字、語助、○以上釋詩、**情發於聲。**箋曰、發猶見也、**聲成文謂之音。**箋曰、哀樂之情、發見於言、於時未有宮商之調、唯是聲耳、至於詠歌之、清濁高下、五聲雜比、以成文采節奏、卽是爲音、此音被諸絃管、乃名爲樂也、**治世之音安以樂。其政和。**箋曰、政和、故人情安樂、而聲音從之、**亂世之音怨以怒。其政乖。**箋曰、乖、和之反、**亡國之音哀以思。**箋曰、亡國謂國將亡也、思言鬱陶不開爽、**其民困。**箋曰、亂世言政、亡國不言政者、民困必政暴、舉其民困爲甚辭、故不言政也、**故正得失。**箋曰、聽其音而知其政、**動天地。感鬼神。**箋曰天地云動、鬼神云感、互言耳、**莫近於詩。**箋曰、詩出於人情之誠、故自然感物深矣、莫近於詩者、言詩最近之、餘事莫之先也、公羊傳云、撥亂世反諸正、莫近諸春秋、何休注、莫近猶莫過之也、○以上釋音、**先王以是經夫婦。**箋曰、經是經緯之經、左氏多用、**成孝敬。**箋曰、敬卽忠也、兼君長言之、故曰敬、**厚人倫。美教化。移風易俗。**箋曰、女正乎內、男正乎外、夫婦之經也、孝者子之所以事父、敬者臣之所以事君、詩之始作、多發於男女之間、而達於父子君臣之際、故先王以詩爲教、使人興於善、而戒其失、所以道夫婦之經、而成父子君臣之道也、三綱既正、則人倫厚、教化美、而風俗移矣、唐石經摺本延文本並無易字、**故詩有六義焉。**箋曰、詩之用至大、故義亦有多端、**一曰風。**箋曰、國風也、然雅亦有風動教化之道、特以天下與一國分之、**二曰賦。**箋曰、賦之言鋪、直鋪陳其事也、**三曰比。**箋曰、以彼喻是也、左傳葛藟猶能庇其本根、故君子以爲比、**四曰。興。**箋曰、以彼起是也、索物以托情謂之比、情附物也、觸類以起情謂之興、物動情也、樂記云、人生而靜、天之性也、感於物而動、性之欲也、物至知、知然後好惡形焉、蓋好惡動於中、而適觸於物、假以明志謂之興、而以言乎物則比矣、而以言乎事則賦矣、要迹其志之所自發、情之不能已者、皆出於興、故孔子曰、詩可以興、**五曰。雅。六曰。頌。**箋曰、風雅頌者、詩篇之異體、賦比興者、詩文之異辭耳、大小不同、而得並爲六義者、賦比興是詩之所用、風雅頌是詩之成形、用彼三事、成此三事、是故同稱爲義、

上以風化下。箋曰、五義所歸在風、故此節主風說之、**下以風刺上。**箋曰、古無四聲之分、諷刺與風化、字皆同一讀、猶好惡字美惡字、離騷皆讀去聲、主文譎諫句、正釋諷義也、晉語范文子曰、古之王者、政德既成、又聽之於民、於是乎使工誦諫於朝、在列者獻詩、風聽臚言於市、辯妖祥於謠、考百事於朝、問謗譽於路、有邪而正之、盡戒之術也、此乃治世之風諫教戒、所以先王自監也、

主文而譎諫。箋曰、婉而成章、節奏可樂、是文也、譎諫者、譎而不正、謂不直其辭以正之也、**言之者無罪。**箋曰、詩可以怨、是也、**聞之者足以戒。故曰風。**箋曰、陳啓源謂、大序論風語最詳復、約之止三意焉、云風天下而正夫婦、又云風以動之、教以化之、又云上以風化下、此風教之風也、云下以風刺上、主文而譎諫、又云、吟咏情性以風其上、此風

刺之風也、云美教化移風俗、又云言天下之事、形四方之風、此風俗之風也、餘所言風、則專目國風、要之風俗之風、正當國風之義矣、然必有風教而後風俗成、有風俗而後風刺興、合此三者、國風之義始備、而風教實先之、惟風刺之義、其風自下及上、故叙中十七風字、獨以風刺上、以風其上、陸氏讀爲諷焉、○以上釋詩之用、魏源曰、太師以六詩教國子、一曰風、二曰賦、三曰比、四曰興、而毛傳止標興體、不及比賦、劉勰因以圭璧金錫澣衣席卷爲比、集傳以無取義者爲興、有取義者爲比、皆非也、淮南子曰、關雎興于鳥、而君子美之、取其雌雄之不乘居也、鹿鳴興于獸、而君子大之、取其得食而相呼也、此以取義爲興之明徵也、夫興之爲言、起也、作也、發也、動也、比之爲言、例也、方也、況也、周禮太師注鄭司農曰、比者比方于物、興者託事于物、則是以物象發起其正義謂之興、如誦淑女君子、而知關雎之爲有別、誦嘉賓燕樂、而知鹿鳴之爲相呼、若全篇純譬、而已志不彰、如鴟鴞純託鳥言、鶴鳴襍設諸喩、蒹葭不言本指所興起者何意、所發動者何詞、乃概濫爲興、而不謂之比乎、太史公言、鄒陽之詞、比物連類、正以上梁王書、旁徵曲喩、無徑直之情、同騷人之比、故王逸叙離騷經云、離騷之文、依詩取興、引類譬喩、善鳥香草以配忠貞、惡禽臭物以比讒佞、靈脩美人以媲於君、宓妃佚女以譬賢臣、虬龍鸞鳳以託君子、飄風雲霓以爲小人、是比體創於詩、而大昌於騷人、荀卿蠶賦、非賦蠶也、雲賦非賦雲也、是爲不言之言、罕譬之譬、變雅變風作於東西周之際、先王遺澤未如戰國嬴秦之盡斬、故猶賦多於興、興多於比、世愈亂、情愈鬱、則詞愈幽、於是微詞之對、隱語之諫、與騷賦之比、始並盛於時、故曰其文約、其詞微、其稱名小、而其指極大、舉類邇而見義遠、豈非以離騷皆寓怨誹於好色之中、比多於興、興多於賦乎、是故主文而譎諫、言者無罪而聞者足戒、則比優於興、興優於賦、孔子曰、諫有五、諷諫順諫闚諫指諫迫諫、吾其從諷諫乎、比興之謂也、劉勰文士、遂以字句形容者當之、豈知詩圭璧金錫皆言如、石席澣衣皆言匪、文皆直賦、義匪更端、特屬詞之末節、豈六詩之大體乎、

至于王道衰。禮義廢。政教失。箋曰、卽上文經成厚美之反、禮義言廢者、典法仍存、但廢而不行耳、政教言失者、非無政教、但施之失理耳、

國異政。家殊俗。箋曰、國自成風俗、而不一統也、家謂天下民家、孝經云、非家至而日見之也、亦謂天下民家、非大夫稱家也、

而變風變雅作矣。箋曰、政異俗殊、而風雅亦變、此段始言變風變雅、則上文之專言正風、昭然無疑、蓋變化下之名、爲刺上之什、變乎風之正體、是謂變風、雅則以述其政之美者爲正、以刺其政之惡者爲變、但變風變雅之爲刺詩、亦槩略之辭耳、非謂變中無美詩也、至風雅言正、則自變風變雅始、夫二南大小正雅周頌、皆周公手定樂歌之辭、何待於言正哉、凡詩之有正變者、蓋出漢初傳詩家、取以識其時之盛衰、事之媺惡、使學者瞭然易別於體例之閒、而固非周大師之預爲其名也、

國史明乎得失之迹。箋曰、國史者周官大史小史外史御史之屬、掌詩教以詔太師者也、此承變風變雅之下、則彙據天子諸侯之史矣、變風變雅皆有美刺、其美者政之得也、其刺者

政之失也、所謂事迹也、而惟國史掌前志、審知國俗傷敗之所由焉、**傷人倫之廢。哀刑政之苛。**箋曰、此二句相比、**吟詠情性。以風其上。**箋曰、動聲曰吟、長言曰詠、作詩必歌、故言吟詠情性、詠歌萬民之情性、以刺君上也、正義曰、哀傷而詠情性者詩人也、非史官也、此文特言國史者、鄭答張逸云、國史采衆詩時、明其好惡、令瞽矇歌之、其無作主、皆國史主之令可歌、如此言、是由國史掌書、故託文于史也、**達於事變。而懷其舊俗者也。**箋曰、達於事變者、曉達於世事之變易也、懷其舊俗、陳古諷今也、國史多博聞能言之士、在春秋時、如晉之董狐、齊之南史、楚之倚相、魯之里革、是也、故閔時恤世之作、辨其條類、析其指歸、而後瞽矇有所依據、以爲樂章、不然徒記其鏗鏘鼓舞、而不能言其義、何取乎詩敎哉、故有一詩卽有一序、非謂詩之作者國史也、舊俗卽先王之本俗也、**故變風**箋曰、國史以下主變風論之、而變雅亦可知也、**發乎情止乎禮義。發乎情民之性也。止乎禮義先王之澤也。**箋曰、淫亂怨怒、民情之模寫也、吟詠民之情性、故至有桑中溱洧、然非下流訕上者、或託之物、或求之古、或假之他人、言而不斥、怨而不怒、刺而不罵、止乎禮義而格君心、豈非先王禮樂之敎、道德之化、所漸摩之遺澤乎哉、故曰止乎禮義先王之澤也、此段復嬗言變風諷時之誼、與正風之主文譎諫、異曲而同情也、○以上釋變風變雅、**是以一國之事繫一人之本。謂之風。**箋曰、是以二字統承正變來、一國之美惡、必繫之其君者、是風也、一人與四方、相對成文、一人之本謂諸侯爲一國之本也、**言天下之事。形四方之風。謂之雅。**箋曰、王國曰雅、侯國曰風、然繫一人之本則一也、所謂君子之德風也、宣王脩政、荊蠻來威、幽王淫亂、下國構禍、故云形四方之風也、**雅者正也。言王政之所由廢興也。政有小大。故有小雅焉。有大雅焉。**箋曰、正大雅所陳、受命作周、繼伐守成、此歌述文武成王之修德凝命者、爲大體、正小雅所陳、則燕飲遺勞、報上澤下、此歌一事而各見其盡善者、爲小體、鹿鳴之什首詳之、**頌者美盛德之形容。**箋曰、頌之言、容也、頌字與形容字、古人通用、漢書儒林傳、魯徐生善爲頌、顏師古註、頌讀與容同、**以其成功告於神明者也。**箋曰、神明兼內祭外祭、此頌之本體、其實不啻是已、此節仍歸到文王、專以周頌言、盛德文王之德也、成功雖在武王、而受命實由文王、故告天祖以及羣神、無不歸美文王也、**是謂四始。**箋曰、詩有四始、始者正詩也、謂之正始、二南國風之正始、鹿鳴至菁莪、小雅之正始、文王至卷阿、大雅之正始、清廟至般、頌之正始、蓋序者以

正風正雅爲正始、而自此以下皆謂之變、正始之說、卽正變之說也、

詩之至也。

箋曰、以上釋四始之別、魏源曰、司馬遷云、關雎之亂、以爲風始、鹿鳴爲小雅始、文王爲大雅始、清廟爲頌始、蓋皆三篇連奏、皆上下通用之詩、皆周公作之也、曷言皆三篇連奏也、古樂章皆一詩爲一終、而奏必三終、故儀禮歌關雎、則必連葛覃卷耳而歌之、左傳國語歌鹿鳴之三、則固兼四牡皇皇者華而擧之、歌文王之三、則固兼大明緜而擧之、禮記言升歌清廟、必言下管象舞、則亦連維天之命維清而擧之、他若工歌蓼蕭之三、鵲巢之三、笙奏南陔之三、由庚之三、此樂章之通例也、曷言皆周公作也、周南非有天下之事、義固皆係乎文王、國風不應有王朝公卿之作、但作自風人、采自周公、定於周公作樂之日、故世說亦以關雎爲周公詩、而葛覃卷耳從可知也、鹿鳴之三、鄭譜以爲文王詩大雅文王篇之爲周公作、見於呂覽及漢書翼奉傳之所引、世說荀慈明之所論、而季札觀樂、直以大雅歸於文王之德、韋昭謂、文王大明緜爲兩君相見之樂者、周公欲昭先王之德於天下、非皆明證乎、周公詠文王之德而作清廟、建爲頌首、見於王襃劉向之言、與夫尙書大傳之述、象舞之爲文王、見於季札所歎、維清之卽象舞、則有小序明文、是則升歌管象之詩、尙有疑義乎、至其施於禮樂而上下通用也、則以其聲中、其德盛、其意要眇而閎深、故關雎之三、本后妃房中之歌、而鄕樂之亂必及之、鹿鳴之三、本燕勞臣下之樂、而鄕飮酒禮、及大學釋菜亦歌之、則政自閨門行乎朝廷、而達乎鄕黨邦國矣、文王之三、皆言王天下之事、而兩君相見亦用之、清廟之三、乃宗祀配帝之樂、而記言升歌清

廟、下管象者、一見於祭統之言大嘗禘、再見於文王世子之言養老、三見於仲尼燕居之大饗兩君相見、四見於明堂位之祀周公廟、則政又本乎君親、而洽乎上下、通乎幽明矣、故史記曰、天下稱頌周公、言其能論歌文武之德、達太王王季文王之思慮也、

然則箋曰、然者然上語、則者則下事、因前起後之勢也、因風繫一人、用是助語、

關雎麟趾之化。王者之風。故繫之周公。箋曰、王者指文王、文王服事殷、其詩是風、然周室既建、則文王王者也、不得有風、惟周公贊化於內、召公宣治於外、此二南所以分繫也、延文本、風下有也字、

南言化自北而南也。箋曰、自、從也、從北而南、謂其化從岐周被江漢之域也、

鵲巢騶虞之德。諸侯之風也。先王之所以敎。故繫之召公。箋曰、皆是詠諸國之事也、然文王敎化之所致、則不可專繫之諸國、故因召公統諸侯、名曰召南、先王即文王也、敎者風也、所以敎者德也、歸重文王之德、以結四始之義、關雎言化、鵲巢言德、亦互文也、

周南召南。正始之道。王化之基。箋曰、高以下爲基、遠以近爲始、文王化南土以成王業、是王化之基也、季札見歌周南召南、曰始基之矣、猶未也、然勤而不怨矣、專指文王時言、故知二南以文王風化爲義、不以二公風化爲義、以二公所采爲區別、不以二公所化爲區別、惟主於文王之風化、故

召南皆爲周南之應、然詩雖作於文王、而其被諸管絃、用爲房中鄉國之樂、則實定於周公制作之日、故四始又皆以周公所定爲義、〇以上釋周南召南、二南之名、据采詩時而名焉、蓋武王爲天子、周公召公分陝而治、樂記所謂五成而分、周公左召公右、是也、是時禮樂未作、武王崩、周公輔成王而攝政、於是召公專掌諸侯、而分陝之制廢矣、所謂周公治內、召公治外、爲是時之事、周公制禮作樂、正在是時也、則分陝之日、周公所采詩、屬之周公、而其詩多爲畿邦所作、故謂之王者之風、而召公所采詩、多爲侯國所作、故屬之召公、而謂諸侯之風、要皆著文王之化自北而南也、是序者之說也、胡承珙曰、周公召公本以采邑得名、是地名在先、爵名在後、周南召南則當時編詩入樂、自以所得之地爲名、必非別以二公之爵、序云繫之周公繫之召公者、乃作序者推衍之意、後儒泥於此言、駁之者謂、二南皆文王之化、於周召二公無與、且以序說爲謬、信序者則謂、二公爲王行化、故繫之二公、與天子嫁女於諸侯、使諸侯爲主同義、皆由不知以地分周召者乃編詩者之法、以人分周召者乃序詩者之意、固各不相涉者也、胡說得之、括地志云、今陝州有陝原、去州西南二十五里、分陝以此原爲界、蓋周公召公分陝而治、北界河雒、南踰楚塞、以陝州爲中線、而兩分之、陝東所統之南國爲周南、則今南陽襄鄧承天德安光黃汝穎是已、陝西所統之南國爲召南、則今漢中商雒興安鄖夔順慶保甯是巳、故漢廣篥言江漢、江北漢南、今之潛沔也、汝墳言江汝之間、則今之光州新蔡也、史記大史公留滯周南、摯虞言、古之周南今之洛陽、爲豫州、其南爲荆州、漢廣采之荆、汝墳采之豫、則周南之地界畫然矣、若召南自陜而西、朱子嘗疑雍州地狹、未免不均、然考周官職方氏、雍州實兼梁地、惟自雍及梁、故得稱南、江沱之間卽梁山之界、禹貢岷山導江、東別爲沱、可以徵也、至於爲汜爲渚則自蜀至楚、江行數千里、在在有之、不必專屬夏口矣、二南篇末最數云、周南之國十一篇、召南之國十四篇、此等篇目、皆毛公之舊、必漢以前師承古義、曰之國者、明非一國之辭、所采之國既衆、而其詩之篇數、或不能國各爲編、故以其皆屬文王風化所及、而爲分陜之所統、遂以周召繫之也、二南既登之樂章、則南又爲樂章之名、程大昌詳論之矣、左氏春秋襄二十九年傳、吳公子札來聘、見舞象箾南籥者、注南籥以籥舞也、鼓鐘以雅以南、文王世子胥鼓南、皆此南字也、文王之文舞名南籥、蓋歌二南之詩以奏之、季札親見舞南籥、明言其爲文王之詩、苟是南非二南之曲、則其謂南者、果何所指邪、鄭氏因鉤命決所叙四夷樂、適有名南者、凡六經之文有及於南者、輒以夷樂當之、夫周備古樂、如韶夏濩武、各取一代極盛者用之、何有舍文王象舞、而獨采夷樂以配耶、其謬誤不待辨而明矣、劉公是亦云、南夷之樂、曰任不曰南、謂夷樂爲南者、强厥名耳、是

以關雎樂得淑女以配君子。憂在進賢。不淫其色。

箋曰、淫者、過也、男過愛女曰淫、

哀窈窕。

箋曰、釋名、哀、愛也、呂氏春秋報更篇、人主胡可以不務哀士、高誘注曰、哀、愛也、哀窈窕卽愛窈窕耳、哀亦訓憐、惟愛之深乃哀憐之、卽一義之所引申、

思賢才。

箋曰、內助非有才則不能焉、哀窈窕還是樂得淑女也、思

賢才還是憂在進賢也、殷勤而說之也、指斥詩文則憂在進賢、第二章是也、不淫其色、首章是也、

而無傷善之心焉。

箋曰、苟慕其色、則傷害善道也、

是關雎之義也。

箋曰、此節資於論語以說詩義、猶樂記資於易大傳以說禮樂、〇以上釋關雎之義、此序關雎后妃之德也起、至是關雎之義也止、始末皆言關雎、知是關雎詩序、蓋以全詩之首篇、而遂擧四始六義全經之綱領、總揭乎其中、後儒乃從而分大小、而大小之說亦不一、釋文載舊說云、起此至用之邦國焉、名關雎序、謂之小序、自風風也訖末、名爲大序、朱子作詩序辨說、以詩者志之所之至詩之至也爲大序、其餘首尾爲關雎之小序、是皆就關雎序分大小者也、正義自關雎以後、每詩一篇卽有一序、皆謂之小序、是就關雎與衆篇分大小者也、程大昌謂、詩序世傳子夏爲之、本無確據、如絲衣之序引高子曰以綴其下、自是援引他師解詁、以釋詩意、決非古語、今古序之有可攷者、凡詩發序兩語、如關雎后妃之德也、世人之謂小序者古序也、兩語以外續而申之、世謂大序者衞宏語也、鄭樵謂、命篇大序、蓋出於當時采詩太史之所題、而題下小序則序所作爲之意、其辭顯者其序簡、其辭隱者其序備、其善惡之徵者、序必明著其迹、而不可以言殫者、則亦闕其目而已、故謂小序、是就衆序中分大小者也、而泰之則以發序兩語爲小序、兩語以外續而申之者爲大序、漁仲則以首序爲大序、續序爲小序、至是而大小序之說、凡有五焉、然其實古未嘗有大小序之名也、要之關雎一序、論國風、論二南、又統論詩之綱領、反復詳悉、至數百言、則比之他序以

爲大序、非無謂也、至於分古序與續序以大小、則其稱呼恐不適當、至如釋文所分、於語意殊爲割裂、原序卽關雎一篇、以括三百十篇之旨、蓋周之受命始于文王、文王之化始於二南、關雎乃周室最初之詩、而其體爲風、卽論時代、亦當爲首、冠關雎于二南、自當冠國風於雅頌、此關雎之序所以能括三百十一篇也、古有采詩之官、獻一詩卽有一序、以著作詩之由、所謂古序是也、詩既見錄、播之於樂、而復用以造士、其序與之並傳、惟其有序、始知指意之所歸、鄭康成謂、諸序本自合爲一編、毛公始分寘諸篇首、則序非作自衛宏可知、然則發篇兩語、出於國史無疑、各序續而申之者、古人授受、多憑口耳、其間語音乖異、記誦譌脫亦有之、於是鄙淺附會之言、得以竄入耳、龜井氏昱曰、序之作者、固無明文、唯其言之明、義之正、符驗古書、是之取爾、衛宏之作、其爲何物今無考、宏與康成厓相先後、序果宏作乎、康成豈以經神爲之註也邪、南陔鄭注、遭戰國及秦之世而亡之、其義則與衆篇之義合編、故存、至毛公爲詁訓傳、乃分別衆篇之義、可知康成所註、斷非宏作、夫序者言詩之所繇作、故冠之篇端、後世之歌詩、首記其題亦同、序之爲決辭、無可疑者故也、朱子辨說云、詩之作或出於公卿大夫、或出於匹夫匹婦、蓋非一人、而序以爲專出於國史則誤矣、夫風有莊姜穆夫人、雅有家父仍叔、詩之不成於國史之手固矣、左氏武王克商作頌曰、載戢干戈、載櫜弓矢、又作武、其卒章曰、耆定爾功、其六曰、綏萬方屢豐年、朱子非之曰、武與桓篇內已有武王之謚、其說誤矣、嗚呼左氏而不足以徵詩、則又誰徵乎、朱子不察古言、故乍見武王克商作頌之文、乃以爲武王實作之、誤之大者也、昭公二十八年曰、武王克商、光有天下、其兄弟之國者十有五人、姬姓之國者四十人、然亦僖公二十四年曰、昔周公弔二叔之不咸、故封建親戚、以藩屛周、因擧其所封十六國、昭公二十六年曰、武王克殷、成王靖四方、康王息民、並建母弟、以蕃屛周、定公四年曰、武王克商、成王定之、選建明德、以藩屛周、因擧其封魯衞晉、要之兄弟十五、姬姓四十、其不獨武王之封、灼然無疑矣、然而屬之武王者、古文之簡也、然則所謂武王克商作頌作武、非武王實作之明矣、然則所謂國史之吟咏情性、亦不國史實作之明矣、朱子云、周禮史官如太史小史內史外史、其職不過掌書、無掌詩者、此僻論已、既有掌書之文、則詩亦可徵、楚倚相以讀三墳五典八索九丘爲左史、則明乎得失之迹、固史職也、以不知祈招之詩見譏、則詩亦其掌也、周語古者大史順時覛土、周禮之文無是職事、豈可以是詆國語非丘明作乎、

關關雎鳩。在河之洲。 興也、關關、和聲也、雎鳩、王雎也、鳥摯而有別、水中可居者曰洲、后妃說樂君子之德、無不和諧、又不淫其色、愼固幽深、若關雎之有別焉、然後可以風化天下、夫婦有別則父子親、父子親則君臣敬、君臣敬則朝廷正、朝廷正則王化成、

窈窕淑女。君子好逑 窈窕、幽閒也、淑、善、逑、匹也、后妃有關雎之德、是幽閒貞專之善女、宜爲君子之好匹、○雎七胥切、窈鳥了反、窕徒了切、逑音求、延文本傳若關雎之四字、作若雎鳩之關關六字、逑匹也下有言字、

箋曰、中井氏積德曰、關關只是聲之令善而已、不當以雎雄論焉、詩之取義、一鳥之鳴乃可、不必須衆鳥應和也、凡鳥獸之鳴、數聲重疊相連者、故關關不須應和、雎鳩、郭璞曰、雕類、今江東呼之爲鶚、好在江渚山邊食魚、陸璣疏云、雎鳩大小如鴟、深目、目上骨露、幽州人謂之鷲、若鶡鷲之鷲、展翼六七尺、陸璣云大小如鴟、則亦不謂鶡鷲之鷲、以其擊魚食之、或謂之鶚、或謂之鷲、或謂之魚鷹、詳其所說、蓋皆同物也、謂之鳩者、鷹之屬通曰鳩、郯子所謂鷞鳩者鷹也、雎鳩雖食魚而非水鳥、故郭璞云、好在江渚山邊食魚、經言在河之洲、非常在也、本爲鷙鳥之屬、故毛公云鷙而有別、其鳥似鷹而土黃色、能扇波令魚出食、故淮南說林篇謂之沸波、集傳以爲鳧鷖之屬、殊爲失實、鳧鷖水鳥、雎鳩山禽、相去遠矣、傳摯而有別、釋文摯本亦作鷙、音至、左氏昭十七年傳、雎鳩氏司馬也、杜注鷙而有別、故爲司馬主法制、是雎鳩實鷙鳥、傳本作鷙而有別、義取有別、非取其鷙、故傳下云若關雎之有別焉、鷙或假借作摯、鄭箋云、摯之言至也、王雎雌雄情意至也、然而有別矣、此非傳恉也、正義合而一之誤矣、列女傳仁智篇、雎鳩之鳥、未嘗見其乘居而匹游、此謂未嘗乘居、又未嘗匹游也、而字兩相兼之詞、凡物四數皆曰乘、少儀乘壺酒、孟子發乘矢、是也、不乘居者不相亂也、不匹游者不相狎也、亦與毛傳取其有別同義、漢張超誚青衣賦、感彼關雎、性不雙侶、亦取其有別也、在河之洲者、莊子音義云、北人名水皆曰河、朱子集傳義本此、洲是水中沙土堆積、或每雨水變遷者、或少水則見、多水則沒、處處有之、傳似太拘、說文州水周繞其旁、从重川、引詩在河之州、據此則洲本作州、因專用爲九州字、故別出洲字、州洲古今字也、〇窈窕淑女、傳云幽閒也者、幽、深也、有深潛不露意、閒、閒雅也、有安靜自如意、毛既以幽閒訓窈窕、其下復以貞專足成其義、集傳亦足以貞靜、指其德之實也、窈窕二字雙聲、合之爲義、當兼內外、指女之德容言之、方言、善心爲窈、善容爲窕、謂善心善容可也、分屬則非、淑故窈窕、窈窕正以成其淑、坤順之德如此、文選秋胡詩注引薛君韓詩章句曰、窈窕貞專貌、正與毛同、淑女卽后妃、蓋淑字無所不包、言后妃之淑、猶言文王之德之純、謂之純則仁敬孝慈信皆在焉、謂之淑則幽閒貞靜皆在焉、漢書匡衡上疏曰、詩曰窈窕淑女、君子好仇、言能致其貞淑、不貳其操、情欲之感、無介乎容儀、宴私之意、不形乎動靜、夫然後可以配至尊、而爲宗廟主、此以詩之淑女卽爲后妃、實同毛氏、淑女猶言淑人也、不當作處女之女、好逑猶言嘉耦也、逑、釋文本亦作仇、音同、禮緇衣作君子好仇、漢書匡衡傳、爾雅釋詁注、俱作君子好仇、君子好仇與公侯好仇同、卽匹配之義、大雅皇矣詢爾仇方、傳仇匹也、可證、蓋逑仇二字通用、故傳作逑、箋作仇、鄭竝不云逑當作仇也、鄭氏泥左氏怨耦曰仇語、云和好衆妾之怨者、不成文理、且大姒既配文王矣、而又曰大姒求淑女以爲文王配、豈可以衆妾配君子乎、

參差荇菜。左右流之。 荇、接余也、流、求也、后妃有關雎之德、乃能共荇菜、備庶物、以事宗廟也、**窈窕淑女。寤寐求之。** 寤、覺、寐、寢也、**求之不得。寤寐思服。** 服、思之也、

悠哉悠哉。輾轉反側。悠、思也。○參初金反、差初宜反、延文本輾作展、傳余作茶

箋曰、興也、詩無言祭事、經文荇菜、傳共荇菜云云、以淑女有共荇菜之職、故以此託興、毛於首章標明興體、次章三章略之、全詩例皆如此、參差、長短不齊之貌、左右、尋此索彼之謂、流、謂隨水流而求之也、是章在采之前、未可遽言取、且以起下文、爾雅曰、流、求也、此釋舍是詩左右流之、亦無別處可用者、求之于流水、而遂以流言求、古人語類然也、其求荇菜也、唯隨水流、多方求之、故曰左右流之也、左右、言無方也、寤寐、言無時也、以荇菜流之左右、興淑女求之寤寐、荇菜亦水物、此詩之貫也、凡草之可食者、皆以菜名之、故荇亦名菜、荇與蓴皆有水葵之名、然一類二種、葉似馬蹄而圓者、鳧葵也、茆也、黃花者則謂之荇、一曰接余、白花者則謂之白蘋、蓴亦似茆而葉稍鋭長、其莖漬之、有涎如羹、故曰蓴羹、祭統曰、水草之菹、陸產之醢、小物備矣、三牲之俎、八簋之實、美物備矣、昆蟲之異、草木之實、陰陽之物備矣、凡天之所生、地之所長、苟可薦者、莫不咸在、示盡物也、夫祭必備庶物、故祭統言水草之菹、不必以周禮醢人陳四豆之實無荇菜爲疑、鄭既誤解述字、此以助訓左右、以荇菜爲后妃所共、左右爲淑女所助、分后妃淑女爲二人、非傳義也、鍾鼓樂之傳、德盛者宜有鐘鼓之樂、序云后妃之德、傳云德盛、意正相合、所謂友之樂之者、指淑女、卽指后妃耳、黃櫄曰、夫詩人方言欲求淑女以配君子、而遂言左右之欲助淑女之采荇菜、何其文顚倒之甚也、詩人以爲淑女未得、則承先祖供祭祀者誰乎、以荇菜之可以供祭祀、而求之不可緩也、求之不得、

則寤寐思之、有輾轉反側之憂、求之既得、則有喜樂不忘之情、曰琴瑟友之、曰鐘鼓樂之、以見其樂之之深也、此說足正箋之謬○寤寐求之者、寐、眠也、傳訓寢者、以眠中不能求也、然則寤寐猶曰起臥○寤寐思服者、莊子田子方篇、吾服女也甚忘、郭注云、服者思存之謂也、中庸曰、得一善拳拳服膺、蓋服如服衣服藥之服、凡着用身心者皆謂之服、思人者常着之於心而不忘、故傳云服思之也、或疑服亦爲思、思服相連、於義重複、不知康誥曰要囚服念五六日、至于旬時、服卽念也、念卽思也、服念連文、不嫌複也○悠哉悠哉、說文、悠、憂也、憂則思之、故引申訓思耳、重言曰悠悠、思服不已也○展轉反側、釋文、輾本亦作展、呂忱從車展、則輾始見於呂忱字林、古作展必矣、說文、展、轉也、又曰、輾馬轉臥土中、馬之轉臥曰展、猶人之轉臥曰展矣、楚詞九歎注、展轉不寐貌、引詩展轉反側、廣雅、展轉、反側也、何人斯箋、反側、展轉也、展與轉同義、展轉又與反側同義、合之臥不安之狀矣、古人名側多字反、左傳楚公子側、字子反、魯孟之側字反、皆足證反側之無二義、朱傳云、輾者轉之半、轉者輾之周、反者輾之過、側者轉之留、析四字各爲一義、而語無所本、不可從、求之不得四句、設辭不與上下同、以極其哀窈窕之意、無此四句則全詩平疊直敘、無復曲折、忽於窈窕淑女前後四疊之間、挿此四句、遂覺滿篇悠衍生動矣、然只是詩人代寫文王憂樂之情宜如此耳、原不必實有是事、大抵詩與騷一例、其立言多擬諸形容、不嫌過甚、離騷云、覽相觀於四極兮、周流乎天余乃下、望瑤臺之偃蹇兮、見有娀之佚女、亦只是設言耳、讀者勿以辭害志可也、說者多以憂樂於文王身上難說、遂以爲宮人思得后妃、又或以爲大任擇婦、細玩孔子說不淫不傷、自宜從夫婦男女上立說、若是姑之擇婦、又何淫傷之有、大率房中之樂、稱頌淑德、難以形容、祇自述其平日愛敬思慕、難得而幸得之狀、則淑女之淑、大端可見、若夫琴瑟鐘鼓、則固房中之樂所備者、不必深求之可也、

參差荇菜。左右采之。窈窕淑女。琴瑟友之。 宜以琴瑟友樂之、

參差荇菜。左右芼之。 芼、擇也、 **窈窕淑女。鐘鼓樂之。** 德盛者宜有鐘鼓之樂、○芼毛報反、樂音洛、延文本、傳友樂之下有也字、

箋曰、興也、采之言既得而采之、文定、嘉止、親迎、造舟、皆在采字芼字中、琴瑟友之者、琴瑟皆絲屬、琴者說文云、禁也、神農所作、洞越、練朱五弦、周加二弦、白虎通云、琴者禁也、所以禁止淫邪正人心也、風俗通云、今琴長四尺五寸、法四時五行也、七弦者法七星也、琴操云、長三尺六寸六分、象三百六十六日、廣六寸象六合也、蓋此是常用之琴、明堂位有中琴、豈是歟、又有大琴、爾雅云、大琴謂之離、是也、初學記引樂錄曰、大琴二十弦、今無此器、御覽五百七十七引爾雅注云、大琴曰離、二十弦、此是伏羲所制、郭注作二十七弦、疑與大瑟相涉而誤也、瑟者、說文云、庖犧所作、弦樂也、釋名云、瑟、施弦張之瑟瑟然也、玉海引世本云、瑟、潔也、使人精潔於心、淳一於行、明堂位有大瑟小瑟、爾雅、大瑟謂之灑、風俗通云、今瑟長五尺五寸、非正器也、應劭所說蓋小

瑟、爾雅郭注所言長八尺一寸、廣一尺八寸二十七弦、乃大瑟也、邢疏引世本曰、庖犧氏作五十弦、黃帝使素女鼓瑟、哀不自勝、乃破爲二十五弦、其二均聲、郭云舊二十七弦、未見所出、禮圖舊云、雅瑟長八尺一寸、廣一尺八寸、二十五弦、其常用者十九弦、其餘謂之番、番、嬴也、頌瑟長七尺一寸、廣一尺八寸、二十五弦盡用之、兩頭有孔、在底下者名越、樂記、淸廟之瑟、朱弦而疏越、段昌武曰、明堂位云、大琴大瑟、中琴小瑟、四代之樂器也、古人用大琴、必以大瑟配之、用中琴必以小瑟配之、然後大者不陵、細者不抗、而五聲和矣、廣雅、友、親也、友爲相親有之稱、友之所謂如賓如友、○左右芼之者、旣廣采之、而又擇取其美也、求而采、采而芼、辭之序也、芼者覒之假借字、玉篇引詩作左右覒之、說文云覒擇也、少儀、爲君子擇葱薤、則絕其本末、呂覽愼人篇、顏回擇菜於外、皆與傳擇字同義、爾雅、芼、搴也、搴者拔取也、擇搴義相近、或曰、芼者菜羹也、芼之謂以爲羹也、內則芼羹、注以菜雜肉爲羹也、然后夫人助祭、薦菹不設羹、故鄭云后妃供荇菜之菹、而毛亦訓芼爲擇、如鉶羹之芼、於禮當有常所、於左右義不相應、○鍾鼓樂之者、鍾金屬、鼓革屬、琴瑟常御、鍾鼓非恒設、故毛傳以有鍾鼓爲德盛、凡樂、琴瑟在堂上、鍾鼓在堂下、琴瑟之音細潤、與歌聲洽比者也、得相親密、故曰友、鍾鼓以始八音者也、其音發揚、故曰樂、下字俱不可移易、但琴瑟鍾鼓、皆以喻好合之義、在堂在庭不必拘說、鍾唐石經同、詩之鍾字亦如三禮無鍾字也、鍾假借、鐘本字、詩古文假借、樂讀如喜樂之樂、周禮磬師職云、燕樂之鍾磬、鄭玄曰、燕樂、房內樂也、所謂陰聲、金石備矣、胡承珙曰、案房中樂用鐘磬、諸儒秖據磬師、不知周禮笙師、凡祭祀饗食共其鐘笙之樂、燕樂亦如之、注云、鐘笙與鐘聲相應之笙、夫此言燕樂、別於祭祀饗食、則是用之房中及燕矣、使無鐘磬、何爲共其鐘笙之樂乎、又漢書禮樂志、房中樂、高祖唐山夫人所作也、其原出於周房中樂、而安世房中歌首章卽云、高張四縣、樂充宮庭、亦可爲房中樂有鐘皷之證、古賀氏煜曰、此時人詠文王太姒之詩也、第一章言太姒之賢、可配文王、二章以下、遂叙未得之哀、既得之樂、故寤寐求之者、文王寤寐求之也、輾轉反側者、文王輾轉反側也、琴瑟友之者、文王琴瑟友之也、鐘鼓樂之者、文王鐘鼓樂之也、此雖出於詩人之口、本揣度文王之心而言、非詩人自陳已情也、語脉章章、熟讀自見、朱子以爲文王而若此、近於好色、殊不知聖人爲求內助之賢而然、乃性情之正、庸何傷乎、古之聖王、任官命職、莫不愼擇其人、蓋雖瑣瑣卑賤之吏、苟不得其人、必曠廢一官一職之事、況后妃者內治之主、所以輔君子而理家國者、后妃而不德、其貽害大矣、乃不知愼擇其人、又且天下有聖女堪相匹配、而恝然不有求之之心、何足以爲聖、夫如是則宜其未得也有寤寐反側之哀、其既得也有琴瑟鐘鼓之樂、但其哀樂止于此、則哀不至於悲傷、樂不流於淫蕩、此孔子所以深取之也、況琴瑟之爲物、古多主夫婦而言、故鄭風之琴瑟在御、所以叙賢夫婦相警戒之詞、小雅之如鼓琴瑟、所以比夫婦諧和之意、則此詩之琴瑟友之、其爲文王之於太姒明矣、若謂宮人爲之、則婢妾之賤、乃敢友小君樂小君、語氣傲然、如待僚友、豈非不敬之甚乎、姚鼐曰、書曰、文王受命惟中身、厥享國五十年、文王九十七而崩、其卽位蓋四十七八歲矣、又終王季之喪三年、詩曰、文王初載、天作之合、當九姒之來嬪、文王蓋五十矣、未知其爲世子有妻、而亡之與、抑以求聖女之難、竟未有夫人、其無以共承宗廟、是以輾轉反側以思之也、文王五十而娶太姒、篤生武王、文王之崩、武王蓋四十六七歲矣、又十三年而伐紂、年可六十、故告周公曰、維天不饗殷、自發未生、于今六十年、又六年而崩、蓋武王壽止于六十六、故周公陳無逸、不及武王、謂武王九十三而崩者妄也、武王克殷、歲在鶉火、逾十六年歲在大火、而成王封小弱弟于唐、是時唐叔蓋可二十矣、遡克紂時、殆爲四歲、武王崩時蓋爲十歲、成王長之、異義古尚書說謂成王十三而喪武王者近之矣、文王既爲西伯、而後太公至周、爲西伯之後九年、而文王崩、然則武王娶太公女邑姜、亦年四十矣、故克紂之後、元女太姬始可嫁、而成王叔虞皆幼也、以是推之、周人先世、大抵壽長而娶晚、是以自不窋而後十六君、而閱千年、是以召公以似先公酋矣、祝康王之壽、胡承珙曰、白虎通義嫁娶篇云、人君及宗子、無父母自定娶者、卑不主尊、賤不主貴、故自定之也、昏禮記曰、親皆沒、已躬命之、詩云、文定厥祥、親迎于渭、此蓋三家詩說、然則以文王娶大姒、爲在卽位之後、漢人已有此說矣、魏源曰、二南之詩、必作於國人、而周公采被管絃、斷無宮人自作之詩、至其用之於樂、則有三篇連奏之例、故關雎首以琴瑟鐘鼓、明其爲房中之樂、猶鹿鳴首以笙簧筐酒、明其爲燕饗之樂、皆言求賢女求賢士之難、以昭夫婦君臣之至重、如必美后妃不妒忌、求嬪御以助己、則止與樛木螽斯相重、而不淫不傷、斷不可通矣、大戴禮保傅篇曰、易曰、正其本、萬物理、失之毫釐、差之千里、故君子愼始也、春秋之元、詩之關雎、禮之冠昏、易之乾坤、皆愼始敬終云爾、

素成之書曰、謹爲子孫取妻嫁女、必擇孝弟世世有行仁義者、則子孫慈孝、黨無不善、三族輔之、此主於擇賢配、乃經師最古之誼矣、

關雎五章章四句故言三章一章四句二章章八句

箋曰、延文本、三章下有其字、釋文云、五章是鄭所分、故言以下、是毛公本意、後放此、卷子本、行首旁書師說不讀四字、正義曰、定本章句在篇後、六藝論云、未有若今傳訓章句、明爲傳訓以來、始辨章句、或毛氏卽題、或在其後人、未能審也、據孔云定本章句在篇後、則孔氏正義本、章句在前可知也、中井氏曰、關雎者篇題也、不當落後、葢古經是題冏在前、如今人詩集也、後作詩序者、連此以爲文、故注家在後更揭、以算計章句之數也、及考亭除詩序、前題乃與偕去、後揭者反如題、大失體製矣、其幾章幾句、是注家之算計、不當大書連題、宜分注之、後並放此、正義曰、自古而有篇章之名、故那序曰、得商頌十二篇、東山序曰、一章言其完、是也、句則古者謂之爲言、論語云一言以蔽之、曰思無邪、則以一句爲一言、左氏曰、臣之業在揚之水卒章之四言、謂第四句不敢告人也、秦漢以來、衆儒各爲訓詁、乃有句稱、論語註云此我行其野之句、是也、句者局也、聯字分疆、所以局言者也、章者明也、摠義包體、所以明情者也、篇者偏也、言出情鋪事、明而偏者也、句者聯字以爲言、則一字不制也、故詩之見句、少不減二、卽祈父肇禋之類也、三字者綏萬邦屢豐年之類也、四字者關關雎鳩窈窕淑女之類也、五字者誰謂雀無角何以穿我屋之類也、六

字者昔者先王受命、有如召公之臣之類也、七字者如彼築室於道謀、尙之以瓊華乎而之類也、八字者十月蟋蟀入我牀下、我不敢效我友自逸、是也、其外更不見九字十字者、由聲度闡緩、不協金石也、詩之大體、必須依韻、之兮矣也之類、本取以爲辭、雖在句中、不以爲義、故處末者、皆字上爲韻、之者左右流之、寤寐求之之類也、兮者其實七兮、迨其吉兮之類也、矣者顏之厚矣、出自口矣之類也、也者何其處也、必有與也之類也、乎者俟我于著乎而、伐檀且漣乎猗之類、此等皆字上爲韻、不爲義也、然亦有卽將助句之字以當聲韻之體者、則彼人是哉、子曰何其、不思其反、反是不思、亦已焉哉、是究是圖、亶其然乎、其虛其徐、旣亟只且之類、是也、章者積句所爲、不限句數也、以其作者陳事、須有多少、章摠一義、必須意盡而成故也、累句爲章、則一句不可、二句得爲之、盧令及魚麗之類是也、三句則麟趾甘棠騶虞之類是也、其多者載芟三十一句是也、篇之大小、隨章多少、風雅之中、少猶兩章以上、卽騶虞渭陽之類是也、多則十六以下、正月桑柔之類是也、唯周頌三十一篇、及那烈祖玄鳥皆一章者、以風雅敘人事、刺過論功、志在匡救、一章不盡、重章以申殷勤、故風雅之篇無一章者、頌者太平德洽之歌、述成功以告神、直言寫志不必殷勤、故一章而已、

葛覃。后妃之本也。 箋曰、詩言后妃在父母家之德、而及于歸、勤儉孝敬、化天下以婦道、故云后妃之本也、本其婦道之基於女道也、 **后妃在父母家。** 箋曰、延文本毋下有之文、 **則志在於女功**

之事。箋曰、在家志在女功、則既嫁而勤於女功亦可知、躬儉節用。服澣濯之衣。箋曰、躬儉以下、就既嫁之後而言之、凡史所載躬履節儉、躬紡績澣濯者、惟王后貴人始以是稱之、未有處子在母家、而稱躬儉節用者也、尊敬師傅。箋曰、既嫁而有禮於師氏也、則可以歸安父母。箋曰、安、釋寧也、化天下以婦道也。箋曰、二則字可玩、父母與師傅對、女功與婦道對、續序是推原之論、言后妃在父母家、而志在女功之事、故既嫁而有能勤女功、躬儉節用以下之美、不重言女功者、承上文而略之也、以文王中年卽位娶大姒、而尙有歸寧之父母、則太姒與文王年齒不相當、亦一證矣、

葛之覃兮。施于中谷。維葉萋萋。興也、覃、延也、葛所以爲絺綌、女功之事煩辱者也、施、移也、中谷、谷中也、萋萋、茂盛貌也、黃鳥于飛。集于灌木。其鳴喈喈。黃鳥、摶黍也、灌木、藂木也、喈喈、和聲之遠聞者也、○覃徒南反、

箋曰、賦而比也、葛草名、蔓生、其根外白內紫、其葉三尖、其花纍纍成穗、紅紫色、其子色綠、績其皮以爲布、覃、延也、大雅覃及鬼方覃字同、謂葛引蔓延長、

非延易之延、施于中谷者、施亦延也、並自此及于彼之意、傳云施移也、移者捨此而之彼也、乃延易之義、雖引蔓之長、至於延易、義本相成、然詩以覃與施相承而言、宜取延長之義、史記司馬相如傳、登降施靡、正義引郭璞施靡連延也、又漢書楊雄傳、施靡乎延屬、注、施靡相及貌、延卽連延、相及亦連延也、小雅頍弁施于松柏、豳風果臝之實、亦施于宇、宜參看、中谷、谷中、倒其言者、詩文多此類也、葛出于山、不水生、金鶚曰、谷不必有水也、老子曰、谷神不死、言人之神如谷之空虛、可以不死也、谷有空義、故知其無水也、左傳襄三十年、吾公在壑谷、以谷稱窟室、窟室固非有水者也、蓋谷在兩山之間、其地寬廣、可爲田園廬舍、所謂山農者多居于此、卽有泉水、或瀦或流、不過以共爨汲資灌漑也、但谷既在兩山之間、一遇大雨驟集、山上之水、皆由此而下注于谿、向之無水者、于是有水矣、谷既有水、與澗相似、故澗得與谷通稱、老子曰、江海能爲百谷王、爾雅曰、水注谿曰谷、此則以谷之有水者言之、而幷以澗通言之也、然谷之有水者暫、無水者常、非如澗之常有水也、澗常有水、故其文从水从間、以水在兩山之間也、谷之地廣、故水不聚、澗之地狹、故爲水所鍾、谷之水多無源、故雨止則水涸、澗之水皆有源、故其水長流不竭、是谷與澗異也、而澗可謂谷者、散文通耳、谷可以統澗、澗不可以統谷、故諸書多言谷、而不言澗也、谷有水時少、無水時多、故曰、谷之本義當爲無水也、○維葉萋萋者、萋萋、新芽貌、葛方生之時、后妃遠步中谷、而視其榮瘁、葛方蔓矣、后妃則喜、新芽時而往、寫其志在女功念念不忘也、傳云煩辱、卽勞苦之意、○黃鳥于飛三句、此時葛盛尚未刈也、但以黃鳥飛鳴小景點綴、如有意如無意、自爾風致溢如、詩中黃鳥五見、此傳云黃鳥搏黍也、搏音博、非徒端反、小雅黃鳥傳、黃鳥宜集木啄粟者、黃鳥啄粟、故一名搏黍、毛於黃鳥訓搏黍、於七月倉庚訓離黃、不以倉庚爲搏黍、卽不以黃鳥爲倉庚也、方言云鸝黃自關而東謂之倉庚、自關而西謂之鸝黃、或謂之黃鳥、或謂之楚雀、高誘注淮南子時則篇云、倉庚爾雅曰商庚、黎黃、楚雀也、齊人謂之搏黍、秦人謂之黃流離、幽冀謂之黃鳥、是高說倉庚卽黃鳥、而又冒以搏黍之名、呂覽仲春紀倉庚鳴注同、陸疏云、黃鳥、黃鸝留也、或謂之黃栗留、幽州人謂之黃鶯、一名倉庚、一名商庚、一名鵹黃、一名楚雀、齊人謂之搏黍、亦與高注同、謂之黃鶯者、桑扈傳鶯然有文章也、黃鶯頸端細毛雜色、體毛黃、而翅及尾黑色相間、文彩離陸、故又名黃栗留、栗留卽離陸、又卽歷錄、文章貌也、蓋搏黍今之黃雀也、似雀而色純黃、戰國策云、俛啄白粒、仰棲茂樹、古樂府所謂野田有黃雀者是也、若黃鶯不聞其食黍粟也、說文離下云、離黃、倉庚也、鳴則蠶生、鵹下云鵹、鵹黃也、从隹黎聲、其色黎黑而黃、此皆謂今之黃鶯、孫奕示兒編云、黃鳥有二種、名同而實異、小大殊也、如黃鳥于飛集于灌木、睍睆黃鳥載好其音、鶯也、詩人取其善鳴者也、如交交黃鳥止于棘于桑于楚者、黃雀也、詩人言其交交而集于楚棘者衆多也、如黃鳥黃鳥、無啄我粟我粱我黍、亦黃雀也、蓋啄其粟與粱黍、今稻粱熟時、黃雀羣集于田壟以啄、爲人所羅所逐者、正謂此耳、毛氏陸氏所謂搏黍亦當是黃雀、黍熟於七八月之間、無復有鶯矣、孫說得之、于、語辭、所以足句也、邶之燕燕于飛于字同、集、止也、爾雅釋木、木族生爲灌、傳蔡木、釋文作叢木、蔡叢族三字訓同、其鳴喈喈與小雅倉皇喈喈同、只是聲之遠聞也、不必言應和、毛以此章爲興者、女之父母爲女擇夫而嫁、猶鳥之擇木而棲、故以黃鳥之集灌木爲喻、又以黃鳥之有好音、喻后妃之有德音、安井氏衡曰、此章先述后妃嫁後宜其家人之事、然其所以宜其家人、乃以其在父母之家、志女功之事也、葛婦人之所有事、故以葛施于中谷、與其歸于夫家、而傳以女功之事煩辱者解之、皆本其初也、其鳴喈喈、興夫婦和諧、能以婦道化天下、故傳云和聲之遠聞、毛意當然、然失于深、

葛之覃兮。施于中谷。維葉莫莫。莫莫、成就之貌也、**是刈是濩。**濩、煮之也、精曰絺、麤曰綌、斁、厭也、古者王后織玄紞、公侯夫人紘綖、卿之內子大帶、**爲絺爲綌。服之無斁。**大夫命婦祭服、士妻朝服、庶士以下各衣其夫、○刈魚廢反、濩胡郭反、絺恥知反、綌去逆反、延文本維作惟、傳后下有親字、夫人下有織字、命婦下有成字、紞都覽反、

箋曰、維葉莫莫、廣雅、莫莫、茂也、文選蜀都賦、秔稻莫莫、劉注亦云茂也、是莫莫本爲茂盛之貌、傳以下文有是刈是濩、故以莫莫爲成就之貌、正義云、葛既成就已可采用、是也、○是刈是濩、釋文引韓詩濩瀹也、服虔通俗文云、以湯煑物曰瀹、濩卽鑊之假借、周禮亨人掌共鼎鑊、以給水火之齊、少牢饋食

禮有羊鑊豕鑊、鑊所以薅物、因訓鑊爲薅、猶刈亦田器、所以芟草、因訓刈爲芟也、齊語挾其槍刈耨鎛、韋注、刈、鎌也、是刈爲田器之證矣、爲絺爲綌、說文、絺細葛也、綌䗪葛也、精與細同、○服之無斁者、說文、服用也、序云服澣濯之衣、亦以詩服爲服用、魏風葛屨好人服之、亦謂服用、鄭箋訓服爲整、非詩義也、禮記兩引詩作服之無射、射皆斁之叚借、斁古音度、入聲、與上莫鑊字韻、凡从睪之字、古音皆讀度入聲、不音亦也、凡衣服新成、必有寶愛之意、及其慣習、稍生厭憎之意、忽更思新衣、是婦人之通情也、此章歷敘治葛之事、多少治葛之勞、只一是刈是濩盡之、多少組織之勞、只一爲絺爲綌盡之、歸到服之無斁、正如老農舉箸、深知盤中飧皆從辛苦來、而儉德可風、已悠然言外、○傳古者王后以下、皆魯語文、公父文伯母陳先王古訓、以自言其效績而無有怠惰、皆以盡婦道也、傳引之者、蓋因治葛爲女功之事、故推類及之、女功有蠶事、有麻事、有葛事、蠶爲重、麻葛次之、大姒公侯夫人、婦德婦功之盛、蓋及葛事矣、故詩舉葛以見蠶績也、紞所以縣瑱當耳者、紘、纓之無緌者也、從下而上、不結、冠無笄有纓、冕弁有笄有紘、笄貫於武、笄首又有紐、纓以二組屬於武、而結於頤下、垂緌爲飾、紘則一組、以組之兩端、上屬於武上小鼻、卽笄所貫之紐、垂組爲飾、武、冠卷也、綖、延也、冕以版爲之、延謂覆版之帛、天子諸侯大夫素帶、士緇帶、皆謂之大帶、又有革帶、革帶繫韍韐刀鞶、及佩玉之屬、大帶則束衣垂紳、卿之適妻曰內子、命婦大夫之妻也、大夫祭服玄衣纁裳、魯語士上有列字、朝服上有加之以三字、蓋列士助祭之服爵弁、亦玄衣纁裳、士之妻旣織此爵弁服、而又加之以朝服、加之二字、蒙上成祭服爲文、謂士妻不僅如大夫命婦成祭服而已、天子朝服皮弁、諸侯朝服玄冠、君與臣同色也、庶士對上文列士、謂庶人在官者、韋注云下士、非也

言告師氏。言告言歸。 言、我也、師、女師也、古者女師教以婦德婦言婦容婦功、祖廟未毀、教于公宮三月、祖廟已毀、教于宗室、婦人謂嫁曰歸、**薄汙我私。薄澣我衣。** 汙、煩也、私、燕服也、婦人有副禕盛飾、以朝事舅姑、接見於宗廟、進見於君子、其餘則私也、**害澣害否。歸寧父母。** 害、何也、私服宜澣、公服宜否、寧安也、父母在則有時歸寧

尒○汙音烏、禕音煇、延文本害並作曷、傳尒作爾、宋本作耳、

箋曰、言、語辭也、爾雅、孔、魄、哉、延、虛、無、之、言、間也、間謂間廁言詞之中、猶今人云語助也、爾雅此節皆語助、凡詞之在句中者爲間、詞之在句首者亦爲間、言有在句首者、言告師氏言刈其楚之類是也、言有在句中者、靜言思之之類是也、此篇及黃鳥我行其野有駜、皆作言歸、齊南山作曰歸、黍苗作云歸、言曰云三字同義、言之訓我、雖本釋詁、經傳罕覯、且此下明有兩我字、果卽指我、奚必變文曰言邪、首二句不過告師氏歸耳、分言告歸、以婉其辭、凡詩體有疊字、子孫其湛、其湛曰樂、疊末二字也、言告師氏、言告言歸、疊首二字也、爾雅釋言、告、請也、謂請於師氏而師氏代請於君子也、然添出使告便迂、史記高祖紀當告歸、漢書高祖紀集注引孟康名吏休暇曰告、後漢書劉趙錞于姜劉周趙傳有詔賜告歸、加禮如毛義、據此則告者乃後世所謂請假

也、言告言歸者、謂請假歸寧父母耳、與史漢告歸二字恰合、不說出父母者、以歸寧父母在下文也、傳云女師者、敎女之師也、以婦人爲之、師氏見周禮地官、斯時周禮未作、稱女師爲敎女之師氏也、婦人能以婦道敎人者使爲姆、女既出嫁、姆尙隨之、卽序所謂師傅也、春秋襄十三年宋災、伯姬待傅至、姆未至、逮火而死、此女師隨往女家之一證、傳以歸爲嫁、非經旨也、古者女師敎以下、禮昏義文、祖廟未毀以下、士昏禮文、○薄汙我私、薄澣我衣者、芣苢詩薄言采之、傳、薄、辭也、後漢書李固傳、薄言震之、注引韓詩、亦曰薄辭也、薄言二字皆語詞、單言薄者亦語詞、薄魄古聲近通用、文選李注、以旁魄爲旁礴、爾雅魄、間也、謂間助之詞、魄卽薄字之假借、傳汙煩也、鄭箋煩撋之、用功澣、深謂濯之耳、釋文、阮孝緒字略云、煩撋猶挼莏也、兩手相切摩爲挼、玉篇莏作抄、手挼抄之也、汙與潔對、去汙而謂之汙者、猶今人漬灰爲水使滑澤、則垢易落、蓋是以汙之者潔之、較之僅用水浣、斯爲煩矣、私謂衵服襯衣之類、衣是表衣、此互言以見意、上句無服字、猶下句無公字、下句有衣字、知上句爲私服、上句有私字、知下句爲公衣也、私與衣只就見父母說、非王后燕服褘衣之謂、傳似失之、果是禮服、鞠展褖當澣、三翟則不可澣、內司服掌王后之六服、褘衣揄狄闕狄鞠衣展衣褖衣、鄭注、褘衣從王祭先王、褕翟祭先公、闕翟祭群小祀、鞠衣以告桑、展衣以禮見王及賓客、褖衣以御于王、亦以燕居、侯伯之夫人揄翟、唯二王後褘衣、此論其概耳、王后夫人以禮見君、固服展衣、若天子諸侯、冕而親迎、王后必服褘衣、侯伯夫人必服揄翟矣、副者后夫人之首飾、見君子偕老篇○害澣害否者、古害曷聲同、故曷謂之何、害亦謂之何、曷者本字、害者假借字、薄汙以下、詩人設爲商度之詞、以形容后妃之心、非告師也、言何衣澣之、何衣未澣而可、我將服以寧父母矣、此因歸寧而自點撿衣服、本與絺綌無關、而與無斁之意、自相關照、○歸寧父母者、寧、謂問安也、明陶宗儀以國策觸讋之語、證古者諸侯之女無歸寧之禮、然曲禮云姑姊妹女子子、已嫁而反、固有明文、安得謂其必無、以觸讋之言疑古禮、是猶以華督目逆一事、疑古婦人無出必蔽面之禮、以崔杼見棠姜一事、疑古婦人無幃哭之禮、以陶嬰中夜悲鳴一語、疑古寡婦無不夜哭之禮也、豈通論乎、詩之泉水載馳竹竿、雖皆思歸不得、然使父母在而亦不當歸寧、則其思爲非禮矣、故泉水序說父母在則歸寧、沒則使大夫寧於兄弟、此古禮也、何休注公羊、爲夫人非有大故不得歸者、對大夫妻雖無事、歲一歸寧而言、大故卽大事、如問父母病、及兄弟卽位之屬、豈必被出之謂乎、春秋莊二十七年杞伯姬來、左氏傳曰、凡諸侯之女、歸寧曰來、襄十二年左傳、楚司馬子庚聘於秦、爲夫人寧、禮也、正義引爲夫人父母在得歸寧、沒使大夫寧於兄弟之證、而息嬀歸寧過蔡、蔡侯止而享之、則又國君夫人歸寧之明文、此春秋可徵者也、

葛覃三章章六句

箋曰、葛既成、斬之而煑之、精而爲絺、麤而爲綌、勤也、服葛不厭、澣濯其衣、儉也、言告師氏、敬也、歸寧父母、孝也、一詩而四德具焉、此徽音之實也、關

雎之所謂淑、指其德之全體而言、此所謂勤儉孝敬、又各就其一事而言、禮經止載后夫人躬桑、觀此詩則知凡百婦功無不親執、所以內事治、而女教章也、而莊存與援魏風葛屨使女縫裳刺儉不中禮、謂女在父母家、親葛則可、既嫁爲諸侯后妃、親葛則不可、殊不知毛傳有王后諸侯夫人親爲祭服之說、緇衣鄭注亦謂、采葛爲君子之衣、令君子服之不厭、豈但女道而非婦道乎、葛屨履霜、寒時暑服、故爲儉不中禮、若夏月絺綌、正適時宜、采蘩爲葛覃之應、卷耳卽下章之次、后妃夫人可以采蘩采卷耳、獨不可以采葛乎、

卷耳。后妃之志也。箋曰、詠其中心所存、故曰志、此出賦詩者言外歸美之意、觀兎罝芣苡之序皆然、不必定以出自后妃之口、而後爲其志也、**又當輔佐君子。**箋曰、又當云者、受上二篇也、可知古各序合爲一篇、故蒙上而言、而三篇如一者亦見、周家徽音、自大姜大任、皆有內助、后妃不可無此志、當字宜精繹之、**求賢審官。**箋曰、求賢懷人也、審官周行也、審者言官當其人、求賢者廣搜博訪、在寘之先、審官者因材器使、當寘之始、**知臣下之勤勞。**箋曰、陟彼崔嵬二句、臣下之勤勞也、能燕勞之乃爲眞知、然特輔佐君子而已、非后妃親其事也、以此朝夕思念至於憂勤、是爲后妃之志、**內有進賢之志。而無險詖私謁之心。**箋曰、內、中心也、姦佞可畏曰險詖、私謁者謂以私事謁也、謁訓

請、亦訓告、婦人有寵、多私薦親戚、**朝夕思念。**箋曰、發明首章之義、**至於憂勤也。**箋曰、憂勤二字同義、問喪曰、服勤三年、鄭注、勤謂憂、呂氏春秋不廣篇、勤天子之難、高注、勤、憂也、婦人無外事、曰內、曰志、曰思念、曰憂勤、皆所以示是義也、棫樸文王能官人、此則曰嗟我懷人寘彼周行、四牡勞使臣、出車勞還帥、此則曰我姑酌彼金罍、維以不永懷、我姑酌彼兕觥、維以不永傷、至誠惻怛、周南與大小雅之言如出一口、志合道同、在文王爲刑于寡妻、在后妃爲輔佐君子、呂記云、求師取友、婦人固無與乎此、而好善之志則不可不同、崇德報功、婦人固無與乎此、而體羣臣之志則不可不同、室有轑釜之聲、則門無嘉客、況后妃心志之所形見者乎、呂氏得詩旨、

采采卷耳。不盈頃筐。憂者之興也、采采、事采之也、卷耳、苓耳也、頃筐、畚屬也、易盈之器也、**嗟我懷人。寘彼周行。**懷思、寘置、行列也、思君子官賢人置之周之列位也、○延文本頃作傾、傳同、傳思下置下、並有也字、寘之豉反、行戶康反、畚音本、

箋曰、賦也、采采重言、詩之辭也、俞樾曰、卷耳傳曰、采采事采之也、芣苢篇傳曰、采采非一辭也、毛於卷耳篇用一事字、於芣苢傳用一辭字、明有虛實之分、采采卷耳猶云參差荇菜左右采之也、是實事也、采采芣苢、猶云蒹葭采采也、乃重言以形況之、是虛辭也、使采采卷耳非實事、則既不采取、何能盈

筐、與下句不貫矣、使采采芣苢非虚辭、則既云采采、又云薄言采之、與下句重複矣、故於芣苢曰非一辭、見芣苢之衆多也、安井氏曰、毛云憂者之興者、言喻憂者也、不云興也而云憂者之興、明有異於餘興也、餘興言采菜卽取采菜喻、此言采菜而取憂爲興、故特言憂者之興、言興取其憂而已、不取其采菜也、采易得之菜、而不盈易盈之器、是憂深者之事、故云憂者之興也、胡承珙曰、傳以采卷耳爲憂者之興、是謂卷耳易得、頃筐易盈、而采之者苟有貳心、尚不能滿、況於求賢之難、而可不思所以寘之乎、如是乃得爲因物託喻諷其君子、以上二説蓋得毛旨、然不如作賦解之直捷也、卷爾雅作卷、卷卷古今字、郭注引廣雅云、枲耳也、亦云胡枲、江東呼爲常枲、爾雅釋文引廣雅又云、苓耳蒼耳、陸璣云、葉青白色、似胡荽、白華細莖、蔓生、可煮爲茹、滑而少味、四月中生子、如婦人耳中璫、今或謂之耳璫、幽州人謂之爵耳、陸謂可煮爲茹、則亦婦人飲食事也、胡承珙曰、杜子美驅豎子摘蒼耳詩云、蓬莠獨不焦、野蔬暗泉石、卷耳況療風、童兒且時摘、是亦以卷耳爲蒼耳、蓋唐時猶以充蔬食者、爾雅郭注、或曰、苓耳形似鼠耳、叢生如盤、郭所引或説、是別一物、故徐鍇説文繫傳、於苓字下引郭注叢生如盤、以爲菌屬生朽潤木根者、其非蒼耳明甚、朱傳云、卷耳枲耳、葉如鼠耳、叢生如盤、則合郭氏二説爲一、誤矣、不盈頃筐者、韓詩云、頃筐、欹筐也、頃筐蓋筐底不平者、常傾欹不安、皇邦漉豉筐之類、七月篇懿筐爲深筐、則頃筐爲淺筐、故傳云易盈之器也、畚、蒲器也、所以盛糧、或曰、後高而前低、故曰頃筐、頃則前淺、故曰易盈、○嗟我懷人者、嗟、歎詞、后妃愀然而疑、喟然而悟、故曰嗟我、言大夫方遠役於外、我欲周行之富善人者、於心竟不忘、頃筐之不盈、我心不在焉故也、我卽我后妃、而後章之我皆爲使臣、凡詩中我字、有其人自我者、有代他人言我者、一篇之中不妨竝見、如出車勞還率之詩、首章三章五章我字、各有所指、可無疑於卷耳之我前後異解矣、懷者、懷諸心而不能舍也、人指賢才、寘彼周行者、襄十五年左傳曰、嗟我懷人寘彼周行、能官人也、王及公侯伯子男采衞大夫各處其列、所謂周行也、傳云周之列位者、不問內外、凡事周者皆是也、箋云謂朝廷臣、傳意恐不然、詩周行有三、毛於大東之周行無傳、然訓佻佻爲獨行、則當以周行爲道路、鹿鳴周行、毛訓至道、此詩則本之左傳、言各有當、不必一概也、

陟彼崔嵬。我馬虺隤。陟、升也、崔嵬、土山之戴石者、虺隤、病也、**我姑酌彼金罍。**姑、且也、人君黃金罍、永、長也、○嵬五回反、虺呼回反、隤徒回反、罍盧回反、延文本、傳者下有也字、

維以不永懷。

箋曰、以下序情閔勞之辭、崔嵬、山高貌、小雅習習谷風、維山崔嵬、景福殿賦、高甍崔嵬、可證、爾雅釋山云、石戴土謂之崔嵬、又云、土戴石爲砠、此及下傳與爾雅正反、皆以毛傳爲確、段玉裁曰、石在上則高不平、故曰崔嵬、土在上則雨水沮洳、故曰砠、馬瑞辰曰、說文、崔、大高也、嵬、高不平也、山石崔巍、高而不平也、說文又曰、兀、高而上平也、阢、石山戴土也、阢卽兀也、知高而上平者爲石山戴土、則知崔嵬之高而不平者、爲土山戴石矣、砠通作岨、說文、岨、石

戴土也、以岨爲石戴土、則益知崔嵬爲土戴石矣、崔嵬二字疊韻、釋名、土戴石曰崔嵬、因形名之也、石戴土曰岨、岨臚然也、義與毛傳合、今爾雅與毛傳互異、蓋傳爾雅者傳寫誤也、正義轉疑毛傳爲誤、失矣、我馬虺隤者、虺隤雙聲、不必求之字義、釋文、虺說文作瘣、郝懿行曰、瘣字誤、說文作瘣、云、病也、引詩譬彼瘣木、毛詩瘣作壞、故傳云、壞瘣也、謂傷病也、是壞當作瘣、詩及爾雅之虺、俱瘣之叚音、說文、隤下隊也、釋名、陰腫曰隤、氣下隤也、然則虺隤亦人病之通名、詩釋文引孫炎云、馬退不能升之病、望文生訓耳、且虺隤二字俱爲叚音、漢書景十三王傳云、日崔隤、集注、崔隤猶言蹉跎也、蓋蹉跎與崔隤聲轉、崔隤又與虺隤聲近、證知此等假借之字、皆以聲爲義也、○我姑酌彼金罍者、我、我使臣也、此后妃代使臣、序其勞與情、欲反役之後、君子厚賞之也、姑且者、少略之辭、金罍、酒器也、古之酌酒者、必取諸罍、釋文、罍其形似壺、容一斛、罍字本作櫑、說文、櫑刻木作雲雷象、象施不窮也、畾卽靁之省、乃古雷字、又說文、靁象回轉形、凡古器多以回爲靁、是畫雷者卽作回字形耳、阮諶禮圖云刻木爲之、與說文同、則罍木質、畫以雲雷、而加飾以爲等差、人君黃金罍、黃金其飾也、維以不永懷者、懷、憂懷也、巉巖難越而憂懷也、傷者山岡陡絕而傷感也、憂懷不忘謂永懷、傷感不已謂永傷、曰姑、曰維以、曰不永、俱明知不可解、而冀暫解之辭、合下二章是后妃釋傾筐於地、佇立而瞻望四山、緬然永思意中之綢繆也、風詩言近指遠、此第曰陟彼崔嵬而已、鄭箋卽云、臣以兵役之事行出、如采薇兵也、皇華役也、曰我姑酌彼金罍而已、箋卽云、臣出使、功成而反、君且當設饗燕之禮、與之飲酒以勞之、我則以是不復長憂思也、言且者、君賞功臣或多於此、此解得風人之旨矣、胡承珙曰、成九年左傳、季文子如宋致命、公享之、襄二十年、季武子如宋歸復命、公享之、是春秋時、臣下出使而還、其君猶有享燕之禮、周禮酒正漿人、有共后夫人致飲于賓客之禮、世婦掌大賓客之饗食、疏謂賓客饗食、王后有助王禮賓之法、然則周南盛時、恩明誼美、於命將遣戍之際、燕饗慰勞、作爲詩篇以詠歌其勤苦者、安知后妃不與有助邪、

陟彼高岡。我馬玄黃。我姑酌彼兕觥。維以不永傷。山脊曰岡、玄馬病則黃、兕觥、兕角爵也、傷、思也、○兕徐履反、延文本觥作觵、傳同、傳岡下黃下並有也字、傳兕角爵摺本無兕字、

箋曰、小雅采薇序云、文王之時、西有昆夷之患、北有玁狁之難、后妃所望蓋非一方也、爾雅、玄黃、病也、蓋虺隤者病之狀、玄黃者病之色、二章互言之、陳奐曰、傳文玄馬病則黃五字、當作馬病則玄黃、與四牡傳馬勞則喘息句法相同、今本誤也、上章傳云虺隤病、此云馬病、義互明也、玄黃合二字成義、玄黃之不可分釋、猶虺隤之不能分釋耳、爾雅釋詁、痡、瘏、虺隤、玄黃、病也、正釋此詩辭、傳於痡瘏虺隤皆用雅訓、不應於玄黃更作玄馬病黃解、文選曹子建贈白馬王彪詩云、中逵絕無軌、改轍登高岡、脩坂造雲日、我馬玄以黃、玄黃猶能進、我思鬱以紆、古玄黃連讀、不謂玄馬病黃、足證今本毛傳之誤、郝懿行曰、爾雅邢疏引孫炎曰、玄黃、馬更黃色之病、郭氏不從、以爲人病之通名、是也、按詩云、何草不黃、何草不玄、明不獨馬病爲然、故素問五藏生成論

云、黃如蟹腹者生、黑如烏羽者生、史記扁鵲倉公傳云、望之殺然黃、察之如死青之茲、左氏哀十三年傳、肉食者無墨、是皆玄黃之義、爲人病之通名矣、○我姑酌彼兕觥者、金罍兕觥詩之美辭也、猶丰詩錦衣錦裳、兕犀屬、似牛一角、五經異義引韓詩說、一升曰爵、二升曰觚、三升曰觶、四升曰角、五升曰散、總名曰爵、其實曰觴、所謂角卽取於兕觥爲名、則兕觥當受四升、光之爲言廣也、廣从黃聲、黃从光聲、古讀廣如光、故觥又作觵、周官閭胥鄭注云、觵用酌酒、以兕角爲之、說文、觵、兕牛角可以飲者也、皆謂觵係兕角所爲、惟此詩正義引先師說云、刻木爲之、形似兕角、是觥象兕角、而名爲兕觥、猶爵象爵形、而名爲爵也、積古齋鐘鼎欵識云、考商爵大於周爵、容一升有半、今以商爵較兕觥、觥容二爵大半爵、於周實受四升、此兕觥卽四升曰角之明證也、又薛氏鐘鼎款識、載有兕父癸鼎、上有兕形、又有兕敦兕卣、蓋上皆作兕形、兕觥形似兕角、故謂之兕觥、又謂之角、其義正同、許鄭謂以兕角爲之、正義云、蓋無兕者用木、皆是也、昭元年左傳、趙孟叔孫豹曹大夫入于鄭、鄭伯兼享之、趙孟爲客、穆叔子皮及曹大夫興拜、舉兕爵曰、小國賴子知免於戾矣、飲酒樂、兕爵卽兕觥、此饗燕用兕觥之證、鄭每以兕觥爲罰爵、是毛傳之所無、而經文亦未見其如鄭所云也、此詩序言后妃志在求賢審官、知臣下之勤勞、則宜有賞勸而無罰懲、他如七月、稱彼兕觥萬壽無疆、亦無誓戒之義、雅桑扈與頍絲衣、並云兕觥其觩、旨酒思柔、亦不見爲示罰之用、地官閭胥職云、觵撻伐之事、又春官小胥云、觵其不敬者、鄭卽以詩說之、古原有以酒爲罰者、但周禮皆止言觵、而不言兕觵、而鄭取詩之兕觥當之、是必不然矣、觀檀弓言杜蕢揚觶、足見觶亦可以行罰、不必定爲觥、且揚者是觶、而公又謂斯爵、可見析言則有辨者、渾言皆可通也、則因周禮有觵、而謂必是兕觥、且謂兕觥專爲行罰之用、失之遠矣、○維以不永傷者、永傷不唯永懷也、懷傷不辭、但求不永、可謂微婉之極、

陟彼砠矣。我馬瘏矣。我僕痡矣。云何吁矣。石山戴土曰砠、瘏、病也、痡亦病也、吁、憂也、○砠七餘反、瘏音塗、痡音敷、吁香于反、

箋曰、瘏痡並疲困之極、至於病也、僕謂徒步從者也、非御、添出僕痡、是加一倍寫法、夫馬病不能進、猶可資於人、僕病不能行、則斷不能往矣、○云何吁矣者、云、語詞、凡詩中云字、或在句首、或在句中句末、多用爲語詞、無實義、說文忓憂也、从心于聲、讀若吁、據此則吁者忓之假借、猶曰何憂之甚乎、設問以明苦毒之切、杜詩、吏呼一何怒、婦啼一何苦、語意相同、至張目遠望曰盱、爾雅注引云何盱矣、則小雅都人士之文、集傳引以訓此、誤矣、

卷耳四章章四句

箋曰、人君得人而用之、尤當知其人之勞、蓋體群臣之微旨、序所謂知臣下之勤勞者、義在乎此、龜井氏曰、文王之時、征役方急、大夫奔命四方者、皆大賢名臣、不避險苦、死生以之者也、后妃見其爲君子先後奔走、豈不中心欣悅乎、既悅之、能不閔其勞乎、既閔之、故欲求賢以分其勞、亦有不

可已者、三章淫液、而首章之意躍如也、陳啓源曰、婦人思夫之詩、如伯兮采綠諸作、見於變風變雅、所以閔王道之衰、征役不息、室家怨曠、刺時也、義不繫於思者也、若如集傳說、后妃身爲小君、母儀一國、乃作兒女子態、自道其傷離惜別之情、發爲咏歌、傳播臣民之口、不已媟乎、至於登高極目、縱酒娛懷、雖是託諸空言、終有傷於雅道、汝墳殷其靁兩詩、閔其君子、猶能勉之以正、勸之以義、曾后妃而反不若哉、

樛木。后妃逮下也。

箋曰、逮與呂刑羣后之逮在下同、言恩意及嬪御、小星曰惠及下是也、樛木惟能下接、故葛藟始能上附、未有上不接下、而下輒扳附者也、

言能逮下。而無嫉妒之心焉。

箋曰、樛木以不妒示其義、在房中之樂實親切矣、後世王后夫人之龜鑑在茲、○妒丁路反、延文本焉作也、

南有樛木。葛藟纍之。

興也、南、南土也、木枝下曲曰樛、南土之葛藟盛、

樂只君子。福履綏之。

履祿、綏、安也、○樛居蚪反、藟延文本作虆、傳同、力軌反、纍延文本作虆、力追反、只之氏反、綏音雖、延文本、傳木下無枝字、藟下有茂字、盛下祿下並有也字、

箋曰、比也、南者陽方、草木就陽則榮茂、故毛以南土釋之、南土與南國異、南國在江漢荆州、南土則岐周之地也、詩與荆揚絕不相涉、鄭箋非、廣雅、藟、藤

也、據此知藟卽今之藤也、有紫花、有白花、篆文無藤、古今異名也、以其能櫐於木上故曰藟、以其能滕物故曰藤、滕滕義相通、郭注爾雅諸慮山藟云、今江東呼櫐爲藤、似葛而粗大、惟其似葛、故經傳多以葛藟連言、何楷爲藟卽是葛、非是、鄭箋云葛也藟也、則鄭氏亦分爲二物、胡承珙曰、說文木部有虆、而獨於艸部之藟引詩莫莫葛藟、是以詩之藟爲艸、而爾雅釋草無藟、惟入於釋木者、陳氏稽古編謂藤生之物、草木俱可通者得之、惟是草木藤生者甚多、在當時必有一種藤專得藟名、後人混之、玉篇云、今總呼草蔓延如藟者爲藤、猶蔓本葛屬、專爲草名、而後人凡草木蔓延者皆謂之蔓矣、胡說是也、櫐猶繫也、釋文解爲纒繞、則侵下縈字義、成三年左傳兩釋櫐囚、注、櫐繫也、樛木下曲而垂、比后妃能逮下、葛與藟繫綴於樛木、比衆妾之親坿后妃、○樂只君子者、只、語助辭、或在句中、或在句末、皆無意義、故左傳引詩只作旨、可見特取其聲而已、杜訓旨爲美、失之、襄十一年傳上文云、願君安其樂而思其終、昭二十四年傳上文云、夫有德則樂、樂則能久、是二傳引詩皆取樂義、並無美訓、又昭十三年傳引詩、其下文云、子產君子之求樂者也、亦祇以樂旨爲樂、不取美義、其字作旨者乃只字之叚借、君子指文王也、集傳指后妃、然君子之稱、恐不可通於婦人、此言后妃和諧衆妾、閨門之內、和氣津津、故君子之心恒樂、而福祿安之也、爾雅釋詁、履、福也、釋言又云、履、祿也、王弼注易履上九云、禍福之祥、生乎所履、然則履訓福又訓祿者、卽以爲動履之善、能致福祿、義自可通、但此詩福履連文、自當用釋言訓履爲祿耳、

南有樛木。葛藟荒之。樂只君子。福履將之。荒奄、將大也、○延文本、傳奄下有也字、

箋曰、爾雅釋言、蒙荒同訓奄、說文云、荒一曰草掩地也、掩與奄同、又云、奄、覆也、大有餘也、是掩地曰荒、掩樹亦爲荒、頌云遂荒大東、○福履將之、將者崇高盛大也、

南有樛木。葛藟縈之。樂只君子。福履成之。縈旋也、成就也、○縈烏營反、

箋曰、周禮司儀令爲壇三成、司農注、三成、三重也、爾雅釋丘、丘一成爲敦丘、注、成猶重也、據此則成有重義、福履成之者、言福履重疊而成就之、不止於綏之將之也、成字必兼重疊成就二義、文義始完、此詩三章一意、重疊言之、亦自有淺深次第、始則見葛藟繫綴於樛木、繼則見其上而弇之、終則見其左右登降以旋繞之、此纍荒縈相次之序也、君子之福祿始而安吉、繼而盛大、終而成就、此綏將成相次之序也、換字不換調、一節深一節、風體往往有此、鄭箋於次章云、此章申殷勤之意、而卷耳三章箋亦云、此章爲意不盡、申殷勤也、正義曰、詩本畜志發憤、情寄於辭、故有意不盡、重章以申殷勤、詩之

初始有此、故解之、

樛木三章章四句

箋曰、中庸曰、無憂者其惟文王乎、中庸形容其父子之美、而此詩形容其閨門之美、中庸言其無憂、而此詩言其和樂、此詩人詠歌之辭、朱子改爲衆妾稱願而作、非也、胡宏曰、愚讀史至隋文帝獨孤后、然後知婦人之惡、以妒忌爲大也、獨孤不獨妒文帝使不得有異生子、又妒及其子焉、而文帝亦不得其死、曰獨孤誤我、卒至宗祀絕滅、生靈塗炭、開皇中、天下戶八百九十萬、唐興撫綏三十餘年、至永徽初、始及三百八十萬戶耳、吁獨孤一行妒忌於宮闈之間、而滅天下之戶五六百萬、聖人立周南之義、敎訓萬世后妃、專以無妒忌爲大美也、意深且遠矣、

螽斯、后妃子孫衆多也、言若螽斯不妒忌、則子孫衆多也、

箋曰、段玉裁焦循皆以螽斯句絕、不妒忌下屬、胡承珙曰、序首句云、螽斯后妃子孫衆多也、是但以螽斯喻子孫之衆多、因而推衍其意、以爲不妒忌耳、卽以不妒忌歸之螽斯、亦不過因其羣處和集、而卵育蕃多之故、范氏補傳曰、凡物之羣處而不相殘者、則知其能不妒忌也、諸儒改讀序文、皆可不必、魏源曰、毛傳訓振振仁厚、繩繩戒愼、蟄蟄和集、則不徒以衆多爲義、續序不得經義、考韓詩外傳引螽斯羽薨薨兮宜爾子孫

縄縄兮、言賢母能使子賢也、則是頌后妃所生皆賢、非妾媵多子之謂、後漢書襄楷傳曰、昔文王一妻、誕致十男、今宮女數千、未聞慶育、宜脩德省刑、以廣螽斯之祚、白虎通引詩傳曰、文王十子、伯邑考、武王發、管叔鮮、周公旦、蔡叔度、曹叔振鐸、成叔處、霍叔武、康叔封、南季載、此魯詩之傳、皆指后妃所生、無關貫魚之寵、吾聞麟趾以信厚爲美、不信螽斯徒以多男爲德也、漢中山王好內、亦百餘男、未聞媲美西伯、詩曰、維其有之、是以似之、韓詩繼世象賢之誼、正毛傳仁厚戒愼之徵也、甚矣君子貴子孫之賢、不徒貴子孫之衆也、

螽斯羽。詵詵兮。螽斯、蚣蝑也、詵詵、衆多貌也、**宜爾子孫。振振兮。**振振、仁厚也、○螽音終、詵所巾反、蚣粟容反、揩本延文本傳衆多下無貌字、延文本仁厚下有貌字、

箋曰、興也、朱傳則爲比、若以爲興、則經文上二句言螽斯、下二句言人、爾者爾子孫也、以爲比、則四句皆指螽斯、爾者爾螽斯矣、夫蕃育之最多者、莫如螽斯、故詩借以興子孫、非以比后妃也、今玩經文、每上二句斯形容螽斯和集衆多之意已盡、下二句自當從毛傳指人、詩人因子孫衆多、而歸其所自於后妃、但曰宜爾子孫、使人自思其所以宜者何故、朱子於草木鳥獸之屬、多以爾汝稱之、之子無裳之子指狐、樂子之無家子指萇楚、此以爾指螽斯、夫螽唯多子而已、何曾有孫哉、螽、蝗類也、斯、語助也、春秋書螽者十、皆不繫斯爲稱、螽斯猶蘦斯露斯鸒斯柳斯鹿斯之例、螽斯羽猶兔斯首耳、爾雅廣

釋螽類、而有蜇螽、未必卽以蜇當經之斯、但蜇與斯音偶似耳、說文虫部、蝗、螽也、䖵部、螽、蝗也、二字相轉注、螽與蝗皆蟲之大名、其類繁多、區別之則各有主名、爾雅五螽、其三見於詩、召南之草蟲阜螽、毛傳竝依爾雅、而於此螽斯及豳風之斯螽、又兩引爾雅之蜙蝑以釋之、方言說文皆以蜙蝑爲舂黍、于是孔疏專以蜇螽立說、而陸氏釋爾雅、直謂蜇本作蜤、詩作斯同、然蜙蝑別是一物、豳風斯螽以股鳴者、至此詩螽斯、三章皆言羽、蓋以翼鳴者也、若謂斯螽可倒作螽斯、則阜螽亦可倒作螽阜矣、至弁彼鸒斯、必以鸒斯爲鳥名、亦援爾雅爲祖、則不知爾雅本爲說詩、故連斯字、然莊子言鸒鳩卽不繫斯爲稱矣、螽生子最多、因飛而見其多、故以羽言之、詵詵薨薨揖揖、皆形容羽之衆多耳、釋文、詵詵說文作辥、音同、玉篇、辥、多也、蓋作辥辥者三家詩也、以同聲通借、此詩之意全在一宜字重看、言有如是之母、宜爾子孫如是、極尋常極歎羨、而后妃之德、悠然可會、蓋福者德之自然之應、故必有德而有福、方謂之宜、若無德而有福、則爲倖而非宜、世固有身本無德而福壽多賢子者、此特出於倖、而非天地之常理也、振振有應从衆盛之訓者、左傳袀服振振是也、有應从信厚之訓者、殷其靁振振君子、麟趾振振公子、及此詩振振兮是也、詩辭既以螽斯爲興、又云宜爾子孫、則衆多之意已在其中、傳箋以爲子孫之賢、最允、子孫惟多而能賢、可以見母教之聖善矣、

螽斯羽。薨薨兮。宜爾子孫。繩繩兮。 薨薨、衆多也、繩繩、戒愼也、

箋曰、齊風鷄鳴蟲飛薨薨者、蟲飛衆多之聲、大雅緜度之薨薨者、居土衆多之聲、此薨薨與雞鳴同、是其聲衆多聞於耳也、繩繩者、大雅抑子孫繩繩、鄭箋亦訓爲戒愼、下武繩其祖武、傳云、繩戒也、爾雅、兢兢繩繩、戒也、是單言疊言皆有戒愼之義、續漢書祭祀志劉昭注、引詩愼其祖武、卽以訓詁字代之、管子宙合篇、故君子繩繩乎愼其所先、淮南子繆稱篇、末世繩乎惟恐失仁義、竝與詩繩繩同、是繩繩之爲戒愼、其訓古矣、

螽斯羽。揖揖兮。宜爾子孫。蟄蟄兮。揖揖、會聚也、蟄蟄、和集也、○揖子入側立二反、蟄尺十反、徐直立反、

箋曰、揖揖者、螽斯斂羽羣集之貌、揖卽輯之假借、書舜典輯五瑞、史記五帝紀漢書郊祀志皆作揖五瑞、揖與集通、公劉思輯用光、書無逸傳引作思集用光、板辭之輯矣、新序雜事引作辭之集矣、說文、雧、羣鳥在木上也、或省作集、是集本爲鳥羣聚、引伸爲凡聚之稱、重言之則曰集集、說文、蟄、藏也、物伏藏則安靜、故爾雅又訓爲靜、郭注云見詩傳、胡承珙疑此傳和集、郭所見本自作和靜、故云見詩傳耳、蟄蟄者安靜而各得其所、無競心也、蓋爭則擾、和則靜、必然之理、且與振振訓仁厚尤合、蓋仁厚以宅心、戒愼以從事、和靜以處衆、言不惟多、而皆且賢也、

螽斯三章章四句

箋曰、樛木螽斯皆詩人詠歌后妃之德也、詞氣和平、文義回互、以聲詩言之、三疊之類也、反覆而吟詠之、則深淳醲郁之化、自溢於音響節奏之餘、

桃夭。后妃之所致也。 箋曰、致者有所爲而得之者也、如致師之致、爲之於此、而彼自至也、后妃昭窈窕之儀、積爲風俗、人秉淸淑之姿、女子于歸者、皆能淑愼、故曰后妃之所致也、二南爲房中之樂、而其體則風也、故可專美后妃、亦無嫌於美宮闈而遺朝廷、況漢廣以下序、亦未嘗不言文王之化、若大明思齊諸詩、雖言大姒、意自歸美文王、此則朝廷之雅、體製各殊、未可一槩而論、**不妒忌**

則男女以正。 箋曰、因宜其室家也、女旣正、婿亦正、故閨門雍熙、不妒忌亦謂下不妒忌、非后妃之謂、蓋嫉妒成俗、令人以室家爲苦、至有不樂婚娶者、過時而鰥、容亦有之、**婚姻以時。國無鰥**至于門內有妒者、擧室爲之不安、其能宜乎、

民也。 箋曰、男子自二十至三十、女子自十五至二十、皆爲婚娶之時、至三十二十謂之及時、踰三十二十謂之失時、失時謂之鰥、書大傳云、舜年三十不娶、稱鰥也、鰥解詳小雅鴻雁篇、顧廣譽曰、昏姻之候、毛鄭異義、毛本荀子霜降逆女、冰泮殺止、以季秋至孟春爲期、鄭本周官媒氏仲春令會男女、以仲春爲期、案杜佑通典載束晳議云、桃夭序美婚姻以時、蓋謂盛壯之時、而非日月之時、故灼灼其華、喩以盛壯、非謂嫁娶當用桃夭之月、

其後章云、其葉蓁蓁、有蕡其實、此豈在仲春之月乎、良是、至論其候、蘇氏曰、古者昏禮以歲之隙、自冬及春皆可昏也、此爲得之、蓋男女昏姻、惟在順天道人事之宜、歸於不失其時而已、無限定一月之理、詩之取興、多在春者、以其氣候和融、草木茂盛、於昏姻之義爲近耳、不謂惟此時得昏也、東氏杜氏謂終年得昏、固甚通達、然夏月之昏、雖非國家制度所禁、而於天道人事爲非便、故昏期多不之用、卽今時亦然也、說又詳召南標有梅篇、

桃之夭夭。灼灼其華。興也、桃有華之盛者、夭夭、其少壯也、灼灼、華之盛也、**之子于歸。宜其室家。**之子、嫁子也、于、往也、宜以有室家、無踰時者。○夭於驕反、延文本、傳盛者下有也字、盛也上無之字、無踰時者作無踰時也、

箋曰、比也、夭夭指桃之木也、灼灼以華言、凡色之光華明盛者謂之灼矣、夭夭言桃之少、以比少艾、灼灼言華之盛、以比顏色濃豔、桃三歲而華、桃少則多華、然五年則老、老則華減、故以木少華盛爲言、○之子于歸者、之子猶言是人也、子者美稱、不別男女、此則指嫁者而言也、何休曰、婦人生以父母爲家、嫁以夫爲家、故謂嫁曰歸、傳訓于爲往、然詩既言歸、不必更以于爲往、爾雅、于、曰也、曰古讀若聿、聿于一聲之轉、之子于歸、正與黃鳥于飛之子于征爲一類、于曰聿皆詞也、宜者和順之意、和則不乖、順則無逆、凡詩言宜其室家宜其家人者、皆謂善處其室家與家人耳、故大學引卒章釋之曰、宜其家

人而後可以敎國人、言宜夫婦而後以宜一家、宜一家而後可以及國人也、傳云無踰時也者、謂其年時俱得、故夫婦和順耳、上二章傳義、正與序云男女以正昏姻以時意合、卒章乃推廣言之、語意自有次第

桃之夭夭。有蕡其實。蕡、實貌、非但有華色、又有婦德、之子于歸。宜其家室。家室猶室家也、○蕡浮雲反、延文本、傳貌下德下並有也字、

箋曰、傳以蕡爲實貌、不止言其大、並其繁茂之狀亦見、釋木、蕡藹、郭注、樹實繁茂菴藹、此卽有蕡之義、古以華喩色、以實喩德、此魏人春華秋實之喩所本、首章曰灼灼者華之盛也、次章曰有蕡、大而繁茂、實之盛也、三章曰蓁蓁、葉之多而盛也、皆所以詠其夭夭也、故三章皆冠以桃之夭夭、○宜其家室者、室家家室不過變文協韻耳、孟子滕文公篇、丈夫生而願爲之有室、女子生而願爲之有家、桓十八年左傳、申繻曰、女有家、男有室、無相瀆也、謂之有禮、以夫婦爲室家、本是古義、行露室家不足、箋似有室家之道於我、亦此意也、

桃之夭夭。其葉蓁蓁。蓁蓁、至盛、有色有德、形體至盛也、之子于歸。宜其家人。一家之人、盡以爲宜、○延文本傳蓁蓁至盛下、爲宜下、並有也字、

箋曰、蓁蓁、葉茂貌、據桑之未落其葉沃若、則葉亦容飾、傳意承上二章、而又明此言桃葉之至盛、以喻女子之形體也、形體猶言婦容也、葛覃傳云、古者女師敎以婦德婦言婦容婦功、○宜其家人者、上二章從夫婦上立言、末章從家人立言、家人自家之內外長幼、以及臣妾、皆是也、助夫以理內外、能使家之尊卑長幼、下逮臣妾、無不得其驩心焉、故曰宜其家人、既曰室家、又曰宜其家人、蓋婦人固有當於夫而不宜於家人者、記曰、子甚宜其妻、父母不悅出、是也、至於宜其家人、則內外和而父母順、所謂當於其夫者、始不爲燕昵之私矣、是篇唯第二句變其語法耳、此概指一時風俗言、詩人只擧一物爲興、不必定在何時、而此女値開花彼女又値結實也、說者作三女子者失之、要想詩人在仁風化日中、欣此于歸盛擧、爾時王化却都在眼中口中、

桃夭三章章四句

兔罝。后妃之化也。 箋曰、周南唯兔罝爲不關閨門、而序繫之后妃、猶召南之有羔羊也、化如春風吹物、后妃之德而及武夫、無之使而格者、所謂化也、陳啓源曰、周南首八篇、敍皆言后妃、而文王之德自見、至漢廣汝墳二詩化行南國、則云文王之化、義各有攸當也、晦翁譏之、以爲一以后妃爲主、不復知有文王、至於化行國中、三分天下、皆以爲后妃所致、則是禮樂征伐皆出婦人之手、文王徒擁虛器也、吁敍之言安有是哉、前五篇敍、止言后妃一身、不及梱外、求賢審官者、以勸君子耳、非自爲之也、桃夭兔罝芣苢三敍則及國中矣、然宜室家、樂有子、皆婦人

事也、且此三詩敍、一云所致、一云化、一云美、孔疏釋之云、三者義通、總是美化所致耳、是敍止言化、不言政也、化者德修於身、而聞者興起、後世匹婦庶女、孝義感人、尙能厚人倫美風俗、況以國母之尊、可謂必無其理哉、若晦翁所云禮樂征伐者政也、敍無是言也、至后妃之賢、是文王刑于所致、美后妃正所以美文王耳、

關雎之化行。則莫不好德。賢人衆多也。

箋曰、莫不好德賢人衆多者、不過極言其盛耳、言衆多、不言皆賢也、元儒金履祥引墨子尙賢篇、文王舉閎夭大顚於罝網之中、而授之政、西土服、曰、此事與兎罝之詩、辭意脗合、計此詩必爲此事而作也、因言兎罝體貌肅敬、此閎夭大顚之所以爲賢、而文王舉之也、曰季之取冀缺、林宗之取茅容皆然、況文王乎、此言敬德之可貴、故取士者恒以之也、善會詩義矣、或疑墨子之言、未可據信、夫古人軼事、經史所不載、而幸存於諸子百家之言者、縱使出於傅會、要必當時說此詩者、原有得賢於兎罝之解、故以閎夭大顚實之也、又漢賈山云、文王之時、芻蕘采薪之人、皆得盡其力、芻蕘采薪、非兎罝之流乎、山之言亦本是詩矣、

肅肅兎罝。椓之丁丁。 肅肅、敬也、兎罝、兎罟也、丁丁、椓杙聲也、 **赳赳武夫。公侯干城。** 赳赳、武貌、干、扞也、○罝子斜反、椓陟角反、丁陟耕反、赳居黝反、杙羊職反、延文本、傳貌下有也字、

箋曰、興也。罝所以羂兔、張之嚴整、而椓聲丁然、則狡兔不能犯、以興武夫爲君干城、則敵國不敢侵陵、朱子曰、兔罝詩作賦看亦可、但其辭上下相應、恐當爲興、然亦是興之賦也、化行俗美、賢才衆多、雖罝兔之野人、而其才之可用猶如此、故詩人因其所事、以起興而美之、是也。此經云肅肅兔罝、不云肅肅罝兔、則以器言、非以人言、然其設施不苟而肅肅整飭、則其人持事不忘其敬可知、傳云敬也、當以意會焉、劉向曰、肅肅兔罝、椓之丁丁、言不怠于道也、焦氏易林坤之困、云兔罝之容、不失其恭、此漢人說詩、皆本于毛義、夫在野之凡夫、逐兔之細事、卽可以知其才、正如日磾之馭馬、甯戚之飯牛、陳平之宰肉、識者已知其可大用矣、歐陽氏乃謂、布罝椓杙、何用施敬、惑之甚也、說文、椓、擊也、釋宮、樴謂之杙、郭注云橜也、凡網取禽獸、必築橜於地、而以捕器網之、罝兔亦如是也。○赳赳武夫、公侯干城者、說文、赳、輕勁有才力也、據墨子則武夫指閎夭泰顛其人也、公侯非指定爵命、是臣下私尊稱其君之辭、後世所謂君侯之類也、朱子曰、此詩極其尊稱、不過曰公侯而已、亦文王未嘗稱王之一驗也、凡雅頌稱王者、皆追王後所作耳、是也、干城者、干卽戰之段借、說文、戰、盾也、經典借作干、爾雅釋言、干、扞也、注、相扞衞、疏、干盾自蔽扞、毛云扞也者、蓋言干之用可以扞衞、是訓其義、竝非以干作扞、故箋既云干也城也、復以扞城申之、左傳成十二年、此公侯之所以扞城其民也、亦是以扞釋詩之干、其下引詩仍作干城、又云、公侯能爲民干城、自是以干與城皆所以衞民者、毛訓干爲扞、亦用左傳之義、卒章傳可以制斷公侯之腹心、是公侯以爲腹心、則干城亦公侯自以爲干城、箋云、扞城其民者、蓋民爲國之本、君以民爲體、扞衛公侯之民、卽以扞衛公侯、意實相成、非與毛有異也、惟小雅采芑師干之試、傳云、干扞、試用也、言其衆皆有扞敵之用、則直以干爲扞字之借、非同此詩訓干盾爲扞衛耳、輔廣曰、文王於武事尙矣、觀此及棫樸所謂六師及之者、亦可見當時俗尙之萬一、夫三分天下有其二、雖是德化之盛、而天下歸之、然遏密侵阮伐崇戡黎之役、其於武事大略可觀矣、龜井氏曰、一篇之義、盡於首章、下二章相比、言武夫之最賢者、可以爲好仇腹心、詠歎賢人之鬱起也、曰好仇、曰腹心、至其爲干城則皆是一也、

肅肅兎罝。施于中逵。逵、九達之道、**赳赳武夫。公侯好仇。**○逵求龜反、延文本傳道下有也字、

箋曰、椓之丁丁、正椓杙于中逵也、椓杙時是方施之始、見其肅肅、施于中逵、則既施之後、又見其肅肅、其敬始終無間也、施讀如施罟濊濊之施、釋宮云、一達謂之道路、二達謂之岐旁、郭注、岐道旁出、三達謂之劇旁、孫炎云、旁出岐多、故曰劇、四達謂之衢、郭云、交道四出、五達謂之康、六達謂之莊、七達謂之劇驂、孫云、三道交復有一岐出者、八達謂之崇期、郭云、四道交出、九達謂之逵、郭云、四道交出復有旁通者、文選蕪城賦注、引韓詩施于中馗、薛君曰、中馗、馗中九交之道也、說文、馗、九達道也、似龜背故謂之馗、从九首、馗與龜疊韻、故說文以似龜爲訓、龜背中高而四下、逵之四面交通似之、魏志武帝

紀裴松之注、馗古逵字、見三蒼、是逵馗同字、而九達九交同義也、逵借九達之訓、故傳取以言野徑多岐、然其實非通人行之道也、兎自作徑路、乃兎所由、邦俗謂之兎蹊是也、○公侯好仇者、仇字本作𨾴、說文、𨾴、雙鳥也、爾雅釋詁、讎、匹也、注、讎儔也、讎之古文𨾴、隹與隹相對成文也、故讎有對義、傳五年左傳憂必讎焉、注、讎猶對也、讎有對意、引之有讎敵之義焉、楚辭惜誦、又衆兆之所讎、桓二年左傳、怨偶曰仇、仇卽讎也、或爲好仇、或爲怨仇、其義均由對義而生也、關雎傳訓逑爲匹、此仇亦訓匹可知、匹當讀卒由羣匹之匹、言耦君以輔弼之也、成僎曰、仇古音渠之反、史記呂后紀趙幽王歌、呂氏絕理兮託天報仇、與之韻、龜策傳、江河必怒、務求報仇、與謀治埃時來韻、於詩公侯好仇何疑乎、

肅肅兎罝。施于中林。中林、林中、**赳赳武夫。公侯腹心。**可以制斷公侯之腹心、○延文本、傳林中下、腹心下、並有也字、

箋曰、三章不是既施中逵、復施中林、蓋武夫非一人、施罝非一處也、說文、平土有叢木曰林、中逵中林、皆幽隱之處、肅肅不以隱顯異也、中論法象篇、人性之所簡也存乎幽微、人情之所忽也存乎孤獨、幽微者顯之原也、孤獨者見之端也、是故君子敬孤獨、而愼幽微、詩云、肅肅兎罝施于中林、處獨之謂也○公侯腹心者、言公侯之謀臣、所謂作股心膂是也、腹心每與股肱瓜牙耳目作對、其所任寄、自有不同、而腹心尤爲親密、試分三章論之、干城如廉

頗藺相如之於趙王、好仇如管仲給犯之於桓文、腹心如伊呂之於湯武、

兎罝三章章四句

箋曰、后妃有窈窕之德、而風化所被、采蘋之季女能齊、兎罝之武夫能肅、齊與肅者敬之謂也、能敬則無所施而不可矣、吾師韡村先生曰、余讀周南、而後知周之所以王也、文王所以刑家至國者勿論巳、兎罝之野人、其才可以任相將、而赳赳之武、亦養之於桃夭芣苢熙熙和平之間、其風俗之盛、想何如哉、他日人才之遂、如莪之在大陵、而於鑠之師、左右趣之、如棫樸之根枝相附着、其所從來者久矣、夫人才猶水邪、水之在地中、無所而無之、善利導之、皆可以資民生、故先王盡其敎養之道、令其知所嚮、修其賓興之典、令其有所施、蓋爲天下之計者、至深遠矣、及周之衰、上無所養、下無所施、兎罝之風、變爲考槃衡門蒹葭之伊人、然退而善其身、甘乎遺逸、猶有先王遺澤、抑人才又猶火邪、不善養之、反爲禍害、其後又變爲異端邪說、塗天下耳目、及其㑹變也、游說橫議之徒、以匹夫之力、制列國之勢、乃陟壟而歎息、揭竿爲旌、蜂起烏合、潰裂中土者、亦安知非兎罝之不善養之所致邪、夫不能集天下之智以爲智、集天下之勇以爲勇、使其有智有勇者、憔悴老死、不能自伸、雖無事之時、猶不足爲治、況其禍亂之伏、勢在不測乎、故孟子曰、言無實不祥、不祥之實、蔽賢者充之、然則關雎麟趾王化之基、兎罝所以相乎夫化、其爲祥也蓋大矣、

芣苢。后妃之美也。

箋曰、芣苢詠俗、故曰美、邦內之事止於是、故序稱后妃亦止於是、姜炳璋曰、此言后妃之美、而詩人意中何嘗有此意、序者從采芣苢上、想出樂有子、又從樂有子上、想出和平、因從和平上、想出后妃之美來、蓋春夏時、百物欣欣向榮、問其故、物不知也、識者從他一段生意自得處、想見化育流行無不徧滿、是詩當作如是觀、

天下。和平則婦人樂有子矣。

箋曰、和平受上二篇繫之、家無內鬨、國無外侮、說者或以爲國之和平、或以爲家室之和平、然始於家室之和平、而極於境內之和平、二說實一說也、晉書、巴郡邊吳境、兵士苦役、生男多不養、正與此相反、夫人之常情、莫樂於有子、然而凍餒之憂切乎身、呻吟之聲盈乎耳、則其以爲樂者、反爲苦毒矣、故衰亂之世、生子多不養、而生齒日耗、當時殷紂在上、干戈未戢、而文王之民、被和平之澤、莫不遂其生、而皆以有子爲樂、詩人託詠芣苢、而韡韡景象、宛然在目、非聖德豈能至乎此哉、○唐石經摺本延文本並無天下二字、卷子本疑衍、

采采芣苢。薄言采之。 采采、非一辭也、芣苢馬舄、馬舄車前草也、宜懷妊焉、薄、辭也、采、取也、**采采芣苢。薄言有之。** 有、藏之也、○芣音浮、苢本亦作苡、音以、摺本傳無草字、

箋曰、采者取其子也、采采者、采諸彼采諸此、非一處然、是虛辭也、說見卷耳、芣苢毛傳一物三名、釋文引韓詩直曰車前、瞿曰芣苡、瞿謂生於兩旁、然芣

莒卽車前、何有瞿直之分、爾雅郭注云、車前草大葉長穗、好生道邊、江東呼爲蝦蟆衣、蘇頌本草圖經云、春初生苗、葉布地如匙面、累年者長及尺餘、抽莖作長穗如鼠尾、花甚細、青色微赤、結實如葶藶、赤黑色、今人五月採苗、七八月采實、名醫別錄云、車前子養肺强陰益精、令人有子、與毛傳云宜懷妊者正合、至陸璣疏云其子治婦人難產、與毛傳不同、正義謂、傳言宜懷妊者、卽陸璣所云治難產非也、安井氏曰、蝦蟆死、以芣苢葉包之卽蘇矣、我俗謂之蝦蟆葉、江東呼蝦蟆衣、蓋亦以此、薄言采之者、蓋以門庭之內無係累、而機杼之外、尙有餘間、乃出采此芣苢也、傳薄辭也、段玉裁曰、辭當作詞、說文作詈、意內而言外也、說文、凡文辭作辭、辭說也、凡形容及語助發聲作詈、段說是也、言亦辭也、薄言亦辭也、或曰薄、谷風薄送、出車六月薄伐、車攻薄狩、泮水薄采之類、是也、或曰薄言、此篇及采蘩柏舟出車采芑采綠時邁有客駉、皆言薄言、是也、薄見葛覃矣、於此始爲傳者、不限於首見也、漢人傳注亦然、○薄言有之者、傳采取也、有藏也、其取之則二章掇之捋之也、其藏之則三章袺之襭之也、首章已統冒全篇、正義謂、六者本各見其一、掇捋事殊、袺襭用別、明非一人爲此六事、殊拘、既掇又捋、既袺又襭、亦何不可、但一人爲之、亦人人爲之、固非一人事耳、

采采芣苢。薄言掇之。 掇拾也、 **采采芣苢。薄言捋之。** 捋取也、○掇都奪反、捋力活反、

箋曰、此章正是釆芣苢時事也、莊子達生、承蜩猶掇之也、掇、拾也、掇是拾其子之既落者、捋是捋其子之未落者、掇以指拾之、猶未五指齊力也、言捋則以五指攬取也、猶鴟鴞予所捋荼、說文、寽、五指捋也、又捋、取易也、以五指捋取之、不見其難、故曰取易、

采采芣苢、薄言袺之。袺執衽也、**采采芣苢、薄言襭之。**扱衽曰襭、

○袺音結、衽而鳩反、襭戶結反、延文本作擷、傳同、扱初洽反、延文本、傳袺下有者字、襭下有也字、

箋曰、此章既采而攜以歸時事也、袺以衣貯之而執其衽也、一手執、一手可采、故下復言采采、襭之則芣苢已盈可歸矣、襭以衣貯之、而扱其衽於帶間也、扱猶插也、捋之多則一匊難容、故袺而貯之衽、貯之久則手執爲勞、故襭而插之帶間也、釋文、擷一本作襭、是襭擷一字、說文、衽、衣裣也、裣、交衽也、裣古衿字、衿與襟音義同、服則左右合於前、合而在上者爲上衽、袺襭者、反上衽之裔、置芣苢於其中、或手執之、或扱之於帶也、古者婦人不著裳、其衣長也、蓋其制如深衣、豬飼彥博深衣考云、古者方領、領下施衽爲襟、如我邦合羽制、衽國語謂之屋骨弼、常衣亦施之長領下、其制取布一幅、交斜裁之、上狹下廣、綴之領下、長及下齊、旁屬帶下、深衣亦然、但朝祭及喪服之衣皆短、故衽亦短、喪服曰衽二尺有五寸、是也、此爲不同耳、又云、凡衣有內外衿、施於領下、其制狹上廣下、謂之衽、論語披髮左衽、喪大記祭服不倒、皆左衽、是已、深衣既有曲袷、則袷下施衽、亦如他服可知也、以諸衣通制、故記文不言、

云衽當旁者、別取布二幅、斜裁爲四片、上尖下廣、其形如衽、亦名之爲衽也、屬此衽於前後帶下之旁、故曰衽當旁也、以事理揆之、朝祭及喪服惟有領下之衽、而無身旁之衽、喪服所謂衽二尺五寸、亦領下之衽也、問喪、徒跣扱上衽、上衽卽外衽、言攝深衣外衽下齊、而扱於帶間也、楚辭離騷、跪敷衽以陳辭兮、左傳、長魚矯抽戈結衽、皆指內外衽之下齊也、而王逸杜預竝云衽裳際、其誤正與鄭同、蓋古書中於衣言衽、除玉藻衽當旁、深衣續衽鉤邊、其他皆謂襟也、豬飼說是也、當旁之衽、前後相連屬、若以當旁兩角播於帶間、則後裾必束縛兩足踝、而不可行、公羊昭二十五年傳、昭公再拜稽首、以衽受、注、衽衣下裳當前、衽訓當前、不訓當旁、知爾雅執衽扱衽、乃以當前之上衽執扱帶間、庶不妨於行步也、昭公以衽受齊之唁禮、當再拜稽首、而後以上衽受賜、與爾雅所言執衽扱衽、及問喪所言扱上衽相似、如裳旁之衽、連屬後裾、亦斷不能執扱旁衽使之向前、以受所賜也、

芣苢三章章四句

箋曰、詩凡四十八字、內有采采字凡十三、芣苢字凡十二、薄言字凡十二、除爲語助者、才餘五字耳、而敘情委曲、從事始終、與夫經行道途、招邀儔侶、以相容與之意、藹然可掬、治世之音安以樂、其民和、於此詩見之、天下之至文也、顧棟高曰、賦重民貧之世、民且有賣妻鬻子以求食者、何來此景象、大段是從民富足得來、孟子曰、菽粟如水火、而民焉有不仁者乎、此篇活畫一仁字景象、其要在開其源、節其流、易其田疇、薄其稅斂、全靠文

王九一諸政、食之以時、用之以禮、一半是后妃勤儉感化所致、竊謂、爲絺爲綌、服之無斁、是芣苢之詩之根原也、如此纔不是空說、

漢廣。德廣所及也。 箋曰、南有喬木題曰漢廣、亦猶有饛簋飧之爲小東、前三詩化及國中、此詩方及南國、故云廣、言德之廣運及遠方也、朱子辨說云、此詩以篇內有漢之廣矣一句得名、而序者謬誤乃以德廣所及爲言、失之遠矣、不知德廣所及、是擧詩大義之辭、猶大明曰文王有明德、假樂曰嘉成王、與篇名何干、且德廣所及、是古人成語、韓詩內傳曰、桑弓蓬矢、王者舞六代之樂、舞四夷之樂、大德廣之所及、鼓鐘傳曰、舞四夷之樂、大德廣所及也、可以證焉、乃以德廣之廣爲釋漢廣之廣、可謂誣古人矣、**文王之道。** 箋曰、安井氏曰、王者之道、自身而家、自家而國、自國而天下、詩云刑于寡妻、至于兄弟、以御于家邦、乃其序也、故周南首五篇專言后妃之德、次三篇言國人化之、漢廣以下言文王德化自國及他邦、故云文王之道、聖人編詩之至意、正在於斯、序者因詳言之、示後人以德敎政治所先後也、**被于南國。** 箋曰、周南之爲南在此、〇延文本于作乎、**美化行乎江漢之域。** 箋曰、自文王而言則謂之德、謂之道、自其所及者言之則謂之化、美化卽男女以正也、文王之道化雖百端、在二南則斥男女之際而已、序先言文王之道被于南國、次言美化行乎江漢之域、則南國乃廣言之、下篇汝墳不更言南國、可知統於此矣、**無思犯禮。** 箋曰、女皆以禮自防也、二南序所謂禮、皆男女

之禮也、**求而不可得者也。**箋曰、女子無犯禮之思、則知雖求之而不可得、非謂有求之者也、自首章鄭箋有犯禮而往、女將不至之說、而歐陽駁之、謂文王之化、豈獨使婦人女子知禮義、而不能化男子、不知鄭氏犯禮之言、祇是設辭、謂非禮則不可求耳、故下章箋曰、願致禮餼示有意焉、○唐石經摺本延文本、並得下無者字、

南有喬木。不可休息。漢有游女。不可求思。興也、南方之木美、喬上竦也、思辭也、漢上有游女、無求思者、**漢之廣矣。不可泳思。江之永矣。不可方思。**潛行爲泳、永長、方、泭也、○延文本喬作橋、傳同、傳喬下有木字、摺本傳無有字、延文本、傳長下有也字、泭作柎、泭方于反、作柎同、

箋曰、釋文喬本亦作橋、喬橋古通用、故山有橋松、釋文又云橋本亦作喬、喬木高擢雲表、竦然而不可庇焉、以興游女高潔自持、挺然而不可近焉、說文、喬、高而曲也、謂枝葉皆上向、正與毛傳上竦義合、爾雅以下句曰枓、與上句曰喬對舉、知樛木之可以逮下、則知喬木之不能蔭下矣、陳啓源曰、集傳取鄭風蘇注釋之曰、上竦無枝曰喬、案爾雅釋木、凡五言喬、一云句如羽喬、一云上句曰喬、句者言樹枝之上曲、非無枝也、一云如木楸曰喬、注、楸樹性上竦、一云、槐棘醜喬、注、枝葉皆翹竦、楸槐棘三者皆非無枝之木也、一云小枝上繚爲喬、此又明言有枝矣、爾雅五言喬、竝無無枝之說、不知蘇氏何據、○

不可休息、說文休息止也、从人依木、休或作庥、是休庥本一字、爾雅釋言、庥、蔭也、郭註、今俗呼樹蔭爲庥、是休即庥蔭之庥、本義謂木之蔭人、得爲人所依止、後乃通以休爲息耳、釋文息如字、古本皆爾、本或作休思、此以意改爾、正義云、經求思之文、在游女之下、傳解喬木之下、先言思辭、然後始言漢上、疑經休息之字作休思也、何則詩之大體、韻在辭上、疑休求字爲韻、二字俱作思、但未見如此之本、不敢輙改耳、朱傳始據韓詩外傳改作思、小雅南有嘉魚烝然來思、嘉賓式燕又思、大雅抑神之格思、不可度思、矧可射思、皆韻在辭上、與此文法正同、箋云、木以高其枝葉之故、故人不得就而止息也、此止息專釋休字、非關經作休息、葛生民勞傳皆曰、息、止也、此若作息、則當有傳、休息蓋與箋止息相涉而誤、然則思之譌息、在鄭箋詩之後矣、南有喬木、自無休息意、不可休息、只形容木之高竦、非眞欲休息之也、漢有游女不可求、亦只形容女子之貞淑、非眞欲求之而歎其不可也、猶云不可以非禮干爾、游女鄭指爲衆女是也、則所謂端莊靜一者、衆女皆然矣、正義謂、內則言閽寺守之、則貴家之女也、庶人之女則執筐行饁、不得在室、故有出游之事、此說拘矣、古者貴家之婦女、亦有駕言出遊、唯市也婆娑、是爲可刺耳、○漢之廣矣、不可泳思、江之永矣、不可方思者、漢江、二水名也、泳以截流橫渡言、故屬廣、方以循流上下言、故屬永、江水深濶於漢、故漢止言不可泳、而江言不可方、漢水出今陝西漢中府嶓冢山、至湖北漢陽府大別山入江、詩先言漢廣、後言江永、故知游女在漢水入江地也、江自今四川松潘廳徼外岷山、流逕成都嘉定叙州瀘州重慶忠州夔州諸府州境、又東逕湖北宜昌荊州

毛詩會箋

岳州、至漢陽與漢水合、又東逕武昌黃州、入江西九江府境、又東逕江南之安慶池州太平和州江甯鎭江揚州常州蘇州太倉入于海、凡逕二十六府廳州境也、傳潛行爲泳者、釋水曰、潛行爲泳、說文、泳、潛行水中也、潛、涉水也、潛行水中、對浮行水上言之、乃徒行涉水之稱、邶谷風傳曰、由膝以下爲涉、則潛者當指膝以下沒於水言之、所謂泳也、谷風方舟泳游對文、方舟一類、泳游一類、游者浮水而過、泳者涉水而行、不得謂行水底也、釋水郭注、水底行也、必知泳爲水底行者、列子黃帝篇云、彼中有寶珠、泳可得也、商丘開復從而泳之、既出果得珠焉、得珠不容浮行水上、故知泳爲潛行水底也、水經注江水篇云、有潛客泳而視之、見水下有兩石牛、此亦謂全沒水中矣、說文、潛一曰藏也、是潛藏乃別一義、釋言、泳游也、渾言不別也、本詩不可泳、當從釋言之訓、方有二義、一是併船、爾雅釋水、大夫方舟、李巡曰、併兩船曰方舟、是也、一是併木、釋言、舫、泭也、舫卽方字、說文、泭、編木以渡也、孫炎云、方木置水中爲泭筏、是也、詩釋文又引郭璞云、木曰箄、竹曰筏、小筏曰泭、不同者、泭筏箄皆同類、其竹木隨地所宜耳、蓋方本併船之名、因而併竹木亦謂之方、傳用方泭之訓、而不用方舟之訓者、方舟是大夫之禮制、非泛言渡水、此詩不可方思、承江永言之、故不可編竹木以渡也、漢廣江永四句、猶曰游女有江漢之隔、婷婷風神、可望而不可卽、云爾、漢何不可泳、江何不可方、漢有游女而不可求、遂見爲不可泳、見爲不可方耳、全不露貞潔之意、而貞潔之意已在言外、若云女貞不可求、猶漢廣不可泳、不但與喬木句重複、且意味淺薄、無復風人低徊流連之致矣、翹翹錯薪、言刈其楚。翹翹、薪貌、錯、雜也、之子于歸。言秣其馬。秣、養也、六尺以上曰馬、漢之廣矣。不可泳思。江之永矣。不可方思。

○翹祁遙反、秣莫葛反、延文本、傳貌下有也字、

箋曰、翹翹、秀起貌、說文、翹、尾長毛也、从羽堯聲、堯之言高也、鳥尾長毛有高舉之意、故从堯、會意字也、有不高者而後形其高、故灌莽叢雜之中、有獨形其翹舉者、謂之翹翹、錯之爲言、簇也、錯薪以喻衆游女、而楚喻其所思、錯薪皆翹翹然、刈先楚者、意若曰游女皆有德、而娶則拔其尤也、廣雅、楚、荊也、本草圖經、牡荊、卽作箠杖者、枝莖堅勁、作科不爲蔓生、葉如萆麻、花紅作穗、實細而黃、如麻子大、謂之牡者、以其枝不蔓生、對蔓荊而言、非無實之謂牡也、○之子于歸者、之子其所思也、詩中凡言之子于歸、皆指出嫁、此不當獨異、上文言刈其楚、以喻欲娶貞潔之女、則下之子于歸言秣其馬、正言娶女之事、蓋謂此女不可以非禮干、必須媒妁通言、六禮俱備、而後可娶耳、鴛鴦傳、秣、粟也、非訓秣爲粟、謂秣養之以粟也、詩中言娶妻者、每以析薪起興、如齊南山、小雅車舝、及綢繆之束薪皆是、此言錯薪刈楚、亦從婚姻起興、秣馬秣駒、乃欲以親迎之禮行之、士昏禮、主人爵弁纁裳緇衣、乘墨車、從車二乘、執燭前馬、婦車亦如之、據東山云之子于歸、皇駁其馬、則似士庶人亦有送女之馬、說文、氣、饋客芻米也、或作槩、亦作餼、聘禮餼之以其禮、上賓太牢、積惟

芻禾、註、禾以秣馬、是秣馬亦禮䭇之一、箋云致禮䭇者、義取饋芻禾以秣馬、釋文乃云、牲腥爲䭇、正義又分禮爲納帛、䭇爲用牲、則於秣馬無涉、皆非鄭意、但此于歸則擬言當嫁時、非正說嫁時、蓋漢女惟不可求、此乃我所欲求也、故卽以之子于歸接之、至於願秣其馬、則其悅慕至矣、却不更添一語、但再以漢廣江永反覆咏歎、以見其求之之誠且難而已、蓋漢廣四句、乃深情流連之語、非絕望之語也、言秣其馬、鄭箋云謙不敢斥其適己、于是子之嫁、我願秣其馬致禮䭇、示有意焉、得之、但勿認眞、若云既不可求、庶幾秣馬得近之、則失詩旨矣、

翹翹錯薪。言刈其蔞。蔞、草中之翹翹然者、**之子于歸。言秣其駒。**五尺以上曰駒也、**漢之廣矣。不可泳思。江之永矣。不可方思。**○蔞力俱反、摺本傳翹翹然下無者字、延文本傳者下有也字、

箋曰、蔞、草也、非不翹然高、而微於楚、上句言錯薪、而下句刈楚刈蔞皆薪也、薪其大名也、胡承珙曰、蔞正義引爾雅購商蔞郭注、以爲蔞蒿、然郭云江東用羹魚、陸疏亦云生食脆美、其葉又可蒸爲茹、是卽楚詞大招所謂吳酸蒿蔞者、今人尚以爲菜、猶名蔞蒿、未聞有高丈餘者、亦不可刈以爲薪、郭陸所言爾雅之商蔞、似非詩人所刈、王氏稗疏曰、蔞蒿水草、生於洲渚、既不翹然于錯薪之中、但可采摘爲菜、與楚爲黃荊、莖幹可薪者異、管子地員篇曰、葦

下于萑、萑下於蔞、蔞下於芁、則蔞爲萑葦之屬、翹然高出而可薪者、蓋蘆類也、案埤雅亦引管子此文、然與商蔞混而爲一、不如王說於詩義較合、馬瑞辰曰、今按蔞與蘆雙聲、同在來母、蔞當卽蘆字之叚借、王說近之、然但以爲蘆類、而不知蔞卽蘆也、○言秣其駒、曰馬曰駒、只是變文諧韻、庾人云、八尺以上爲龍、七尺以上爲騋、六尺以上爲馬、故上傳曰六尺以上曰馬、此駒以次差之、故知五尺以上也、顧廣譽曰、駒釋文無音、其於株林乘駒作驕、引沈重云、或作駒、後人改之、皇皇者華篇內同、擧皇皇者華、而不及漢廣、足以知此篇之本作駒矣、故於皇皇者華云本亦作驕、而此不爲音也、段說文注乃云、據陳風小雅則知周南本亦作驕、殊非陸意、段謂駒未可駕車、然小雅皎皎白駒、猶非乘駒明證邪

漢廣三章章八句

汝墳。道化行也。 箋曰、不嗇德廣所及也、安井氏曰、正義解道化行爲文王道德之化行、然嘗聞德化、未聞道化、漢廣繼序云、文王之道、行於南國、美化行乎江漢之域、蓋據此首序而分言之、則道化謂道與化耳、 文王之化。行乎汝墳之國。 箋曰、化亦寡妻之刑、后妃之德也、在二南非離后妃而別有文王、 婦人能閔其君子。猶勉之以正也。 箋曰、下役王事、正也、后妃輔佐君子、知臣下之勤勞、至于憂勤、亦是風之所自也、卷耳勉

毛詩會箋

之以正在言外、殷其雷大夫妻也、此則賤女也、猶字有無可玩、方苞曰、周興於西北、自北而南、地相直者正江漢也、至於汝墳則又自西而益東、自南而漸北、殷商國畿而外、皆周之宇下、所謂三分天下有其二也、序詩者先漢廣、次汝墳、當時被化之先後、疆界之廣輪、一一可辨矣、

遵彼汝墳。伐其條枚。 遵、循也、汝、水名也、墳、大防也、枝曰條、幹曰枚、**未見君子。惄如調飢。** 惄、飢意也、調、朝也、○惄乃歷反、

箋曰、君子于役、婦人出而樵於外、是炊扊扅之勞苦也、汝水出汝州魯山縣西南七十里大盂山、經伊陽及汝州南、又東南經寶豐縣下、經許州之襄城郾城南汝甯等處、經汝陽縣北、又東逕新蔡西、至安徽潁州府境入淮、方言、墳、地大也、青幽之間、凡土而高且大者謂之墳、爾雅釋丘、墳大防、注謂隄、隄亦土之高而大者也、射雉賦、崇墳夷靡、徐注、墳、大防、今呼爲塘、郎傳大防義也、隄防在水之崖、故亦爲厓岸字、周禮大司徒辨其山林川澤丘陵墳衍原隰之名物、注、水崖曰墳、是也、方言、冢秦晉之間謂之墳、郭注、取名於大防也、是墳墓之墳、又由大防義引申而出也、○伐其條枚者、是枝榦相對爲名耳、木大不可伐其榦、取條而已、枚、細者、可以全伐之也、周禮銜枚氏注云、枚狀如箸、是其小也、旱麓莫莫葛藟施于條枚、鄭以條枚爲枝本義同、此親伐薪、明是庶人之妻也、○惄如朝飢者、朝飢思食、自是賤女口氣、爾雅釋言、惄、飢也、釋詁、惄思也、飢之思食、意又惄然、故傳言飢意、而非飢狀、思之欲見、如飢

之思食爾、釋文、惄本又作愵、韓詩作愵、玉篇、愵、思也、愁也、或作愵、方言、愵、憂也、秦晉之間、凡志而不得、欲而不獲、高而有墜、得而中亡、謂之愵、或謂之惄、可以見字義、傳、調、朝也、此謂調爲朝之假借、釋文云、調又作輖、說文、輖、重也、王安石因謂、飢而又飢、飢之甚也、朱傳因之、然說文輖下不引詩調飢、惄下引詩作調者、亦謂調爲朝之假借耳、文選注引辟君章句曰、朝飢最難忍、是韓與毛同、易林云、倆如旦飢、亦用毛義、重飢之說不可從、舊說以此詩爲君子未歸之時、朱傳謂婦人喜其君子行役而歸、首章爲追賦、如舊說卒章是未歸之閔勉、如集傳是已歸之閔勉、既見之爲虛擬實指、詩亦都有之、然詳二章、自是實指爲得當從朱傳、

遵彼汝墳。伐其條肄。肄、餘也、斬而復生曰肄、既見君子。不我遐棄。既已、遐遠也、○肄以自反、延文本、傳肄已下並有也字、

箋曰襄二十九年左傳曰、晉國不恤宗周之闕、而夏肄是屏、又曰、杞夏餘也、是肄爲復生之餘、既伐其枝、又伐其肄、以著行役經年也、詩以物紀時、所謂以草木爲春秋也、如采薇之作止柔止剛止、亦不過就一物之中、只更易一二字、而時序相去瞭然、古人立言、簡妙如此、○不我遐棄者、猶云不遐棄我、古人語多倒、蓋至此始會其歸也、一語中包有千端萬緒、正是悲喜兩交、遐棄不是恐君子二三其德而棄我、恐在外有疾病、或罹王法死亡、皆是、

魴魚赬尾。王室如燬。赬、赤也、魚勞則尾赤、燬、火也　雖則如燬。父母孔邇。孔甚、邇近也、○赬勑貞反、燬音毁、延文本、傳甚下有也字、

箋曰、比也、魴魚勞則尾赤、以比君子之旅瘁、爾雅、魴魾、郭注、江東呼魴魚爲鯿、一名魾、陸疏、魴廣而薄、肥恬而少力細鱗、魚之美者、遼東梁水魴、特肥而厚、尤美於中國魴、故其鄉語曰、居就糧梁水魴、是也、羅願爾雅翼云、魴縮頭穹脊博腹、色青白而味美、今之鯿魚也、毛不言魴爲何者、以魴常有、人共曉耳、釋器、再染謂之赬、郭注、赬、淺赤也、正義引哀十七年左傳如魚赬尾、衡流而方羊云、服氏亦爲魚勞、李氏集解引養生經曰、魚勞則尾赤、人勞則髮白、胡承珙曰、說文魚部、鰟、鰟魚也、从魚㫄聲、或从扁作鯿、魴赤尾魚也、从魚方聲、籀文从㫄作鰟、據郭注爾雅及山海經皆云、魴卽鯿魚、說文則二篆相次、而不言是一魚、是許意魴非卽今之鯿魚、據籀文作鰟、今有一種小魚、形微似鯿魚、而尾頰俱赤者、俗尙名爲鰟魾魚、許所指似是此魚、安井氏曰、魴、鮏類也、嘗聞之漁者、鮏將產子、從流而泝、擇緩流細沙之地、雄掉尾鑿之、雌既產、則復掉尾掩之、故既產之鮏、身瘦尾赤、其價減半、於是益服古人之博物也、○王室如燬者、王室猶曰王家也、稱天子之辭、不必指所都、經年行役、夫婦相見、形容色澤、必大有變改、故以赬尾比之、而嘆曰、紂王暴烈、民在炎火、經年之勤苦、使君憔瘁、釋文、齊人謂火曰燬、字書作㷄、音毁、說文同、或云楚人名曰煤、齊人曰燬、吳人曰㷄、此方俗訛語也、馬瑞辰曰、後漢書周磐傳注、

引韓詩薛君章句曰、焜、烈火也、是韓詩作焜、燬焜實一字之異體、故爾雅郭注云、燬齊人語、而方言云齊言焜、廣韻亦云、焜齊人云火、釋文既云燬字書作焜、音毀、又引或說、分燬焜爲齊吳二音、誤矣、方言、煤火也、楚轉語也、猶齊言焜火也、郝懿行曰、火者古讀如喜、左氏襄卅年傳、或叫於宋大廟、曰譆譆出出、鳥鳴於亳社、如曰譆譆、譆譆卽火火之聲也、詩七月流火、與九月授衣韻、是皆火讀如喜之證、又讀如毀、說文燬火互訓、明其聲同、釋名云、火、化也、消化物也、亦言毀也、物入中皆毀壞也、詩七月流火、與八月萑葦韻、是皆火讀如毀之證、二讀實一聲之轉也、今音又轉爲呼果切、故汝墳釋文引郭璞燬又音貨、是今音矣○父母孔邇、父母文王也、此一句是周室興王之氣象、邇非以地言也、文王視民如傷、於其飢寒疾苦、無不體恤、瞻之依之、如在膝下、故曰孔邇、言父母在焉、惠保弗舍也、亦可以忘其勞矣、以是慰之、又以勉之也、今玩其辭、民心雖怨乎紂、而尚以周之故、未至於泮散也、是文王爲商室•繫民心而繼宗社、其德可不謂至乎、

汝墳三章章四句

麟之趾。關雎之應也。箋曰關雎之所化成、故曰應、使衰世之公子皆信厚、見化行之效也、關雎之化行。則天下無犯非禮。箋曰、麟趾騶虞序以天下爲言、二詩作於革命之後可知

毛詩會箋

矣、非禮言男女無別也、**雖衰世之公子。**箋曰、衰世、謂殷之末世也、美后妃子孫、已見螽斯詩、所謂公子公族者、非特姬姓而已、商紂之末、俗靡禮壞、關睢化行、南國公子皆有信厚之風、故詩人託麟趾、見文王修齊之化成、周道大興也、朱注以公子爲文王后妃之子孫、不知周南十一篇、皆以次自近及遠、江漢汝墳之後及家庭、編次亦乖矣、序說不可易也、**皆信厚如麟趾之時也。**箋曰、關睢之化行、信厚成俗、而麟趾詩作、是謂麟趾之時、

麟之趾。振振公子。興也、趾、足也、麟信而應禮、以足至者也、振振、信厚也、**于嗟麟兮。**于嗟、歎辭、○延文本、辭下有也字、

箋曰、麟爾雅作麐、齊詩同、麟麐古今字、舊說、麟麐身牛尾、馬足、黃色、圓蹄、一角、角端有肉、蓋麟趾取興、不過謂公子之信厚如麟耳、朱傳以首句麟字興文王后妃、于嗟麟兮則指公子、二麟字說不同、不如兩麟字皆指爲子姓公族、詩意重在麟、不須歸重於趾定角、今以麟之趾一句、先立於上、而以振振公子一句屬下文讀、則意自見、然公子之所以仁厚、固文王后妃之化也、趾釋文云本亦作趾、則陸氏所據本作止、止卽足也、故足字从止、經典多作止、易艮其趾、釋文趾荀作止、士昏禮北止、注、止、足也、漢書刑法志當斬左止者笞五百、莊子德充符、魯有兀者無止、作止者古文、作趾者後世字、趾在體下、

於身最賤、而經先言之、故傳釋所以先言趾、曰以足至者也、于吁古今字、于嗟美歎之詞也、美歎曰嗟、傷歎亦曰嗟、凡全詩歎詞、有此二義、或言嗟、或言嗟嗟、或言猗嗟、或言于嗟、麟之趾與公子、猶有彼是之別、又且咏歎言公子卽是麟兮、遂成爲麟、所謂人中之麟也、猶楚狂接輿稱仲尼曰鳳兮、意愈篤矣、孔仲達云、詩有上二句爲韻、而下單句不必趁韻者、謂之媵句、蓋詩有咏嘆之淫液之、以其法讀、此三章與騶虞二章、其末句皆不必叶也、卽推之褰裳二章權輿二章之末句、亦媵句也、椒聊二章末二句、采苓三章末二句、亦同此例也、

麟之定。振振公姓。 定、題也、公姓、公同姓、**于嗟麟兮。** ○延文本、傳末有也字、

箋曰、題者、說文、頟也、謂頭之正面也、題就人說者、史記越世家雕題、注謂刻其頟、湼以丹青也、是也、就獸說者、山海經北山經、石首之山有獸焉、文題、注、題頟也、是也、就物說者、孟子榱題數尺、戴侗曰、猶今言椽頭也、是也、麟舉其趾而至、故先言趾、定也角也取其昂昂然而有儀表也、麟異獸不常見、故古以爲祥瑞而已、至不履生蟲、不踐生草、定不抵、角不觸、皆屬附會、毛以公姓爲公同姓、是疏於公族、於文爲不次、故朱傳以爲公孫、禮經謂孫爲子姓多出、玉藻縞冠玄武子姓之冠也、鄭注、父有凶服、子爲之不純吉也、所謂子姓者孫也、儀禮特牲饋食、子姓兄弟如主人之服、鄭注、子姓者子之所生、亦謂孫也、喪大記、卿大夫父兄子姓立於東方、鄭注、姓之言生也、子姓謂衆子孫也、以彼證此、古者謂孫爲子姓誠是、然至單言姓則爲子稱、小爾雅廣雅竝

曰、姓、子也、昭四年左傳、庚宗之婦人獻以雉、問其姓、對曰、余子長矣、杜注、問其姓問有子否、曲禮納女於天子曰備百姓、百姓猶百子也、此詩公姓猶言公子、特變文以協韻耳、

麟之角。振振公族。麟角所以表其德也、公族、公同祖也、于嗟麟兮。○傳同祖延文本作同族、

箋曰、所謂九族、喪服小記曰、親親以三爲五、以五爲九、此純以父族而言也、戴禮尚書歐陽說、此兼內外親言也、杜預左傳注、此純以外親言也、蓋小記所云、爲九族之定訓、爾雅於內宗皆曰族、於母妻曰黨、不得爲族也、季梁對君、無容近舍本宗、而遠取外屬、杜解非也、詩言公子貴而不驕、富而不淫、修德學道、以成信厚、以此終房中之樂、乃后夫人所以正德化、其要在此、皆將君人相人者也、邶風以二子乘舟反應之、其義益著明、

麟之趾三章章三句

周南之國十有一篇三十六章百五十九句。箋曰、此十七字亦注家之算計、不當大書、後皆放之、唐石經搨本、並一篇之上無有字、

○鄭譜謂、文王受命作豐、卽分岐周故地、以爲周公旦召公奭采地、武王有

天下、巡守述職・陳誦諸國之詩、以觀民風俗、六州者得二公之德教尤純、故獨錄之、屬之太師、是鄭以周召分陝爲在文王時、以二南爲二公之化、謬矣、文王伐崇作豐、明年卽薨、何暇以岐地分賜二公・施行政教、且文王身爲西伯、何得又使其臣分僭二伯、則二公分陝實在武王有天下之後明矣、二南之詩則皆文王之風、實非周召之化又明矣、

毛詩會箋

召南鵲巢詁訓傳第二　毛詩國風

鵲巢。夫人之德也。箋曰、召南夫人被后妃之化、其德可以風國家也、朱子舊說云、文王之時、關雎麟趾之化行於內、諸侯蒙化以成其德、而其道亦始於家人、故其夫人之德如是、當時之人、詠歌而美之、當必爲一人而作、然周公取以爲法、明夫人之德皆當如是、則其義不主於所指之人、故序者特云夫人之德而已、國君積行累功。以致爵位。箋曰、周家之新封侯者勿論也、乃雖殷之舊國、爵位本自積累得之、故夫人之德、固無新舊之別、夫人起家而居有之。德如鳲鳩。箋曰、明鳩之爲鳲鳩也、鳲鳩之養其子、平均如壹、是鳲鳩之德也、少皞鳲鳩氏、司空也、其以平均稱尚矣、乃可以配國君焉。箋曰、夫人以有是德、無怍於好逑也、唐石經摺本延文本、並配下無國君二字、

維鵲有巢。維鳩居之。興也、鳩、鳲鳩、鳲鳩秸鞠也、鳲鳩不自爲巢、居鵲之成巢、之子于歸。百兩御之。百兩、百乘也、諸侯之子嫁於諸侯、送御皆百乘、○御五嫁反、秸古八反、鞠音菊、摺本延文本、並不疊傳鳲鳩、箋曰、比也、鵲鳩殊種、比二姓之好、族類相稱焉、鵲卽乾鵲、今之喜鵲也、鵲性喜晴、故名乾鵲、高誘淮南注、乾讀如乾燥之乾、是也、鵲从昔者取其聲、淮南

原道訓、烏之啞啞、鵲之唶唶、急就篇顏注、鵲者亦因鳴聲以爲名也、凡鳥將生雛、必先營巢、及子成長、則空巢飛去、巢不復用矣、其平時棲宿不巢也、唯鳩好巢居、故有空巢則棲焉、鵲巢鳩居、不必有其事、詩之取興、正如易之取象耳、關雎言窈窕淑女、則是明言后妃之德、鵲巢不言夫人之德、鳲鳩之性均壹、可借以見夫人之德也、鳲鳩是鳩中之一種、毛傳秸鞠、爾雅作鴶鵴、秸鞠鴶鵴、一聲之轉、箋於此詩言其性拙、傳於曹風言其平均、左昭十七年疏、引樊光曰、鳲鳩氏司空、心平均故爲司空、文心雕龍云、鳲鳩貞一、故夫人象義、東萊文集有云、居已成之鵲巢、受百兩之厚禮、爲夫人者自思、苟無純靜均一之德、其何以堪之、皆以德言鳩、是也、自古未聞言婦德者取其拙也、毛傳鳲鳩不自爲巢、居鵲之成巢、語最精審耐味、此婦道無成、而代有終之義也、朱傳曰不能爲巢、一字之易、而死活頓殊矣、鳩屬多矣、獨言鳲鳩者、特以其有均一之德、今曰拙鳩、則何德而取以比夫人、此蓋因禽經鳩拙而安一語衍之耳、〇之子于歸者、之子指夫人也、百兩御之者、兩、一車也、傳云百兩百乘者、兩乘以車馬爲數、兩、一車兩輪也、百兩以兩輪爲數也、管子乘馬篇、一乘者四馬也、百乘以四馬爲數也、百兩不過極其盛而言之、諸侯迎送車數、未必如是之多、此言大婚之盛、以著夫人起家、而有是爵位也、舊解泥矣、若卒章百兩、不專屬迎者、亦不專屬送者、蓋合而言之耳、乃從舊解、宜言二百兩成之而後可、思齊傳、御·迎也、女從人者也、迎焉而後行、故先御而後將、

維鵲有巢。維鳩方之。方有之也、**之子于歸。百兩將之。**將、送也、

箋曰、方猶嚮也、大雅萬邦之方、字例可徵、居之、統言也、言以爲己居、方之、飛而嚮其巢也、與將之照、盈之、嚮而集其巢也、傳云方有之也者、毛蓋訓方爲並、方有之也四字爲一句讀、莊子山木、方舟而濟於河、司馬注、方、並也、淮南汜論訓、乃爲窬木方版、高注、方、並也、荀子致仕篇、莫不明通方起、楊注、方起並起、鄉射禮云、不方足、鄭注、方猶併也、說文、方併船也、併船是方本義、通而言之、凡相併皆曰方、蓋毛意方之謂竝處於一巢、卽就與國君相偶言也、○百兩將之者、周禮小宰祼將之事、太史及將幣之日、注並云、將、送也、淮南覽冥、不將不迎、注、將送也、將訓送、與福履將之異義、首章百兩御之、是夫家之車、君親迎也、韓奕詩韓侯迎止、于蹶之里、百兩彭彭、八鸞鏘鏘、是也、次章百兩將之、是婦家之車、上卿送也、左傳、凡公女嫁於敵國、姊妹則上卿送之、公子則下卿送之、於大國雖公子亦上卿送之、是也、三章百兩成之、乃又總上兩章、統言送迎也、分章之理如此、

維鵲有巢。維鳩盈之。 盈、滿也、 **之子于歸。百兩成之。** 能成百兩之禮也、

箋曰、盈之不必說子孫衆多、只是夫妻和聚于中便是、○百兩成之者成昏禮也、百兩迎送以成之者、敬其事也、記曰、敬愼重正、而後親之也、

鵲巢三章章四句

箋曰、或謂、貍首鵲巢也、篆文似之、王應麟曰、大戴禮投壺云、凡雅二十六篇、其八篇可歌、歌鹿鳴貍首鵲巢、此有貍首、又有鵲巢、則或說非矣、射義云、騶虞者樂官備也、貍首者樂會時也、采蘋者樂循法也、采蘩者樂不失職也、注云、貍首逸詩、下云曾孫矦氏是也、今考采蘋采蘩固與毛詩篇義脗合、卽騶虞官備、亦與虞人翼五豝傳義相符、若鵲巢夫人之德、則與會時義了不相涉、然則鵲巢之非貍首明矣、

采蘩。夫人不失職也。 箋曰、皆能供其內職、而不敢失墜也、既有鳲鳩之德、又勤其百職、而夫人之道乃備、所謂不失職者、非獨指祀事也、**夫人可以奉祭祀。則不失職矣。** 箋曰、釋詩唯言祭祀之義也、古者自王后夫人、以至士庶人妻、必以奉祭祀爲重、祭祀所以昭忠信、奉之能誠敬、則於百職無所失焉、不失職擧其全而言、奉祭祀乃其重且大者也、故特咏祭祀之忠、以著其百職不失也、

于以采蘩。于沼于沚。 蘩、皤蒿也、于於、沼池、沚渚也、公矦夫人執蘩菜以助祭、神饗德與信、不求備物焉、沼沚谿澗之艸、猶可以薦、王后則供荇菜也、**于以用之。公矦之事。** 之事、祭事也、○皤薄波反、摺本延文本、並傳備下無物字、

箋曰、夫人將祭、出而采蘩於外、親之者忠敬也、胡承珙曰、于於二字、其本義皆爲氣舒之詞、故經典多用爲語辭、其用爲語辭者、則又用于爲古字、用於爲今字、爾雅、爰粵、于也、爰粵于那都繇、於也、輾轉訓釋、皆爲語辭、而以於釋于、乃以今字釋古字、其又訓爲往、訓爲在者、皆由氣出之義而引申之、亦以用于者爲古文、用於者爲今文、故凡詩書用于字、論語用於字、又凡經多用于字、傳注多用於字、而毛傳鄭箋以於釋于者、皆所以通古今之字也、詩中于字、有當爲語辭者、有當爲往者、有當爲在者、毛於桃夭于歸訓于往也、此于以之于不釋、蓋以爲語辭、而訓于沼之于爲於、則用在義、于沼猶在沼也、箋則云、于以猶言往以也、案采蘋又云于以盛之、于以湘之、夫采之可言往、盛之湘之不必言往、箋乃訓爲往、誤矣、蘩、說文云、白蒿也、傳謂之皤蒿者、蘩爲白色、讀若老人髮白曰皤、蘩又爲凡蒿之通稱、爾雅繁之醜秋爲蒿、是也、毛傳則不以爲凡蒿通稱矣、隱三年左傳正義引陸疏云、凡艾白色爲皤蒿、今白蒿也、春始生、可生食、又可烝、一名游胡、北海人謂之旁勃、是陸疏以皤蒿與由胡爲一物、大戴禮夏小正、二月榮堇、采繁、傳云、繁、由胡、由胡者繁母也、繁母者旁勃也、皆豆實也、繁古通作蘩、蘩母蒡勃皆極狀蒿生之盛、堇・堇葵也、所以滑羹、采音菜、皆、皆堇與繁也、黃氏曰、蘩始生一莖耳、采食其上體、醢下體寸許、四旁皆勃然生、又采其上食之、則旁生彌衆、故謂之旁勃、謂其母曰由胡、是也、鄭箋云執蘩菜者、以豆薦蘩菹、與此傳正合、正義曰、祭統云、夫人薦豆、九嬪職云、贊后薦徹豆籩、卽王后夫人以豆爲重、故關雎箋云、后妃供荇菜之菹、亦不爲羹、采蘋知爲羹者、以教成之祭、牲用魚、芼之以蘋藻、故知爲蘩、其義確矣、白蒿有水陸二種、陸生者艾蒿也、辛薰不美、水生者蔞蒿也、陸疏云、其葉似艾白色、長數寸、好生水邊及澤中、正月根芽生旁莖、正白、生食之、香而脆美、其葉又可蒸爲茹、楚詞大招云、吳酸蒿蔞不霑薄、謂吳人善調酸鹹、瀹蔞蒿以爲虀、其味不濃不薄而甘美也、正義疑皤蒿陸草、不當采於水中、故謂于沼于沚爲于其旁、于澗之中爲于曲內、義殊牽强、詩明言于沼沚、不言於其旁、左傳以蘩與蘋及薀藻並稱、皆水菜也、必以水菜爲辭者、蓋取潔淸事宗廟之義、若七月傳云蘩白蒿也、所以生蠶、自是陸產、采蘩雖同、而用則異、集傳旣從毛以采蘩爲奉祭祀、而又存生蠶之說、蠶事豈可謂公侯事、蠶室豈得爲公侯之宮、不思甚矣、爾雅、小洲曰渚、小渚曰沚、沼沚澗必累言者、詳爲水草之菹、潔芳之所出也、〇公侯之事者、言祭公侯也、古以祀與戎爲大事、春秋書有事、書有大事、皆言祭也、

于以采蘩。于澗之中。山夾水曰澗、**于以用之。公侯之宮。**宮、廟也、

箋曰、求而至於山溪、猶洞酌彼行潦、釋名云、澗、間也、言在兩山之間也、凡兩者爲間、兩山之間、必有川焉、故其川流行於兩山間者爲澗、左傳苟有明信、澗溪沼沚之毛、可羞於王公、凡祭豆之品四、菹之類七、詩偶掇一蘩、爾夫人之薦、不止一蘩、說者指定在宮爲薦蘩、已失之、又言歲味先蘩、采爲禴新、尤非、〇公侯之宮者、先君之廟也、春秋莊二十三年丹桓宮楹、注、宮、廟也、上章言所用之事、此章言所用之地、

被之僮僮。夙夜在公。被、首飾也、僮僮、竦敬也、夙・早也、被之祁祁。薄言還歸。祁祁、舒遲也、去事有儀也、○祁、巨私反、

箋曰、周禮追師、王后首飾有副編次三等、鄭注云、副之言覆、所以覆首爲之飾、其遺象若今步搖矣、君子偕老副笄六珈傳、副者后夫人之首飾、編髮爲之、彼傳以副爲首飾、則被與副同物、被取被覆之義、與副之訓覆義近、葛覃傳云、婦人有副禕盛飾、接見于宗廟、此詩言公矦夫人助祭宗廟、首飾必用副、則被之爲副可證也、少牢饋食禮、主婦被錫、衣侈袂、主婦贊者一人、亦被錫、衣侈袂、被卽詩所謂被、是大夫妻有被矣、大夫妻之被、與諸矦夫人之被、被飾尊卑不同、而要不得爲髲也、鄭注禮合次與髲鬄爲一、其箋是詩、又合被與髲鬄爲一、然則經何以舍副禮服之正飾、而專言其下之髲鬄邪、說文、髲鬄二字轉相訓、鬄亦作髢、說文但云益髲、竝不以爲禮服之首飾、左傳、衞莊公見巳氏之髮美、使髡之以爲呂姜髢、莊子曰、禿而施髢、據此諸文、髢是爲婦人益髮所需、禮服及平居時、皆可用以爲飾、君子偕老之次章、上言其之翟也、下言鬒髮如雲不屑髢也、足見服翟時亦可用髢、但鬒髮者不屑耳、若髲髢卽次、則次非翟衣之配、不屑之言、毋乃虛設乎、且次係禮服正飾、亦不當云不屑也、果如鄭孔、則此祭服翟衣而配副、祭畢釋翟衣而又服被、何經文始終言被、不一及副邪、傳曰編髮、非以被當周官之編、蓋副編次三者、爲制雖不同、而皆用他髮、通得謂之編髮、卽通得謂之被、詩所謂被則副也、

毛氏謂首飾者得之、射義注引采蘩被之童童、釋文作僮、云僮音童、本亦作童、據此則詩亦當作童、釋名釋牀帳幢容、幢童也、施之車蓋童童然、以隱蔽形容也、三國志、先主舍東南角桑樹、童童如車蓋、廣雅、童童·盛也、○夙夜在公者、正指正祭之時、而箋疏以夜在事爲先夕視濯、夙在事爲朝視饎爨、此於禮文無據、徒準特牲士禮言之耳、然特牲之視濯乃宗人、非主婦、無以見諸侯祭禮之必夫人、況周禮大宗伯享大鬼視滌濯、小宗伯大祭祀視滌濯、以天子及士尊卑懸絕、而爲禮略同、益見侯禮之視濯、未必夫人主之矣、至饎爨、惟士卑、故主婦親視、若王禮則奉粢盛告絜、且不掌以大小宗伯、而掌以肆師、是夫人視饎爨之說、尤未可信、凡日入以後、日出以前、通謂之夕、亦通謂之夜、夙夜爲朝暮之稱、亦爲早夜之稱、以其時夜尚未旦謂之早夜、夙夜非自夙至夜、乃夜之夙、家語所云質明行事也、行事必以早夜爲恭敬、故周語叔向說昊天有成命曰夙夜、恭也、是也、詩中言夙夜不一、有兼指朝暮言者、陟岵行役夙夜無已之類是也、有專指夙興言者、此詩夙夜在公是也、公如論語祭於公之公、卽公侯之宮、謂宗廟也、頌云夙夜在公、在公飲酒、亦同、○被之祁祁者、僮僮祁祁皆狀首飾之盛、詩言祁祁者、七月采蘩祁祁、傳、衆多也、大田興雨祁祁、傳、徐也、韓奕祁祁如雲、傳、徐靚也、據此則祁祁有衆多義、有徐義、衆多則必遲、徐則必舒、引申之義也、毛於祁祁探下文薄言還歸爲舒遲、僮僮探下文夙夜在公爲竦敬、則首飾之盛、不待言矣、薄言還歸、歸燕寢也、及事畢歸去、猶是祁祁、祭義所謂已徹而退、敬齊之色、不絕於面、是也、美夫人、不舉威儀、而舉被、觀飾者不于重于輕也、不舉在事而舉旋歸、觀敬者不于暫于久也、於還歸時言被、是未釋服之飾、非已釋服之飾也、安井氏曰、箋云、祭事畢、夫人釋祭服而去髲髢、其威儀祁祁然而安舒、無罷倦之失、鄭意蓋謂、祭前悚敬、祭畢安徐、則正祭不失禮可知矣、故經文始終不言正祭、遂據正祭服副、證成其說、然祭前服被可也、未知祭畢釋祭服於何所、孔子之去魯、不脫冕而行、是臣祭於公、不脫冕還家、況夫人自廟反燕寢、同在公宮之內、不釋祭服於廟中明甚矣、可以喻鄭箋之非、是也、宗廟所在則金鶚曰、漢儒皆言、廟在中門之外、近戴東原始辨其非、以爲在中門內、足正千古之繆、周官司儀、凡諸公相爲賓、及將幣交擯、每門止一相、及廟惟上相入、聘禮亦云、公迎賓于大門內、每門每曲揖、及廟門公揖入、夫惟廟在中門內、賓客之入、必歷外門中門而後及廟、故得有每門、若在中門外、則入大門卽得及廟、何以有每門乎、賈公彥謂、諸侯五廟、大祖居中、二昭居東、二穆居西、廟皆別門、門外兩邊皆有隔牆、東行經三閤門、乃至大祖廟、每門皆有曲、有曲卽相揖、鶚以爲不然、大祖之廟、百世不遷、當特尊於羣廟、故禘祫之禮、必合食於大祖、大祖東向自如、羣昭羣穆列於南北、則知大祖之廟、必不與羣廟竝列也、若與羣廟竝列、何以見大廟之尊乎、且左昭右穆、必分爲東西二列、其義乃明、若竝列一處、何以見其爲左右、何以見其爲昭穆、經典凡言左右、多不與居中者爲一列、贊幣自左、詔辭自右、贊詔者不與君竝列也、食居人之左、羹居人之右、羹食不與人竝列也、然則羣廟必不與大祖竝列矣、安得有隔牆與閤門乎、假有閤門、其門甚小、而賓客之入、必由三閤門而至大廟、毋乃不便乎、晉孫毓謂、大祖在北、左昭右穆、以次而南、朱子從之、其說固至當也、禮經每門之文、承大門入門而言、其非閽門可知、哀十四年左傳、攻闈與大門、宣二年公羊傳、入其大門則無人、入其閨則無人、闈與閨卽閽門也、必別之於門、是知經典所稱門者、皆指庫雉路諸門而言、閨閤不得混稱門也、曲禮每門讓於客、周官閽人王宮每門四人、與此每門文同、其爲庫雉二門甚明、賈以爲閽門、誤矣、每曲者、謂入雉門之後、折而向東、是爲一曲、直廟門又折而北、是又一曲、曲不屬于門、賈以爲門皆有曲折、亦誤矣、每門每曲既非閽門、則廟在中門內可知、周官閽人掌守王宮中門之禁、鄭注、以中門爲雉門、古者天子縣法於象魏、使萬民觀之、則自中門以外、萬民皆得至、故外門不設禁、宗廟社稷、國所最重、豈可置於中門之外•而不設禁乎、周語有日祭之文、韋注謂、上食于祖考、蓋宗廟每日必祭、此事死如事生之禮、故廟必在寢傍、以示親祖之意、若在中門外、則疏遠矣、古者女子十歲卽不出中門、士冠禮適東壁、北面見于母、鄭注、母在闈門外、婦人入廟由闈門、夫婦女有助祭之禮、宗廟必時至、廟門尚不敢入、況可出中門乎、金說可從、寢廟堂室之制、詳小雅斯干篇、

采蘩三章章四句

箋曰、龜井氏曰、夫人不失職、是葛覃卷耳之所化也、而詩唯言一祭祀、夫詩取節而不盡物、在是詩詠一蘩一被、而薦羞之忠、禮容之恭皆見矣、故鼓一弦而二十五弦皆動者、唯詩爲然、閉目而顧瞻千古、則召南之國、宗廟之美、君與夫人交獻、禮樂交應於上下、歷歷不違顏咫尺、夫祭非啻一

蘩一被、則夫人之職、亦非啻祭祀、詩之本義、微序不可闚觀耳、或曰、夫人非實出采蘩、詩人且如是說、案無其事而空言之、荒唐甚矣、君之於廟、藉則親耕、牲則親朝親殺、樂則親舞、夫人而親采蘩、考之禮意、非虛構也、

草蟲。大夫妻能以禮自防也。

箋曰、能字采蘋亦出、二篇相照、龜井氏曰、大夫行役、其妻守空閨、無嫌疑之行、以禮制心者也、蓋讀書當論其世、是時當紂之時、故召南多行役之大夫、紂以淫酗肆虐、臣下化之、則能以禮自防者鮮矣、而此大夫妻致思之正如此、故以爲文王化行之效也、此詩與殷其雷相應、二篇皆大夫妻也、又曰、艸蟲是鵲巢所化、故列夫人之詩二首於始、以艸蟲受鵲巢、以采蘋受采蘩、葢編集之義也、不與合樂之序同、左傳以賚爲武之三、桓爲武之六、亦與編集之序異、辨說云、此恐亦是夫人之詩、而未見以禮自防之意、甚哉朱子之暴蔑古也、古行役之勞、遠經歲月者、大夫士庶人也、故怨女之詩、皆大夫士庶人也、夫人而思慕其君者、三百篇中無一篇已、且召南之有鵲巢采蘩采蘋、猶周南之有關雎葛覃卷耳、又猶鹿鳴之三、文王之三、儀禮所載可徵、而獨在召南、以草蟲挾采蘋之上、而與儀禮之叙岨峿何邪、夫鵲巢之德貞靜均一、而草蟲能以禮自防、其言有若夫人、而後有若大夫妻也、采蘩夫人不失職、而采蘋內子能循法度、其言上德如彼、而化行至是也、故以草蟲承鵲巢、以采蘋承采蘩、此所以與儀禮異叙、若以爲夫人之詩、不知何義、若祛以禮自防之意、與變風離曠之詩何異、

喓喓草蟲。趯趯阜螽。興也、喓喓、聲也、艸蟲、常羊也、趯趯、躍也、阜螽、蠜也、卿大夫之妻、待禮而行、隨從君子也、

未見君子。憂心忡忡。忡忡猶衝衝也、婦人雖適人、有歸宗之義也、**亦既見止。亦既覯止。我心則降。**止、辭也、覯遇、降下也、○喓於遙反、趯託歷反、阜音婦、螽音終、覯古豆反、傳衝衝・延文本作衝衝、

箋曰、賦也、草蟲鳴而阜螽躍、君子行役未反、空閨不堪秋也、傳喓喓聲也、此等字非必定从要、以其聲近要故从要、與鹿鳴之呦从幼一例、蟲與螽古通用、月令、蟲螟爲害、蔡邕章句作螽螟、可證、此詩草蟲卽爾雅草螽之假借、非泛指草中蟲也、阮元云、凡詩中有同字相並爲韻者、卽改一假借之字當之、此詩人義同字變之例、今此詩下言阜螽、上句若作草螽、則嫌其二螽相並爲韻、故以蟲爲螽之假借、郝懿行曰、陸疏云、草螽一名負蠜、大小長短如蝗、奇音青色、好在茅草中、如陸所說・蓋今登萊人謂之聒子、濟南人謂之聒聒、體青綠色、比蝗蟲短、狀類蟋蟀、振翼而鳴、其聲清滑、及至晚秋、鳴聲猶壯、出車箋草蟲鳴晚秋之時、及陸疏奇音青色、唯此足以當之、詩以喓喓言之、亦取其善鳴也、阜螽、陳藏器本草拾遺似蝗、李巡陸璣許愼蔡邕並指爲蝗、然蝗是災蟲、非歲時恆有、凡經傳直稱螽、蝗也、如公羊傳螽何以書、記災、是也、似蝗不爲災、皆得螽名、如爾雅所云阜螽蚻螽蠜螽土螽、是也、螽類甚多、大而青色者螳螂、小于螳螂而作聲者、如馬軋紡績皆是、箋云、阜螽躍而從之、則止于跳躍、而不作聲、別是螽之一種○憂心忡忡者、忡沖音同義通、說文、

沖涌搖也、呂覽重言、飛將沖天、沖猶升也、毛傳訓忡忡爲衝衝、葢以忡忡爲動心之貌、小弁曰、我心憂傷、惄焉如擣、焦氏易林云、解我胸春、云擣、云胸春、卽與衝衝同義、○亦既見止三句、全爲未見起嘆、既見既覯、總是空中立想、遙擬見後之樂、乃以深未見之憂也、見與覯自分深淺、見猶見其面而已、覯、遇也、合也、因與君子相偶而言之、一意翻作兩意、由淺而深、風詩往往如此、兩亦字擬議之詞、則字受之有力、降者、其衝沖者降下也、是憂除而心安矣、猶曰今憂心雖如衝、得見君子、可以安慰、我豈不忍數年之不晏、而使君子貽帷幕不脩之名乎、所謂以禮自防在此、傳云婦人有歸宗之義者、儀禮喪服傳曰、婦人爲昆弟之爲父後者何以亦期也、婦人雖在外、必有歸宗、故服期也、歸宗者大歸也、然非經旨、辨具題下、

陟彼南山。言采其蕨。 南山、周南山也、蕨、虌也、 **未見君子。憂心惙惙。** 惙惙憂也、 **亦既見止。亦既覯止。我心則說。** 說、服也、○蕨居月反、惙張劣反、

箋曰、自草蟲之感於心、憂以至於春矣、言薇蕨二物者、記時候之變耳、齊民要術引義疏云、蕨、山菜也、莖紫黑色、二月中高八九寸、老有葉、瀹爲茹、滑美如葵、三月中其端散爲三枝、枝有數葉、葉似青蒿而麤堅、長不可食、爾雅郭注云、初生無葉、可食、江西謂之虌、陸德明曰、俗云、其初生似鼈脚故名焉、戴侗云、其根掘而擣之取粉、可食、謂之烏味、爾雅翼云、蕨生如小兒拳、紫色而肥、野人今歲焚山、則來歲蕨菜繁生、其舊生蕨之處、蕨葉老硬紛披、人誌之

謂之蕨基、○未見君子憂心惙惙者、遠望杳杳、白雲在天、滿目不堪春也、說文叕部、叕綴聯也、惙字從叕、卽有惙聯之意、荀子非十二子篇綴綴然、楊注曰、不乖離之貌、不乖離卽是相綴聯也、憂心惙惙猶曰憂心綴綴、言憂心聯屬不絕也、因其言憂、故字從心耳、首章曰憂心忡忡、承之曰我心則降、蓋忡有衝突之意、故以降下之意承之也、次章曰心惙惙、承之曰我心則說、說之言釋也、蓋惙有綴聯之意、故以解釋之意承之也、

陟彼南山。言采其薇。 薇、菜也、 **未見君子。我心傷悲。** 嫁女之家、不息火三日、思相離也、 **亦既見止。亦既覯止。我心則夷。** 夷、平也、

箋曰、傳薇菜者、菜名薇也、公食大夫士虞特牲饋食記、鉶芼皆用薇、芼卽菜也、爾雅、薇垂水、釋文引顧野王云、水濱生、故曰垂水、詩義疏云、莖葉皆似小豆、蔓生、其味亦如小豆、藿可作羹、亦可生食、嚴緝引項氏云、薇卽今之野豌豆苗、蜀人謂之巢菜、東坡改名爲元修菜也、然詩陟山采薇、山有蕨薇、則明是山菜、非爾雅所謂垂水者、集傳、薇似蕨而差大、有芒而味苦、山間人食之、謂之迷蕨、此解合詩之薇、薇一名紫萁、薇蕨之初生、今人采乾而食、或鹽漬、並甘而不苦、又有滌漬去苦法、生亦可煑食、詩所詠皆是也、○我心傷悲、傷則惻然而痛、悲則無聲之哀、不止於忡忡惙惙矣、此未見之憂、一節緊於一節也、○我心則夷者、夷字與傷相顧、猶冲之與降、惙之與說、降則心稍放下、說則喜動於中、夷則心氣和平、此既見之喜、一節深一節也、草蟲君子奉公

辭家、其室人欲見欲覯之心、實望君子忠勤王事、還裝報命、方聚晤可期、正是托私憂以急奉公處、若但以離合爲念、猶是居室常情、何云被化、

草蟲三章章七句

箋曰、是詩傳箋以爲在塗之女、申其義者曰、序所謂防者、以禮檢束之意、惟恐不當於夫、故其辭如此、作詩在前、序詩在後、作詩者是言方嫁時在塗之情、而序詩者乃據其已嫁之後、追而敍之、故云大夫妻爾、如采蘋經文明云季女、而序曰大夫妻、亦此義也、三代之時、女子十餘年之內、無日不有姆教、及將嫁、三月教於公宮、又重言之、故女子有所警惕、而常恐違禮也、毛傳、婦人雖適人有歸宗之義、又曰、嫁女家不息火三日、思相離也、此皆古禮經文、夫女子之初嫁、雖有合巹之歡、豈無離膝下之悲哉、雖無再醮之意、豈無出歸之憂哉、所謂順舅姑、和室人、當夫者、皆未可必期、則當其初嫁、萬慮叢生、果如何哉、而經但云憂心忡忡、云我心傷悲、故傳引禮經文、發揮其義也、然此詩首章數語、全同出車五章、明爲行役之詩、與殷其雷汝墳同誼、故歐陽本義謂毛鄭不合序意、而以此詩爲大夫行役、其妻守禮待歸之詩、呂記嚴緝朱傳並從之、今觀以草蟲應卷耳、則爲大夫妻懷君子之詩、非未嫁女之詩明矣、

采蘋。大夫妻能循法度也。箋曰、采蘩之化行、而內子能敬其百度也、法度非特言祀事而已、

能循法度。則可以承先祖。共祭祀矣。箋曰、是以詠祭祀一節、以著其敬恭朝夕、能守閨範也、與采蘩序其辭相表裏、而義備矣、此詩當是旣嫁之後、追敘在室之時、敎成之祭、經稱季女、據其在室稱也、序稱大夫妻、正其婦順名也、經原其始、序要其終、少而能敬、以被文王后妃之化也、昏義言、古者婦人先嫁三月、祖廟未毀、敎於公宮、祖廟旣毀、敎於宗室、敎以婦德婦言婦容婦功、敎成祭之、牲用魚、芼之以蘋藻、其事與采蘋之詩正合、然則采蘋者大夫妻將嫁、敎成而祭於宗子之廟、以魚爲羹、而芼之蘋藻爲鉶羹、奠於牖下、此祭宗子不主、而季女主之、故曰誰其尸之有齊季女、非大夫妻奉祭祀也、季女者未嫁之稱、言尸之則非助祭也、王肅孫毓以爲大夫妻助夫氏之祭、據序大夫妻爲言也、殊不知春秋書逆婦姜、來逆婦、皆未昏時已正其名、而易漸之女歸吉、歸妹之女承筐、又皆以嫁而稱女、復何疑於季女之爲大夫妻乎、所當辨者牖下耳、奧南少東穿壁爲牖、在戶之西、奧不正當牖、不得以牖下爲奧、特牲少牢、事主于室、主婦薦豆、皆自房中奠于筵前、無奠于牖下之文、惟昏禮自納采至請期、主人皆筵于戶西、西上右几、注曰、爲神布席、其爲牖下、明白可據、禮不言祭、而敎於公宮敎於宗室、實見於記、則敎成之後、應有祭也、牲用魚、芼以蘋藻、記不及詳、義爲補其闕耳、以女尸祭、鄭氏所謂成其婦禮也、成其婦禮者、今日之季女卽他日之主婦、將有薦豆設羹之責、故先使習之、此禮擧而敎備矣、然則一女子也、其在母家、先嫁三月、則有敎成之祭、嫁時女將行、則有父醴之于房中之禮、至夫家、厥明又有舅姑饗婦以一獻之禮、皆重其事、以深勉其人也、凡女子美惡、未有不歸本于所生之教者、婦人賢否、亦觀其教所生之子女、而可知之已、詩不言已嫁之祭、而言教成之祭者、以三月之教於此見、
而十年以後之教、亦具以見也、

于以采蘋。南澗之濱。于以采藻。于彼行潦。蘋、大萍也、濱厓也、藻、聚藻也、行潦、流潦也、○潦音老、

箋曰、唐本草、水萍有三種、大者曰蘋、中者曰荇菜、小者曰浮萍、韓詩、沈者曰蘋、浮者曰藻、藻卽浮萍、是蘋與浮萍、同類而異種、萍小而蘋大、萍無根而蘋有根、無根則浮、蘋亦浮水上、但根連水底、故曰沈耳、禮記芼之以蘋藻、左傳蘋蘩薀藻之菜、皆言蘋不言萍、蓋惟蘋可以芼羹、萍不作菜也、王夫之曰、世所謂蘋者、別自一種、謝翱楚辭芳草譜云、蘋葉正四方、中坼如十字、根生水底、葉出水上、此草今所在有之、俗呼田字草、四葉合成一葉、中露水光如田字、然臭味粗惡、亦不堪食、舊說以爲教成之祭、牲用魚、芼用蘋藻、鉶羹之芼、調以滑甘、夏葵冬荁、皆滑甘也、而魚羹以苦澁之蘋、徒取潔淸之義、不恤其臭味、鉶羹有芼、以人道事神也、人不可食、神其歆乎、按山海經、有草名曰蕢草、其狀若葵、其味若蔥、說文無蘋字、字正作蕢、音苻眞切、許愼亦謂之大蓱、則蕢蘋一也、呂覽云、菜之美者崑崙之蘋、言崑崙者、著其尤美者耳、不必崑崙而生也、蘋蓋蓴葵之類、滑脃如蔥白者、湖州圖經以爲不滑之蓴、是也、柳

惲詩、汀州采白蘋、言其根之白也、邱光庭兼明書以田字草花白、而闢圖經之謬、不知言白蘋則蘋本白、而非以花言明甚、皆不思之過也、圖經言不滑者、較蓴爲不滑耳、非全澁也。○南澗之濱、宋書何尙之傳、引作南澗之瀕、禹貢海濱廣斥、漢書地理志、作海瀕廣潟、召閔不云自頻、釋文引張揖字詁瀕今濱、列女傳引作不云自濱、蓋用今字、兩漢凡訓水涯者皆作瀕、蓋用古字、漢書地理志下瀕南山、集注、瀕猶邊也。○于以采藻者、藻、水草也、生水底、即左傳之薀藻、杜注、薀藻、聚藻也、說文、薀、積也、積亦聚也、聚藻取叢聚之義、李時珍謂、聚藻葉細如絲及魚鰓狀、節節相生、即水薀是也、俗又名牛尾蘊、然則蘊與藻非二物、陸疏云、藻有二種、其一種葉如雞蘇、莖大如箸、長四五尺、其一種莖大如釵股、葉如蓬蒿、謂之聚藻、據此毛傳所謂聚藻者、乃莖如釵股之藻矣、或謂、左傳澗谿沼沚等凡四者皆實字、則蘊藻不當爲一物、然古人文字、不必如此板對、若以二句之薀藻·與四句之行潦作對、薀藻聚藻也、行潦流潦也、豈不更見文章參差變化之妙乎、袁枚曰、古人祭祀不用園蔬、懼其褻而褻也、故采荇蘋芹藻以爲菹、藉田亦不用糞、唯以香水燔柴、取其灰雜廡豆壅之而已、此考禮者所當知也○于彼行潦者、行潦·山澗之流潦也、說文、潦、雨水大貌、行猶流也、泂酌傳亦云、行潦流潦也、於南澗言蘋、於行潦言藻、互詞、或曰、行、道也、雨水溢出于道上者爲行潦、然道上雨水汙穢、且無生藻之理、不可從、此詩通篇重有齊季女一句、祭以齊爲主、而齊貫始終、其采而盛、盛而湘、湘而奠、皆是敬之所寓、但未說出、至末明指之曰、誰主此事乎、乃能敬之少女也、

于以盛之。維筐及筥。于以湘之。維錡及釜。方曰筐、圓曰筥、湘・亨也、錡・釜屬、有足曰錡、無足曰釜、○筥居呂反、錡其綺反、亨普更反、傳無足曰釜、卷子本傍書四字本無、

箋曰、盛、貯也、筐筥皆竹器、對文則異、散文則通、故說文又訓筐爲筥、○于以湘之者、漢書郊祀志鬺亨上帝鬼神、顔注鬺亨一也、鬺亨煮而祀也、引韓詩曰于以鬺之、段玉裁曰、古亨獻亨熟元亨字、同作亯、郊祀志云鬺亨上帝鬼神者、謂煮而獻之也、亨讀如饗、毛詩湘字當爲鬺之假借、段說是也、史記集解引徐廣亦曰、鬺、亨煮也、廣雅釋言、鬺飪也、說文、飪大孰也、此傳云、湘亨也、楚茨傳云、亨飪之也、蓋此蘋藻爲鉶羹之芼、故當亨飪、鄭箋云、亨蘋藻者於魚湆之中、是鉶羹之芼、湆・肉汁也、鉶是盛和羹器、凡肉味之有菜和者、則以鉶盛之、故曰鉶羹、芼者用菜雜肉爲羹之汁、先將蘋藻亨于魚汁之中、始盛以鉶、所謂芼以蘋藻也、若如王肅以此篇所陳爲大夫妻助夫氏之祭、采蘋藻以爲葅、則葅本以生菜鬱釀而成、無所用其亨飪矣、朱傳云、粗熟而醃之以爲葅、此說亦誤、作葅之法生爲之、此爲芼、非爲葅也、考之禮、羹醢葅芼凡四物、肉謂之醢、菜謂之葅、肉謂之羹、菜謂之芼、葅醢生爲之、是爲豆實、芼則湆亨之、故葅芼有別、維錡及釜者、方言錡字郭注云、或曰三足釜也、說文、江淮之間謂釜曰錡、是釜與錡亦對文異、散文通耳、首章采之事、此章盛湘之器、下章奠之所、皆言蘋藻也、

于以奠之。宗室牖下。奠、置也、宗室、大宗之廟也、大夫士祭於宗室、奠於牖下也、**誰其尸之。有齊季女。**尸主、齊敬也、季女少女也、蘋藻薄物也、澗潦至質也、筐筥錡釜陋器也、少女微主也、古之將嫁女者、必先禮之於宗室、牲用魚、芼之以蘋藻、○牖音酉、摺本傳季下少下並無女字、

箋曰、于以奠之者、玉藻、唯世婦命於奠繭、注、奠獻也、奠雖有置義、然爲祭祀之事、不若訓獻爲莊重、奠獻疊韻、與古人訓詁亦合、○宗室牖下者、毛解宗室爲大宗之廟、蓋敎在大宗之家、祭在大宗之廟、喪服小記、別子爲祖、繼別爲宗、繼禰者爲小宗、有五世而遷之宗、其繼高祖者也、鄭注云、別子、諸侯之庶子別爲後世爲始祖、繼別、別子之世長子爲其族人爲宗、所謂百世不遷之宗、繼禰者別子庶子之長子、爲其昆弟爲宗、謂之小宗者、以其將遷也、蓋惟諸侯之嫡子世爲諸侯、其第二子以下謂之別子、別子始爲大夫、乃大夫之始祖、繼別子者謂之大宗、小宗有四、或繼高祖、或繼曾祖、或繼祖、或繼禰、皆至五世則遷、古者立宗之義、有小宗以聯其情、又有大宗以收其族、大宗者合羣小宗而名之者也、大宗之廟、唯繼別之宗子世世祀之、亦羣繼禰之庶子世世宗之、是祖爲百世不遷之祖、宗爲百世不易之宗、廟爲百世不毀之廟、天子諸侯有大祖廟、大夫士則爲始祖廟、傳云大夫士祭於宗室、此卽庶子不祭、祭於宗子之義也、然則大夫士必祭於宗子之室矣、古者嫁女、當祭女所出之祖、祖廟毀乃祭於大宗之家之廟、故正義申明傳義云、言大夫

士祭於宗室、謂祖廟已毀、或非君同姓、故祭大宗之家也、知非宗子之女者、若是大宗・其室則宗子家也、其廟則始祖廟也、自祭家廟、何須言宗室乎、牖下、宗室之牖下也、大夫士宗廟之制、室扗中、有東西房、或以爲無西房者燕寢、非廟與正寢也、房室皆向堂開戸、房有戸無牖、室則戸牖俱有、戸扗東、牖扗西、堂上以戸牖間爲尊位、顧命・牖間南嚮、周禮司几筵筵國賓于牖前、是也、此詩言牖下、與牖間牖前異義、禮記飯于牖下、左傳死于牖下、皆指室中、詩言奠于牖下、指室中・不指堂上、皇侃論語義疏曰、古人當屋棟下、隔斷爲窓戸、窓戸之外爲堂、窓戸之内爲室、皇說是也、古者宮室之制、戸設於室東南、牖在戸西、奧又在牖西、爲室西南隅之名、其地幽奧、朱傳沿王肅・以奧爲牖下者誤也、祭祀在室中之奧、此獨言牖下、異於常奉祭祀也、牖與窗異制、窗之形象・交木而外域之、牖字从片、片判木也、判木爲版、牖以版爲之、又从戸、戸主啓閉、古言戸牖、不言窗戸、蓋牖可闢闔、窗不可闢闔也、牖一名鄉、取鄉明之義、其制向上取明、牖下對上而言、非横視之爲上下也、伯牛有疾、子問之、自牖執其手、蓋牖之上端、與戸相均、下端則當戸之中半、鄭箋云、牖下戸牖間之前、祭不于室中者、凡昏事禮設几筵于戸外、鄭說非也、古人室皆南向、而廟主則東向、蓋南向取其離明、於人爲宜、鬼屬幽陰、不取離明、故牆蔽其南光、而惟于東南設戸出入、西南設牖、稍透光明、以便行事、左昭右穆、今曰戸外則隔壁行事、有是情乎、据昏禮云納采主人筵于戸西、西上右几、問名納吉納徵請期・皆如初昏禮、是其禮皆在戸西、蓋戸内之西、卽牖之東也、此云牖下、亦是戸内之牖、非戸外、○誰其尸之、有齊季女者、釋文齊側皆反、然玉藻·宗廟齊齊、祭義·齊齊乎其敬也、則齊卽如字讀亦可、采蘋藻而盛之、而湘之、而奠之、皆季女所尸也、左傳濟澤之阿、行潦之蘋藻、寘諸宗室、季蘭尸之、敬也、正用詩中事、季蘭蓋當時女子之美稱、蘭有國香、人服媚之、故以爲美稱、非實有所指、此詩乃將嫁之女、故曰季女、若冢婦不應有此稱、傳云少女微主也者、主以少女故謂之微耳、則此祭季女實爲之主、必於宗室者、見古之重宗法、而敎成之必告祖廟、蓋臨之以祖宗神明、欲女知敎之當恪遵之、此傳於篇末總發一篇之義、所引牲用魚云云、本係昏義敎成之祭、其云禮之於宗室者、謂祭於宗室使之爲主、卽所以禮之也、將嫁之女、既於宗子之家敎之、敎之三月、又設奠於宗子之廟、此與士昏禮父醴女而俟迎者·在當嫁之夕、非將嫁之先、異時二事、且昏禮醴女自在房中、竝不於宗室、箋誤會傳義、以禮爲父醴女、正義乃謂傳合敎成之祭·與父醴女爲一事、殊誤、

采蘋三章章四句

箋曰、葛覃之勤儉孝敬、采蘋有焉、采盛湘奠、事必躬親、所以敎勤也、蘋蘩荇藻不求備物、所以敎儉也、奠於宗室、所以敎孝也、齊以尸之、所以敎敬也、采蘩言其既嫁、采蘋言其未嫁、采蘩一蘩一被而再出、采蘋六物六事而不複、采蘩其辭簡·而其趣富、采蘋其辭富·而其趣簡、是立格之異也、

甘棠。美召伯也。

箋曰、召公名奭、伯、長也、爲諸侯之長也、召公舍甘棠事、蓋當在于召公既命爲伯之後、乃武王成王

時、而其詩則作于召公身後矣、旣死、民之不忍忘召伯、乃其所以不忘文王
也、故大師統于文王之風、燕世家曰、召公奭與周同姓、皇甫謐曰、文王庶子、
魯詩世學曰、王季庶子、夫召公輔政至成康之世、則非王季之子必矣、左傳
富辰數文之昭十六國而無燕、則文王庶子說亦非、唯史記爲近、但言同姓
而不稱其系屬者、漢時旣不詳之故也、周公召公年孰少長無明據、然周公
歿於成王之世、而召公又輔至康王、則召公似少於周公、文王時周公少弱、
未可掌邦治、況召公烏得掌諸侯、二公於文王時未嘗用事、故書君奭歷擧
文王之臣、惟虢叔閎夭散宜生泰顚南宮适、及武王時虢叔先死、則曰武王
惟茲四人尙迪有祿而已、武王之時、二公分陝而治、書傳歷歷載之、理無可
疑、成王之時、二公分掌內外、亦無可疑、據竹書召公以周康王二十四年薨、
甘棠之詠、蓋在康王之世矣、而說者謂二南有美召公而無周公、猶大雅獨
擧召康公、周樂成於周公、亡論淸廟文王、雖召南亦周公所定也、爲此說者、
蔽於成康以至共孝無詩故耳、周召二南相應、而召南獨多三篇、則甘棠行
露何彼襛矣三篇、是後之太師所附益、而非武王時采得之詩之明徵矣、

召伯之敎。明於南國。

箋曰、敎言男女之禮也、召伯施敎、所過則化、士女喜其無過、父老喜其得良子孫、去後遺愛、甘棠所以作也、鄭箋云、召伯止舍小棠之下而聽斷焉、說苑曰、召公述職、當桑蠶之時、不欲變民事、故不入邑中、舍于甘棠之下而聽斷、皆相傳之謬也、侯伯巡行、必有館舍、官司共事、卽令入邑、何至妨民蠶桑、此蓋召公稅駕于甘棠之下、而少憩焉、後人因爲禁約、以寓去思耳、鄭氏又以爲聽男

女之訟、尤爲不典、直以下行露一篇相牽附耳、夫聽審時、年少婦女非身自犯姦、令僻處靜待、不可與衆人同跪點名、所以養其廉恥也、至于閨女、斷不可輕拘聽審、已字者出身露面、辱及夫家、未字者逐衆經官、誰爲求聘、欲敎風化存忠厚者、不可不用心于此、召公之賢、而豈有聽男女之訟于甘棠之下之事乎、

蔽芾甘棠。勿翦勿伐。召伯所茇。 蔽芾·小貌、甘棠·杜也、翦去、伐擊也、茇·艸舍也、○芾非貴反、茇蒲曷反、卷子本·傳茇艸舍也四字係鄭箋、據正義引定本及崔靈恩集注、此乃傳文、非箋語、今依延文本補之、

箋曰、爾雅釋言、芾小也、雖係古訓、然與蔽字聯文、自當以茂盛翳薈爲正解、與下文翦伐字、情文相生、且甘棠爲召伯所舍、則不得爲小、小雅蔽芾其樗義亦同、廣雅、芾芾茂也、韓詩外傳引詩蔽茀甘棠、斯干詩朱芾古本作朱茀、蓋芾與茀通用、遮蔽之義、蔽芾言枝葉茂盛可陰翳也、周語、定王使單襄公假道於陳、以聘於楚、道茀不可行、又婦人之車設蔽、謂之茀、翟茀是也、蔽芾之爲茂盛遮蔽之義、可以見矣、呂氏春秋、果之美者沙棠之實、而古詩木蘭之檝沙棠舟、則其木不小、易林云、大樹之子、百條其母、當夏六月、召伯游暑、其爲沙棠芾茂之大樹、而非杕杜道左之小木明矣、毛傳解甘棠爲杜者、爾雅杜甘棠、又曰、杜赤棠、白者棠、陸疏云、赤棠與白棠同耳、但子有赤白美惡、子白色爲白棠、甘棠也、少酢滑美、赤棠子澀而酢無味、俗語云澀如杜、是也、

赤棠木理韌、亦可以作弓榦、詩正義引樊光云、赤者爲杜、白者爲棠、舍人曰、杜赤色名赤棠、白者亦名棠、蓋杜實兼二名矣、趙佑曰、甘棠、郭璞曰今之杜梨、是杜有梨名、蓋以其近似、燕京東西遠近盛多、杜木好特生、雜他木間輒拳曲不舒、所謂有杕之杜者也、樹葉皆似梨、結果類山查、味酸甜可口、正名杜梨果、以其樹身接梨樹良、今七八月梨熟時、嘗有一種梨而小、絕似南方棠梨、通俗皆謂之梨、亦名酸梨者是也、南方棠梨又有酥梨匾梨諸稱、其花春開、人家墳隴、山村野館多有之、竹坨朱氏作釋棠、直斷以今之蘋果卽詩甘棠、鄭夾漈則以海棠當之、然蘋婆果其種出西域、海棠亦來自海外、未可據以釋古詩、且詩人所言名物、率多偶然及之、非必皆出珍異、必因詩文矜重、而欲別求名品以實之、抑亦可以已也、○勿翦勿伐者、用剪刀曰剪、翦其枝葉也、用斧斤曰伐、伐其條榦也、傳伐擊也者、謂擊斷其樹也、勿者是惓惓護而不忍傷之、故詞若相戒、是思人愛物、覩物思人、二意俱有、不言愛其人、而言愛其所茇之樹、則其感戴者益深、不言當時之愛、而言死後之愛、則其懷思者尤遠、召伯之教有然、而文王德化之淪肌浹髓、胥在不言中矣、○召伯所茇者、胡承珙曰、周禮仲夏教茇舍、注云、茇舍草止之也、蓋草訓茇、止訓舍、此詩茇字當爲废之假借、說文、废舍也、从广犮聲、詩曰召伯所废、釋文引說文废草舍也、有草字爲是、說文艸部云、茇草根也、載馳大夫跋涉傳云、草行曰跋、蓋茇本草根、因而草行謂之跋、草舍謂之废、召伯所废謂召伯之所草舍也、若周官茇舍、只當作茇不作废、以言废則可不兼舍、若連舍則當作茇也、左傳僖十五年反首拔舍、以拔與舍連文、則又茇之借字、而非废之借

字、胡說是也、此則草中止舍、故傳云茇
艸舍也、止於其下以自蔽、猶草舍耳、

蔽芾甘棠。勿翦勿敗。召伯所憩。 憩、息也。○憩起例反、

箋曰、三章皆言勿翦者、勿斷其枝葉也、枝葉無有害、故能至於蔽芾也、敗、傷
折也、不唯不以刀伐、釋文、憩本又作愒、民勞汔可小愒、菀柳不尙愒兮、傳皆
曰、愒息也、
愒卽憩也、

蔽芾甘棠。勿翦勿拜。召伯所說。 說、舍也。○說始銳反、

箋曰、拜言攀枝如人之拜、低屈之也、梨類屈之多實、勿屈非特勿敗而已、勿
拜又輕於敗、釋文說本或作稅、言稅駕而少憩也、與鄘詩星言夙駕說于桑
田之說同、說稅皆以兌爲聲、與拜韻、茇不
廬也、憩休息也、說下車而已、蜉蝣同序、

甘棠三章章三句

箋曰、善政民畏之、善教民愛之、召伯之教、入民深矣、民愛而思之、見其樹
如見其人、故保護之無已也、君子是以知周祚之延・與燕之後亡也、甘棠
且不忍伐、況其君乎、況其子孫乎、是故祖宗行一寬大之政、卽貽子孫數
世之福、朝廷用一仁厚之臣、卽培宗社靈長之慶、人之所以自爲、與夫爲

天下而用人者、可以知所擇矣、韡村先生曰、或疑其民知有召公、而不知有周王、嗚呼是周之所以治天下之公也、父母將育其赤子、爲長子者、必任其事、必極其親愛、必極其憂恤、鞠養呴濡之恩在我、而後爲能盡長子之任、能盡長子之任、而後鞠育煦濡之恩、無不在乎父母也、後世人主之私天下也、乃疑諸侯之私其赤子、於是廢封建爲郡縣、滅諸侯爲守令、欲以權數收天下之威恩、而土地始非其世守、人民始非其家人、爲吏者規功怯罪、其治始不誠、未可以已邪、乃又疑乎州縣之私其民、置之監司以制之、刺史不能弛觀察使之賦以養其民、觀察使不欲恤刺史之民以緩其賦、爲民者一、而其治之者二、養之者勢常輕、而取之者權常重、其弊至于牧民之官、殉瞻上司所爲、朘削其民以奉上、如是則父母之恩、惡乎在其赤子也、聖人之於天下也、不過欲其人各自得焉耳、人各親其親、然後不獨親其親、人各自足、然後不獨自足、故曰擧爾所知、爾所不知、人其舍諸、此其天地父母之心、不自恩其恩、而恩無不歸也、

行露。召伯聽訟也。 箋曰、大車所謂男女之訟也、 **衰亂之俗微。** 箋曰、浸而消也、衰世亂世見前後、 **貞信之教興。** 箋曰、甘棠所謂召伯之教是也、 **彊暴之男。不能侵陵貞女也。** 箋曰、此所謂彊暴非肆行無禮、古者男女昏姻各有配類、如後漢書梁鴻傳云、鴻妻孟光擇對不嫁、偃蹇數夫、

袁隗妻傳云、妾姊高行殊邈、未遭良匹、行露之女、蓋其流亞、而當時乃有如鄭公孫黑之强委禽焉者、故不從而致於理、此類陰訟、雖聖明之世、亦未必無、蓋行露全是男訟女而女訴之之詞、並不言若何聽斷訴、惟直陳女子之平日守禮之意、與所以折正强暴之辭、而召伯之聽訟、女志之得伸自見、此風人之旨也、詩非必女子自作、或詩人代述女子之志、而讀者不可不以女子言求之、集傳每謂自作、未必然也、

厭浥行露。豈不夙夜。謂行多露。 興也、厭浥、濕意也、行、道也、豈不言有是也。○厭於葉反、

箋曰、比也、以露之沾濡、喩非禮之汚辱、厭・足也、浥・濕也、猶云濕透足也、行露道上之露也、傳訓行爲道、凡六見而義別、道路之道謂之道、道義之道亦謂之道、載馳之亦各有行、鹿鳴之示我周行傳、行・道也、道義之道也、此篇及行葦之敦彼行葦傳、行・道也、皆道路之道也、夙夜解見采蘩、首章貞女自述其平日守禮、以起下章速訟之誣、胡承珙曰、此詩首三句、初讀之似與豈不爾思畏子不奔・文意相類、故箋云、我豈不知當早夜成昏禮歟、謂道中之露太多、故不行耳、然女方被訟不從、而乃先云豈不欲之、作此婉辭、不合語意、玩首章謂字、當與下二章誰謂之謂一律、誰謂者誣善之辭、衆不能察、而歸之聽訟之明者也、故此云厭浥者道中之露也、然必早夜而行、始犯多露、豈不早夜・而謂多露之能濡已乎、以喩本無犯禮、不畏彊暴之侵陵也、傳云豈不言有是也、謂有是早夜而行者、則可謂道中多露、經反言之、傳正言之、可謂善會經旨矣、左傳僖二十年、隨以漢東諸侯叛楚、楚鬬穀於菟帥師伐隨、取

成而還、君子曰、隨之見伐、不量力也、量力而動、其過鮮矣、善敗由已、而由人乎哉、詩曰、豈不夙夜、謂行多露、此正以夙夜犯露、爲不量力之喻、言豈有量力而動、猶至見伐乎、又襄七年晉韓獻子告老、公族穆子有廢疾、將立之、辭曰、詩曰豈不夙夜、謂行多露、此亦謂自量不才故辭、謂如人不早夜・可無犯露耳、杜注皆云、豈不欲早夜而行、懼多露之濡已、此箋義、非傳義也、傳以厭浥爲多露濡溼之意、三句一貫、語本直截、謂字與下誰謂緊相呼應也、

誰謂雀無角。何以穿我屋。誰謂女無家。何以速我獄。不思物變而推其類、雀之穿屋、似有角者、速召、獄埆也、**雖速我獄。室家不足。**昏禮純帛不過五兩、○女音汝、下皆同、埆戶角反、

箋曰、興也、雀鼠喻彊暴之男、誰謂二句一氣讀、言誰謂雀若無角何以能穿我屋邪、經文以無爲有、傳推其意而暢言之、謂雀無角、鼠無牙、物之常也、今視屋牆之穿推其類、則雀似有角、鼠似有牙矣、物之變也、世蓋有認無爲有者、故箋云人皆謂、非謂衆口同聲人人皆然也、室上覆蓋者曰屋、家謂女氏受禮・而以男爲家也、故但言家・而受禮一層自見、速・召致也、速本疾速之義、促之使疾來、故又引申爲召、獄亦訟也、速獄速訟無別義、孟子訟獄者是也、非指犴狴、傳獄埆也者、後漢書寇榮傳、不復質确其過、寘於嚴棘之下、李注云、質正也、确實也、嚴棘爲獄也、埆确相通、然則獄者核實道理之名、皐陶造

獄謂此也、既因證未定、獄事未決、繫之於圜土、因謂圜土亦爲獄、又司寇職云、兩造禁民訟、兩劑禁民獄、注云、訟謂以財貨相告者、獄謂相告以罪名、是對文則獄訟異也、散文則通、此詩亦無財罪之異、重章變其文耳、故序云聽訟以總之、○室家不足者、箋云、謂媒妁之言不和、六禮之來彊委之、是用左傳公孫黑強委禽事、此說最爲近理、朱傳云、家謂媒聘不足、謂求爲室家之禮・初未嘗備、夫不行媒聘、突然興訟、何必召公之賢・方能決斯獄哉、毛謂純帛不過五兩、多不過之、則少有所降、明雖少而不爲不足、不足者謂事不和同、是序言強暴意也、媒妁者、媒・謀也、謀合二姓、妁・酌也、斟酌二姓、六禮之來彊委之者、謂以鴈幣・女雖不受彊留委置之、六禮者納采至親迎、其實時所委者無六禮也、不過鴈以納采、幣以納徵耳、周禮媒氏職、凡嫁子娶妻入幣、純帛無過五兩、鄭注云、五兩・十端也、士昏禮・納徵玄纁束帛儷皮、注云、束帛・十端也、媒氏純帛卽玄纁、聘禮注、凡物十曰束、天官内宰注・引天子巡守禮、制幣丈八尺、純四帜、與既夕禮注丈八尺曰制合、蓋一匹分兩端、相對相合故曰兩、亦曰純、五兩則一束十端、每端二丈、純猶全也、丈八爲端、名曰制幣、用之鬼神者也、吉凶禮用制、賓嘉禮用純、鄭注周禮、破純帛爲緇帛、賈疏遂有庶人用緇無纁之說、而儀禮注仍援純帛以證束帛、鄭固以前說爲不安矣、

誰謂鼠無牙。何以穿我墉。誰謂女無家。何以速我

訟。墉、牆也、視牆之穿推其類、可謂鼠有牙也、**雖速我訟。亦不女從。**不從・終不棄禮而隨此彊暴之男也、

箋曰、陸佃云、鼠有齒而無牙、說文・牙牡齒也、牡齒者齒之大者也、統言之皆稱齒稱牙、析言之則前當唇者稱齒、後在輔車者稱牙、牙較大於齒、鼠齒不大、故謂無牙、東方朔說騶牙曰、其齒前後若一、齊等無牙、此爲齒小牙大之明證、雀實無角、鼠有齒而非牙、則疑似更難辨矣、爾雅・牆謂之墉、說文・牆・垣蔽也、墉・城垣也、以城爲墉者、易之高墉、詩之崇墉、義皆訓城、故皇矣良耜傳竝云、墉城也、城雖墉之一訓、但墉實牆之通名、故此傳、及士冠士昏禮注、書旣勤垣墉、俱汎說牆垣、不指城垣而言、故釋名云、牆障也、所以自障蔽也、墉容也、所以蔽隱形容也、○亦不女從者、女本從人、故曰不女從、比室家不足、辭之緩急不同、所以爲卒章也、女之貞烈、固不可犯、而召伯能辨曲直於疑似之間、全貞女之節、而不爲强暴所汚、此可以觀彼無情者不得盡其辭焉、

行露三章一章三句二章章六句

箋曰、凡訟之興、皆起於無情、無情而能興訟者、設爲疑似之情也、聽婚姻以媒聘、然亦有媒雖遣而未和・聘雖行而强委・如此詩所云者、一或不察、則强暴得志、而善良蒙寃、非小失也、故易有噬嗑、詩存行露、敎聽訟也、

羔羊。鵲巢之功致也。 箋曰、鵲巢其君賢以勤、其夫人均以壹、以正人倫、治朝廷、此鵲巢之功也、專繫之國君、非序意也、猶兔罝繫之關雎之化、房中之樂宜然、延文本、致上有所字、正義云、定本致上無所字、則其本有所字、與延文本合、

召南

之國。化文王之政。 箋曰、召南之國、卽南國也、文王之化以致鵲巢之德、鵲巢之功以致羔羊之美、故序以鵲巢發之、又申推本之文王之政也、**在位皆節儉正直。** 箋曰、節儉葛覃之德也、正直釋委蛇也、書畢命云、茲殷庶士、席寵惟舊、怙侈滅義、服美于人、驕淫矜誇、將由惡終、俗之不良乃爾、文王先以卑服、道以懿恭、大夫之服、得于卑服之風、大夫之容、得于敬止之範、羔裘是大夫常服、然唯安于常、而無所加、亦可以想見其儉矣、節儉正直在委蛇上一層、被化又在節儉正直上一層、韓詩所謂心志既定、擧無不中、神氣自若、故能委蛇而自得、孔子曰、于羔羊見善政之有應、有以也、**德如羔羊也。** 箋曰、詩言以羔爲裘、而以素絲組之、初非以羔羊比在位之德也、序曰德如羔羊、謂如羔羊之詩所言耳、詩中委蛇委蛇、是心廣體胖之形容、雋永有餘味、釋以正直、未足盡言外之妙、故讓於詩曰、其德實如是、詩之所永歎淫液也、胡承珙曰、禮記緇衣云、子曰、長民者衣服不貳、從容有常、以齊其民、則民德壹、此數語足爲此詩注腳、蓋三章皆言羔羊素絲、此所謂衣服不貳者也、委蛇委蛇、傳云、行可從迹也、箋云、委曲自得之貌、呂記曰、惟其出入皆可從迹、則仰不愧、俯不怍、而從容自得、據此則毛鄭

義合、皆所謂從容有常者也、

羔羊之皮。素絲五紽。小曰羔、大曰羊、素白也、紽數也、古者素絲以英裘、不失其制、大夫羔裘以居、退食自公。委蛇委蛇。公、公門也、委蛇、行可從迹也、○紽徒何反、委於危反、

箋曰、後漢書注引韓詩章句云、小者曰羔、大者曰羊、詩疏引薛綜荅韋昭曰、羊子初生名達、小名羔、未成羊曰羜、大曰羊、長幼之異名、玉藻、犬羊之裘不裼、羊裘賤於羔裘、非大夫服、唯羔爲大夫之裘、詩羔羊猶曰小羊也、非二物、說文、羔、羊子也、羊部有䍮字、訓羊未卒歲也、廣雅、吳羊、牡一歲曰牡䍮、其牝一歲曰牸䍮、蓋羊未卒歲者、皆可謂之䍮、䍮卽羔也、古人服裘、毛表而革裏、新序云、魏文侯出游、見路人反裘而負芻、問之、對曰、臣愛其毛、文侯曰、若不知其裏盡而毛無所恃邪、此古人裘毛在表之明證、故漢書楊興薦匡衡云、富貴在身、而列士不譽、是有狐白之裘、而反衣之也、顏注、反衣者、以其毛在內也、凡裘與表衣、欲其色相稱、論語曰、緇衣羔裘、素衣麑裘、玉藻曰、羔裘豹飾、緇衣以裼之、是也、大夫士朝服爲玄端、衣玄則裘宜黑、黑裘非羔而何、然則羔裘宜作大夫士之朝服、緇衣玄端蓋一類矣、君子愛其人則樂道其車服、是以詩言羔羊之皮也、傳云大夫羔裘以居、與論語狐貉之厚以居居字義同、此謂居家、非謂居朝、狐貉之厚以居、士禮也、大夫貴、羔裘以朝、亦可以居也、下傳云、公、公門也、則毛以退食自公、爲在朝方退自公門出、言大夫羔

裘以居者、蓋說餘意耳、成僎曰、皮古音婆、左傳牛則有皮、與多那韻、從其有皮、與何韻、而於詩羔羊之皮相鼠有皮等句・何疑乎、○素絲五紽、釋文紽作它、云它本又作他、它數也、本或作紽、中井氏曰、今服往往用組覆縫以爲飾、形類小蛇、其用彩組者、尤肖錦蛇、謂之蛇腹、所謂紽或是也、紽字從糸從它、蛇之本字、於義尤近、所云用組者、非眞用組來覆、是用絲刺皮、前却回繞、自成組形耳、又有眞用組覆邊者、乃無蛇名、曰水引、簡於蛇腹、緎似有域限之義、蓋是之類云、凡組紼之端、已結束而散垂其餘、或別加絲、肥大其垂用爲飾、皆謂之布散、卽總字矣、此詩五總雖未詳其狀、而作布散繫于合縫、用爲飾者無可疑、今貴者之服、或束彩絲、厖然如花、用綴于闕口、以防綻裂、謂之菊閉、所謂總或是類邪、鄭風羔裘三英粲兮、英尤近于菊閉、當倂考、數稱五者、蓋非全數、其玄衣裼之、則裘之見者特胸腹間而已、則紽緎亦不多、特擧所見、故五矣、又首章稱五、故後皆稱五、則五亦非實數、故五總三英、宜相通考索、勿拘三五之數、据菊閉每闕口或三花或五花一處鱗置、若五總三英・或亦如此邪、聚皮造裘、縫處必多、然上有毛覆之・不見縫處・自如全皮・爲美也、必不每縫費絲飾・故呈縫處也、意者素絲圜闕而跨表裏者爲蛇腹、所謂紽也、又衣領相接者、縫不可沒、是又可用紽、護闕口者爲菊閉、所謂總也、英也、別用組壓衣邊而周之者爲水引、所謂緎也、中井說近之、凡一二三者數之少、四五六者數之中、七八九者數之多、此詩之五紽五緎五總、言五不變、而紽緎總不同、騶虞之五豝五縱、亦言五不變、而豝縱各異、王風采葛之三月三秋三歲、言三不變、而月秋歲遞進、鄘風干旄之良馬四之良馬五之良馬六之、則舉三中數、摽有梅之其實七其實三、則舉自多至少兩數、皆約略言之、非指實數、凡見於經傳者、可以類推、毛傳於首章云、古者素絲以英裘、不失其制、三章云、言縫殺之大小得其制、是紽緎總皆關定制、若徒謂裘敝而縫紩以示儉、非經意也、王引之據西京雜記五絲爲緬、倍緬爲升、倍升爲緎、倍緎爲紀、倍紀爲緵、倍緵爲縋、曰豳風九罭釋文云緵字又作總、然則緎者二十絲、總者八十絲也、孟康注漢書王莽傳曰、緵八十縷也、正與倍紀爲緵之數相合、蓋五絲爲紽、四紽爲緎、四緎爲總、五紽二十五絲、五緎一百絲、五總四百絲、故先言五紽、次言五緎五總也、馬瑞辰曰、今細繹經義、上句言裘、下句言飾、若但言絲數、則於縫飾之制、其義不明、況同是羔裘也、首章止用二十五絲、二三章又多至一百絲四百絲、以用絲之多寡、爲羔裘之制度、非所謂衣服不貳、從容有常矣、序何以稱其節儉乎、傳云素絲以英裘、謂以素絲爲裘之飾、英猶飾也、清人閟宮皆以英爲飾、出車傳英英鮮明貌、卽其義也、陳風東門之枌云、越以鬷邁、傳鬷數也、疏、鬷謂麻縷每數一升、而用繩紀之、故鬷爲數也、又商頌烈祖云、鬷假無言、傳鬷總也、是鬷與總通、鬷訓總、總訓鬷、此轉注之義也、然則毛傳總數也、當讀如數罟之數、五總猶俗云五簇也、張參五經文字作緫、然春官巾車、車厶翟編朱總、注總青黑色、以繒爲之、義自異、廣韻、總合也、皆也、說文、總聚束也、則總非緫可知矣、○退食自公、退食者退而食於家也、自公言自公所也、古者辨色始朝、退而朝食、委蛇者從容閑雅綽綽有裕之意、是詩賦其方自公所還來之時也、非既還家飯飲之時、委蛇在行步上見之、行有常度、故傳云行可從跡、從跡卽蹤跡也、漢書言郎僕射竊識霍光下殿門進止處、不失尺寸、此行可蹤迹之謂也、君子偕老傳、委委者行可委曲蹤迹也、義與此傳合、箋訓委蛇爲自得貌、與傳義可通、蓋其行正直、志氣無餒、則身自委蛇、可使人則傚之也、襄七年左傳叔孫穆子引此云、退食自公、委蛇委蛇、謂從者也、衡而委蛇必折、從郎正直也、此因孫子無辭亦無悛容而言、蓋孫子過而不悛、外示從容、有似委蛇之貌、然爲臣而君、則逆於理矣、故曰衡而委蛇必折、然則委蛇之義可知矣、馬瑞辰曰、委蛇本人行衺曲之貌、因而蛇行紆曲亦謂之委蛇、戰國策蘇秦嫂蛇行蒲伏、莊子養鳥者食之以委蛇、是也、物形盤曲亦謂之委蛇、楚詞遠遊・玄螭蟲象並出進兮、形蟉虯而逶蛇、是也、路之紆曲亦謂之委蛇、淮南子泰族篇・河以逶蛇故能遠、劉向九歎遵江曲之逶移、是也、旗之舒卷亦謂之委蛇、楚詞離騷經載雲旗之委蛇、是也、聲之詘曲亦謂之委蛇、張衡西京賦聲清暢而逶蛇、是也、曲之義轉爲長、故委蛇又爲長貌、楚詞王逸注委蛇長也、是也、委曲者易順從、故委蛇又爲順貌、莊子釋文委蛇至順之貌、是也、徐行有度則必美、故委蛇又有美義、爾雅委委佗佗美也、韓詩委蛇德之美貌也、是也、孔廣森曰、釋文云沈讀作委委蛇蛇、案古書遇重讀者、每於各字下疊小二、石鼓文君子員獵員獵員斿、郎書作君子員ニ獵ニ員斿、宋書樂志載諸樂府辭皆如是、若秋胡行云賴ニ登ニ泰ニ華ニ山ニ神ニ人ニ共ニ遨ニ遊ニ乃重讀此二語也、此詩舊本似亦作委ニ蛇ニ故沈重誤讀耳、胡承珙曰、唐石經左傳初刻襄公七年引詩曰委蛇委蛇、亦作委委蛇蛇、此必亦據古本有作委ニ蛇ニ者故耳、然諸書云委蛇者、如莊子田子方篇遺蛇其步、漢書東方朔傳遺蛇其迹、後漢書任光等傳贊・委佗還施、儒林傳序・服方領習矩步者・委它乎其中、此皆用召南之義、足見此詩定以委蛇連文、異於鄘風君子偕老之疊二字者矣、成僎曰、蛇古音徒河反、離騷載雲旗之委蛇、遠遊戰雲旗之逶蛇、俱與馳韻、招魂仰觀刻桷畫龍蛇些、與池荷波陁羅韻、而於詩委蛇委蛇・維虺維蛇等句何疑乎、

羔羊之革。素絲五緎。 革猶皮也、緎縫也、 **委蛇委蛇。自公退食。**

○緎音域、

箋曰、獸皮治去其毛曰革、對文則皮革異、散文則通、此以爲裘、無去毛之理、只是叶韻耳、緎从或、或卽域之古文、故緎有界域意、

羔羊之縫。素絲五總。 縫言縫殺之大小得其制、總數也、 **委蛇委蛇。退食自公。**

箋曰、上言皮革、此言縫、則所縫者皮革也、周禮天官有縫人、考工記攻皮之工有裘氏、玉藻注云、縫紩也、○退食自公、後二章顚倒叶韻、亦自頓挫風神、鄭箋解退食爲減膳、總欲牽合節儉之旨、甚謬、是詩三章無前後深淺之辭、唯其反復永歎、自有愈入愈深之妙、與殷其雷同其體裁、羔羊四十八字而

換六字、殷其雷七十四字而換五字耳、

羔羊三章章四句

箋曰、序以爲美大夫之節儉正直也、詩意妙在渾含不露、只於容止氣度描寫得之、節儉則無求而民自靜、正直則理順而行自簡、君子是以知周治之隆也、芣苢和平、室家無事也、羔羊從容、朝廷亦無事也、合觀二詩、可想見二南之時、一種太和元氣、洋溢於在朝在野之間、然而其無事者、非不事也、君心淸則臣節儉、君心明則臣正直、事之可已者、無所不已、其不可已者、亦順應而無容私焉、日事事而行所無事、故不見有事也、或多事而事廢、或省事而事理、爲治者可以審所尙矣、

殷其靁。勸以義也。召南之大夫。遠行從政。不遑寧處。其室家能閔其勤勞。勸以義也。

箋曰、此序與汝墳序婦人能閔其君子、勉之以正同、惟汝墳是庶賤之婦、而此則言大夫從政爲異、皆文王三分服事時詩也、大夫謂六州諸侯之大夫、故序云召南、曰不遑寧處、曰其室家能閔其勤勞、皆苦勞役之辭、閔之深而無怨辭、所謂勸以義也、箋因序言勸以義、釋歸哉歸哉曰、勸以爲臣之義未得歸、然婦人於其夫、雖風雅正經所陳、未有不

望其歸者、歸哉歸哉文法、與悠哉悠哉・懷哉懷哉略同、冀其還歸也、往役者君子事上之義、思念者婦人愛夫之情、二者竝行不悖、

殷其靁。在南山之陽。殷靁聲也、山南曰陽、靁出地奮、震驚百里、山出雲雨以潤天下也、**何斯違斯。莫敢或遑。**何何此君子也、斯此、違去、遑暇也、**振振君子。歸哉歸哉。**振振信厚也、○傳何下、摺本不疊何字、

箋曰、比也、殷其與湊其同、其語詞、南山終南也、豐鎬在南山之北、江漢在南山之南、南國北望先見山陽、故首言南山之陽也、靁不可言在、在南山之陽・妙在確指其地、唐人詩靁聲傍太白、似自此化出、靁出地奮、震驚百里、喩文王之威、百里諸侯之象、文王時爲諸侯也、山出雲雨以潤天下、喩其澤及天下也、雨靁殷殷然、震雷虺虺然、旱靁隆隆然、三種靁聲皆見詩、惟殷殷之靁有和豫之義・震動之象、王者政教號令、動物而使之和・類此矣、故傳以豫震兩卦義釋之、○何斯違斯者、何問辭也、上斯指此人、卽下文君子也、下斯指此地、論語公冶長斯焉取斯、連用二斯字與此同、安井氏謂、傳足利古本作何此此君子也、經有兩斯、而上斯稍費解、故傳分別言之、此說可從、違讀如論語棄而違之之違、違斯者違此南山之陽・南山之側・南山之下也、言文王威恩如是、而君子去此、從政於紂、故下以何斯去斯承之、莫敢或遑・是勤勞也、閔之卽是勸之也、或有古通用、小爾雅廣雅並曰、或有也、莫敢或遑、卽莫

敢有遑、敢字著君子之勉王事也、○傳振振信厚也者、信則不敢有二心、厚則不敢有怨意、蓋以信厚之道、勉其君子、欲不憚勤勞、以盡爲臣之義也、歸哉歸哉、思之而望其歸也、杜詩勿爲新婚念、努力事戎行、此其所勸也、李詩何日平胡虜、良人罷遠征、此其所待也、朱傳早畢事而旋歸、補得尤好、從莫敢遑看出、

殷其靁。在南山之側。亦在其陰與左右也、何斯違斯。莫敢遑息。息止也、

振振君子。歸哉歸哉。

箋曰、說文云、側旁也、上章山陽謂山南也、此章山側、傳以陰與左右、釋側字之義、桓十六年公羊傳注云、山北曰陰、北與背同、北亦側也、左謂東、山東則左側也、右謂西、山西則右側也、是陰與左右皆側矣、曰陽曰側曰下、皆是一意、但更韻以協聲耳、不必求其異義也、息休息也、言不遑永日、足利本敢下有或字、

殷其靁。在南山之下。或在其下也、何斯違斯。莫敢遑處。處居也、

振振君子。歸哉歸哉。

箋曰、下麓也、江有汜傳處止也、節氣中有處暑、卽止暑也、遑處猶遑息耳、揩本莫敢遑處作莫或遑處、足利本作莫敢或遑處、

殷其靁三章章六句

摽有梅。男女及時也。 箋曰、及時者三十而娶・二十而嫁也、男女及時、有從正面說者、桃夭是也、有從側面說者、摽梅是也、左傳范宣子徵師于魯、賦摽有梅、季武子曰、歡以承命、何時之有、據是則所謂及時・爲國史舊題可知、

召南之國。被文王之化。男女得以及時也。 箋曰、男女婚姻失時、固有多端、或以時之凶荒・無以爲禮、或以俗之强暴・不容擇配、或以役之無節・不遑寧處、今召南之國被文王之德、旣無强暴之患、又免久役之苦、可以及時婚姻、而札喪凶荒貧不能備禮者、會以判合男女、使懷春者並及嘉時、而無蝃蝀有狐之情、故女皆待時・而不自獻其身也、胡承珙曰、毛傳以三十二十爲期盡蕃育之法、其誼自古、文十二年穀梁傳雖云丈夫三十而娶・女子二十而嫁、范甯注則引譙周說、三十而娶二十而嫁、說嫁娶之限、蓋不得復過此爾、故舜年三十無室、書稱曰鰥、周禮云、女子年二十未有嫁、仲春之月奔者不禁、甯謂、禮爲夫之姊妹服長殤、年十九至十六、如此男不必三十而娶、女不必二十而嫁明矣、范氏此解最爲通達、所引喪服經爲夫姊之長殤一語、尤爲明據、通典吳徐整問射慈曰、古者三十而娶、何緣當服得夫之姊殤服・慈答曰、三十而娶、

禮之常制也、古者七十而傳宗事與子、雖年幼未滿三十、自得少娶、故曾子問曰、宗子雖七十無無主婦、此言宗子已老、傳宗事與子、則宜有主婦、晉袁準東晳竝云、二十三十、禮之大斷、若形智夙成、不在此限、賈孔疏義皆引越語女子十七不嫁・丈夫二十不娶・父母有罪、以爲越王欲速報吳、故下此令、若女年皆十五而嫁、越王欲速爲婚、何由乃下十七之期乎、不知女十五而嫁、謂十五則可以嫁耳、其實自十五至二十・皆所不禁也、若越語所陳、則立爲定限、過此者有罪、故酌於十五二十之間、而以十七爲中制、非必古無十五而嫁之法也、俞正燮曰、周官媒氏掌萬民之判、令男三十而娶、女二十而嫁、此令也、非禮也、禮不下庶人、令言其極不是過、何以知周時行此令也、墨子節用上云、昔者聖王爲法曰、丈夫年二十、毋敢不處家、女子年十五、毋敢不事人、此聖王之法也、聖王既沒、於民次也、其欲早處家者、有所二十年處家、其欲晚處家者有所四十年處家、以其早與其晚相踐、後聖王之法十年、墨子所謂聖王時、當有夏商方策可據法、曰毋敢、知亦古令、云後十年、則墨子親見周時有三十二十之令、然此自周時爲民之令、不通於古令、不達於士以上、亦不以限民之有力者、三十二十嫁娶之人、正不能豫期其事於數年之前者也、何以知不以限民之有力者、大戴本命云、男二八十六、然後精通、然後其施行、女二七十四、然後其化成、而馬昭引大傳云、不二十上無以孝舅姑、下無以事夫養子、然則國君十五生子、夫人年必不能二十、將不孝舅姑・不事夫養子歟、禮注三十任爲父、二十任爲母、國君夫人將不任爲父母歟、如大戴說・貴人何不合中數、以三十爲重性命、貴人性命何反不重、以國君早娶爲重嗣續、聖王何得不重民嗣續・抑使晚昏、是知三十二十之令、爲民之無力者言其極、禮求可通、令則聖王憂民之極、歲歲申明之、媒氏又云、仲春之月、令會男女、於斯時也奔者不禁、若無故而不用令者罰之、亦謂此三十之男二十之女、文言仲春之月令之者、是歲歲舉也、文再言令、知三十二十之嫁娶・是令・非禮、而民之有力者以時早婚、不與聞此令矣、何以知不達於士以上也、士以上婚有禮、禮無嫁娶年者、國家各有事故、政役喪紀、不可豫期也、經師不能知古事、假三十二十之令爲禮制、昏義正義引五經異義云、大戴說男三十女二十、自天子達於庶人同也、案襄九年左傳云、國君十五而生子、其娶亦當在十二三、史記仲尼弟子列傳・顏淵少孔子三十歲、其父路親受業孔子之門、則路亦非三十始娶、求三十娶者・無一事可證、惟魯莊公制於母三十五歲、其母死、三十七歲始娶、說者不明三十二十之令、以喪服緦麻三月夫之姑姊妹長殤、謂姑姊爲衍矣、何以言不通於古今也、大戴言太古年男五十、女三十、荀子大略篇、古者匹夫五十而士、天子諸侯子十九而冠、士言始娶此自太古之制、墨子述聖王之法・男娶以二十、則唐虞夏商之法、舜生三十而書曰有鰥、則唐以三十爲太過、常法以二十爲極也、然則令著三十二十者何也、女子精化早通、止於四十九、故以二十爲極、男精化通遲、止於六十四、故以三十爲極、襄九年左傳云、冠而生子、禮也、士昏禮云、女子許嫁、笄而醴之稱字、雜記云、女雖未許嫁、二十而笄禮之、婦人執其禮、僖九年公羊穀梁並云、許嫁笄而字之、死則以成人之禮葬之、謂之成人者、大宗伯云以昏冠之禮親成萬民、是也、冠笄與嫁娶相連、極年不

嫁娶、則冠笄之、士以二十爲極、庶民以三十爲極、女子則皆以二十爲極、執
婦人之禮・與奔者不禁之令相發也、女至二十、或嫁二十之男、或不及二十
之男、或三十之男、或七十爲宗子之男、男至三十、或娶十五之女、或二十之
女、或有故二十三年而嫁之女、男女配合、萬有不齊、各擧所極、非比校年數
也、二氏說得之、至嫁娶時月、則毛鄭異說、胡承珙曰、東門之楊傳云、男女失
時、不逮秋冬、毛義原本荀卿、王肅引韓詩傳、亦曰古者霜降逆女、冰泮殺止、
是其源亦出自荀卿、通典引董仲舒書曰、聖人以男女當天地之陰陽、天地
之道、向秋冬而陰氣來、向春夏而陰氣去、故古之人、霜降而迎女、冰泮而殺
止、與陰俱近、與陽俱遠也、太玄亦云、納婦始秋分、皆與毛傳脗合、王肅云、自
馬氏以來、乃因周官而有二月、蓋鄭說本於馬融、今考周官媒氏云、掌萬民
之判、凡男女自成名以上、皆書年月日名焉、令男三十而娶・女二十而嫁、凡
娶判妻入子者皆書之、中春之月令會男女、於是時也奔者不禁、若無故而
不用令者罰之、蓋自中春以後、農桑事起、故於是月令會男女、若仲春以前、
民力能嫁娶者、自不待令會也、其或先因札喪凶荒・六禮未備者、雖奔不禁、
所謂不待禮聘・因媒請嫁而已、古以六禮不備爲野合、卽奔之謂、非淫奔之
奔、若中春非爲期盡、則正昏之月・何用汲汲而先下此不禁奔之令乎、安井
氏亦曰、昏時當以毛說爲正、何則農事既終、百穀盡成、以人則暇、以財則豐、
禮從人情、故聖人以霜降爲昏姻正時也、周禮仲春合男女之無夫家者、以
農事方起、若又待秋冬、殆曠一年、況貧不能備禮者、雖至秋冬亦不能成禮、
故特制此禮、以蕃民人耳、鄭反據以爲正昏時、失之遠矣、鴻竊謂、毛說亦未

爲得也、獨東晳之論、似達禮意、曰春秋二百四十年、魯女出嫁、夫人來歸、大夫逆女、天王娶后、自正月至十二月、悉不以得時失時爲褒貶、何限於仲春季秋、以相非哉、夫春秋舉善貶惡、故春狩於郎、書時禮也、夏城中邱、書不時也、況婚姻人倫始端、禮之大者、不譏失時不善者耶、若婚姻季秋、期盡仲春、則隱二年冬十月、夏之八月、未及季秋、伯姬歸於紀、周之季春、夏之正月也、桓九年春季姜歸於京師、莊二十五年六月、夏之四月也、已過仲春、伯姬歸於紀、或出盛時之前、或在期盡之後、而經無貶文、三傳不譏、何哉、凡詩人之興、取義繁廣、或舉譬類、或稱所見、不必皆可以定時候也、夫冠婚笄嫁無春秋之期、笄以嫁而後設、不以日月爲斷、何獨嫁娶當繫於時月乎、通年聽婚、蓋古正禮也、

摽有梅。其實七兮。 興也、摽落也、盛極則隋落者梅也、尙在樹者七、 **求我庶士。迨其吉兮。** 吉善也、〇摽婢小反、迨音待、隋追果反、

箋曰、比也、梅媒聲同、故詩人見梅起喩、是以梅落喩容色之將萎、非以梅實紀昏時早晚、衞詩桑之落矣、其黃而隕、亦比華落色衰也、摽者、𠬪之叚音也、說文云、𠬪物落上下相付也、讀若詩摽有梅、通作芆、或作莩、孟子塗有餓莩、趙岐注引詩云莩有梅、莩、零落也、漢書食貨志贊、引作野有餓芆、集注鄭氏曰、芆音蔈有梅之蔈、芆零落也、顏師古曰、芆諸書或作殍字、音義亦同、然則三書凡三引詩而各異、唯說文之𠬪乃本字、芆亦通用、摽蔈俱叚音、莩殍亦

借聲也、讀毛詩者、便以摽爲本字、不知摽字說文訓擊、柏舟毛傳摽拊心貌、此乃摽之本義、其爾雅及摽梅之摽、俱叚借矣、王應麟云、莩是零落、摽是擊之使落、殊昧於古文通借之義、梅杏類也、賈思勰曰、梅華早而白、杏花晚而紅、梅實小而酸、杏實大而甜、梅可調鼎、杏則不任用、詩有二梅、召南之梅是和羹之梅、秦終南陳墓門之梅是梅枏之梅、截然兩木、說文、梅枏也、某酸果也、凡梅杏字當作某、韓詩作楳、說文楳亦梅字、毛於此無傳、蓋當毛時字作某、後乃借梅爲某、二木相溷、其實七兮者、落梅之數也、則在樹者尚多矣、非數在樹者、首二章落梅之始、卒章落梅之終、○求我庶士者、詩人設爲女之辭、非女自我、此句是倒句、猶云庶士求我也、庶士周禮媒氏也、掌萬民之判、吉士誘之・士如歸妻皆同、管子入國篇云、五曰合獨、所謂合獨者、凡國都皆有掌媒、丈夫無妻曰鰥、婦人無夫曰寡、取鰥寡而合和之、予田宅而家室之、三年然後事之、此之謂合獨、管子掌媒・卽周禮之媒氏也、古者昏禮不自爲主人、求我庶士、明非男女自相求、三章皆言求者、兼有擇配之意、及時貴早、而擇配宜審也、○迨其吉兮者、迨及也、不過時之辭、鴟鴞迨天之未陰雨・伐木迨我暇矣皆同、吉吉日也、言庶士其必不過吉日良辰・而歸我矣、是待時而自安之意、

摽有梅。其實三兮。在者三也、**求我庶士。迨其今兮。**今急辭也、

箋曰、其實三兮、亦落者之數也、曰七曰三、只是變文諧韻、不拘其多少耳、迨其今兮、今急辭也、不必說不暇擇吉日、迨其今亦及時也、卽是吉矣、迨吉迨

今、亦是變文諧韻、語並無輕重、

摽有梅。頃筐塈之。塈、取也、**求我庶士。迨其謂之。**不待備禮也、三十之男、二十之女、禮未備則不待禮。會而行之者、所以蕃育民人也、○頃音傾、塈許器反、

箋曰、卒章變辭、言落之多也、然不必落盡樹上無一實也、梅之方熟、固有後日之落。少於前日、不可謂今日落者七。來日必不減於七也、故首二章爲落少、時過未甚也、至卒章則落之多、時過之甚、而其感益切矣、朱傳以七三爲落之多、則亦皆可用頃筐矣、且前章在樹者三、則此章雖落盡亦唯三枚矣、一手掇之可也、何必用頃筐、又以爲落之盡而非實三之比、則卒章宜言摽無梅也、塈卽摡字之借、玉篇摡許氣切、詩曰傾筐摡之、本又作塈、此所引三家詩有作摡者、故廣雅云、摡取也、楚辭哀時命、摡塵垢之枉攘兮、注摡滌也、乃溉之假借、另是一義、○迨其謂之謂之告語於彼也、左傳多出、此乃言以我告彼而撮合之、之字指其夫家、女曰、我年將過、士其必當不慭議親之時。而歸我矣、時巳慭則不可以告、故曰迨、迨今迨謂。總是迨吉行禮、葢先訂定而後徐俟六禮也、正其以禮自守處、莫作急于從人語、毛於詩中謂字皆無傳、如隰桑之遐不謂矣亦無傳、殆以謂爲告言。人所易曉、故不復傳耳、此章傳義本周官媒氏仲春令會男女、正義讀傳會而行之者、連上不待禮爲句、誤矣、

摽有梅三章章四句

箋曰、此自女子之情、詩人爲之寫其意耳、求我庶士迨其謂之、正自溫婉有情、此卽孟子男子生而願爲之有室、女子生而願爲之有家、又必待父母媒妁之義也、大抵女子之失身、由於失時、一失其身、則淫蕩猜貳之情、有終其身而不自宜者矣、況能宜其室家乎、此摽有梅之所以美及時也、

龜井氏曰、摽梅之女、待而不求者、有所自安故也、辟農夫之待時、深耕其田耳、而不貣水灌之者、知靈雨之必至也、不知是義而曰急求男、妄矣、

小星。惠及下也。 箋曰、應樛木后妃逮下也、惠言夫人之德也、**夫人無妒忌之行。惠及賤妾。進御於君。** 箋曰、樛木是從旁面說、只言文王受福、而后妃之賢可見、此從對面說、只言衆妾進御、而夫人之賢亦見、**知其命有貴賤。能盡其心矣。** 箋曰、賤妾知其天分不同、盡心以事夫人、而不敢上僭、則是亦葛藟之纍也、

嘒彼小星。三五在東。 嘒微貌、小星衆無名星者、三心、五噣、四時更見、**肅肅宵征。夙夜在公。寔命不同。** 肅肅疾貌、宵夜、征行、寔是也、命不得同於列位也、○嘒呼惠反、噣張救反、摺本傳名下無星字、

箋曰、興也、詩中嘒字皆疊字、如小弁鳴蜩嘒嘒・采菽鸞聲嘒嘒・那嘒嘒管聲、惟雲漢有嘒其星、傳嘒衆星貌、玉篇嘒引詩曰、鳴蜩嘒嘒、嘒嘒小聲也、嘒衆星貌、據玉篇、字應从日作暳、作嘒者假借、此小星故傳爲微貌、雲漢傳嘒衆星貌者、以宣王仰視不止小星、故直言星貌、兼大星皆在也、嘒之爲貌、不甚大明、比於日月爲小、故大星小星皆得爲小貌、君日象、夫人月象、衆妾分被餘光以自照、故取象小星、知分自卑也、三五偶指所見而言、卽小星也、不必定爲何星、三五在東、斷是初昏光景矣、初昏在東之星先見、以西方尙受日之餘輝也、若將旦時・則三五在西矣、鄭箋謂凡妾御於君不當夕、援據失當、內則云云言夫人所當之夕・若以故不得進御、則衆妾不敢當此夕也、非謂常時進御、朱傳謂見星而還、然肅肅在公非歸休之言、可知是昏時入直之時自述耳、蓋往來是夫人與妾之所同、雖正嫡無與王日夕同居一寢之理、天子六寢、路寢一、居前、小寢五、居後、后夫人居六宮、更在小寢之後、宮與寢之相通者曰永巷、亦曰壼、寺人守之、男不入、女不出、平時后夫人率衆嬪御、俱居六宮、進御雖后夫人亦須出永巷就王所、鷄鳴告去、路寢之庭卽燕朝、是禮法之地、嫡妾進御俱在小寢、往來俱在暗中、惟夫人衣朝服而來、鳴佩玉告去、舒遲有儀、衆妾則抱衾與裯、及急速疾去爲異耳、傳云三心者、心爲大火、心實三星、其中央色最明、東方之宿也、五噣者、爾雅咮謂之柳、柳鶉火也、柳者八星、曲頭垂似柳、咮又作噣、咮噣聲同、天文志云、柳謂鳥喙、南方宿有七、共爲朱鳥形、柳朱鳥口也、故名咮、南方爲火、禽經曰、赤鳳謂之鶉、然則鶉爲朱鳥謂此矣、鄭箋以小星喩衆妾、心柳與參昴竝喩夫人、小星隨心噣在天、猶諸妾隨夫人進御於君、然詳兩章上兩句、文義相承、所謂三五參昴者、非小星外之星也、且參亦三星、經但云三、安知其必指心言、心東方之宿、柳南方之宿、亦不能同時在東、箋隨字未免橫添、傳云四時更見、箋云終歲列宿更見、夫詩人以一時所見爲興、何暇計及於四時與終歲、朱傳三五言稀少、尤當、經意只以小星之三五在於東方、興衆妾之夙夜在公、首章言三五則三五、次章言參昴則參昴、不必深求、今細繹傳文、蓋以小星喩賤妾、三心五噣則似喩貴妾、初未嘗以喩夫人、若夫人不得云更見・云列位矣、更見如所云娣姪兩兩當夕者、列位如所云後宮之號十有四位者、是則傳義實異於箋、然傳亦以小星與三五參昴爲二、於首二句文義・究有不順耳、郊特牲・大明生于東、月生于西、此陰陽之分、夫婦之位也、昏義云、故天子之與后、猶日之與月・陰之與陽、相須而後成者也、是則月者后夫人之象、自不得以星爲比、或以經不言月爲疑、不知序言惠及下、詩但陳其下之安命、而夫人之惠、自在言外、○肅肅宵征者、肅肅敬也、夙夜在公言密邇君所而不去也、得進御而悅夫人之惠、故曰夙夜、鄭箋・夙早也、夜莫也、謂諸妾肅肅然夜行、或早或夜在於君所、蓋箋因傳訓宵爲夜、故於夙夜之夜轉釋爲莫、以宵征統言一夜、而夜中亦有早暮、猶今人言早晚耳、○寔命不同、釋文引韓詩寔作實、燕燕釋文實本亦作寔、韓奕箋實當作寔、趙魏之東實寔同聲、然則古寔實通用、言天命所賦・實不與夫人同也、傳箋以命爲禮命之數、朱傳以命爲所賦之分、二者固相表裏、然必先有命分之命、而後有禮命之命、未有不明於所賦之分、而能安於禮敎之等者也、言此者有截然無所僭踰之意、有恬然各得分願之意、凡悲愁者、援命自安、此則偏於承恩處用之、榮遇者稱命自矜、此則偏於貶損處用之、傳云列位者、行列之位也、天子九嬪、下有世婦女御、卽諸侯之有貴妾、又有賤妾也、賤妾與貴妾、禮命不同班也、劉向新序・齊宣王召無鹽女而見之、謂曰、昔先王爲寡人取配匹、皆已備有列位矣、列位指貴妾、傳訓寔爲是者、寔者是聲之叚而下者也、大學寔能容之、寔不能容、秦誓寔俱作是矣、公羊桓六年傳寔來者何、猶曰是人來也、又穀梁傳寔來者是來也、文選西京賦寔爲咸陽、薛注寔是也、爾雅寔是也、古以是爲是正字、故以寔爲是、然於此詩不切、釋文小星寔時職反、韓奕寔市力反、公羊寔亦市力反、穀梁寔常式反、左氏寔時力反、是陸德明凡遇經傳寔字、卽必加音、其於實字則不加音、故韓奕釋文實毛如字、是其例也、

嘒彼小星。維參與昴。 參、伐也、昴、留也、 **肅肅宵征。抱衾與裯。寔命不猶。** 衾、被也、裯、襌被也、猶、若也、○參所林反、昴音卯、裯直留反、

箋曰、參昴西方二宿之名、維參與昴、正其所指之小星也、謂之小星、自卑之辭也、二星鮮明、故昏先見、而三月則參伏昴見、五月則參見昴伏、本無相妬之情、以成相讓之勢、故咏小星者重嘆之、參、中三星橫列、外四星兩足兩肩、伐、三星斜列參中、宋天文志謂參十星、兼伐三星而言也、伐與參連體、參爲列宿、統名之若同一宿然、但伐亦爲大星、與參互見、皆得相統、故考工記熊旂六旒以象伐、注謂伐屬白虎宿、與參連體而六星、言六旒以象伐、明伐得

統參也、傳以伐釋參者、亦因參伐連體而渾言之耳、何注昭十七年公羊傳云、迷惑不知東西者、須視北辰以別心伐所在、心東方宿、伐西方宿、毛蓋以東西列宿分章也、昴者七星攢聚、大小相繫、說文云、昴白虎宿星、正義引元命苞云、昴之爲言留也、言物成就繫留也、是也、或謂、昴留本一字、史記律書、言留不言昴、是詩人本用留、而漢人書爲昴、此說不然、書之曰短星昴、豈亦漢人所改邪、況毛以留訓昴、謂昴一名留則可、若謂昴卽留字則不可、○抱衾與裯者、抱二物而往還、著其賤也、說文云、衾大被、毛傳簡古、以衾是被之大名、故但云衾被、不加大字、且下云裯爲禪被、正以見衾爲複被、則其爲大被可知、或曰、傳既訓衾爲被、不宜又以裯爲禪被、禪被或爲禪襦之譌、卽衹裯之一名也、方言、汗襦自關而西或謂之衹裯、說文、衹裯、短衣也、衹裯又單稱裯、宋玉九辯被荷裯之晏晏兮、王逸注、裯衹裯也、是也、衹裯又名襜襦、又名禪襦、方言、汗襦陳魏宋楚之間謂之襜襦、或謂之禪襦是也、衹裯爲褻衣、故漢書武安侯恬坐衣襜襦入宮不敬免、後漢書羊續傳、其貲藏惟有布衾敝衹裯鹽麥數斛而已、正以衾與衹裯並舉、此詩亦以裯與衾並舉、卽衹裯耳、古者夫人御於君、有易燕服之禮、則賤妾亦當易服、裯爲褻衣、故與衾同抱、鄭箋則曰、裯牀帳也、爾雅幬謂之帳、釋文幬本又作幱、鄭以裯爲幬之通借也、文選曹子建贈白馬王彪詩、何必同衾幬、李注引毛詩作裯、云幬與裯古字同、裯帳以雙聲爲義、夫人專夜、卽未必御、亦與君同室、故不別須帳、眾妾二人共侍、當如士昏禮媵御于戶外、進御與否既未可必、卽以御一人言、仍有一人在外、故須有一人在帳中者、鄭說似優、○寔命不猶、爾雅猶若也、

唯詩多是例、小雅其德不猶、之子不猶、皆同、

小星二章章五句

箋曰、此詩兩章、前虛後實、首章不言三五爲何星、在公爲何事、虛也、次章則直言參昴衾裯、實也、通篇以勤勞歸命、其安命處・正其感恩處、蓋天下之患、莫大乎賤者不安其分、視貴者而欲效之、於是乎臣僭君、而妾匹嫡、家國之亂生矣、先王制禮以定之、使貴賤之等、異其禮秩・而不可相效、則上下辨・而民志定矣、小星之安其分、而盡其職、雖文王德化之所致、亦以知禮之不可已也、

江有汜。美媵也。箋曰、序云美媵、則詩非媵作也、夫詩有美刺、必設爲其人之辭、而美惡自見、此風體也、○汜音祀、媵音孕、**勤而無怨。**箋曰、應永本無怨作不怨、**嫡能悔過也。**箋曰、此序言嫡而不言夫人、當定爲大夫以下矣、**文王之時。**箋曰、無怨・文王之化也、故表之、**江沱之間。**箋曰、句法與汝墳之國儘似、蓋猶非文王封內也、此篇與死麕・猶漢廣汝墳、並描寫其將歸文德之時事、**有嫡不以其媵備數。**箋曰、媵蓋有姿色、嫡黜之者、妒忌之行也、**媵遇勞而無怨。嫡亦自悔也。**箋曰、故詩人作此詩

以美之也、以序觀之、此詩賦媵遇勞・勤而無怨、嫡亦自悔・言感動之效耳、此詩所謂媵則士昏禮婦餕姑饌之後、婦徹于房中、媵御餕、姑酳之、雖無娣媵先者、是也、漢儒謬解爲妾、而集傳釋此詩媵爲待年之女、公羊傳注云、諸侯之媵、八歲備數、十五從嫡、二十承事君子、未任承事、還待年父母之國、所謂待年者、謂年少未可得歸、姑錄名、長而後歸之者也、果然、嫡之不與偕行、禮也、其何怨何悔、左氏成八年杜注、古諸侯娶嫡夫人及左右媵、俱有姪娣、其說亦非、士昏禮女媵甚卑、不得謂之娶、魯文公有二妃敬嬴、齊桓公有三夫人、邾文公有元妃二妃、陳哀公有元妃二妃下妃、衞莊姜在位、莊公娶於陳、鄭世子忽娶於陳、齊侯又請妻之、皆非同姓、又非妾、杜以事不可通、乃謬爲娶媵之說、不知此是三宮夫人、見公桑禮、惟元妃爲嫡、不敢匹之、非即是媵、凡媵先至女母家、自女母家至壻家、故謂之媵、若壻家自娶者、何得名爲媵乎、萬斯同曰、儀禮士昏禮篇鄭註、古者嫁女、必娣姪從之、謂之媵、姪兄之子、娣女弟也、愚以爲不然、此所謂士乃爲士者之子也、士之子未有爵命、與庶人無異、其娶妻也安得即有妾隨之、媵本送嫁之名、男女皆有之、鄭氏前解媵布席于奧、謂媵送也、女從者也、此解得之、後忽解娣姪從之謂之媵、是又以媵爲妾矣、夫士之子但娶妻耳、寧有同日納妾者、婦之家但嫁女耳、寧有并其娣姪配之者、此必無之禮、何鄭氏之謬妄如是、惟媵乃送嫁之名、故伊尹爲有莘氏媵臣、春秋書公子結媵陳人之婦于鄄、皆言送女于其國耳、孰謂媵即娣姪哉、或曰、諸侯一娶九女、娶一國則二國往媵、以娣姪從、其夫人又自有娣姪、故爲九女、此非公羊傳之言乎、曰、此公羊之謬論、尤不可信、試以春秋實事證之、成九年魯伯姬歸于宋、春秋書衛人來媵、晉人來媵、齊人來媵、夫此三國、皆大國也、肯以其二女一孫女、並爲人之妾乎、卽如公羊言、亦當兩國來媵、何故乃有三國、可曰一娶十二女乎、古云媵必以同姓、則衛晉來媵可也、齊人何故媵之、固知諸說皆妄、不可信爲古禮・而援以證士禮也、且使諸侯嫁女必以娣姪從、則其次女必不得爲人正妻矣、何以魯有叔姬季姬皆嫁于諸侯、而春秋屢書之乎、況娣姪之年、未必與所嫁之女相若、又有姊而無妹者、有妹而無姪者、何以一女適人、卽以娣姪從之、卽使娣姪皆備、亦無並嫁一人之理、以此爲諸侯之禮猶不可、豈士之娶妻、而娣姪卽隨之乎、公羊言諸侯嫁女、二國來媵、其女旣謂之媵矣、娣姪之從之者、復以何稱、如謂之媵、是媵之下又有媵焉、恐古禮不如是也、且古人譏並后匹嫡、今稱爲諸侯之女、妾亦諸侯之女、其勢必不相下、一嫡二媵皆有娣姪、貴與之相埒、其情亦必不相能、則嫌隙易生、宮闈必不靖、先王寧不慮及此哉、或曰、韓奕之詩、言諸娣從之祁祁如雲、左傳言衛莊姜無子、其娣戴嬀生桓公、莊姜以爲己子、夫不有娣乎、曰、娣非謂耑女弟也、如門人於其師自稱弟子、豈眞其弟其子哉、蓋自居於卑幼、而尊其師如父兄也、禮之所謂娣亦此類、其父母家以他女送嫁、爲女之伴、事畢則遣還、其所謂媵則父母家使之相禮、亦事畢遣還、皆非妾也、媵則凡嫁女者必有、娣則非富貴家不能備、故曰雖無娣媵先、謂嫁女而有娣則先酳其娣、無娣則先酳其媵、以媵乃女家之人、有客道焉、故先御而酳也、奈何以娣爲妾、又解妾爲媵、而瀆亂古人之禮哉、知此不但士之初昏無妾、卽諸侯一娶九女之說、亦灼然可知其妄矣、

延文本自悔下有者字、

江有汜。興也、水決復入爲汜、**之子于歸。不我以。不我以。其後也悔。**嫡能自悔也、○唐石經摺本並之下無于字、摺本傳決上無水字、

箋曰、比也、水決復入、喩媵之始見疏而終見親也、爾雅疏・凡水之岐流復還本水者名汜、說文、汜・水別而復入水也、釋名云、汜已也、如出有所爲、畢已而還入也、是詩三章、汜爲水決復入、渚爲小洲、皆泛稱也、非水名也、惟末章之沱是水名、見禹貢及爾雅、江之別也、故敍獨云江沱之間、謂二水間之國耳、○之子歸不我以者、之子謂適也、婦人謂嫁曰歸、我・我媵也、以・用也、鄁詩不我屑以之以、不我以、正是置之於無所與事之地、所謂不備數也、○其後也悔者、是冀幸將來之辭、媵不敢怨、而俟其自悔、必如此解、方與美媵合、毛上云決復入、此云嫡能自悔也、正以水之復入・喩初過後悔、蓋以詩所詠爲既悔之後、恐非經旨、

江有渚。渚、小洲也、水岐成渚也、**之子于歸。不我與。不我與。其後也處。**處、止也、○唐石經摺本並子下無于字、

箋曰、渚有有水無水兩義、鶴鳴魚在于渚、謂有水也、鴻飛遵渚、爾雅小洲曰渚、謂無水而可居者也、凡渚上流岐分、至下而合、沱自江別、流行百十里、亦仍入江、取喩皆同于汜、傳不言者、渚沱人易曉、且首章傳已足以明之故也、○不我與其後也處、言雖不我與、其後也悔過而相與偕處也、小雅此邦之人、不可與處、與此同、悔是悟于未迎之先、處是安于既迎之後、

江有沱。沱、江水之別者 **之子于歸。不我過。不我過。其嘯也歌。**

○唐石經搢本並子下無于字、延文本傳水下無之字、

箋曰、爾雅水自江出爲沱、禹貢梁荆二州俱有沱潛既道之文、胡朏明以詩沱爲荆沱、意以南國在江漢間也、然荆梁皆周之南國、梁沱在周之西南、荆沱在周之東南、詩繫於召南之國、當爲梁之郫江、書疏引郭氏音義云、沱水自蜀郡都安縣揃山與江別更流、因云後人謂之郫江、今成都府灌縣有都安故城、蓋周於禹貢雍州之北、地不踰涇洛、而岐周之南、同於殷商、以漢水爲界、漢東之梁、併入於豫荆、漢西之梁、併入於雍、故漢之西、江之東、皆禹貢梁州之域、而爲召公西陝之掌矣、○不我過、謂不過我而與俱也、凡嫡無親過媵家之禮、此亦只是不備數之意矣、詩人立辭往往有如此者、○其嘯也歌者、歌言相與偕歌也、有所思則嘯、和樂則歌、人之情也、始則悔悟、中則相安、終則相歡、言之序也、馬瑞辰曰、說文嘯吹聲也、欠部又有歗字、大徐本作

吟也、引詩其歗也歌、嘯歗二字經典通用、而其本字則音同而義別、嘯者吹聲、悲聲也、歗者吟也、與說文歎字訓吟・謂情有所欲・吟歎而歌同義、樂聲也、此詩其嘯也歌、當从說文引作歗、毛詩作嘯者、亦叚借也、箋以嘯爲蹙口出聲、失其義矣、

江有汜三章章五句

箋曰、思而不怨、困而能亨、此士君子之所難、而江沱之媵、身遭黜辱、毫無怨色、勤敬以自致、遂使嫡感而允若、是亦文王道化之所馴致也、世之挾意氣・與君父爭是非者、讀是詩可以知所愧矣、

野有死麕。惡無禮也。箋曰、惡字因卒章、天下大亂。彊暴相陵。遂成淫風。箋曰、言殷之末世・紂之封域、被文王之化。雖當亂世。猶惡無禮也。箋曰、此亂國之詩、其將歸文德猶汝墳、所以居召南之末也、摽梅曰召南之國、是序不繫召南而曰亂世、宜精繹之、篇中所陳皆女子所欲凶荒殺禮之事、爲無禮者言、固無暇拘定六禮也、序惡無禮、擧詩之要、毛傳於首章云凶荒則殺禮猶有以將之、又以白茅爲取潔清、以誘爲道、次章以死鹿爲廣物、以如玉比女德、皆正言有禮、而惡無禮之意自見、至末章云非禮相陵則狗吠、乃所以爲惡無禮也、其實以禮

自防者、未必果有無禮劫脅之事矣、

野有死麕。白茅包之。郊外曰野、包裹也、凶荒則殺禮、猶有以將之、野有死麕、羣田之獲・而分其肉、白茅取潔清也、**有女懷春。吉士誘之。**懷思也、春不暇待秋也、誘道也、○麕俱倫反、誘音酉、殺所戒反、延文本・傳取下有其字、

箋曰、麕鹿屬、無角、埤雅・麕鹿皆健駭、而麕性膽尤怯、飲水見影輒奔、○白茅包之者、茅葉青、刈而乾之則白、昏禮納采納吉皆以鴈、今不以鴈、而獲死麕於野、而白茅包其肉、此贄之至薄者也、茅體柔而理直、又潔白、故先王用之以藉、亦以縮酒、繫辭曰、夫茅之爲物薄、而用可重也、易曰藉用白茅、无咎、苟厝諸地而可矣、藉之用茅、何咎之有、此禮之所以不可以已也、傳云羣田之獲者、羣、衆也、野中所以有死麕、由羣聚於田獵之中、獲而分得其肉也、包釋文作苞、逋茆反、段玉裁謂、注疏本釋文改爲包逋茅反、上聲而讀平聲矣、其誤始於唐石經、苞苴字皆从艸、然易姤包有魚、虞注・在中稱包、禹貢草木漸包、馬注・包相包裹也、左傳僖四年爾貢包茅不入、賈注・包茅菁茅包匭之也、又杜注・包裹束也、據此則作包者古字、作苞者形聲字、古人音緩、必爲苞讀上聲方與誘叶、包讀平聲不與誘叶、未免失之固矣、此章異說紛然、或謂、昏禮束帛以鹿皮、今曰死麕、乃不中禮之皮、曰白茅束、則又苟簡將之矣、次章

女惡之而不從、故曰白茅純束有女如玉、言束者不可解、白者不可玷也、如此說・此兩章同言白茅、不應先後異義、或謂、昏禮儷皮、執皮者必攝之、故以包束爲言、如此說則昏禮用鹿皮、究無用麕皮者、或又謂、吉禮以鹿皮爲贄、凶荒殺禮、或不能具鹿皮、故以麕皮爲禮、如此說・以鹿皮不具而用麕皮、則當首章言鹿、次章乃言麕矣、故知毛傳凶荒殺禮之說・不可易也、○有女懷春者、言女之年當嫁者也、春者天地交感、萬物孳生之時、聖人順天地萬物之情、令媒氏以仲春會男女、故女之懷昏姻者、謂之懷春、是當春有懷、非懷人、亦非傷春、不言而忽有所思、含情而初無所屬、二字甚微、○吉士誘之者、吉士媒氏也、昏姻必有媒氏道成之、歐陽氏解誘爲挑誘之誘、呂氏駁之謂、此詩三章皆言貞女惡無禮而拒之、其辭初猶緩、而後益切、曰有女懷春、吉士誘之、言非不懷昏姻、必待吉士以禮道之、雖拒無禮、其辭猶巽也、曰有女如玉、則正言貞潔不可犯矣、其辭漸切也、至於其末見侵益迫、拒之益切矣、毛鄭以誘爲道、儀禮射禮亦先有誘射、皆謂以禮道之、古人固有此訓詁也、呂說甚正、衡門序誘僖公也、謂在前道之、戴禮立言篇有誘賢之文、論語有善誘之語、皆可以證呂說矣、講家或亦泥於六朝唐人春閨春怨之詩、誤認懷春爲非美名、不知七月傳、春女悲、秋士悲、感其物化也、春日遲遲、女心傷悲、豈豳國之女皆欲淫奔者乎、惟其發乎情止乎禮義、所以爲王化之效也、

林有樸樕。野有死鹿。白茅純束。樸樕、小木也、野有死鹿、廣物也、純束猶包之也、有

女如玉。德如玉也、○樸蒲木反、樕音速、純徒尊反、

箋曰、爾雅樕樸心、郎詩樸樕、釋名・心纖也、樸樕爲小貌、心亦小義、故傳以小木釋之、漢書息夫躬傳、樸遬不足數、顏注曰、僕遬凡短之貌也、樸樕爲小木、猶扶疏爲大木、皆疊韻連緜字○野有死鹿者、鹿獸名、有角、此云死鹿死麕、蓋田獵之餘也、傳云廣物也者、言其可以行禮者、不惟死麕也、俞樾曰、林有樸樕、野有死鹿、兩文相對、如鄭箋之意、則林有樸樕爲一處、野爲一處、有死鹿三字總承上兩處而言、不辭甚矣、古人無此文法也、駉篇毛傳、邑外曰郊、郊外曰野、野外曰林、林外曰坰、上章野有死麕、毛以郊外曰野解之、然則此章林野對文、野爲郊外之野、林亦當爲野外之林、林有樸樕、野有死鹿、白茅純束、謂以白茅束此樸樕及死鹿也、學者但知白茅純束・止以野有死鹿言、與上章野有死麕白茅包之同義、而不知其兼以林有樸樕言、於是不得其解矣、上章止言野有死麕、故曰白茅包之、此章兼言林有樸樕、故曰白茅純束、以死鹿可包、樸樕不可包也、詩人之義、其密如此、胡承珙曰、呂記云、以樸樕爲禮、意其若致薪芻之饋、今考詩言昏姻之事、往往及於薪木、如漢廣有刈薪之言、南山有析薪之句、豳風之伐柯・與娶妻同喩、小雅之覯爾、以析柞爲辭、此雖似以析薪者離同爲異、娶妻者聯異爲同起興、然竊意古者於昏禮・或本有薪芻之饋、蓋芻以秣馬、薪以供炬、士昏禮從車二乘、執燭前馬、注云、徒役持炬火・居前炤道、樓攻媿荅楊敬仲論詩解云、古者如麻骨樺皮松明之類、可以照者、皆謂之燭、是則薪以供炬、事或然歟、漢廣箋有致禮餼

之言、芻以秣馬、亦屬禮飻、特古書殘闕、無文以明之耳、○白茅純束、鄭箋純讀如屯、釋文引沈重曰、純讀屯、徒尊反、聚也、左傳執孫蒯于純留、漢書地理志作屯留、史記張儀傳當屯留之道、卽純留也、鄭以純是屯之假借、故讀如屯也、戰國策秦策錦繡千純、高誘註純音屯、束也、純束二字同義、周禮媒氏純帛無過五兩、與雜記納幣一束束五兩義合、純帛卽束帛、鄭注周禮、讀純爲緇、失之、○有女如玉者、比女德之貞潔不可犯也、祭統、國君取夫人之辭曰、請君之玉女、鄭注云、言玉女者、美言之也、君子於玉比德焉、朱傳爲美其色、不是、

舒而脫脫兮。舒、徐也、脫脫、舒遲也、**無感我帨兮。**感、動也、帨、佩巾也、**無使尨也吠。**尨、狗也、非禮相陵、則狗吠也、○脫、勑外反、帨、始銳反、尨、美邦反、吠、符廢反、延文本・傳遲下有貌字、

箋曰、舒而脫脫、先提玉女之儀表也、正義曰、定本脫脫舒貌、有貌字、與俗本異、今考傳云舒徐也、脫脫卽其貌、故又云舒貌、定本是也、箋脫脫然舒、亦無遲字、可證、○無感我帨者、莊子曰、異鵲感周之顙、感觸也、我・我女子也、帨拭物之巾、說文帥佩巾也、帥或从兌作帨、是帥帨爲一字、帥通作率、故左傳藻率鞞鞛、服注率爲刷巾、刷巾卽佩巾、古以佩巾爲帨、內則左佩紛帨、是也、○無使尨也吠者、說文・尨犬之多毛者、秋官犬人疏云、犬有三種、一曰田犬、二曰吠犬、三曰食犬、吠犬卽守犬、穆天子傳天子有尨狗、謂田犬、此詩無使尨也吠、謂守犬、蓋凡毛之尨茸者、通可謂之尨耳、無感帨使遠其身也、無尨吠

使遠其室也、二無字禁止之辭、末章非出於女子之口、詩人特探其意而言之、所謂極其形容也、非特末章、全詩皆然、首章之懷春、卽所謂女子生而願爲之有家者、道其情之常也、然必吉士導之以成禮而後可、其不可干以非禮之意、巳凜然矣、次章極言其心之堅且潔、三章首句極言其容之莊且和、於是申言之、若曰彼無媒妁之導者、帨不可感、尨且欲吠矣、蓋旁觀者見貞女、而刻意摹寫之詞、非眞有强暴之汚、而女拒之云云也、故曰文王之化也、

野有死麕三章二章章四句一章章三句

箋曰、詩辭所涉曰林野、曰麕鹿、曰尨吠、以見鄉曲之遠於都邑也、夫以遠鄉僻里之女、而操此貞潔之德、不可犯以非禮、風化之所被可知矣、此豈法令之所能致邪、姜炳璋曰、此與行露·於二南別出一局、蓋二南之風極含蓄、而行露章詞意俱盡、則以訟獄之後、還我淸白也、二南之風極和平、而此篇聲色俱厲、則以惡惡之甚、若將浼己也、蓋以二詩所處之地不同也、

何彼襛矣。美王姬也。 箋曰、此武王之女下嫁齊侯呂伋之子者、邑姜是太公望女、呂伋是太公望男、武王女下嫁、必在成王時、而成王崩曰、齊侯呂伋尚在、其子未爲侯、故推本其父而曰齊侯之子也、 **雖則王姬亦下嫁於諸侯。** 箋曰、十字爲一句、則字卷子古本無、 **車服不繫其夫。下王后一**

等。箋曰、王后五路、一曰重翟、二曰厭翟、三曰安車、四曰翟車、五曰輦車、重翟用翟雉之羽二重、厭翟則使羽相次・以厭其本、六服之序、褘衣褕翟闕翟鞠衣展衣褖衣、下王后一等、車則厭翟、服則褕翟也、褕翟畫翟於衣上也、天子之女、下嫁於諸侯、其所乘之車、所衣之服、皆不繫其夫爲尊卑、下王后一等而已、若諸侯之女下嫁、則各從夫之爵、不得下其母一等也、王姬雖嫁於諸侯、然其車服制度、與他國之夫人不同、所以甚言其貴盛之極、而猶不敢挾貴以驕其夫家也、

猶執婦道。以成肅雝之德也。

箋曰、大雅稱文王之聖曰、雝雝在宮、肅肅在廟、對言之也、專言則在宮當兼肅雝有之、故詩美王姬曰肅雝、漢書諸侯王表云、諸侯原本以大、末流濫以致溢、小者淫荒越法、大者睽孤橫逆、以害身喪國、則由不知王姬肅雝之義也、經言王姬、當是有天下以後之稱、王家之詩當爲雅、然此三章只是風體、又詩中專言女德、正與二南同科、非雅之類、且下嫁係於諸侯之事、當時・王姬下嫁者、能執婦道、成其肅雝之德、皆本於文王大姒之化、故以其詩列於召南・而爲文王之風、甘棠之詩亦作於康王之世・而爲文王之風、皆推本言之、唐石經雝作雍、經同、

何彼襛矣。唐棣之華。興也、襛猶戎戎也、唐棣移也、**曷不肅雝。王姬之車。**肅敬、雝和、○襛如容反、棣徒帝反、移音移、延文本、傳和下有也字、

箋曰、以華之禯、興車之肅雝、說文·醲·衣厚皃、又醲·酒厚也、濃·露之厚也、玉篇·農·厚也、从農者多有厚意、厚與盛義近、戎戎卽盛貌也、戎又通茸、左傳狐裘尨茸、卽詩狐裘蒙戎、可證、小雅常棣傳云、常棣·棣也、此傳唐棣移也、皆與今本爾雅同、說文·移·棠棣也、文選甘泉賦注·引爾雅正作棠棣移也、類聚引詩何彼穠兮棠棣之華、是唐當作棠、經典通借作唐、論語子罕篇疏引舍人曰、唐棣一名移、王引之乃謂、常棣傳常棣棣也、當依或本作常棣移也、何彼禯矣傳、唐棣移也、及箋內移字、俱當作棣、未免武斷、蓋常棣可單稱棣、又可單稱常、故小雅但言維常之華、而毛傳曰常常棣也、唐棣亦得專名棣、故秦風山有苞棣但言棣、而傳卽訓爲唐棣也、論語疏引此詩陸疏云、唐棣·奧李也、一名雀李、亦曰車下李、所在山皆有之、其華或白或赤、六月中熟、大如李子、可食、陸氏又於常棣之華疏云、常棣·許愼曰、白棣樹也、如李而小、如櫻桃正白、今官園種之、此則微誤、說文以棣爲白棣、而訓移爲棠棣、未嘗以常棣爲白棣也、所言白棣赤棣·以其子色別之、蓋唐棣子名郁李、其大如李、常棣子如郁李而小、其實皆棣樹、而種微異耳、胡承珙曰、自郭注爾雅·以唐棣爲白移、謂似白楊、後人如陸佃羅願、遂皆以唐棣爲白楊、殊不知詩所言唐棣常棣皆取其華爲形容、今姑無論其子之大小、而陸疏所云·唐棣華有赤有白、故召南曰何彼禯矣、至逸詩之偏其反而、則其華之禯盛阿那、更可想見、陸氏於常棣雖不言其華、然齊民要術引詩義疏云、承華者蕚、其實似櫻桃薁李、蓋常棣不獨子如郁李、其華當亦如郁李之華、故二者皆以棣名、而詩人皆取其華之美盛、卽棠棣一名移、亦與移楊無涉、古今注云、移楊亦曰移柳、亦曰蒲移、圓葉弱蒂、微風善搖、此所言與白楊同類、故古詩曰、白楊多悲風、夫白楊安得有偏反之華・韡韡之蕚邪、○曷不肅雝、王姬之車者、周王之女姬姓、故曰王姬、車之肅雝、只是範我馳驅・和鸞有節意、少儀・和鸞之美、肅肅雝雝、詩人意中早有文王之化在、曰文王之孫、可知恪守者文考之家法、漸摩者太姒之徽音、故有此車中之人、宜其車聲之肅雝也、所謂聞其聲而知伯玉也、二句含蓄不盡、反覆申誦、宛然塞路聚觀、企踵盱眸・相顧嘆賞之語、

何彼襛矣。華如桃李。平王之孫。齊侯之子。平・正也、武王女、文王孫也、適齊侯之子也、

箋曰、李亦木名、華白、實可食、說苑云、樹桃李者、夏得休息、秋得其實焉、桃李同時而華、取相輝映之義、上章一華、單興王姬、次章桃李變文、蓋華非唐棣、又非桃李、別是二木之華、詩人設爲不知何木之辭、以興王姬及齊侯子之美・俱是世所罕見、○平王之孫者、平王・文王也、文者・謚之正名也、稱之則隨德不一、故以德能正天下則稱平王、初不拘於謚也、商頌稱湯爲武王、稱契爲玄王、韓奕稱厲王爲汾王、詩人之詞類如此、國語・太子晉曰、自后稷之始基、靖民十五王、而文始平之、是文王之稱平王、猶書大誥稱武王爲寧王、酒誥稱爲成王、當時有此稱謂也、○齊侯之子、胡承珙曰、顧氏日知錄云、成王時齊侯則太公、而以武王之女適其子、是甥舅爲昏、周之盛時、必無此事、逮成王顧命、丁公始見於經、而去武王三十餘年、又必無未笄之女、案此說未

必然、顧命云齊侯呂伋、則呂伋在成王時早已爲齊侯矣、詩疏謂、武王有五男二女、五男者左傳邘晉應韓・武之穆也、與成王則五矣、二女者大姬下嫁陳胡公、其一也、何彼襛矣王姬嫁齊侯之子則二也、此說可補傳箋之所未備、胡說是也、左傳武王邑姜方震大叔、杜注云、武王后大公之女、武王暮年而得唐叔、蓋甚幼矣、以元女大姬配胡公、則安知不有幼女配呂伋之子乎、考世家、太公望之子爲丁公呂伋、丁公之子爲乙公得、齊侯之子卽乙侯得也、邑姜與伋爲兄弟、故王姬歸其子也、朱傳依古注、又附或說於後、殊不知王姬果是東周平王之孫、則此詩當入王風、安得編之召南哉、陳啓源駁集傳曰、經云齊侯之子、此父在之稱也、春秋書王姬歸於齊、一在莊元年、則齊襄之五年也、一在莊十一年、則齊桓之三年也、王姬下嫁時、二公久已爲君、豈有身爲齊侯、而顧目爲齊侯之子者耶、集傳又云、齊侯卽襄公諸兒、其誤尤甚、襄公桓公皆僖公子、就如或說、齊侯亦當指僖公、何得云襄公耶、又案、平王之崩、在隱公三年爲辛酉歲、太子泄父早死、立其子林、是爲桓王、王姬果爲平王之孫、必泄父之女、林之妹也、其歸齊襄者、於莊之元年爲戊子歲、去平王之崩已二十八年、太子之死又在其前、則計王姬之年、當三十左右、其歸齊桓者、於莊之十一年爲戊戌歲、王姬當四十左右、周雖衰尙爲共主、何至女嫁不售、愆期乃爾、況三四十歲老女、比之桃李之華、安得此過情之譽耶、

其釣維何。維絲伊緡。齊侯之子。平王之孫。 伊・維、緡・綸也、〇緡亡

貧反、

箋曰、釣・鉤魚也、緍・繩也、江東謂之綸、合兩爲一也、言釣者喩娶婦也、魚者婦敎成之俎、故以釣絲爲昏姻之詞、六韜云、緍隆餌重、則嘉魚食之、緍調餌芳、則庸魚食之、淮南子俶眞篇云、以道爲竿、以德爲綸、禮樂爲鉤、仁義爲餌、是釣繳爲緍、亦爲綸、然采綠之綸、有糾合之義、則此傳以綸詁緍、亦必謂以絲而糾合之・作爲釣魚之繳、非卽以緍爲釣魚繳矣、合絲爲綸、有合姓綢繆之意、釣用絲綸、可以得魚、猶合二姓之好、可以成家、齊侯之子二句、上章先言平王之孫、末章先言齊侯之子者、詩爲美王姬而作、自應先稱王姬、至末章則反覆歌詠之、非有他義也、李光地謂、春秋書法、天子逆后、不曰逆女、先正其爲王后、命出而分定也、歸而後本其所生之女稱、其下嫁也、不言來逆者、先曰築王姬之館、見其將有行也、歸而後著其所適之國、配若諸侯則反是、於其逆夫人也以女名之、於其來逆也卽言所來逆者、是尊卑之體也、此詩先言王姬之車、是將有行矣、然未知所適也、次乃指言平王之孫、下於齊侯之子、與春秋之法同也、逆女之事則歸之卒章、曰釣緍者是也、至此乃言齊侯之子尙平王之孫、正夫婦之序也、胡承珙曰、說詩者於此類固不必過泥、然亦非無所本、荀悅申鑒云、尙主之制非古也、釐降二女、陶唐之典、歸妹元吉、帝乙之訓、王姬歸齊、宗周之禮也、以陰乘陽違天、以婦陵夫違人、違天不祥、違人不義、由是觀之、春秋書王姬之歸、與此詩相表裏、實萬世之法也、

何彼襛矣三章章四句

箋曰、折中云、國立於君臣、家始於夫婦、婦挾富貴之勢、以驕其夫、而慢其舅姑、則家不可齊矣、故雖以天子之女、下嫁諸侯、亦必使之肅雝以執婦道、然後諸侯卿大夫之女、皆不敢以勢驕人、而士庶人之家、夫倡婦隨、不令而自行矣、此成周之盛事、而夫子存之爲後世法也、

騶虞。鵲巢之應也。箋曰、以此終召南、卽所以終二南也、正義曰、詩人之作、各言其志、麟趾之與關雎、騶虞之與鵲巢、未必一人作也、但君子之道、作事可法、垂憲後昆、大師比之於末、序者申明其意、因言關雎之應、鵲巢之應耳、其實作者本意、不在於應也、

鵲巢之化行。則人倫既正。箋曰、男女有禮、如行露死麕、唐石經摺本·並人上無則字、朝廷既治。箋曰、羔羊是也、君與夫人各自正其國、而萬國以治、故下文受以天下也、以上三句一轄、語勢少歇、天下純被文王之化。箋曰、純·大也、則庶類蕃殖。箋曰、因茁葭茁蓬五豝五豵、大宰九職、四曰藪牧、養蕃鳥獸、蒐田以時。箋曰、春田爲蒐、茁葭茁蓬、時也、以時而不荒、亦庶類所以蕃殖也、○蒐所留反、仁如騶虞。箋曰、言如此騶虞之詩、與德如羔羊同一句法、合言若螽斯、信厚如麟趾之時等句讀之、可知詩序自成一種書、自成一種文法、

則王道成也。箋曰、關雎序云、鵲巢騶虞之德、諸侯之風、而此序云王道成者、以二南終於此也、魏源曰、騶虞之詩、三家說皆以騶虞爲官名、與毛傳騶虞獸名異誼、據射義・天子以騶虞爲節、樂官備也、是詩禮最古之義、或據書大傳・逸周書王會解・山海經、以證毛傳、然王會解云騶吾食虎豹、則其性更猛、山海經云騶吾大如虎、日行千里、皆無不食生物之說、且毛傳以騶虞爲白虎、而書大傳・淮南子・言散宜生得騶虞雞斯之乘、又言得靑豻白虎等、是騶虞與白虎・判然二物、不得以白虎爲騶虞、至說文虞下全用毛傳、而仁獸又與義獸不合、且吁嗟麟兮、上承麟趾之文、若於殪豝豵之後、而忽以白質黑文之獸頌其君、則於詞不倫、自當以三家詩義爲長、毛傳特欲配麟趾之仁獸、故創訓義獸、望文立說、不知麟趾則公子之多賢、騶虞言在官之多賢、故皆爲關雎鵲巢之應、若如毛以騶虞美君之仁心、而不及得人、則是風化之本、而非風化之應矣、何由與麟趾相配、鵲巢相應乎、文王詢於八虞、咨於二虢、擧閎夭泰顚於罝網之中、西土服、故大雅棫樸之詩曰、周王壽考、遐不作人、旱麓之詩又曰、鳶飛戾天、魚躍于淵、豈弟君子、遐不作人、是知關雎鵲巢王道之本也、造端乎夫婦、麟趾騶虞王道之成也、自家及國、風化美而賢才多、察乎天地、

彼茁者葭。茁・出也、葭・蘆也、壹發五豝。豕牝曰豝、虞人翼五豝、以待公之發、于嗟乎騶虞。騶虞・義獸也、白虎黑文、不食生物、有至信之德則應之、○茁側劣反、豝百加反、牝頻忍反、

箋曰、葭・澤草也、茁・生出壯盛之貌、著春田之時、而有萬物繁盛、山澤鬱蒼之氣象、此詩人言外之鼓舞、七月傳葭爲葦、說文、葦・大葭也、葭・葦之未秀者、淮南脩務高注云、未秀曰蘆、已秀曰葦、是葭蘆皆葦未秀者之稱、葭蘆葦一也、中虛者、葵亂萑荻一也、中實者、穆天子傳・天子射鳥、有獸在葭中、七萃之士高奔戎擒之、以見天子、是葭亦藏獸之區、詩言葭蓬、皆謂豝豵所藏也、○壹發五豝者、自茁葭中逐衆豝而來、君一發之也、古者四矢揞三而挾一、謂三矢插帶間、而以一矢扣絃、次第發之、如詩言四矢反兮、四鍭如樹、及孟子發乘矢、皆非四矢並發也、朱傳云、一發五豝・猶言中必疊雙也、用西都賦解之、得經旨、此正是言射之巧、不是見禽獸之多也、傳云虞人翼五豝以待公之發、翼者、左右夾之、如鳥翼夾身、使之不逸、故下承之云以待公之發也、漢書霍去病傳、漢益縱左右翼繞單于、注、翼・謂左右舒引其兵、如鳥之翅翼、義與此同、鄭箋云、君射一發、而翼五豝者、戰禽獸之命、必戰之者、仁心之至、戰鳥獸之命者、命薄者中矢、是負也、命强者不中矢、是勝也、故云戰鳥獸之命、豝者、釋獸・豕牝豝、廣雅、豱豵・豕牝也、玉篇、豱・老母豕也、豵・小母豬也、左傳謂之婁豬、皆豝之異名也、朱傳於吉日曰牝豕、而此云牡豕、傳寫之誤耳、凡六畜之屬、皆見於釋畜、惟豕見於釋獸、以豕者通田豕之名、故別異之、毛傳訓豝用爾雅、而獨不取其豕生三曰豵者、蓋以田豕在野、無由知其生子之多少、惟大小之形則可見、約略其一歲二歲不甚相懸耳、馬瑞辰曰、周官大司馬鄭司農注、一歲爲豵、二歲爲豝、三歲爲特、四歲爲肩、五歲爲愼、廣雅、獸一歲爲豵、二歲爲豝、三歲爲肩、四歲爲特、是皆以豵豝爲凡獸大小之異名、今按爾雅、豕生三豵、二師、一特、繼之以所寢橧、方言云、其檻及蓐曰橧、則知爾雅所言皆畜豕、故人得以檻蓐畜之、鄭司農一歲曰豵等語、以釋大司馬大獸公之、小禽私之、則知所言者必田豕也、蓋畜豕以生數牝牡異名、田豕之生數不可知、則以大小年數異名、故周官大獸公之、小禽私之、豳風言私其豵、獻豣于公、皆以小大爲辨、足徵田獵所獲、不計生數之多寡矣、此詩五豝五豵、皆田獵獲獸、正當據鄭司農廣雅一歲曰豵、二歲曰豝之說釋之、○于嗟乎騶虞、于嗟者美之也、騶、馬官也、虞、山澤之官也、月令、天子乃教於田獵、以習五戎、班馬政、命僕及七騶咸駕、左傳、羣騶知禮、又豐點爲孟氏之御騶、疏云、騶是掌馬之官、蓋兼掌御事、謂之御騶、書舜典汝作朕虞、傳、虞掌山澤之官、禮緇衣、若虞機張、注、虞、主田獵之地者也、孟子滕文公下、招虞人以旌、周官山虞澤虞、大田獵則萊山田澤野、據是言之、騶與虞、田獵必共有事、詩因而兼言兩官、見其稱職也、騶稱其職、則乘馬肥充閑習、便於馳驟、虞稱其職、則能籠罩諸獸、驅迫赴于田所、令不散逸、非此二者、射御無所施其巧、是所以歸功於二官也、騶虞稱職、則騶虞以上之官、不言可知、故射義曰、樂官備也、騶之名官、至漢猶存、漢書五行志、騶奴宰人游居娛戲、注、騶、廐御也、淮南子云、喜武非俠也、喜文非儒也、好方非醫也、好馬非騶也、皆以騶爲主馬之官、

彼茁者蓬。蓬、草名也、**壹發五豵。**一歲曰豵、**于嗟乎騶虞。**○豵

子公反、

箋曰、蓬・陸草也、自澤至陸、一葭一蓬、妙在一茁、行葦仁及草木、唯一句而盡其意、說文云、蓬、蒿也、蓬春生、至秋則老而爲飛蓬、衛風所謂首如飛蓬、是也、荀子勸學篇、蓬生麻中、不扶自直、蓬之初生、柔條向上、久之蓬心數百頭、句屈錯見、故荀子以爲、生麻中則不扶而直、言其性常屈不直也、蓬易識之草、故傳但云草也、○壹發五豵者、豵蒙上豝言、亦謂豕也、七月曰言私其豵、明豵小獸也、玉篇云、豵小母豬、豵與豵同、故說文云、一歲曰豵、尙叢聚也、然則豵亦牝豕、而更小於豝、毛傳於豝言其牝、而於豵言其小、義相互耳、所以專取豝豵者、豝豵獨喜害稼、郊特牲迎虎、爲其食田豕、所以除春農之害也、○于嗟乎騶虞、趙佑曰、于嗟麟兮、于嗟乎騶虞、焦竑陳第俱以爲詩之媵句不入韻、不必叶、是已、然嗟與兮、乎與虞亦自相韻、各就本句微斷讀之、則得神理、在叶音徒以古今南北之有異呼、而勉强比湊、反違其本、宜爲知者所不取、趙說是也、朱傳首章虞字音牙、與豵韻、此章叶五紅反、與豵韻、同一騶虞、每章異其音、恐無此理、

騶虞二章章三句

箋曰、樂記、武王散軍郊射、左射貍首、右射騶虞、墨子三辯篇云、周成王因先王之樂、命曰騶虞、可見騶虞爲文王時詩、金鶚曰、古者作樂、堂上有歌、

毛詩會箋

堂下有奏、歌者以琴瑟歌詩也、奏者以鐘鼓奏九夏也、鄉飲酒禮、燕禮、前言工歌鹿鳴四牡皇皇者華、後言奏陔、大射儀、前後言奏肆夏奏陔、中言歌鹿鳴三終、歌鹿鳴三終猶言歌鹿鳴四牡皇皇者華也、一篇爲一終、左傳言金奏肆夏之三、工歌文王之三、鹿鳴之三、是奏爲九夏、詩則言歌而不言奏也、乃鄉射言奏騶虞、騶虞詩也、何以言奏、此蓋不歌於堂上、而奏於堂下者也、何以明之、鄉射禮云、樂正適西方、命弟子贊工、遷樂于下、弟子相工、降自西階、阼階下之東南、堂前三笴、西面北上坐、樂正北面立于其南、是工在堂下也、後云、司射降東面、命樂正曰、請以樂樂于賓、樂正東面命大師曰、奏騶虞、間若一、大師不興許諾、乃奏騶虞以射、無升階之文、是奏騶虞、在堂下明矣、詩必須歌、奏必以鐘鼓、此奏騶虞、蓋歌奏竝用、不以琴瑟而以鼓也、周官大師云、大射帥瞽而歌射節、上文云帥瞽登歌、此歌不言登、亦可爲奏在堂下之證、鄉射記云、歌騶虞若采蘋、皆五終、是騶虞必歌之矣、然謂之奏、當與金奏肆夏相似、知其不用琴瑟也、鄉射云、不鼓不釋、鄭注云、不與鼓節相應、不釋算也、鄉射之鼓五節、歌五終、大射亦云、不鼓不釋、鄭注云、鼓亦樂之節、周禮射節天子九、諸侯七、卿大夫以下五、據此是射奏騶虞、專用鼓不用鐘也、止用鼓亦得言奏者、鄉射云、賓興、樂正命奏陔、鄭注云、陔、陔夏、天子諸侯以鐘鼓、大夫士鼓而已、蓋大夫士無金奏、故奏陔止以鼓、其射奏騶虞、亦止用鼓可知矣、九夏爲樂章之大者、金奏亦樂之大者、故鐘鼓竝用、而以鐘爲主、謂之金奏、八音以金爲重也、騶虞以爲射節、鼓是節樂之器、故專取鼓以節歌、卽以節射、義無取於金、故不用鐘也、不用琴瑟者、凡燕飲歌詩、必比于琴瑟、取其和雅之音、以平人心也、歌騶虞第以爲射節、非燕飲之時、故不用琴瑟也、不升歌于堂上者、燕飲在堂、故必升歌于堂上、所以侑賓也、歌騶虞非如燕飲之侑賓、無取于升堂、且鼓在堂下、歌必就鼓、可使鼓者聽之審、而射節不差也、由是言之、騶虞之奏、與九夏之奏異、而與鹿鳴文王之歌亦不同矣、

召南之國十四篇四十章百七十七句

箋曰、召、地名也、今字加邑作邵、水經注、雍水東逕召亭南、故召公之采邑、京相璠曰、亭在周城南五十里、括地志、召亭在岐州岐山縣西南十里、周南亦有南國詩・如江漢汝墳、化由周達也、召南無周詩、專言化之及遠也、岐周久被成周之化、故詩多熙皡而平、桃夭芣苢之類是也、南國新變淫靡之風、故詩多湔洗而露、江漢死麕之類是也、魏源曰、二南各十一篇、而召南多其三、以知平王召伯之詩爲後附也、十一篇之詩、各相配應、以知關雎之三、當證以鵲巢之三、與毛詩先草蟲之故也、關雎至麟趾十一篇、皆房中之樂、兼有文王之義、不當如王肅專以芣苢上八篇爲房中也、何以言之、鵲巢可當關雎、采蘩可當葛覃、草蟲可當卷耳、采蘋可當芣苢、小星可當樛木、江汜可當螽斯、標梅可當桃夭、羔羊可當兔罝、死麕可當漢廣、殷其靁可當汝墳、騶虞可當麟趾、二南各十一篇、以備鄉樂房中之樂、故篇章相對、節奏相當、至甘棠則召公稱伯、在武王分陝之後、非文王詩

矣、召伯齊侯二篇、皆非文王世詩矣、儀禮合鄉樂、召南鵲巢采蘩采蘋、齊詩篇第同之、而毛詩獨先草蟲、夫毛於六笙詩逸篇、尚按儀禮樂章、列其篇次、豈於此獨不知而誤倒之、暨觀二南相應之故、而後知毛以采蘋與卷耳・不甚相倫、故特先草蟲、以證關雎之三也、鵲巢求夫人、卽關雎之求賢妃、尸鳩均平專一、猶關雎摯而有別也、之子卽淑女也、百兩御之、猶鐘鼓樂之、琴瑟友之也、知二詩相應、則可正后妃求淑女佐助之失矣、采蘩采蘋同爲勤儉、被以祀先、與歸寧同孝、夙夜在公、與告師同敬、二詩相應、草蟲卷耳同爲懷人之詩、可見二南相應矣、二南皆文王之世、而周南十一篇、其八序皆屬之后妃、召南首二序、亦以夫人爲說、故王肅以關雎至芣苢八篇、爲后妃房中之樂、其餘爲南國所采之風、然關雎在河之洲、卽非岐周、是漢廣汝墳至麟趾・皆房中之樂、豈得以序中偶有后妃無后妃・爲區別乎、或又謂、兎罝序爲后妃所致、羔羊序爲鵲巢之功致、豈兎罝之武夫、羔羊之大夫、皆化於后妃夫人、而不化於文王、麟趾公子、卽可云關雎之應、騶虞田官、何以爲鵲巢之應、曰二南房中之樂、后夫人侍御於君、女史歌之以節義序、亦后夫人所諷誦以事君、故詩皆主於婦德、義實推本刑于、不嫌其詠后妃而遺文王、至兎罝明美公侯、而兼言后妃所致者、蓋有愼固幽深之淑女、而後可爲君子之好仇、有肅肅敬獨之武夫、而後可爲公侯之好仇、大雅興文王作人之化、至於魚躍鳶飛、以明造端夫婦・而察乎天地、然則兎罝爲關雎之所致、不其然乎、漢廣汝墳以下、皆男女風化之詩、反不言后妃、序本無義例、斷不可以此爲樂章之區別、召南羔羊序而言鵲巢之功致、正與關雎冕冝·同一義例、騶虞爲鵲巢之應、其義亦同、毛傳后妃說樂君子之德、無不和諧、齊詩亦稱后夫人之德、故知樂章之義、以后妃貫二南、不嫌其遺文王矣、

毛詩卷第一

毛詩會箋

承安四年九月十九日朝間詰老眼加假名字反音等了毛鄭之說既以

分別好事之徒何不悅目乎　大外史清　判

文永十年閏十月十四日見合或古本了　大外史　判

嘉禎二年三月十八日授良尙了　大外史清原判

文永十年八月十三日於燈下授良枝了　大外清原　判

永仁元年十一月十五日於燈下授宗尙了　助教清原　判

正安二年七月廿五日重授宗尙了　判

嘉元三年九月六日晡時授賴元了　大外史　判

元亨四年六月九日晡時授良兼了　判

嘉曆二年九月廿四日授良氏了　判

毛詩會箋

曆應三年十月十九日授宗枝了　沙彌判

貞治二年八月廿日授良賢了　博士判

明德元年十一月三日授賴季了　判

永正十八年五月六日於月露寺亞相亭講尺了五ヶ度

從三位清原宣賢

毛詩卷第二

竹添光鴻會箋

毛詩國風

邶柏舟詁訓傳第三

箋曰、說文、邶故商邑、河內朝歌以北是矣、成王封康叔於紂之故都、更名稱衛國、而邶與鄘皆其下邑、衛卽朝歌、邶在朝歌北、鄘在朝歌東、所以邶鄘衛之詩皆衛詩也、衛本都河北、至懿公爲狄所滅、戴公東徙渡河、野處漕邑、文公又徙居于楚邱、朝歌故城在今衛輝府淇縣、隸河南、所謂殷墟、漕今滑縣、隸直隸大名府、嚴粲曰、關雎鵲巢爲三百篇綱領、風之正也、反乎此者變也、邶鄘衛皆衛風也、衛禍基於衽席、覃及宗社、居變風之首、二南之變也、魏源曰、衛風凡四十篇、較諸國獨繁重、故分其簡編、以代什數、左氏載季札觀樂、爲之歌邶鄘衛、曰美哉、吾聞衛康叔武公之德如是、是其衛風乎、三名一實、連而不分、視爲之歌魏・爲之歌唐・判然二國者殊例、是邶鄘衛之不可分、猶之曰殷商荆楚、故北宮文子引今邶風柏舟之語、以爲衛詩、毛於此二風題曰邶柏舟詁訓傳・鄘柏舟詁訓傳・衛淇奧詁訓傳、不過區別兩柏舟・使分冠邶鄘、又以武公叡聖媲美康叔、故因以淇奧冠衛詩、初非有義例、漢藝文志齊魯韓詩皆二十八卷、獨毛詩詁訓傳三十卷、是三家詩邶鄘衛同卷、而毛分爲三卷、故傳數多於三家也、自鄭氏詩譜云周初實建三國、其後衛世子孫雍并爲一、作者各有所傷、各從其國本而異之、於是燕說雲起、或謂夫子重殷墟・存亡國、則太師舊第胡爲已列其名、或謂詩殊地・地殊聲、則晉并虞虢、鄭并東虢、齊并紀萊、其詩曷不各別其聲、蓋康叔初封卽得邶鄘衞之地、故書傳及史世家・從無道邶鄘舊君何姓者・衞滅邶鄘何世者、乃孔疏申鄭謂、周制大國無過五百里、必不以殷畿千里盡封康叔、殊不知管蔡世家言周公誅武庚管蔡、分殷餘民爲二、以其一封微子啓於宋、以續殷祀、其一封康叔爲衞君、則是南亳穀熟北亳蒙城皆在宋地、而西亳偃師又爲觀兵孟津之所、三亳已不在三監內、康叔所得邶鄘衞、實未嘗方千里也、鄭譜以邶鄘衞就紂城三面分之、周制・王城外爲鄉遂之地、每面二百里、四面相距爲方四百里、正合侯封之制、今衞輝府東北有故邶城、湯縣東南則故鄘城、邶水庸水在其界內、與衞相去不遠、何謂康叔初封不得邶鄘乎、周書作雒解・武王克殷、乃立王子祿父、俾守商祀、建管叔于東、建蔡叔霍叔于殷、俾監殷臣、東與邶鄘・皆非國名也、三叔非邶鄘衞之君也、史記管蔡世家・武王封叔鮮于管、封叔度于蔡、二人相紂子武庚祿父、治殷遺民、則是管蔡本封之國皆在河南、而霍又在今山西霍州、并非邶鄘衞之君、漢志亦言、鄘管叔尹之、衞蔡叔尹之以監殷、謂之三監、是邶鄘衞皆武庚之地、故說文云邶鄘商邑、不言國名、而桑中之詩、以沬鄉配沬東沬北、則沬鄉卽沬邦、蓋朝歌本在沬邑、紂武庚康叔皆都於此、自都城而東謂之鄘、自都城而北謂之邶、自都城而南謂之衞、故周公臨衞攻殷、其實卽其附郭之地、故謂衞爲沬鄉、而不可謂沬南也、三監時非妹邦外別有鄘國邶國也、安井氏亦曰、班史及鄭譜以邶鄘衛爲三叔所監之地、是也、鄭云康叔子孫稍幷邶鄘・則恐未然、鄭意蓋謂分紂畿內方千里之地爲三監、盡以封康叔、過大非制、故云子孫幷二國、然柏舟作於頃公之時、頃公之時、周室始衰、然諸侯未有舉兵相滅者、則其說非也、班云盡以其地封弟康叔、是也、陳啓源意是班志、而疑其非制、謂殷自帝甲以後、國勢寖衰、大抵如東周之世、畿封之廣、必非武丁宅殷之舊、古人建國、原計戶口爲定、成王作雒、遷頑民於下都、又以殷民六族賜於伯禽、邶鄘二國・已成曠土、縱欲建諸侯、勢亦不能、因併以畀康叔耳、是大不然、周以文弱衰、殷以暴虐滅、牧野之戰、紂衆如林、特以失民心、一敗塗地耳、非衰周賴霸者以僅存之比也、成王作雒、遷頑民梗化者、其賜魯者、蓋亦其豪族耳、細戶良民則皆處舊土、未必曠其地而困其人也、至計戶口定封、則秦漢以後之事、古未聞有此制、可謂妄矣、李黼平則以邶鄘衛同詠淇、邶鄘同詠浚漕、而傳皆云衛邑、遂謂康叔得邶鄘之民、而不得其地、夫邶鄘者衛國、非別國、故季札聞歌邶鄘衛、曰此其衛風乎、傳云衛邑者、以明邶鄘爲衛邑、非以衛特得其人・而不得其地也、然則康叔初封・盡有紂畿內方千里之地乎、曰、是由讀書不精細・致此疑也、武王封武庚爲殷後、若復與以畿內千里之地、是二天子也、勢必不然、武庚之封、書不言其廣狹、今不可得而考、然亳湯都、春秋之時爲宋邑、是武王以紂畿內地封微子、理固宜然、定四年左傳衛叔鮀說魯始封曰、因商奄之民・命以伯禽、是魯西竟亦得紂畿內地、則宋魯之旁、郯莒滕薛之屬、皆殷畿也、武王封微子爲公、則武庚亦必封公、周法・公地方五百里、武庚所得・不此過也、後以封康叔、或削而損之、必不增之、何非制之有、然則邶鄘亦稱國者何也、曰、襄二十九年左傳載魯人爲季札歌風、曰歌邶鄘衞、曰歌齊、皆單擧國名不言國、大序及他古書亦只稱風、未有稱國風者、但齊鄭唐魏之屬、皆是國名、傳毛詩者、風上因題國字、於是遂有十五國風之稱、而不知邶鄘王豳之屬、不當言國、此乃漢以後之過、非詩經小題本然也、〇

邶蒲對反

柏舟。言仁而不遇也。 箋曰、關雎憂在進賢、故卷耳兎罝諸詩、皆求賢得人之作、至騶虞而官備矣、故二南以之終篇、邶不尊賢、變風始作、何必定以爲婦人之詩、乃與關雎鵲巢對乎、 **衞頃公之時。** 箋曰、題曰邶風、故稱衞、鄘風唐風皆同、頃公康叔八世孫、當厲王時、〇頃音傾、 **仁人不遇。小人在側。** 箋曰、邶鄘衞皆衞詩、鄘首柏舟、衞首淇奧、皆武公時詩、頃在武前、故邶遂以柏舟爲首、史記衞世家云、康叔卒、子康伯代立、康伯卒、子考伯立、考伯卒、子嗣伯立、嗣伯卒、子庢伯立、庢伯卒、子靖伯立、靖伯卒、子貞伯立、貞伯卒、子頃侯立、頃侯厚賂周夷王、夷王命衞爲侯、司馬貞曰、康誥稱命爾侯于東土、又云、孟侯朕其弟小子封、則康叔初封已爲侯也、比子康伯卽稱伯者、謂方伯之伯耳、非至子卽降爵爲伯也、故孔安國曰、孟・長也、五侯之長謂方伯、方伯州牧也、至頃侯德衰、不監諸侯、乃從本爵而稱侯、非是至子而削爵・及頃侯賂夷王而稱侯也、劉恕通鑑外紀辯世家云、頃公以厲王十三年立、不得與夷王同時、鄭譜以世家爲據、殆

未考其眞也、此詩朱子據列女傳、以爲婦人不得於夫而作、今觀列女傳所記、與衛事全不合、彼以此詩乃衛宣公夫人自誓所作、夫人齊侯女也、嫁於衛、至城門而衛君死、保母曰、可以還矣、女不聽、遂入持三年喪、喪畢弟立、請曰、衛小國也、不容二庖、夫人曰、惟夫婦同庖、不聽、衛君使人訴於齊兄弟、齊兄弟皆欲與君、使人告女、女終不聽、乃作此詩、夫衛自康叔迄君角、計三十七君、其稱宣公者、止莊公子晉耳、宣夫人始則夷姜、烝父妾也、繼則宣姜、奪子婦也、二姜之外、不聞別娶於齊、宣公卒後、但聞宣姜鶉鵲之醜、不聞更有守義之姜也、繼立者宣公子朔、非弟也、列女傳出劉向、而向上封事、論恭顯傾陷正人、則引是詩憂心悄悄慍于羣小、而繼之曰、小人成羣、亦足慍也、正與序合、輯列女傳時、以事有資勸戒、取節焉耳、朱子作孟子集註、仍用序說、朱子詩傳序成於淳熙四年、孟子集註序作於淳熙十六年、則是晚年定論仍從古序、夫古今善校書者、首推劉向、然所著說苑新序、於時代人地、每多失考、昭奚恤與葉公子西子反同時、晉文公與欒武子同時、晉平公與舅犯同時、晉靈公與荀息同時、介子推與孔子同時、楚共王與申侯同時、楚屈建與石乞同時、而樂王鮒亦與葉公同時、甚者以城濮之師、屬之楚平王、蓋由蹈襲他書事跡、而改其面目、故舛錯如此、不獨列女傳多所倚託、爲不足據矣、胡一桂據不能奮飛句、以爲婦人詩、不知婦人從一而終、豈可生欲自飛之念、若以爲莊姜詩、則莊姜係齊東宮之妹、安能自衛往訴、且婦人三從、卽往訴之、意欲何爲邪、序言仁而不遇、說一仁字、便是楚靈均一輩、而全詩悱惻沈痛、輾轉瀠洄、離騷九章信其苗裔也、朱子於詩不惟不喜刺字、亦甚不喜怨字、彼謂怨者婦人之態、故此種文辭、歸之婦人、其論此詩云、怨處須還他怨、亦爲婦人而有怨詞耳、龜井氏曰、朱子以是詩爲婦人之作、臆斷已、孔叢子載仲尼語曰、於柏舟見匹夫執志之不可易也、古序之與古書吻合有如此者、朱子若曰予以其辭氣柔順考之、人將曰飲酒敖遊・威儀棣棣・非婦人之言、朱子若曰予徵列女傳、人將曰又何不爲宣夫人之詩、而取諸臆、以予莊姜乎、朱子若曰予以下篇皆莊姜作・故知柏舟亦是其人也、人將曰綠衣以下、微古序何以知是莊姜作之乎、或取或舍、橫弄賞罰、其誰信之、且小序之所謂頃公者、朱子何以知非古人所傳乎、以序推之、古之詩爲民人社稷而作、所謂一國之事、繫諸君上之本、是也、道二、仁與不仁耳、仁則美之、不仁則刺之、故雖情性之變不壹、要其歸不外美刺也、所謂國史吟咏民之情性、以風刺上、是也、蓋不與後世詩人遊戲寄興同焉、夫讀古書者、宜据古文蔽之、雖不當不猶愈于用臆乎、古之作詩風刺上者、非下流訕上之謂、將爲君去其惑・而治其煩、使君明民風・察俗變者也、畜君何尤、畜君者好君也、故君之過大、其辭也厲、君之德暴、其辭也微、或直或隱、或迂或切、或乃從君之所好、以爲之辭、亦將納約自牖、誘之正而後止、人情之曲直委縷、無不極無不求、亦唯眷眷其君・而不能移心魏闕外者也、愈疏與不可磯之非臣子之道、孟子之辨明矣、朱子何所見而曰扼腕切齒嘻笑冷語者也乎、風刺之詞、歌之漠然若無所適、繹之啾然若有所來、不引而興、不觸而感、詩人體物之廣、待人之不急、又何輕躁險薄之有、朱子豈以刺爲疾視訕懟之義乎、刺者風刺也、主文譎諫、不如其然而然、如春風之吹華、諫之最美者、此風刺也、故

子曰、五諫唯度主而行之、我從其風諫矣、

汎彼柏舟。亦汎其流。 興也、汎汎流貌、柏木所以宜爲舟也、亦汎汎其流、不以濟度也、 **耿耿不寐。如有隱憂。** 耿耿猶儆儆也、隱痛也、 **微我無酒。以敖以遊。** 非我無酒、可以遨遊而忘憂也、○汎敷劒反、耿古幸反、敖五羔反、延文本・傳貌下有也字、木下有名字、

箋曰、比也、柏木爲舟曰柏舟、以柏舟之汎流水中、比已有濟世之才而不見用也、柏爾雅謂之椈、雜記所謂鬯臼以椈者是也、柏性堅緻、故古人破爲鬯臼、用以擣鬱、史記言松柏爲百木之長、其樹聳直、其皮薄、其肌膩、三月華、九月實、其花細瑣、其實成梂、狀如小鈴、霜後四裂、中有數子、大如麥粒、芬香可愛、莊子所謂秋柏之實也、臣之事君、與婦之事夫、皆以堅貞爲首、故邶詩仁人・鄘詩共姜・皆以柏舟自喩、而不爲夸也、詩中亦字、有上無所承・只作語詞者、如此詩亦汎其流、及有客詩亦白其馬之類・皆是、箋以亦字爲對衆物、以興仁人與羣小人竝列、失之、釋文云、汎流貌本或作汎汎流貌者、此從王肅注加、據此則傳本單作汎、汎卽汎汎也、用以足句則稱汎汎、無須足句則祗稱汎、此傳蓋因二子乘舟汎汎其景・采菽汎汎楊舟而衍耳、○耿耿不寐、耿廣雅訓明、楚辭遠遊夜耿耿而不寐兮、王逸章句引詩耿耿不寐云、耿一作炯、耿炯音義竝同、耿耿通作炯炯、猶褧衣通作炯也、廣雅炯炯光也、王逸九

思神光兮熲熲、竝字異而義同、無將大車不出于熲、卽此詩之耿耿也、淮南子說山訓・念慮者不得臥、高誘注引詩耿耿不寐證之、蓋人有所憂、則其心耿耿然、唯于憂之一路分明耳、其他固有所不及也、耿耿則自不能寐、今人之恩怨分明、亦曰耿耿在心、亦是此意、傳云耿耿猶儆儆者、此以今語通古語之例、蓋狀其戒懼之貌也、恐非經旨、如有隱憂者、左傳桓六年不以隱疾、杜注・隱痛疾患也、隱憂猶曰病患、言耿耿不寐、如疾痛在躬者也、朱傳其隱憂之深如此、是以隱憂爲痛恨之類也、則漏經文如有二字矣○微我無酒、傳釋微爲非、非本字、微假借字、曹孟德云、何以解憂、惟有杜康、卽此意、却以反語出之、筆極屈曲、意極含蓄、以敖以遊者、說文・敖出遊也、鹿鳴傳曰、敖游也、敖游連文同義、下以字爲語助足句、末二句似歇後語、佳而不佳、言外有有酒敖游亦不能解憂意、

我心匪鑒。不可以茹。 鑒所以察形也、茹度也、 **亦有兄弟。不可以據。** 據依也、 **薄言往愬。逢彼之怒。** 彼彼兄弟、○茹如預反、愬蘇路反、延文本・傳弟下有也字、

箋曰、首二句與下我心匪石文義正同、言鑒能照物、姸媸畢呈、但我心闇愚、非如鑒明、故不能度意觀色以容悅也、茹字詩凡四見、六月玁狁匪茹、臣工來咨來茹、鄭箋皆本此傳訓度、烝民柔則茹之、剛則吐之、疏云、茹者噉食之名、故取菜之入口名爲茹、禮稱茹毛、亦其事也、七月疏・茹者咀嚼之名、以爲

茶之別稱、故書傳謂茶爲茹、漢書食貨志上、茶茹有哇、注、茹所食之菜也、歐陽本義訓鑒爲納、謂鑒納影在內、不擇姸醜、我心不能兼容善惡、韓詩外傳云、莫能以己之皭皭容人之混汙、卽引此二語、故嚴緝取歐說、然茹字義·除烝民茹字與吐字儷文當訓爲咽下外·皆訓爲度是也、茹有咀嚼義、人於事必籌度之、欲得其是、猶人於蔬必咀嚼之、欲得其味也、故茹字亦借爲度字、猶之絜本爲緊絜字、後世亦借爲絜語字也、○不可以據、據猶倚賴、謂依爲以爲忘憂之地也、薄言往愬逢彼之怒二句、正申言不可據之意、愬告也、往愬兄弟以我憂、則反怒我曰、生斯世爲斯世、屈子亦云、女嬃之嬋媛兮、申申其詈予、蓋賢者不遇、不能隨世俯仰、庸人視以爲執拗、雖至親亦厭薄之、衰世之俗、古今皆然、

我心匪石。不可轉也。我心匪席。不可卷也。 石雖堅尚可轉、席雖平尚可卷、

威儀棣棣。不可選也。 君子望之儼然可畏、禮容俯仰各有威儀耳、棣棣富而閑習也、物有其容、不可數也、○棣徒帝反、數色主反、延文本·傳轉下卷下並有也字、卷子古本傳耳字作尒、

箋曰、也語詞、無意義、蓋取其聲而已、尚書周易無也字、可以見已、但如夫也不良、士也罔極之也則又別、轉謂移意而從之、卷謂屈志不敢抗、匪石不轉、匪席不卷、正自道其不能變節從俗也、此四句乃深一層語、不是尋常自反之言、其介石之守、勁草之心、見乎詞矣、○威儀棣棣、不可選也者、選簡擇也、

言威儀無一不善、不可有所選擇、而自貶以苟合也、方與上一例、此章受上章言、兄弟之怒我、欲俯仰從俗也、然我自度之矣、石可轉而我心匪石、則自守者不可易也、席可卷而我心匪席、則必行者不可屈也、欲自貶損、而威儀棣棣無可擇而改者、則終不能隳方以爲圓也、正義云、毛傳君子望之儼然可畏、解經之威也、禮容俯仰各有宜耳、解經之儀也、阮元曰、正義本傳文作宜、不知者改宜字作威儀、於是此傳既威儀二字分解、而威字乃互見儀字解中矣、毛氏以宜解儀之故訓・遂不可復見、失之甚者也、阮說得之、傳棣棣富而閑習也、閑亦習也、與閒義別、富謂富盛也、富盛則全備而無欠闕、閑習則從容而不生疎、賈誼容經曰、棣棣・富也、不可選・衆也、與毛義合、毛訓選爲數、說者因謂、選是算之假借、不知選亦可訓數、如左傳昭元年弗去懼選可證、不必改選爲算也、

憂心悄悄、慍于羣小。 慍怒也、悄悄憂皃、 **覯閔既多、受侮不少。** 閔病也、 **靜言思之、寤辟有摽。** 靜安也、辟拊心也、摽拊心貌、○悄七小反、覯古豆反、辟避亦反、摽符小反、延文本傳憂貌下有也字、卷子古本傳拊心貌貌字無、

箋曰、悄悄心側小也、羣小衆小人在君側者也、慍于羣小者、仁人慍此羣小也、荀子宥坐篇歷敍湯誅尹諧、文王誅潘止、周公誅管蔡云云、而終之曰、此

七子者、皆異世同心、不可不誅也、詩曰憂心悄悄、慍于羣小、小人成羣、斯足憂矣、劉向上封事云、小人成羣、亦足慍也、本此、慍于羣小一篇本意、至此方點出、馬瑞辰曰、傳慍怒也、怒當作怨、正義云、仁人憂心悄悄然、而怨此羣小人在於君側者也、又曰我受小人侵侮不少、故怨之也、皆以怨釋慍、是正義所據毛傳原作慍怨也之證、文選思玄賦舊注引詩注慍怨也、亦本毛傳、孟子趙注、慍于羣小、怨小人聚而非議賢者也、義與毛傳合、倉頡篇慍恨也、韓詩慍恚也、恨恚皆怨也、今釋文及正義本傳皆作怒、蓋怨字形近之譌、安井氏曰、論語子路慍見章、皇疏云心恨君子行道乃至如此困乏、故便慍色而見孔子也、是皇侃亦訓慍爲怨矣、人不知而不慍注慍怒也、亦當作怨也、不爾世豈有人不知而遽怒之者哉、作怨卽柳下惠遺佚而不怨之意、故曰不亦君子乎、若惟不怒、又何足稱君子哉、故知其爲怨誤也、○覯閔既多、受侮不少者、覯閔受侮・從慍字生出、既多不少・從群字生出、覯陸本作遘、自彼加我之辭、受從我受彼之辭、媒孽中傷・是謂覯閔、折辱姍笑・是謂受侮、且不止一朝一夕一言一事如此、此豈情所能堪、○靜言思之者、言語詞、寤辟有摽者、問喪辟踊哭泣、注・辟拊心也、書益稷擊石拊石・蔡傳重擊曰擊、輕擊曰拊、問喪又曰、婦人不宜袒、故發胸擊心・爵踊、案擊心亦拊、爵踊亦踊也、但視男子爲輕耳、檀弓・辟踊哀之至也、又男踊女辟、是哀痛之至、又戚斯歎、歎斯辟、辟斯踊矣、據此則子游與有子亦泛論人情、原未嘗定爲男踊女辟也、寤辟者謂寤覺之時拊心也、覺而言爲寤言、則覺而辟得爲寤辟矣、說文廣雅竝曰、摽擊也、拊心而手摽然也、摽與辟分淺深次第、寤辟第拊心自傷、至於有

所摽擊、則恨極而捶胸矣、寤辟有摽、寫憂極慘切、妙在靜言思之以閒恬出之、意思便蘊藉、

日居月諸。胡迭而微。心之憂矣。如匪澣衣。如衣之不澣矣、**靜言思之。不能奮飛。**不能如鳥奮翼而飛去也、○迭待結反、

箋曰、比也、日爲君象、侯國之君亦取譬於日者、以凡爲君者・首重陽明之德、春秋日有食之、伐鼓于朝、亦侯國之禮也、居諸者語助也、檀弓曰何居、注云、居語助也、左傳不祀忽諸、服虔曰、諸辭、是居諸皆不成義也、說文・迭更代也、微者猶十月之交・彼月而微・此日而微、鄭箋云、微謂不明也、卽謂日月之食、君暗則無以察其臣、而臣亦暗、臣暗則無以輔其君、而君愈暗、是君臣更迭而暗、如日月之更迭而微也、古者以日食爲陰侵陽、月食爲陰失明、故詩以不明喩君臣之失道、○如匪澣衣者、言胸中煩憒塵雜、殆如衣之垢汚不澣、石虎所謂何不以純灰三石洗我腸、卽此意、憂字千端萬緖、眞難形容、此四字刻畫沈憂之狀、最爲工妙、匪不也、凡全詩中匪字、或爲非、或爲不、古匪非通用、故匪謂之非、非又謂之不、匪亦謂之不、○不能奮飛、奮飛借鳥爲喩、故傳言鳥、鳥能擇木、故取譬焉、夫國事既如是、則可以去矣、顧以心憂君國、雖時不可爲、而終欲委曲以圖濟、不能恝然而奮飛、非不能也、不爲也、所謂仁也、誦靜言思之句、則知激亢快憤之非中正矣、誦不能奮飛句、則知高踏潔巳之非忠厚矣、朱子語類曰、靜言思之不能奮飛、其詞意忠厚惻怛、怨而不

過如此、臣之不得於君、子之不得於父、弟之不得於兄、朋友之不相信、皆當以此爲法、如屈原不忍其憤・懷沙赴水、此賢者之過也、賈誼云、歷九州而相其君兮、何必懷此都也、又失之遠矣、此朱子示人以敎倫之道・用情之則、雖就婦於夫言、然所擧屈原賈誼仍是君臣一倫、亦以其道本相通耳、

柏舟五章章六句

箋曰、此詩首章統言仁而不遇之情境、二章言孤立而無所依、三章言不枉己而從人、四章極言小人之阨、卒章憂君之不明、以表己純忠眷眷之誠、騷愁滿紙、語語平心厚道、卻自悽婉欲絕、一部離騷之旨、都括其內、夫君之不明、非必闇且弱也、往往聰明之主、一念嗜好有所不謹、爲小人所迎合、遂不覺而用之、小人既用、迎合愈巧、而君子猶不轉而不卷、是以君心愈疏、而小人日思所以病侮之、而國遂不可爲矣、

綠衣。衞莊姜傷己也。箋曰、此邶風也、夫人猶君、故莊姜冒衞、與鄘風稱衞文公・唐風稱晉僖公一例、婦人無外事、故曰傷己、柏舟之自誓、載馳之自傷皆同、**妾上僭。夫人失位。而作是詩也。**

箋曰、左傳衞莊公娶于齊、東宮得臣之妹、曰莊姜、美而無子、公子州吁嬖人之子也、有寵而好兵、妾上僭者、謂州吁之母嬖而上僭也、考左傳・衞莊公無廢嫡之事、故以戴嬀之子爲莊姜子、州吁只有寵而好兵、未嘗立爲世子也、故莊公薨、而莊姜之子立爲君、所謂失位・與上僭對言、謂爲莊公不以夫人

見禮耳、莊公名揚、武公子、頃侯曾孫也、武公淇澳見於風、抑戒賓筵垂於雅、其競競於持身者深矣、而莊公首違其教、溺於衽席、釀爲禍胎、衞之不亡幸矣、○僭賤念反、

綠兮衣兮。綠衣黃裏。 興也、綠閒色、黃正色、 **心之憂矣。曷維其已。**

憂雖欲自止、何時能止也、○閒閒厠之閒、延文本・傳正色下有也字、

箋曰、比也、綠爲閒色、以喻妾、黃爲正色、以喻妻、綠衣黃裏、綠衣黃裳、皆以比賤妾蒙寵而顯、夫人反見疏而微焉、青勝黃爲綠、青黃赤白黑正色也、綠紅碧紫騂黃閒色也、詳豳風七月篇、正色純也、閒色雜也、如是而已、不當作方位生克解、綠兮衣兮言綠衣也、以喚起下綠衣、謂以閒色爲衣也、昭二十五年左傳曰鸜之鵒之、此鳥以兩字爲名、但謠辭四字爲句、故分言之以足句、綠衣曰綠兮衣兮、亦此例也、裏謂裌袍之裏也、非中衣、○心之憂矣曷維其已、傳以何時釋曷、以止釋已、維其句中語助、莊姜之心、豈但憂一身哉、爲君憂、爲君之子憂、爲國家後日憂、其憂何時能止、只是含蓄不露爾、

綠兮衣兮。綠衣黃裳。 上曰衣、下曰裳、 **心之憂矣。曷維其亡。**

箋曰、比也、首章以表裏喻顯晦失宜、次章以上下喻尊卑失序、兩義無淺深、變文諧韵而已、安井氏曰、婦人之服、不殊衣裳、毛不言者、此篇特以表裏上

下喻嫡妾易位、不始以爲婦人之服也、○曷維其亡、亡之言忘也、凡人憂在外者可忘、惟憂在內者不可忘、古人云、憂從中來、不可斷絕、卽此意也、如此事安得不憂、如此憂安得有忘、憂而可忘者、非眞憂也、莊姜之憂、不止一身、然就一身言之、已非常情所能堪矣、

綠兮絲兮。女所治兮。綠末也、絲本也、**我思古人。俾無訧兮。**俾使、訧過也、○訧音尤、延文本·傳使下有也字、

箋曰、比也、絲字從綠追進一層、凡欲製衣、必先染絲、月令·季夏命婦官染采、是治絲者女紅也、釋文引崔靈恩云、女毛如字、毛蓋謂絲爲女子之所治、傳云、綠末也絲本也、蓋言染爲綠色者、原其本則素絲也、素絲由於所染、染之蒼則蒼、染之黃則黃、今以絲而爲閒色之綠、將歸過於女手之所治、上僭夫人者、原其本則賤妾也、今以妾而開上僭之端、亦當歸過於人君之所致也、鄭讀女爲汝、專以上僭責妾、似非探本之論、朱傳女指君子、則是莊公治絲矣、殊失經旨、況此詩四章上二句同是比體、此章第二句不應直斥莊公、○我思古人、俾無訧兮、釋文訧本或作尤、載馳釋文尤本亦作訧、是尤訧古通用、蓋莊姜此時不復咎人、但求所以自處耳、自處之方、惟求無訧而已、古之人必有以處此者、以古人所以處此者自處、則無訧之道也、舊說謂、思古之制禮者·尊卑有序、使妻妾貴賤各得其分、然此仍是莊公反照、言外責莊公不能然、朱子改作古人有善處此者、以自勵使不至于有過、

如此解意味較深長、蓋失意之人、不求他好、但求立身無過之地、以免于罪而已、以古人自勉、全在思字得力、夫詩可以怨、非一于怨、亦非一于不怨、蓋自有處怨之道、我思古人、處怨之道也、俾無訧兮、眞學道人語、愈謙和篤厚、

絺兮綌兮。淒其以風。淒・寒風也、**我思古人。實獲我心。**古之君子、實得我之心也、

箋曰、比也、葛覃傳葛所以爲絺綌、精曰絺、麤曰綌、漢書王褒傳不憂至寒之淒愴、注・淒愴寒冷也、淒是寒意、依經言風故傳云淒寒風也、其語辭、絺兮綌兮二句對上章言、上以喻君子嬖妾使上僭、此以喻君子薄己使失位也、鄭云、絺綌所以當暑、今以待寒、喻其失所、是也、朱傳過時見棄、嚴氏申以猶班婕妤秋扇捐篋之意、雖摹情近似、然斤斤以色之盛衰爲較量、覺於莊姜氣象不稱、〇我思古人實獲我心者、言我意定於此、而考諸古人、確與我相合、恰似我先有此意而古人得之、有欣然會意之狀、孟子曰、易牙先獲我口之所嗜者、語意正與此詩同、篇終及此、所以自盡、非有冀于其夫而有憾于嬖妾也、折中曰、天下無不可處之境、亦無不可化之人、雖不可化、不可以爲難化・而遂置之也、是故人倫之變、知其不可柰何而安之、此易爲也、即激烈而以身殉、亦無益也、必思積誠以化之、積誠以化、別無他術、親愛之而已矣、性情通則心移、恩義篤則神洽、故化也、舜之於瞽瞍、文王之於紂、莊姜之於莊

公、皆
是也、

綠衣四章章四句

箋曰、鄭箋云、綠當爲褖、釋文綠毛如字、鄭改作褖、吐亂反、王應麟曰、鄭學長於禮、以禮訓詩、是按迹而議性情也、胡承珙曰、篇名綠衣、從毛爲是、此與內司服綠誤爲褖者不同、疏曲附箋義、以褖衣爲六服之下、詩宜因其所有之服而言、不宜舉實無之綠衣以爲喩、夫詩人託興之辭何所不可、如必謂宜舉所有之物、則箋云鞠衣以下衆妾以次服之、是黃與黑皆媵妾所得服、安見褖衣以喩妾、而黃又以喩嫡乎、安井氏曰、內司服所掌王后之正服也、綠字或容作褖、論語曰、紅紫不以爲褻服、則正服之外、又有褻服、此綠衣蓋謂褻服耳、且綠與黃對、以喩貴賤易位、故毛傳首章云、綠閒色黃正色、義不可易耳、鄭說拘甚、

燕燕。衛莊姜送歸妾也。 箋曰、妾戴嬀也、戴諡、嬀陳姓、莊姜無子、以厲嬀娣戴嬀生子完爲己子、是謂桓公、桓公立在春秋前、在位十四年、魯隱公四年州吁弑之、完弑而戴嬀歸陳、莊姜送之而作是詩、詩所陳皆訣別之後・述其送之之事也、序不稱戴嬀而稱妾者、正名也、莊姜爲適夫人、戴嬀雖子貴猶稱妾、以見州吁之母身爲賤妾・而上僭夫人、逆禮甚矣、詩之義春秋之義也、

燕燕于飛。差池其羽。燕燕鳦也、燕之于飛、必差池其羽、**之子于歸。遠送于野。**之子去者也、歸歸宗也、遠送過禮、于於也、郊外曰野、**瞻望弗及。泣涕如雨。**瞻視也、○差楚佳反、鳦音壹、延文本・傳禮下有也字、郊外曰野、卷子古本作野郊外也、

箋曰、比也、以燕之于飛、興戴嬀將歸、燕一曰玄鳥、取其色也、燕以春至、捼泥而就人家、子母相哺、呴呴相樂、若將終身焉、至秋日風寒、則委巢以去矣、戴嬀之歸有似之、完之見弑、在魯隱四年春、九月衛人殺州吁于濮、此詩之作、則在君完被弑後・州吁未殺先、當春夏之間、故見燕起喩、鄭箋言興、而傳不言興、蓋斯正義引鄭志答張逸云、若此無人事、實興也、文義自解、故不言之、凡說不解者耳、衆篇皆然、凡實興而傳不言興者放此、爾雅釋鳥云、巂周燕、燕鳦、孫炎曰、別三名、舍人云、巂周名燕、燕又名鳦、皆以巂周燕連讀、說文・巂周燕也、从隹屮、象其冠也、冏聲、一曰、蜀王望帝婬其相妻、慙亡去、爲子巂鳥、故蜀人聞子巂鳴、皆起曰、是望帝也、子巂卽子規、說文以巂周爲燕別名、此古義也、文選七命鷰髀猩脣、注引呂氏春秋曰、肉之美者巂燕之髀、此燕名巂周之證、說文云一曰者、乃別一義、巂周與子巂異物同名、爾雅不言子巂、郭景純誤讀說文、以巂周爲子巂耳、詩言燕燕者、重言之也、猶鵖鴔鵖鴔・黃鳥黃鳥、疊呼成義之例也、毛亦明以燕燕爲一燕、非謂兩燕、特依經文連讀作訓云燕燕鳦、猶罩罩籗・汕汕樔、重字連文之例也、呂氏春秋音初篇、有娀

氏有二佚女、爲之九成之臺、飲食必以鼓、帝令燕往視之、鳴若隘隘、二女愛而爭搏之、覆以玉筐、少選發而視之、燕遺二卵北飛、遂不反、二女作歌一終、曰燕燕往飛、實始作爲北音、此文既云令燕往視、燕遺二卵、皆單言燕、而歌又曰燕燕、漢書五行志童謠・燕燕尾涎涎、下又云、王孫死、燕啄矢、足見其爲一燕矣、或謂燕燕爲兩鳥、以童謠所云燕燕・謂趙飛燕姊娣同時入宮、不知諸固專以飛燕而言、乃指其名也、又或以此詩燕燕爲喩行者與送者、不知傳所謂飛而上・飛而下者、皆狀一燕之言、鄭箋於差池頡頏下上・皆言興戴嬀者是也、試觀雄雉亦言下上其音、又豈得爲兩雉邪、○差池其羽、傳云、燕之于飛、必差池其羽、是傳意本指一燕、而言差池者、卽說文說燕之形、布翅枝尾是也、燕飛尾岐、而其翼翮長而本短、故鄭云謂張舒其尾翼、卽差池不齊之義也、差池二字疊韵、義與參差同、皆不齊之皃、左氏襄二十二年傳云、譬諸草木、吾臭味也、而何敢差池、杜注差池不齊一、是也、○之子于歸、之子指戴嬀也、自母家之夫家曰歸、桃夭之子于歸、謂嫁也、自夫家之母家亦曰歸、葛覃言告言歸、謂歸寧也、傳釋歸爲歸宗者、草蟲傳婦人雖適人有歸宗之義、黃鳥傳婦人有歸宗之義、與此言歸宗者凡三、左氏傳所謂大歸也、大歸者不反之辭、以歸寧者有時而反、此卽歸不復來、故謂之大歸也、○遠送于野、鄭云、婦人之禮、送迎不出門、今我送是子、乃至於野者、舒已憤・盡已情、得此注方見遠送于野・爲婦人之變禮、國當大變、莊姜自有深心、固難以尋常送迎律之、○泣涕如雨、泣亦淚也、孟子垂涕泣而道之可見、與下章佇立以泣之泣不同、涕亦泣也、玉篇目汁出曰涕、

燕燕于飛。頡之頏之。飛而上曰頡、飛而下曰頏、**之子于歸。遠于將之。**將行也、**瞻望弗及。佇立以泣。**佇立久立也、○頡戸結反、頏戸郎反、

箋曰、比也、頡之頏之、既去而目送之也、段玉裁云、傳上下互譌、當作飛而下曰頡、飛而上曰頏、頡之言抑、抑降也下也、故爲下飛、頏之言亢、亢高也擧也、故爲上飛、安井氏曰、說文頡直項也、飛而上則項直向天、頏同吭、飛而下則吭掠地、傳文不誤、吳樹聲曰、頡爲直項、與下頏字同爲叚借字、頏古文作亢、漢書劉敬傳不搤其亢、注亢喉嚨也、又陳餘傳注、亢者總謂頸耳、頏爲亢之或體、茲謂飛而下曰頏者叚借字、亦叚借亢、漢書揚雄傳下、以頡亢而取世資、注・頡亢上下不定也、亦別作䑮、楊雄傳上、魚頡而鳥䑮、注・頡䑮上下也、○遠于將之、鵲巢傳云、將送也、此傳訓將爲行者、行與送義相成、凡送秉行而言、故公羊文十五年傳・筍將而來也、蓋言箯輿行而送來也、又凡將事將命、亦言銜命受事・行而傳送之也、故詩敬之正義引孫炎曰、將行之送也、安井氏曰、毛必訓行者、以上下有送、此章言與之共行、以明其送之遠也、將之與頡之頏之之之同、特以爲句耳、○佇立以泣、佇者宁之叚音也、文選遊天臺山賦注、宁猶積也、佇與宁同、是佇爲貯積、義爲久也、漢書敘傳云、佇盤桓而且俟、張晏注・佇久也、又通作竚、楚辭大司命之延竚作立旁竚、離騷之延佇作人旁佇、而注俱訓立、非也、佇訓久不訓立、毛傳甚明、

燕燕于飛。下上其音。飛而上曰上音、飛而下曰下音、之子于歸。遠送于南。陳在衛南也、瞻望弗及。實勞我心。實是也、

箋曰、比也、下上其音、與差池其羽、語意相肖、謂其音或在下或在上耳、頡之頏之、飛之一上一下也、下上其音、嗚之一上一下也、燕之去始見其羽差池、既而見其形頡頏、至其音蓋目力不及、以耳追之、如聞遺音、是其序也、○遠送于南、三聯遠字、以著非常之別也、南南郊也、戴嬀歸于陳、故傳以陳在衛南釋之、衛今之淇縣、陳今之陳州府、衛至陳五百里而遙也、○實勞我心、實字有味、此中無限委託冀其成、又恐其無成、實勞我心祇可默會耳、泣涕如雨、初別時也、佇立以泣、已別而久立以泣也、實勞我心、既去而思之不忘也、釋文・實是也、本亦作寔、毛訓是者、讀作寔字也、今不從、趙佑曰、古韻侵覃通、故音南心爲韻、此例非一、釋文南如字、沈云協句、宜乃林反、蓋後世叶音之濫觴也、然陸氏則謂、古人韻緩、不煩改字、愚謂亦不盡韻緩、只是古人方言原有如此者、不消强叶、卽如綠衣末章、風與心韻、而今山西人語・風字猶作芬音也、

仲氏任只。其心塞淵。仲戴嬀字也、任大、塞瘞、淵深也、終溫且惠。淑愼其身。惠順也、先君之思。以勗寡人。勗勉也、○任入林反、沈云鄭而鴆反、勗許玉反、瘞於例反、延文

本・傳大下有也字、

箋曰、戴嬀其行仲也、故曰仲氏、禮記男女異長、注云、各自爲伯季、故婦人稱仲氏也、傳以仲爲字者、女子以伯仲爲字、十五笄而字、則十五以後稱伯仲、異乎男子之五十以伯仲也、毛訓任爲大者、爾雅釋詁壬大也、注・壬猶任也、禮記月令其日壬癸、注・壬之言任也、任壬古字通、鄭云、任者以恩相親信也、鄭說爲優、地官大司徒六行孝友睦婣任恤、注、任信於友道也、可知莊姜亦嘗被其輔助不少也、只語辭、其心塞淵者、忠誠充實・塞也、遠慮深潛・淵也、傳塞瘞、釋文瘞崔集注本作實、正義云、定本作瘞、俗本作實、其中傳義云、其心誠實而深遠也、是正義依俗本作實、今作瘞者、非其舊也、定之方中箋云、塞充實也、此詩無箋、葢鄭所見毛傳原作塞實、實爲塞之本訓、定本作瘞非也、溫惠淑愼、皆女子婉娩聽從之行、而先以其心塞淵者、沈潛篤實、德業之成、恒必由之、故文公之中興也、亦曰秉心塞淵、末章將戴嬀平日好處・略述一遍、當此愁城苦海中、安得有如此好人・與共晨暮、追憶生平一言一動、宛然如昨、愈不禁慘絕矣、○終溫且惠、淑愼其身者、終竟也、溫和也、淑善也、終溫且惠、謂自始至終・歷久不渝也、塞淵二者既爲其本、而溫和惠順又終竟如此、而無作輟焉、淑又婦人之美德、而愼則持身之謹也、有是衆德、而又謹於持身、其賢可知矣、○以勗寡人者、書牧誓勗字・史記多以訓詁代之作勉字、此勗勉義通之證、寡之爲言特也、適之爲言正也、主也、寡謂之特、特謂之匹、適謂之妃、妃謂之匹、義竝通也、莊姜適夫人、故得自稱寡人、詳大雅思齊篇、先君之思、戴嬀之思先君也、以朂寡人也、末二句又擧他別時肝腸言語・共相勉勵之一端、以見他好處、彼何時也、而猶惓惓先君、語至此令人愈腸斷矣、厥後石碏與陳謀、因殺州吁于濮、由此觀之、戴嬀大歸、正後日石碏用陳侯討賊之因也、然則莊姜之遠送于野、其故亦可想矣、州吁阻兵安忍、使戴嬀中懷不平、稍涉淺露、則以子及母、必無噍類、唯沈實淵深、聲色不動、外託陳人、內保石碏、然後翦除凶逆、所謂其心塞淵也、大抵當大難臨大事、皆必有深沈之量、而後可以有濟、大司徒爲更始所害、光武惟深引過、又不驟爲縗服喪、飲食言笑如平時、亦塞淵之意也、韡村先生曰、作燕燕之篇者、其知道也夫、莊姜之不見荅、州吁之暴、桓公之死、戴嬀之去、皆莊公無恩之所致、戴嬀與莊姜、豈是先君之思之人哉、而猶以此相勉、余於是乎知夫婦之倫定、而君臣之倫亦定矣、夫夫者婦之天也、君者臣之天也、天可怨乎、顏眞卿陷于李希烈、南鄉再拜曰臣事畢、然後死、岳飛一日賜十二金牌、飛謹班師、夫陷眞卿者盧杞也、聽于盧杞者德宗也、殺飛者秦檜也、聽于秦檜者高宗也、而眞卿之目無聽杞之德宗、飛之目無聽檜之高宗、謀殺舜者象也、鬱陶思舜者亦象也、當是之時、舜唯見有思舜之象、而不見有殺舜之象、不見殺舜之象、而後無聽杞與檜之君、無聽杞與檜之君、而後姜嬀之於先君、不得不思也、天下嘗有不思焉、故嗾之獒則行弒、靳以囚則行弒、一臠之羹不及則行弒、持是非曲直、以與所天抗、不然則計較其厚薄、以輕重其報、無少愧於燕燕之婦人耶、夫彝倫者・立之由我、故先君之思、而夫婦君臣之倫・立於我矣、母氏聖善我無令人、而父子之倫立於我矣、式相好矣

無相猶矣、而兄弟之倫・立於我矣、壹者之來俾我祇矣、而朋友之倫・立於我矣、詩之定大倫也如此、

燕燕四章章六句

日月。衛莊姜傷己也。箋曰、感於昔日而自傷也、遭州吁之難。箋曰、謂殺桓公而自立、傷己不見荅於先君。以至困窮之詩也。箋曰、莊公之時、莊姜雖失寵、身猶爲君夫人、雖無子以戴嬀之子爲子、猶大子之母、桓公弑而後莊姜不可期其卒何如序所謂困窮是也、〇之詩二字、卷子古本無、

日居月諸。照臨下土。日乎月乎、照臨之也、乃如之人兮。逝不古處。逝逮、古故也、胡能有定。寧不我顧。胡何、定止也、〇延文本・傳何下有也字、

箋曰、鄭云、日月喻國君與夫人也、當同德齊意以治國者常道也、安井氏曰、莊公賢夫人、恐不當自比日月矣、傳云照臨之也、之指下土莊公不古處之事、則以爲賦矣、言日乎月乎、明無不照、乃亦能照臨下土有如是事、蓋訴之也、居諸見柏舟篇、〇乃如之人兮、如之人猶曰若人、君子偕老蝃蝀亦出、此謂

莊公也、滿腔不足莊公處、千言萬語說不盡、又說不出、括之一語曰乃如之人兮、非鄙之、實痛之也、○逝不古處、逝當从朱傳訓爲發語詞、碩鼠詩逝將去女、桑柔詩逝不以濯、逝皆語詞、毛訓逮者、逮與肆通、廣雅、肆遾也、卽爾雅釋言遾逮也之義也、有杕之杜詩噬肯適我、傳噬逮也、韓詩作逝、是逝噬遾古竝通用、肆亦語辭、時邁詩肆于時夏、昊天有成命詩肆其靖之、皆語詞也、不古處者、不以古禮自處也、又不以古禮處己也、易傳曰、女正位乎內、男正位乎外、男女正、天地之大義也、晏子曰、夫和而義、妻柔而正、孔子荅哀公之問曰、昔三代明王之政、必敬其妻也有道、妻也者親之主也、敢不敬與、此所謂古處也、毛訓古爲故者、古者故之省借、凡以故舊相處謂之故、故處與二章相好同義、○胡能有定者、所謂以至困窮也、說文、定安也、安與傳訓爲止同義、胡能乃深冀其然而未敢必之詞、寧不我顧者、寧乃一聲之轉、乃古音讀仍、寧猶乃也、故詩中寧字、鄭箋皆訓爲曾、曾亦乃也、孟子爾何曾比予於管仲、趙注何曾猶何乃也、是其證矣、此詩寧不我顧、猶云乃不我顧也、寧不我報、猶云乃不我報也、言君既不古處、賤妾跋扈、積威之漸以至今日、我何以能安處乎、君何故乃不顧我、而使至斯極乎、號泣于先君也、安井氏曰、言莊公曾不顧念我身、人皆輕我、我何能有禁止州吁之難哉、原其所以至于困窮也、毛意恐當如此、

日居月諸。下土是冒。冒覆也、 **乃如之人兮。逝不相好。**

不及我以相好也、**胡能有定。寧不我報。**盡婦道而不得報、○延文本・傳報下有也字、

箋曰、冒以日月無私照言之、鄭箋・覆猶照臨也、○逝不相好、言私於嬖妾・不與我好也、○寧不我報、不報卽不荅也、言君何爲不我荅邪、怨昔日之不遇・以致今之患也、莊姜之惡州吁久矣、果爲大逆而不能正、其禍不在今日而在昔日、故呼先君以怨困窮也、其唯怨困窮、故每章淫液之也、

日居月諸。出自東方。日始月盛、皆出東方、**乃如之人兮。德音無良。**音聲、良善也、**胡能有定。俾也可忘。**○延文本、傳聲下有也字、

箋曰、安井氏曰、日沒於西、則暗無所見、月缺則明有所不照、故經言出自東方、而傳釋之云日始月盛、鄭誤會此傳、故以爲興耳、○德音無良、言不借其恩意也、有德必有音、故有是熟語、此猶德音無違・與爾同死、皆婦人言其夫待己之意耳、無良猶之子無良・二三其德、傳但以音爲聲、不更詁德字、說者因謂、德音言語也、非必有德之音、如豳風德音不瑕、此詩德音而曰無良、所謂德有凶有吉也故爲聲音言語、或謂、德音猶恩言也、古言德音・有稱恩澤之令者、有貴其位而稱之者、此莊姜稱其夫之言、故曰德音耳、俱未得詩義、朱傳云、德音美其詞、無良醜其實、殊屬强解、○俾也可忘者、也語詞、與匪直也人之也同例、言何時能定、而使我可忘其憂也、自苦於不能忘之意、失意之人、如有一物窒碍在懷抱間、不能釋然、及其得意則忘之矣、綠衣心

之憂矣、曷維其亡、箋云、
亡之言忘也、意儘似、

日居月諸。東方自出。父兮母兮。畜我不卒。胡能有定。
報我不述。 述循也、○畜許六反、

箋曰、東方自出者倒語也、意如前章、雖下無應、依例置章首、儘如東山之例、父兮母兮畜我不卒者、三號泣于先君、遂號泣于父母也、畜養也、卒終也、至此忽呼父母、最爲淒苦、畜我不卒猶俗云養不到老悞我一生耳、怨得極無理、卻有至情、所謂疾痛慘怛未嘗不呼父母也、中井氏曰、今人不論貴賤、生女有姿貌才藝絕倫者、父母愛之、必異於他子、及議婚必高擇配、或嫌門地低、或憾財不饒、或厭家法之儉、或憎小姑之多、細評壻之身材、而不遑乎議其德、毫無恐壻不愛我女之慮、惟懼壻不中乎女之意、如是者往往卒落得高門多財之狂童、以悞女之一生矣、是詩雖非實怨父母者、而疾痛之極・如是者一一上于心頭也、則詩之眞情而足動人者、○報我不述、鄭以不循禮・足成毛義、上言不報、此言報我、蓋報以無禮、甚于不報也、禮卽所謂古處也、不循禮正石碏所謂去六順效六逆以速禍也、釋文・述本亦作術、文選廣絕交論注、引韓詩正作術、辟君曰、術法也、儀禮士喪禮・筮人許諾、不述命、注云、古文述皆作術、蓋述術皆從朮聲、故古通用、則毛鄭以循禮爲述、正與辟君訓法相合、又說文行部、術邑中道也、道德之道・與道路之道、本無異義、故樂

記不接心術、大傳服術有六、鄭注竝曰術
猶道也、然則不術猶不道、義亦與傳箋合、

日月四章章六句

箋曰、綠衣方妾上僭之時、故獨反己以自責而已、至日月之作、則在州吁弑嫡之後、於是始推原其致禍之本、以爲由己不見答於先君之所致・亦
猶孟子所謂過大而不怨・是愈疏
也、故綠衣之辭舒、日月之辭蹙、

終風。衞莊姜傷己也。遭州吁之暴。

箋曰、既立而暴慢也、
衞定姜疾獻公曰暴
妾使
余、

見侮慢而不能正也。

箋曰、辨說云、詳味此詩、有夫婦之
情、無母子之意、夫以風霾暴雷比
其君子、謂之賢媛婉娩口氣可乎、若序說則以風雷比簒弑之賊、文協義正、況州吁之暴、事見經傳、莊公之爲人狂蕩暴疾、則未有確證、且惠然肯來、謂子之來朝其母則可、若夫人之於君、以禮見則展衣而朝、進御當夕、則適君寢、鳴玉告去、未聞坐致君之來也、如謂宮車亦有時臨幸、守禮如莊姜、肯以爲分誼應爾、而曰惠然乎、若然、此詩直不過長門一賦耳、惟因州吁之狂暴、而思念憂傷皆關宗社、晉褚太后批桓溫廢立詔曰、未亡人不幸罹此百憂、感念存歿、心焉如割、與此詩意正同、陳啓源曰、說終風詩者謂、莊姜不忘州吁、見侮慢則悼之、莫往來則思之、甚至憂而不寐、望其思我、母子之情卷卷

不已、所以爲溫柔敦厚也、此言非是、州吁弑君簒國、阻兵安忍、是衞之賊也、衞人未嘗以之爲君、莊姜安得以之爲子、況其謔浪笑敖、侮慢其嫡母、彼不以母道事莊姜、莊姜安得以子道畜之、母子之情絕久矣、何自致其卷卷乎、故凡經文言悼言思言願、皆莊姜傷己也、聲其弑逆之罪而誅之、非婦人所能及已、故受其侮笑、悼之已耳、至莫往莫來、若可幸矣、然豈能解於思乎、此首章次章之意也、下章又言其憂悼之情、至不能寐、且念不得伸・如行而躓、心之痛切・如割而傷、皆承上章言也、然則莊姜所憤者亂賊之橫行、所悲者宗社之多禍而已、安得反結歡於簒弑之人、欲與敍母子之情哉、

終風且暴。顧我則笑。興也、終日風爲終風、暴・疾也、笑・侮之也、**謔浪笑敖。**言戲謔不敬、**中心是悼。**○延文本・傳敬下有也字、

箋曰、比也、以終風比州吁之暴態、一章甚於一章、至卒章又言雷、鄭申毛以終風爲無休止、得之、王引之謂、終猶既也、言既風且暴也、然云既風且暴則不辭矣、且終與既義究有別、王說不可從、傳終日、對下章不日言之、終日風本非風名、故爾雅無釋耳、夫晴和者天之常也、終日風則非常矣、終日風而且暴疾、愈非常矣、必如是講、且字方疊得起、所謂加倍寫法也、與燕燕終溫且惠・北門終窶且貧、句法亦可通、顧我則笑者、言過而不禮・顧而笑也、此非朝莊姜時、顧字可玩、○謔浪笑敖、爾雅釋詁謂謔浪笑敖四者皆爲戲謔、謔則近戲、浪則放浪、笑則不端、敖則不敬、極形容其侮慢之態、邢疏引舍人云、

浪意閬也、閬謂高也、放浪與高閬義近、釋文引韓詩。云、浪起也、放浪則意氣高、與起義亦相通、一切經音義廿五引倉頡篇云、笑喜弄也、故笑亦戲謔之一、敖舍人云意舒也、宋均云、敖調弄也、廣雅曰、敖戲也、釋文敖五報反、則讀同傲矣、經典傲敖二字通用、故離騷云、保厥美以驕敖兮、敖卽傲也、王逸注·侮慢曰敖、莊姜子桓公而惡州吁、吁素驕、不平於中久矣、一旦行簒弑之事、自以爲國君、遂敖睨其嫡母、笑之謔之、以快夙昔之憤、小人情態·諒當有之、

終風且霾。 霾雨土也、 **惠然肯來。** 言時有順心也、 **莫往莫來。悠悠我思。** 人無子道以來事己、己亦不得以母道往加之也、〇霾亡皆反、雨于付反、

箋曰、且霾者、不唯暴疾、又且雨土、雨土者孫炎曰、大風揚塵土從上下也、惠然肯來者、彼君子兮噬肯來遊肯字正同、安井氏曰、州吁雖暴、時有順心、故有肯來莊姜之旁之時、肯心可之也、州吁自可來莊姜之旁、非莊姜可之也、彼不來事、是無順心也、故己亦不得往而誨之、慮其爲暴益甚、思之心悠悠然、婦人之情爲然、而詩之所以溫柔敦厚·正在於斯、經先言莫往者、承上句肯來、蓋州吁卽位、惠然一來、故莊姜不得已、亦一往報之、後絕不往來、故經先言往、而傳先解來、其義精矣、〇悠悠我思者、悠與脩同意、悠亦訓長、吳語云、今吾道路悠遠、韋昭注·悠長也、

終風且曀。不日有曀。 陰而風曰曀、 **寤言不寐。願言則嚏。** 嚏跲

也、〇曀於計反、嚏竹利反、跲居業反、延文本・傳曀下有也字、

箋曰、曀雲蔽日也、不必帶風、下章曀曀其陰可徵、晏子春秋・星之昭昭、不若月之曀曀、亦其一證矣、不日不幾日也、與靈臺不日成之、雖久近有差・意則一、不經日而又曀、不唯一日也、有又也、二言字助語辭、願欲思也、釋文云、疐本又作嚏、又作疐、舊竹利反、又丁四反、又豬吏反、或竹季反、劫也、鄭作嚏、音都麗反、又云、劫也、居業反、本又作跲、音同、又渠業反、孫毓同、毛傳云、疐跲也、毛不破字、若有口旁、不應訓跲、鄭箋云、讀當爲不敢嚏咳之嚏、若經本嚏、則鄭不煩改字、經作嚏始自唐石經・從鄭箋改經也、說文・疐礙不行也、正義引王肅云、願以母道往加之、則疐劫而不行、跲與劫音義同也、釋文本作疐者、從崔集注本也、釋文云本又作嚔者、嚔卽嚏之變體、廣韻以嚔爲嚏俗字、是也、釋文云又作疐劫也者、乃王肅本、正義所引是也、疐通作躓、說文躓跲也、跲躓也、互相訓、而躓字下引詩載躓其尾、是躓卽疐也、則此章當從王肅本作疐爲是、中庸言前定則不跲、跲蓋躓礙難言之貌、說文・人欲去・以力脅止曰劫、跲與劫字音義亦同、故傳跲本又作劫、釋文引崔云、毛訓疐爲㰦、今俗人云欠欠㰦㰦是也、不作劫字、據此則崔本跲作㰦、㰦音丘據反、玉篇・欠㰦張口也、曲禮君子欠伸、正義云、志疲則欠、體疲則伸、通俗文・張口運气謂之欠㰦、內則既云不敢嚏、又云不敢欠、是嚏與㰦爲二事、說文・欠・張口气悟也、象气从人上出之形、吹出气也、徐云、悟解也、氣壅滯欠去而解也、蓋人思極則氣壅滯、氣壅滯則欠也、釋文云鄭作嚏者、乃指箋讀疐爲嚏言之、月令季

秋行夏令、民多鼽嚏、鼻室曰鼽、發聲曰嚏、蓋深夜不寐、輾轉憂悼、邪風犯衾枕、故嚏也、倉頡篇・疐噴鼻也、說文・嚏、悟解气也、悟覺也、繫傳云、腦鼻中气壅塞、噴嚏則通、故云悟解气、是悟解气卽噴鼻、廣韻亦曰、嚏鼻气也、毛訓嚏爲跲、與狼跋篇疐尾之疐同、是礙而不能行之義、言徒願之、不能行之也、是自道其願、非謂州吁思我、鄭乃云、我其憂悼而不能寐、女思我心如是我則嚏也、今俗人嚏云人道我、此古之遺語也、鑿甚、

曀曀其陰。如常陰曀曀然、**虺虺其靁。**暴若震靁之聲虺虺然、**寤言不寐。願言則懷。**懷傷也、〇虺虛危反、延文本・傳曀曀然下虺虺然下並有也字、

箋曰、上終風且曀、其間有曀時不常陰、此重言曀曀、連云其陰、故云常陰也、曀曀陰曀之甚也、虺虺靁聲之長也、驟雨迅靁、其止可待、至于曀曀之陰・虺虺之靁、殊未有開霽之時也、以比州吁之暴無已時、爾雅雨靁殷殷、震靁虺虺、傳故云震靁、震雷卽霆雷也、霆雷餘聲也、說文靁字下有䨻、注・籀文靁間有回、回靁聲也、凡靁必回轉餘聲而振物者也、回虺疊韻、故假借、〇願言則懷、毛訓懷爲傷・正與序首句莊姜傷己合、安井氏曰、懷壞皆乎乖切、壞傷皆訓毀、音同則義通、故毛轉懷爲壞、因訓爲傷、古人假借之例爲然、或曰、懷・懷抱之懷、藏于中而不能釋也、

終風四章章四句

擊鼓。怨州吁也。箋曰、以春秋考之、州吁未成君、故不冒國、此古序首句之例也、故伋壽共姜亦不稱國、而君及夫人必稱國、邶鄘唐三國之序法乃然、衛州吁用兵暴亂。箋曰、首句不冒國、則下必國之首句國之、則下不冒國、亦例也、使公孫文仲將。而平陳與宋。國人怨其勇而無禮也。箋曰、勇言其好兵阻兵也、無禮殘民自逞也、

擊鼓其鏜。踊躍用兵。鏜然擊鼓聲也、使衆皆踊躍用兵也、土國城漕。我獨南行。漕衛邑也。○鏜吐當反、

箋曰、擊鼓其鏜言治兵時也、傳鏜然形容其擊鼓之聲、與霝雨其濛・兕觥其觩句法同、皆先言事而後言狀也、有先言其狀而後言其事者、宛丘坎其擊鼓・坎其擊缶、是也、踊躍州吁之踊躍也、兵猶火也、先王不得已而用之、州吁乃踊躍用之、只二字而阻兵安忍之情態畢見矣、用兵興師也、古者謂戰器爲兵、周禮司兵掌五兵是也、傳箋以踊躍句連上句爲治兵、朱傳因云坐作擊刺之狀、似非詩意、○土國城漕者、土謂擔土輦砂也、國謂國都、土國謂役土功於國都也、漕邑今河南衛輝府滑縣、時衛都朝歌、在河西、漕在河東、後狄滅衛、戴公出廬於漕、若有城不當言廬、州吁以隱四年夏伐鄭、至九月見

殺、豈其城未畢、或畢而旋廢也、我獨南行、我軍士自我也、獨猶特也、鄭在衞之南、南行伐鄭也、言衞國之民、驅役土功、非不勞苦、而猶處於境內、我則南行有死亡之憂、爲特苦也、借一從軍者、以著國人皆怨無鬬心、

從孫子仲。平陳與宋。孫子仲公孫文仲也、平陳於宋也、**不我以歸。憂心有忡。**憂心忡忡然、

箋曰、孫子仲衞大夫、孫公孫、子仲其字、文其謚也、言所從者非他人乃孫子仲、則輕其帥可知矣、王仲宣詩云、從軍有苦樂、但問所從誰、今將帥非其人、用兵非其道、從無賴之人、赴非道之師、此何苦況、考左傳隱公四年州吁自立、與宋衞陳蔡伐鄭、其意在求寵于諸侯以和其民也、篡臣謀國、隙在外則藉內黨、隙在內則藉外交、觀從軍不樂爲用、則州吁之亂、其民不和、隙在內也可知、是役也州吁意能和諸侯、而問罪之師可寢、且宋爲大國近衞、親大國則得所援、陳宋合、親魯挾蔡、則東諸侯之黨固、雖隙起可以無患、州吁之計誠狡矣、安井氏曰、平陳與宋者、蓋先是陳宋有宿怨、今欲與俱伐鄭、故先平之、左傳無文者、其事不足載也、傳云平陳於宋、洵是、如敝邑以賦與陳蔡從、特告宋之辭耳、非所謂平也、○不我以歸、安井氏曰、序云、州吁用兵暴亂、使公孫文仲將而平陳與宋、國人怨其勇而無禮也、而傳亦不一言及伐鄭、今據序傳、詳考詩旨、蓋孫子仲既平陳與宋、屯境不還、以待三國之師、師卒

怨其久役、人有離心、故云不我以歸、以能左右之曰以之以、猶言不以我歸耳、凡著書有體、詩作者代其人述情、以見時政得失、故有虛序、有實序、傳則據實解經、以明褒貶之意、其體本別、故孟子曰、詩亡而春秋作、李黼平以四章五章爲實戰、遂疑左氏紀載多失實、謬甚、○憂心有忡、有狀物之詞、傳以忡忡釋經之忡、此疊字釋單字也、

爰居爰處。爰喪其馬。有不還者、有亡其馬者、**于以求之。于林之下。**山木曰林、

箋曰、居者久居、處者暫止、爰字訓於、皆發語之詞、鄭訓爰爲於何、至斯干爰居爰處、說不行矣、詩中如爰始爰謀、爰衆爰有、爰笑爰語之類、皆無於何之意、惟四月爰其適歸、言何所適歸、蓋其者未定之辭也、傳云有不還者、有亡其馬者、蓋謂士卒怨久役、不肯守軍律、有離伍不還者、有懈怠亡其馬者、是毛亦但以爰爲發語詞、平土有叢木曰林、夫軍次有常處、軍行有常制、今則隨意而居、擇便而處、不戒而喪馬、遠求於林下、上無節制、而下有敗形也、此章堪與清人章參看、清人以軍容形其無聊、此以行列形其異志、俱傳神之筆、

死生契闊。與子成說。契闊、勤苦也、說、數也、**執子之手。與子偕老。**

偕俱也、

箋曰、死生契闊、作二事看、一死一生、一彼一此、俱不忘棄也、契當讀如契合之契、闊讀如疏闊之闊、後漢書臧洪傳、隔闊相思、闊亦闊別也、契闊與死生相對成文、猶云合離聚散耳、觀下章畢承濶字、則有離而無合矣、不我活兮、則有死而無生矣、唐以後相傳、俱以契闊作間濶意用、猶今人言害曰利害耳、毛傳解契濶爲勤苦、釋文契本亦作挈、小雅大東契契寤歎、傳云、契契憂苦也、王逸楚辭注引作挈挈寤歎、挈又作絜、爾雅九河有絜、禹貢正義引李巡云、絜言河水多山石治之苦、絜絜苦也、毛當讀契如契契寤歎之絜、讀闊當如碩人北流活活之活、絜有難苦義、活有流動意、引申之爲勤苦動作之意、胡承珙曰、蓋契闊者以雙聲爲義、後漢書傳毅迪志詩曰、契闊夙夜、庶不懈忒、盧子諒贈劉琨詩・契闊百罹、風俗通・妻者既齊于己、以養舅姑、契闊中饋、經理蠶織、垂統傳重、其篤勤至矣、此正用毛傳、以契闊爲勤苦也、宋書劉勔傳・詔曰、勔思懷亮粹、體業淹明、宏勳樹績、譽洽華野、綢繆顧託、契闊屯夷、齊書謝朓傳辭隋王牋、故舍耒場圃、奉筆菟園、契闊戎旃、從容讌語、契闊與從容對、亦言勤苦於兵旅、隋煬帝遺史祥書、於時同行軍、契闊戎旃、是六朝猶用此義、至唐人始有以契闊爲間別之意、如杜甫詩・中允聲名久、如今契闊深、李商隱文・契闊十年、流離萬里之類、朱傳因之、以契闊爲隔遠、通典・魏徵等嫂叔服議云、長年之嫂、遇孩童之叔、劬勞鞠養、情若所生、分飢共寒、契闊偕老、此猶用毛義、以契闊爲勤苦也、釋文引韓詩契闊約束也、李善注文選劉越石答盧諶詩、引辥君韓詩章句曰、括約束也、是毛詩作闊、韓詩作括、承珙案、韓詩闊既作括、契疑當作絜、絜括亦雙聲取義、說文・絜・麻一耑也、括・絜也、麻一耑者猶言一束也、故糸部又曰、絜束也、是絜括爲約束之義、死生絜括・言死生相與約結・不相離棄也、後漢繁欽定情篇云、何以致契闊、繞腕雙跳脫、齊書張敬兒傳・太祖報沈攸之書云、至於契闊杯酒、殷勤攜袖、薦女成姻、志相然諾、梁書蕭琛傳・梁高祖在西邸與琛狎、琛奏陳昔恩、上答曰、雖云早契闊、乃自非同志、魏書蘇湛傳・魏莊帝曰、聞卿答蕭寶夤・甚有美詞、爲我說也、湛頓首謝曰、臣與寶夤周游契闊、言得盡心、而不能令其不反、臣之罪也、又魏武帝短歌行・越陌度阡、枉用相存、契闊談讌、心念舊恩、江淹詩・契闊承華內、綢繆踰歲年、此皆以契闊爲周旋之意、正與約結義相近、○與子成說、成說謂成其約誓之言、猶左傳楚辭曰成言、此從軍之卒、與其伍相約、誓以死生離合・決不相忘棄也、胡承珙曰、釋文說音悅、毛數也、鄭相愛悅也、數色主反、陸音悅者・是專爲鄭箋作音、其以數爲色主反・則毛於成說之說如字讀、卽言字意、特所言者不一辭耳、數讀色主反有二義、一爲責數之數、左傳數之以其不用僖負羈、是也、一爲數說之數、禮記遽數之不能終其物、左傳數典而忘其祖、是也、此傳說數也當爲數說之數、說之爲數、亦有二義、所說者非一事爲數、所說者非一人亦爲數、此爲從軍之卒・與其同伍者・語以死生勤苦之意、則所說不止一事、故傳以說爲數、安井氏曰、儀禮既夕・祖二以成、鄭注・成猶倂也、韵會・倂相竝也、說數義訓、說之卽是數之、故引伸訓數、言今在死生間、勤苦亦至矣、幸而得生還、與子竝坐以數說今日苦中之苦、亦一樂也、深相結納之辭、二氏蓋得毛旨、然竟屬强解、安井又曰、執子之手、與之相親之辭、此二句承上序艱苦中俱期望他日之意、非約誓也、偕老與之俱老也、故可施之夫婦、亦可施之朋友、未見其專爲夫婦之辭、此則得之、

于嗟闊兮。不我活兮。不與我生活也、**于嗟洵兮。不我信兮。**洵遠、信極也、〇于音吁、洵呼縣反、

箋曰、于嗟嘆詞也、載芟鄭箋、活生也、連言之曰生活、孟子盡心篇、民非水火不生活、是生活連文得義、胡承珙曰、毛於此闊字不別爲訓、蓋卽承上契闊之義、呂記云、言始欲死生勤苦共之、今乃不得相依以生也、此語最諦、孔疏以闊兮爲乖闊、與契闊異義、非是、或疑契闊雙聲字、似不宜單言闊、不知雙聲取義者、單言之訓亦可通、卽如九河之絜、李巡以苦釋之、是單言契、亦可訓苦也、〇于嗟洵兮、釋文、洵呼縣切、韓詩作夐、呂氏春秋盡數篇高誘注、引詩于嗟夐兮、正本韓詩、夐亦遠也、故穀梁文十四年傳云、夐入千乘之國、范甯注、夐猶遠也、玉篇、夐詡政霍見二切、云深遠也、霍見呼縣二切一也、夐與洵音義皆同、故毛詩假洵爲夐、文選思玄賦、儵眗眗兮返常閭、靈光殿賦、目矎矎而喪精、矎矎卽眗眗、正與毛詩假洵爲夐相類、不我信兮者、信如字、不踐言卽是不信、夫昔日之約如此、而今則闊而不復契矣、死而不復生矣、死闊之事、正應其言、而偕老之言、不能踐矣、蓋傷心痛哭之辭也、毛訓信爲極

者、信與伸古通用、儀禮士相見禮君子欠伸、注・古文伸作信、禮記儒行竟信其志、注・信讀如屈伸之伸、假借字也、漢書五行志上集注・後漢書班彪傳注・俱云信讀曰伸、是也、安井氏曰、不我活兮悼其死也、不我信兮悲其亡也、不伸卽短也、是不終極其交、故云信極也、

擊鼓五章章四句

箋曰、通篇征夫怨也、一意貫通、首章言暴亂之師・兵士不欲行、二章言師不競・行伍相失、三章言獨行無聊、四章言同怨相遇・以慰苦境、因以寫所期望之意、卒章寫不能遂其期望之歎、而怨州吁之意、宛然在目、夫兵凶器、戰危事也、寡人之妻、孤人之子、獨人父母、其肝腦塗地之狀、有目不忍見也、其寃痛號呼之聲、有耳不忍聞也、而喜軍功而勤遠略者、尙踊躍於用兵、讀擊鼓之卒章、亦可以惻然止矣、

凱風。美孝子也。衞之淫風流行。雖有七子之母。猶不能安其室。 箋曰、不能安其室、欲去嫁耳、其曰淫風流行、謂衞多淫風、則其爲共姜柏舟之風者寡、故母不能守志以安其室、非謂其母淫也、孟子曰、凱風親之過小、亦謂欲嫁之過小也、若既有淫行、何小之有、 **故美七子能盡其孝道。** 箋曰、事孤寡之親、難於事具慶之親也、 **以慰其母心。而成其志爾。** 箋曰、

七子遭家不造、母有去心、而能痛自刻責、思過引咎、卒令其母感而不嫁、是孝子能成己之志也、故詩人代叙其自責之辭、以美其能慰母心、而孝已莫大於是矣、朱傳以爲此詩乃孝子自責之辭、陳啓源駁之曰、詩人美刺・多代爲其人之辭、故有似刺而實美、似美而實刺者、不獨三百篇也、後世騷賦及樂府猶然、若謂七子自作、是暴揚其親之過、何得云孝、許伯政亦曰、此詩叙七子自責、而略不及其母之過、所以深體其心、若七子幹母之蠱、積誠幾諫、必惟恐人之或聞、而又自作此詩・流播人口、則有借母立名之心、不足以爲孝矣、許又曰、從一而終者、婦人之大節、而孟子以此爲親之過小、豈小其失節哉、嘗卽愈疏不可磯之義求之、蓋曰一念雖差過而未遂、譬諸蛇之方虺・火之未然、斯爲小矣、人子當此、惟有負罪引慝、積誠婉諭、可以挽回、若遽呼天怨懟、則己心未盡、奚以悟親之心、或反至激怒而成之、故曰不可磯亦不孝也、若夫小弁之親、昏惑信讒、廢嫡屏子、悍然見諸行事而弗顧、則如火勢燎原、莫可撲滅、於是而不怨、是目擊其就死・而心弗動、豈但秦越人之相視肥瘠、故曰愈疏不孝也、說詩者但見叙七子之自責・不及其他、遂疑其未能悟母以成厥志、不亦惑乎、

凱風自南。吹彼棘心。興也、南風謂之凱風、樂夏之長養也、棘難長養者、**棘心夭夭。**

母氏劬勞。夭夭盛貌、劬勞病苦也、○劬其俱反、

箋曰、四章皆興也、以凱風喻母氏顧養・恩同天地之施、言吹心喻襁褓之誠求、言天夭喻孩抱之色笑、二章爲薪、喻無令人、三章勞苦、見不能有益於母、卒章莫慰、見不能善其容聲也、朱傳分首章爲比、次章爲興、劉瑾以有應無應釋之、謂上章言凱風棘心、而下句無應、故屬比、次章言風與棘、而下文以母與子應、故屬興、不知上章雖未言子、而已有母氏、不必定以兩物興兩人也、卽如末章止說黃鳥、而下乃言母與子、朱傳亦以爲興、是又以一物興兩人矣、可知詩人取興、原不應如此過泥也、李巡曰、南風長養萬物、萬物喜樂、故曰凱風、凱・樂也、棘散材、且難長、故七子自喻、心・中也、儀禮特牲饋食記棘心匕刻、言匕用棘心而刻之、所謂棘赤心是也、心得養而枝葉茂、故曰吹棘心、禮記如松柏之有心、韓非子枝將害心、皆同、胡承珙曰、嚴緝云・棘釋草云、莢、刺也、郭璞云、草刺鍼也、方言・凡草木刺人、北燕朝鮮之間謂之莢、自關而西謂之刺、江湘之間謂之棘、沈括云、棗獨生、高而少横枝、棘列生、卑而成林、以此爲別、其文皆從朿、朿音刺、木芒刺也、朿而相戴立生者棗、相竝横生者棘、觀文可知、承珙案、說文・棘・小棗叢生者、此語最明晰、蓋棘之大者爲棗、小者爲棘、對文則別、散文則通、周禮外朝三槐九棘、注云、取其赤心而外刺、此與槐配植者、必非小木、而亦謂之棘、蓋散文可通耳、毛詩釋棘祇二處、魏風園有棘其實之食、傳云棘棗也、以其言實故也、小雅有捄棘匕、傳云棘赤心也、以其爲匕故也、此皆因文見義、故訓各不同、其他如此詩之棘心、秦風止于棘、唐風集于苞棘、小雅青蠅止于棘、楚茨言抽其棘之類皆無傳、蓋以皆係荆棘、不煩故訓自明耳、此詩次章言吹彼棘薪、則是此棘之長・祇可爲薪、其不當指爲棗木可知矣、嚴氏以爲與園有棘同、非是、埤雅云、棘性堅彊、費風之長養者、其心之生・更難於幹、承珙案、易寘于叢棘、虞翻注云、坎多心、故叢棘、蓋棘心堅、故以爲比、凡木心堅者最難長、自萠芽而至于盛大、其久可知、故以爲母氏劬勞之興矣。棘心夭夭、母氏劬勞者、桃夭傳云、夭夭少好貌、母之養子、於少時最爲勞苦、故於夭夭言劬勞也、釋詁・劬勞・病也、此傳義所本、劬勞者力乏之病也、內則云見於公宮則劬、鄭注・劬勞也、鴻雁釋文引韓詩云、劬數也、數則勞苦、與毛傳義相成、淮南精神篇云、好憎者使人之心勞、高誘注・勞病也、蓋因勞苦而成病矣、

凱風自南。吹彼棘薪。 棘薪其成就者、 **母氏聖善。我無令人。** 聖叡也、

箋曰、棘心喩子之幼少、棘薪喩子之成立、凱風吹彼棘心至於成薪、可見長養之功、而所吹之棘非美材、僅堪爲薪、猶母氏養我七子至於成人、可見聖善之德、而我七子無令善之人也、棘薪猶蓼莪之蒿、心薪只易一字、而意各入妙、〇母氏聖善、言慈愛拊育無所不至也、善本衆善之名、此詩以連聖言、則聖善二字平列而同義、與母氏劬勞、母氏勞苦、句法正同、只勿強索解、大凡臣子之於君親、一切隆重之語、無不可舉以相加、豈必果聖乎、又豈諱母之惡、姑以聖善爲微詞乎、我無令人、謂母所以欲去者、必我無令人耳、使七人內有一令善者、母亦不棄我而嫁也、聖善其母、而自謂無令、是風美而材

不美、徒負此吹耳、呂坤呻吟語曰、母氏聖善、我無令人、孝子不可不知、臣罪當誅兮、天王聖明、忠臣不可不知、

爰有寒泉。在浚之下。 浚衞邑也、在浚之下、言有益於浚、 **有子七人。母氏勞苦。**

箋曰、水寒洌者傷稼、農人務防遏之、不入于田、此以寒泉不爲用自况也、曹風冽彼下泉浸彼苞稂、傳云、寒泉下流而苞稂見傷、是也、但彼謂其有害、此謂其無益、下字有趣、有子七人、而棘心在母乳下、棘薪在母膝下、胡承珙曰、此及干旄之浚、毛傳俱以爲衞邑、當以濮陽之浚城爲是、濮陽今直隸開州是、方輿紀要云、城東南有浚城、又有寒泉、其後曰濮陽、以地在濮水北也、若浚儀故城在今祥符西北者、晉地道記以爲衞之儀邑、陳留風俗傳云、縣北有浚水、象而儀之曰浚儀、然則在春秋時本無浚名、輿地廣記謂、寒泉在祥府縣西十里、蓋皆係後人因浚水之名・而附會之、○母氏勞苦、勞苦與首章劬勞不同、指子不能養而言、當其少也・母氏既劬勞於前、及其長也・母氏又勞苦於後、是其勞未有已也、故致不能安其室而去、有子無令如此、不如無子、有子之多如此、總不如無子、故兩言有子七人、蓋其所以自責者甚深矣、夫爲母者至不安其室、此亦人子所難言矣、勞苦二字善於推頌、正其體貼曲至處、全從羞惡之心・孝愛之性、團結而出、

睍睆黃鳥。載好其音。睍睆好貌、**有子七人。莫慰母心。**慰安也、○睍胡顯反、睆華板反、

箋曰、睍睆二字從目、謂羽毛之鮮美也、杕杜有睍其實、大東睍彼牽牛、要皆貌也、非聲也、禮記華而睆、睆明貌、是睍睆爲鮮美之貌、色美而音亦好、所以悅人、故箋疏以睍睆喩孝子顏貌之和、以好音喩孝子詞氣之順、而引論語色難・內則下氣怡聲證之、說詩如此、方可使人興觀羣怨、朱傳淸和圓轉之意、是誤以睍睆爲黃鳥之聲、與載好其音語重複、載之言則也、言黃鳥尙能美其色・好其音以悅人、七子乃不能和顏色・順辭氣以慰母、曾黃鳥之不如也、○莫慰母心、七子怨艾之深・在一莫字、見其中亦宜有一人能養且悅者、而今無有也、不獨引爲己非、抑且寬爲母地、眞孝子之心也、大戴曾子立孝篇曰、有子七人莫慰母心、子之辭也、此謂爲人子者、義當歸過于己、非七子眞不能慰其母心耳、

凱風四章章四句

箋曰、通篇自責之詞、而委曲微怨、更與尋常自責不同、悲而不激、慕而不怨、易曰、幹母之蠱、不可貞、以剛乘柔而治其事、當巽以入之、使之身正事治而已、若伸己陽剛之道、遽然矯拂、則傷恩滋大、誦凱風之詩、可以得古人幾諫之道、折中曰、凡子之事父、臣之事君、有不悅者、皆由於見君父之

過、而不自知其過、故諫而不入、諍而得罪、以舜之大孝而不得於親、曰父母之不我愛、於我何哉、負罪引慝、夔夔齊慄、瞽亦允若、凱風之母不安其室、是亦有過焉、乃七子不見親之過、而惟自責其過、於是乎母心慰、而已安母之志亦成、則與舜之底豫•有同功矣、凡爲臣子者、皆當以此爲法也、閻若璩曰、東漢姜肱性篤孝、事繼母恪勤、母既年少又嚴厲、肱感凱風之孝、兄弟同被而寐、不入房室、以慰母心焉、作詩者能安母於千載之上、感詩者亦能安母於千載之下、詩之有益人倫如此、

雄雉。刺衛宣公也。 箋曰、莊公廿九年卒、子桓公立、十六年弑、宣公其弟也、以淫亂傷國、以下諸篇皆宣公時詩也、序言美自凱風始、序言刺自雄雉始、

淫亂不恤國事。 箋曰、志在淫亂、乃所以不恤國事、軍旅數起之由也、宣公二夫人、一父妾也、一子婦也、

軍旅數起。大夫久役。男女怨曠。 箋曰、軍旅數起乃推久役之由、久役而婦思其苦、卽是男女怨曠、怨曠只渾舉之詞、鄭乃以前二章爲男曠、後二章爲女怨、而雄雉以喩宣公淫亂、牽經配序、殊覺支離、

國人患之。而作是詩。 箋曰、有詩人之意、有編詩之意、如雄雉爲婦人思君子、凱風爲七子自責、是詩人之意也、雄雉爲刺宣公、凱風爲美孝子、是編詩之意也、朱子順文立義、大抵以詩人之意爲是詩之旨、國史明乎得失之迹、則以編詩之意爲一

篇之要、必爲婦人辭者、主文譎諫之義也、自不當擬以唐人閨怨之作、序稱國人作者五、新臺、丘中有麻、山有樞、黃鳥、及是詩也、其詩皆君子吟詠情性者、而非出於田畯紅女之口耳、考春秋隱四年宣公卽位、明年衞入郕、又與宋入鄭伐戴、瓦屋之盟及鄭平矣、又與陳蔡從王伐鄭、旣爲鄭敗、又與齊鄭伐魯、魯桓求好、待於桃邱、弗遇、卒來戰於郞、皆其軍旅事也、故詩人託爲大夫久役・室家思念之辭、而終之以不忮不求、所以隱刺宣公構兵無已・由於忿疾貪惏所致、

其言微而婉矣、

雄雉于飛。泄泄其羽。 興也、雄雉見雌雉、飛而鼓其翼泄泄然、 **我之懷矣。自貽伊阻。** 貽遺、伊維、阻難也、○泄移世反、唐石經作洩、貽以之反、延文本・傳然下有也字、

箋曰、比也、雉野雞也、雄者有冠長尾、身有文采、此君子厲飾以從武事也、雉介鳥、見敵不退、故以美君子、而所憂亦在其守介而死、伯兮首章一意、泄泄奮迅貌、月令季春之月、陽氣發泄、注・泄發越也、海賦注・洩洩飛翔貌、故傳以泄泄其羽爲鼓翼貌、鄭以奮迅其形貌釋泄泄也、雞鼓翼而後鳴、雉則先鳴而後鼓翼、雉飛甚疾、決起而橫刺數步、卽竄入林草間、陸農師謂、飛若矢、一往而墮、是也、朱子訓泄泄爲飛之緩、而以舒緩自得・反與行役之苦、若云舒緩自得、則一起輒蹶、未見其飛能舒緩者、亦非善於體物者也、○我之懷矣、自貽伊阻者、懷思也、阻隔也、言我思之、乃自取今之阻隔、悔不從行也、婦人

本無從征役之理、此怨思之切耳、怨不近情理、卻自深妙、宣二年左傳趙宣子曰、嗚呼我之懷矣、自詒伊慼、王肅謂卽此詩異文、是也、阻从且聲、且之言藉也、慼與籍聲近通用、齊語甯慼・亢倉子賢道作甯藉、可證、阻通作慼・猶慼通作藉也、杜注以爲逸詩、誤矣、

雄雉于飛。下上其音。展矣君子。實勞我心。展誠也、

箋曰、比也、雉之音皦如角如、疾以淸、亦以比君子敵愾之勇也、首二章文法・與燕燕略相似、雉初飛則鼓其翼、喩其夫始往從役之時也、二章但聞其音之下上、則去漸遠矣、三章則言日月之久、辭之序也、〇展矣君子、君子指其夫也、說文・展轉也、此展之本義、至傳訓展爲誠、當爲亶之叚借、爾雅・亶信也、亶誠也、古亶展聲近通用、亶通作展・猶展衣禮作襢衣也、小雅允矣君子、展也大成、他展我甥兮、展如之人兮、皆虛字也、曰展、又曰實、所以甚言此君子之勞我心也、前繫己身、此繫君子言之、錯綜成章、

瞻彼日月。悠悠我思。瞻視也、道之云遠。曷云能來。

箋曰、悠悠思之長也、安井氏曰、上二句蓋言視日月之迭出迭沒、歲時如流、而行役未止、故我心悠悠然思其君子也、下二句則望其速來歸也、〇曷云能來、曷・何時也、左傳吾子其曷歸、字例同、曰能來・來不來未可知之詞也、此大夫妻亦豈不知殷靁之義、然忮求之師、人氣不振、是以憂而特望其歸而

巳、與二南反觀、足知時勢、

百爾君子。不知德行。不忮不求。何用不臧。忮害、臧善也、○忮之跂反、

延文本·傳害下有也字、

箋曰、百猶凡也、百爾君子猶曰衆君子、泛指從政大夫也、不知·知也、不忮不求者、求·索也、猶曰貪、數興軍旅·爲忮害貪求、數興軍旅·由于國君、固非諸大夫之所欲、不敢斥其君、乃詩人之忠厚也、厭軍旅而言德行、諷諫之義也、言君子豈不知德行乎、若能不害人、不貪利、則何所爲而不善哉、不忮不求·卽德行也、此章斷非賤女口氣、序以爲大夫妻、允矣、集傳以爲憂其遠行之犯患、冀其善處而得全、此卽漢書萬里之外以身爲本、及辛憲英所云、軍旅之間、克濟者其惟仁恕之意、蓋在婦人言之、固宜如此、若係國人所作、意當不止於此耳、

雄雉四章章四句

匏有苦葉。刺衛宣公也。宣公與夫人竝爲淫亂焉。

箋曰、鄭箋以夫人爲夷姜、其知非宣姜者、以宣姜本適伋子、但爲公所要、故有魚網離鴻之刺、此責夫人云雉鳴求其牡、非宣姜之所爲、明是夷姜求宣

公也、安井氏曰、李黼平謂、若此序夫人是宣公庶母・則是莊公之妾、序豈得以夫人目之、今云公與夫人竝爲淫亂、則是敵體之詞、言夫人淫于他人、而宣亦娶伋妻、是謂竝爲淫亂、此說不然、夷姜在莊公之世則爲妾、宣公立爲夫人則爲夫人、故左傳史記皆稱夷姜爲夫人、序雖嚴嫡妾之辨、安得以其本爲妾・而斥夫人爲妾哉、傳云授人以色、假人以辭、兩人字指宣公、故承之云至使宣公有淫昏之行、蓋宣公未烝於夷姜、夷姜以辭色挑之、遂至使宣公烝之、傳意甚明、而序言竝爲淫亂者・亦正指此、若夫人淫於他人・如南子所爲、史傳必載其事、而今皆不言之、苟憑臆立說、何事不可言、且國風所詠・率止一事、夫人淫於他人、與宣公納伋妻、各是一事、詩人必不合詠之、安井說是也、劉向新序以夷姜爲宣公前妻、蓋三家詩說、亦與左傳毛詩合、唐石經摺本並也

下無宣字、

匏有苦葉。濟有深涉。興也、匏謂之瓠、瓠葉苦不可食也、濟渡也、由膝以上爲涉、**深則厲。淺則揭。**以衣涉水爲厲、謂由帶以上也、揭褰衣也、遭時制宜、如遇水深則厲・淺則揭矣、男女之際、安可以無禮義、無禮義將無以自濟也、○匏薄交反、揭苦例反、傳葉苦卷子古本作苦葉、摺本・傳不疊無禮義三字、

箋曰、詩刺淫亂、與他篇顯斥不同、通篇皆比也、首章泛論其理、以起刺之之端、尚未著淫者身上、匏與瓠一類而二種、匏苦瓠甘、瓠可食、匏不可食、碩人

齒如瓠犀、南有嘉魚甘瓠纍之、瓠葉幡幡瓠葉采之亨之、此謂瓠也、此云匏有苦葉、公劉酌之用匏、則謂匏也、瓠如瓜而長、匏圓而扁、小者徑不及二寸、大者如盤、有徑二三尺者、其小者用以爲酒器、如公劉詩所稱、其大者可用以濟渡、魯語叔向曰、夫匏不材於人、共濟而已、韋注、佩匏可以渡水也、論語吾豈匏瓜也哉、焉能繫而不食、亦謂匏止可以備濟渡、而不可食也、匏瓠迴別、而渾言則不別、卽以涉水一節較之、莊子逍遙遊、今子有五石之瓠、何不慮以爲大樽而浮乎江湖、釋文引司馬云、樽如酒器、縛之於身、浮於江湖、可以自渡、是也、匏春種夏實、必經霜葉落、然後乾之以待用、今止云匏有苦葉、則未知爲葉之始生而未有實、抑葉之未落而不可用、蓋詩人見此而興起其感耳、○濟有深涉、濟當作津渡解、渡水謂之濟、因而所從渡處亦謂之濟、說文、津、水渡也、渡、濟也、方言、過渡謂之涉濟、水經河水注云、名其津爲君子濟、晉書石虎載記、起河橋于靈昌津、采石爲中濟、此皆以濟爲渡名、此章以濟與匏對、次章以濟與雉對、皆實字也、涉者渡水之名、非深淺之限、此言匏有苦葉、則未可以爲腰舟、況有深涉、則不可妄渡、首二句爲下二句張之比意在下、次章卒章亦同、○深則厲、淺則揭、二則字甚活、有量度意、傳文簡質、於此獨詳、以詩之隱約其辭也、蓋深淺之宜、便是義理所在、深厲淺揭、爲度量事物、作一影子、爾雅云、以衣涉水爲厲、李巡曰、不解衣而渡水曰厲、蓋謂衣褌入水耳、衣是大名、裳與褌皆衣類、以言揭故知爲褰裳、以衣涉故知衣謂褌也、釋名云、褌、貫也、貫兩腳、上繫要中也、釋文引韓詩至心曰厲、至心卽是絲帶以上、雖變其文、實用其意也、必以絲䌥絲帶言者、蓋爲空言淺深、恐無準限、故特舉大槩而言、實則繇帶以下・亦通名厲、故論語鄭注・及左傳服虔注・竝云由厀以上爲厲、明繇厀以上・卽繇帶以下、故約略其文耳、胡承珙曰、爾雅首引詩濟有深涉三句、而釋之曰、揭者褰衣也、以衣涉水爲厲、此二語專釋此詩、其深淺之限、以褰衣不褰衣爲別耳、下乃廣釋涉水之名、有繇膝以下爲揭、繇膝以上爲涉、繇帶以上爲厲三科、雅意蓋以膝爲準・而分上下、言凡涉水者有此三限、似不專釋此詩、毛傳則引由膝以上爲涉・訓詩涉字、又引以衣涉水爲厲、而曰謂由帶以上也、此毛公善解爾雅、恐學者疑厲有二法耳、至引揭者褰衣、義訓已明、故不必更引由膝以下爲揭、總之毛公用雅證詩、蓋以由膝以上・爲涉之正限、深於此而上於帶則爲厲、淺於此而褰其衣則爲揭耳、正義謂傳引由膝以上爲涉、特因爾雅成文、非是、說文曰、砅履石渡水也、引詩深則砅、砅從石從水會意、謂水中連置石、上出水上、可頃步而渡也、今山野在所有之、水經河水篇云、段國沙州記、吐谷渾於河上作橋、謂之河厲、戴震因謂、詩之意以淺水可褰衣而過、若水深則必依橋梁乃可過、喩禮義之大防不可犯、衞詩淇梁淇厲竝稱、厲固梁之屬也、邵晉涵駁之曰、古字假借、義相貫通、不得專主一解、衞風言淇厲、無妨橋有厲名、至於深則厲之文・當從雅訓・不可易也、列子說符篇・懸水三十仞、圜流九十里、有一丈夫方將厲之、是厲爲以衣涉水也、說文解涉字云、徒行厲水也、是許氏未嘗不以厲爲以衣涉水矣、段氏說文注云、履石渡水、乃水之至淺、尙無待於揭衣者、與深則厲截然二事、厲砅同音、故詩容有作砅者、許稱之以明假借、若如戴說、許當徑云石梁、不當云履石渡水矣、馬瑞辰曰、深則厲淺則揭二句、皆承上句涉字言之、是知揭與厲皆徒涉之名、厲有陵厲之義、因爲涉水之名、蓋散言之、則橫渡水通謂之厲、司馬相如大人賦、橫厲飛泉以正東、劉向九歎、橫汨羅以下濿、又曰櫂舟航以橫濿、是也、對言則厲與揭涉俱異、爾雅釋水所言是也、古賀氏曰、據舊說、攝衣涉水之衣眞衣、而以衣涉水之衣是涉水褌、二衣夐殊、夫以衣涉水、攝衣涉水、緊對而言、則二衣必是同物、不可折爲二也、春秋傳師克左右之曰以、當時凡據邑提兵皆曰以、以有提持之意、故手持物亦可謂之以、以衣涉水曰厲、言水之尙淺、可摳衣以渡、水之深也、必解衣持之、負戴以涉也、毛傳以衣爲厲、謂由帶以上也、揭褰衣也、毛說雖簡自不謬、蓋水由帶以上、則衣不復可揭、故脫而持之也、但解衣而涉、全露其體、殊爲失禮、故古人別有涉水之衣、以蔽下體、蓋犢鼻褌之外、別著所謂濡褌者也、然言解衣以渡、則著涉水之褌、自不煩言、舊說云云、亦是足考古制之遺、但直以涉水之衣、解以衣之衣、則不通矣、古賀說存異、

有瀰濟盈。有鷕雉鳴。瀰深水也、盈滿也、深水人之所難也、鷕雌雉聲也、衞夫人有淫佚之志、授人以色、假人以辭、不顧禮義之難、至使宣公有淫昏之行、**濟盈不濡軌。雉鳴求其牡。**濡漬也、由輈以上爲軌、違禮義不由其道、猶雉鳴而求其牡矣、飛曰雌雄、走曰牝牡、○瀰彌爾反、延文本、傳聲上有鳴字、牝牡下有也字、

箋曰、有瀰濟盈、從上章來、卽所謂濟有深涉也、有鷕雉鳴、喩外又生一喩、先擧此二句、以起下文、說文、鷕雌雉聲也、義本毛傳、潘安仁射雉賦雉鷕鷕以

朝雊、只以鷕爲泛言雉聲、顏延年以潘爲誤用、是也、趙佑曰、雌雉鳴不能敫然以長、鷕字當從說文以水反・字林于水反、音如唯諾之唯、釋文鷕以小反、小乃水字之訛、後人見其下載沈重音耀皎反・又戶了反、遂從誤讀如杳、不復知說文字林之音、吳師道曰、此章盈鳴、此句中有韻、朱子謂之腰韻、戴侗曰、此章上半句瀰與鷕協、下半句盈與鳴協、亦一句而兩韻也、從戴說則有瀰有鷕皆微讀、又下盈鳴軌牡亦半句各韻、亦同此讀也、○濟盈不濡軌、不濡・濡也、此承上章深則厲二句、更進一層、上祇言男女宜有禮義、此直言其犯禮不顧矣、但濟盈有濡軌之道、雉鳴無求牡之理、二句語意反正不同、夫曰瀰曰盈、水勢方長、有滅頂之懼、乃不以舟而以車、悍然不顧、是全無人心者、分明指宣公陷於大戮而不恤、下句指夷姜瀆亂大倫而不恥、與泛常刺淫者不同、釋文、軌舊龜美反、謂車轊頭也、依傳意直音犯、案說文云、軌車轍也、從車九聲、龜美反、軓車軾前也、從車凡聲、音犯、車轊頭所謂軌也、相亂故具論之、正義亦云、但軌聲九、軓聲凡、於文爲易誤、寫者亂之也、唐石經因之改經文、其失甚焉、釋文・軌舊龜美反、是晉宋古本皆作軌也、趙佑曰、此軌卽禮少儀之左右軌、周禮大馭之兩軹、乃轂末軸端之名、非車轍也、孔賈二疏並云、轂末爲軌・轍廣亦爲軌者、字皆從九、其在輈上軾前則謂之軓、字從凡、亦作軋、通作范、與範同意、少儀祭左右軌範乃飲、注云、周禮大馭祭兩軹、祭軓乃飲、軌與軹於車同、謂轊頭也、軓與范聲同、謂軾前也、明以軌當大馭之軹、范當大馭之軓、截然二物、並不言軌字之有異、賈疏亦援少儀、以證大馭謂軌・與車轍之軌同名、詩緝乃第引少儀祭左右范、以當軓字正據、而刪去其軌字、顯與本詩軌字合者不之引、則違經矣、軌有左右、范不可言左右、於禮文亦失旨也、蓋詩以韻爲主、字之誤否難知、韻之出入有定、軌牡韻也、軓牡非韻也、足以見軌之是・軓之非、故集傳本仍定從軌、但車轍之訓・則又可商耳、凡以車涉水、沒及轂頭、則浸淫入箱、虞傾陷矣、若轍乃車行之迹、車自前進、轍自在水、安計其濡不濡、且亦何必深水而後濡乎、毛傳由輈以上爲軌、頗費解、段玉裁謂、蓋傳文本作由輈以下爲軌、上下字形相近、又因上章傳有由膝以上爲涉、由帶以上爲厲之文、遂誤作上耳、毛言由輈以下、則與下之輈軌也、輈下之軸軌也、虛空之處未至於地皆軌也、濡軌者、水濡輪間空虛之處、而至於軸、而至於輈、則必入輿矣、王引之則謂、傳輈本作軸、古輈軸同聲、故軸誤爲輈、上章傳曰、由郄以上爲涉、厲謂由帶以上、凡言由者、皆水之所濡高下之度、此言由軸以上、亦謂水之所至也、軌者軸之兩端、水由軸以上、則其深滅軌、故經曰濡軌、而傳釋之曰由軸以上爲軌、與上由郄以上爲涉・厲謂由帶以上、文義正同、知非由輈以上者、輈承衡者最高、承軫者最下、但曰由輈以上、則其爲上曲而承衡之處、與下曲而承軫之處、皆未可知、不可以定水濡之高下、故不得言由輈以上也、安井氏則曰、考工記輈人職・軓前十尺而策半之、注・鄭司農云、軓謂軾前也、書或作軋、玄謂軓是軋法也、謂輿下三面之材、輢・軾之所樹持車正者、今案、軓軋同字、正韻・軌法也、以此推之、考工記注・作軋及軋是軋法之軋、並當作軌、軌輿下三面材、輈本正在其下、故傳云由輈以上曰軌、今本作軓者、字之誤也、人或知軓爲軌誤、而不知考工記注軋爲軌誤、是以不知毛傳軌謂輿下三面材、馮腔立說、無足采用、唯段說稍近、然亦改上爲下・以軌爲輿下方空處、試思方空・無物、經何以言不濡也、安井說似得毛義、軓范範並以弓爲聲母、少儀注謂範軓聲義同、明考工注必不別軓軔爲二物也、毛傳軓字、正是入輿下四尺四寸之軓、考工記六尺有六寸之輪、軹崇三尺有三寸也、加軫與轐焉四尺也、軹卽軸之兩端也、軸貫輪心、當半輪之高、軸上爲軓、兩轐在軸之中閒、附軫以固軸、軫與轐共厚七寸、故加於三尺三寸之高爲四尺也、軓之入軫下者四尺四寸、當兩轐之閒、轐謂之伏兎、是軓在軸之上矣、水至此則軌沒於水、故謂由軓以上爲濡軌也○雉鳴求其牡者、言今雌雉鳴也、乃鳴求其走獸之牡、是大異常也、以喩夷姜母也、乃媚悅爲子之容、謂所求非其類也、此以淫亂反常之事、駭而異之、甚於唾罵矣、周書曰牝雞無晨、雞稱牝則雉亦可稱牡、曰雄狐綏綏・則獸亦可稱雄、爾雅云、鶉鶉其雄䳺牝痺、亦互言之、道德經云、未知牝牡之合而朘作、是人且可借牝牡爲稱矣、毛嫌牡雄可以通稱、故又申釋之云、飛曰雌雄、走曰牝牡、是毛謂稱牡者必獸也、雌雄從隹爲飛鳥、牝牡從牛爲走獸、刺夫人兼刺宣公也、此卽雙雙似鳥獸者矣、

雝雝鳴鴈。旭日始旦。 雝雝鴈聲和也、納采用鴈、旭・日始出、謂。大昕之時也、 **士如歸妻。**

迨冰未泮。 迨及、泮散也、○雝唐石經作雍、旭許玉反、昕許巾反、傳謂字卷子古本無、延文本・傳及下有也字、

箋曰、此章又因雉而思鴈、卽以昏禮發端、正告之以室家之道、必當用禮義成昏姻也、雝雝鳴鴈者、生執之以行禮、故言鴈聲、朱子曰、凡摯用生鴈、左首、

毛詩會箋

以生色繒交絡之、方言・鴈自關而東謂之鴚鵝、南楚之外謂之鵝、或謂之倉鳴、鴚與駕同、鴚鵝疊韻、言其聲也、士昏禮記曰、摯不用死、鄭注曰、摯鴈也、是鴈乃生者、鴻鴈野鳥、不可生得、記曰摯不用死、則非鴻鴈可知、又士相見禮曰、摯冬用雉、夏用腒、是四時皆有執摯之禮、鴻雁孟春北去、仲冬始來、夏月無鴈之時、下大夫將何以爲摯、由是言之、所用必非鴻鴈矣、鵝乃常畜之禽、故四時用之、古者謂鵝爲鴈、漢書翟方進傳・有狗從外入、齧其中庭羣鴈數十、莊子山木・命豎子殺鴈而烹之、韓詩外傳・三斗之稷、不足於士、而君鴈鶩有餘糧、王制稻以鴈、儀禮聘禮記出如舒鴈、注舒鴈鵝也、皆可以決其爲家禽矣、說文鳥部・鴈鵝也、又隹部・雁鳥也、據此則鴻雁字當从隹、鵝鶩字當从鳥、而說文从隹之字、重文亦往往从鳥、从鳥之字、亦間有从隹者、雁鴈或爲一字、𩿨鴈有似於雁、故亦得雁名、或者其偏旁有誤訛者・亦不可知、女曰雞鳴鴻雁二篇詳之、士昏禮唯納徵用幣不用鴈、此外自納采爲始・以及問名納吉請期親迎皆用鴈、傳乃不言親迎而言納采者、嫌昏禮用昏不用昕、經下句旭日始旦、則非親迎可知、故言納采・著昏禮之始采事也、納采者納昏禮之始有事也、納采授鴈、賓既致命、降而出矣、擯者出請者、不必賓之事有無也、賓乃復執鴈請問名、是又一鴈、而但同日爾、問名者將歸卜其吉凶、既吉矣、故納吉、納吉則其禮成矣、故納徵、鄭氏曰、徵成也、使使者納幣、以成其禮、用幣則不復藉鴈也、納采納吉納徵皆言納、而名言問、期言請者、問名因于納采、其禮略、由徵以前、慮其或不受、故皆言納、既納徵則聽命而已、故期言請也、古者重昏禮、皆以士而用大夫車服、亦猶錦衣爲夫人始嫁之服、而士庶亦用也、所謂攝盛也、大夫相見執鴈、昏禮既以士而服大夫公服、乘大夫墨車、則見婦翁亦用大夫贄禮、故執鴈也、○旭日始旦、說文、旭、日旦出皃、又云、昕、日將出也、士昏禮記、凡行事必用昏昕、鄭目錄云、日入三商爲昏、三商三刻也、昏昕對文、日入三刻謂之昏、則先日出三刻謂之昕、大昕過三刻矣、昕者明也、日未出、已名爲昕、至日出益明、故言大昕也、旦、日在地上也、一地也、故日出曰旦、用昕者、君子行禮貴其始、親迎用昏者、取陽往陰來之義、言有雝雝然和聲之鴈、於旭日始旦之時、行納采之禮也、○士如歸妻、迨冰未泮者、士謂媒氏、言媒氏如歸女、宜迨冰未泮也、周禮媒氏職、中春之月、令會男女、於是時也、奔者不禁、若無故而不用令者罰之、會者計也、蓋中春以後、農桑事起、故於是月令計男女無夫家者、其或先因札喪凶荒、六禮未備者、雖奔不禁、所謂不待禮聘、因媒請嫁而已、古以六禮不備爲野合、卽奔之謂、或解爲淫奔之奔、以詆周禮、失之遠矣、

招招舟子。人涉卬否。　招招號召之貌、舟子舟人主濟渡者、卬我也、　**人涉卬否。卬須我友。**　人皆涉、我友未至、我獨待之而不涉、以言室家之道、非得所適、貞女不行、非得禮義、昏姻不成、○卬五郎反、延文本、傳貌下者下成下並有也字、

箋曰、此章是設人言之、說文、招、手呼也、招招者不一招也、舟子爲舟人、猶榜人涉人耳、卬須我友、比男女配匹相待也、爾雅釋詁、卬我也、注、卬猶姎也、說

文・姎・女人自稱我也、後漢書・長沙武陵蠻相呼爲姎徒、姎徒猶我徒也、姎卬我竝聲之轉耳、白華卬烘于煁傳・生民卬盛于豆傳・竝云卬我也、書大誥不卬自恤、漢書翟方進傳作不身自恤、身卽我矣、末章仍就濟渡爲說、而曉之以正道、招招舟子・誘之深、人涉卬否・處之決、卬須我友・持之正、傳所謂室家之道、非得所適・貞女不行、非得禮義・昏姻不成、是也、上章於迨字見不迫、此章於須字見不苟、上章言昏禮之正、卽濟盈不濡軌之反、此章言非類不可從、卽雉鳴求其牡之反、說者據上傳由膝以上爲涉、以此章涉字爲徒涉、謂人皆徒涉、我獨號招舟子、待友而不涉、非經傳之旨也、

匏有苦葉四章章四句

箋曰、此詩比物連類、旁引曲喩、雜而不亂、復而不厭、深得諷諫之旨、姜炳璋曰、凡美意顯、刺意隱、宣公烝父妾、詩人惡忍以聚麀者聞於鄰國、故詩中非特無君與夫人字、幷無犯禮等字、曰深厲淺揭、曰濟盈雉鳴、若不爲公發者然、下雝雝鳴雁、從雉鳴上生來、招招舟子、從濟盈上掉轉、只求牡歸妻四字、隱隱照顧、而求牡則取喩於物、歸妻則託言夫士、絕不露一痕迹、而刺宣之意、巳宛然可思、

谷風。刺夫婦失道也。 箋曰、夫婦失道、猶言失夫婦之道也、詩人述棄婦之辭以刺之、 **衛人化其上。** 箋曰、上有匏葉之淫、以致是俗、反應桃夭后妃之所致、朱子以爲未見化其上之意、夫民風耆惡、何一不由上致之、王者

陳詩、將以觀政、苟無關政化、焉取于風、安井氏曰、衞人化其上・謂宣公不正昏姻之道、李黼平謂、宣公奪子妻而夷姜縊、是淫於新昏而棄其舊室、故國人倣之、若然此篇當編之新臺之次、而今編於此、其說非也、**淫於新昏。而棄其舊室。夫婦離絕。國俗傷敗焉。**

習習谷風。以陰以雨。興也、習習和舒之皃、東風謂之谷風、陰陽和而谷風至、夫婦和而室家成、室家成而繼嗣生也、**黽勉同心。不宜有怒。**言黽勉者、思與君子同心也、**采葑采菲。無以下體。**葑須也、菲芴也、下體根莖也、**德音莫違。及爾同死。**○黽莫尹反、葑孚容反、菲妃鬼反、芴音勿、延文本、傳貌下有也字、傳和而作和則、傳成而卷子古本作和則、

箋曰、比也、習習谷風、亦出小雅、此假借字之純取聲者、於習字本義不相涉也、孫炎曰、谷之言穀、穀・生也、谷風者生長之風、據此則谷亦穀之借字、穀字詳王風穀則異室下、以陰以雨、爲陰爲雨也、以喩暴怒、韡村先生曰、始之以習習谷風、終之以以陰以雨、悲夫之意之變也、○黽勉同心、黽勉雙聲連緜字、猶勉强也、力所不堪・心所不欲・而勉强爲之、皆謂之黽勉、安井氏曰、言我日黽勉殖家財、以思與君子同心、我色雖衰乎、君子不宜譴責我、此說蓋得

傳意、夫雖有不同、勉强同之、夫婦之道也、黽勉之法、可合異爲同、不宜二字最婉摯、宛然閨房商約語、卽此二句便是悍婦薄夫章弦之佩、怒字暗伏末章有洸有潰意、釋文、黽本亦作僶、黽勉猶勉勉也、爾雅釋詁、蠠勉也、釋文、蠠本作僶、又作黽、韓詩作密勿、文選李注引韓詩密勿同心、十月之交黽勉從事、漢書劉向傳引亦作密勿從事、釋詁作蠠沒、釋文蠠彌畢反、又亡忍反、本或作蠠、引說文曰、蠠古密字、是蠠無正文、借聲爲之、蠠沒聲轉爲黽勉、故郭云蠠沒猶黽勉也、又沒重文作沒沒、轉爲勿勿、禮器云、勿勿乎其欲饗之也、大戴禮曾子立事篇云、君子終身守此勿勿也、鄭注及盧辯注竝云、勿勿猶勉勉也、蠠沒亦或作閔勉、漢書谷永傳閔勉遁樂、顏注、閔勉猶黽勉也、又轉爲侔莫、方言云、侔莫强也、北燕之外郊、凡勞而相勉者、若言努力者、謂之侔莫、轉爲文莫、欒肇論語駁曰、燕齊謂勉强爲文莫、是文莫卽侔莫也、又方言云、薄努猶勉努也、是皆古方俗之語、音轉字變、而其義俱通者也、○采葑采菲、無以下體、比也、下體根也、葑菲根不可食、無以下體、言不用其根也、人無全美、宜取善節、不宜怒其所短而棄之意、僖二十三年左傳引此詩而釋之云、君取節焉可也、取節猶節取、繁露竹林篇、取其一美、不盡其失、亦引此詩、坊記注、言人之交當取一善、義並同、胡承珙曰、此傳以葑爲須、爾雅則云、須、葑從、說文又云、葑、須從、其實乃一物三名、古今方俗語異耳、須從爲雙聲、葑從爲疊韻、說文絫呼之曰須從、毛傳單呼之則曰須、猶爾雅絫呼之曰葑從、單呼之亦可曰從、禮記正義引陸疏云、葑亦謂之從、是也、釋文云、葑字書作豐、草木疏云、蕪菁也、郭璞云、今菘菜也、案江南有菘、江北有蕪菁、相似而異、顧廣譽曰、江南有菘、江北有蔓菁、相似而異、江北之蕪菁則俗所謂大根菜也、江南之菘則俗所謂蘆菔也、菲則葑之類耳、菲、說文菲芴互訓、陸疏不言菲名土瓜、爾雅郭注云土瓜、復不言其形狀、本草王瓜亦名土瓜、非此也、焦循曰、菲之爲芴、猶非之爲勿、蟲之名蜚、一名盧蜰、則菜之名菲、卽蘆萉也、蘆萉卽蘆菔、與蔓靑、一類、故詩人並擧之、中井氏曰、葑菲今世終不能確指爲何菜、蓋我邦俗名唐菜者・名高菜者・或是葑菲之類、大抵與蔓菁蕪菁無異者、但其根全不可食耳、要之蕪菁蘆菔不可以釋詩之葑菲、何則葑菲之美自在葉、今之蕪菁蘆菔其美在根、與無以下體語不合也、安井氏曰、鄭云、此二菜者蔓菁與葍之類、則不以蔓菁爲葍也、竊謂、大芥者近是、芥卽油菜、根小如指、而細根旁出如鬚、初生幷根葉而茹之、或以爲虀、稍長則其根不可食、須古鬚字、古人蓋資其根而名之、非未詳爲何菜、相距萬里、或我邦無此菜也、○德音莫違、及爾同死者、德音是熟套語、包威儀言語性行善惡、故時屬一偏、或屬一事、而義各有所當、此章則以相愛之心而言、與日月詩德音無良同、屬夫說、莫違是前後不相背意、同死字較偕老字更痛切、言爾恩意之加于我者無相背、則可以及爾同死而有終矣、二章以下・反覆陳己見棄之情事、

行道遲遲。中心有違。遲遲舒行皃、違離也、**不遠伊邇。薄送我畿。**畿門內也、**誰謂荼苦。**荼苦菜也、**其甘如薺。宴爾新昏。如兄如弟。**

宴安也、○荼音徒、薺齊禮反、延文
本・傳行下有之字、貌下有也字、
箋曰、此言被出之時也、違相背也、被遣而歸、不得已之甚、故足西行而心東
嚮、是爲違耳、是以其步自遲遲矣、伊猶是也、白虎通嫁娶篇云、出婦之義、必
送之、接以賓客之禮、君子絕愈于小人之交、此詩送我者促之也、恐其不果
行故送、原非循送婦之禮、故及畿而止、傷心在此一送、周禮大司馬乃以九
畿之籍、注・畿猶限也、畿本爲畺域字、故从田、國有國之畿、家有家之畿、室有
室之畿・傳云門內・則畿門限也、爾雅釋宮・柣謂之閾、孫炎曰、柣門限也、釋文・
柣郭千結反、卽切字之音、古謂門限爲切、故考工記輪人鄭衆注、眼讀如限
切之限、限切卽門限也、漢書外戚傳云、切皆銅沓黃金塗、集注以切爲門限、
然則柣切聲同、爾雅橛謂之闑、郭釋爲門閫、失之矣、橛是豎木設於門中、其
旁曰棖、其中曰闑、玉藻云、大夫中棖與闑之間、蓋門中間豎一短木、東曰闑
東、西曰闑西、所以門必設棖與闑者、以爲尊卑中閒及兩旁之節制、知橛爲
豎木者、莊子達生篇云、吾處身也若厥株拘、釋文引李云、厥豎也、厥卽橛之
省文、知橛爲豎木矣、說文以橛爲門梱、廣雅亦云橛闑朾也、朾與梱同、是皆
郭注所本、不知梱是門限、橫木爲之、闑是門橛、豎木爲之、說者多誤、惟禮鄭
注得之、薄送我畿、卽送不過梱之謂、梱設於門中、不過畿則爲門內矣、鄭云
送我裁於門內、無恩之甚、裁猶不過也、○誰謂荼苦、其甘如薺者、猶言人謂
荼苦、徒虛語耳、如我之苦乃爲苦也、蓋以荼視薺則荼爲苦、以我視荼、荼反
爲甘矣、甚言己之苦也、荼一名苦菜、亦單稱苦、唐風采苦采苦是也、陳啓源

曰、爾雅有五荼、其三見詩、誰謂荼苦、堇荼如飴、爾雅之荼苦菜也、有女如荼、予所捋荼、爾雅之蕢苓荼也、以薅荼蓼、爾雅之蒤委葉也、凡三草矣、谷風朱傳釋荼爲苦菜、又繼之曰蓼屬・詳見良耜、是合兩荼爲一物、竟不思苦菜與委葉皆名爲荼、名同而物異、爾雅有明文也、夫苦菜之名、見於爾雅月令及周書時訓解、詩之咏之者・尤不一而足、而內則用爲濡豚之包、儀禮用爲羊羹之芼、則養親薦賓、亦資其味、豈可充以穢草乎、朱子之爲此說者、止因良耜詩荼蓼竝言、又閩人稱辣荼爲可證耳、夫荼爲陸穢、蓼爲水穢、其形色性味・亦不相似、二草之相去遠矣、何得溷爲一物、郝懿行曰、爾雅釋文引本草云、苦菜名荼草、別錄云、一名游冬、生山陵道旁、冬不死、月令孟夏之月苦菜秀、易通卦驗玄圖云、苦菜生於寒秋、經冬歷春、得夏乃成、今苦菜正如此、處處皆有、葉似苦苣亦堪食、但苦耳、顏氏家訓書證篇云、葉似苦苣而細、摘斷有白汁、花黃如菊、李時珍云、稍葉似鸛觜、故名老鸛菜、合顏陸李三說・可盡荼菜之形狀、陶注本草・及徐鍇說文繫傳・竝以荼爲茗、此又失之、蓋緣釋木檟苦荼而誤、不知說文荼苦荼在草部、自是菜耳、按今茶字古作荼、故陶注本草苦菜云、疑此卽是今茗、一名荼、又令人不眠、亦淩冬不凋、此說非是、蘇軾詩云、周詩記苦荼、茗飲出近世、又似因陶注而誤也、郭云樹小似梔子、今荼樹高或數丈、小乃數尺、其葉都似梔子、南中人說・春初早採者佳、郭以早采爲荼、晚取爲茗、爾雅釋文云、荈荼茗其實一也、故茶經云、其名有五、一荼二檟三蔎四茗五荈、則茗荼亦通名耳、又諸書說荼處、其字仍作荼、至唐陸羽著茶經、始減一畫作茶、今則知茶不復知荼矣、王夫之曰、漢以上人、無煮茶飲之者、王褒僮約・始有烹茶買茶之文、楊衒之作伽藍記時、北人尙不知啜茗、其始唯蜀地產、而蜀人食之、後世乃移種於江淮、若河北則土不宜種、邶安得有此哉、薺毛鄭皆無訓釋、呂記引本草云、薺味甘、人取其葉作菹及羹、亦佳、本草綱目云、薺有大小數種、小薺莖扁味美、其最細小者名沙薺也、大薺科葉皆大而味不及、其莖葉有毛者名菥蓂大薺、味不佳、竝以冬至後生苗、二三月起莖五六寸、開細白華、結莢如小萍・而有三角、莢內細子如葶藶子、其子爲蒫、四月收之、○宴爾新昏、宴本又作燕、安也、樂也、衞詩總角之宴同、謂情有獨鍾也、新昏夫所更娶之妻也、杜詩但見新人笑、那聞舊人哭、卽祖其意、如兄如弟言恩思甚至也、新昏二字已自傷心、復以如兄如弟强爲形容、似讚似羨、愈難爲情矣、是夫蓋先得新人在外、必非逐故妻而更娶也、苐得新而厭故、欲遣故妻、而不肯出、乃延新人入于家、一寵昵焉、一罵辱焉、新故相形、以絕其意、故妻不能忍耐乃肯去、不然故妻焉得覩宴新昏如兄如弟之狀哉、至下章涇渭之比尤可想、此章陡接被出、揭過中間多少情節、後郤縷縷補出、詩主言情、不專叙事、故應如是、

涇以渭濁。湜湜其沚。涇渭相入、而清濁異、宴爾新昏。不我屑以。屑潔也、毋逝我梁。毋發我笱。逝之也、梁魚梁、笱所以捕魚也、我躬不閱。遑恤我後。閱容也、○湜音殖、笱古口反、閱音悅、延文本・傳異下有也字、

箋曰、比也、涇自比、渭比新昏、鄭箋云、涇水以有渭故見渭濁、喻君子得新昏故謂已惡也、阮元曰、釋文云、舊本如此、一本渭作謂、後人改耳、考此箋云故見謂濁、下云故謂已惡也、二謂字義同、正義云、箋將述婦人之心、故先述涇水之意、涇水言以有渭故、人見謂已濁、猶婦人言以有新昏故、君子見謂已惡也、見謂濁言人見謂已涇之濁、是正義本亦作謂、當以一本爲長、阮說是也、延文本下渭作其、卷子本同、文義最明鬯、乾隆帝涇清渭濁紀實云、涇以渭濁、朱注以爲渭清涇濁、大失經義、夫以者何、因也、涇以渭濁、可知涇本清而因渭濁、如左以右累・是左者因右而受累、賢以邪累・是賢者因邪而受累也、伊洛以河渾、是伊洛本澄、入黃河而爲渾流也、如是者原不可僂指數、定當謂涇之清因渭而濁爲是、爰命陝西巡撫秦承恩・身至二河自甘省入陝省之源、辨其清濁、承恩上言、涇水發源甘肅平涼縣笄頭山、東流至長武縣、入陝西境、又東至高陵縣入于渭、渭水發源甘肅渭源縣鳥鼠山、東流至隴州、入陝西境、又東至高陵縣與涇會、其地即禹貢之渭汭、今名上馬渡、查涇水一道、約寬一二十丈不等、入陝後并支流一十有四、現在桃汎初過、水勢漸澄、其流與江漢諸川相似、渭水一道、約寬七八十丈不等、入陝後并支流三十有三、現在桃汎雖過、水勢仍渾、其色與黃河不甚相遠、至合流處・則涇水在北、渭水在南、涇清渭濁、一望可辨、合流以後、全河雖俱渾濁、然近北岸數丈許、尚見清泚、過此七八里外、清濁始混而爲一、兩河船戶、及傍岸居民僉稱、涇水係石子底、四時常清、惟春日雪消冰泮、及夏雨暴漲時、各處溪流滙集、衝激奔騰、以致河身渾濁、遂與渭水無別、十數日水退泥澄、仍復清駛如故、至秋冬間、更爲澄澈、水底石子・一一可數、又間遇渭水盛漲、倒灌入涇、涇口內六七里亦皆渾濁、然傍岸處仍係清流、渭水係沙底、水挾沙行、四時常濁、從未見有清澈之日、涇河當水靜時、可以隨汲隨飲、渭河則無論四時、必須澄淨・然後可飲、臣隨遣人探試、涇水實係石子底、渭水實係沙底、並於二水急流處、各取水澄之、涇水一石、澄滓三升許、渭水一石、澄滓斗許、臣查勘既確、復又取詩意繹之、在作者明以潔清自喻、言涇水本清、自入渭以後、不得不合而爲濁、然其清處自在、故下句接云湜湜其沚、若本體既濁、安所得湜湜者耶、謹按、漢以前本無涇濁渭清之說、唐初傳本乃始欲以濁屬涇、竊揆其致誤之由、蓋亦有故、漢書溝洫志・涇水一石、其泥數斗、夫一石之水、至有數斗之泥、誠不得不謂之濁、既以濁屬涇、自不得不以清屬渭、是以潘岳西征賦・卽有清渭濁涇之句、而唐人解經、亦多因此而誤、不知漢書謂其泥數斗者、特舉當時所利而言、言其衝激之一時也、谷風謂湜湜其沚者、專取潔清自喻、言其澄澈之本然也、凡水皆暴漲時、無不立見渾濁、江漢且然、何獨于涇而加以濁名乎、陝西通志載明季修廣惠渠議・引古碑云、四月閉涇口、防濁水淤渠、七月啓涇口、引涇水灌地等語、可見涇水當四月後七月前、始間有濁時、餘則恆清、秦漢時河高渠下、引水甚易、故利其濁、不取其清、唐宋後・河下渠高、防有淤墊、則又引其清・而拒其濁、渠水爲民間衣食之源、以時啓閉、垂諸貞石、千萬人所共遵守、以視經生之曲說雷同、文士之陳言勦襲者、洵爲確然可據、至渭水之濁、前人固罕言之、然蘇轍詩如袞袞河渭濁、尙有渭水帶沙渾之句、轍少游秦中、其明言渭濁・見於吟咏者不一、斷非率爾操觚、又寶雞縣志有云、邑南諸川、半發源于秦嶺、其注漢者、清則同清、注渭者濁則同濁、又渭自隴州石門來、逕縣南入岐山境、尋其原委、無所謂湜湜其沚者、而詩顧云涇以渭濁何也等語、雖一邑專志未能于涇渭清濁之間、詳加考正、然以守土者、紀其本邑山川、亦明指渭水爲濁、則其言益足徵矣云云、此說得諸目驗、爲涇清渭濁定案、阮元曰、說文水部湜下、引詩曰湜湜其止、鄭箋小渚曰沚、此鄭以經止字爲沚字之假借、不云讀爲、而於訓釋中、直改其字、以顯之也、例見關雎怨耦曰仇下、此實漢代注經之常例、安井氏曰、釋文沚音止、渭作謂、皆誤倒、毛蓋謂涇渭合流、始見涇濁、其獨流之時、涇亦湜湜然見其底矣、故云涇渭相入而清濁異、馬瑞辰曰、說文、湜水清見底也、引詩湜湜其止、說文又曰、止、下基也、湜湜卽狀水止之皃、故以爲水清見底、毛詩舊本蓋本作止、凡水流則易濁、止則常清、淮南俶眞篇、人莫鑑於流沫、而鑑於止水者、以其靜也、說山篇、人莫鑑於沫雨、而鑑於澄水者、以其休止不蕩也、又說林篇、水靜則平、平則清、清則見物之形、弗能匿也、詩意蓋謂、水之流雖濁、而止則清、以喩己之色雖衰、而德則盛、沚當從說文作止、爲是、箋讀止爲沚、又以湜湜爲持正貌、蓋因止與正同義、故以正釋沚、亦以沚爲止、故箋又云、己之持正守初、如沚然不動搖、不動搖、卽止義也、馬說得之、蓋湜湜比己心潔清、言己容貌之衰久矣、又以新昏形之、益見憔悴、然其心則湜湜然、持正守初矣、詩人多述土風、此則衞詩而遠引涇渭者、蓋涇清渭濁天下所共知、猶云海鹹河淡也、鄭箋云絕去所經見、蓋以此去婦爲秦人女嫁邶人也、殊泥、○不我屑以者、屑、潔也、快也、不屑猶不屑髢不屑去之

屑、以・用也、不以・謂不妻畜我、○毋逝我梁、毋發我笱、比也、梁笱所設以取魚、
逝人之梁而發人之笱、謂因人之成功焉、據下三章所述、此婦勤儉爲家、始
貧而後富、因設謂新昏曰、毋之我梁而發我笱、以喩毋入我室而耗我財、新
昏因舊室之成業、不知其成之難、則將輕用之、我雖見棄、猶憂其後之不繼
也、忠臣去國、不憂其身之廢、而惜其功之無成、亦猶是矣、傳逝之也者、之逝
往三字、義相近而微有別、逝往也、往猶去也、逝之也、之猶至也、鄘柏舟之死
矢靡它、傳・之至也、與此同、周禮𣿅人掌以時𣿅爲梁、鄭司農注云、梁・水堰也、
堰水而爲關空、以笱承其空、梁之名所施甚多、而詩有其四、如茨如梁、橋梁
也、以木爲之、月令謹關梁、周語十月成梁、指此、有狐綏綏在彼淇梁、毛傳石
絶水曰梁、是石杠也、五楘梁輈、車上之梁也、毛傳輈上句衡、謂衡橫於輈下・
如屋之梁也、無逝我梁、維鵜在梁、鴛鴦在梁、有鵜在梁、皆漁梁也、堰石障水・
而中央通水爲關孔、以通魚之往來、笱承其空以取魚也、笱之言句、句・曲也、
曲竹爲之、或用葦薄、淮南兵略篇魚笱門、高注云、竹笱所以捕魚、其門可入
而不得出、是其制也、梁與笱相爲用、故詩言逝梁卽言發笱、發宜訓開、韓詩
訓爲亂、失之、此四語亦出小弁、似是周時陳語、故多引用之、○我躬不閱、說
文・閱・具數於門中也、此閱字本義也、其引申之義則左氏襄九年傳商人閱
其禍敗之釁、注・閱猶數也、管子度地、常以秋歲末之時閱其民、注・閱省視也、
其餘大閱簡閱閱歷閱實各義、大約皆具數省視兩意盡之、毛訓爲容、則閱
卽說之假借字、孟子以容悅竝言、亦以容爲悅也、左傳襄二十五年引作我
躬不說、毛蓋本左氏、遑恤我後、後謂婦人既去以後、卽指上逝梁發笱事、言

我躬且不閱、何暇憂我既去之後哉、安井氏曰鄭訓後爲子孫、然婦人非血統所繫、未聞稱子孫爲後、恐非經傳之意也、

就其深矣。方之舟之。就其淺矣。泳之游之。舟・船也、**何有何亡。黽勉求之。**有・謂富也、亡・謂貧也、**凡民有喪。匍匐救之。**○匍音蒲、匐蒲北反、

箋曰、比也、此自述其婦德之實、其平日有無黽勉、勤家睦隣、種種可告無罪、蓋求所以見棄之故、而不可得也、此一篇領要處、方泳俱見周南漢廣篇、游亦泳之類、就深則方舟、就淺則泳游、不是較量淺深・而只有一就耳、謂隨事盡其心力也、何有何亡、黽勉求之者、亡與無同、古有無字皆作亡、論語亡而爲有、是也、言家造之養具、凡飢寒之虞、有則慮其亡・而不以有爲足、無則冀其有・而不以無爲辭、皆盡力以求之也、凡民有喪、匍匐救之者、凡民・閭里他人也、言己不唯勉家事、又盡力於鄉隣、以結其親好、此受上章我梁我笱、而申叙昔日之事、綢繆宛轉、其情之不可已者、摸寫盡矣、說文・匍手行也、匐伏地也、問喪注・匍匐猶顚蹷、匍匐者急行顚蹷不暇起立、遂匍匐而行、故云猶顚蹷也、匍匐本小兒未行之狀、其盡力顚蹶似之、故取名、檀弓引作扶服、又作蒲服、昭十三年左傳奉壺飲冰、以蒲服焉、是也、又作蒲伏、史記淮陰侯傳、俛出袴下蒲伏、是也、又作扶伏、昭二十一年左傳扶伏而擊之、是也、蒲扶服

伏皆音同假借、袁文曰、救字音居尤切、詩補音引三略使怨治怨、是謂逆天、使讎治讎、其禍不救、又引周武王盤銘、與其溺於人、寧溺於淵、溺於淵尚可游也、溺於人不可救也、是矣、

不我能慉。反以我爲讎。 慉・養也、 **既阻我德。賈用不售。** 阻難也、 **昔育恐育鞫。及爾顛覆。** 育・長、鞫・窮也、 **既生既育。比予于毒。** ○慉許六反、賈音古、售市救反、鞫居六反、延文本・傳長下有也字、

箋曰、不我能慉、說文引作能不我慉、董氏讀詩記引王肅孫毓本・並能字在句首、與芄蘭詩能不我知、能不我甲句法同、段玉裁欲據以改經、可不必、釋文云、慉・毛興也、說文起也、王肅養也、據此今傳作養者乃王肅本、正義云、徧檢諸本・皆云慉養、以孫毓引傳云慉興者爲非、正義是也、易離・畜牝牛吉、虞注・畜養也、我行其野爾不我畜、傳・畜養也、又日月畜我不卒、節南山以畜萬邦、鄭箋並云・畜養也、慉卽畜之別體、猶畜積字亦別作蓄與稸也、孫毓引傳云慉興、與陸所見本同、說文・慉起也、卽興字意、蓼莪拊我畜我、鄭箋亦訓爲起、起如晉語世相起也之起、韋注云、起・扶持也、馬瑞辰曰、慉與讎對、當讀如畜好之畜、孟子畜君者好君也、呂氏春秋引周書民善之則畜也、不善則讎也、文子亦云、善卽吾畜也、不善卽吾讎也、說苑引孔子曰、以道導之則吾畜

也、不以道導之則吾讎也、竝以畜與讎對擧、不我慉卽不我好也、馬說亦通、○既阻我德者、阻、却也、德謂其多年勤奉之勢、上章所云卽是、賈用不售者、行曰商、處曰賈、售謂物出手也、猶云賣去也、言我前勢如此、而阻却不顧、如賈人貨物雖良、而不見售也、夫婦德耦也、而曰讎、治家勤勢婦職也、而曰賈、蓋恩義已絕、不敢邀將來之寵、但思售曩時之勢、比之路人則猶賈也、然既阻我德、則賈亦不售矣、○昔育恐育鞫、及爾顚覆者、釋詁、育長也、又育養也、郭於育長注云、育養亦爲長、是長讀如長養之長、不讀爲長老之長、此傳育長亦謂長養、鞫卽鞠之叚借、育恐謂育於恐懼之中、育鞫謂育於困窮之際、言昔日家道窮迫、及爾育於恐懼困鞫之中、而百事不辨、轉頓狼狽也、蜀石經恐下無育字、四字爲句、蓋脫、○既生既育、比予于毒者、言生育既遂、財業既有、此糟糠之妻不下堂之時、而爾則摟新人來、視我如毒矣、毒字較讎字更爲刻、本章連用三育字、既生既育與生民載生載育同句法、上句用兩育字者、語長心鄭重也、三育字一解、無須另生枝節、

我有旨蓄。亦以御冬。 旨、美、御、禦也、 **宴爾新昏。以我御窮。有洸有潰。既詒我肄。** 洸洸、武也、潰潰、怒也、肄、勞也、 **不念昔者。伊余來塈。** 塈、息也、○蓄勑六反、洸音光、潰戶對反、詒音怡、肄以世反、塈許器反、

箋曰、興也、旨蓄・瓜瓠葵芋之類、以禦冬而已、春蔬生則棄之、旨蓄・舊室也、新
昏・春蔬也、互而成興、高誘注呂覽仲秋紀云、蓄菜・乾苴之屬也、卽引此詩、御
禦古今字、秦黃鳥傳・禦當也、言己於家事無所不盡心、及其富有・則棄我如
遺、專宴爾新昏、是特使我獨禦窮乏時也、宴爾新昏三出、一出怨於一出、如
兄如弟・言其寵愛、不我屑以・言其以新棄我、以我御窮、怨毒極矣、○有洸有
潰、洸者聲借之字、古無正體、爾雅釋訓洸洸、釋文・洸舍人本亦作僙、江漢武
夫洸洸、鹽鐵論作武夫潢潢、後漢書郭憲傳・關中觥觥郭子橫、注觥觥剛直
之貌、玉篇作趪、云胡光切、引西京賦猛虡趪趪、謂作力皃、趪趪亦武猛之意、
尣廣聲同、尣通作橫、橫有武義、故樂記云・橫以立武、橫廣俱从黃聲、黃从尣
聲、古讀橫廣竝如尣、故書之尣被四表・後漢書作橫被四表、是其證矣、趪趪
僙僙皆或體字、潢潢觥觥亦假借字、此亦終於假者、蒼頡篇傍決曰潰、水潰
則其勢橫暴而四出、故引申之・怒之盛者爲潰、經言洸、傳云洸洸、經言潰、傳
云潰潰、凡經文一字、傳文用疊字者、一言不足則重言之・以盡其形容者、例
準此、有洸有潰、所謂怒也、此遙應習習谷風四語、旣詒我肄者、言棄我於萬
苦必窮之地也、肄者勩之同音叚借、釋文・肄爾雅作勩、釋詁・勩勞也、郭注引
雨無正莫知我勩、左氏昭十六年傳引作莫知我肄、是肄勩古通用之證、○
不念昔者伊余來塈、不念乎云者、欲使夫追念昔日新知樂、而或生悔悟之
意也、其心事亦可悲矣、塈・仰涂也、非休息之謂、大雅民之攸塈、正義引爾雅
釋詁云、呬・息也、某氏曰、詩云民之攸呬、是詩本有作呬者、則塈爲呬之假借
無疑、故傳訓塈爲息、卽休息之義、猶言止、謂己始來嫁、止居夫家之時、葛屨

毛詩會箋

傳・婦三月廟見、然後執婦功、故婦初來曰息、足互相發明、末章欒窮二字、深怨刻骨、有洸有潰、曲盡暴戾剛很之狀、言見棄之苦極矣、忽轉到昔者來塈、情致凄婉、不堪重憶、言外亦有危動新昏意、李白詩回頭語小姑、莫嫁如兄夫、堪助傳神、大戴記本命篇言・婦有三不去、其一前貧賤後富貴不去、此詩昔育恐育鞠、前貧賤也、既生既育、後富貴也、是當在不去之列、今乃相棄、苟未免有情、復誰能堪此、此谷風所爲賦也、

谷風六章章八句

式微。黎侯寓于衛。 箋曰、寓・寄也、黎國詳下旄丘篇、 **其臣勸以歸也。**

箋曰、蠻夷猾夏、周禍也、黎既爲寓公於衛、則衛侯當盡力同恤其難、而使其有式微之歎、豈非其罪乎、錄之以示衛淫亂之禍、不唯內傷其國、亦不務諸侯之事也、序以宣公・前後夾之、則黎侯寓于衛・亦宣公之時也、朱子辨說引陳氏、以此爲穆公時之詩、殊不思變風終于陳靈、陳靈被弑在魯宣公十年、晉滅赤狄在魯宣公十五年、當衛穆公時、夫衛至穆公・徙居楚丘已三世、則黎與晉爲鄰、晉爲盟主、何殷殷望救於衛哉、惟在衛宣公時、桓文未興、故黎臣以救災恤鄰・望之於衛、在穆公時則衛不得爲次國、惡可以稱衛伯乎、陳啓源曰、式微旄丘二詩、皆黎臣作也、然式微勸其君歸、旄邱責衛伯之不救、旨各不同者、意狄人破黎之後、必是棄而不守、黎侯若能自振、則遺民猶有存也、歸而生聚之、敎誨之、尙可復興、此式微勸歸之意也、然此時狄雖去、而

國已破、且日懼狄之再至也、必得賢方伯、資以車甲、送之返國、爲之成守・如齊桓之於邢衞、方可轉危爲安、此旄邱之詩・所以望衞之深・而責之至也、夫子錄其詩、示後世以自彊之道・恤鄰之誼也、厥後百餘年、晉人數赤狄潞氏罪、言其奪黎氏地、遂滅狄而立黎侯、是黎未嘗亡也、豈黎君流寓日久、雖無衞援、而仍自歸其國與、則式微一詩有以激之矣、

式微式微。胡不歸。式・用也、**微君之故。胡爲乎中露。**微・無也、中露・衞邑也、

箋曰、鄭以式爲發聲、卽語詞、傳雖訓式爲用・詩中言用者亦語詞、箋申傳、非易傳也、微猶衰也、再言之者、言衰之甚也、胡不歸・是勸君促歸之辭、胡不二字、有翻然振作意、以見失援於人、正須發憤於己、晉人所謂戮力王室・克復神州、豈作楚囚相對泣耶、黎臣許多心事、盡在此三字中、〇微君之故、微猶非也、此章二微字義不同、古者以患難爲故、鄭語王室多故、韋注・故猶難也、漢書張陳王周傳贊・事多故矣、注・故謂中屯難也、周禮宮正國有故、注・故謂禍災、此詩微君之故、猶云微君之難・微君之禍災耳、〇胡爲乎中露、中露・露中也、亂草露濕、而寢處於其際、尤難堪之喩、怨衞人之少恩也、夫主憂臣勞、主辱臣死、固當不憚淹恤、而今言我非君之故、何以留此草露沾濡之中者、激其君以有爲也、故字躬字須坐實、否則便是怨君、

式微式微。胡不歸。微君之躬。胡爲乎泥中。泥中衞邑也、

箋曰、微君之躬、馬瑞辰曰、古字躬與窮通、論語鞠躬・聘禮鄭注作鞠窮、公羊宣十五年傳潞子之爲善也躬、言潞子之爲善・其道窮也、大戴哀公問五義篇・躬爲匹夫而不願、對富貴爲諸侯而無財言、躬卽窮也、皆窮通作躬之證、此詩微君之躬、躬亦窮之省借、言若微君之窮困、猶上章微君之故・故謂患難也、○胡爲乎泥中、泥中言有陷溺之難・而不見拯救也、毛傳以中露泥中爲二邑、與桑中爲地名同、朱傳不作邑名解、極得詩意、泥中甚於中露、如所云辱在泥塗、蓋衞雖處黎侯於東地、而待之不以禮、如齊景之於魯昭耳、此詩雖勸黎侯之歸、亦有責衞伯之意、觀其辭曰胡爲乎中露・胡爲乎泥中、蓋情見乎詞矣、錄是詩之本意在此、

式微二章章四句

旄丘。責衞伯也。

箋曰、序云責衞伯也、細味詩言、皆責字之意也、擊鼓序曰怨州吁也、細味詩言、皆怨字之意也、序以一字指全篇者多類此、衞伯是方伯之伯、就其爲伯而責之、故不稱本爵而曰伯、以反應召伯、狄人迫逐黎侯。黎侯寓于衞。衞不能脩方伯連率之職。

箋曰、方伯・州長也、連率・十國長也、王

制云、五國以爲屬、屬有長、十國以爲連、連有帥、三十國以爲卒、卒有正、二百一十國以爲州、州有伯、八州八伯、八伯各以其屬、屬於天子之老二人、分天下以爲左右、曰二伯、是州伯之上有二伯矣、州伯皆稱牧者、自內言之則屈於二伯、故稱牧、曲禮云、九州之長入天子之國曰牧、是也、自外言之則伸於諸侯、故稱伯、王制謂方伯之國、是也、成王封康叔于衞、本牧伯、故康誥稱孟侯、孟侯者五侯之長也、非伯而何、史記衞世家・自頃公以前七世皆名伯、可以證矣、黎侯以狄難來告、正望其修先世連率之職、故詩曰與・曰以・曰同、皆連率之事也、率所類反、

黎之臣子。以責於衞也。

箋曰、序云衞伯、是責其君、詩稱叔伯、則指衞之諸臣、不斥其君而責其臣、婉辭也、至序云責衞伯者、是推本詩人之意、不必定詩詞所有、毛傳專釋詩詞、故但以伯叔指衞之諸臣、而不及其君、序與傳各明其義、仍兩不相悖耳、

旄丘之葛兮。何誕之節兮。

興也、前高後下曰旄丘、諸侯以國相連屬、憂患相及、如葛之蔓延相連及也、誕・闊也、

叔兮伯兮。何多日也。

日月以逝、而不我憂也、○旄音毛、摺本傳以作已、

箋曰、以葛之闊節、興伯叔之多日、郝懿行曰、旄丘爾雅釋文引字林作嵍、又作堥、玉篇云、嵍丘也、或作堥、顏氏家訓書證篇云、嵍字依諸字書、卽旄丘之旄也、是呂忱顧野王顏之推竝以旄丘爲堥丘、文選荅賓戲注・應劭引爾雅正作前高堥丘、又內則注牟讀曰堥、卽此堥字、鄭應同時、蓋必所見爾雅本

旄丘作堥丘、故一讀一引、字俱作堥、可知今本作旄叚借字耳、釋名作髦、因云前高曰髦丘、如馬舉頭垂髦也、殆望文生訓矣、郝說是也、誕與覃通、書誕敷亦作覃敷、是其明證、覃・延也、猶葛覃之覃、詩言葛者、多取延蔓之義、此傳訓誕爲濶、卽延字引申之義、蔓愈長則節愈濶、已有爲時甚久之意、故下傳云、日月以逝・而不我憂也、鄭箋云、土氣緩則蔓生濶節、殊不知葛自有節、初生節密、後延蔓則愈長、此自然之理、非關土氣也、詩以葛起興、春夏之交也、而後言狐裘蒙戎則爲嚴冬、自暑歷寒、此正詩言多日之證、〇叔兮伯兮、傳於下章褎如充耳爲大夫尊盛之服飾、則叔伯指衞大夫也、呼衞大夫者、不敢直指衞君也、何多日也、上何字有一見驚駭意、下何字是望救迫切聲口、

何其處也。必有與也。言與仁義也、何其久也。必有以也。

必以有功德、〇傳有字卷子古本無、延文本德下有也字、

箋曰、承上何多日之意而引申之、曲折委婉、然正使人無餘地自處、處・安居不動也、必有與也、必者懸斷之辭、與字活看、乃與與國謀議經營之事也、但不當訓與作與國耳、首章何字在下句、此在上句、〇必有以也者、僖二十六年冬、公以楚師伐齊取穀、左傳・凡師能左右之曰以、是古者用他國之師謂之以、謂可以隨其所用也、此詩葢言衞臣之久不來、必乞師於他國、有可爲其所以者、卽謂以他國之師也、傳以仁義功德立說、葢訓與爲許、謂衞人必

許我以施仁行義也、救黎仁也、擊狄義也、能行仁義、而有濟於事之謂功德、然全無文理、亦絕少意味、

狐裘蒙戎。匪車不東。大夫狐蒼裘、蒙戎以言亂也、不東言不來東也、**叔兮伯兮。靡所與同。**無救患恤同也、

箋曰、狐裘指黎君所衣、車指黎君所乘、傳則以狐裘爲大夫服、故云大夫狐蒼裘、卽玉藻君子狐青裘豹褎者、蒼青也、唯大夫狐青裘、以豹皮爲褎飾、此不言豹褎者、文略耳、蒙戎僖五年左傳作尨茸、晉世家作蒙茸、蒙尨戎茸音義皆同、杜注・尨茸亂貌、狐裘蒙戎、謂久寓而裘敝、猶國策言蘇秦黑貂之裘敝也、匪車不東者、黎在衞西、故往衞則東、乘車奔走於東、言告命非不謹也、宣十五年左傳、潞子奪黎氏地、杜注・黎氏黎侯國、上黨壺關縣有黎亭、今黎亭在山西潞安府長治縣西、正古壺關縣地、此黎國在衞西之證也、水經注・黎陽在魏郡、世謂黎侯城、昔黎侯陽寓於衞、因以爲名、今河南衞輝府之濬縣、卽古黎陽、在衞東、此寓在衞東之證也、漢書地理志、東郡有黎縣、是黎侯國、魏郡有黎陽、是黎侯所寓、孟康誤合爲一、臣瓚駁之矣、○靡所與同者、謂無與同力者耳、傳以爲救患恤同、則訓與爲助、讀同爲同盟之同、衞與黎同在北岳之下、故以救同盟責之、

瑣兮尾兮。流離之子。瑣尾・少好之兒、流離・鳥名也、少好長醜・始而愉樂、終以微弱、**叔兮伯**

兮。褎如充耳。褎、盛服也、充耳、盛飾也、大夫褎然有尊盛之服、而不能稱德也、○瑱素果反、褎由救反、卷子古本傳始而作始如、摺本、鳥下無名字、稱下無德字、

箋曰、比也、易旅、旅瑣瑣、釋文引鄭注瑣瑣小也、又引王注瑣瑣細小貌、尾末也、通作微、書鳥獸孳尾、史記作字微、微亦小也、瑣尾二字同義、流離鳥名也、詩人觸目生情、但取流離二字以自傷、言此細小微末者、流離之子也、黎君爲寓公、而伶仃憔悴之狀、寫得動人、釋文、流本亦作鶹、爾雅、鳥少美長醜爲鶹鷅、草木疏云、梟也、關西謂之流離、大則食其母、以爾雅文義按之、上云、鳥之雌雄不可別者、以翼右掩左雄、左掩右雌、下云、二足而羽謂之禽、四足而毛謂之獸、皆統論鳥獸情狀、故謂凡鳥之少美長醜者、通呼爲鶹鷅耳、況上既釋梟鴟、此不當復贅、說文則作鶹離、以爲鳥名、次於鶹鷅之後、鶹鷅、陸璣云今鶹鷅是也、微小於黃雀、其雛化而爲鸝、然則鶹鷅爲鳥之始小後大者、故與鶹離少美長醜者連類而及、尾與娓通、娓美也、故毛解爲美、以瑣尾爲稱、俱在詞外、故又申明經義、總釋之云、始而愉樂、終以微弱、言衛大夫不知形容其少好、喻叔伯服飾之尊盛、至鳥長而毛羽醜惡、與叔伯服飾之不能救患恤同、苟且偸安、脣亡齒寒、終必及患、如鳥之少好不足恃耳、然以流離必定爲是何鳥、未免高叟之固矣、借鳥名以自傷、庶幾得詩人之旨、○褎如充耳、言褎然盛飾、終不顧是瑣尾之客也、傳褎然卽經褎如、是以然釋如也、漢書董仲舒傳、武帝策賢良云、今子大夫褎然爲擧首、顏注云、褎然盛服貌

也、正祖此詩義、漢書叙傳又云、樂安褎褎、古之文學、顏注亦云、褎褎盛貌、褎有盛義、褎从衣、亦可爲盛服、充耳卽瑱、傳云充耳盛飾者、謂盛服之飾也、淇奧言充耳、皮弁服也、都人士言充耳、爵弁服也、此篇言充耳、裨冕服玄冕服也、男子唯緇布冠無笄無瑱、其餘冕弁皆有笄、有笄則皆有瑱、謂之充耳、亦謂之塞耳、充耳有蔽聽之義、則曾無我聽亦自見矣、楚語、今子聞而棄之、猶蒙耳也、又曰、其又以規爲瑱也、故嚴氏謂、責其不能聽己之愬、遂譏其褎然盛服、如眞以塡塞其耳而無聞也、得之、如褎字从鄭朱作多笑貌、則充耳當作聾耳說、其可通乎、褎如充耳、是土木偶人之狀、非惟不知他人痛癢、并不知自己利害、熒澤之禍、所由不免、此詩首章疑衛之皐緩、二章測其必有與國而緩來、三章疑其無與同力者而不來、葢救災分患、非一國所能獨任、觀齊晉主盟・凡役必合諸侯可見、至于終不見恤、乃知非無與國、乃衛之君臣、褎如充耳、若罔聞知也、曲折以體其情、而終乃質言以責之、上二句字中有淚、下二句風刺入骨、

旄丘四章章四句

箋曰、黎衛皆與狄鄰、黎則衛之蔽也、狄既舉黎、衛益近狄、而衛不救黎、既無恤患恤鄰之義、兼有唇亡齒寒之憂、異日衛亦爲狄所滅、賴齊桓而後存、觀木瓜之詩、知衛人之德桓公者深、觀此詩知黎人之怨衛爲最切、得失之際、可以觀矣、春秋之作也、桓莊以前、傷天下之無王、襄昭以後、傷天

下之無覇、與旄丘有同慨焉、

簡兮。刺不用賢也。 箋曰、兎罝羔羊之反也、 **衞之賢者。仕於伶官。**

箋曰、伶官者樂官也、伶氏世掌樂官而善焉、故後世多號樂官爲伶官、仕於伶官、乃仕爲伶官之屬、非卽伶官也、正義引周禮掌舞官屬、及禮記翟者樂吏之賤者也、斷其身在舞位爲舞人、若施人舞者衆寡無數、韎師舞者十有六人之類、是也、阮元曰、釋文云、泠官音零、字從水、樂官也、字亦作伶、考左昭二十年泠州鳩、釋文云、泠字亦作伶、漢書志泠綸、及人表泠淪、又呂覽、同皆用從水字、廣韻泠又姓、此序及箋當本作泠、其作伶者俗字耳、唐石經作泠、五經文字云、泠樂官、或作伶・訛、亦其證、 **皆可以承事王者也。** 箋曰、發明西方美人也、言皆可以者、見不用者非一也、衞賢者仕於伶官、詩人以爲是王朝之選也、因作此詩、以刺時君之不用、而末章乃詩人代道賢者心事、非賢者自作也、詩言碩人多矣、無自譽而曰碩人者、有力如虎、赫如渥赭、皆旁觀贊歎之辭、絕非自作之語、朱子乃謂、賢者有輕世肆志之心、若自譽而實自嘲、非也、既稱賢者、豈以輕世肆志爲心乎、

簡兮簡兮。方將萬舞。 簡・大也、方・四方也、將・行也、以干羽爲萬舞、用之宗廟山川、故言於四方也、 **日之**

方中。在前上處。 敎國子弟、以日中爲期。○傳言字卷子古本無、延文本・期下有也字、

箋曰、吳語簡服吳國之士於甲兵、注・簡習也、左氏襄三年傳爲簡之師、注・簡選練、是簡有習練之義、重言簡兮者、以方將萬舞、不能不豫爲習練耳、方將二字連文、方猶云將也、方將莊子多出、韓詩說云、萬・大舞也、廣雅・萬大也、萬舞蓋對小舞言、故爲大舞、實文武二舞之總名、故傳云以干羽爲萬舞、武舞名干舞、言干則有戚矣、文舞爲羽舞、言羽則有籥矣、春秋宣八年、壬午猶繹、萬入去籥、謂文武二舞俱入、以仲遂喪、於二舞之中去其有聲者、故去籥、非以萬與籥對擧也、左傳隱五年考仲子之宮、將萬焉、而所獻者六羽、是文舞名萬也、莊廿八年楚令尹子元欲蠱文夫人、爲館於其宮側、而振萬焉、夫人曰、先君以是舞也・習戎備也、是武舞名萬也、公羊鄭康成並以萬爲武舞、籥爲文舞、非也、四代之舞皆有萬稱、竹書・帝舜十七年春二月、入學初用萬、夏小正・丁亥萬用入學、商頌萬舞有奕、則萬之名自古有之、何休以爲武王以萬人得天下故名、非也、詩上言公庭萬舞、則干戚羽籥皆備可知、而次言有力如虎、是武舞之形容也、蓋凡舞皆先武而後文、故書言舞干羽于兩階、則先干而後羽、樂記言及干戚羽旄謂之樂、則先干戚而後羽旄、郊特牲明堂位祭統皆先大武而後大夏、然則祭末正當文舞之時、故見其執籥秉翟、而繼之以公言錫爵也、在前上處者、碩人蓋舞人之年資深・領群舞者也、前三章通言祭祀萬舞一事、將萬習練、故日之方中、而碩人在其前列上頭也、碩人俁俁以下正言其舞、公言錫爵則舞事畢矣、毛則訓簡爲大、於碩人俁俁

云、碩人大德也俁俁容貌大也、則此簡大不指人言、當爲大合樂之大、言大兮大兮、于祭四方山川・行此干羽之大舞、將刺不用賢者、反言大其事、故曰簡兮簡兮、其爲舞者三、方者用山川之舞也、日中者教國子弟之舞也、公庭者宗廟之舞也、用山川・及教國子弟・非一時之事、但言其平時職掌有此、而當日詩人所見・則以在宗廟公庭者爲主・然折前後爲三事、似非經意、

碩人俁俁。公庭萬舞。碩人大德也、俁俁容貌大也、萬舞非但在四方也、親在宗廟公庭也、**有力如虎。執轡如組。**組・織組也、武力比於虎、可以禦亂、御衆且有文章、言能治衆、動於近成於遠也、○俁疑矩反、摺本・衆下無且字、

箋曰、方言・吳大也、俁从吳聲、故義亦爲大、釋文引韓詩作扈扈、云美貌、俁扈音近、美與大亦同義、故扈扈訓美、又訓大、檀弓・爾毋扈扈爾、鄭注・扈扈謂大、是也、稱人曰碩、重其品也、俁俁指形體、亦帶儀度說、堂階前爲庭、謂廟中之庭也、有力如虎二句、爲承上起下之詞、是武舞之形容也、武舞中有所謂發揚蹈厲者、故見其如虎、有所爲夾振駟伐者、卽謂驅駟馬以往伐、故有執轡之事、碩人之賢可以承事王者、專於此二句見之、繼言執籥秉翟、則是文舞也、下將述碩人之不遇、故極贊其才德之美也、執轡如組、轡是御者所執者、韁也、靶也、王褒云、王良執靶、靶以皮爲之、說文・勒・馬頭絡銜也、靶・轡革也、是

轡勒異物、自東晉時、後趙避石勒名、呼馬勒爲轡、見鄴中記、於是淴轡與勒爲一物矣、組者、內則織紝組紃、疏云、紝謂繒帛、紃條也、組亦條之類、但薄闊爲組、如繩者爲紃耳、組是活字、故毛訓織組、干旄傳、爲組者總紕於此、成文於彼、謂總轡御馬如成組文也、此傳先釋經訓曰、御衆且有文章、御治也、衆謂轡、文章謂組、再釋經義曰、言能治衆動於近成於遠也、動於近成於遠之義、似經文所無、然呂覽先己篇、詩曰執轡如組、孔子曰、審此言也可以爲天下、子貢曰、何其躁也、孔子曰、非謂其躁也、謂其爲之於此而成文於彼也、聖人組修其身、而成文於天下矣、淮南繆稱訓亦引詩曰、動於近、成文於遠、王逸注楚辭九歎、亦有此文、竝與毛傳同、蓋皆有所受之也、

左手執籥。右手秉翟。 籥、六孔、翟、翟羽也、 **赫如渥赭。公言錫爵。**

赫、赤貌、渥、厚漬也、祭有畀煇胞翟閽寺者、惠下之道也、見惠不過一散、○渥於角反、赭音者、煇喧願反、延文本、傳孔下貌下並有也字、漬字寺字、卷子古本無、

箋曰、說文、龠、樂之竹管、三孔、以和衆聲也、龠籥古今字、少儀注、籥如笛三孔、笙師注同、爾雅郭注又引廣雅云七孔、毛傳六孔、不同者、蓋籥施用有異、故孔數不同、其施於吹以和樂者則三孔、如笛而短、其施於舞所執者則六孔、當如笛而長、風俗通引樂記云、笛長一尺四寸、七孔、釋文云、籥長三尺、執之以舞、是舞籥長於笛有半、則知吹籥短於笛、其體當不過一尺也、笛與籥全相似、故廣雅云籥謂之笛、又云有七孔、以毛傳六孔推之、則知廣雅之七孔、

亦當指舞籥而言矣、舞籥有孔者、雖施於舞、亦用以吹、故周禮序官籥師注
云、籥舞者所吹、是其義也、然籥既如笛而有三孔六孔七孔不同者、說文云、
笛七孔筩也、羌笛三孔、笙師注・杜子春云、篴今時所吹五空竹篴、是笛之孔
數亦未有定、然則吹籥短於笛而三孔、舞籥長於笛而六孔或七孔、始無可
疑矣、釋鳥・翟・山雉、傳云翟羽、卽雉羽、執籥秉翟・謂執籥持羽以爲舞、羽籥一
事也、執以籥則謂之籥舞、以羽則謂之羽舞、○赫如渥赭者、赫光明之貌、渥
赭言顏色、應俁俁言容體、渥者浸潤之名、赭・指朱之物也、如赭石是也、漬之
久厚則有光澤、故以興顏色之潤、蓋德充之符、睟然見于面也、○公言錫爵、
乃公庭祭末之事、公・斥衞君也、錫之於君、故曰公言錫爵、重君命也、言・助詞、
或作親命、非也、言碩人宜用以禦亂治國、而使之左手執籥、右手執翟、以萬
舞於公庭、顏色氣槩迥然獨異、而君終不知其爲賢者、及祭終賜之爵而已、
錫爵之義、傳引祭統文者、以經有秉翟、而禮所言煇胞翟闇寺者・翟卽秉翟
之輩、故引之以明翟爲樂吏之賤者也、賢者失職、至以畀翟之禮施之、其不
遇亦甚矣、畀之爲言與也、能以其餘畀於其下者也、煇者甲吏之賤者也、胞
者肉吏之賤者也、翟者樂吏之賤者也、闇者守門之賤者也、祭統但言闇、毛
傳兼言闇寺、古闇寺竝稱也、煇周禮作韗、謂韗皪皮革之官、煇胞闇寺、連而
相及耳、云見惠不過一散者、散受五升、禮器・禮有以小爲貴者、宗廟之祭・貴
者獻以爵、賤者獻以散、祭統・尸飮九、以散爵獻士、爵賤無過散、故知不過一
散、散謂之爵、爵總名也、錫爵之禮、毛以公庭爲宗廟、故言祭末勞翟、朱子不
拘祭祀、故引獻工、然萬舞文武俱備、惟於大祭祀用之、燕禮恐無萬舞之事、

山有榛。隰有苓。榛木名、下濕曰隰、苓大苦、**云誰之思。西方美人。彼美人兮。西方之人兮。**乃宜在王室。○榛側申反　延文本傳室下有也字、

箋曰、比也、以草木各有其所、比碩人宜在王庭焉、陳啓源曰、說文、榛木也、从木秦聲、亲果實如小栗、从木辛聲、鳲鳩釋文云、榛木叢生也、字林、榛木之字从辛木、云似梓、實如小栗、廣雅云、木叢生曰榛、亲栗也、皆以榛亲爲兩植、今經傳槪作榛、無復辨矣、案此詩山有榛、鄘樹之榛栗、曹其子在榛、小雅止于榛、大雅榛楛濟濟、凡五見、以文義觀之、鄘之榛與栗竝言、曹之榛上有梅、下有棘、棘者小棗、皆果實、二榛其亲乎、止于榛前二章爲樊與棘、毛云榛所以爲藩也、孔云、棘榛皆爲藩之物、故此棘是菓刺、非小棗、則榛亦非小栗也、其叢生之榛乎、餘二榛經無明據、然陸疏謂、山有榛與樹之榛栗、子皆味如栗、周語引旱麓詩榛楛濟濟、韋昭注云、榛似栗而小、則邶與大雅之榛、先儒皆以爲栗實也、字當作亲矣、陳說是也、亲榛二字本別、經傳則榛亲多溷爲一、陳云、詩五言榛、爲果實者四、惟小雅之榛爲叢木、可爲確詁、○隰有苓、段玉裁曰、爾雅釋草苓作蘦、孫炎注云、今甘草也、按說文苷字解云、甘草也、倘甘草又名大苦、又名苓、則何以不類列、而割分異處乎、然則大苦卽卷耳歟、曰、非也、卷耳自名苓耳、非名苓、凡合二字爲名者、不可刪其一字以同於他物、如單云蘭、非芄蘭、單云葵、非鳧葵是也、然則大苦何物、曰沈括筆談云、爾雅蘦大苦、注云、葉似荷、莖青赤、此乃黃藥也、其味極苦、謂之大苦、郭云甘艸、非

也、胡承珙曰、郭注爾雅蘦大苦、所云葉似荷青黃、莖赤有節、節有枝相當者、據詩正義、乃本之孫炎、其形狀正與本草黃藥相似、若甘草則沈括云、枝如槐、高五六尺、與孫說形狀不類、故知大苦非甘草、但苓與蘦字本可通、故毛詩作苓、爾雅作蘦、如零落之零、禮記王制月令草木零落・釋文俱云零本又作苓、管子宙合・漢書敍傳亦作苓、而爾雅釋詁又作蘦落也、惟單言苓者自非卷耳、而說文既有大苦苓、卽不必復有蘦大苦、此皆當以段說爲是、顧炎武曰、苓古音力珍反、考苓字詩凡二見、令字凡四見、零字凡一見、並同、但小宛四章脊令之令、下以鳴征生爲韻、而首句自不入韻也、後人誤入十五青韻、○云誰之思以下、畫出碩人中心之感、思・碩人思之也、彼者對此之詞、言我之所思慕其誰乎、乃西方之美人也、彼美人兮實西方之人也、是反復永歎之辭、其意則可神會耳、纔涉言路、則意味索然、周在衞西、故傳以西方爲王室、晉語齊姜氏引西方之書、韋昭亦以爲西周也、美人指賢王、猶言美德之人、後世始以爲女稱、梓材曰、以厥臣達王、惟邦君、夫諸侯歲獻貢士於天子、常也、而康叔特有是命、則衞之賢者達王必多、故卒章嘆之、三代封建之時、天子與諸侯、各君其國、而臣其人、王官卽取之畿內而已足、侯國之才・使侯國得自用以爲治、其試射而取以助祭者、亦非因王人不足而借才、特所以考驗諸侯之能得人與否耳、射義諸侯歲獻貢士、貢士連文、猶王制所言之選士進士、皆因上之所以相待者名之也、于稱選稱進之外・別稱貢者、明此爲侯國所貢上、以別于畿內所選進也、凡預備其物・將以貢上者曰貢、及臨時獻于上前乃曰獻、至三歲與歲獻之異、則因諸侯非一時齊獻、故在侯

國三歲一獻者、以天子視之・每歲有諸侯所獻之士耳、

簡兮三章章六句

箋曰、朱傳改爲四章、三章章四句一章六句、關雎章句云、關雎五章章四句、故言三章、一章四句、二章章八句、陸德明云、五章是鄭所分、故言以下是毛公本意、後放此、孔穎達引六藝論云未有若今傳訓章句、明爲傳訓以來・始辨章句、或毛氏卽題、或在其後人未能悉也、據此知章句未必出於毛氏、朱傳據韻析章、尤爲允當、今從之、

泉水。衛女思歸也。嫁於諸侯。父母終。思歸寧而不得。故作是詩以自見也。

箋曰、以自見者、見己志也、衛女思歸・發乎情也、其卒也不歸、止乎禮義也、先王緣人情而制禮、有順而導之者、有逆而止之者、順其情而行之易、逆其情而止之難、泉水抑其難己之情、而卒止于禮、以此爲法、則內之可以克己、外之可以坊民、然則泉水之爲敎亦多矣、

毖彼泉水。亦流于淇。興也、泉水始出毖然流也、淇水名也、**有懷于衛。靡日**

不思。孌彼諸姬聊與之謀。孌·好貌、諸姬·同姓之女、聊·願也、○毖非位反、孌力轉反、延文本·傳貌下女下並有也字、

箋曰、泉爲衛水、淇亦衛水、水自衛出者、還流于衛水、已本衛女、而不得歸衛、是泉水之不如矣、泉水卽卒章之肥泉、亦卽衛竹竿之泉源也、毖者泌之叚借、說文引作泌、泌从必聲、古必畢觱三字同韻通用、泌當與觱滭義近、毛傳觱沸泉出貌、玉篇·滭泉水出貌、泌亦泉水涌出之貌、魏都賦溫泉毖涌而自浪、劉淵林引毖彼泉水、李善曰、說文曰、泌·水駛流也、駛流蓋疾流之義、毛傳泉水始出毖然流也、正涌出駛流之義、漢書地理志曰、淇水出河內共縣北山、東至黎陽入河、地理志及說文皆云入河、今淇水從河南衛輝府濬縣入衛以入海、非故淇道也、共縣故城今輝縣也、北接彰德府林縣界、林縣故隆慮也、黎陽故城在濬縣西二里、○有懷于衛、安井氏曰、懷者念念在此、與思差別、如有女懷春、作思春則不通矣、馬瑞辰曰、傳不訓懷字、以懷之爲思、義見卷耳及野有死麕傳也、箋訓懷爲至、云有所至念于衛、至與思義正相通、心之所至卽爲思、猶心之所之之謂之志也、思無不至、故論語言未之思也夫、何遠之有、至卽爲思、故詩言有懷于衛、靡日不思、○孌彼諸姬者、諸姬非必俱嫁於此國、蓋有所思·而欲與思者謀、乃人情之常、亦非必眞得相見也、蓋身不得往、心不能忘、姑託空言以解實愁爾、鄭箋以諸姬爲未嫁之女、謂我且欲與之謀婦人之禮、夫欲謀婦人之禮、當就傅母而問之、何爲與未嫁之

女謀之乎、聊與之謀、鄭箋以聊爲且略之辭、出其東門箋・素冠箋皆同、傳則爲願之詞、爾雅・願思也、方言・願・欲思也、願與之謀、猶言思與之謀也、出其東門聊樂我員傳云、願室家得相樂也、素冠聊與子同歸兮、傳云願見有禮之人與之同歸、皆訓聊爲願、與方言欲思語氣正合、胡承珙曰、願與慭一聲之轉、小雅十月之交不慭遺一老、釋文引小爾雅慭願也强也且也、三義略同、哀十六年左傳不慭遺一老、杜注・慭・且也、慭爲且、亦爲願、故聊爲願、亦爲且、其例正同、

出宿于泲。飲餞于禰。泲・地名、祖而舍軷・飲酒於其側曰餞、重始有事於道也、禰・地名、女子有行。遠父母兄弟。問我諸姑。遂及伯姊。父之姊妹稱姑、女先生曰姊、○泲子禮反、禰乃禮反、軷蒲末反、延文本・傳兩名下並有也字、措本姑下無女字、

箋曰、通詩都是空中圖畫、忽然遡往、忽然摹今、四章中擧地名者九、幾乎夢繞河山矣、出宿于泲者、一宿曰宿、或曰、泲・水名也、沇水東流爲泲、禹貢濟河惟兗州、地理志作泲河惟兗州、注・泲本濟水之字、又浮于濟漯、志作浮于泲漯、又達于濟、東流爲濟、志皆作泲、蓋泲本爲水名、因以爲地名也、此說似矣、然沇水發源王屋、有東西二源、合流至溫爲濟水、西南入于河、溢而出河之南爲滎水、又東出于陶丘、合汶水入于海、其流甚長、安得指一處以爲濟耶、

應別是一地、○飲餞于禰、傳云祖而舍軷者、軷卽周禮之犯軷、出祖必犯軷、古舍釋通、釋・釋奠也、以始往祭道神曰祖、委土爲山、依神而祭曰軷、取土爲軷、謂之犯軷、釋奠於軷謂之舍軷、釋奠有祭酒脯、傳不言者、文略耳、祭軷畢、而卽於道神之側、送之者設飲酒焉、是曰餞、先軷而後飲餞、及後出宿、此先言出宿者、見飲餞爲出宿而設、故先言以致其意也、沸禰干言・非一時宿餞之地、下章言宿餞、而繼以還車言邁、是設爲思歸適衛之道也、此章言宿餞、而繼以女子有行、是追憶其自衛出嫁之道也、毛傳以下章干言爲所適國郊、正以別乎上章沸禰爲衛地、但傳於末章須漕明言衛邑、而沸禰不言者、以下文女子有行、文義緊相承接、雖不言衛地、自可知耳、鄭以沸禰爲所嫁國適衛之道、誤矣、若沸禰干言・均屬所嫁國適衛所經、則出宿飲餞不應有二地也、古者餞于國郊、沸禰蓋衛近郊地、苐沸禰既近衛都、則不得以臨邑之沸廟、寃句之大禰溝當之、○女子有行遠父母兄弟者、言女子既嫁、則爲夫家之人矣、不得復盡心於父母之家也、此只泛泛說、而父母既歿不可復歸之意、自寓于言外、毛不訓行字、則讀如字、謂行嫁於夫家、桓九年左傳凡諸侯之女行、杜注・行・嫁也、女子有行卽謂女子嫁耳、儀禮喪服鄭注云、凡女行於大夫以上曰嫁、行於士庶人曰適人、是鄭亦以行卽爲嫁、而箋詩訓行爲道、失之、○問我諸姑、遂及伯姊者、此章出宿飲餞、是追溯其初嫁時所經、則問於姑姊・亦追述其嫁時預知義不得歸・問于姑姊之詞、列女傳載孝孟姬嫁於齊、姑姊妹誡之門內、曰夙夜無愆爾之衿鞶、無忘父母之言、是古者嫁女、有姑姊妹誡送之禮、故得問於姑姊、所問者卽上女子有行遠父母兄弟也、先姑後姊、見有次叙、朱傳既以諸姬爲姪娣、此章又謂諸姑伯姊卽諸姬、夫姪娣從嫁、其說出自公羊傳、先儒亦疑爲漢儒附會之說、至以姑姊從嫁、則必無之理矣、昭二年左傳、晏嬰請繼室于晉曰、猶有先君之適、及遺姑姊妹若而人、此言諸女之中、使其自擇、非以姑姊爲媵也、

出宿于干。飲餞于言。干・言・所適國郊也、**載脂載舝。還車言邁。**脂舝其車以還、我則行也、**遄臻于衛。不瑕有害。**遄疾、臻至、瑕遠也、○舝胡瞎反、還音旋、遄市專反、摺本・傳我下無則字、延文本・傳疾下至下並有也字、

箋曰、干言地名、昔歸寧時所經、其所嫁國郊地也、下有遄臻于衛之語、自非衛地、則不得以東郡之發干・衛國之竿城當之、隋地理志・邢州內邱縣有干言山、然詩于干于言・二地也、竝而爲山、似後人傳會、御覽引李公緒紀・柏人縣有干言山、柏人縣與內丘連界、有龍山而無干山言山、李說亦不足據、○載脂載舝、載則也、脂者以脂塗于軸、使轂中滑澤以利轉也、舝・說文車軸耑鍵也、又金部・鍵一曰轄也、又車部・轄一曰鍵也、據此則舝轄同字、舝設于軸端、所以制轂不横出也、舝之長三寸四寸惟所便、故淮南子曰、夫車之能轉千里所者、其要在三寸轄、尸子曰、文軒六駃、題無四寸之舝則車不行、是也、車不駕則去舝而脫輪、將行則先塗脂于軸端貫轂處、乃設輪施舝、得輪轉滑、舝則不用塗脂、車舝朱傳云、舝車軸頭鐵也、無事則脫、行則設之、其解自

分明、此注乃曰、脂以脂膏塗其舝・使滑澤也、何故謬誤如此、還車言邁、還音旋、如回首回轅之回、周旋之義也、意甚輕、不必云嫁時乘之車、邁・行也、○遄臻于衛、此句語勢接上、言欲如是急急至衛也、不瑕有害者、所謂止乎禮義也、瑕・遐之假借、爾雅釋詁、遐遠也、遐瑕古字通、小雅隰桑遐不謂矣、表記作瑕不謂矣、景北海碑陰云、魂靈瑕顯、亦以瑕爲遐也、不遠・言近於害義也、朱傳訓瑕爲何、則當云何有害、經文爲不辭矣、

我思肥泉。茲之永歎。 所出同・所歸異・爲肥泉、 **思須與漕。我心悠悠。** 須・漕・衛邑也、 **駕言出遊。以寫我憂。** 寫・除也、○延文本・傳泉下有也字、

箋曰、首章泉水・末章肥泉・只是一泉、安井氏曰、傳取義於肥泉矣、其意蓋謂、女子同出父母之家、而各異其所歸嫁、有似肥泉、故我思此而永歎也、此説得之、肥泉・犍爲舍人釋爾雅・與毛義反、曰、水異出流行合同曰肥、而水經注・以衛之肥泉實異出同歸、疑舍人爲是、云泉水有二源、皆出朝歌城北、右水南流東屈、左水東流南屈、合爲馬溝水、又東與美溝水合、又東南注於淇水爲肥泉、是異出同歸也、又注陰溝水云、過水又東、左合北肥水、肥水出山桑縣西北澤藪、東南流、左右翼佩、數源異出同歸、此亦用舍人之説、然其注肥水云、呂忱字林曰、肥水出良餘山、俗謂之連枷山、亦或以爲獨山也、北流分爲二水、則又用出同歸異爲肥之義、唐文粹載盧潘合肥辨曰、肥水出雞鳴山、北流二十里所、分而爲二、其一東南流、逕合肥縣南、又東南入灤湖、其一

西北流、二百里出壽春、西投於淮、二水皆曰肥、爾雅歸異出同流肥、言所出同而歸異也、是山也高不過百尋、所出惟一水分流而已、其源實同、而所流實異也、故皆曰肥、合于一源、分而爲肥、合亦同也、故曰合肥、此文足爲爾雅毛詩之證、馬瑞辰曰、肥泉、爾雅古有二讀、一作歸異出同肥、一作異出同流肥也、爾雅郭注引毛傳所出同所歸異爲肥泉、釋名亦云、所出同所歸異爲肥泉、皆不釋流字之義、是毛公及劉熙郭璞所見爾雅本、皆作歸異出同肥、其同下並無流字、此一讀也、水經注引犍爲舍人云、水異出流行合同曰肥、列子殷敬順釋文云、水所出異爲肥也、皆不釋歸字、則舍人爾雅本蓋作異出同流肥、此又一讀也、肥之爲言腓也、易咸其腓、荀作肥、周官注・匪・分也、肥之義蓋取于分、釋名云、所歸各枝散而多、似肥者也、列子釋文云、所出異爲肥、是知二讀義雖相反、其名爲肥者、特以歸異・及異出爲義、不以出同及同流爲義也、陳啓源曰、天下之水、異源者甚多、濟水漢水皆二源、沁水潁水皆三源、何不盡得肥名也、至自分而合・則凡水皆然、不足爲異、肥泉若異出同歸、爾雅何獨別而識之、○茲之永歎者、茲當讀爲滋、益也、作茲者假借、管子小問・由乎茲免、注・茲免與滋勉同、漢書五行志下・賦斂茲重、而百姓屈竭、又揚雄傳下・歷覽者茲年矣、而殊不寤、顏注並云、茲益也、茲之永歎・猶常棣詩況也永歎、不能爲力之詞、箋訓茲爲此、失之、○思須與漕者、水經濟水注・濮渠又東逕須城北、衛詩所云思須與漕也、漕巳見擊鼓篇、須與曹皆在今衛輝府滑縣境內、曹漕古今字、○駕言出遊者、駕字是會意、加馬于車也、以寫我憂者、蓼蕭傳輸寫其心也、寫與除義同、除此注彼曰寫、除去其憂亦曰寫、說文云、寫、置物也、曲禮上、器之溉者不寫、注、寫者傳己器中乃食之也、禮注、由置物引申之義也、再引之爲吐爲盡、漢書司馬相如傳上集注、寫、吐也、廣雅、寫、盡也、寫訓吐訓盡、卽後世發瀉傾瀉字所由昉、字本作寫、俗加水作瀉、漢殽阬碑承寫其流、不从水者用古字也、又借爲書寫字、釋名、書稱刺書、以筆刺紙簡之上也、又曰、寫倒寫此文也、亦由傳寫義引申而出也、言欲歸不得、亡聊之至、唯思暫時出遊以除是憂耳、非冀遊于衞地以寫憂也、

泉水四章章六句

箋曰、本是意不可歸、卻始終不肯說出、只虛擬去反、竟用不瑕有害四字逗轉、末章又以淡寫輕描之筆結之、蘊藉柔厚、此爲絕調、黃以周曰、舊說、女子之適人者、不歸寧其兄弟、故父母在則歸寧、歿則否、以周謂、詩序三言歸寧不得、竝以嫁諸侯適異國爲文、此固舉諸侯言之耳、諸侯娶于異國、其往返之爲途遠、爲時久、爲禮緐、故父母歿不歸寧也、若大夫以下不外娶、則歸寧其兄弟者有之矣、鄭箋序曰、國君夫人、父母在則歸寧、歿則使大夫寧于兄弟、鄭據國君夫人禮立說、甚得序意、儀禮喪服不杖期章曰、女子子適人者、爲其昆弟之爲父後者、傳曰、婦人雖在外、必有歸宗、鄭注曰、父雖卒猶自歸宗、賈疏曰、知義然者、父母在、嫁女歸寧父母、何須歸宗子、傳言婦人雖在外必歸宗、明是據父母卒者、又攷之喪服經傳通例、凡女行于大夫以上曰嫁、行于士庶人曰適人、此云女子子適人者、是據大夫以下言、則大夫以下之妻、雖父母歿而有歸寧者審矣、特非國君夫

人之禮也、

北門。刺仕不得志也。 箋曰、鄭箋有詩人事君無二志語、是亦以詩爲自作、正義謂·此詩人叙仕者之意、非鄭旨也、此與柏舟·均非他人所能代爲、而序文若與代作不殊者、爲采錄詩者言之爾、阮元曰、正義云、不知士有才能、又云、士者有德行之稱、其仕爲官、尊卑不明也、是正義本仕當作士字、

言衛之忠臣。不得其志爾。 箋曰、君子之仕、行其義也、故不憚煩汙、陳力就列、冀得志以供國用、然貧窶艱苦、妻子怨飢、何以報其平生乎、此不得志之義也、

出自北門。憂心殷殷。 興也、北門背明而鄉陰、 終窶且貧。莫知我艱。 窶者無禮也、貧者困於財、 已焉哉。天實爲之。謂之何哉。 ○窶其矩反、延文本·傳陰下財下並有也字、

箋曰、北門衛城北門也、傳云背明鄉陰者、明是喜之象、陰是憂之象、故以爲興、末必如鄭箋以喻仕闇君也、朱傳用鄭義、因以爲比、張子則云、偶出北門而有此言、是賦體也、但詩以見志、比興賦本不必拘、總之刺仕不得志、故因出北門、而託以起興也、殷殷憂貌、○終窶且貧者、久而不免窶貧、故曰終、正

義曰、窶謂無財可以備禮、貧謂無財可以自給、毛以窶貧爲二事、正義分釋之、用對文則別之例、其實祇是貧者不能以貨財爲禮、故曲禮主人辭以窶、卽無財不能備禮之意、貧則更甚於窶、經文言終言且、自當從毛分二義也、古者班祿有定制、而祿必足以代耕、今云終窶且貧、官卑故祿薄也、○已焉哉、決辭也、天實爲之、不敢尤人、而歸於天也、謂之何哉、自安時命之辭也、終窶且貧二句、作詩之端、已焉哉三句、作詩之本、困於窶貧、不能不怨者、發乎情也、一歸之天命以自安、止乎禮義也、

王事適我。政事一埤益我。適・之、埤・厚也、 我入自外。室人交徧讁我。讁・責也、 已焉哉。天實爲之。謂之何哉。○埤避支反、

箋曰、禮樂征伐自天子出、故凡朝聘會盟征伐之事謂之王事、其國之事謂之政事、喪大記、既葬、君言王事、不言國事、卒哭而服王事、可以相證、宣公時、王命猶行於諸侯、故伯兮云爲王前驅、而此詩亦先王事後政事、○政事一埤益我、毛不解一字、儀禮士冠禮注、古文壹皆作一、漢書張敞傳、願得壹切比三輔尤異、路溫舒傳、媮爲一切、翟方進傳、奏請一切增賦、漢書多古字、壹切亦作一切、可見古文壹一通也、此一字當讀爲鄉飲酒禮壹以授賓之壹、專壹也、埤又有附也增也之義、言有政事則專增益於我、猶孟子所謂我獨賢勞也、葢天下之貧人、常爲天下之勞人、衰世往往如此、○我入自外入字、

與上章出字映帶、室人交偏讁我、謂米鹽麻布之匱也、室人泛指家中人、父母妻孥皆是也、列子周穆王篇・記鄭人蕉鹿事、以室人與夫對稱、則謂婦爲室人・古已有之、但詩言交偏、則泛指爲是、盡人而求曰交、每事而責曰偏、窶貧可堪、惟室人交讁、實爲難堪、古來仕宦、爲此一語喪節者多矣、此及下章、韻在我字上、亦是一體、顧炎武曰、哉之以語助爲韻・詩中亦或有之、

王事敦我。政事一埤遺我。敦・厚、遺・加也、**我入自外。室人交偏摧我。**摧・沮也、**已焉哉。天實爲之。謂之何哉。**○摧、徂回反、

箋曰、敦猶增也重也、毛所謂厚・言以役事重疊與之也、來不可辭曰適、敦則輻湊叢集、更甚於適矣、釋文引韓詩云敦迫、敦與督一聲之轉、廣雅・督促也、督又與篤通、篤有厚義、而通於督促、故敦有厚義、而亦可訓爲促迫、後漢書韋彪傳以禮敦勸、注云、敦猶逼也、孟子使虞敦匠、亦言督匠也、毛訓其實與韓同意、箋云、敦猶投擲也、釋文・敦毛如字、鄭都回反、淮南兵略訓・敦六博・投高壺、此以敦與投對、敦亦投也、敦六博者・言投瓊也、此可爲箋義之證、遺猶委也、陸續不已曰益、遺則委擲不恤、更甚於益矣、○室人交偏摧之者、摧・挫也、殘也、辭益苦、毛訓爲沮、亦取沮壞之意、說文・摧擠也、一曰折也、沮卽摧折之也、上章讁从言、怨訕之也、此章摧从手、不止於怨訕之、楚辭云、憂苦折銳摧矜凝氾濫兮、人當不得意時、室人擠之、甚或挫折之、買臣見棄於妻、季子

不禮於嫂、是其證也、

北門三章章七句

箋曰、卷耳知勤勞、而汝墳殷靁閔其君子・而勸勉之、衛有忠臣、莫知其艱、而室人亦讁而摧之、公室治亂之反也、論者開口便責人忠、然豈有喜忍餓作忠者哉、此詩之妙、全在不欺其情、發端卽言終窶且貧、又兩言室人交讁交摧、除見危授命外・亦須得免妻子之累、始可併志功名之途、篇中三呼天實爲之、不呼君而呼天、安于義分、可謂善於處怨者矣、亦可謂善於處不怨者矣、

北風。刺虐也。箋曰、北風之涼、雨雪之雱、此威虐之比也、衛國並爲威虐。箋曰並者爲卒章發也、康誥惟威惟虐、大放王命、此周公所以戒康叔也、今而棄是大訓矣、百姓不親。箋曰、不親附於上、莫不相携持而去焉。箋曰、召誥・保抱携持厥婦子、徂厥亡、延文本・去下有之字、

北風其涼。雨雪其雱。興也、北風・寒涼之風、雱・盛貌、惠而好我。攜手同行。惠・愛、行・道也、其虛其邪。既亟只且。虛・虛也、亟・急也、〇雨于付反、雱普康反、亟紀力反、延文本・傳愛

下有也字、虛也作徐也、

箋曰、比也、涼言風勢寒也、自上而下曰雨、雱與滂通、文選雪賦注引正作滂、言滂沱也、以比刑政威虐、○惠而好我者、惠、以恩相與也、惠好是威虐之反、疾虐政而思惠君、與子惠思我褰裳涉溱同、攜手同行者、見群然欲去、非止一人、是二句作呼而相語之詞、言若有惠而好我之人、則請與偕行也、呂氏曰、好我同行、蓋泉涸魚相與處於陸、相呴以濕、相濡以沫之時也、○其虛其邪既亟只且者、虛不實也、邪不正也、管子弟子職、志毋虛邪、行必正直、此在位正直之反、亟、言國之佹難、朝不及夕也、毛傳從爾雅釋訓、以虛邪爲威儀容止、鄭申其義曰、言今在位之人、其故威儀虛徐寬仁者、今皆已爲急刻之行矣、所以當去以此也、釋文云、虛虛也、一本作虛徐也、一本是也、虛者舒之同音假借、邪者徐之同音假借、虛徐二字疊韻、淮南原道訓注云、原泉始出、虛徐流不止、以漸盈滿、正以虛徐爲徐、虛徐卽舒徐也、毛傳例不改字、知虛爲舒之假借、故以徐釋之、正義謂傳非訓虛爲徐、其說非也、然卽此足證孔本毛傳亦作虛徐也、焦循曰、傳以徐訓虛、箋讀邪爲徐、其虛其邪猶云其徐其徐、其徐其徐猶云徐徐、徐徐猶舒舒、故箋以爲威儀虛徐寬仁也、爾雅作其虛其徐、班固幽通賦、承靈訓其虛徐兮、其虛徐卽用詩其虛其徐、而邪已作徐在鄭前、毛直以徐訓虛、謂不特邪字是徐、虛字亦是徐、鄭氏則申明之、言邪讀爲徐、易來徐徐、馬融解徐徐爲安行貌、卽此箋所謂寬仁也、若以虛訓虛、成何達詁、易傳蒙者蒙也、剝者剝也、上一字乃卦名、謂卦之名蒙名剝、卽取蒙剝之義、未可援以爲訓詁之常例、毛傳宜依正義作虛徐也、焦說得傳箋之旨、只且・語助也、只與且單言之亦爲語助、只如仲氏任只・母也天只、且如乃見狂且之類、連言之則爲只且、此詩既亟只且、及君子陽陽其樂只且之類、猶語助之耳矣也、

北風其喈。雨雪其霏。 喈・疾貌、霏・甚貌、 **惠而好我。攜手同歸。** 歸・歸有德也、 **其虛其邪。既亟只且。** ○延文本・傳兩貌下並有也字、摺本傳歸下無一歸字、

箋曰、喈通作湝、鼓鐘傳云、湝湝猶湯湯、漢書溝洫志集注云、湯湯疾貌、水之狀可借爲風之狀、如瀏本流清貌、而王逸楚辭注云瀏風疾貌、是也、霏霏猶紛紛耳、○携手同歸・適彼土也、前章同行・去是地也、

莫赤匪狐。莫黑匪烏。 狐赤、烏黑、莫能別也、 **惠而好我。攜手同車。** 攜手就車、 **其虛其邪。既亟只且。** ○延文本・傳車下有也字、

箋曰、比也、狐獸名、似犬、黃赤色、銳口而大尾、烏小爾雅云、純黑而反哺者謂之慈烏、小而腹下白、不反哺者、謂之雅烏、白項而群飛者謂之燕烏、沈萬釘類考云、本草禽部有二種、以吳地所產驗之、慈鴉卽反哺者、有一種純黑而惡聲者、謂之老鴉、俗云聞其鳴者凶、則此詩之烏、今老鴉矣、皇國亦有二種、

皆純黑、形有大小耳、純黑而形小者・卽小爾雅所謂慈烏、純黑而形差大巨喙者、卽類考所謂老鴉、慈烏又謂之孝烏、雅烏之雅・俗作鴉、又作鵶、詩言見赤皆狐、見黑皆烏、以比衛君臣竝爲威虐焉、詩以風雪喩威虐、其言君臣皆然・則具於此二句、傳莫能別・解經莫匪二字、以小弁莫高匪山・莫浚匪泉例之、則文義竝同、不必於毛傳之外求別解矣、赤狐黑烏狀虛邪之貌・甚於高呅大罵、所以爲去國之詩也、齊之狐・魏之鼠・亦同、〇攜手同車者、同行・同歸・同車・因韻變文、同車亦偕行耳、但卒章詞意益迫切、同車有已駕之意、朱傳以車爲貴者、何以知同行同歸者之徒步不乘車也、

北風三章章六句

箋曰、邶有北風、猶魏之有碩鼠也、避虐與避貪・人情皆然、不待賢者而後能也、程子乃謂北風詩君子見幾而作、夫詩言北風其涼、雨雪其雱、是威虐已迫切、乃百姓之避害、異於君子之見幾、辯說謂、衛以淫亂亡國、未聞其有威虐之政、殊不知春秋傳・隱桓之間蓋甚簡、必其事由之以致禍亂、然後著之、如夷姜事、以惠公出奔書、宣姜事以狄滅衛書、外此皆在所略、故詩可以補傳之遺、不必執傳以廢序說、且是詩之次、正當宣公之世、危亂之幾雖伏、危亂之勢未成、特以暴虐故、相攜持而去耳、

靜女。刺時也。衛君無道。夫人無德。 箋曰、夫人・夷姜也、三百篇序、凡有美刺者、

指其人其事以實之、獨於靜女氓伯兮有狐著園有桃十畝之閒杕杜羔裘鴇羽東門之池東門之楊澤陂十三篇、但言刺時者、蓋在采詩時・第得諸里巷歌謠、不能確指其爲何人何事之作、故但以刺時一語括之、然詩中大義・則經師授受相承、必有所自、故序者得以推演其說耳、龜井氏曰、公室之亂、遂成淫風、故序特稱君及夫人也、首句曰刺時、則刺民俗之淫可知、因繫之一人之本、而明其所自、且是詩也・一笑淫夫之爲靜女所欺・而不自悟、一嘉靜女之操之不汚、則又刺君及夫人・亦隱然在其中、國風刺淫之詩凡九篇、靜女也、桑中也、東門之墠也、溱洧也、東方之日也、綢繆也、東門之枌也、月出也、澤陂也、而其八篇者、其辭多相狎相傷、唯靜女辭不甚褻黷、既負期而又有彤管之貽、雖歸荑乎又自牧、則城隅之期、終爲土灰已、此詩之義、於是乎可以觀焉、左傳云、靜女之三章取彤管焉、此予所據以成解也、

靜女其姝。俟我於城隅。靜・貞靜也、女德貞靜而有法度、乃可說也、姝・美色也、俟・待也、城隅・以言高而不可踰、

愛而不見。搔首踟躕。言志往而行止、○姝赤朱反、搔蘇刀反、踟直知反・躕直誅反・延文本・傳踰下止下竝有也字、

箋曰、靜是閑雅之意、女之可愛在靜、可美亦在靜、傳訓姝爲美色、朱・色之美者、故美色字从女朱、會意兼諧聲字、干旄彼姝者子、東方之日彼姝者子、二

姝字仍美意也、彼姝者子、猶之彼美人兮也、不必另生枝葉、靜女蓋比鄰或親串之女、常與相見者、當春和時、男女出遊、相沿成俗、此女將出遊郊外、此人欲與同遊、約其俟于城隅、俟我者我約其俟也、城隅幽僻之處、靜女自淫夫之辭也、毛泥於定九年左傳之論、乃曰女德貞靜而有法度、與序全不應、夫鄧析私造刑書、駟歂殺之、而用其竹刑、故君子論之、謂既用其書、不當殺之、比之靜女城隅之約雖褻黷、而有取於三章之彤管、則不遺其詩、蓋斷章取義之意、故上云苟有可以加於國家者、棄其邪可也、曰邪則不以此詩所云眞爲靜女、可知城隅卽桑中之期矣、毛傳以城隅爲高而不可踰者、說文、隅、陬也、廣雅、陬、角也、是城隅卽城角也、考工記匠人、宮隅之制七雉、城隅之制九雉、鄭注、宮隅城隅謂角浮思也、賈疏謂浮思爲城上小樓、則角浮思卽後世城上之角樓矣、然以城隅喩女德之高、既失俟字之義、鄭箋又以待禮而動、自防如城隅、傳會傳意、皆不可從、○愛而不見、說文、僾、仿佛也、引詩僾而不見、毛自作愛悅之愛、與許異義、故云言志往而行止、志往謂愛之、行止謂踟躕不進、搔首踟躕者、女中悔而不至、淫夫獨往、愛慕躑躅、狀其醜態之甚也、踟躕行不前也、文選琴賦注引韓詩章句曰、躊躇猶躑躅也、文選注引此詩皆作躊躇、惟鸕鶿賦注引作踟躕、說文作峙踞、云峙踞不前也、又曰、蹢躅、逗足也、蹢躅卽躑躅、逗足者不前之貌也、
皆以雙聲疊韻、字相通用、音近故義亦同、

靜女其孌。貽我彤管。既有靜德、又有美色、又能遺我以古人之法、可以配人君也、古者后夫人必有女史彤管

之法、女史不記過、其罪殺之、后妃群妾以禮御於君所、女史書其日月、授之以環、以進退之、生子月辰、則以金環退之、當御者以銀環進之、著于左手、既御者著于右手、事無大小、記以成法、

彤管有煒。說懌女美。

煒赤貌、彤管以赤心正人者也。○彤徒冬反、煒于鬼反、懌音亦、延文本·傳夫人上有妃字、摺本·正人下無者字、

箋曰、孌好貌、女貽以彤管者、欲其悟所以背約於城隅也、箋云、彤管筆赤管也、呂氏據解頤新語、曰古以刀筆、未有用豪毛者、安得有管、故書謂之畫、蓋以刀筆、刻畫于簡、左氏所稱取彤管、止取贈物之意、非有取于女史也、歐陽氏以爲、貽我彤管、如贈之以芍藥·貽我握椒之類、是特男女相貽以通情結好云耳、然彤管女史所需以紀成法、傳之自古、豐南嵎曰、夫以刀刻木、乃包義史皇書契之始、至黃帝命沮誦爲史、以漆書記事於簡、以墨書記言於帛、孔子修春秋、筆則筆、削則削、削謂以刀除去竹簡之漆書、筆則以墨書於帛也、子張書諸紳、其不以刀明矣、陳啓源曰、夫筆之由來古矣、曲禮云史載筆、莊子田子方篇云、宋元君將畫圖、衆史舐筆和墨、太公陰謀載武王筆銘云、豪毛茂茂、此皆三代文典也、已著有筆名、可謂古無筆乎、可謂古筆用刀而不用豪毛乎、董仲舒答牛亨問曰、蒙恬所造卽秦筆耳、以枯木爲管、鹿毛爲柱、羊毛爲被、所謂蒼毫、非兔毫竹管也、又問、彤管何也、答曰、彤者赤漆耳、史官載事、故以彤管、用赤心記事也、夫有筆之理、與書俱生、具尚書中候云、龜負圖、周公援筆寫之、其來尚矣、張華博物記·崔豹古今注·皆載其語、仲舒去

古未遠、所聞必有據、又武帝時、毛詩未行、而仲舒之論彤管、與詁訓傳相合、不足爲確證乎、胡承珙曰、案三代典記言筆者、尙有國語、魯里革曰、臣以死奮筆、晉董安于曰、方臣之少也進秉筆、士茁曰、臣以秉筆事君、皆是、他若管子霸形篇、桓公於是令百官有司、削方墨筆、晏子春秋、擁札摻筆、說苑指武篇、王滿生曰、藉筆牘書之、韓詩外傳、周舍曰、臣以爲諤諤之臣、墨筆執牘、從君之後、秦以前言筆者多矣、說文云、楚謂之筆、吳謂之不律、燕謂之弗、秦謂之筆、或因此遂誤筆始於秦耳、○彤管有煒、說懌女美、說文、煒盛明貌、女美之女、汝也、與下章女字同、此指彤管而言、男子不悟彤管之意、得貽而喜甚、曰靜女婉孌可愛、貽我彤管、煒然其美、誠可悅懌也、爾雅作悅、此作說、經典悅字多作說、安井氏申毛義曰、李黼平云、說文無懌字、心部附字有之、徐氏云、經典通用釋、然則懌字本當作釋、王肅讀爲悅懌、非也、案傳云以赤心正人、則亦讀懌爲釋矣、言彤管之法、說釋女人之美德、以成就之、故云以赤心正人也、

自牧歸荑。洵美且異。 牧、田官也、荑、茅之始生也、本之於荑、取其有始有終、**匪女之爲美。美人之貽。** 非爲其徒說美色而已、美其人能遺我以法則、○荑徒兮反、延文本・傳終下則下並有也字、卷子古本・傳色下而字作也、摺本・傳我下無以字、

箋曰、爾雅釋地、邑外謂之郊、郊外謂之牧、隱五年左傳鄭人侵衛牧、衛牧猶言晉郊耳、歸・饋也、遺也、女聞男子不悟彤管之意、及出而遊于牧、以所掇之荑贈之、自表其潔白也、自牧・遙寄之辭、異於相謔贈芍藥、碩人手如柔荑、傳云・如荑之新生、彼詩之荑亦茅也、萑之類初生色白、而蘆葦初生色赤、故彼以茅之柔白・狀碩人之手、而此亦以茅之絜白自喩也、茅生後於蘆葦、正月之末・其始萌芽、周禮甸師・祭祀共蕭茅、注云、茅以共祭之苴、亦以縮酒、又醢人職・朝事之豆、茆菹麋臡、鄭大夫讀茆爲茅、茅菹茅初生、據此則茅之初生以供菹、終則以供苴、故毛云取其有始有終也、安井氏曰、夷姜以父妾不能守節、失身於宣公、是無始無終也、傳云取其有始有終、正與夷姜反照、知傳以序夫人爲夷姜也、○匪女之爲美、美人之貽者、匪非同聲、非本字、匪假借字、女指荑而言也、龜井氏曰、此二句兼結上章、言荑及彤管、我悅之無極、豈二物之美・實至于此、抑以美人所貽之故、美之如此耳、此男子惑而終不悟女意矣、君子謂、城隅之約、固非禮也、彤管之貽、可取焉耳、乃作靜女之詩以風時曰、丈夫不可不戒、女亦魅人、奉虛言以望誠、搔首踟躕、不亦醜乎、如此而是詩刺時風宣公之意了然、○安井氏曰、傳法則卽彤管之法、二章云靜女其孌貽我彤管、是也、

靜女三章章四句

新臺。刺衛宣公也。納伋之妻。箋曰、公自納之也、作新臺于

河上而要之。國人惡之。而作是詩也。箋曰、安井氏謂、作詩者一人而已、而序云國人惡之而作是詩者、詩人代國人而述其意、故言國人耳、此說是也、牆有茨亦曰國人疾之、並甚之也、是時宣姜之無德、人所不知、故詩閔宣姜而惡宣公、范家相曰、衛弱國也、齊能殺哀姜之淫、何甘心受恥于衛、且國君之嫁女、送必以卿、宣何敢明目張膽、要姜于中路、且旣欲奪之、又何必作臺於河上、使兩國之人、耳而目之、而自揚其醜乎、考傳宣公烝於夷姜生伋子、屬諸右公子、爲之娶於齊而美、公娶之、以理推之、當是先爲伋求娶於齊、六禮未行、公聞其美、乃自求爲夫人、宣姜未必卽是齊君女、故齊人以之許其父、而公往娶之、新臺之作、所以說宣姜、而國人惡之、故曰要之、而作是詩耳、水經河水注、河水又東逕鄄城縣北、故城在河南十八里、河之北岸有新臺、鴻基層廣、高數丈、衛宣公所築新臺矣、鄄城今曹州府濮州是也、陳奐曰、衛宣公所作新臺、當在鄄東大河之旁、齊衛之所經也、決非魏晉鄄城縣北臨河之新臺、攷衛世家、成王封康叔爲衛君、居河淇間故商墟、孟子告子篇、昔王豹處於淇、而河西善謳、趙注云、衛地濱於淇水、在北流河之西、是衛故在淇東河西也、漢書地理志、魏郡淇水至黎陽入河、鄴故大河在東、北入海、然則禹大河故瀆當在今濬滑二縣之西矣、衛宣公時、故河道未改、河在鄴東、不逕濮陽、碩人詩河水洋洋、北流活活、齊在衛北、衛適齊必遡河上流五百餘里、從聊城陸路至齊臨淄、若河水已徙、則當云東流、不云北流矣、又定之方中序、衛東徙渡河、野處漕邑、漕邑今之滑縣、文公渡河而東、河在楚丘之

西、若河水已徙、則從楚丘之北直東、鄄城之北二百餘里、皆有大河
之所經、亦不得謂東徙渡河矣、以詩證詩、知新臺斷不在鄄城北也、

新臺有泚。河水瀰瀰。泚・鮮明貌、瀰瀰・盛貌、水所以絜汙穢、反於河上而爲淫昏之行、**燕婉之求。籧篨不鮮。**燕・安、婉・順也、籧篨・不能俯者、○泚音此、瀰莫爾反、籧音渠、篨音儲、鮮斯踐反、

箋曰、四方而高曰臺、新臺新築之臺、蓋當時爲迎接新婦・新築館于河上、而館中有臺、故謂之新臺也、泚者玼之假借、說文・玼・玉色鮮也、引詩新臺有玼、玼・本玉色之鮮明、故字从玉、引伸亦爲凡鮮明貌、君子偕老玼兮玼兮・傳玼・鮮盛貌、亦引申之義也、言河水者、表作臺之處、齊女來、臺既新、又泚然鮮明、枕河水而起、眺望亦美、故喜而就之、○燕婉之求、燕婉二字連用者・多指美人、如西京賦所謂捐衰色從燕婉、古詩燕婉及良時、是也、而詩中婉兮孌兮、婉如清揚、皆可互證、況韓詩作嬿婉、而傳曰好貌、是有明據、毛詩嬿字作燕、古文之假借、○籧篨不鮮、籧篨今世所謂龜胸也、宣公本無此疾、而云然者、以爲既無人理、則亦非復人形、惡之之甚也、戚施亦然、說文・籧篨・粗竹席也、方言、簟之粗者・自關而西謂之籧篨、淮南本經訓・民之專室蓬廬、專卽團字、高誘注・蓬廬・籧篨覆也、又若簟籧篨、注・籧葦席、蕬籧篨爲粗席、舒之爲席爲簟、可以爲囷、可以苫屋、捲之爲籧篨、古人字少、病似籧篨、卽以爲籧篨、病似戚施・卽以爲戚施、因而人之醜惡者・亦謂之籧篨戚施、淮南修務訓・啳睽哆噅籧篨戚施・雖粉白黛黑、弗能爲美者・嫫母仳倠也、高誘注・籧篨偃・戚施僂・

皆醜貌、是也、人有惡行者亦謂之籧篨戚施、爾雅釋訓・籧篨口柔・戚施面柔・是也、口柔者常觀人顏色而爲之辭、故不能俯、似病偃、面柔者見人慙俛、有如含垢蒙羞、似病僂、故又以目之、此詩籧篨戚施對燕婉言、與口柔面柔異義、鄭箋牽合爲一、失之、鮮毛傳無訓、昭五年左傳葬鮮者自西門、注・不以壽終爲鮮、不鮮與次章不殄意同、不鮮不殄・猶言須臾無死、尸居餘氣耳、其實皆言胡不遄死也、葢深惡之之辭、張湛列子注亦云、人不以壽死曰鮮、毛訓殄爲絕、而鮮不言者、意在當時・鮮之爲盡・人所共知、故不煩詁訓耳、漢書匈奴傳黃金犀毗一、師古曰、犀毗胡帶之鉤也、亦曰鮮卑、亦謂師比、總一物也、語有輕重耳、據此則鮮音與犀師音本相近、小雅有兎斯首、箋云、斯白也、今俗語斯白之字作鮮、齊魯之間聲近斯、是鮮可讀斯、故與泚瀰爲韻、

新臺有洒。河水浼浼。 洒・高峻也、浼浼・平地也、 **燕婉之求。籧篨不殄。** 殄・絕也、○殄徒典反、

箋曰、爾雅釋器・絕澤謂之銑、注・銑卽美金、最有光澤也、晉語・玦之金銑者寒甚矣、韋注・銑猶洒也、銑洒同聲、洒卽銑之叚借、上章有泚・言其鮮明、此章有洒・言其光澤、毛傳以洒爲峻之假借、故云高峻、爾雅釋宮・望厓洒而高岸、高謂其項、洒謂其身峭直、又夷上洒下漘、夷上者其項平不高出也、洒下亦謂身斗峭也、說文・峻、陗也、凡言峻峭・皆謂斗直不可上、王風葛藟疏引李巡孫炎、俱以洒下爲陗下、是也、河水浼浼、說文潤字注・水流浼浼貌・浼字注引詩

河水浼浼、浼古音讀如門、與潤音近、浼浼卽潤潤之義也、傳平地也者、謂水極盛則與地平矣、釋文・洒韓詩作漼、浼浼韓詩作浘浘、段玉裁曰、此必首章新臺有泚、河水瀰瀰之異文、漼浘字與泚瀰字同部、與洒浼字不同部、毛傳泚鮮明貌、韓詩漼鮮貌、毛傳瀰瀰盛貌、韓詩浘浘亦訓盛貌、是其爲首章異文、陸德明誤屬之二章無疑、○籧篨不殄、論衡云、殄者死之比也、蘇氏云、不殄猶言病而不死者也、周禮地官稻人、夏以水殄草、康成注・殄・絕也、

魚網之設。鴻則離之。 言所得非所求也、 **燕婉之求。得此戚施。** 戚施不能仰者、

箋曰、興也、以水邊景物起興、離讀爲麗、士冠禮注云、古文麗爲離、易離卦云、離麗也、凡詩離羅離學離罿離畢・離皆麗也、魚網所以求魚、今反得鴻、此謂所得非所求、以喻齊女求伋而得宣公也、○得此戚施、戚施今所謂駝背也、古謂之痀僂、莊子達生篇・痀僂承蜩、淮南精神訓・子求行年五十有四、而病傴僂、脊管高于頂、腸下迫頤、兩脾在上、燭營指天、通俗文・曲背謂之傴僂、亦或作傴嫗、後漢書趙壹傳・傴嫗名執、注・傴嫗猶傴僂也、亦或作俛僂、漢書蔡義傳行步俛僂、顏注・僂・曲背也、亦或單稱傴、荀子儒效篇・是猶傴而好升、韓非安危篇・使傴以天性剖背、宋策剖傴之背、是也、亦或單稱僂、左傳哀十四年長而上僂、杜注・肩背僂、是也、戚施者聲借之字、說文鼁字注作䵶鼁云、詹諸也、引詩得此䵶鼁、言其行鼁鼁、爾雅釋文・䵶音秋、秋戚聲之轉、卽毛詩得

此戚施之異文也、說文鼁下云、圥鼁詹諸也、其名詹諸、其皮鼁鼁、其行圥圥、詹諸卽蟾蠩古文、圥・鼀也、圥本地蕈、取其樸地輪囷之狀、詹諸卽今之癩蝦蟇、偏體皆癩、有似鼀形、故曰其皮鼁鼁、行動蹣跚、不能疾速、故曰其行・鼅鼅、鼅鼅猶施施也、取其施施難進之狀、胡承珙曰、說文䵷爲鼁之別體、鼁䵷同字、圥鼁之圥・音力竹反、鼁音七宿反、圥鼁詹諸猶虫部之蝌鼁詹諸也、鼁鼅二篆相連、鼁或作䵷、故圥下卽承之曰䵷鼅詹諸也、䵷鼅猶鼁鼅矣、總之一物四名、曰蝌鼁、曰圥鼁、曰䵷鼅、曰詹諸、御覽引薛君章句曰、戚施蟾蠩喩醜惡、是韓詩亦作戚施、卽以詩言・戚施者爲詹諸、戚乃鼁之借字、施則鼅之借字、籧篨戚施・物名、是其本義、蓋籧篨之簟、粗惡堅强・而難於屈曲、戚施之蟲、蹣跚匍匐・而不能高仰、因而人之病偃者有似於籧篨、病僂者有似於戚施、故以目之、因而口柔者似病偃、面柔者似病僂、故又以目之、此詩以刺宣公、自是取惡疾爲喩・穎濱詩傳、謂此二者天下惡疾、詩人之言所以深惡宣公、李迂仲極取其說、

新臺三章章四句

箋曰、楚平王爲大子建娶於秦、費無極言秦女美、王遂自娶之、唐明皇爲壽王娶楊妃、聞其美色、更爲壽王別娶、而自納爲妃、是二君者、與衞宣其惡一也、其貽禍家國亦同、顧廣譽曰、史氏之諱國惡、臣子權衡之義也、故君見弑、娶同姓之事、恒變文以出之、風詩之刺君慝、斯民直道之公也、故

通國毋・納子婦之事、皆正辭以陳之、詩之用・直與春秋竝者以此、郝氏謂詩微而顯、春秋顯而微、其語頗精、

二子乘舟。思伋壽也。箋曰、此麟趾之反也、**衞宣公之二子。爭相爲死。國人傷而思之。而作是詩也。**箋曰、顧鎭曰、容齋五筆謂、宣公在位十九年而卒、姑以卽位之初、便成烝亂、次年卽生伋子、勢須十五年然後娶、旣娶而奪之、又生壽及朔、朔又能同母譖兄、壽又能代爲使者越境、皆非十歲以下兒所能辨也、然則十九年之間、如何消破、陸儼山嘗擧以問穆伯潛、伯潛以爲、宣公上烝當在未卽位之前、儼山以爲、其父尙在、不應認爲己子、按史記衞莊公卒後十六年、而後桓公被弒、迎其弟晉于邢而立之、是爲宣公、宣公嗣爲諸侯、去父亡十有六年矣、其生伋子、豈得謂父在時邪、惜伯潛不能擧此折之、或謂・宣未爲君、其兄桓公固在、肯任其烝庶母生兒・而居然以爲己子邪、愚謂、桓公爲世子時、親見州吁之驕縱・久思爲紾臂之擧、乃卽位後、尙容之十六年、聽其釀成禍端・而身受之、闇弱如此、安能防閑其庶母及弟也、沈謙曰、宣公出奔邢・當在州吁弒桓公時、桓之卽位・係周平王三十七年、立十三年而入春秋、又三年而見弒、晉之生急、或在桓紹位一十六年之內、如公子頑故事・亦未可定、陸粲乃謂烝夷姜生急子時、其父莊公故在・不應認爲己子者、蓋因隱三年有石碏諫辭、誤認爲本年事、致忘却桓公立一飭年數、不思此諫上去是時・不下二十年、左氏追敘于此、爲下州吁弒立

張本耳、宣以魯隱四年冬立、至魯桓十二年卒、計在位二十年、史記稱十九年、則以踰年卽位後紀年故也、胡承珙曰、左傳云惠公之卽位也少、杜注蓋年十五六、正義謂宣公卽位三四年始生惠公、新臺之作·當在卽位之初、烝夷姜而生伋子、自當在其兄桓公之世、左傳於此事·原委分明、無不可信、諸儒皆疑其所不必疑者也、安井氏曰、烝於庶母、洪邁毛大可諸人務辨其誣、然閔二年傳云、初惠公之卽位也少、齊人使昭伯烝宣姜、不可、强之、生齊子戴公文公宋桓夫人許穆夫人、宣姜齊女、宣公雖爲伋取、而奪以自娶·則亦適夫人、姜又爲宣公生二子矣、其貴重如此、而宣公死未久、齊人使頑烝之、公然生數子、成二年傳又云、王以買姬予連尹襄老、襄老死於邲、其子黑要烝焉、則烝實上淫之名、而不專指私通也、蓋當時禮樂崩壞、習以爲俗、人亦不甚怪耳、況夷姜無子、宣公烝之·蓋亦有使之者、非私通也、史記列傳夷姜爲夫人、據終而言之、左傳云烝於夷姜、據始而言之、始無二義也、毛奇齡曰、莘在河西、齊在河東、以左傳西至於河一語證之、盜殺二子於莘、未嘗渡河、無乘舟事、汪梧鳳曰、衞宣時猶都商之朝歌、卽今濬縣、自衞都達莘、未嘗不取道于河、豈必入齊乃渡河邪、況詩又未明言渡河、若肥若淇、何不可舟者、奚以明其渡之必河邪、胡承珙曰、毛西河謂莘爲衞東地而在河西、是也、其云漢志水經注皆言莘卽新臺則誤、郡國志·陽平侯國有莘亭、劉昭注云、杜預注傳曰、衞作新臺、在縣北、衞殺公子伋之地、故曰待諸莘、考桓十六年左傳杜注·但云陽平縣西北有莘亭、無新臺在縣北語、此劉昭誤也、水經漯水注云、漯水自東武陽縣故城南、東北逕陽平縣故城東、又北絕莘道城之西北、左傳所謂莘也、自衛適齊、汎舟于河、至此而登陸、京相璠曰、陽平縣北十里有故莘亭、道阨限險要、自衛適齊之道也、望新臺於河上、感二子於宿齡、詩人乘舟誠可悲也、此所云新臺者、不過因其事而及之、非謂新臺卽莘、西河據此二文以爲證、誤矣○摺本作上無而字、

二子乘舟。汎汎其景。二子、伋壽也、宣公爲伋取於齊女而美、公奪之、生壽及朔、朔與其母愬伋於公、公令伋之齊、使賊先待於隘而殺之、壽知之以告伋使去之、伋曰、君命也、不可以逃、壽竊其節而先往、賊殺之、後伋至、曰、君命殺我也、壽有何罪、賊又殺之、國人傷其涉危遂往、如乘舟而無所薄、汎汎然迅疾而不礙也、**願言思子。中心養養。**願、每也、養養然憂不知所定、○

汎芳劒反、令力征反、隘於賣反、摺本・傳伋至上無後字、卷子古本・傳汎汎下然字、養養然下憂字竝無、延文本・定下有也字、

箋曰、伋壽之死、盜待於莘殺之、則二子死於陸地、詩何以言乘舟、蓋二子之死其闕、未嘗明示國人、作詩者亦未嘗親見其殞命之所、自衛適齊必渡河、此衛人所共知者、因以乘舟渡河爲辭、二子乘舟猶曰二子適齊耳、汎汎其景、是摸寫渡河之時、二子之影、與水波俱浮沈、以見顧影可憐之意、而此舟一逝、卽其影不可復見矣、痛其往而不返也、景卽影之古文、葛洪始加彡爲影字、考左傳二子不必同乘舟、故毛以爲借喩之語、然詩之辭不必拘、○願言思子、鄭云、願念也、釋詁・願・思也、方言・願欲思也、是常訓也、毛詩願字、首見於終風願言則嚏而無傳、則毛意亦同耳、而二子乘舟語意尤深、故傳別言

之、非有異也、衞風願言思伯、正義云、毛於二子乘舟傳、曰願每也、則此願亦爲每、甘心首疾、傳云甘厭也、正義曰、謂思之不已、至厭足於心、觀於甘之爲厭、而願爲每之義乃益明、又賈誼服鳥賦・品庶每生、漢書敘傳・每生有禍、又後漢書孔融贊曰、豈有圓刓委曲可以每其生哉、孟康曰、每・貪也、司馬貞曰、每者冒也、冒亦貪也、貪冒言若目無所見也、據此則每乃思念之甚、若目無所見之意、又呂氏春秋貴直篇・狐援曰、殷有比干、吳有子胥、齊有狐援、已不用若言、又斮之東閭、每斮者以吾參夫二子者乎、此亦以每爲願也、○中心養養、養是瀁之假借字、瀁瀁水搖動貌、言憂心搖搖不定也、正與汎汎相應、或曰、養者癢之叚借字、內則苛養、釋文・養本作癢、荀子榮辱・辯寒暑疾養、又彊國・疾養緩急之有相先者也、注並云、養與癢同、淮南脩務篇無不憚除癢心、注・癢心煩悶也、憂以至于煩憂、重言養養、煩悶之甚也、

二子乘舟。汎汎其逝。逝・往也、 願言思子。不瑕有害。言二子之不遠害、○延文本・害下有也字、

箋曰、首章言其景、猶見其景也、次章言其逝、並景而不得而見矣、瑕爲遐之假借、唐石經作遐、因傳義而改經字、其實經字祇當作瑕、傳意瑕爲遐借、故訓遠、鄭則用瑕字本義訓過、泉水與此並同、不遐・近也、言其必有殺害也、不瑕有害、與泉水語同意別、泉水是害於義、此詩是害其身、泉水明知於義不

可往、而言其思也、此明知其身已被禍、而言其必有殺害也、詩人已知二子之見殺矣、今不言其死、而曰中心養養、曰不瑕有害、但想其去時之光景、而設爲憂危之言、則其情有無限含蓄・無限悲傷、寥寥數言、有千萬言所不能盡者、此所以稱風人之致也、

二子乘舟二章章四句

箋曰、二子者順人也、生當麟趾之時、沐以王化、則信厚振振、以成其身可知也、而今爲父母所害、皆死於賊之手、三綱以滅、淫亂之禍至斯極、不亦慘乎、故以終邶風、以反應麟之趾關雎之應也、胡休復曰、完廩浚井之命、舜未嘗不從也、卒不可得而殺者、聖人之道全・而德慧妙也、大杖則走、曾子之孝・亦若是矣、曾子之父賢父也、又似不可槩語者、伋曾父命、壽先兄死、蓋有獨至之性焉、廢長立少、豈正命哉、伯夷逃之、齊終棄其命而從兄、千古稱兩人之仁、未嘗有以陷父於不義非之者、有孔子之斷例也、伋壽卽不得比于二子之無怨、卽其爭死不悔、亦足以追其芳躅矣、世之論者、或以壽死無救于兄、而重父之過、或以伋當逃避・使父無殺子之名、此平居中庸之論、値伋壽之時、以推其不得已之心、彼誠有大不忍者迫于中也、孔子仁夷齊、必錄伋壽矣、鍾惺曰、伯夷叔齊利所在則讓之、伋與壽死所在則爭之、讓・仁也、爭・勇也、天倫之間、吾願爲仁、而不忍言勇、

邶國十九篇七十一章三百六十三句

毛詩會箋

毛詩卷第二

毛詩卷三

竹添光鴻會箋

毛詩國風

鄘柏舟詁訓傳第四

箋曰、鄘、邑名、古作庸、逸周書作雒篇云、武王克殷、乃立王子祿父、俾守商祀、建管叔于東、漢書地理志云、庸管叔尹之、是庸在朝歌東矣、餘詳邶風、

柏舟。共姜自誓也。箋曰、共姜、共伯之妻也、婦人從夫謚、姜、姓也、非夫人故不冒國、州吁伋壽一例、**衞世子共伯蚤死。**箋曰、蚤死則可以再嫁也、**其妻守義。**箋曰、可以嫁、而不貳、**父母欲奪而嫁之。**箋曰、奪其志也、**誓而弗許。故作是詩以絕之。**箋曰、決絕而使父母不復我也、邶鄘兩風、時世相接、獨置是詩於其間、以冠鄘風者、共姜之貞潔、正與宣姜相反、而宣姜之醜惡、無以異於禽獸、人道盡而天理滅、遂以致衞國之傾覆、故置此詩于鄘風之首、以表共姜之貞潔、其表共姜卽所以深惡宣姜、而使後之爲人君者、知一國之興亡、造端乎閨門之内、其垂戒也深矣、俞樾曰、據衞世家、則釐侯卒、太子共伯餘立、共伯弟和襲攻共伯於墓上、入釐侯羨自殺、以睿聖武公之賢、而有弒兄自

立之事、異矣、困學紀聞載呂成公說曰、髦者子事父母之飾、史記謂釐侯已葬、而共伯自殺、則是時共伯已脫髦矣、安得獨謂髧彼兩髦乎、是共伯未嘗有見弑之事、武公未嘗有簒弑之惡也、愚按、總當以年齒辨之、武公之壽、在百歲以外、說詳大雅抑篇、姑以百歲計、其在位五十五年、則釐侯卒時四十五矣、共伯又其兄也、必四十六七矣、共姜之年・當與之等、安有四十以上之老嫠婦、而父母猶欲奪而嫁之乎、且更有一證、序云父母欲奪而嫁之、是共伯死時、共姜父母皆在也、世本古義云、共伯娶齊武公之女、考齊武公立二十六年卒於周宣王之三年、爲衞釐侯之三十年、釐侯至四十二年而卒、去齊武公之卒十二年矣、共姜安得有父乎、以此證之、則武公無弑兄之事、其論可定矣、姜炳璋曰、此正當宣王之世、宣王能討魯伯御、豈容武公之弑君簒國、今卽以詩考之、曰髧彼兩髦、知共伯之卒、在釐侯未薨之前、序曰共世子、知未立爲君也、郝氏鄒氏、皆以共姜爲室女、蓋以冠則冠加髦上、安得見髦、詩擧兩髦、知共伯未冠、禮冠而後娶、知共伯之未娶・而姜爲室女也、然兩髦之制、毛公云髮至眉、安知非加冠而兩髻之末垂於眉・冠不得掩乎、以是決其未冠、所不敢矣、況父喪脫左、母喪脫右、古有明文、誰謂兩髦不可以言既冠乎、胡承珙曰、甫田總角丱兮傳云、總角聚兩髦也、正義云、言總聚其髦以爲兩角、郝鄒之說、固自可通、但內則於子事父母・及男女未冠笄者・皆云拂髦、則兩髦之有無、祇分親在親沒、實不分已冠未冠、惟據序世子蚤死一語爲斷、則史記之說、自不可信耳、

汎彼柏舟。在彼中河。興也、中河・河中、**髧彼兩髦。實維我儀。**髧・兩髦之貌、髦者髮至眉、子事父母之飾、儀・匹也、**之死矢靡它。**矢・誓、靡・無、之・至也、己之死・信無他心、**母也天只。不諒人只。**諒・信也、母也天也、尚不信我、天謂父也、○汎芳劒反、髧徒坎反、髦音毛、

箋曰、柏貞木、自興、中河興兩髦、舟之爲物、載重致遠・大濟民用亦於水、以覆以沈・以擢爲韲亦於水、浮沈未嘗離水者是舟也、共姜於共伯、死生不改其節、所以興於柏舟也、○髧彼兩髦、玉篇・髧髮垂貌、凡字从冘聲者、多有垂義、蒼頡篇・煩垂頭之貌、說文・耽・耳大垂也、皆與髧爲垂髦義相近、傳言髦髮至眉、是實知其形象、而鄭注三禮、已云其制未聞、可見毛公時書・康成已有不能盡見者矣、惟據既夕禮云、既殯・主人脫髦、內則注云、拂髦・振去塵著之、曰脫・曰著・自是假他髮爲之、故此傳云子事父母之飾、鄭注既夕禮云、長大猶爲之飾、是也、子生三月、剪其胎髮、留少許兩處夾囟、囟音信、頭會腦蓋也、剪餘名爲鬌、嬰兒屢削髮、二三年後乃恣其長、而鬌髮較長鬖鬖然、髦之名蓋本于此、衆髮稍長未可束、乃獨束鬌髮爲兩角、所謂總角是也、既而衆髮益長、於是合而束之、所謂結髮是也、及結髮乃剪取鬌、以絲束之綴于冠下、謂之髦以爲飾、明人子事親・恒有孺子之義也、若父死說左髦、母死說右髦、二親並死則並說之、親沒不髦・是也、○實維我儀、我・共姜自我也、毛傳爾雅皆訓儀爲匹、書鳳皇來儀、注以爲相乘匹、國語丹朱馮身以儀之、亦謂馮依其

身而匹偶之、當時共伯已死、猶曰實爲我匹、則後此之非匹可知、○之死矢靡它者、自誓其無他心、易曰、婦人貞吉、從一而終也、之死靡他、從一之謂也、○母也天只不諒人只者、言母我所天也、而不以我爲諒也、爲怨言以絕之、諒今人言諒恕諒察之諒、猶曰母氏若早寡、又將棄大人而去乎云爾、怨得沈痛、嬌女聲口、呼母不及父者、女子之詩・言母爲切也、毛傳訓天爲父、蓋謂詩變父言天、以天與人爲韻也、也只同訓、如日居月諸居諸同訓乎、然以母天爲母父之稱、未聞其例、

汎彼柏舟。在彼河側。髧彼兩髦。實維我特。特匹也、**之死矢靡慝。**慝邪也、**母也天只。不諒人只。**○慝他得反、

箋曰、在彼河側、側謂水中近岸者、或中或側、汎然不離河也、○實維我特者、方言・物無偶曰特、書舜典用特、傳・獨・特也、特本訓牡、凡畜之牡者、皆可謂之特、周禮校人、凡馬特居四之一、鄭衆注云、三牝一牡也、陽數奇、引伸之爲凡孤特之稱、反言之則孤特必有偶、故又爲匹偶之稱、猶介爲特、又爲副、乘爲一、又爲二・爲四、匹爲一、又爲雙・爲偶、皆以相反爲義也、釋文引韓詩實維我直云相當値也、直義與特同、周官小胥・士特縣、賈子新書作大夫直縣、直縣卽特縣也、呂覽忠廉篇高誘注、特猶直也、荀子勸學篇楊倞注、特猶言直也、此特直義同之證、韓詩訓直爲相當値者、漢書刑法志・不可以直秦之銳士、

注云、直亦當也、當有敵義、相當猶言相匹耳、史記匈奴傳曰直上谷、索隱引姚氏曰、古字例以直爲値、是已、○之死矢靡慝、靡他謂無二心、靡慝謂無邪心、以再醮爲慝、辭愈烈、

柏舟二章章七句

仁井田氏好古曰、共姜之貞、信可嘉矣、然後儒因此槩以再嫁爲不義者、則不深考也、或問程子曰、孤孀貧窮無託者、可再嫁否、曰、只是後世怕寒餓死、故有是說、然餓死事極小、失節事極大、愚竊考之禮經、殊爲不然、喪服傳曰、繼父同居者、傳曰、何以期也、傳曰、夫死、妻穉子幼、子無大功之親、與之適人、而所適者亦無大功之親、所適者以其貨財、爲之築宮廟、歲時使之祀焉、妻不敢與焉、若是則繼父之道也、同居則服齊衰期、異居則服齊衰三月、又曰、父卒繼母嫁、從爲之服報、傳曰、何以期也、貴終也、檀弓曰、公叔朮有同母異父之昆弟死、問於子游、子游曰、其大功乎、狄儀有同母異父之昆弟死、問於子夏、子夏曰、我未之前聞也、魯人則爲之齊衰、狄儀行齊衰、今之齊衰、狄儀之問也、夫聖人既爲嫁母制服、又爲繼父制服、又爲異父昆弟制服、傳又詳載繼父之道、以丁寧其事、然則於禮有再嫁之道也明矣、若使之爲背倫失節事、則何須立禮制乎、且觀魯人則爲之齊衰之言、則世之所偏行、非獨一人一家事也、凡禮之有疑義者、孔門諸子反復辯論、不得弗措、然未嘗聞有論及于嫁母繼父者、則以此爲常事、不

敢容疑也。可推而知矣、共姜之父母欲奪而嫁之者、以其有再嫁之道也、若使之爲背倫失節事、則父母强子以犯大罪也、天下豈有斯父母哉、獨共姜秉義不移、善守其常、故不從父母之命焉耳、聖人因天而制禮、循人情而設敎、先王之道。人倫之極也、高者不得過、卑者莫不及、故曰、夫婦之不肖、可以能行焉、又曰、聖人之制行也、不制以己、一人行之、而萬人不能行者、非道也、一家從之而天下不能從者、非道也、推諸四海而準、傳諸萬世而無弊者、唯先王之道爲然、今程子不求諸禮、而求諸心、以己制行、所以戾也、故一與之齊、終身不改者常道也、不幸而遇變、夫死妻穉子幼、子無大功之親、再嫁以育孤存祀焉、通其變也、且如禮文言子幼無大功之親、擧其一端而言耳、非謂其他皆不可也、嗚呼當夫死之際、舅姑之存沒、子姓之有亡、家計之貧富、事勢之緩急、一家百爾曲折、不可勝數、則處之之道、豈可復一槩論之哉、如共姜能居常守貞、其可善固不俟言矣、而權事之宜、再嫁以通其變、亦未爲不可也、唯其一家存亡之所繫、一身汚潔之所分、有可擇其宜者而已矣、此關於人倫世道者、實非細故也、魏源曰、禮取女有吉日而女死、壻齊衰往弔、既葬而除之、夫死亦如之、又曰、女未廟見而死、歸葬于女氏之黨、不遷于祖、不祔于皇姑、示未成婦也、衞共姜違禮自用、而取冠鄘風者何、曰、此尤詩禮相成之大義也、大夫以上、三月廟見成婦禮、士昏當婦至之夕、質明奠笲、卽成婦禮、若舅姑既沒、則婦入三月乃奠菜、非爲舅姑在者言也、且言示未成子婦、非未成夫婦也、未成之詞。繫之妻且不可、況繫之夫乎、古男女之議昏晚、聘取同時、故未取而死之事不恒見、郭茂倩樂府引琴操云、雉朝飛者・衛女傅母之所作也、衛侯女嫁于齊太子、中道聞太子死、問傅母曰何如、傅母曰、當往持喪、喪畢不肯歸、終之以死、與此略相類、可見未昏守志事、古非無之、先王議道自己、而置法以民、賢者之用情恒過厚、行過恭、喪過哀、故夫死守志之文、聖人不明著之禮、以全天下之中人、而存其詩、以立天下之頑懦、詩者所以極人情、非所以立通制也、大杖有逃走之義、而衛風美伋壽爭死、國君有死社稷之義、而大雅稱太王去豳、婦人迎送不出門、而燕燕遠送於野、皆非禮之所崇、亦非禮之所禁也、禮之所禁、必其有弊而易借、如柳下嫗不逮門之女、而魯男子不可、是也、男女生人之大欲、豈慮天下未昏之女子、咸矢柏舟之操哉、卽有之、亦何弊天下哉、按仁井田氏據禮闡明婦人有再嫁之道、魏默深沿郝鄒二氏之說、辨論室女有守志之義、俱得聖人制禮之旨、故並錄以告學禮者、

牆有茨。衛人刺其上也。 箋曰、鄘詩而曰刺其上、故稱衛人、 **公子頑通乎君母。** 箋曰、頑之君也母也、造語嚴於斧鉞、是詩先於君子偕老、宣公在日・頑通之也、 **國人疾之。** 箋曰、左傳・惠公之卽位也少、齊人使昭伯烝於宣姜、不可、強之、蓋齊人聞頑之通使烝之、否則使兒黔牟烝之亦可、頑不可者虛飾耳、 **而不可道也。** 箋曰、道・言也、以爲不可言也、過之小者可磯、大者可怨、唯是醜聲、無可如何、故曰不可言也、疾之甚一言盡之、非漫然提詩句、延文

本道作導、經同、

牆有茨。不可埽也。 興也、牆所以防非常、茨・蒺藜也、欲埽去之・反傷牆也、 **中冓之言。不可道也。** 中冓・內冓也、 **所可道也。言之醜也。** 於君醜也、○茨徐資反、冓古侯反、藜音梨、

箋曰、左傳云、人之有牆・以蔽惡也、詩以牆茨起興、蓋取蔽惡之義、牆宜於堅密、而乃生不可埽之茨、以興中冓宜於肅清、而乃有不可道之言、今欲埽之則恐傷於牆之堅、猶之欲道之則恐揚其國之惡耳、興意深隱、以下有中冓言醜、故祇取於掩惡之意、爾雅・茨・蒺藜、郭注・布地蔓生、細葉、子有三角刺人、說文・茨以茅蓋屋也、薋・草多貌、薺者蒺藜也、引詩牆有薺、禮記玉藻鄭注引詩亦作楚薺、蓋所據詩三家今文也、○中冓之言、冓・構之本字、說文・冓・交積材木也、象對交之形、故謂造室爲構、室亦稱構也、淮南氾論訓云、築土構木、是冓與構同、書大誥・若考作室、既厎法、厥子乃弗肎堂、矧肯構、堂謂築基、構謂造室、中冓者謂室中、傳云內冓、猶言內室、漢書文三王傳・谷永上書曰、是故帝王之意、不窺人閨門之私・聽聞中冓之言、以中冓與閨門對舉、亦是指內室而言、晉灼漢書注・引魯詩曰、冓・夜也、釋文引韓詩云、中冓・中夜、謂淫僻之言也、夫中冓爲嚮晦宴息之地、故以爲夜、義本相近、然不如傳第以中冓爲宮中隱奧之處、其言亦第當爲閨門曖昧之言也、○言之醜也者、醜・惡也、辱也、一醜字說得盡情、正申明不可道之義、卻用轉語、意味便自深長、不道・

不詳、不讀、不欲汚己之口耳、非愛彼也、自愛也、非羞彼也、自羞也、故醜辱俱就言者說、傳繫君言之、不是、風刺之詩、只汎然賦之爲得、

牆有茨。不可襄也。襄・除也、**中冓之言。不可詳也。**詳・審也、**所可詳也。言之長也。**長・惡長也、

箋曰、古襄攘通、史記龜策傳、西襄大宛、徐廣曰、襄一作攘、出車玁狁于襄、釋文亦云、襄本作攘、說文引漢令解衣而耕謂之襄、除與解衣義相近也、○不可詳也、詳・仔細說之也、釋文云、詳韓詩作揚云、揚猶道也、廣雅、揚・說也、說亦與道義同、言之長也、長・謂委曲不可盡也、毛傳云惡長也、不成文義、

牆有茨。不可束也。束而去之、**中冓之言。不可讀也。**讀・抽也、**所可讀也。言之辱也。**辱・辱君也、○抽直又反、

箋曰、廣雅、讀・說也、莊子以言讀其所自化、又孟子爲王誦之、列子順塗而詠之、用字古雅相肖、首章言道・不過道其大概、次章言詳、則詳說其細微、三章言讀・反復言之也、道與詳分粗細・詳與讀分淺深、詩意蓋言、約言之尚不可、況多言之乎、況反復言之乎、三章自有次第、傳讀抽也者、抽訓爲引、卽紬繹之謂也、漢書谷永傳・燕見紬繹・以求咎愆、顏注・紬讀曰抽・引其端緒也、又說文・繹・抽絲也、曰抽曰繹、皆引而出之也、○言之辱也、辱・汙辱之辱・猶醜也、

牆有茨三章章六句

君子偕老。刺衛夫人也。箋曰、蠱惑宣公、而與公子頑姦、故書曰衛夫人、宜與鶉奔序參考、夫人淫亂。失事君子之道。箋曰、明是宣公在日之事、故陳人君之德·服飾之盛·宜與君子偕老也。箋曰、與陳古者、其文不同、人君·小君也、前有墻茨、後有鶉奔、而置此詩其中、則公子頑於宣公在時·已有醜聲矣、宣姜以蕩婦之盛年、值宣公之暮齒、可知中冓之言不可道者多矣、豈待公歿後·始聽齊人使昭伯烝之耶、風以偕老、必早有棄老之意、詩人恐醜聲日著、故極稱其服飾之盛·君夫人之貴、冀其自重耳、其所以作詩之意·總在言外、惟宣姜心自省之、

君子偕老。副笄六珈。能與君子偕老人、乃宜居尊位服盛服也、副者后夫人之首飾、編髮爲之、笄·衡笄也、珈·飾之最盛者。所以別尊卑、委委佗佗。如山如河。委委者行可委曲蹤迹也、佗佗者德平易也、山無不容、河無不潤、象服是宜。象服·尊者所以爲飾、子之不淑。云如之何。有子若是、可謂不善乎、○副芳富反、珈音加、委於危反、佗待何反、易以豉反、傳偕老下、摺本無人字、盛下者字卷子古本無、尊卑下潤下飾下、延文本並有也字、延文本蹤迹作從

迹、宋本可謂作何謂、

箋曰、是時宣姜內有淫行、厭棄公老、故首句以君子偕老風之、據追師內司服二職、褘衣而副、於六服爲第一、副卽釆蘩之被矣、追師掌王后之首服、爲副編次、鄭注、副之言覆、所以覆首爲之飾、其遺象若今之步搖矣、編者編列髮爲之、其遺象若今之假紒矣、次者次第髮長短爲之、若今髮鬄、明堂位鄭注、副、首飾也、今之步搖是也、蓋副與編、皆假髮所爲、但副有衡笄六珈之飾、所以爲盛、此箋云、珈之言加也、副既笄而加飾、如今步搖上飾、亦謂副上加飾、則副必本以髮爲之可知、廣雅云、假結謂之鬠、鬠與副同、釋名云、王后首飾曰副、副、覆也、以覆首也、亦言、副、貳也、兼用衆物、成其飾也、衆物卽六珈之類、統言之則六珈皆爲副飾耳、續漢書輿服志云、皇后謁廟、假結步搖簪珥、步搖以黃金爲山、題貫白珠、爲桂枝相繆、一爵九華熊虎赤羆天鹿辟邪南山豐大特六獸、詩所謂副笄六珈者、然則漢固以步搖當周之副、鄭不敢竟以漢制說經、故云古制有未聞耳、陳祥道禮書曰、漢之步搖、以金爲鳳、下有邸、前有笄、綴五采玉以垂下、行則動搖、魏晉因之、隋改爲花樹之數、唐加大花十二樹、象袞冕十二旒、雖古今制不同、六珈之義、差可彷彿矣、古者祭服君袞冕、夫人副褘、然則婦人首服之有副、其猶男子首服之有冕、此詩言衛夫人之服飾亦言副笄、則諸侯夫人亦得服副、故傳云副者后夫人之首飾、追師鄭注亦云、凡諸侯夫人、於其國衣服與王后同、正義謂、惟后夫人有之、卿大夫以下則無、此說不誤、傳云笄衡笄也者、男婦之笄、皆有二種、其短者皆以固髻、其長者・男子冠無笄・而冕弁有笄、冕笄用衡笄、以玉爲之、所以維持冕也、婦人有副笄、有纚笄、維持纚者謂之纚笄、維持副者謂之副笄、副笄用衡笄、纚。笄不用衡笄、傳意以衡笄爲一物、謂之衡者、衡・横也、卽謂笄之横於頭上者、與尋常固髮之笄、名同而實異、禮男子冠而婦人笄、男子二十冠而字、女子許嫁笄而字、夫笄以配冠、則非止固髮之用、楚語・司馬子期欲以妾爲內子、訪之左史倚相曰、吾有妾而愿、欲笄之其可乎、然則古之爲妾者不笄、非幷無簪以鬈髮也、蓋笄爲婦人禮服之首飾、而副笄六珈其飾更盛、獨爲后夫人之所服、故毛以副笄之笄爲衡笄耳、周禮追師衡笄、鄭司農注云、衡維持冠者、是以衡笄爲一物、後鄭以衡笄爲二物、左桓二年傳、衡紞紘綖、杜注云、衡維持冠者、與毛及先鄭同、是衡笄卽固冠之笄也、此笄既以固冠、亦以縣瑱、瑱之制・縣之以紞、上係于笄、弁師言玉瑱玉笄、左傳言衡紞、衡之卽笄甚明、蓋既有笄、不宜又有衡、苟衡與笄竝設、不亦過於繁複乎、後鄭說非也、六珈者珈之數六也、珈・加於副之飾也、言笄之外又有所加、非卽加于笄上也、此經一句當作三項看、副是一項、笄是一項、六珈又一項、副旁有笄、笄外又有六珈之飾也、傳云珈笄飾之最盛者、自是以珈飾笄、其數有六、與鄭義珈爲副飾者不同、笄以玉爲之、珈之言加而從玉、蓋亦以玉爲之、正義云、言珈者・以玉加於笄爲飾、是也、鄭義爲優、○委委佗佗、如山如河、此二句正序所謂人君之德也、傳云委委行可委曲從迹也、毛所云行與德對文、當讀爲德行之行、非謂其行步之美也、大玄元攡・夫地他然示人明矣、注云、他猶泰也、他卽佗字、此他然如易繫辭所言隤然者、他然隤然蓋皆安泰之意、傳云佗佗平易、義可以此推之、韓詩曰、委委佗佗、德之美貌、其義亦合、蓋此泛論夫人之德宜如是、於豐容盛服中・傳出肅雝道理、所謂淑也、正與下文許多工麗反映、〇象服是宜、是句屬上、德稱其服也、與緇衣之宜同、虞書・予欲觀古人之象、日月星辰山龍華蟲作繪、宗彝藻火粉米黼黻絺繡、以五采章施於五色作服、故曰象服、謂物象取義之服、試以袞衣論之、日月取其明、斧取其斷、華蟲取其文之類、婦人之盛服亦如之、翟取其文、亦已見其一、端矣、馬瑞辰曰、上言副笄六珈、則所云象服者蓋褘衣也、明堂位祭統並言夫人副褘立於房中、此首服副則衣褘衣之證、詩首言褘衣、次言翟衣、次言展衣、各舉其一、以明服飾之盛、與周官內司服王后之六服・次序正同、鄭司農曰、褘衣畫衣也、說文褘字注引周禮曰、王后之服褘衣謂畫袍、畫者畫象之義、故詩謂之象服耳、褘衣不言翟、則非翟雉可知、不必如康成讀褘爲翬也、鄭箋不以象服爲褘衣、而以爲褕翟闕翟者、鄭君謂・諸侯夫人之服、自褕翟而下、無褘衣故也、然以此詩言副笄六珈・及禮言夫人副褘證之、諸侯夫人未嘗無褘衣、且二章始言翟、則首章象服宜爲褘衣耳、馬說是也、安井氏曰、正義謂象服以象骨飾服、果若其說、傳當言象骨尊者所以飾服、今象服連用、而云尊者所以爲飾、則其意蓋謂尊者以象服爲身之飾耳、〇子之不淑、云如之何、不淑二字・詩人之微詞也、云・語詞、云如之何・作商量語、一似有播傳而不必言、羞鄙而不足言、且傷悼而不忍言者、然此二語畧逗諷刺之旨、以下更不再露、但侈陳服飾容貌之美、則所缺自見、如說人偏長・則其短不言已著、結構絕高、玼兮玼兮。其之翟也。玼·鮮盛貌、翟·褕翟闕翟、羽飾衣也、鬒髮如雲。不屑髢也。鬒·黑髮也、如雲·言美長也、屑·絜也、玉之瑱也。象之揥也。瑱·塞耳也、揥·所以摘髮也、揚且之晳也。揚·眉上廣、晳·白晳、胡然而天也。胡然而帝也。尊之如天也、審諦如帝也○玼音此、髢徒帝反、瑱吐殿反、揥勑帝反、晳星歷反、而天而帝、延文本作如天如帝、傳揄音遙、

箋曰、說文·玼·玉色鮮也、因之爲凡色鮮之稱、內司服·揄狄闕狄爲王后六服之二、夫人與王后服同、故傳以褕翟闕翟二者·釋經之翟也、翟卽書華蟲、作繪于衣上、因以爲名也、其用翟羽爲飾唯翟車、碩人之翟茀是也、玉藻禕記皆云夫人揄狄、詩釋文·揄字又作褕、狄本亦作翟、褕正字、揄假借字、翟正字、狄假借字、傳云羽飾衣者、羽字卽承上兩翟字、則羽卽翟也、飾猶畫也、飾衣畫衣也、翟雉名、褕闕皆衣名、褕之爲言揄也、揄猶揚也、褕翟者以五色畫翟於衣、闕翟者亦繪翟形、但不畫以五色、故謂之闕翟、孫毓以毛傳羽飾衣謂眞以翟羽飾衣、則誤解傳義矣、若左傳楚王秦復陶翠被、說苑善說篇襄成君始封之日、衣翠衣帶玉劍、蓋摘翠羽實於經緯間而織之、與此別、○鬒髮如雲者、鬒·髮之黑也、他物之黑、不得謂之鬒、故傳云鬒黑髮也、說文作㐱、云稠髮也、重文作鬒、服虔注昭廿六年左傳云、髮美爲鬒、稠而黑斯其所以爲美也、髮有黑而不稠者、亦有稠而不黑者、皆不足以言美矣、○不屑髢也者、

髢・追師注引詩作鬒、說文・鬒・髮也、或作髢、正義引說文作髮益髮也、言人髮少、聚他人髮益之、不絜髢者・以其髮自多且美也、不屑者只薄之不用、非以此爲不潔也、○玉之瑱也、淇奥傳・充耳謂之瑱、充者塞也、故瑱又謂之塞耳也、婦人亦有笄、故亦有瑱、笄爲玉笄、故瑱亦玉瑱、○象之揥也者、象・象牙也、非象骨、傳揥所以擿髮也、釋文・擿本又作擿、非、說文・擿搔也、以許說繩之、則作擿爲是、揥者搔頭之簪、古禮服有玉瑱無象揥、今竝擧之、或是燕居之飾、西京雜記言武帝宮人搔頭皆用玉、後世詩詞亦有玉搔頭之語、蓋揥之遺制、○揚且之皙也、揚・傳云眉上廣、上者高意、廣者長意、眉高而長、卽所謂春山横黛也、陳啓源曰、皙晳二字・音形及義訓俱別、皙从白析聲、音析、人色白也、詩揚且之皙、毛訓白皙、左傳澤門之皙與黔對、聖門曾點・楚公子黑肱・鄭公孫黑・皆字子皙、各與名反、是也、俱取白皙之義、晳从日折聲、音折、又音制、明也、字又作晣、又與哲悊通用、詩庭燎晣晣、毛云明也、易明辨晳、書明作哲、俱取明智之義、故書明作哲・史記作明作智、漢書作明作悊、云悊知也、陳第古音略因鄘風晳字與揥帝協句、遂音晳爲制、又引易明辨晳爲旁證、誤矣、此詩稱宣姜美色、故言其面色白皙、與明智義何涉哉、鄘風之皙、大有之晳、截然兩字、焉可同也、朱子不辨皙晳是兩字、而溷用征例反爲皙音、陳遂襲其誤耳、古無入聲、亦未有四聲之別、若轉皙作去聲、則當讀息例反、與揥帝自協、○胡然而天也、胡然而帝也、胡然・是驚賛之辭、兩而字延文本作如、古而如通、國策・張儀言鄭周之女、粉白墨黑・立於衢閭、非知而見之者以爲神、司馬喜與趙王論陰姬之美、不知者特以爲神人、言不能及也、卽胡然而天胡然而帝之意、今俗稱美人曰如天人、正與此天帝同、天帝一也、乃兩句判言天也帝也、是諷詠之雍容不迫也、凡詩中用也字、全無意義、猶兮只之類、

瑳兮瑳兮。其之展也。蒙彼縐絺。是紲袢也。 禮有展衣者、以丹縠爲衣、蒙・覆也、絺之靡者爲縐、是當暑袢延之服也、**子之清揚。揚且之顏也。** 清・視清明也、揚・廣揚而顏角豐滿、**展如之人兮。邦之媛也。** 展・誠也、美女爲媛、○瑳七我反、展陟戰反、縐側救反、紲息列反、唐石經作緤、媛于眷反、延文本、傳豐滿下有也字、

箋曰、瑳・玉色鮮白也、展玉藻喪大記並作襢、周禮內司服及此詩作展、蓋同聲通用之字、釋名、襢衣、襢・坦也、坦然正白無文彩也、蓋此以禮見於君及賓客之盛服、坦然正白、昭其敬也、鄭箋云、后妃六服之次、展衣宜白、蓋褘衣揄狄屈狄三者有畫文、爲婦人加上之服、猶男子之冕服也、鞠衣展衣緣衣三者無畫文、猶男子朝服也、說文・展・丹縠衣也、馬融說同、其義俱本毛傳、內司服鄭司農注・始以展衣爲白色、爲鄭說所本、此說是也、胡承珙乃謂、如從鄭則素沙以白裏白、何能張顯、不知唯白受采、故必表裏皆白、而後張顯、若裏川他色、表卽隨變、而不見甚白、胡氏未明物理、俞樾曰、瑳兮瑳兮其之展也、以瑳擬展、色必相同、說文玉部・瑳・玉色鮮白、衣部、𧜵・丹縠衣、則以白玉擬丹縠、語意不倫、從鄭則白玉白衣、適相稱也、又按、孫毓推衍毛義、謂褘衣赤、褕

翟青、闕翟黑、次鞠衣宜白、以爲疑於凶服、故越取黃、而展衣同赤、因西方闕其色、故褖衣越青而同黑、愚謂、六服之色、今固未易質言、據出其東門篇有女如茶・傳云言皆喪服也、則以白爲凶服而避之、毛意或然、實非古制也、若白果凶服、則殷商一代・純凶而無吉矣、其不可通一也、周禮巾車職・建大白以卽戎、以封四衛、注曰、大白殷之旗、猶周大赤、蓋象正色也、四衛・四方諸侯守衛者、蠻服以內、若白是凶服、則四衛諸侯純凶而無吉矣、其不可通二也、司服云、眡朝則皮弁服、注曰、皮弁之服十五升白布衣、積素以爲裳、若白是凶服、天子豈當凶服而視朝乎、其不可通三也、蜉蝣篇麻衣如雪、箋云麻衣深衣、正義曰、衣裳卽布而色白如雪者・唯深衣爲然、故知麻衣是深衣也、然則深衣亦白矣、深衣可以擯相、豈凶服乎、其不可通四也、玉藻云、君衣狐白裘、錦衣以裼之、注曰、君衣狐白毛之裘、則以素錦爲衣覆之、終南篇君子至止、錦衣狐裘、擧此白衣白裘、以美其君、豈凶服乎、其不可通五也、襍記・大白冠緇布冠皆不緌、注曰、大白冠大古之布冠也、春秋傳曰、衛文公大布之衣、大白之冠、郊特牲云、冠義始冠之、緇布之冠也、大古冠布、齊則緇之、注引襍記文而曰、三代改制、齊冠不復用、以白布冠質・以爲喪冠也、是鄭義亦以白布冠爲凶服、若然則衛文公豈當終身凶服乎、其不可通六也、考儀禮喪服篇賈疏曰、喪服上下十有一章、從斬至緦麻、升數有異、其下歷擧諸服、有三升有三升半、有四升、有五升、有六升、有七升、有九升、是以精麤爲別、不以色爲別、古制然也、孫毓以白爲凶服、而使王后六服越白不用、恐涉後世之見、而非古義、○蒙彼縐絺、鄭云、縐絺・絺之蹙蹙者、展衣夏則裏衣縐絺、鄭蓋讀縐爲皺、如今縐紗然、傳云絺之靡者爲縐、靡爲極細之貌、說文・縐・絺之細者也、義本毛傳、又云、一曰戚也、戚卽蹙字、此與鄭箋意同、鄭義爲優、聘禮記鄭注、寒暑之服、冬則裘、夏則葛、賈疏・凡服四時不同、假令冬有裘、襯身單衫、又有襦袴、襦袴之上有裘、裘上有裼衣、裼衣之上、又有上服、若夏以絺綌、絺綌之上則有中衣、中衣之上復有上服、據此・中衣在絺綌上、是蒙彼縐絺者乃中衣、非上服展衣也、若箋云展衣夏則裏衣縐絺、裏衣卽中衣、是縐絺卽中衣、其上服之內・縐絺之外・非別有中衣也、論語當暑袗絺綌、必表而出之、孔注・必表而出・加上服也、亦謂於絺綌上加上服、非謂於絺綌上加中衣、則鄭箋之說允矣、蓋衣服因時制宜、冬宜溫則不嫌過厚、故裘之上復有裼衣、夏宜涼則不嫌稍減、故葛之上不另加中衣也、是紲袢也者、正義云、紲袢者去熱之名、據此則縐絺精而細靡、當暑用爲服、熱氣解散、無流汗沾濡之苦、毛蓋以紲爲泄字假借、泄・散也、大雅使民憂泄、又發越也、月令・季春之月・陽氣發泄、袢亦泮之假借、說文衣部、褻・私服、從衣執聲、詩曰是褻袢也、又袢下云、無色也、從衣半聲、一曰、詩曰是紲袢也、文與毛詩同、則其所據褻字、蓋三家之詩也、從說文爲得、褻者正字、紲者假借字、褻假爲紲、猶褻亦假爲媟也、蒙彼縐絺者、以縐絺蒙於外也、言縐絺之服、乃有以蒙之、是褻衣而無色之衣耳、先著褻衣、表絺綌而出之於外、欲其不見體也、此從第一層外服、以敍及第一層裏服、皆無不鮮白如瑳色也、褻衣詩人何從見之、然不如是・不足以形容其纖娟、杜詩背後何所見、足下何所着、杜甫之言、亦有所指、此其背後足下、安能備覩、然不如是・不足以形容其妖冶也、朱傳曰、紲袢束縛意、以展

衣蒙絺綌、而爲之紲袢、所以自斂飭也、朱意袢字如絆字意、是紲絆爲連綿
字、共成束縛意也、殊失經旨、或曰、毛傳袢延、當與大雅之畔援泮奐同、畔援
猶跋扈也、伴奐自縱弛之意、畔援亦作叛換、魏都賦・雲徹叛換、劉淵林注・叛
換猶恣睢也、亦作叛衍、蜀都賦・累轂疊跡、叛衍相傾、李善引莊子曰、何貴何
賤、是謂叛衍、司馬彪注・叛衍猶漫衍也、毛云當暑袢延之服、蓋謂服之寬闊
者、當暑之服縐絺、近於縱弛寬濶、於納風凉・遠汗汚爲宜也、此說似得毛意、
○子之清揚者、目清明爲美、故稱目之美曰清、眉揚峩爲美、故稱眉之美曰
揚、是清揚者眉目之美稱、而定名矣、揚且之顏者、顏・額之美也、說文注云顏
角、蓋指全額而言、中謂之顏、旁謂之角、由兩眉間以直上、皆得謂之顏、醫經・
額曰顏曰庭、是也、國語・角犀豐盈、亦角謂旁、犀謂中、傳以顏角豐滿釋顏也、
野有蔓草猗嗟清揚婉兮、毛傳一云眉目之間婉然好也、一云婉好眉目也、
正義遂謂、眉上眉下皆爲揚、目上目下皆爲清、不知說文眉目之間爲顏、本
有專名、非清揚之謂、此清祇言目之美、目上目下皆於清義不合、清揚兼眉
言之者、說文・盱張目也、張載注魏都賦盱衡曰、眉上曰衡、盱・舉眉大視也、李
善引漢書音義曰、盱衡謂舉眉揚目也、此卽毛傳好目揚眉之義、因揚眉見
目之美、故統言眉目之間・與好眉目耳、○邦之媛也者、女曰媛、士曰彥、皆德
美之稱、非美其色也、一國第一女、可以配一國至尊、故鄭云、媛者邦人所依
倚以爲援助也、媛韓詩作援、此鄭義所本、說文引玉之瑱兮邦之媛兮、也字
皆作兮、遵大路二也字、一本皆作兮、尸鳩首章兮字、禮記淮南子皆引作也、
三百篇語詞、或用兮、或用而、或用且、楚辭或用兮、或用也、或用些、或用而、或

用只、皆取音之相近者、叚借用之、無他義例也、是詩每章變句數、亦異格、

君子偕老三章一章七句一章九句一章八句

桑中。刺奔也。 箋曰、君子作詩風時者、故曰刺奔、孟姜孟弋孟庸、非一氏一族也、著姓猶然、則編戶可知矣、齒長猶然、則幼艾奚責矣、全詩首尾若代其人自爲叙述、亦所謂據事直書、不待貶絕而自見者也、若以爲淫者自作、則非僻之事、雖至不肖者、亦未必肯直告人、以其人其地也、且若以爲一人所作、則一人而亂三貴族之女、而其輩行與期會迎送之地、又皆相同、固無是理、若以爲三人所作、亦必無三人羣聚一處、次比賦此狹邪之詩、而所淫者適皆爲孟也、卽如溱洧秉述女曰士曰、將屬淫女之自叙乎、抑淫士之自叙乎、斯難通矣、

衞之公室淫亂。男女相奔。 箋曰、繫一人之本以言之、

至于世族在位。相竊妻妾。期於幽遠。政散民流。而不可止然。 箋曰、然焉通、繫是二句者、著衞至此遂爲亾國也、其垂戒也深矣、此序言男女相奔、原之公室淫亂、而終之以政散民流而不可止、深獲國史存淫詩之意矣、陳啓源曰、小序所云政散民流而不可止語、偶與樂記同、朱子因此語、遂全引樂記文、證此詩卽桑間、殊不知樂記既言鄭衞、又言桑間濮上、明係兩事、若桑濮卽桑中、則桑中乃衞詩

之一篇、言鄭衛而桑濮在其中矣、何煩竝言之邪、樂記又言、亂世之音怨以怒、而係之鄭衛、亡國之音哀以思、而係之桑間濮上、此則二音之倫節、與作此二音之時世、逈不相侔也、又樂記注謂、桑間卽濮上地名、其音乃紂所作、周禮大司樂・禁其淫聲過聲凶聲慢聲、注云、淫聲若鄭衛、凶聲亡國之聲、若桑間濮上、疏亦解桑濮爲紂樂、則桑濮之非衛詩、歷有明證矣、胡承珙曰、考史記樂書、衛靈公朝晉、晉平公使師涓鼓琴、未終、師曠止之曰、此亡國之聲也、聞此者必於濮水之上云云、是史記竝無桑間之名、鄭注樂記、乃云濮水之上・地有桑間耳、左傳・申公巫臣聘夏姬于鄭、盡室以行、申叔跪遇之、曰夫子有三軍之懼、而又有桑中之喜、宜將竊妻以逃者也、其意正以桑中爲苟合之事、可見序說有所自來、王氏總聞乃謂、作序在左氏之後、其說皆附合左氏爲之、案毛公傳詩時、左傳尚未行、安得作序者已盡襲左氏、必如所疑、則天下之書、更無有可信者矣、龜井氏曰、辨說云、此詩乃淫奔者所自作、序之首句以爲刺奔、誤矣、或者以爲、刺詩之體、固有鋪陳其事、不加一辭、而閔惜懲創之意・自見於言外者、此類是也、此說不然、余曰、或者之論、能達古義、朱子註碩人云、極稱莊姜之盛貴美容、而重嘆莊公之昏惑也、夫碩人首章列其族類、二章譽其美豔、三章陳其樂婚、卒章稱其宗國、無一言之刺及之、徵諸其辭、則謂之獨美莊姜可矣、朱子有何鈎據・謂之重嘆莊公之惑、若其說善、則或者之言、豈不亦善乎、噫微左氏明徵、集傳之碩人爲美詩、而清人爲從軍行、雖則猗嗟、亦無左氏不爲刺詩必矣、碩人清人之爲刺詩・明于左氏、則桑中溱洧之體、亦可以義類已、朱子又曰、豈有刺人者、而反爲其言以自陷於惡也哉、此亦梗辨已、果然、在采薇出車杕杜、亦豈有送人迎人者、而反爲其言以傷悲也哉、詩之爲體、如行雲流水、離披變轉、何常之有、要在寫其民風、以規其上矣、且詩擧一端・而不盡物、使人反覆咏歌、而萬端盡觀者也、故閔其人則直叙其辭、四牡采薇之類是也、疾其俗則直叙其風、桑中溱洧之類是也、所謂擧一端者矣、朱子又云、淫者何待吾鋪陳而後始知、亦豈畏吾閔惜而幡然遽懲乎、此亦不然、譬如商旅于市、君縶于刑則躨踊、上淫妃色則旅轡珥冶服、上之人豈待其旅之而後知乎、喩人之道、先王盡之矣、若唯直言切責已、而可以喩人、五禮六樂之設亦迂矣、凡人感格自得、而後道入之、故先王孔子之教、以物而不以言、與後儒之多訊數言・有大逕庭、乃詩之悠邑溫雅、不直斥其行與事、如南風之薰、使人其慍解、而不自覺者、非開而弗達・和易以思・古之善喩乎、朱子又云、雅者・二雅是也、鄭者・緇衣以下二十一篇是也、衛者・邶鄘衛三十九篇是也、桑間衛之一篇、桑中之詩是也、二南雅頌・祭祀朝聘之所用也、鄭衛桑濮・里巷狎邪之所歌也、異哉朱子之說乎、昔季札觀於周樂、而贊于邶鄘衛曰、美哉淵乎、憂而不困者也、吾聞衛康叔武公之德如是、是其衛風乎、贊于鄭曰、美哉、其細已甚、民弗堪也、是其先亡乎、季札古之達于樂者、其論二國之風如此、若所謂桑間乃桑中、則是亡國之音也、衛有凶國之音、而季札未始論及、却以鄭爲先亡何故、鄭聲之亡專在淫、而季札未始論及、却以細爲甚何故、鄭之溺好濫淫志、衛之溺趣數煩志、此皆亂世之音、而比於慢者也、而季札未始論及、却贊嘆其音制之美何故、然則樂記所謂鄭衛亂世之音者、土俗嘈囋之聲、而非周樂所叙・孔子所正、可以貞證矣、然則小序所謂刺奔者、爲古之遺說・不俟片言而析焉已、朱子又云、絕聲爲法、立詞爲戒、亦猶春秋之記亂賊、余曰、夫子若立淫讀之詞於經以爲戒、乃古之詩人歌淫讀之態以爲刺、亦何異之有、朱子以夫子之戒則爲理、以詩人之刺則爲否、何也、又云、今諱鄭衛爲雅、將以用何等賓祭、余曰、所謂奏之宗廟朝廷者、古序所無、閱左傳公卿大夫燕享所賦以言志、在變風唯衛詩與南雅壹用之、其受二南・而先王風、自有異於諸國之詩也、諸國則其人自賦其國風耳、而鄭最文雅、其大夫賦鄭風多出、朱子所謂淫男女之詩者、亦皆燕享用之、以爲賓榮矣、噫淫夫奔女、神民所棄、而歌其汚嫚鄙醜之詞、以自播國惡於邦君大賓之前、不亦甚乎、必不然也、朱子又云、然則大序所謂止乎禮義、夫子所謂思無邪者、又何謂邪、大序指柏舟綠衣泉水竹竿之屬而言、以爲多出於此耳、非謂篇篇皆然・而桑中之類亦止乎禮義也、夫子之言、正爲其有邪正美惡之雜、故特言此以明其皆可以懲惡勸善、而使人得其性情之正耳、非謂桑中之類・亦以無邪之思作之也、余曰、桑中溱洧所賦、亦吟詠民之情性、而其所以賦之・在以風其上、非止乎禮義而何、思無邪者・言詩發於人情之正・而無所迂曲也、我家嚴君有言曰、夫詩之爲物、美刺怨怒・淫正苦樂、人情之變・鮮不包羅、要之其感念興思之所流注、而何邪曲之有、此詩之所以爲詩也、論詩之大義、可謂明哲矣、又朱子以高唐神女李姬洛神之屬・爲禮法之罪人、其撰楚辭、皆棄不錄、桑中溱洧說如朱子、獨非禮法罪人乎、孔子何錄、○至下下于字、延文本作乎、不可止下・摺本唐石經俱無然字、爰采唐矣。沬之鄉矣。云誰之思。美孟姜矣。爰於也、唐蒙、菜名、沬衛邑、姜姓也、言世族在位有是惡行、期我乎桑中。要我乎上宮。送我乎淇之上矣。桑中上宮所期之地、淇水名也、○沬音妹、延文本傳名下邑下行下地下並有也字、

箋曰、興也、以采唐于沬、興寄思於孟姜焉、唐一名蒙、又曰玉女、出爾雅、傳以蒙訓唐、而申之曰菜名、菟絲不可爲菜、頍弁詩蔦與女蘿、傳女蘿菟絲松蘿也、亦不引唐蒙、是毛別以唐蒙爲菜、不以爲卽女蘿、焦循曰、爾雅唐蒙、女蘿、女蘿菟絲、宜是衍女蘿二字、焦說是也、沬是地名、然有大名、有小名、如沬邦是大名、沬鄉是小名、不當混說、猶諸史多言某吳郡吳人、某河南郡河南人、是也、尚書酒誥明大命于妹邦、孔注、紂所都、樂書曰、紂爲朝歌之音、枚乘云、邑號朝歌、墨子回車、蓋紂改沬爲朝歌、詩言沬者、擧故名也、○美孟姜矣、姜不特齊、他邦亦有姜姓、春秋之時、戎亦有姜姓、其他可知矣、刺無禮則稱孟、言雖長而忘禮也、美有禮則稱季、曰有齊季女、言雖幼而好禮也、○期我乎桑中、以毛說推之、桑中爲地名、蓋地以多桑名、桑中猶之乎上宮也、中與宮偶爾合韻、故取此兩地以爲言、宋儒謂桑中卽桑間、然桑間卽濮上地名、詩上言沬邑、下言上宮、並在都會之地、朝歌東距濮陽一百七十五里、無緣期於此、而要於彼也、○要我乎上宮、送我乎淇之上矣、要言迎而要之其途、通典曰、衛州衛縣有上宮臺、府志曰、衛縣北有苑城、其東二里爲上宮臺、淇之

上者・只是淇水之側耳、桑中期約之地、其往也要之上宮、其歸也送之淇之上、氓送子涉淇至于頓丘、亦女送男之詞、此詩爲刺奔而作、故所擧貴族・皆明列其人、而桑中上宮又歷著其地、蓋如陳之宛丘・鄭之溱洧、爲男女聚會之所、故奔者三人、而期要送皆在一處耳、

爰采麥矣。沫之北矣。云誰之思。美孟弋矣。弋・姓也、期我乎桑中。要我乎上宮。送我乎淇之上矣。

箋曰、春秋襄公四年夫人姒氏薨、公羊傳作弋氏薨、定公十五年姒氏卒、穀梁傳作弋氏卒、故朱傳謂・弋春秋或作姒、蓋杞女、夏后氏之後、亦貴族也、姒本作以、白虎通義・夏祖昌意以薏以生、賜姓姒氏、以通作姒、弋與以一聲之轉、

爰采葑矣。沫之東矣。云誰之思。美孟庸矣。庸・姓也、期我乎桑中。要我乎上宮。送我乎淇之上矣。

箋曰、庸亦貴族也、或以庸卽鄘、非是、夫姜弋皆指他姓之國、何獨於庸專謂爲本國、左傳文十六年云、楚滅庸、注・庸、今上庸縣、屬楚之小國、姓譜・庸國子孫以姓爲氏、古之姓氏有因其地而稱之者、如舜居嬀汭而其後氏姓爲嬀是也、周末秦有庸芮、漢有庸光、又有受古文尚書者膠東庸譚、是其後也、三

章凡九十九字、所換僅九字而已、淫液之甚・亦王風黍離者也、

桑中三章章七句

鶉之奔奔。刺衛宣姜也。刺其爲頑妻也、宜與君子偕老比觀焉、曰刺衛夫人、刺其姦故也、曰刺衛宣姜、宣公卒故也、**衛人以爲宣姜鶉鵲之不若也。**箋曰、宣姜之惡、國人疾而刺之、或遠言焉、或切言焉、遠言之者君子偕老是也、切言之者鶉之奔奔是也、

鶉之奔奔。鵲之彊彊。鶉則奔奔然、鵲則彊彊然、**人之無良。我以爲兄。**良・善也、兄・謂君之兄、○鶉音純、傳奔奔然、揩本無然字、傳謂字卷子古本無、

箋曰、比也、鶉鳥有斑文、其色不純、短尾、竄伏草間、兩雄相値・則鬬而不釋、此詩之鶉、與伐檀之鶉・宜爲一物、西鳥也、故釋鳥・鶉鶉其雄鶛、牝庳、亦以雌雄乘匹言之、鶛之言介也、雄者足高、介然特立也、庳之言比也、雌者足卑、比順於雄也、若四月之鶉・乃鷻之省、鷻爲鷙鳥、鷙鳥不雙、則此鶉之非鷻明矣、奔奔表記引詩作賁賁、呂氏春秋亦同、説文奔从夭賁省聲、是奔本以賁得聲、故古通用、漢書百官公卿表虎賁郎注云、賁讀與奔同、此其證也、表記鄭注

云、賁賁・爭鬬惡貌也、言鶉所以奔奔然善鬬者、惡其亂匹而鬬也、莊子天地篇、聖人鶉居而鷇食、釋文、鶉居謂無常處、莊子又云、鳥鵲孺、以傳枝少欲故曰孺也、彊彊・剛也、其性倔強、故曰彊彊、疆強古今字、言鵲所以彊彊然難偶者、傳枝受卵、故能不淫也、凡鳥皆雄求雌、惟鶉以雌求雄、最爲淫鳥、然與鵲各有乘匹、至宣姜則淫於非偶、更鶉鵲之不若焉、比反體也、○人之無良者、人謂公子頑、外之曰人、鄙之曰無良、左傳引以當羊斟、古義可見、我以爲兄者、頑惠公庶兄也、古人以事關君國者、多以我言之、如微子曰我用沈酗于酒、春秋曰齊師伐我、而臣民之分誼、休戚一體、於玆可見、凡詩中如念我土宇、我是用急、毋飲我泉、我陵我阿之類、皆通指君國、必解爲詩人自指、則以文害辭矣、言人之不良、鶉鵲之不若者、而儼然爲我之君兄乎、疾惡之甚、與次章我乃以爲國小君同義、鄭箋易爲我君反以爲兄、則是非刺頑與宣姜、而刺惠公矣、朱傳謂爲惠公之言以刺之、如兩章俱述惠公語、惠公宣姜子也、防閑則可、而曰鶉鵲之不如乎、先斥頑者、既爲匹耦、故當先之、且罪頑・惡宣姜也、兩人者皆鶉鵲之不若、故互倒而不易其辭、

鵲之彊彊。鶉之奔奔。人之無良。我以爲君。君・國小君、

箋曰、我以爲君者、夫人對君稱小君、以夫妻一體言之・亦得曰君、襄九年左傳・筮穆姜曰君其出乎、是也、易歸妹六五其君之袂、虞翻注亦以君爲小君、安井氏曰、傳不止稱小君、而必言國者、詩人代國人慚以君之、故言國耳、

鶉之奔奔二章章四句

定之方中。美衛文公也。箋曰、國家殷富在文公季年、此詩蓋成於文公季年・或歿後者、先於蝃蝀三篇、輯錄之意也、衛懿公爲狄人所滅。箋曰、懿公・摺本唐石經俱無、延文本狄人作翟人、摺本唐石經俱作狄、無人字、東徙渡河。野處漕邑。齊桓公攘戎狄而封之。文公徙居楚丘。始建城市。而營宮室。箋曰、首章作于楚宮、作于楚室、是營宮室也、二章言相度建城市之處所、而營宮室亦包擧其中、得其時制。箋曰、時與制度也、百姓說之。箋曰、因匪直也人、國家殷富焉。箋曰、因騋牝三千、顧氏日知錄云、濟陰之城武、曹地也、衛國本在汲郡朝歌、懿公爲狄所滅、渡河而東、立戴公以廬于漕、杜氏曰、漕・衛下邑、詩所謂思須與漕、而非曹國之曹也、僖公二年城楚邱、杜氏曰、楚邱衛邑、詩所謂作于楚宮、而非戎伐凡伯之楚邱也、水經注乃曰、楚丘在城武西南、卽衛文公所徙、誤矣、趙一清曰、濟陰郡宋時爲曹州地、方輿紀要云、曹州曹縣東南四十里有楚邱城、春秋時戎州已氏之邑、左氏隱公七年戎伐凡伯于楚邱、又襄公十年宋享晉侯于楚邱、蓋在曹宋間、漢置已氏縣屬梁國、是卽杜氏所云在濟陰城武縣者也、衛南屬滑州、後改屬澶州、文獻通考云、崇寧五年升爲開德府、大平寰宇記、澶州衛南縣下云、衛文公自曹邑遷楚邱、卽此城也、漢爲濮陽縣地、隋開皇十六年、於此置楚邱縣、後以曹州有楚邱縣、改爲衛南、此在衛之南垂、故以名縣、兩地縣殊、何乃混而爲一乎、胡承珙曰、程公說以濟陰城武縣卽開德之衛南、固誤、而謂衛南之楚邱在河北、尤誤、蓋但知宋時衛南縣之楚邱在河北、而不知春秋時之楚邱當在河南也、杜氏以隱七年戎伐凡伯之楚邱爲衛地者、蓋因哀十七年左傳衛莊公登城以望見戎州、又云公入于戎州己氏、故以此楚丘爲衛地、要未嘗以爲是詩之楚邱也、酈注水經、於河水篇云、白馬津之東南有白馬城、衛文公東徙渡河都之、固明知文公所都在滑之白馬、而於濟水注、乃以城武之楚丘混于衛南之楚丘、則眞誤矣、

定之方中。作于楚宮。定・營室也、方中・昏正四方、楚宮・楚丘之宮也、仲梁子曰、初立楚宮、是也、**揆之以日。作于楚室。**揆・度也、度日出日入・以知東西、南視定・北準極、以正南北、室猶宮也、**樹之榛栗。椅桐梓漆。爰伐琴瑟。**椅・梓屬、○椅於宜反、梓音士、兩于字延文本作爲、卷子古本亦作爲、延文本傳營室下有星字、四方下有也字、摺本楚宮下無是字、

箋曰、鄭箋云、定星昏中而正、於是時可以營制宮室、故謂之營室、定星昏中而正、謂小雪時・其體與東壁連正四方、焦循曰、營室正・惟十月小雪時、此時與東壁正方於中、故云方中、蓋營室二星、東壁二星、合爲四星、未至十月小雪時、四星橫斜、未得正方、惟小雪時、昏中四星乃正方如口、故名娵訾之口、傳所云昏正四方者如是、故鄭申明之・爲小雪時與東壁連也、焦說得之、建宮室而定四方、既有揆之以日矣、故此詩首句只爲記時、於義自順、於文亦不複矣、壁曰東者、據昏中視之・壁在營室東也、二宿皆值北方水位、故又謂之水、左氏莊二十九年傳・水昏正而栽、是也、又謂之天廟、周語云・日月底于天廟、韋昭注・天廟營室、是也、中者以北方之宿、而出于南方之午位則中也、周時建亥之月、初昏定中、唐虞之時、定中在戌月、是歲差之所致、然則土功視定中爲候、據周制爾、營室之名、或亦起於周也、以定中爲營作之候者、亦隨節氣而先後焉、非指定亥月爲限、或戌月下半、或子月上半皆是、據春秋僖二年正月城楚邱、建城在正月、則作室亦正月、周之正月爲夏正之十一月、是此詩作室亦不在十月小雪之中、正義謂、箋言定星中小雪時、舉其常期耳、非謂作楚宮卽當十月、是也、○作于楚宮、作于之于、延文本作爲、下同、古聲于與爲通、聘禮記・賄在聘于賄、鄭注・于讀曰爲、文選魏都賦注・魯靈光殿賦・謝眺和伏武昌詩・江淹擬顏特進詩・王中頭陀寺碑文・王融曲水詩序注・引毛詩皆作作爲、正義作爲楚丘之宮、作爲楚丘之室、是孔所據亦作作爲、爲皆當讀于、作于楚宮作于楚室、與書營于桐宮・句法一例、或如字讀、謂作爲此宮室、不是、傳中引仲梁子曰、初立楚宮是也、今本無是字、傳寫誤脫也、蓋初立楚宮四字、必有成文、故仲梁子引以釋此耳、若無是字則爲贅說、傳文主簡、何所發明而引用之乎、韓非子曰、有仲梁氏之儒、卽仲梁子也、檀弓亦引仲梁子、鄭氏以爲六國時人、是也、○揆之以日、傳云度日出日入、謂度其影也、云北準極者、對南視定而推言之、極卽極星、極星不移、建國必以極星爲準也、考工記、匠人建國、水地以縣、置槷以縣、眡以景、爲規識日出之景、與日入之景、晝參諸日中之景、夜考之極星、以正朝夕、水地以縣者、謂置水地中以求平、而垂繩四隅以合水、槷與臬同、柱也、縣、垂繩也、置槷以縣、植木爲柱、以縣繩也、柱有四角四中、垂以八繩、繩皆附柱、則其柱正矣、柱正、然後視之、以測日景也、爲規者、畫地爲員規、朝識日景、其端指西、暮識日景、其端指東、兩端長短、必與規齊、測其端則東西正、就其中屈之、則南北亦可正也、又于晝漏午時、參此日中之景、可以正南方之位、因以正北方之位也、卽此詩知唐虞昏星之占、周禮晷測之法、至春秋未亡、○作于楚室、爾雅宮謂之室、室謂之宮、是宮室同也、考工記匠人、室中度以几、宮中度以尋、此是對文、至散文則通、故傳楚宮楚室無二義、古者貴賤同稱宮、故內則云、由命士以上、父子皆異宮、秦漢以來、惟王者所居稱宮焉、鄭箋云、楚宮謂宗廟也、楚室居室也、君子將營宮室、宗廟爲先、廏庫爲次、居室爲後、鄭意宮者先君廟也、猶春秋稱桓宮莊宮之類、室則君所居也、不知詩之辭特互辭成章、初不若是之拘、○樹之榛栗云云、此章首四句是互文、文平意貫、言審時因以辨方、下三句言其有久遠預備之計、皆追述其事如此也、樹字貫下句、榛栗蘡實也、椅桐琴瑟之材、梓漆以供器用、榛解見簡兮、栗、陸疏曰、有萊蝟自裹、秋

熟鱄發、其實驚躍如爆、說文、椅梓楸檟・解爲一木、蓋大類而小別也、陸疏・楸
之䟽理白色而生子者爲梓、梓實桐皮曰椅、此椅梓之別也、故傳以椅爲梓
屬、實二木矣、椅木有美文、故尸子云、荊有長松文椅、爾雅櫬梧・注云今梧桐、
爾雅榮桐木、注云卽梧桐、郝懿行曰、說文・梧・梧桐木、一名櫬、然則爾雅上云
櫬梧、下云榮桐、蓋二物通名、或曰梧、或曰桐、互言之耳、今驗二樹、葉形相類、
但皮色異、一種皮青碧而滑澤、今人謂之青桐、卽此櫬梧是也、一種皮白、材
中樂器、卽下榮桐是也、樹皆大葉濃陰、青桐尤爲妍美、人多種之、以飾庭院、
四月開小黃華、結莢亦黃、至秋莢裂作槖、鄂如小瓢、其子纍纍綴瓢間、可炰
食之、其味腴美、醫家作丸如桐子大、正謂此也、文選風賦注引莊子曰、桐乳
致巢、司馬彪注・桐子似乳、是矣、梧桐亦單言梧、孟子云舍其梧檟、亦單言桐、
詩云其桐其椅・是也、棺謂之櫬、古者以桐爲棺、因而桐亦名櫬、本草陶注以
白者爲梧桐、無子者爲青桐、失之、齊民要術說之極明、說文・榮・桐木也、桐・榮
也。是桐一名榮、月令季春桐始華、夏小正三月拂桐芭、蓋桐華尤繁茂、故獨
擅榮名矣、齊民要術云、白桐無子、任爲樂器、於山石間生者・爲樂器則鳴、今
按、白桐亦名梧桐、華紫黃色、有華無實、其皮白色、故顏氏家訓風操篇云、有
諱桐者、呼梧桐樹爲白鐵樹、正謂此矣、蔡卞曰、桐・木之良利者也、其性虛以
柔、故能受聲以爲琴瑟、梓、說文・梓、楸也、檟・楸也、爾雅大而皵楸、小而皵榎、榎
與檟同、字之或體、楸檟同物異名、左襄二年正義引樊光云、大・老也、皵・槁皮
也、皮老而麤皵者爲楸、小・少也、少而麤皵者爲檟、陸佃曰、今呼牡丹謂華王、
梓爲木王、蓋木莫良于梓、故書以梓材名篇、禮以梓人名匠也、漆本作桼、說

文・木名、木汁可以鬃物、象形、桼如水滴而下、古今注・漆樹以剛斧斫其皮開、以竹管承之、汁滴管中、卽成漆也、爰伐琴瑟、爰・於也、琴瑟古多用桐・亦或以椅爲之、說文椅字注引賈侍中說、椅卽椅木、可作琴、是也、此句特承上椅桐言、謂六木中有可伐爲琴瑟者耳、箋謂六木皆可爲琴瑟、失之、樹之三句・是美綜理之周、爰伐琴瑟・言異日可伐以爲琴瑟、非曰琴瑟必有待于此也、管子修權篇曰、一年之計、莫如樹穀、十年之計、莫如樹木、故田疇之外、佐以種樹、阜財用也、蘇氏曰、種木者求用於十年之後、其不求近功、凡此類也、

升彼虛矣。以望楚丘矣。望楚與堂。景山與京。 虛・漕虛也、楚丘有堂邑者、景山・大山、京・高丘也、**降觀于桑。** 地勢宜蠶、可以居民、**卜云其吉。終然允臧。** 龜曰卜、允・信、臧・善也、建國必卜之、故建邦能命龜、田獵能施命、作器能銘、使能造命、升高能賦、師旅能誓、山川能說、喪紀能誄、祭祀能語、君子能此九者、可謂德音、可以爲卿大夫也、○楚丘摺本唐石經延文本俱無丘字、卷子本衍、傳獨字卿字摺本並無、誄延文本作讄、

箋曰、首章言建國規制、三章言國家殷富、而此章推原將遷時一段審愼之意、玉篇云、虛・丘居切、大丘也、今作墟、又許魚切、空也、是虛有二音二義、古無墟字、其空虛丘虛竝作虛、故易云升虛邑、釋文虛如字、空也、徐去餘反、馬云丘也、後人虛旁加土、以別於空虛、因而經典亦多改虛爲墟、故文選西征賦、

注引聲類曰、墟、故所居也、升彼虛矣、及檀弓虛墓之間、釋文竝云虛本作墟、是
是皆以墟爲虛也、管子大匡云、衛君出致於虛、小匡又云、衛人出旅於曹、是
虛與曹爲一、故傳知虛卽漕虛、邶風擊鼓曰、土國城漕、此傳云漕虛、則是時
旣墟矣、地有故墟、高可登望也、經以升與降對、望與觀對、望字貫下句、戴公
廬漕、漕在漢爲白馬縣、今河南衛輝府滑縣也、楚邱在漢爲濮陽、隋改衛南、
今直隸大名府之開州也、在滑縣東六十里、與漕相去不遠、故登漕虛可以
望楚、望楚與堂者、將因地以建都邑、望景山與京者、將設險以固封守、皆望
中審其形勢也、凡山大曰景、丘高曰京、毛傳但云大山高丘、未嘗以景爲山
名、朱傳訓景爲測景、與望字相對、恐非、上章作宮室、故測景以正其方位、揆
之以日、是也、此章上有望字、下有觀字、是追本欲遷之初、升高望遠、觀其形
勢、未及作宮室也、測景何爲、朱傳又曰、景山名、見商頌、然以商頌之景山爲
山名、徒據左傳景亳之語、然景與亳連名、定是地名、非山名也、○降觀于桑
者、辨植產也、衛詩多言桑、如桑中氓及此詩、衛跨冀兗二州、桑尤其土之所
宜、而民生之所資也、形勢既得、苟地不足以殖物、物不足以養民、他日將有
力耕疾織、抱恨于地利之不充者、其何以善後、故升望之時、繼以降觀、既據
形勢、又欲擇其肥饒、呂氏曰、晁錯言古之徙遠方、以實廣虛也、相其陰陽之
和、嘗其水泉之味、審其土地之宜、觀其草木之饒、然後營邑立城、此蓋古之
遺法、定之方中公劉所載是也、○卜云其吉、卜云猶言繇曰也、卜、兆之辭耳、
其吉、猶將吉也、傳引建邦能命龜、證建國必卜之、遂言田獵能施命以下、本
有成文、連引之耳、未知所出、山川能說者、說其形勢也、祭祀能語者、古者於

旅也語、蓋謂於祭末燕尸之時、能語古道・以誨族人、若乞言合語之類、可以爲卿大夫者、事人者當賢著德盛、乃得位極人臣、卿大夫臣之最尊者、故責其九能、〇終然允臧、此句起下章之意、傳云允信、信當讀如論語信乎夫子之信、皆作虛字解、允是愜當之義、謂卜繇之弗爽、終然允臧、詩人以見今而言、亦非要後之辭也、今本然誤作焉、此俗人據朱傳而妄改、唐石經作然、正義云、終然信善、又云、何害終然允臧也、皆可證、隸釋載漢光和六年白石神君碑、其銘曰、卜云其吉、終然允臧、張衡東京賦・卜征考祥、終然允淑、俱用此文法、

靈雨既零。命彼倌人。星言夙駕。說于桑田。零・落也、倌人・主駕者、**匪直也人。**非徒庸君、**秉心塞淵。**秉・操也、**騋牝三千。**馬七尺以上曰騋、騋馬與牝馬也、〇倌音官、說始銳反、騋音來、延文本・傳庸下有之字、君下有也字、

箋曰、靈猶祥風之祥、杜詩所云好雨知時節也、春事在二十五日之內、苟息其期、非獨失春也、秋夏之事亦失、故一日之早暮所係輕、浸爲一歲之寬乏・則所係重、首四句正諺所謂一年之計在春、一日之計在寅也、命・命星駕之事也、但命字內含是命辭、而下文星駕是叙事矣、馬瑞辰曰、說文・倌人小臣也、倌通作官、呂氏春秋愛士篇・廣門之官、高誘注・官人・小臣也、周禮小臣爲大僕之佐、掌王之小命、詔相王之小法儀、王之燕出入則前驅、注・燕出入若

今游於諸觀苑、燕禮・小臣師納諸公卿大夫、注・小臣師・正之佐也・正相君、出入君之大命、疏云、正相公出入君之大命者、正小臣中尊如天子大僕、故引大僕職解之也、據此・是諸侯以小臣兼大僕、實主傳君之命、說文所云倌人小臣者・卽周官之內小臣、非泛言小臣也、荀子君臣篇、足能行、待相者然後進、口能言、待官人然後詔、楊倞注・官人主喉舌之官、亦與小臣主傳君命合、此詩倌人亦當爲傳命之官、因其爲前驅、遂兼主駕說之事、故傳以主駕者釋之耳、○星言夙駕者、星・見星也、星言夙駕・謂戴星而駕耳、鄭箋云雨止星見、失于拘、老聃言見星而行、乃謂夜行、古人戴星而出、戴星而入、必是身耐勞苦、方能率人也、文公務材訓農、通商惠工、以勉富國之事、首四句言其勤勞於農桑也、說于桑田、說・舍止也、與民相親、勸督兼施也、輕車簡從、侵晨而出、固不是尋常勸農、亦不僅是平日省耕、乃播遷後、提起精神、與民同作息、俱從四句中寫出、○匪直也人、直猶特也、孟子曰非直爲觀美也、句法同、人・民也、對馬言人、猶云不但人民生聚、與騋牝句相爲首尾、而中以秉心句隔之、此倒裝句法、言文公能務農重本、以蕃育其人也、非特人也、文公操心塞實而淵深、故能致國富强、至於騋馬與牝馬共有三千匹也、傳云非徒庸君、言非猶夫尋常之君、然此不足以美文公、朱傳謂、非獨此人所以操心者誠實而淵深、其所畜之馬亦已至于三千之衆、則以畜馬在秉心之外、於義未安、○秉心塞淵者、塞・實也、是充實周徧無罅漏之義、懷國家根本之圖、而不事乎虛文、所以爲塞實也、建國家久遠之策、而不狃於近利、所以爲淵深也、秉心塞淵、雖於末章言之、其實一篇之主、建宮室也、植材用也、察形勢也、辨土宜也、勸耕桑也、致蕃息也、數者皆以心之誠實淵深爲本、〇騋牝三千、傳釋騋牝爲二馬、牝馬・母馬也、騋牝、非騋之牝、特言牝以美其孳息之多耳、古者國馬足以行軍、公馬足以稱賦、見楚語、國馬君家之馬、牧之閑廄、公馬田賦所出、散在民間、騋牝三千、併國馬公馬而計之也、安井氏曰、陳啓源云、嚴緝謂革車不用牝馬、今併牝馬數之、故爲三千、此不然、書費誓馬牛其風、僖二十八年左傳城濮之戰、晉中軍風於中澤、風謂牝牡相誘也、是軍中有牝馬矣、不以駕革車・將焉用之、若輜車則駕牛矣、又列女傳、趙津女言、湯伐夏、左驂牝驪、右驂牝龍、遂放桀、武王伐商、左驂牝騏、右驂牝驥、遂克紂、此又革車駕牝之明證、陳說辨矣、然馬牛風謂凡奔逸者、未必牝牡相誘也、晉軍風於中澤、謂逢大風耳、其言牛馬風逸者、乃杜預之謬說、未足爲軍中有牝之證也、且牝駕革車、羣駒必騰、古雖有騸馬之法、亦必有種馬、非治軍之道也、列女傳所載、未足深信、李黼平以說于桑田、爲合累牛騰馬、大謬、說于桑田・謂省農務、故以靈雨既零起之、騋牝三千謂用心於畜牧、故以秉心塞淵項之、各別一事、互不相蒙、且游牝者、更佚合之、若一概放之、蹄齧奔騰、不可得而制焉、凡詩人美刺、多溢實之言、周餘黎民無有孑遺、孟子既詳論之、何則稱歎憤激之言、勢所必至、不如此不足以盡其情也、故此章騋謂其壯、牝謂其蕃、三千謂其盛、若以爲實數、求與禮制吻合、非知詩者也、毛不解三千者以此、

定之方中三章章七句

箋曰、此衛文中興、民物富庶、而詩人追賦之也、康誥酒誥梓材三篇、聖人訓康叔以開國承家之道、可謂至矣、及後子孫、不克祗遵先王之懿訓、而敗德是聞、馴至政散民流、鶴軒致滅、文公仗齊桓之力、乃築楚邱、招集遺民、詩人節節寫來、便見山川再造、有勃然蹶生氣象、故詩但言宮室、而城郭都邑皆在營作中也、但言琴瑟、而器用服物備擧也、但言一升一望、而朝市民居形勝要害在目也、但言降觀、而分井授廛、有田有宅、而人無不遂也、但言卜吉、而人心驩洽、人謀僉同也、但言夙駕、而宵衣旰食、戴星往來也、以農桑爲立國之本、勸督不怠、戎馬爲富彊之資、蕃育有方、而詩人推本自塞淵中來、可見一心爲萬事根本、衛業所由重興也、及春秋之季、孔子適衛、殷然思所以富之教之、夫豈非文公生聚之所貽耶、

蝃蝀、止奔也。 箋曰、止奔者、言能止當時淫奔之風也、經云乃如之人、則未必遽能絕奔、而羣知相與疾之、此爲以道化民之實事、而奔之所以止也、**衛文公能以道化其民。** 箋曰、相鼠亦曰能、邶序曰、夫婦失道、曰衛君無道、**淫奔之耻。** 箋曰、人始知耻、**國人不齒也。** 箋曰、不齒者不與之齒列也、主男子言之、詩則專言女子也、文公當中興之際、敬敎勸學、以禮化民、斯民値喪亂之餘、革面洗心、以禮自守、觀乃如之人云云、是引其人以爲戒、與桑中諸篇之刺淫奔者不同、延文本、齒下無也字、

蝃蝀在東。莫之敢指。蝃蝀·虹也、夫婦過禮則虹氣盛、君子見戒而懼諱之、莫之敢指、女子有行。遠父母兄弟。○蝃丁計反、蝀都動反、

箋曰、比也、蝃蝀比淫女、莫指·不齒也、蓋日氣雨氣相犯成虹、故以喩男女不以道交、非以蝃蝀爲人事所感也、傳夫婦過禮則虹氣盛、箋虹天氣之戒、朱傳天地之淫氣、皆失之附會、蝃蝀爾雅作螮蝀、音同、正義引郭氏音義云、虹雙出、色鮮盛者爲雄、雄曰虹、闇者爲雌、雌曰霓、○女子有行遠父母兄弟、此與泉水竹竿、詞同而意異、此詩國人惡淫奔者、言女子終當適人、非久在家者、但宜守正待聘、何至于奔邪、泉水竹竿衞女思家、言女子分當適人、雖欲常在父母兄弟之側、不可得也、一則言不可犯義而歸、一則言不可犯義而行也、

朝隮于西。崇朝其雨。隮·升、崇·終也、從旦至食時爲終朝、女子有行。遠兄弟父母。○隮子西反、

箋曰、比也、隮比淫行、雨比汙辱、曰朝、曰崇朝、喩纔有淫褻之端、則汙辱直及其身也、風規之意切矣、此雨猶行露之露、傳但訓隮爲升、自是承上章而言、謂蝃蝀朝升于西也、虹生必自兩下升而合于中、消則反之、李氏易傳二荀爽注、引詩朝躋于西、說文、躋·升也、無隮字、凡經典隮字、皆與躋同、周官眡祲

注云、隮・虹也、引詩朝隮于西、此謂氣升於西、見爲虹蜺、非卽以隮爲虹名、先
鄭亦云、隮者升氣、是也、賈疏云、虹、日在東則西邊見、日在西則東邊見、朝日
在東、故詩言隮于西也、玉曆通政經云、虹霓旦見于西則爲雨、暮見于東則
雨止、此詩崇朝其雨、正謂朝虹升而雨起、然則在東者截雨者也、隮西者行
雨者也、孟子云若大旱之望雲霓・以此、朱傳云、方雨而虹見、則其雨終朝而
止矣、誤、傳訓崇爲終者、崇卽終之同部假借、尙書君奭篇・其終出于不祥、釋
文・終一本作崇、是終崇古通用之證、○先東而
後西、先父母兄弟・而後兄弟父母、脩辭之叙也、

乃如之人也。懷昏姻也。乃如是人、淫奔之人也、**大無信也。不知命**
也。不待命也、○傳如是人、摺本無人字、傳淫奔之人也、延文本無也字、

箋曰、乃如之人、之猶是也、韓詩外傳也皆作兮、古也兮通用、懷昏姻也者・懷
讀如懷春之懷、白虎通曰、昏時行禮故曰昏、婦人因夫而成故曰姻、此昏姻
猶言配合、謂男女之欲也、大無信也者、女子以不自失爲信、行露序所謂貞
信之教是也、不知命也者、命是遭遇之天數、謂禍福得喪也、夫懷昏姻者、耽
情牀笫、名檢莫顧、眞大無信矣、孰知毀坊者天厭其穢、無禮者神禍其淫、故
又懲之曰不知命、命字別有四訓、毛鄭通云不待父母之命、此告命之旨、程
子曰、命正理也、以道制欲・則能順命、此性命之旨、朱傳呂記述之、蘇子由曰、
人苟知事之有命也、則不爲不義、安而俟之矣、此時命之旨、韓詩外傳云、不

肖者精化初具、而生氣感動、觸情縱欲、反施亂化、是以年壽亟夭、而性不得長也、此生命之旨、皆非此詩之義、

蝃蝀三章章四句

相鼠。刺無禮也。箋曰、刺失君子威儀也、與野有死麕序異、詩言無儀無止、卽抑詩淑愼爾止、不愆于儀之訓、所以責士大夫、非纚細氏也、衞文公能正其羣臣。箋曰、左傳・衞文公敎勸學、相鼠干旄卽其效也、而刺在位承先君之化。箋曰、宣公時、禮義消亡、惠公懿公皆闇君也、餘風未殄、無禮義也。箋曰、義・儀也、與氓序異、周禮肆師・治其禮儀、以佐宗伯、注・故書儀爲義、鄭司農云、義讀爲儀、古者書儀但爲義、今時所謂義爲誼、說文・義・己之威義也、儀・度也、誼・人所宜也、古仁義字・禮義字・皆作誼、威儀字作義、今毛詩用字之例、威儀作儀、仁義禮義皆作義、爲通用假借也、

相鼠有皮。人而無儀。相・視也、無禮儀者、雖居尊位、猶爲闇昧之行、人而無儀。不死何爲。箋曰、鼠卑汚可惡之物、猶有皮以被其外、猶有齒以養其內、猶具四體以全其形、今在位之人、無威儀可觀、不知有禮、則是反不如鼠、易晉卦六四・晉如

鼫鼠、四在上之下、亦處高位者、若泛言人、便非經旨、詩多用相字、如相彼鳥矣・相彼投兎・相彼泉水・相其陰陽之類、皆訓爲視、孫奕示兒編・據陸璣疏河東大鼠能人立之說、又牽合韓愈詩禮鼠拱立之句、欲解相鼠爲相州之鼠、鑿矣、又埤雅有一種鼠、見人則交其前兩足而拱、謂之禮鼠、亦或謂之拱鼠、爾雅翼又引關尹子師拱鼠制禮、但不以相爲相州耳、凡獸皆有皮齒體、獨言鼠者、擧卑汚可惡之物、以惡人之無禮也、此甚言人不如物之意、以有無二字相呼爲興、朱傳云可以人而無儀乎、頗似戒勑之語、則非詩人本意矣、重言人而無儀、猶析其柞薪、析其柞薪・其葉湑兮、嘅其嘆矣、嘅其嘆矣・遇人之艱難矣、詩人反覆詠歎類如此、○人而無儀、鄭箋・儀・威儀也、此指儀容言、次章言所止息也、分動靜、亦分踈密也、至三章人而無禮禮字、包威儀止息在內、傳云無禮儀者、乃合首章無儀・末章無禮、而總以四字該之、鼠之貪物、常於闇昧中、無禮儀者之行亦猶此、故傳云雖居尊位、猶爲闇昧之行、此二語統括全篇、○不死何爲、言人而不異于鼠、則不死欲何爲哉、甚疾之之辭、

相鼠有齒。人而無止。止・所止息也、**人而無止。不死何俟。**俟・待也、

箋曰、書大甲欽厥止、傳・止謂行所安止也、毛傳以爲人自有所宜止息之處、蓋讀如止於仁止於敬之止、仲尼燕居・孔子曰、若無禮則手足無所措、耳目無所加、進退揖讓無所制、所謂無所止息也、廣雅、止・禮也、荀子不苟篇・見由則恭而止、大略篇、盈其欲而不愆其止、楊注竝以止爲禮、與毛說合、

相鼠有體。體·支體也、**人而無禮。人而無禮。胡不遄死。**遄·速也、

箋曰、上二章皮齒俱指鼠身一端而言、明此體爲支體、非偏體也、○胡不遄死、較不死何爲·不死何俟、意尤·切至、蓋眞見其不可一息虛生斯世也、且變句法、承上駢儷語殊厲急、所以爲卒章也、

相鼠三章章四句

箋曰、姜炳璋曰、風人之旨、無有徑直如此者、且其意亦一覽而盡、細按當日時勢、乃知此及前篇、同出敗亡之後、其創鉅、其痛深、故其詞簡直而峻厲、所謂傷弓之鳥、飛徐悲鳴、聞弦聲而頓墮者也、蓋文公敬教勸學、授方任能、積習爲之一變、故其時莫不惡惡如巷伯、相鼠是也、莫不好賢如緇衣、干旄是也、讀定之方中·知立國之規模、讀蝃蝀三篇·知當時之好惡、而收束於載馳、以見其君臣勵精惕志、皆從患難中錘鍊得之者也、

干旄。美好善也。衛文公臣子多好善。箋曰、春秋書諸侯之卿皆曰大夫、序言臣子多好善、卿大夫皆在其中也、**賢者樂告以善道也。**箋曰、何以畀之·何以告之、是樂告也、告以善道猶以嬀詔王、延文本·公下有之字、道下無也字、

孑孑干旄。在浚之郊。孑孑、干旄貌、注旄於干首、大夫之旜也、浚、衞邑、古者臣有大功、世其官邑、郊外曰野、**素絲紕之。良馬四之。**紕所以織組也、總紕於此、成文於彼、願以素絲紕組之法、御四馬也、**彼姝者子。何以畀之。**姝、順貌、畀、予也、○孑居熱反、旄音毛、浚蘇俊反、紕符至反、畀必寐反、旜之然反、延文本、傳干旄貌下、衞邑下、順貌下、並有也字、

箋曰、孑孑、特出之貌、左傳定九年云、竿旄何以告之、忠也、干旄亦作竿字、毛詩作干者、古文之省借、旄與氂同、說文、氂、犛牛尾也、干旄以旄牛尾注於旗干之首、而建之車後也、郊都城詩之叙也、旄旟旌會韻耳、言卿大夫建旗而來、就浚之郊、以見賢者也、傳云大夫之旜也者、旜亦作旃、周禮司常、通帛爲旜、襍帛爲物、物本半幅白、半幅赤、襍帛之幅半赤、則知通帛之旜、充幅皆赤矣、鄭注周禮云、通帛謂大赤、從周正色無飾、是也、通帛正幅、旗之縿也、縿謂繫於旌旗之體、爾雅因章曰旃、鄭注云、因其文章、不復畫之、聘禮使者載旜、注、聘使卿、此大夫用旃之證、旃常建、旟不常建、傳言旃以明一章之旄、與三章之旌皆指旃、爲大夫之所常建、不得以不常建之旟亦有旄有旌、以一旟該旄旌爲說、胡承珙曰、此詩三章、本多互文、首章箋云、孤卿建旃、大夫建物、首皆注旄焉、正義謂九旗之干皆有旄、則二章之干旟亦有旄矣、爾雅注旄首曰旌、則三章之干旌卽干旄矣、傳於首章既用爾雅注旄首之文、而於三

章則用周禮司常職云析羽爲旌、又以見注旄首者亦有析羽、凡九旗皆有旄有羽、干旄言其旄、干旌言其羽、是旌本九旗析羽者之通名、或謂旌爲一旗之專名者誤也、惟傳於首章云大夫之旃、則首章之注旄、三章之析羽、當皆指大夫、而於次章干旟、但引司常鳥隼爲旟、大司馬職百官載旟、則卿大夫亦有建旟之時耳、稽古編曰、次章干旟、與首章干旄、末章干旌、乃一人所建也、三章皆云在浚、是專論一人之事、鄭解干旄、兼言旃物、旃則卿、物則大夫也、又以干旟爲州里所建、而云州長之屬、侯國之州長、士也、屬則士以下兼之、所指非一人、豈以序言臣子多好善、故廣言之歟、然以在浚之文則有礙矣、夫專美一人、卽可槩其餘、毛説爲允、○在浚之郊、浚已見凱風、郊謂浚都之郊、傳云郊外曰野者、野對邑言、如左傳云謀於野則獲、謀於邑則否、周禮鄉師以歲時巡國及野、遂人掌邦之野、是國門以外通謂之野、若別而言之、郊牧林坰皆野之異名也、○素絲紕之、良馬四之、言紕素絲爲轡、而四馬告在此、傳紕所以織組也云云、正義曰、以二章言組、卒章言織、故於此總解翼如也、轡有絲有索、此其絲者也、二句言大夫車馬之儀、而所謂干旄之忠之、此說是也、紕讀如次比之比、謂以素絲次比織組也、紕乃合絲縷而未成者、組乃合紕之數股而成者、成文者、成其織組之文也、簡兮執轡如組、傳組織組也、御衆有文章、言能治衆、動於近、成於遠也、執轡如織組、織組似御馬、兩詩意實同、素絲紕合組織、以爲御馬之法、其法可通於治民、韓詩外傳、故御馬有法矣、御民有道矣、法得則馬和而歡、道得則民安而集、此皆以御馬譬治民也、鄭箋謂素絲爲縷、以縫紕旌旗之旒縿、固謬、若程子及蘇傳皆以

素絲爲束帛、則束帛紕之、束帛組之、更爲不辭矣、況詩但云素絲而已、旣與
束帛有別、且古者車馬有定數、惟大夫得乘四馬、序下箋云、賢者時處士也、
則衞大夫宜不爲此非分之贈、賢者亦必不爲此非分之受也、良馬四之五
之六之、詩皆以馬言、毛傳則謂轡在手者、其云御四馬者、非釋經四字也、辨
見次章、安井氏曰、箋改上經素絲紕之之傳、爲素絲爲縷、以縫紕旌旗之旒
縿、然上經素絲紕之、以比喩出之、下經何以畀之、則正言欲與之、而反不言
所與、正是與之以素絲紕之之法、其意本不相複、序云衞臣子好善、賢者樂
告以善道、樂告以善道、正謂素絲紕之之法、若以此句爲干旄之飾、以良馬
四之爲四見良馬、不過以數見大夫服飾爲榮、而末句何以畀之、直序其情、
竟不言所與、安得言樂告以善道哉、故毛以爲願以素絲紕組之法御四馬、
因以喩治庶民、其義精矣、○彼姝者子、姝、美也、猶簡兮所謂彼美人兮、指車
中之人也、誠心好善、如恐不及、其德可謂美矣、傳姝順貌者、順與美義本相
成、姝可訓美、又訓順者、猶說文訓婉爲順、而鄭風淸揚婉兮傳云婉然美也、
○何以畀之、畀、與也、次章予亦與也、分用合韻、凡畀予錫與等字、古人皆通
用、無上下之分、畀之之字、亦指車中之人也、言何以說與之乎、言外有當告
以善道之意、詩人口中不直說出、唯就目前所見紕絲御馬、以見臨民治國
之道、此其所以爲詩也、蓋下賢之典、曠闕已久、一時創見、賢者極慶遭逢、以
爲不知何等陳說、方可報稱殊遇也、要在何以上、認出讚嘆不盡意、朱子舊
說所謂不知所以副其意者、鄭所謂心誠
愛厚之至也、朱傳改作旁人之辭、失詩旨、

孑孑干旟。在浚之都。鳥隼曰旟、下邑曰都、素絲組之。良馬五之。總以素絲而成組也、驂馬五轡、彼姝者子。何以予之。○旟音餘、

箋曰、爾雅・錯革鳥曰旟、革・急也、言畫急疾之鳥隼於縿也、周官所謂鳥隼爲旟者矣、此與出車桑柔傳同、出車桑柔之旟、皆戎車之所建、則大夫之旟、其非常建可知、或者以見賢載旟無明文疑之、然司常下文明言賓客亦如之、而陳祥道曰、州里建旟者・州里之常、百官載旟者・一時之事、軍國之容、固不同耳、然則此詩言干旟者、時衞有狄警、此卿非啻有文德、又有武事、所以深愛之也、傳云下邑曰都者、古者城郭之中、謂之國中、其餘鄕遂之地、公有公邑、家有家邑、縣都有縣邑都邑、皆謂之下邑、○素絲組之者、紕以造組也、傳云總以素絲而成組也者、總・聚束也、釋組爲成組、卽上章傳云成文於彼也、○良馬五之者、四馬擧其實、五六逐數侈言、以著其不止四馬、雖五六亦易易從手也、子曰、雖天下可乎、何唯魯國而已、此言治中都之法也、傳云驂馬五轡、胡承珙曰、據此傳則知上傳御四馬、乃總言御馬之法、非以解良馬四之也、其不別云兩馬四轡者、以此章例之自明耳、正義謂、凡馬・士駕二、既夕禮云、公賵以兩馬、是也、大夫以上駕四、四馬則八轡矣、此經有四之五之六之、以御馬喩治民、馬多益難御、故先少而後多、傳稱漸多之由爲說、從內而出外、上章四之謂服馬之四轡也、此章加一驂馬益一轡、故言五之也、下章又加一驂更益一轡、故六之也、此疏頗得傳意、蓋此但言御馬之法、執轡如

組、其轡可以四、可以五耳、不必以爲制度也、亦非謂此大夫有乘兩馬三馬者、疏又云、馬以引重、左右當均一、輈車以兩馬爲服、旁以一馬驂之、則偏而不調、非人情也、此則不然、古車未嘗不可駕兩駕三、卽以今車言之、雖異古制、亦時有三馬五馬者、未見其偏而不調也、王度記曰、天子駕六、諸侯與卿同駕四、大夫駕三、士駕二、庶人駕一、承珙案、哀十七年左傳・渾良夫乘衷甸兩牡、又二十七年傳・陳成子屬孤子三日朝、設乘車兩馬、此皆駕二之證、駕三雖於經傳無文、然宋書禮志・梁惠王以安車駕三、送淳于髡、論衡問孔篇・亦有士乘二馬・大夫乘三馬之語、至天子駕六・則逸周書王會解・天子車立馬乘六青、荀子修身篇、昔者伯牙鼓琴、而六馬仰秣、議兵篇云、六馬不和・則造父不能以致遠、白虎通義曰、天子駕六者、示有事天地四方也、是古制由來已久、鄭駁異義以王度記爲漢法、劉昭注續漢書輿服志・引史記秦始皇以水數制乘六馬、其實不始於秦漢也、俞樾曰、正義引鄭駁異義說自古無駕三之制、愚謂不然、說文馬部・駢駕二馬也、驂駕三馬也、驂字從馬從參、其爲駕三馬無疑、若古無駕三之制、何以制此驂字、此古有駕三之證一也、莊十八年左傳・虢公晉侯朝王、皆賜玉五瑴馬三匹、蓋古駕四亦駕三、故賜人乘馬可也、三馬亦可也、若古無駕三之制、何故以馬三匹賜之乎、此古有駕三之證二也、僖三十三年左傳・公使陽處父追之、及諸河則在舟中矣、釋左驂以公命贈孟明、史記管晏列傳・越石父賢在縲紲中、晏子出遭之塗、解左驂贖之、陽處父及晏子・其始出也必駕四、一釋左驂以贈孟明、一解左驂以贖越石父、則其車止三馬矣、若謂偏而不調不可以行、陽處父與晏子・將舍

車而徒乎、此古有駕三之證三也、禮記檀弓篇、孔子之衞、遇舊館人之喪、使
子貢說驂而賻之、但言說驂、不言左驂右驂、是孔子之車止一驂也、此古有
駕三之證四也、明乎古有駕三之制、則毛義自可通、按胡俞二氏辯則辯矣、
然詩之辭不必如此拘說、曰五曰六、並是變文諧韻、凡是類皆以首章爲正、
而後章唯轉韻、反覆詠歎耳、果如二氏說、大夫亦得駕六馬乎、卽以轡言之、
亦豈一人而有時駕二馬、有時駕三馬、有時駕四馬乎、將有三人、而一則駕
二馬、一則駕三馬、一則
駕四馬乎、均不可通矣、

孑孑干旟。在浚之城。 析羽爲旟、城、都城也、 **素絲祝之。良馬六之。** 祝、織也、四馬六轡、 **彼姝者子。何以告之。** ○祝之六反、析星歷反、

箋曰、旃與旟皆有旒、襄十四年左傳、范宣子假羽毛於齊、定四年傳、晉人假
羽旄於鄭、孔疏云、羽旄者有五色鳥羽、又有旄牛尾也、孫炎注爾雅亦云、析
五采羽注旄上也、○素絲祝之、傳、祝織也、言織而爲組也、傳讀祝爲織、祝與
織雙聲、而合音最近、良馬六之者、大夫無五六其馬之理、但意有所主、故侈
言之耳、傳云四馬六轡者、釋經六之之義、兩服在中、兩驂在旁、兩服四轡、兩
驂各有內外轡、靳環在服馬背上、兩驂馬之外轡貫之、以止驂之出、與服馬
四轡、同入軏上大環、便於總持、其內轡則入軾前之環謂之觼、觼有舌環也、
若結束內轡、則伸縮不如意、故轡貫環而舌枝捂之、不用結束而自堅、倉卒

之間、伸縮如意、是兩驂內轡不在手、在手者止六轡也、

干旄三章章六句

箋曰、定九年左傳・竿旄何以告之、取其忠也、韓詩外傳亦引詩而釋之云、君子善其以誠相告也、此皆與序賢者樂告以善道義合、詩人美好善、而但言車旗、所謂見羽旄之美、聞車馬之音、欣欣有喜色者也、韓怡曰、序美衛之臣子、而不美文公、非不知善則歸君・化行自上也、惟有好善一事、出自斷斷之誠、休休之量、不盡關于君上之化、周勃號稱長者、諸呂之難・賴勃以安、而毀陳平于前、短賈誼于後、平無足述、誼之賢非平所可擬、乃謂其年少擅權・紛亂諸事、出誼爲長沙大傅、卒致七國反叛、豈孝文之主・不足化周勃邪、嫉賢妒能、牢不可破、此干旄之好善、所以專美其臣也、然以臣之違俾不達、而君不聞賢者之善言・則亦已矣、若孝文既知賈誼之賢、而又聞其善言、乃因勃短而出之、不幾異于文公之文・而兩失之歟、

載馳。許穆夫人作也。 箋曰、是詩先定之方中・蓋二十餘年、錄在編末、繫之許夫人故也、與泉水竹竿不同、儘與木瓜猗嗟似、漢書地理志・潁川郡許縣、故國、姜姓四岳後、大叔所封、二十四世爲楚所滅、今許昌故城在河南許州府石梁縣東北、魏黃初二年改許爲許昌、閔其宗國顛覆。自傷不能救也。 箋曰、衞詩三十九篇、惟許夫人之載馳・乃

其自作、故云自傷、閔而自傷・此詩之大義也、故閔傷下文重出、**衛懿公爲狄人所滅。**箋曰、君死於位曰滅、**國人分散。露於漕邑。**箋曰、露・未有宮室而廬居也、**許穆夫人閔衛之亡。傷許之小・力不能救。**箋曰、春秋小國不能自存、何暇救恤甥舅之邦、說者動咎許不救衛、刻矣、延文本・傷許下無之字、**思歸唁其兄。又義不得。**箋曰、唁兄在首章、而却爲餘事、此序深中正鵠者、又字顧傷字成文、列女傳・夫人之未字也、許求之、齊亦求之、夫人曰、許小而遠、齊大而近、一旦有車馳之難、孰可與慮社稷、蓋是時顛覆已兆、狄人之禍、其知之矣、假使衛能慮患、自結於齊、國之存亡、未可知也、至此戴公渡河廬漕、漕不可久、衛不可復、夫人所爲痛心而私計者也、當是時齊桓創覇、可藉復國、故首章欲馳驅歸衛、以告其兄弟、豈直唁之而已哉、**故賦是詩也。**箋曰、上有作字、故曰賦、

載馳載驅。歸唁衛侯。載・辭也、弔失國曰唁、**驅馬悠悠。言至于漕。**悠悠・遠貌、漕・衛東邑、**大夫跋涉。我心則憂。**草行曰跋、水行曰涉、○唁音彥、延文本・傳遠貌下・東邑下・曰涉下・並有也字、

箋曰、陡然而來、極突兀、走馬謂之馳、策馬謂之驅、作詩之意、全注控于大邦誰因誰極上、而以歸唁衞侯領起、其以欲歸之故・至末章說破、不如我所之、繳轉歸唁、見此行所係甚重也、衞侯必是戴公・而非文公、左傳於濟河立戴公廬曹下、卽云許穆夫人賦載馳、明是欲唁戴、非唁文、且於賦詩後・紀齊侯使公子無虧帥師戍曹之事、是作詩甚早、且惟驟聞宗國喪亡、許既小弱、外又未有强援、是以亟思往唁、觀詩曰控于大邦誰因誰極、衞新滅而齊未及救、足以證之矣、昭公廿五年穀梁傳・弔失國曰唁、若對弔死曰弔・則弔生曰唁、何人斯不入唁我、左傳齊人獲臧堅、齊侯使夙沙衞唁之、是也、此則據失國言之、言至于漕、與泉水遄臻于衞一意、是設想之詞、○大夫跋涉、釋文引韓詩云、不由蹊遂而涉曰跋涉、淮南脩務篇曰、南榮疇跋涉山川、冒蒙荆棘、高注・不從蹊遂曰跋涉、故獨犯荆棘、義本韓詩、跋涉蓋行走急遽之義、毛傳則分爲草行水行、草行是指原野之荒蕪也、非道路、山必有草、故山行亦曰跋、跋主無道、涉主無舟、大夫・許大夫也、我・許穆夫人自我也、言許大夫雖有跋涉之勞、而終不能救衞之亾、我心用是湊長憂也、下章云我思不遠、我思不閟、末章云、百爾所思、不如我所之、皆本此二句意而申說之、蓋許與衞本昬姻國、衞爲狄滅、許豈無一介弔唁之人、特不如夫人所思、要在乞師於大邦耳、序云閔衞之亾、傷許之小力不能救、夫人賦詩之故・實由乎此、鄭意許人既以歸唁尤夫人、不應更有跋涉之事、遂指首章大夫爲衞大夫、夫當狄之入衞、衞無有號秦而復楚・如包胥其人者、閔二年左傳杜注云、經不書滅者、衞之君臣皆盡、無復文告、是也、且下文大夫君子無我有尤、此大夫既爲

許之大夫、何以知首章之大夫獨爲衛之大夫乎、朱傳謂、夫人馳驅而歸、將
唁衛矦於漕邑、未至而許大夫有奔走跋涉而來者、夫人知其必將以不可
歸之義來告、故心以爲憂、夫以小君之尊、遠適異國、豈有不告於君、不命大
夫、倉猝潛走、擧朝莫知、迨去路已遙、始覺而追之者乎、總之此詩曰馳驅、及
陟邱采蝱・行野見麥、正如泉水竹
竿、皆設想之詞、非實有其事也、

既不我嘉。不能旋反。 不能旋反我思也、 **視爾不臧。我思不遠。**
不能遠衞也。○延文
本・傳衞下無也字、
箋曰、既不我嘉、與許人尤之應、突如有天墜之勢、鄭箋・嘉・善也、善猶是也、猶
孟子王如善之也、朱傳云、許人不以我歸爲是、則我亦不能旋反而濟・以至
於衛、此說爲是、毛傳探下我思句以足經義、故釋旋反旋濟・皆主所思而言、
謂我思一往不能回反、我思既動不能止息耳、然不成文理、視爾不臧、爾・許
人也、不臧・與不嘉不同、不嘉不以爲是也、不臧猶不善也、我欲歸唁、而不以
爲是、又絕無恤衛之意、卽許人之不善矣、蓋善猶親仁善鄰之善、言視爾之
不善、而我思則不能遠也、遠猶去也、不去猶不
止、與下文我思不閟同義、閟・閉也、閉亦止也、

既不我嘉。不能旋濟。 濟・止也、 **視爾不臧。我思不閟。** 閟・閉也、○

閟悲位反、

箋曰、不能旋濟、朱傳、濟、渡也、自許歸衛、必有所渡之水也、得之、傳云濟止也者、爾雅釋天、濟謂之霽、郭注、今南陽人呼雨止爲霽、洪範曰霽、宋世家霽作濟、史記正義引鄭注濟者兆之光明如雨止、是濟霽古通、故訓爲止耳、我思不閟者、言我之思、不可遏抑、猶云發於不容已爾、

陟彼阿丘。言采其蝱。 偏高曰阿丘、蝱、貝母也、升至偏高之丘、采其蝱者、將以療疾、**女子善懷。亦各有行。** 行、道也、**許人尤之。衆穉且狂。** 尤、過也、是乃衆幼穉且狂、進取一槩之義、○蝱音盲、延文本、傳療疾下有也字、

箋曰、陟阿丘采蝱、出遊寫憂也、然只是託意以賦耳、與至漕行野同、丘之一隅偏高、而不正當左右前後者曰阿丘、釋名、阿、何也、如人儋何物、一邊偏高也、言采其蝱、言、語詞、說文繫傳、淮南氾論注、引詩作言采其莔、毛詩作蝱、莔爲本字、蝱乃假借字、爾雅釋草、莔、貝母、郭注云、根如小貝、圓而白華、葉似韭、正義引義疏云、葉如栝樓而細小、其子在根下、如芋子正白、四方連累相著有分解、本草云、貝母能散人心胸鬱結之氣、殊有功、陶注、形似聚貝子、故名貝母、蘇頌圖經、二月生苗、莖細青色、葉亦青、似蕎麥葉、隨苗出、七月開花、碧綠色、形如鼓子花、安井氏曰、毛云將療疾、蓋謂欲歸唁而不可得、終以成疾、

故將采貝母而療之、觀下經以女子善懷承之、其意可見矣、○女子善懷者、今人謂多病爲善病、善是頻數之意、漢書溝洫志岸善崩、後漢書蠶麥善收、晉春秋陸雲善笑、皆訓多也、亦各有行、各者不一之辭、正與善字應、女子句泛說、言凡婦女襟懷小、每多憂思、不比於男子之濶大、然亦各有行、行・道也、常則經、變則權、不可拘也、許人但知父母不在・禮絕歸寧、而暗於大義、轉以尤我、意者衆人其幼穉乎、其狂乎、不然何其不相體悉、不識變通、一至於是也、尤謂以歸唁爲過也、穉謂少不更事、穉本作稺、說文・稺幼禾也、今以凡人物幼小者通稱曰穉、韓子解老篇・心不能審得失之地則謂之狂、此狂字之義也、正義曰、論語云狂者進取、注云、狂者進取、仰法一例、不顧時俗、是進取一槩之義、一槩者一端不曉變通、以常禮爲防也、

我行其野。芃芃其麥。願行衛之野、麥芃芃然方盛長、**控于大邦。誰因誰極。**控・引也、極・至也、**大夫君子。無我有尤。百爾所思。不如我所之。**不如我所思之篤厚也、○芃薄紅反、控苦貢反、延文本・傳野下長下並有也字、

箋曰、首二語淒然有丘墟禾黍之感、自是目衛、集傳以爲歸途、非是、此亦託言、戴公以魯閔二年十二月立、立而旋卒、文公卽繼立、踰年改元、是年爲魯僖公之元年、其去狄入衛之時不甚遠、許穆夫人之賦載馳、蓋但聞戴公之立、而不聞其卒也、周十二月夏十月也、是采蝱與麥之芃芃非其時、特託意

以言之、不必以爲實然也、以此知詩之託意於物、多有不可泥者矣、○控于大邦、此唁衛本意也、誰因誰極、亦自深心老算、夫人意蓋在求救於齊桓也、下不如我所之卽指此、一切經音義卷九引韓詩云、控・赴也、毛傳控引、鄭箋今衛之欲求援引之力助于大國之諸侯、與韓詩訓控爲赴義別、儀禮既夕鄭注云、赴・走告也、控于大邦卽謂走告于大邦耳、襄八年左傳曰無所控告、控告卽赴告也、莊子逍遙游・時則不至而控乎地、釋文引司馬注控投也、控告猶言投告也、投與赴義相近、韓訓控爲赴、似較引義爲優、誰因誰極、因・如襄四年左傳・無終子使孟樂如晉因魏莊子之因、極・至其國也、誰因・恐所因非其人・而無救衛之心也、誰極・恐所至非其國・而無救衛之力也、兩誰字十分斟酌、如紀侯之依魯・黎侯鄭忽之依衛・魯昭之依齊、何補於事、大夫君子泛指許人、君子亦在位也、無我有尤・承許人尤之句、百爾猶凡百、指凡許君子大夫之辭、於許君則不敢斥也、百是人之數、非事之數、所思猶所慮也、不如我所之、爾雅・之・往也、桑柔詩既之陰女、鄭箋・之・往也、左傳哀五年何黨之乎注、論語違之之一邦、又之三子告、子之武城、皇疏並云・之・往也、言汝百衆大夫君子、其所思及者・終不如我之往也、此詩通篇皆擬議之詞、歷叙情景如繪、皆穆夫人意中之言、有末一句點睛、設身處地筆墨・都化爲烟雲矣、毛傳云不如我所思之篤厚、此則訓所之爲所思、與上我思不遠我思不閟相應、言大夫君子縱有所思念於衛、不如我所思之篤厚也、由情不及已、故不聽我去耳、之卽心之所之之謂之志之之、而非身之所之也、釋名・詩・之也、志之所之也、之卽思也、之之訓思・與泉水有懷于衛箋訓懷爲至同義、至亦思也、

也、然皆不免迂曲、

載馳五章一章六句二章章四句一章六句一章八句

箋曰、陳奐謂、案古分章與今本異、文十三年左傳・子家賦載馳之四章、襄十九年・穆叔見叔向賦載馳之四章、凡左傳引詩例・如野有死麕・綠衣・揚之水・七月・常棣・魚麗・鴻雁・節・小旻・巧言・隰桑・緜末章・皆稱卒章、此明言四章、則篇末當以我行其野四句爲一章、大夫君子四句爲一章矣、服虔云、載馳五章屬鄘風、許夫人閔衞滅・戴公失國、馳驅而唁之、故作以自痛國小力不能救、在禮婦人父母既沒、不得寧兄弟、於是許人不嘉、故賦二章以喻思不遠也、許人尤之、遂賦三章以卒章、非許人不聽、遂賦四章、言我遂往、無我有尤也、然則服子愼以既不我嘉爲二章、許人尤之爲三章、卒章指五章、我遂往卽是我行其野之義、爲四章、非許人不聽・卽是不如我思之義、爲五章、四章五章雖錯綜言之、而分章固自不誤、杜預注於襄十九年云、四章曰控于大邦誰因誰極、控引也、取其欲引大國以自救助、其稱四章可證也、陳說有理、疑今本都數一章八句、與二章章四句、譌易倒置、以致篇章錯亂耳、

鄘國十篇三十章百七十六句

衛淇奥詁訓傳第五　毛詩國風

箋曰、歐陽氏詩譜補亡後序云、周南召南邶鄘衛王鄭齊豳秦魏唐陳檜曹、此孔子未删詩以前・周太師樂歌之次第也、葢據左傳季札觀樂而言、正義云、自衛以下十有餘國、編次先後、舊無明說、欲以先後爲次、則齊哀先於衛頃、鄭武後於檜國、而衛在齊先、檜處鄭後、是不由作之先後也、欲以國地爲序、則鄭小於齊、魏狹於晉、而齊後於鄭、魏先於唐、是不由國之大小也、欲以采得爲次、則鷄鳴之什・遠在緇衣之前、鄭國之風・必處檜詩之後、何當後作先采、先采後作乎、是不由采得先後也、正義所言是也、安井氏陳長發並有說、王秦二風首分載之、須參看、

淇奥。美武公之德也。箋曰、武公和・僖侯子、有文章。箋曰、因有匪君子、又能聽其規諫。箋曰、因切磋琢磨、以禮自防。箋曰、瑟僩赫咺戲謔不虐、以禮制心、所謂德也、故入相于周。箋曰、因會弁重較、考世家武公四十二年平戎有功、平王命武公爲公、意必此時入相耳、美而作是詩也。箋曰、徐幹中論虚道篇云、昔衛武公年過九十、猶夙夜不怠、思聞訓道、命其羣臣曰、無謂我老耄而舍我、必朝夕交戒、又作抑詩以自儆也、衛人誦其德、爲賦淇奥、徐以此詩之作、在武公年九十作抑詩之後、則平王時也、今觀詩言終不可諼、自是武公耄年・國人誦美之詩、而卒章所

詠、固見武公年高德邵、亦以四方綏靖而然、若當幽王時、恐武必有愀乎其不樂者、不如是之從容而和易也、奧延文本作澳、經同、延文本聽下無其字、于周作平周、

瞻彼淇奧。綠竹猗猗。奧也、奧隈也、綠王芻也、竹萹竹也、猗猗美盛貌、武公質美德盛、有康叔之餘烈、**有匪君子。如切如磋。如琢如磨。**匪文章貌、治骨曰切、象曰瑳、玉曰琢、石曰磨、道其學而成也、聽其規諫以修飾、如玉石之見琢磨也、**瑟兮僩兮。赫兮咺兮。**瑟矜莊貌、僩寬大貌也、赫有明德赫赫然、咺威儀容止宣著也、**有匪君子。終不可諼兮。**諼忘也○猗於宜反、隈烏迴反、芻初俱反、磋七何反、唐石經作瑳、琢陟角反、僩遐板反、咺況晚反、諼況元反、傳美盛下貌字卷子古本無、延文本烈下文章貌下並有也字、摺本修下無飾字、延文本瑟下有者字、矜莊貌下有也字、摺本寬大下無貌字、延文本赫然下有也字、

箋曰、以綠竹之美、興君子之有文章焉、說文、奧隈崖也、奧本隈曲之名、水之內爲奧、與水相入爲汭同義、釋文引陸疏曰、奧亦水名、但詩言淇奧、與汝墳淮浦淮濆語句相類、不得分爲二、大學瞻彼淇隩、釋文、隩本亦作奧、音於六反、一音烏報反、曲禮、居不主奧、少牢饋食禮、司宮筵於奧、注並云、室中西南

隅謂之奧、隩是奧之別體字、讀於六反・又讀烏報反者、如告亦讀高去聲、約亦讀要去聲、別本作澳者、蓋因釋文奧亦水名・而妄加水旁也、朱傳・綠・色也、淇上多竹、漢世猶然、所謂淇園之竹是也、據斯干如竹苞矣・禮運如竹箭之有筠、竹字讀如字・得之、晉灼曰、淇園・衞之苑也、其地常多竹、任昉述異記云、衞有淇園、出竹、在淇水之上、戴凱之竹譜云、根深耐寒、茂披淇苑、水經注云、漢武帝塞決河、斬淇園之竹木以爲用、寇恂爲河內、伐竹淇川、治矢百餘萬、以益軍資、今通望淇川、無復此物、惟王芻萹草不異毛注、然以竹爲竹箭之竹、當亦三家詩義、藝文類聚二十八、班彪遊居賦・瞻淇奧之園林、善綠竹之猗猗、是淇園產竹・與漢書語合、又班固竹扇賦・青青之竹形兆直、亦卽用淇奧詩菉竹青青語、班氏治齊詩者也、三國志・嵇康與阮籍等居河內、爲竹林之遊、河內與汲郡接壤、明淇園固有竹箭矣、梁元帝賦竹詩曰、嶰谷管新抽、淇園節復脩、可見至六朝時・尚有三家詩義、任記戴譜之語、正非無據、鄭氏據時所見、以今疑古、非通識也、釋文云、綠竹竝如字、爾雅作菉、音同、說文・菉・王芻也、引詩菉竹猗猗、毛詩作綠者菉之假借、離騷・薋菉葹以盈室兮、王逸注引終朝采菉、今毛詩亦作終朝采綠、唐本草云、葉似竹而細薄、莖亦圓小、生平澤溪澗之側、一名藎草、荊襄人煑以染黃色、極鮮好、爾雅翼云、俗亦呼淡竹葉、釋文云韓詩竹作薵、音徒沃反、云薵・篇筑也、石經同、說文・薵從草水、毒聲、讀若督、萹竹乃萹筑之假借耳、爾雅萹蓄、郭注・似小藜赤莖節、本草圖經云、萹蓄苗似瞿麥、葉細綠如竹、赤莖如釵股、節間花出甚細微、青黃色、根如蒿根、毛傳萹竹卽謂此也、○有匪君子、匪卽斐之假借、故釋文云、匪本又作斐、同、大學爾雅玉篇列女傳引詩正作有斐君子、說文云、斐分別文也、論語小子斐然成章、言其文章成就亦有分別・非一例也、有匪二字是說已做成君子之人、言君子之所以斐然有文章者、其初自切磋琢磨中來、首章言進益、匪之精神也、次章言尊嚴、匪之氣象也、末章言成就、匪之體段也、○如切如磋如琢如磨者、蓋切磋琢磨、同攻一物也、若玉若石・既切爲段、又磋成形質、乃琢成刻畫文章、終之以磨、令光澤發越、是一事而四件、自粗入精、以形容其進益不已也、玉石雖美材、非磨礱不成器、亦猶人有美質、必問學以成德、問學之功、必積漸致之、故取治玉石用功之深者喩之也、傳云、道其學而成也者・釋經如切如瑳句、云聽其規諫以自修・如玉石之見琢磨也者・釋經如琢如磨句、傳義本之釋訓、大學亦同、道學猶講學、中庸道學、注云、道猶由也、蓋切磋者朋友講習之事、故云道其學而成也、鄭注大學則云、道猶言也、以道爲言、與傳異義、又切磋琢磨、依古義骨象玉石各有所屬、非有淺深也、文法與金錫圭璧一例、但彼以成德言、此以進德言、亦該得循序致精之意、朱傳云、治骨角者、既切以刀斧、而復磋以鑢鍚、治玉石者、既琢以槌鑿、而復磨以沙石、磋精於切、磨密於琢、殊不知鑢鍚唯能成形質而已、不能發光澤、烏能與磨對、又琢擊鑿刻畫也、敦琢其章、謂淳美也、玉不琢不成器、謂文章也、孟子雕琢玉、琢與雕連、文意亦可以見、○瑟兮僩兮、釋名・瑟・施弦張之瑟瑟然也、瑟瑟與矜莊意近、引申之義也、韓詩訓僩爲美、蓋以爲嫺字之假借、賈子新書傳職篇・明僩雅以道之文、又道術篇・容志審道謂之僩、反僩爲野、僩與野對、則義當爲嫺雅、故韓訓爲美貌、又爾雅釋訓釋文云、僩或作撊、方言、撊、猛也、左傳昭十八年、撊然授兵登陴、服注、撊然猛貌也、說文訓爲武貌、與猛義相近、許與毛異者、以爾雅及大學皆云、瑟兮僩兮者恂慄也、鄭注大學云、恂字或作峻、讀如嚴峻之峻、嚴峻與寬大不相應、故易之、說文引逸論語曰、玉粲之瑟兮、其瑮猛也、是瑟亦有猛義、故與僩並以恂慄爲訓也、○赫兮咺兮、赫、顯明貌、咺、韓詩作宣、云、宣、顯也、與毛訓宣著義合、則毛傳亦以咺爲宣之假借、此章本意、與大學引用意略不同、彼以瑟僩爲嚴敬之內存、赫咺爲光輝之外著、此則皆自德容之形于外者言之也、彼不可諼、總承上意、言其德止至善、而人不能忘之、此則只自瑟僩赫咺之盛、而言得於所見者、自不能忘也、終云者、猶言到底意、非指後世之後言、

瞻彼淇奧。綠竹青青。青青、茂盛貌、**有匪君子。充耳琇瑩。會弁如星。**充耳謂之瑱、琇瑩、美石也、天子玉瑱、諸侯以石、弁、皮弁、所以會髮、**瑟兮僩兮。赫兮咺兮。有匪君子。終不可諼兮。**○琇音秀、瑩音榮、弁皮變反、瑱天見反、延文本、皮弁下有也字、

箋曰、綠色之竹、又云青青、與唐風白石皓皓同、猗猗言其態、青青言其色、如簀言其形狀、朱傳青青堅剛茂盛之貌、非、青青色也、無堅剛之義、只是變文諧韻、不當論時節前後、卒章放此、釋文云、青本或作菁、毛傳訓青青爲茂盛貌、青卽菁之省文、唐風杕杜其葉菁菁、傳、菁菁葉盛也、可以證焉、○充耳琇

瑩、琇瑩與瓊華一語例、瑩乃連琇而言、卽兆之瑩明、說文、瑩・玉色也、著傳言
卿大夫青玉・人君黃玉、則人君及卿大夫皆用玉、考工記玉人・天子用全、上
公用龍、侯用瓚、伯用將、鄭司農注云、全・純色也、龍當爲尨、尨謂雜色、然則天
子用全・爲用純色之玉、尨爲襍色之玉、侯伯襍色、可以例推、玉以白者爲貴、
襍色者爲次、傳云天子玉瑱、謂用白玉純色之玉也、云諸侯以石、謂用石之
次玉者、襍色之玉也、青玉黃玉皆襍色、玉之次者、故於著言玉、而於淇奧言
石、蓋與石對稱・則青色黃色皆可謂之玉、與玉對稱・則青色黃色皆但謂之
石也、夏官弁師、言諸侯玉瑱、毛傳言諸侯石瑱、說似異而實同矣、詩言充耳
琇瑩、繼之以會弁如星、則瑱不特施於冕也、弁亦有之、○會弁如星者、鄭箋・
會謂弁之縫中、飾之以玉、皪皪而處、狀似星也、凡兩縫相合處爲會、弁縫謂
之會・猶牆隙謂之壁會也、會弁倒字法、弁師職・王之皮弁・會五采玉璂、注云、
會・縫中也、是皮弁而言會、與弁師皮弁之會同、故鄭云謂弁之縫中也、皮弁
縫中・結玉爲飾、謂之綦、凡冠無論麤細・必有箴縷之迹、於其有箴縷之處・飾
以璂玉、則不見箴縷矣、天子玉用五采、綦飾十二、武公諸侯、玉用三采、綦飾
以七、會弁用玉、諸侯之服皆然、曹風鳲鳩、小雅頍弁傳、竝以弁爲皮弁、皮・白
鹿皮也、春官司服・眡朝則皮弁服、玉藻・天子皮弁以日視朝、在朝君臣同服・
故鄭云天子之朝也、此武公入相於周之明文、諸侯視朝委貌、非皮弁也、曹
風鳲鳩篇其弁伊騏下詳之、安井氏曰、鄭釋會與毛乖、經云會弁如星、所謂
如星者、謂飾弁之玉皪皪如星、是所重在弁不在會、會特添字以足句、故傳
先解弁、仍解弁之所以言會、故承之云所以會髮也、會髮爲髻・而弁覆之、是

亦會之也、故云所以會之、胡承珙曰、段氏周禮漢讀考云、說文、膾骨擿之可會髮者、引詩膾弁如星、是詩本作膾、殆未必然也、周禮弁師・王之皮弁會五采注・故書會作膾、鄭司農云、讀如馬會之會、謂以五采束髮也、士喪禮曰、檜用組乃笄、檜讀與膾同、書之異耳、說曰、以組束髮乃著笄・謂之檜、沛國人謂反紒爲膾、此先鄭以儀禮之檜・釋周禮之膾、可爲確詁、所引儀禮說乃先師舊訓、士喪禮之檜・今本作鬠、用組爲之・經有明文、知周禮之會五采・亦是以五采組束髮、且五采二字屬上會字讀句、與後鄭連下玉字讀者不同、毛傳以會爲所以會髮、當亦謂以組束髮、安胡二氏、蓋得毛意、毛本果作膾、則釋文不必云說文作膾矣、箋中果有膾讀爲會之文、釋文何以不言、正義又何以不言、叔重引詩作膾者、蓋是三家詩耳、但毛言弁之用、與如星之義不合、故箋易其義、以會爲弁之縫中、其所飾玉狀似星也、鄭義爲優、

瞻彼淇奧。綠竹如簀。簀・積也、**有匪君子。如金如錫。如圭如璧。**金錫練而精、圭璧性有質、**寬兮綽兮。猗重較兮。**寬能容衆、綽・緩也、重較・卿士之車、**善戲謔兮。不爲虐兮。**寬緩弘大、雖則戲謔、不爲虐矣、○簀音責、綽昌若反、重直恭反、較古岳反、經圭字・延文本作珪、傳衆下車下・延文本竝有也字、

箋曰、文選西京賦·芳草如積、注引韓詩綠藩如簀、簀·積也、薛君曰、簀·綠藩盛如積也、毛韓竝訓簀爲積、是以簀爲積之假借、言䔧竹之多如積也、伊川不用毛義、解爲密比如簀、可從、蓋簀以物言、下四如亦物也、爾雅簀謂之笫、蓋簀以竹爲之、許云牀棧、郭云牀版、皆謂分析竹片、施於牀榦之上、故易剝牀以辨、釋文引黃云、辨·牀簀也、蓋辨爲分析之名、施於牀上辨辨然、其義許郭合矣、本以竹片爲簀、因而竹席亦名簀、故史記范雎傳云、卷以簀置廁中、蓋謂竹席耳、既以牀薦爲簀、因而牀亦名簀、故方言云、牀·齊魯之閒謂之簀、陳楚之閒或謂之笫、左氏襄廿七年傳牀笫之言、正義引孫炎曰、牀也、蓋直以爲牀之通名、義本方言、然喪大記云、設牀襢笫、鄭注·襢笫袒簀也、既言牀又言笫、可知以笫爲牀非也、周禮玉府云衽席牀笫、既言席又言笫、可知以笫爲席亦非矣、簀之爲物、必密而不疏、故詩人以比綠竹之茂密、猶詠多稼者·曰其比如櫛也、○如金如錫如圭如璧、金錫必鍛鍊而後能純、圭璧必追琢而後成器、前四如、言學修之日進也、此言學修之成就也、毛於金錫言鍊而精、謂學而成之、於圭璧言性有質、謂性之也、然亦各以所重言之、非謂金錫無質、圭璧無學也、金錫圭璧皆自切磋琢磨工夫、已底于成就·而渾化者言、自渣滓銷融·私欲淨盡處·則如金錫、自矜持盡泯·德性溫潤處·則如圭璧、傳雖分人功天質、須活看、蓋德到純粹地位、故寬綽戲謔·動罔弗臧、總是其成就後·著于外者然爾、非寬綽戲謔之時便不瑟僴赫咺也、故即以重較歎之、豈眞在重較上哉、說文·金·五色金也、黃爲之長、銀·白金也、銅·赤金也、鉛·青金也、錫·銀鉛之間也、鐵·黑金也、閻若璩曰、古者不分銀錫、而銀皆稱錫、如金如錫、金爲黄金、則錫非銀乎、閻說是也、禹貢惟金三品、爲黄白赤三色、史平準書・黄金爲上、白金爲中、赤金爲下、卽三品之義、黄金・金也、白金・銀也、赤金・銅也、金本爲金銀銅錫鐵鉛之總名、其鐵鉛以賤故・不列三品之內、而錫卽屬于銀・統名白金也、考工記・攻金之工皆曰金錫、金卽銅、錫卽銀、故曰金幾分、錫居幾、以爲斧斤戟刃之屬、㮚氏爲量煎金錫、聲中黄鐘之宮、假如以今之錫、豈可攙和作斧斤戟刃、而量安能聲中宮乎、自爾雅曰黄金謂之盪、白金謂之銀、錫謂之鈏、始分銀錫之名、而單以銀爲白金、此周末秦人之論也、胡朏明謂、五金之名、起自秦漢以後、是也、圭璧・玉器也、圭制上圜下方、璧制外圜內方、五等諸侯執以爲瑞者、詳周官典瑞及玉人、圭大尺二寸、謂之玠、璋大八寸謂之琡、璧大六寸謂之瑄、肉倍好謂之璧、肉・邊也、好・孔也、好倍肉謂之瑗、肉好若一謂之環、○寬兮綽兮、言寬弘協于王官也、傳綽訓緩、謂其治衆有不迫也、猗重較兮、荀子非相注・文選西京賦注・皆猗作倚、然釋文作猗、云於綺切、依也、正義釋經云、倚此重較之車兮、似本從人猗、而下引經仍作猗、則陸孔皆從犬旁、爲倚之假借字、傳箋無說者、以當時猗倚假借・人所共知耳、要其字爲猗、其義則倚、或曰、猗嘆辭也、頌云猗與那與、猗與漆沮、晉語猗兮違兮皆可證、此說不是、傳云重較卿士之車者、謂武公入相平王・爲周卿士也、考工記・輿人三分其隧、一在前、二在後、以揉其式、以其廣之半・爲之式崇、以其隧之半・爲之較崇、鄭注云、兵車之式、高三尺三寸、較兩輢上出式者、隧・車箱也、式・以横木置車箱前、下去車牀三尺三寸、兵車自較而下凡五尺五寸、蓋車深四尺四寸、其前三之一・式也、後三之二・輢也、較分冒於兩輢之上、下與軹之植者相貫、式在前而低、較在後而高、故鄭云兩輢上出式者也、乘車與兵車同制、說文・輢・車旁也、較下之板曰輢、式下之板曰陰、板之外皆輓之以革、板之內皆固之以轖、轖皆有植有橫、較爲車輢上之木、凡車皆然、至重較則專指金較言、張平子西京賦所云倚金較也、較上更飾以曲鉤、若重起者然、是爲重較、崔豹古今注云、重較重起如牛角、是也、爾雅、較・直也、較取直義、重較必曲鉤反出、形不直而名較者、以在較上名之耳、小爾雅、較謂之幹、凡物在兩旁者皆名幹、故兩脅謂之幹、築牆兩邊障土謂之幹、皆與較謂之幹義相近、古者卿大夫之車皆名軒、說文・軒・曲輈藩車、藩轓通、謂車之輈與轓皆曲者爲軒、曲輈謂梁輈、曲藩卽輢上曲鉤反出者、古所云車耳也、名軒者取軒舉之義、崔豹云、文武重耳・古重較也、文官赤耳、武官青耳、蓋漢承周制、較在兩旁・如人有耳、銅飾更加較上・則重耳矣、省言之亦單謂之耳、丹鉛錄引古諺仕宦不止車生耳、三國志吳童謠、黃金車斑蘭耳、闓闔門天子、是也、重較又名輒、象垂耳、又謂之犨、說文云、犨乘輿金耳也、字通作彌、荀子史記禮書竝云、彌龍所以養威也、皆謂較爲龍形而飾以金、輿服志云乘輿車以金薄繆龍爲輿倚較、蓋惟天子金耳龍飾、其餘金耳不必龍也、輒所以必反出者、應劭漢書注曰、車耳反出、屏翳塵泥、蓋輪在輢外、車驅疾則塵隨而上、有輒屏之、則塵不及人、大約古人重較惟卿大夫之車有之、至漢猶然、後漢書輿服志、乘輿倚龍伏虎、皇太子諸侯王倚虎伏鹿、公列侯倚鹿伏熊、此倚皆謂倚較、伏皆謂伏式、較在兩旁可倚、人直立稍後一手、可以憑較、俛躬向前、兩手可以憑式、曲禮疏謂、於車式上二尺二寸橫一木、謂之爲較、非也、式在車前二分深之一、而卑於較者、以便車前射御執兵、亦因之伏以致敬、較在車兩旁三分深之二、稍後於式、而高出於式者、以輪在輢外、車驅疾則塵上、較在輢上、所以蔽塵、亦便於左右憑依、若如曲禮疏、式上又横一木爲較、則横於當面、射御皆有不便、卽俛而伏式、首且爲較所觸矣、又朱傳既以猗爲歎辭、而仍用釋文於綺反之音、亦誤、○善戲謔兮、不爲虐兮、虐言過節、虐之言劇、謂甚也、書西伯戡黎、維王淫戲用自絕、殷本紀作淫虐、淫虐卽淫戲也、淫・大也、大戲卽爲虐矣、襄四年左傳・臧紇如齊唁衞侯、衞侯與之言、虐、虐卽此詩不爲虐兮之虐、謂戲謔之甚、故紇云其言糞土、謂其言汚也、善戲謔兮、與孔子莞爾之戲同、戲謔之過、必至任情凌物、玩一善字・已是中節、特言不爲虐、以足之耳、毛釋末二句、卽承上文寬綽而言、寬綽爲寬緩、寬緩亦弘大、皆所以狀其有容衆之德也、鄭箋云、君子之德、有張有弛、故不常矜莊、而時戲謔、此申傳義也、審觀抑戒賓之初筵兩詩、武公固以嚴敬爲主、而張弛得宜者也、三章金錫圭璧、承切瑳琢磨來、德至此已渾化、瑟僩赫咺又不足以論之、故末二句於寬和處形容之、令人可愛可親、蓋有道氣象難以模寫、但可在閑處冷處・無緊要處・彷彿萬一、所謂頰上加毛也、

淇奥三章章九句

考槃刺莊公也。箋曰、武公子、不能繼先公之業。使賢者退

而窮處。箋曰、窮・窮達之窮也、夫子稱孟莊子之孝、以不改父政與父臣爲難能、莊公至使賢者退而窮處、其不能繼先業亦可見矣、夫碩人・邦之紀、民之主也、不在本朝而在澗阿、失其所也、不語政道而獨歌、非其常也、當莊公之時、賢才舊有位之人、退而鄙在側陋、故賦其行遯忘世之志、以使莊公知夫人而有此態也、仲尼曰、於考槃見遁世之士而不悶也、遯世無悶、是詩所賦之辭也、而刺莊公者・是詩所以賦之志也、猶簡兮亦止美碩人、而序云刺不用賢也、蓋天地閉而後賢人隱、衞之考槃、王之邱中有麻、小雅之白駒、皆詠賢人之肥遯・以刺其君者、序謂刺君上之失賢、詩美隱居之得所、美在此則刺在彼矣、美在言中、刺在言外也、唐石經、窮處下有也字、

考槃在澗。碩人之寬。考・成、槃・樂也、山夾水曰澗、**獨寐寤言。永矢弗諼。**

○槃薄寒反、延文本・傳成下有也字、

箋曰、說文・槃・承槃也、是槃本爲器皿字、訓槃樂者借義、文選射雉賦・若乃耽槃流遁、徐注・槃樂也、又作盤、書五子之歌乃盤游無度傳、盤・樂也、文選西京賦、盤于游畋、東京賦、式宴且盤、注並云・盤・樂也、槃盤皆般之假借、爾雅釋言・般・還也、還者與旋同、經典旋與還多通用、說文・般・辟也、象舟之旋、舟旋爲般、因而陸行之回旋者・亦被以般名、此般旋之名義所由起也、般旋之形必圜、因而器之圜者亦名般、後從木而作槃、又從皿而作盤、是皆由般而孳乳、凡

人于意之所欣、未忍遽去、必往復舟旋于其間、此般之所以訓樂、卽般桓之謂也、考是在宗載考之考、樂以忘憂、將以終身、故曰考、世固有隱而弗成者、無眞樂斯弗成矣、成其樂乃所以成其隱也、朱傳考槃二說、前說謂成其隱處之室、卽黃一正所云、槃者架木爲屋、有槃結之義、然結室而在澗在阿在陸、分爲三處、恐無此理、後說引陳傅良云、考・擊也、槃・樂器也、扣之以節歌、如鼓盆拊缶之爲、然君子無故不去琴瑟、何事扣槃、此乃貧無聊賴者之所爲、賢者當不如此、澗釋文引韓詩作干、澗與干雙聲、古卽讀澗如干、故通用、小雅秩秩斯干、傳云干澗也、此二字通用之證、毛詩正字、韓詩借字、其實一也、易鴻漸于干、釋文引荀爽王肅注、竝云、干、山間澗水也、虞注云、小水從山流下稱干、此皆謂干卽澗耳、○碩人之寬、寬故不悶、昔武公寬以重較、碩人亦存其舊德、可以在上位、惜也不論政於本朝、而獨言於澗谷、此言外之鼓舞、○獨寐寤言、獨字貫下寐寤言三項、猶之云獨寐獨寤獨言耳、下二章放此、○永矢弗諼、矢・誓也、諼・忘也、弗諼・不忘是樂也、若蕙帳空而山人去者、皆忘之也、所謂誓者、乃詩人形容其志之堅、非賢人眞有此誓也、唐人詩、從聽世人權似火、不能燒得臥雲心、是誓字之義、此詩形容碩人處・全在獨字永字、如後世梁鴻之隱霸陵山・彈琴自娛、管幼安客遼東、坐一木榻五十五年、皆是也。

考槃在阿。碩人之薖。曲陵曰阿、薖、寬大貌、**獨寐寤歌。永矢弗過。**

〇薖苦禾反、延文本・傳貌下有也字、

箋曰、凡曲者陵阜水涯皆稱阿也、此在上下澗陸之間、以水涯解亦可、澗阿陸是一處、其地兩山夾水、其上有陸、其旁有阿、雖分言之、實指一處也、俞樾曰、薖乃草名、其爲假字無疑、以義求之、薖當作和、和字古或以咼爲之、淮南子說山篇・咼氏之璧、高誘注曰、咼古和字、是也、又或變作堝、文選盧子諒覽古詩、趙氏有和璧、李善注曰、琴操曰、昭王得堝氏璧、堝古和字、是也、此經云碩人之薖、蓋假薖爲咼、而又假咼爲和、展轉相假、古書自有此例、釋文曰韓詩作㗻、此則後出之字、以碩人言、故從人作㗻、猶以璧言、故從玉作堝也、首章美其寬大、次章美其和平、本各自成義、而和之聲近于桓、水經桓水篇、引鄭康成尙書注曰、和讀曰桓、是也、長發篇、元王桓撥、傳訓桓爲大、則此傳訓和爲寬大、於義未始不可通矣、〇永矢弗過、以末章弗告・傳云無所告語也推之、則弗過當是無所過從之意、言不訪過儕輩也、

考槃在陸。碩人之軸。軸・進也、獨寐寤宿。永矢弗告。無所告語也、

箋曰、軸迪竝从由聲、迪亦音逐、故與軸通、弗求弗迪、傳・迪進也、漢書禮樂志云・百鬼迪嘗、敘傳云・亦迪斯文、皆以迪爲進、傳訓軸爲進、則是進於道義也、或曰、軸、車軸也、車輪轉而軸不動、然假而施諸器、往往有轉軸、所謂碩人之軸・是以轉軸而言、其旋轉而不窮、猶所謂游於環中者也、亦有任其旋轉不

出乎此之意、嚴粲謂如軸之卷、收藏不用、此以後世畫軸爲言、非也、○永矢弗告、弗告者獨善其身也、野處獨宿而足矣、何就外人語是樂乎、鄭每章以君而言、失詩人之旨、

考槃三章章四句

碩人。閔莊姜也。莊公惑於嬖妾。使驕而上僭。箋曰、嬖妾、州吁之母、莊姜賢而不答。箋曰、詩中皆追念莊姜初嫁盛時、序則就其不答於終而言之、以見閔爾、隱三年左傳云、衛莊公娶于齊、東宮得臣之妹、曰莊姜、美而無子、衛人所爲賦碩人也、傳曰美而無子、序曰賢、而美出詩中、終以無子。故國人閔而憂之。箋曰、閔莊姜賢而不見答也、蓋求其不見答之故而不得、或者世俗所尙・莊姜有闕、故從俗情上細細揣摹、因從莊姜處處推勘、而無一不秉之、卒不見答、是可怪也、乃見其可閔也、憂之者示卒章之義也、既閔莊姜、又爲國家憂之也、詩但極言夫人族戚之貴・容貌之美・來嫁之儀、及齊國之富、而無一語及其可閔之處、若無此首序、則將以爲美莊姜矣、所謂閔而憂之、碩人之所以賦也、是詩自有左傳可證、在當時衛人知其事者・一讀其詩、便已默悟矣、唐石經及摺本・竝國人上無故字、足利本之下有也字、

碩人其頎。衣錦褧衣。頎長皃、錦文衣也、夫人德盛而尊、嫁則錦衣加褧襜、**齊侯之子**東宮齊太子、女子後生曰

衛侯之妻。東宮之妹。邢侯之姨。譚公維私。妹、妻之姊妹曰姨、姊妹之夫曰私、○頎其機反、褧苦迥反、徐又孔潁反、邢音形、譚徒南反、延文本傳貌下襜下竝有也字、襜昌占反、

箋曰、首章陳莊姜之尊、族類之盛以閔之、碩人蓋男子歸人有德者之通稱也、此指莊姜、○衣錦褧衣、中庸引詩曰、衣錦尚絅、惡其文之著也、是褧衣乃爲加上之衣矣、說文衣部、褧、檾衣也、詩曰衣錦褧衣、示反古、从衣耿聲、𣏟部、檾、枲屬、从𣏟熒省聲、詩曰衣錦檾衣、許兩引詩、一據毛氏古文、一據三家今文也、儀禮士昏禮被潁、注、潁、禪也、賈疏引詩云褧衣、又姆加景疏、亦引衣錦褧衣、禮記釋文、絅本又作潁、詩作褧、又玉篇檾亦作苘、云與檾同、爾雅翼云、檾高四五尺、或六七尺、葉似苧而薄、今人績爲布、典枲注云、草葛蕢之屬、雜記注、潁草名、無葛之鄉、去麻則用潁、是潁亦卽檾別體、褧衣者以檾所績爲之、檾言其質、褧則已爲衣之稱也、蓋以禪衣無裏言之、則爲絅爲褧、以用枲反古言之、則爲潁爲檾、至蕢苘則檾之或體耳、衣兼下裳之名、婦人中外服皆連衣裳也、士妻就塗始加景、則諸侯夫人褧衣、亦就塗時所加可知、褧以績檾所成、故尚絅惡其文著也、士昏禮姆加景、注云、景之制蓋如明衣、是也、古者明衣以布爲之、績檾爲衣、卽布也、鹽鐵論散不足篇、古者男女之際尚矣、嫁娶之服、未之以記、及虞夏之後、蓋表布內絲、褧衣用檾、正所謂表布也、

說文云示反古、取義正同、毛云褧襌者、謂以褧爲襌、襌猶言襌褕、說文、直裾謂之襌褕、釋名・荊州謂襌衣曰布襹、亦曰襌褕、言其襌襌宏裕也、爾雅、衣蔽前謂之襌、引申之・凡衣或曰襌褕、或曰襌襦、皆取蔽義、蓋襌衣不殊裳、故謂之襌、是襌已有襌義、故正義云、襌亦襌而在上、故云加之以褧襌、○齊侯之子者、齊莊公購之女、也、鄭語・齊莊僖於是乎小伯、東宮之妹者、東宮・大子所居之宮、齊大子得臣也、繫大子言之者・明與同母、言所生之貴也、蓋東宮不必皆嫡出、然嫡夫人有子則立之、正也、庶子立爲太子者、其數至寡、蓋其父之世・雖有屬意、多未定嗣位、臨死乃有遺囑、時風如此、而是時東宮得臣・實爲嫡出、故東宮之妹・尤足夸張耳、○邢、侯之姨、魯世家・成王封周公子苴爲邢侯、今直隸順德府附郭邢臺縣卽邢國、春秋隱四年石碏殺州吁、衛人迎公子晉於邢而立之、閔九年狄伐邢、齊人救邢、僖元年邢遷於夷儀、在順德府西百四十里有夷儀城、廿五年衛侯燬滅邢、爾雅曰、妻之姊妹同出爲姨、孫炎曰、同出・俱已嫁也、左氏莊十年傳、蔡侯曰、吾姨也、據蔡侯息侯同娶陳、是夫於妻之姊妹・互相謂姨也、○譚公維私、說文・鄿・國也、齊桓公之所滅、鄿正字、譚假借字、今山東濟南府附郭歷城縣有譚國城、在縣東、春秋莊十年齊師滅譚、譚子奔莒、私者、爾雅曰、女子謂姊妹之夫爲私、孫炎曰、私・無正親之言、釋名云、姊妹互相謂夫曰私、言於其夫兄弟之中、此人與己姊妹有恩私也、是也、若姊妹之夫相謂、自有婭字、與此別、此自莊姜目之、故用維字、變上文之例也、安井氏曰、邢侯爵、尊處五等之第二、故稱其爵、譚子爵卑、不足詩稱、故變文曰公、公雖亦爵、其稱差汎、五等諸侯謚皆稱公、故子爵之君亦

可稱公也、

手如柔荑。如荑之新生、**膚如凝脂。**如脂之凝、**領如蝤蠐。**領頸也、蝤蠐蝎蟲也、

齒如瓠犀。瓠犀瓠瓣、**螓首蛾眉。**螓首顙廣而方、**巧笑倩兮。**倩好口輔、**美**

目盼兮。盼白黑分、○荑徒奚反、蝤似脩反、蠐音齊、瓠戸故反、犀音西、瓣補遍反、倩七薦反、盼敷莧反、延文本傳新生作始生、生下有也字、凝下瓣下方下輔下分下並有也字、瓣上無瓠字、蝎音曷、

箋曰、是章陳莊姜之美於色以閔之、手如柔荑、荑始生茆也、剝其皮、潔白如雪、細而柔軟、故以喩手之柔澤潔白也、靜女傳、荑茅之始生、此云荑之始生、則荑亦謂茅、其義可互見也、○膚如凝脂者、凝者曰脂、釋者曰膏、則此凝脂不由寒之故、凝脂潔白而滑易、有光澤、莊子逍遙游篇、肌膚若冰雪、冰雪以言潔白、凝脂以言滑白、故皆取爲喩、○領如蝤蠐、傳詁領爲頸、古今異名也、七辨云、蝤蠐之領、阿那宜顧、正義云、蝤蠐白而長、故以比頸、釋文及定本傳文蝎下無蟲字、草蟲傳阜螽蠜、俗本作蠜蟲、正義以蟲爲衍、則此蟲亦誤衍矣、爾雅釋蟲、蟦蠐螬、郭注、在糞土中、蝤蠐蝎、郭注在木中、又蝎蛣蝠、郭注木中蠹蟲、是蝤蠐與蠐螬有別、唐本草蠐螬注云、此蟲在腐柳樹中者、內外潔白、糞土者皮黃內黑黯、此詩取狀頸之白、故傳指生木中之蝎釋之、○齒如

瓠犀、傳瓠犀瓠瓣者、說文云、瓣・瓜中實也、瓜中實謂之瓣、瓠中瓣謂之犀、字亦作棲、爾雅釋草、瓠棲瓣、郭注引詩齒如瓠棲、毛詩作犀・卽棲之假借、棲通妻、妻者齊也、瓠中之子・排列甚齊、故有棲稱、詩以狀齒之白、亦取其整齊也、齒以齊爲美、故古者齒亦訓齊、周・禮言三年不齒、謂不與民齊等、昭元年左傳・使后子與子干齒、傳遜曰・齒猶齊列、皆是也、○螓首蛾眉、鄭箋・螓謂蜻蜻也、方言、蟬有文者謂之蜻蜻、螓蜻聲相轉也、其形短小、方頭廣額、體兼彩文、鳴聲淸婉、若咨咨然、蛾、蠶蛾也、大戴禮・食桑者有絲而蛾、埤雅、繭生蛾、蛾生卵、韻會云、蛾似黃蝶而小、其眉句曲如畫、說文頁部・頸・好貌、詩所謂頸首、說者因謂、毛傳但云頟廣而方、不言螓爲何物、鄭箋乃云螓蜻蜻、知毛作頸、鄭作螓、鄭君多據三家改毛、是三家詩作螓首也、又據漢書外戚傳、蛾而大幸・借蛾爲娥、以此詩蛾眉亦娥之假借字、毛爲古文、故作娥眉、與頸首皆假借字、揚雄賦云、何必颺纍之蛾眉、又云、宓妃曾不得施其蛾眉、王逸離騷注云、蛾眉好貌、字竝爲蛾、知三家今文是作蛾眉也、又宋玉賦・眉聯娟以蛾揚、是嬴秦已有作蛾眉者矣、安井氏曰、章首至此、皆擧物以比其美、此句螓與蛾・首與眉・相對成文、螓蛾皆爲蟲名審矣、○巧笑倩兮、倩、言巧笑之狀、所謂笑靨也、卽兩頰之笑渦、傳云好口輔、輔是𪙊之假借、口輔卽靨𪙊也、淮南說林訓・𪙊𪙊在頰則好、在顙則醜、說文𪙊頰也、頰面旁也、笑貌之美在兩頰之旁、○美目盼兮、白黑分謂之盼、猶文質備謂之份也、笑之巧不能繪、但於其倩繪之、目之美不能繪、但於其盼繪之、此繪美人傳神訣也、陳啓源曰、盼从目分聲、說文玉篇引詩・及石經皆同、今諸本俱誤作盻、盻从目兮聲、胡計切、恨

視貌、眄从目丏聲、莫甸切、目偏合也、一曰邪視也、盼眄眄三字、音形義俱各別、今人多亂之、

碩人敖敖。說于農郊。敖敖、長貌、農郊、近郊、**四牡有驕。朱幩鑣鑣。翟茀以朝。**驕、壯皃、幩、飾也、人君以朱纏鑣、扇汗且以爲飾、鑣鑣、盛皃、翟、翟車也、夫人以翟羽飾車、茀、蔽也、**大夫夙退。無使君勞。**大夫未退、君聽朝於路寢、夫人聽內事於正寢、大夫退、然後罷、○敖五刀反、說始銳反、幩孚云反、鑣表驕反、茀音弗、

延文本、傳長貌作長也、近郊下、壯貌下、爲飾下、盛貌下、飾車下、後罷下、並有也字、

箋曰、是章言以禮來歸、而不見答以閔之、碩人敖敖者、說文、贅、顤高也、廣雅亦云、贅、高也、引申爲長貌、敖敖當卽贅贅之省借、或曰、敖謷囂音義並同、敖敖言其從如雲、車馬殷轔也、猶選徒囂囂、前說似優、說于農郊、釋文、說本或作稅、稅者車之舍也、方言以舍車爲稅、郭注、稅猶脫也、是以解脫爲義、文王世子云、不稅冠帶、少儀云、車則稅綏、又少儀注、降稅屨、投壺注、旣稅屨、釋文竝云、稅本作脫、文選陸機招隱詩注、脫與稅古字通、是也、又通作說、凡禮記中稅字、釋文竝云、稅本作說、檀弓云、不說齊衰、玉藻云、無說笏、及詩召伯所說之說、釋文竝云、說本作稅、鄉射禮注、今文說皆作稅、是稅說通、周禮典路鄭衆注、說猶舍車也、是皆以舍釋爲義也、傳義葢讀說如稅、故釋文謂毛訓舍也、鄭讀說爲襚者、襚古通作稅、稅與說稅、皆从兌聲、故讀同亦通用、喪服

問・大功之葛、以有本爲稅、鄭注・稅・變易也、古者襚爲贈死之衣、以易其生時之服、蓋亦取變易之義、說之言解脫也、今俗皆以解衣爲脫衣、襚爲易衣、義與脫同、故鄭讀說如襚、安井氏曰、此章不言衣者、以車表衣、既乘翟車、則改服翟衣可知、故不言衣也、鄭以錦非嫁衣、必欲見改服之意、遂改說爲襚、拘甚、此駁是也、毛不發傳者、以甘棠召伯所說傳・已訓爲舍、故無庸再見、農郊當衛之東郊、高注呂覽孟春紀云、東郊農郊也、蓋郊農夫所耕、故曰農郊、齊在衛東、故夫人入竟、舍於東郊、何注莊二十四年公羊傳云、禮夫人至、大夫皆郊迎、是也、傳云近郊者、特因說于此以朝、非農義也、蓋郊有離宮別館、夫人就而稅駕、君亦親迎于斯也、○朱幩鑣鑣、俞樾曰、說文金部・鑣・馬銜也、巾部・幩・馬纏鑣扇汗也、繫傳曰、謂以帛纏馬口旁鐵・扇汗使不汗也、是扇汗之名屬幩、不屬鑣、傳文人君以朱纏鑣爲句、扇汗且以爲飾爲句、扇汗二字乃言其用、非言其名、猶曰既以扇汗、且以爲飾也、後人或卽其用而名之、謂之扇汗、亦謂之排沫、要是幩之異名、陸氏誤以鑣扇汗三字連讀、乃以扇汗爲鑣之異名、則失之矣、續漢書輿服志曰、乘輿象鑣赤扇汗、王公列矦朱鑣。絳扇汗、可知鑣與扇汗・非一物也、俞說得之、清人駟介麃麃、傳、麃麃盛貌、載驅行人儦儦、傳、儦儦衆貌、碩人與清人、皆當同載驅作儦儦、此誤作鑣鑣者、因傳有以朱纏鑣之文・說文玉篇、引詩皆作朱幩儦儦・○翟茀以朝者、車之前後・設障以自隱蔽、謂之茀、因以翟羽爲之飾、蓋厭翟也、厭翟而朱幩、蓋如士昏禮攝盛也、周禮春官巾車、王后之五路、重翟・厭翟・安車・翟車・連車、重翟其羽二重、厭翟次其羽・使相厭也、翟車者・車前之兩旁但飾翟羽・不比次也、王后重翟、上公夫人厭翟、以是爲差、侯伯夫人攝盛用厭翟、其燕出入則當用翟車、箋云、莊姜旣乘是車馬、以入君之朝、皆用嫡夫人之正禮、是也、○大夫夙退、無使君勞者、禮朝廷曰退、燕游曰歸、師役曰罷、朱傳云、國人樂得以爲莊公之配、故謂諸大夫朝於君者、宜早退・無使君勞於政事・不得與夫人相親、朱說得之、玉藻云、朝辨色始入、君日出而視之、退適路寢聽政、使人視大夫、大夫退、然後適小寢釋服、此傳所本也、傳旣本玉藻文・以證大夫退之義、又言夫人聽內事者、君夫人竝有聽政之朝、故帶言之、大夫退則君退適小寢、小寢卽燕寢、而夫人之退適小寢可知也、但外治事繁、內治事簡、夫人退正寢之朝、未必以大夫之退爲節也、君路寢有堂、爲聽政之處、天子諸侯皆二朝、治朝在路門外、大夫朝君於此、君視大夫朝亦於此、其聽朝在路門內之內朝、亦爲燕朝、宗人圖嘉事於此、諸臣復逆亦於此、玉藻言聽政於路寢、而傳變言聽朝者、謂聽大夫朝政之事也、傳於君言聽朝、於夫人言聽內事、於君言路寢、於夫人言正寢、皆互文以明義也、雞鳴傳・東方明則夫人纚笄而朝、卽此夫人聽內事於正寢也、兩傳正是一義、是君夫人各自有朝矣、胡培翬云、古者天子諸侯、有公卿大夫・以襄外治、后夫人有世婦九嬪之屬・以襄內治、故君每日朝群臣於外以聽政、后夫人每日朝群妾於內以治事、正寢・夫人之寢、后夫人皆別有正寢燕寢、下至大夫妻皆然、其制前爲君路寢、次君燕寢、次夫人正寢、次夫人燕寢、天子路寢一、燕寢五、后亦正寢一、燕寢五、諸侯路寢一、燕寢三、孔賈謂燕寢二、非也、夫人亦正寢一、燕寢三、夫人常居在燕寢、每日聽事在正寢、正寢卽夫人朝處、左傳所謂內宮之朝是也、考

毛詩會箋

工記云、內有九室、九嬪居之、外有九室、九卿朝焉、注疏謂・外九室・九卿治事之處、內九室九嬪治事之處、外九室在正朝左右、內九室當在后朝左右、此王后禮、其諸侯夫人、正寢之前・亦當有世婦羣妾治事處、毛傳言夫人正寢、足補禮經之未備、嚴緝云、此詩無一語及莊姜不見答之事、惟大夫夙退二句、微見其意、而辭亦深婉、所謂詩在言外、要從不說處說、又只須從說處說也、

河水洋洋。北流活活。施罛濊濊。鱣鮪發發。葭菼揭揭。庶姜孽孽。庶士有朅。

洋洋、盛大也、活活・流也、罛・魚罟、濊濊・施之水中、鱣・鯉也、鮪・鮥也、發發・盛貌、葭・蘆、菼・薍也、揭揭・長也、孽孽・盛飾、庶士・齊大夫送女者、朅・武壯貌、○罛音孤、濊呼活反、鱣陟連反、鮪于軌反、菼他覽反、揭其謁反、孽魚竭反、朅欺列反、罟音古、鮥音洛、薍五患反、延文本・傳魚罟下・水中下・盛貌下・蘆下・飾下・者下・並有也字、傳貌字作美・卷子古本作美、

箋曰、卒章言齊之可以爲國大援以憂之、北流・河水北流也、齊地西至於河、衞居河之西、則自齊適衞・河界其中、故曰北流活活・齊南枕泰山、西連渤海、東暨瑯琊、皆不備數、獨擧北流之河者、卽夫人來嫁之一面言之、故箋云齊地廣饒也、言齊以河爲界、而姑尤以西、從可知矣、言嫁女則盛稱其所適之國、韓奕之五章是也、言娶婦則盛稱其所出之邦、此詩是也、○施罛濊濊、罛・爾雅注・最大罟也、亦或作孤、古文苑蜀都賦・枚孤施兮纖繳出、注・孤卽罛字、

舟上網也、孤是同音假借、高誘注說山訓云、罟魚网、罛大网、今原道訓言因江海以爲之罟、是設爲極大之网而言、字當作罛、今本淮南及注皆誤作罟、宜據說山訓注改正之、釋文、濊、馬云、大魚網目大豁豁也、韓詩云、流貌、說文云・礙流也、凡網罛施之水中則目張、馬融云大魚網目大豁豁、則以濊濊爲目張貌、是言罛、非言水也、詩此句本承北流活活言、活活之流施罛、則於水似礙、說文此語最善形容、蓋與傳所謂施之水中者・皆兼罛與水言之、施罛水中、有礙水流之貌、說文正善釋毛義耳、韓詩云流貌、與毛義亦相成、蓋施罛水中・有礙水流、而其水仍流、實似礙而不礙也、上洋洋活活・下發發揭揭・皆與目謀、不與耳謀、朱傳罛入水聲、似非古義、○鱣鮪發發、爾雅・鯉・鱣・鰋・鮎・鱧鯇、舍人孫炎皆以爲釋二名、則是以鱣釋鯉、郭氏乃分爲六物、夫爾雅詁訓之書、正名辨物、無庸竝列六魚・不加訓釋、全書無此文例、故毛傳以鯉訓鱣、以鮎訓鰋、至周頌有鱣有鮪、鰷鱨鰋鯉、鱣鯉竝言、似非一物、而箋云鱣大鯉也、蓋頌以多魚爲言、故連類而竝擧之、然則凡鯉曰鯉、大鯉曰鱣、猶小鮪曰鮥、大鮪曰鮪、舊說、鯉脊中鱗一道、每鱗皆有小黑點、從頭數至尾・無大小皆三十六鱗、詩鱣鮪渾言之也、析言之三十六鱗之鯉爲鯉、其大者則爲鱣、崔豹古今注、鯉之大者爲鱣、是也、陸璣郭璞皆謂鮪似鱣、大者名王鮪、小者名鮛鮪、高誘注呂覽季春紀、鮪魚似鯉而小、言似鯉則亦鯉屬矣、發發・躍貌、釋文引韓詩作鱍鱍、說文作鮁鮁、集韻、鱍與鮁同、云魚掉尾也、玉篇土部、墢字與坺同、是犮發古通用、淮南說山・呂覽季春紀注作潑潑、潑字蓋鱍之叚借、又文省作發耳、○葭菼揭揭、葭一名蘆、葦之初生者也、菼一名薍、爾雅注云、似葦而小・實中、邢疏引義疏云、亂或謂之荻、至秋堅成、則謂之萑、是菼亂皆萑初生之名、七月篇八月萑葦、傳亂爲萑、葭爲葦、萑與葦皆已秀之名也、草初生者爲菼、長大爲亂、成則名爲萑、初生爲葭、長大爲蘆、成則名爲葦、分胡承珙曰、夏小正傳云、萑未秀爲菼、葦未秀爲蘆、故豳風七月孔疏云、此二別甚明、碩人疏所引李巡以蘆亂爲一草、自不如孫炎郭璞以爲二草之諦、然此二草形類、本不甚相懸、析言之則別、統言之或亦可以通稱、如爾雅列葭華等草、而總之曰其萌虇、郭注、萑葦之類、其初生者皆名虇、非以其形類相近故乎、大車傳云、菼鵻也、蘆之初生者也、此似以葭菼合爲一草、不知毛意於詩中葭菼對文者、既分釋之、此單言菼、故不嫌於通稱耳、夢溪筆談曰、詳諸家所釋、葭蘆葦皆蘆也、則菼亂萑自當是荻耳、然召南彼茁者葭、謂之初生可也、秦風曰蒹葭蒼蒼、白露爲霜、則散文言之・霜降之時・亦得謂之葭、不必初生、若對文須分大小之名耳、荻芽似竹筍、味甘脆可食、莖脆可曲如鈎、作馬鞭節、花嫩時紫、肥則白如散絲、葉色重狹長而白脊一類・小者可爲曲薄、其餘惟堪供爨耳、蘆芽味稍甜、作蔬尤美、莖直、花穗生如狐尾、褐色、葉闊大而色淺、此堪作障席・筐筥・織壁・覆屋・絞繩雜用、以其柔韌且直故也、古書名字雖多、今世俗只有蘆與荻兩名、揭、說文高舉也、重言曰揭揭、茁然上擢之貌、管子君臣、猶揭表而令之止也、注、揭・舉也、舉有高義、故揭有高義、高則長、卑則短、長亦高義也、故揭有長義、引申之義也、○庶姜孽孽庶士有朅者、言公族之盛・與兵賦之武也、孽孽衆多之貌、長發苞有三蘖用本字、此作孽者叚借字、已伐之木・重生者必不一枝、書盤庚由孽、注・顚木而肆生曰蘗、肄生・枝條衆多之謂也、故蘖有衆多義、庶姜衆多不一人、故曰蘖蘖也、庶姜非媵女、庶士非媵臣、又媵女不是親姪娣、漢儒說禮・必謂夫人之親姪娣、是謬論也、卽以衞莊姜言之、莊公又娶戴嬀生子、則非莊姜之同姓也、而此詩云邢侯之姨譚公維私、則莊姜之姊妹亦嫁于他國、而不來媵也、釋文、朅韓詩作桀、云健也、伯兮詩邦之桀兮、毛傳、桀特立也、特立卽健之義、健亦武壯之貌、朅說文云去也、毛詩朅字蓋皆偈之叚借、廣雅釋詁、偈・健也、伯兮朅兮毛傳云、朅・武也、玉篇人部・偈・武貌、詩曰伯兮偈兮、是朅偈桀三字義近通假之證、春秋時・嫁娶多倚大國爲重、如鄭忽不娶齊女、竟以失國、至其子之廢立、亦視母家强弱、故着此一章、重言齊地廣饒・士庶衆盛如此、而國大堪倚、以竦動之、見莊姜之宜親厚、亦隱諷公也、

碩人四章章七句

氓。刺時也。箋曰、刺時之淫亂也、此漢廣行露野有死麕之變也、宣公之時。禮義消亡。箋曰、此禮義不與相鼠同、表宣公者、繫一人之本也、延文本・宣公上有衞字、淫風大行。男女無別。箋曰、因貿絲謀室家、遂相奔誘。箋曰、送子涉淇、華落色衰。復相棄背。箋曰、華落自桑之落點化來、黃而隕、是色衰也、戰國策・以色交者、華落而愛渝、棄背至于暴也、或乃困而自悔喪其妃

耦。箋曰、君子爲是女序其事也、困、言見棄而身廢也、妃音配、故序其事以風焉。美反正。

刺淫泆也。箋曰、狀其悔過戒人之至切、以風時之淫泆不反者也、辨說謂、故序其事以下非是、其曰美反正者尤無理、龜井氏辨之曰、美反正者、亦刺中之美也、彼善乎是之謂也、若以氓爲棄婦實作之、乃全然無美反正之義、又無刺淫泆之理、若以爲詩人序其事以風焉、正與采薇出車四牡皇華、合體比義、夫采薇者、文王遣戍役也、而爲戍役者之言、以慰其心、氓者君子之所以刺淫泆也、而爲淫泆者之言、以寫其態、采薇首章曰、靡室靡家、玁狁之故、戒之以國家之難也、二章曰、我戍未定、靡使歸聘、厲之以公私之分也、三章曰、王事靡盬、不遑啓處、致之以勤王之節也、四章曰、豈敢定居・一月三捷、風之以攻伐之效也、五章曰、四牡翼翼・象弭魚服、要之以寵命之重也、卒章曰、我心傷悲・莫知我哀、慰之以行役之勞也、以是觀之、通篇雖戍役自稱其勤苦之詞、其意所寓・實文王策勵之者、而不翅其賢勞之閔已、此文王之所以致將士之說・又能訓成之也、故善爲采薇諸篇、則是詩之義如破竹、迎刃而裂矣、嘗試論之、是詩首章序淫夫之情・必若可信之事、次章序迷於不信之人・祇自戀傷之事、三章序色衰身廢・悔恨必及之事、四章序淫夫無賴・女雖貞且勤・亦必不終之事、五章序怨懟雖甚・無所苦愬、徒自痛悔之事、卒章序偕老之誓・雖怨淪骨髓、已自取之・末可如何、爲女子者、不可不深自愼之事、以是觀之、通篇雖棄婦自悔之辭、其意所寓・實詩人感發時人者、而不翅其一婦之刺已、乃所謂美反正者・于嗟女兮無與士耽、女之耽兮不可說也、皆於舊日之惡・深自悔艾、其言之不啻如自其口出、故詩人特排列此句、以勸改厲之美也、此君子所以作是詩以沮勸人也、或曰、夫逃嫁之女、秦政且猶戮之、君子而有美焉乎、曰、是女之過・私約至于頓丘已、其嫁・車迎賄遷、則父母許之、媒妁成之、比卓氏女奔相如者、雲泥間隔、淫風之行、人皆其人也、不可引繩墨正之、衞數世淫放、喪亡將及、則民間之亂、殆有不可道必矣、當此其世、而等此其人、有女克自抑損、此詩人所以美于改也、我聞之、君子之治己也嚴、而不自恕、其於人也、以人論人、故易爲人矣、況衰世不教之民、將焉責之以純美乎、又美其人之可美者而已、人皆知衞之有氓、猶邶之有谷風、而無論其體與事之所殊、唯小序蚤已發之大義矣、○佚音逸、

氓之蚩蚩。抱布貿絲。氓・民也、蚩蚩敦厚貌、布・幣也、**匪來貿絲。來即我謀。送子涉淇。至于頓丘。**丘一成爲頓丘、**匪我愆期。子無良媒。**愆・過也、**將子無怒。秋以爲期。**將・願也、○氓莫耕反、蚩尺之反、貿莫豆反、頓都寸反、將七羊反、延文本・傳蚩蚩下有者字、貌下有也字、

箋曰、唐石經氓作甿、避民字諱而改之耳、猶避世字諱改泄作洩也、氓是民之一名、謂之曰氓、素不相識人也、小爾雅廣言曰、蚩戲也、文選阮籍詠懷詩

注・文古詩十九首注・兩引說文蚩笑也、李善云、嗤與蚩同、據此則蚩蚩爲戲笑貌、此婦人追本男子誘己之時、與己戲笑、己悅之而從之也、正義申毛謂・顏色敦厚、己所以悅之、是亦不以蚩蚩爲鄙詞、朱傳曰無知貌者、說文・蚩・蟲也、釋名・蚩・癡也、文選文賦注、引聲類蚩騃也、蟲本蠢然無知、人之癡騃者似之、狀愚氓以蚩蚩、猶北魏號柔然爲蠕蠕也、然於此詩不通、○抱布貿絲者、布與絲對言、宜爲布帛之布、觀布上加一抱字、明係粗重之物矣、鹽鐵論錯幣篇曰、古者市朝無刀幣、各以其所有易無、抱布貿絲而已、正訓布爲布帛、古之爲市、以其所有、易其所無、故曰貿易、貿・交易也、與買稍不同、毛傳、布・幣也、此幣卽錢幣之幣、若以爲布帛之布、傳不必更訓以幣矣、鄭箋云、幣者所以貿買物也、卽申毛義也、管子曰、珠玉爲上幣、黃金爲中幣、刀布爲下幣、凡可以貿易物者、皆謂之幣、周禮外府、掌邦布之入出、鄭注、布・泉也、其藏曰泉、其行曰布、取名於水泉、其流行無不偏、周語・景王將鑄大錢、單穆公曰、民患輕則爲之作重幣以行之、韋注・錢者金幣之名、所以貿買物・通財用也、古曰泉、後轉曰錢、賈侍中曰、虞夏商周金幣三等、或赤或白或黃、黃爲上幣、銅鐵爲下幣、然則曰布曰泉曰幣、皆一也、周官載師里布注・引先鄭云、里布者・布參印書・廣二寸長二尺以爲幣、貿易物、詩云抱布貿絲、抱此布也、先鄭之說・與毛傳同、○來卽我謀者、卽・就也、遠來而與我謀也、奔誘之事、難於直敘、卻以曲折蟬聯之筆寫出、是時必有謀昏之言、不然安得已有從之之意、遂送涉淇水之地、是時必有迫促之言、不然安得遽有無良媒無我怒、秋以爲期之約、○送子涉淇、至于頓丘、頓丘衞邑、書大傳舜販于頓丘者、蓋因邱而爲名、爾雅釋丘云、丘一成爲敦丘、再成爲陶丘、三成爲崑崙丘、郭璞曰、成猶重也、周禮曰、爲壇三成、爾雅下文又云、如覆敦者敦丘、孫炎曰、形如覆敦、敦器似盂、丘一成之形象也、蓋敦之爲言・堆也、敦訓爲厚、厚重義近、故一重之丘因以爲名、上文言其義、下文擧其形、其實一耳、盂體圓上下相連、敦形似之、鄭注周禮禮記、竝以爲黍稷器、毛詩作頓者、古文之假借、胡承珙曰、春秋時、淇水入河、當在黎陽以西、其黎陽以東之淇水・乃魏武帝於水口下大枋木成堰、遏而東入白溝・以通漕運者也、闞駰曰、頓丘在淇水南、自是淇水尚未入河之處、詩言涉淇而至頓丘、是其地相去不遠、黎陽漢魏郡地、頓丘當在其西、若東郡之頓丘・則在黎陽以東、去舊淇口稍遠、其非詩之頓丘明矣、故酈氏於淇水合宿胥口下・雖言頓丘、而絕不及詩、王氏詩地理考兩引水經之頓丘、漫無區別、又引輿地廣記、以爲澶州清豐縣、亦誤認東郡之頓丘、而不知其非春秋時淇水所經之地也、〇匪我愆期、子無良媒者、蓋氓本欲直奔爲文君、然女則有待於父母媒妁、故至頓丘而反、氓不悅、故女曰、此非我敢愆前約之期也、子無媒而摟我、顧念事情、是謀不得不延數月耳、〇將子無怒、鄭箋・將・請也、傳於此將訓願、將仲子兮・將伯助予・兩將字訓請、請者語氣直、願者語氣曲、故隨文以別言之、秋以爲期者、時正孟夏、故以秋相訂、此婦雖係被誘、然其言曰良媒、曰卜筮、則必猶託於婚姻之正禮以行者也、淫奔安得有媒、私期何必待秋、故難之而故遲之、一回責望、一回安慰、婉轉詭隨、情態可掬、首二章細述其事、畧無廻護、正是悔恨之深、故三章言于嗟女兮無與士耽、此作者首先罪己處、若但知置怨於士、則是到底頑鈍、亦何取

於作此詩、

乘彼垝垣。以望復關。垝・毀也、復關・君子所近也、不見復關。泣涕漣漣。言其有一心乎君子、故能自悔、既見復關。載笑載言。爾卜爾筮。體無咎言。龜曰卜、蓍曰筮、體・兆卦之體、以爾車來。以我賄遷。賄・財、遷・徙也、○垝俱毀反、筮市制反、賄呼罪反、

箋曰、與之期矣、故及期而乘垝垣以望之也、垣・牆也、傳以毀訓垝者、垝毀以疊韵爲義、說文、祪・附祪祖也、毀垣爲垝、與毀廟之祖曰祪・取義正同、復關・關名、男子之所居也、卽目男子託爲之名、猶柳子之言河間也、照上涉淇・表出氓所居、此婦人蓋居朝歌、氓居復關、送子涉淇、送之涉淇而東也、以望復關、引領東望也、○不見復關、泣涕漣漣、復關指氓之身也、漣漣・涕下連續之貌、載笑載言者、氓來則斂淚言笑也、傳云其有一心乎君子者、以釋泣涕漣漣句、云故能自悔者、探後章之意而總釋之、言其初一心乎君子者如此、故其終自悔最深也、故鄭中之曰、用心專者、怨必深、○爾卜爾筮體無咎言以下、皆女語復關之言也、龜以開兆、蓍以揲卦、傳承卜筮言、故釋體爲兆卦之體、體、經傳多專指兆體言、書金縢・公曰、體・王其罔害、體謂卜兆也、玉藻、君定體、

注、視兆所得也、此詩體無咎言、傳兼兆卦言者、兆有體、卦亦有體、洪範七稽疑、曰雨、曰霽、曰蒙、曰圛、曰克、此兆體也、曰貞曰悔、此卦體之上下也、三爾字皆指復關、言爾卜筮兆卦之繇、若無凶咎之辭、當以爾車而來親迎、我亦具我奩裝、乘爾車以遷復關、以禮成昏也、是女雖初私約、夫迎之、妻從之、則父母許之、兄弟可之可知矣、如是則宜若可保室家然、此詩人摸寫之妙也、

桑之未落、其葉沃若。于嗟鳩兮、無食桑葚。于嗟女兮、無與士耽。桑、女功之所起、沃若、猶沃沃然、鳩、鶻鳩也、食桑葚過時、則醉而傷其性、耽、樂也、女與士耽則傷禮義、**士之耽兮、猶可說也。女之耽兮、不可說也。**○葚音甚、于韓詩外傳作吁、耽都南反、鶻音骨、摺本、傳過下無時字、

箋曰、此處應作轉筆、郤另從寬處提起、迂曲遲回、以欷歔出之、立意絕妙、首二句比也、比己之總角容色光澤焉、沃若、潤澤貌、自黃隕之後言之、故曰未落、而又有幾何不落之意、傳沃若猶沃沃然者、隰桑傳、沃、柔也、重言之則謂之沃沃、傳以然字代若字、旄丘傳又以然字代如字、如若同聲、如謂之然、若謂之然、其義一也、桑之沃若、此正卒章所云總角之宴、言笑宴宴、信誓旦旦、不思其反之時也、而事之悔不可追、亦正在此、是爲婦人之詩、故因女工所

起之桑爲喩、卽沃若黄隕・亦不過顔色盛衰之況耳、鄭箋泥於秋期之說、遂分未落爲仲秋、黄隕爲季秋、殊不知貿絲是孟夏時事、桑葚是孟夏時物、若謂沃若是仲秋、其時安得有葚、乃云鳩以非時食葚・與女子非禮行嫁、義殊迂曲、〇于嗟鳩兮、無食桑葚、興也、葚釋文本又作椹、桑實也、古今注・椹桑實也、魏略、楊沛爲新鄭長、積乾椹以禦饑、通鑑、袁紹在河北、軍人仰食桑椹、注、椹・桑實也、桑木類、椹从木、是也、鳩嗜桑葚之甘、則食之不已、猶女愛男情眷之濃、而爲其所誘、故嘆鳩無食桑葚・女無與士耽、于嗟之呼・幾欲提醒一世、故知怨恨是其餘意、爾雅・鶌鳩鶻鵃、郭注・似山鵲而小、短尾、青黑色、多聲、今江東亦呼爲鶻鵃、毛傳云鳩鶻鳩也、是鶌鳩卽名鳩、以其多聲又名鳴鳩、詩小宛傳、鳴鳩鶻雕、雕鵃古字通、亦猶舟周古通用也、又名滑鳩、莊子逍遙遊篇云鷽鳩、釋文引崔譔云、鷽讀爲滑、滑鳩一名滑雕、卽毛傳所謂鶻雕也、左昭十七年疏引舍人曰、鶌鳩・一名鶻鳩、今之斑鳩也、樊光曰、春秋云鶻鳩氏司事、春來冬去、孫炎曰、鶻鳩一名鳴鳩、月令云、鳴鳩拂其羽、爾雅釋文引毛詩草木疏云、斑鳩也、杜陽人謂之斑隹、似鵓鳩而大、項有繡文斑然、故曰斑鳩、高誘呂覽季春紀注亦云、鳴鳩斑鳩也、廣雅謂之鵴鳩、鵴與斑同也、喜以春鳴、故東京賦云鶻鵃春鳴、其背青黑、故今呼之青肩、其膺紫斑、故謂之斑鳩矣、中井氏曰、鳩已在前、此不用別釋、但鳩灰色而聲喁喁者爲本色、其他數種皆其支別、一鳩字包之、古未別制名也、猶猫犬毛色數種而名一也、若祝鳩爽鳩、雖借鳩名、其類夐別、當別論、〇于嗟女兮、無與士耽、士言男子、不必據荀子非相篇・處女莫不願得以爲士語・以爲夫之稱、韓非子・其妻私通於士、其夫早自外來、士適出、用字亦同、凡樂過其節謂之耽、耽又通假作湛、但樂同而美惡不同、鹿鳴之湛、君臣之樂也、常棣之湛、兄弟之樂也、賓之初筵之湛、祭而受福之樂也、雖樂之甚無傷也、氓詩之耽在男女、抑詩之湛在飲酒、則皆爲刺、然獨氓詩之耽、鄭釋爲非禮之樂者、蓋女而耽士、尤失其正、異於諸湛矣、○士之耽兮猶可說也、女之耽兮不可說也者、說・解也、士之荒淫、猶有他善可相掩焉、又雖一失之、後日猶可改而之善也、若婦人以貞信爲節、一失貞信、雖有他善・無足掩焉者、亦不可改新焉、實以一失了一生者、是悔恨之辭、允當其理、勿徒作抑揚之語、

桑之落矣。其黃而隕。自我徂爾。三歲食貧。淇水湯湯。漸車帷裳。隕・隋也、湯湯・水盛貌、帷裳・婦人之車飾也、**女也不爽。士貳其行。**爽・差也、**士也罔極。二三其德。**極・中也、○湯音傷、傳隋字又作墮、唐果反、貌字卷子古本無、延文本無貌字而有也字、摺本車下無飾字、

箋曰、首二句比也、比華落色衰焉、此所以見棄也、○三歲食貧、三歲言久也、猶三歲貫女、食貧猶居貧、箋訓食爲穀食、非也、必先言三歲食貧者、古之人・婦人先貧賤後富貴者不去、詩言食貧、正以不當去之義責之也、此二句正與下章三歲爲婦靡室勞矣相應、○淇水湯湯、漸車帷裳、與前淇水車來・關

照有情、此歸途所經也、寫得景物蕭條、正傷心獨至處、到此不得不露怨恨
矣、箋云、帷裳·童容也、大夫之車立乘、有蓋無帷裳、此言帷裳者、婦人之車故
也、以幃障車之傍如裳、以爲容飾、故或謂之幃裳、或謂之童容、儀禮士昏禮、
婦車亦如之有裧、禮記雜記、其輤有裧、緇布裳帷、是裧與裳帷·爲二物也、蓋
裧在上、而裳帷在下耳、士昏禮言裧、此詩言帷裳、各舉其一、以見其全容也、
○女也不爽、士貳其行者、與男子不相識之初則稱氓、約與婚姻則曰子·曰
爾·親之也、曰復關·諱之也、曰士·欲深斥之、而謬爲貴之也、稱謂變換、俱有用
意處、以下四句、乃反覆深恨之詞、上章謂士猶可說·而深責女、此章謂女尙
未爽·而士已貳、兩路擒來、各有一犯、翻令男子無以服彼婦之口、爾雅釋言·
爽·差也、爽字从㸚、二爻也、二不專一、故訓差、老子云、五味令人口爽、列子黃
帝篇云、昏然五情爽惑、竝以爽爲差也、周語云、實有爽德、又云、言爽日反其
信、韋昭注竝云、爽·貳也、差者·說文貳也、老子云、常德不忒、釋文引顧云、忒·爽
也、漢書賈誼傳注、爽·忒也、爽又訓忒者、忒亦差也、鞫人忮忒、享祀不忒、傳箋
竝云、忒·變也、正義俱引孫炎曰、忒·變雜不一、不一卽貳、貳卽差矣、貳又通作
忒、禮緇衣引詩其儀不忒、釋文、忒本或作貳、周語云、平民無貳、大射儀注·作
平民無忒、忒又作貣、貣忒俱从弋聲、貳亦从弋、貳與忒又俱訓變、故古字俱
通、詩言女也不差、士則差其行耳、與二三其德之二稍異、不然既言士貳其
行、又言二三其德、文義重沓、爾雅說此詩曰、晏晏旦旦·悔爽忒也、郭注曰、傷
見絕棄、恨士失也、是知悔爽忒者·正謂恨士之爽忒其行也、○士也罔極、詩
言罔極者五、惟氓與園有桃傳極訓中也、以蓼莪昊天罔極句準之、極字似

不宜作中解、極字訓至、訓已、訓窮、訓竟、罔極者罔有窮極也、猶言不可測量耳、

三歲爲婦。靡室勞矣。夙興夜寐。靡有朝矣。言既遂矣。至于暴矣。兄弟不知。咥其笑矣。咥咥然笑、**靜言思之。躬自悼矣。**悼・傷也、○咥許意反、又大結反、延文本・傳笑下有也字、

箋曰、安井氏曰、婦・夫婦之婦、謂爲之妻、不必言舅姑有無、靡室勞矣者、言室家之務、無事不爲、未嘗以爲勞也、上章云三歲食貧、故此章序其勞也、二章皆言三歲者、以此婦之勤、三歲之後漸致富足也、靡有朝矣、朝・旦也、謂日出、此承上句夙興夜寐、言已常夙起從事、無有日出始起之事、無有朝矣、則暮亦不早寢可知、靡室勞矣虛序、此實其事也、○言既遂矣、至于暴矣者、言・助辭也、既遂卽既生既育之意、百事既遂、生業得優也、已無失行而見棄逐、故曰暴、○兄弟不知、咥其笑矣、咥・嘲笑之貌、非徒不相恤、更有欺侮嘲弄之意、此婦既待車而徂、則伉儷之義、不與奔者同、又能一心不爽、勤而不勞、亦好婦也、見棄者實氓之暴、而非婦之罪也、兄弟不知我勤於婦道、而見酷暴、以我始見誘、而後見棄、咥咥然笑我、以爲當然耳、牽扯兄弟一筆、分外傷心、○靜言思之、躬自悼矣、言我欲說事之曲折、以自白於兄弟、然是事非舌端所能白、則說之不如不說之之愈、至此百悔萬苦、徒靜思自悼、而怨其躬耳、所

謂不可說也、一靜字、無限淒涼、迴腸欲絕、

及爾偕老。老使我怨。淇則有岸。隰則有泮。泮·陂也、總角之宴。言笑晏晏。信誓旦旦總角·結髮也、晏晏·和柔也、信誓旦旦·猶怛怛然、不思其反。反是不思。亦已焉哉。○陂北皮反、傳信誓二字卷子古本無、猶怛怛三字摺本無、延文本然字作也、

箋曰、及·與也、及爾偕老·卽信誓旦旦之辭、言我與爾誓偕老、而老則棄我、下老字承上文·而言年長容華零落也、非眞老、使字憾極、嚴緝解老使我怨爲擬議之辭、謂止及三年見棄、不應便老、蓋言始也將與汝偕老、今未老而已見棄、若從爾至老、其被暴戾必有甚者、愈使我怨也、殊不知詩言總角之宴、則此女未笄而已奔矣、又言老使我怨、則爲夫婦者久矣、故前章以桑之黃落·自比其色之衰、所謂三歲食貧、三歲爲婦者、言其在夫家貧勞之歲月耳、其下文言旣遂矣·自在三歲之後、久乃見棄、非必三歲便棄也、意氓本宴人、賴此婦車遷之賄·及夙興夜寐之勤勞、三歲之後·漸致豐裕、及老而棄之、故怨之深也、○淇則有岸、說文、岸·水厓而高者、又云、厓·山邊也、巖岸也、是山邊亦名厓、此則指水邊而言也、隰則有泮、蔡啓盛曰、此經文之隰、乃濕之誤字、濕爲水名、本作濕、與隰並從㬎聲、此譌濕成隰、自隸俗變濕成濕、又以濕代燥溼之溼、學者遂不復省、然經例傳箋·各有其明證在、凡詩人之言隰、連文

則原隰、對文則非與山對、卽與阪對、要之莫非虛者、倘與淇之水名對擧、則一實一虛、爲不倫矣、是文例已可見其必作濕也、毛于前邶風簡兮傳云、下濕曰隰、此顧無文、如謂因已見前而可從省、則以後秦風車鄰、又何爲著乎、足見毛固以爲淇濕二水、故淇無釋、而濕亦無釋耳、鄭釋泮爲畔、謂淇與隰皆有涯岸以自拱持、則其本亦是濕而非隰、同以爲二水也、蓋下溼之隰、以釋地李注謂土地窊下常沮洳者、爲最詳盡、與澤之所以異在其中、無流行之水、必不須爲陂障、據漢書地理志、濮陽東武陽俱屬東郡、東武陽下云、禹治濕水、東北至千乘入海、過郡三、行千三十里、是濕在衞初封域之內、又不待詳考可知矣、蔡說得之、毛訓泮爲陂、本是厓岸意、泮字从半、半卽判之古文、分也、畔从田、田與田所由分、泮从水、水與水所由分、所分之處卽涯也、故皆取義於半、鄭以爲借字、云泮讀爲畔、畔、涯也、言淇與隰皆有厓岸、以自拱持、鄭義與毛意實同、此二句比而興也、人生惡機邪緣、盡生于嬉笑靡曼、故禮節防欲、正如隄岸防水、作者因老之失所、以思少之失足、因言淇隰猶有泮岸、人道至大、可任其戲謔放蕩、而無禮節之防閑乎、我則不能自持、相與晏好、而邀以信誓、初不思其反如此也、今日見棄、固其所耳、尙何言哉、淇岸溼泮、作禮義大閑說、則女之耽兮一段、亦有著落、○總角之宴、以下祇自悔其年少不更事、爲人所誘、言笑盟誓、以爲可託終身、而罹今日之慘毒耳、宴如宴爾新昏之宴、安也、樂也、總角、結髮爲兩角也、夾囟曰角、內則云、子事父母、鷄初鳴、盥漱、櫛縰笄總拂髦冠緌纓、內則所陳、皆依事先後、櫛訖加縰、縰訖加笄、笄訖加總、然後加髦著冠也、縰、韜髮者也、士冠禮云、緇纚長六尺、鄭

注・纚一幅長六尺、足以韜髮而結之矣、內則又曰、婦事舅姑、如事父母、櫛縰
笄總、又曰、男女未冠笄者、櫛縰拂髦總角、鄭注、拂髦・振去塵著之、總角・斂髮
結之、是總與總角別、總者裂練繒爲之、束髮之本、垂餘於髻後、以爲飾也、又
曰、將御者齊漱、滓愼衣服、櫛縰笄總角拂髦、此經角拂髦三字皆衍字、前婦
事舅姑、不云拂髦、則婦人無髦、男女未冠笄者言拂髦、主男子言之耳、蓋髦
者子事父母之飾、父沒去左、母沒去右、婦人外成、若有髦則無以爲除脫之
節也、總角男女皆稱之、故齊風甫田傳、總角爲聚兩髦、此詩總角借言少艾、
老言年既長、三歲言久、皆詩之辭也、宜以意逆志、○言笑晏晏、說文、晏・天清
也、漢書郊祀志集注・三輔謂日出清濟爲晏、後漢書陳寵傳・數詔羣僚、宏崇
晏晏、注、晏晏・溫和也、漢書注清濟卽晴霽、晴霽無雲、故有溫和之義、在天爲
溫和、在人爲和柔、引申之義也、○信誓旦旦、說文、旦・明也、葛生箋・東門之枌
箋・板傳・旦皆訓明、旦旦猶之明明也、蓋卽有如皦日之義、阮元曰、傳文信誓
旦旦然、小字本相臺本同、案正義標起止云至旦旦然、又云、定本云旦旦猶
怛怛、考釋文云、旦旦說文作悬悬、說文心部・怛下重文云悬、或从心在旦下、
詩曰信誓悬悬、是許本毛詩經字作悬也、鄭箋之本、字與許異、經字作旦、傳
同、而旦卽悬之假借、故箋云言其懇惻款誠、字爲旦、義仍爲悬、實與許未嘗
不合也、定本改悬用怛、又以爲傳始有此字、乃去傳然字、而以猶怛怛附益
之、皆誤之甚者也、古本作信誓旦旦猶怛怛然、一本作旦旦猶怛怛然、無信
誓二字、皆采正義而又皆誤、○不思其反者、反・反覆也、言旦旦之誓、未始念
及其反覆以至此也、反是不思・卽疊上不思其反、變文以叶下哉字耳、夫始

之合不以禮、則終之反覆必矣、不思其反、反是不思、疊作悵歎、淚盡聲絕、亦已焉哉、蓋無所歸怨之詞也、哉字古讀若茲、與思字韻、此亦以助句之字入韻者、

氓六章章十句

竹竿。衛女思歸也。 箋曰、泉水竹竿、皆衛女思歸之詩也、而有異焉、泉水思歸而已、竹竿之思歸、由於不見荅而思歸宗也、 適異國。 箋曰、泉水曰嫁於諸侯、是文相變、 而不見答。 箋曰、泉水無是句、 思而能以禮者也。 箋曰、以、用也、泉水云、父母終、思歸寧而不得、竹竿亦父母終者也、能以禮、泉水亦同、安井氏曰、泉水序曰、嫁於諸侯、父母終思歸而不得、故作是詩以自見也、夫父母終不得歸寧、禮之常也、然猶且思歸、婦人之常情而已、所謂發於情而止於禮義、猶有可嘉者焉、竹竿序曰、適異國而不見荅、思而能以禮者也、蓋此女賢身既薄命、而能用禮自率、非泉水知非禮而思歸之比也、

籊籊竹竿。以釣于淇。 興也、籊籊、長而殺也、釣以得魚、如婦人待禮以成爲室家、 豈不爾思。遠莫致之。 ○籊他歷反、殺色界反、延文本・傳家下有也字、

箋曰、賦也、首二句思昔遊、而傷其不可再也、籊字祗此一見、此亦但取其音、不必定是翟羽本大末小故从竹爲形聲字、傳云長而殺、謂釣竿長而根大・其末漸漸衰小、衛女之思歸者、述其國俗之樂云、有執竹竿以釣于淇者、我在家時、常出而見之也、傳則以爲興、安井氏曰、傳釋籊籊曰長而殺也、則興意在長而殺上、蓋此婦初與夫相得、既而寵衰、猶竹竿長而殺、故以自喩耳、○豈不爾思、爾字指釣淇而言、思昔游而悲其不可再也、致之・致思也、猶達也果也、家語有致思篇、因義不可歸、而託之於道遠、此風人之蘊藉也、是篇獨格上二句同擧故鄉昔遊、下二句分叙今日情況、

泉源在左。淇水在右。泉源・小水之源、淇水・大水也、**女子有行。遠兄弟父母。**○延文本、傳源下有也字、

箋曰、承上章思字言、故鄉山水、㾓寐在目、而無如終遠兄弟父母何也、在左在右、是記地形・注思于其中而已、朱傳爲自歎其不如二水、非詩旨、水以北爲左、南爲右、水經注・左爲菀水、右則淇水、自元甫城東南・逕朝歌城北、又東屈而西轉、夫衛都朝歌、淇水自其城北・屈而西轉、是亦在衛之西北、其下流乃在西南耳、經文於泉水曰泉源、水經云、泉源水有二源、一曰馬溝、一曰美溝、皆出朝歌西北、詩自其源而言之、故曰在左、淇水詩不曰源、則是目其下流已至衛之西南、故曰在右、○女子有行、遠兄弟父母、言雖道之遠、思或可致、然既已遠兄弟父母、則於禮有不可致思者耳、俗本注疏朱傳・竝作遠父

母兄弟、誤、釋文以遠兄二字作音、可證、王風葛藟・魯頌閟宮・皆母與有韻、小雅沔水・母與友韻、與此母右爲韻正同、或疑父母不當在兄弟下、不知詩人取韻、正不必拘、如蝃蝀次章可證也、

淇水在右。泉源在左。巧笑之瑳。佩玉之儺。 瑳・巧笑貌、儺・行有節度、○瑳七可反、儺乃可反、延文本・傳節度下有也字、

箋曰、淇水在右、泉源在左、反其句而重之、前章受以遠父母之禮、是章受以事君子之禮、巧笑之瑳・佩玉之儺、言既遠父母、移天齊體於君子、雖心馳淇泉間、巧笑佩玉敢失其禮節乎、雖不見荅、不敢鬱陶向隅、是敬慎也、置是二句、而情境之苦大見、此其能以禮者也、巧笑之瑳、巧猶好也、瑳、玉色鮮白、笑而見齒、其色似之、說文、儺・行有節也、引詩佩玉之儺、此用毛義也、內則、進退周旋愼齊、升降出入揖遜、是佩玉之節也、至於隰有萇楚之猗儺、卽小雅隰桑之阿難、毛訓猗儺爲柔順、阿難爲美盛、其義相因、要皆與行有節度之儺異、嚴緝因錢氏柔綏之解、而爲腰身褭儺之說、非此詩之旨也、

淇水滺滺。檜楫松舟。 滺滺・流貌、檜・柏葉松身、楫・所以擢舟也、舟楫相配、得水而行、男女相配、得禮而備、

駕言出遊。以寫我憂。 出遊思鄉衛之道、○滺音由、擢直教反、檜古活反、又古會反、楫本又作檝、子葉反、延文本、

傳貌下備下有也字、葉下有而字、道下有矣字、卷予古本・傳思字作斯、延文本同、鄉即嚮之本字、

箋曰、釋文滺本亦作滺、馬瑞辰曰、滺古止作攸、說文、攸、水行也、从攴、从人水省、戴侗曰、唐本作水行攸攸也、說文又曰枝、秦刻石嶧山攸字如此、是攸从水者即省人、从人者即省水作丨、不應於攸字又加水旁、滺乃俗字、張參五經文字、滺、書無此字、見詩風、亦作攸、是詩古本作攸攸之證、○檜楫松舟、檜通作栝、禹貢杶幹栝柏、與此一也、廣雅云、栝、柏也、栝檜聲轉字通、葉形似柏、故名柏耳、爾雅翼云、檜今人謂之圓柏、王象晉群芳譜、檜・柏葉松身、葉尖硬、亦謂之栝、今人名圓柏、以別側柏、方言・楫謂之橈、或謂之櫂、所以隱櫂謂之𨫒、所以縣櫂謂之緝、釋名、在旁撥水曰櫂、櫂・濯也、濯於水中也、且言使舟櫂進也、又謂之楫、楫・捷也、撥水使舟捷疾也○駕言出遊以寫我憂者、駕、車加馬也、寫猶除也、詳泉水篇、淇・衛水也、松舟所以泛于淇也、今不能歸衛乘松舟遊遨于淇水、憂思不能自勝、故惟欲聊出遊以消是憂耳、此詩全不說不見答之意、但末語著一憂字、使人玩味之而得之、首章言其思也、二章言其分也、三章知分而不怠於禮也、卒章以禮制心、而不自失也、夫遠父母兄弟者我分也、雖不見答、敢失容色於君子乎、然則聊出遊以遺悶耳、欲叙其情、每章先提故鄉遊賞・而後發之、其寂寞無聊、滿腔是歸心者見矣、

竹竿四章章四句

芄蘭。刺惠公也。箋曰、惠公名朔、宣公子、讒殺太子伋代立、國人不服、惠公立四年、左右公子逐之、是詩稱童子、則在出奔以前、亡八年復入、**驕而無禮。大夫刺之。**箋曰、云童子佩觿、刺其稚弱不稱服也、使自知不足、虛以受人、則政可脩・位可固、而乃傲、然自是、見於容儀之間者如此、雖欲效忠而無路矣、刺之仍以冀其悟也、足利古本・刺之下有而作是詩也五字、

芄蘭之支。興也、芄蘭・草名也、君子之德、當柔潤溫良、**童子佩觿。**觿・所以解結、成人之佩也、人君治成人之事、雖童子猶佩觿、早成其德也、**雖則佩觿。能不我知。**不自謂無知、以驕慢人也、**容兮遂兮。垂帶悸兮。**容儀可觀、佩玉遂遂然也、垂其紳帶、悸悸然有節度、○芄音丸、支說文說苑俱作枝、觿許規反、悸其季反、摺本傳草下無名字、延文本、早上有以字、節度下有也字、

箋曰、以弱草之枝垂尖實、興童子之佩成人之觿焉、沈括夢溪筆談曰、觿・解結錐、芄蘭生莢、出於葉間垂之、正如解結錐、疑古人爲韘之制、亦當與芄蘭之葉相似、沈說是也、但支非莢也、支卽枝之古文、說苑修文篇引詩・正作芄蘭之枝、文王本支百世・左氏莊六年傳作本枝百世、史記李斯傳公孫支・左傳本作公孫枝、是也、莢綴於枝上、故擧枝以該實也、陸疏・芄蘭一名蘿摩、幽州人謂之雀瓢、蔓生、葉青綠色而厚、摘之白汁出、食之甛脆、鬻爲茹、滑美、其

子長數寸、似瓠子、李時珍云、葉長而後大前尖、䩨張弓指彄也、此葉後彎似之、程瑤田云、葉油綠色、厚而不平正、本圓末狹、其莢生莖末、長約二寸三四分、兩莢對生、其藤繚曲紛亂、對節生葉、亦對節岐出生條開花、岐條兩股、或一股生葉、一股生花、整齊之中、復參差有致、生花一股、又必再出岐條、然後相對生花、其生葉一股·亦再出岐條、亦又相對生花、其花必小抽岐莖而生兩花、總之岐葉岐條岐花每出必岐、其花五出、偏繞周遭·而中成一孔、空空如也、不見心、亦不見鬚、然五出同本、本作一苞、剝開中藏五鬚、共繞一心、其心蓋卽結角生芄蘭之仁也、世人以其偏繞成形如卍字、故呼卍字花、而誤以爲四出、又呼車輪花、亦象其形也、其花苞有足承之、所謂鄂不也、亦五出、如茉利之花鄂相承然、以上諸說皆祖沈說而引申之、可從、序曰驕而無禮、是不柔潤溫良也、毛傳柔潤溫良·正與驕慢相對、鄭箋云、芄蘭柔弱、恆蔓於地、有所依緣則起、改柔潤爲柔弱、解爲不能獨立之喻、非序傳之意也、却得經旨、○童子佩觿、童子·指惠公也、正義引閔二年左傳·初惠公之卽位也少·杜預云蓋年十五六、以明惠公稱童子之義、內則·子婦事父母舅姑、皆左佩小觿、右佩大觿、下別云男女未冠笄者、但佩容臭而已、故知觿爲成人之佩、注·觿貌如錐、以象骨爲之、正義引尚書注云、人君十二而冠佩爲成人、則似十二以上、此本左傳、又云、要人君雖未十二、亦治成人之事、不必至冠也、此則不然、有冠而後有佩、未冠·何佩觿韘之有、惠公年十五六卽位、必卽位而冠矣、故傳云然耳、○能不我知、能乃一聲之轉、能亦乃也、能不我知、猶云乃不我知也、能不我甲、猶云乃不我甲也、知、知遇也、言禮待之、非知識之知也、言服雖成人、仍是乳臭、乃不依賴我儕舊臣、而自治軍國之事乎、是實大夫之言也、芄蘭垂鱗・依籬落蔓生、故造辭如是、○容兮遂兮悸兮、皆形容之詞、經文三言兮、與婉兮孌兮總角丱兮句法相類、楚辭九章・紛容容之無經、注・飛揚貌、漢郊祀歌亦曰、神之行旌容容、爾雅・烝烝遂遂・作也、注・物盛興作之貌、傳以容爲容儀、而遂謂佩玉遂遂、則容遂二字虛實不同、佩玉二字亦硬添出、朱傳易云放肆之貌、勝舊義矣、此二句言容貌暴慢、而不敬於大臣、卽驕而無禮也、帶・大帶也、古者有大帶、又有革帶、革帶服於要、大帶用組系結於紐、紐者謂帶交結之處・以物穿紐・約結其帶、其紐約之物・用組爲之、組濶三寸、約紐之餘長三尺、與紳齊也、紳・帶之垂者也、革帶所以繫佩、大帶所以束衣、先服革帶、然後加之以大帶、革帶不垂、其垂者乃大帶也、其廣四寸、垂長三尺、若身充勤勞之事、則約帶之餘組・及帶之垂者・斂持在手、若身須趨走・則擁抱於懷也、傳云垂其紳帶、釋經之垂帶、論語拖紳包注・書紳孔注・竝云紳大帶也、鄭司農注典瑞云、晉讀如薦紳之薦、謂臿於紳帶之間・若帶劒也、又白虎通義衣裳篇云、所以必有紳帶者、示敬謹自約整也、皆紳帶連文同義、俞樾曰、說文心部、悸・心動也、有節度之訓・與字義不合、傳說非也、垂帶悸兮、乃刺之而非美之、悸之本義爲心動、引申之則凡物之動者、皆可以悸言之、字亦作痵、一切經音義卷一曰、悸古文痵同、說文疒部、痵・氣不定也、是痵亦有動義也、詩人刺惠公、容兮遂兮・而其垂帶悸然常動、正見其舉動之無節、猶左傳以衰衽如故衰・見昭公之不君、卽小以明大也、

芄蘭之葉。童子佩韘。韘·玦也、能射御則佩韘、雖則佩韘。能不我甲。甲·狎也、容兮遂兮。垂帶悸兮。○韘失涉反、

箋曰、說苑修文篇、能治煩亂者佩觿、能射御者佩韘、又爲說曰、觿所以解結、以象智也、智不足則虛佩觿矣、韘所以發矢、以象武也、武不過人則虛佩韘矣、因知古人凡事垂訓、義兼文武如此、惠公佩愈盛、口愈黃、所以刺之也、傳·韘玦也、釋文·玦又作決、車攻傳、決、鉤弦也、鞲人注云、玦者挾矢時所以持弦也、著右手巨指、鄭箋云、韘之言沓、所以彄沓手指、說文·韘射決也、所以拘弦、以象骨韋系著右巨指、士喪禮設決麗于擊、鄭注·決以韋爲之藉、與說文言韋系合、箋本申傳訓韘爲決之義、手指謂右巨指、孔疏乃以大射朱極三釋之、以手指爲食指將指無名指、誤矣、彄之言·韝也、沓之言·韜也、韝爲指沓、與韘捍爲臂沓·其義正同、是決也·韘也·沓也·異名而同實、以其用以闓弦謂之決、以其用韋爲藉謂之韘、以其用以韜指謂之彄沓、○能不我甲、釋文、甲韓詩作狎、毛詩爲古文、三家爲今文、古文多假借、故詁訓傳以正字釋之、若今文則經直作正字、如能不我狎、是用不就·巠之秝之·磬天之妹·是也、書多方甲于內亂、正義云·鄭王本皆以甲爲狎、此甲狎字通之證、甲言親昵之、人自治事者、不依賴人而可矣、童子惡能不親昵我而獨立乎、觿爲解結之物、故言知、韘是射御之事、故言狎習、是用字之巧也、此詩之言殆過激、惠公將見逐故也、蓋驕而無禮、大臣不親、二公子將奉大子伋之弟以攻之、君子見其

幾、故賦是詩、以切規惠公也、

芄蘭二章章六句

河廣。宋襄公母歸于衛。箋曰、桓夫人被出、或非其罪未可知也、而狄難時・宋桓能使人逆衛遺民於河、又益以共滕之民、而立戴公、是其義也、延文本・公下有之字、于作乎、**思而不止。**箋曰、思襄公也、夫人之思其子、殆無日而不然矣、**故作是詩也。**箋曰、鄭箋謂、宋襄卽位、其母思之而作河廣之詩、正義因以爲衛文公時、非也、衛都朝歌、在河北、宋都睢陽、在河南、自衛適宋必涉河、衛自魯閔二年狄入衛之後、戴公始渡河而南、詩言誰謂河廣一葦杭之、則是作於衛未遷之前矣、說苑、桓公欲立襄公爲太子、辭曰、請使目夷立、公曰何故、對曰臣之舅在衛愛臣、若終立則不可以往、夫不言母之愛子、而託于舅者、恐傷其父之意也、是襄公之心乎母也、夫人雖大歸、而思子不止、所謂天屬綴人心、奚待襄公繼位而後思之乎、衛風十篇、惟木瓜作於城楚邱之後、餘皆惠懿以前之詩也、淇奧碩人明指武莊、考槃芄蘭序以爲刺莊惠、氓序、伯兮箋、咸以爲在宣公之時、惟竹竿有狐箋不言其世、攷衛自廬漕以後、故都山川、皆淪夷狄、而詩言淇水泉源淇梁淇厲、則依然故都之川流也、河廣若作於文公之世、則自衛適宋、不須渡河、朱傳既云衛在河北、宋在河南、則是襄公爲太子之時、又云襄公卽位、夫人思之、則是衞遷於河南之後、其說自相矛盾矣、俞樾曰、按史記十二諸侯年表、宋桓公於卽位後七年娶衞女、其出而歸衞、不詳何年、至二十一年、衞有狄難、其明年衞戴公元年、又明年衞文公元年、至三十年宋桓公始卒、而襄公卽位、於衞爲文公八年矣、使夫人作詩在襄公卽位後、則宋衞同在河南、又何河廣之有、故知夫人作詩、必在宋桓公二十一年以前也、然則序何以稱宋襄公母、不稱宋桓夫人、曰夫人已被出矣、不得以許穆夫人爲比也、考之禮、夫爲出妻無服、而子於出母之未嫁者、仍以父在爲母之服服之、儀禮喪服篇云、出妻之子爲母、是也、夫人見出、已絕於夫、不得復稱宋桓夫人、而出猶未嫁、則其卒也其子仍當服以父在爲母之服、不得謂非宋襄公母也、國史採錄此詩、不云宋桓夫人、而曰宋襄公母、蓋史官之體例固然矣、儀禮出妻之子爲母、此指出而未嫁者而言、此詩國史旣正其名曰宋襄公母、則其終身守義不嫁可知、觀齊桓公歸蔡姬於蔡、未之絕、而蔡人已嫁之、則宋桓夫人之見出也、衞人亦必有以再嫁爲勸者、此詩兩云誰謂河廣誰謂宋遠、惓惓於宋如此、殆亦有之死矢靡它、之死矢靡慝之意乎、

誰謂河廣。一葦杭之。杭、渡也、**誰謂宋遠。跂予望之。**○杭戶郎反、跂丘跂反、

箋曰、葦亦小舟之名、蓋取其葉浮水也、葦字之爲舟名、與刀字同、赤壁賦縱一葦之所如、卽用是詩語也、正義言一葦者謂一束也、蓋謂編葦爲泭、三國

志吳書妃嬪傳、宜伐蘆葦以爲泭、佐船渡軍、是也、然一束葦不得言一葦、王逸楚詞九章注、杭、度也、詩曰一葦杭之、洪興祖補注云、杭與斻同、淮南主術訓、大者以爲舟斻杜梁、高誘曰、方兩小船並與共濟爲斻、毛傳杭渡也、舟所以渡、故謂渡爲斻、始皇臨浙江、水波惡、乃西百二十里、從狹中渡、其地因有餘杭縣、後漢書杜篤論都賦、北斻涇流、章懷注云、斻、舟度也、方言、關而東或謂舟爲杭、注、揚州人呼渡津舫爲杭、荆州呼𣺅、音横、揚子寡見、棲航之力也、音義、航亦作杭、劉向九歎、櫂舟杭以横濿、亦通作航字、○跂予望之、王逸注楚辭九歎、引作企予望之、脚跟不著地曰企、説文、企、舉踵也、跂、足多指也、是企正字、跂同音假借字、小雅如跂斯翼、玉篇人部亦引作企、文選江賦、歎逝賦、王粲贈蔡子篤詩、皆注云、跂與企同、謂其聲同可通借耳、

誰謂河廣。曾不容刀。誰謂宋遠。曾不崇朝。

箋曰、曾、乃也、鄭箋云、小船曰刀、刀亦取其形似也、後人加舟于旁作舠、曾不崇朝者、夙行而可朝食于宋也、蝃蝀傳以崇朝爲終朝、箋云、崇、終也、通篇只說河非廣、宋非遠、而不可往之意、自在言外、并欲往之意亦說不出、章法神品、

河廣二章章四句

箋曰、朱傳載范氏之說、中井氏駁之曰、是時桓公尙在焉、出婦萬不得往者、卽在襄公卽位後、亦既絕于廟、不得往矣、倶不得以夫人不往爲義褒

之也、所謂爲襄公者、生則致其孝、亦不詳何事也、沒則盡其禮、殊不可曉、儀禮喪服、出妻之子爲父後者、則爲出母無服、傳曰、與尊者爲一體、不敢服其私親也、士大夫爲父後者尚然、況國君奉社稷宗廟、烏得服焉、其他又無可盡之禮、通典載庾蔚之議、引晉制爲出母假二十五月、是終其心喪、又宋史禮志・仁宗景祐二年、詔聽解官以申心喪、是爲父後者、爲出母得行心喪、此則禮以時殊、說經不可以今律古耳、黃以周曰、出母之事不一轍、服亦不一例、古者婦人有七出例、出之者非終絕之也、出而有反者矣、夫出妻未必絕妻、妻自不可以絕夫、子尤不可以絕母、故夫出其妻、妻待反于母家、子尤日夕冀其反、其夫或感妻之悔過・子之思親、卒反之如故、妻雖曰出、與未出同、其卒也子以正服服其母、其或夫不卽反、而妻遽卒於母家、夫逆其喪而歸、爲之殯廟祔姑、則有若杞桓公之於叔姬者、其子卽爲父後、亦當服以杖期・與正服同、其或夫亡終不反、而妻猶守節母家、不終嫁他人、則有若宋襄公之母者、是謂出妻、出妻之子、爲其母杖期、而爲父後者、則不敢服出母以廢宗廟之祭、其又有夫出其妻而未絕・妻卽改嫁、則夫妻之道滅、卽母子之情亦薄、則有若齊桓公之蔡姬者、出而又嫁、義同嫁母、嫁母無服、要之爲出母之不失節者・當爲之服、故曰無所失道、而禮宜從隆、杖期章曰、出妻之子爲母、出而猶稱曰妻、兩未絕也、故其歿也得與父在爲母同服、絕則于夫無妻名、于子卽無母服、故子思曰、爲伋妻者爲白母、不爲伋妻者不爲白母、此欲以絕不絕定服不服、出而未絕、妻之名猶存、其子自有母服、其剖析出妻之子爲母、細入豪芒、而當時行出母服者、概以杖期、至子思爲之一變、故記曰自子思始也、凡曰自某某始者、皆記禮自此變、其或變而失、或變而得、隨文見義、初不一科、記言自魯昭公始、自齊桓公始、自趙文子始、自季康子始、皆譏辭、自史佚始、自子思始、皆非譏、史佚以義起、子思以義斷者也、或曰、出妻其可以卒反乎、出妻沒、夫逆喪歸、豈卽廟祔乎、曰、小記有云、女子未練而出、未練而反、既練而出、既練而反、此出妻復反之說也、古者臣之出疆、女之出適人、妻之出歸于母家、皆有待反之義、臣之出也收田于三年、女之出也反馬于三月、妻之出也亦必有年、但未聞耳、知出妻有待反之義、可無疑于古人出妻之多矣、出妻之反不反、權主於夫、夫不反則與廟絕、如鄭伯姬之絕於鄭、不書逆喪、是也、杞桓公逆叔姬之喪以歸、將以廟祔之也、古者婦人不廟祔・則反其喪于母家、未有逆其喪而不廟祔者矣、或曰、舊說、嫁母杖期・與出母同、今言出母而嫁・與嫁母同無服、何歟、曰經本無嫁母杖期之文、杖期章云、父卒、繼母嫁從、爲之服、此爲從嫁母而寄育者言之耳、其不從・固不服也、漢石渠議・蕭太傅云、父卒母嫁、當服期、韋元成以爲・父沒則母無出義、王者不爲無義制禮、宣帝詔曰、婦人不養舅姑、不奉祭祀、下不慈子、是自絕也、故聖人不爲制服、元成議是、玆其徵矣、或曰、舊說、孔氏三世出妻、其說然歟、曰、孔子未嘗出妻、伯魚未嘗喪出母、檀弓言伯魚期哭之甚、欲正以父在爲其母期之常制爾、子思言先君子喪出母、謂孔氏先世之有賢德者、原非指斥孔聖、若夫伯魚年五十卒、其妻斷無嫁人之事、要之孔子伯魚皆未出妻、所謂先君子者、別有所指、但未可質言也、伯兮。刺時也。箋曰、刺時之多怨曠也、伯兮有狐首序廣序、竝有時字、其義各殊所指、言君子行役。箋曰、君子言夫也、爲王前驅。過時而不反焉。箋曰、序云刺時、鄭箋以魯桓五年衞宣十三年二國從王伐鄭實之、是也、是役也王爲主、而衞人屬焉、故不專刺宣公、而云刺時也、從王伐鄭、於義甚正、而序以爲刺時者、刺其過時也、鄭在衞之西南、而詩言東者、時三國從王、必會兵東都乃行、非謂鄭在衞東也、朱子以鄭在衞西疑之、又云無明文可考、然則春秋非明文邪、若但是衞國用兵、何以有爲王前驅之語、或又因自伯之東一語、乃引春秋莊六年王人救衞、謂之東者、東與齊戰、不知王人救衞、非爲王前驅、一戰卽罷、亦非過時不歸也、自當以鄭箋爲正、〇爲于僞反、

伯兮朅兮。邦之桀兮。伯、州伯也、朅、武貌、桀、特立也、伯也執殳。爲王前驅。殳長丈二尺而無刃、〇朅丘列反、殳市朱反、爲于僞反、延文本傳貌下有也字、摺本傳無尺字、

箋曰、傳伯州伯也、州當作叔、叔字古作尗、與州相似、故寫誤耳、爾雅釋詁、伯長也、長訓尊也、君也、上也、率也、是皆以主爲義也、小雅、將伯助予、毛傳、伯、長也、周禮序官宮伯注同、古人官之長者稱伯、年之長者亦稱伯、故詩侯主侯伯、傳、伯、長子也、曲禮云、五官之長曰伯、王制注、殷之州長曰伯、此皆伯施於

官之長也、伯叔尊稱、詩人多用之、此詩婦人之尊其夫、故以伯兮呼之、朅、見
碩人末章、卽偈之通假、玉篇人部、偈武貌、詩曰伯兮偈兮、莊子天運、又何偈
偈乎、釋文、偈偈用力之貌、桀、才過人之稱、玉篇人部、桀、英傑、詩曰邦之傑兮、
毛詩作桀、古文之假借、三家今文作傑爲正、文選海賦注、引毛傳亦作傑、閒
居賦注同、邦之桀本朅字來、蓋果敢剛毅、一國未能或之先也、○伯也執殳、
殳爲戟柄之稱、方言、三刃枝、南楚宛郢謂之匽戟、其柄自關而西謂之柲、或
謂之殳、是也、又爲杖之別名、周禮司戈盾、祭祀授旅賁殳、說文、殳以杖殊人、
是也、禮、殳以積竹爲之、八觚、長丈二尺、建於兵車、是詩執殳是也、徐鍇謂、積
竹者、削去白、取其青合之、取其有力、是殳用竹也、考工記、廬人爲殳、廬人實
攻木之工矣、旣云積竹爲之、則純用竹矣、而廬人爲之者、竹木同類、不必別
置工也、正義云、冶氏爲戈戟之刃、不言殳刃、是無刃也、考工記注云、戈殳戟
矛、皆插車輢、此云執之者、在車當插、用則執之、此據用以言也、輢、車旁也、爲
王前驅、非必王眞在行、以諸侯之命供王役、卽爲王也、執殳前驅、亦只婦人
想見其夫如此、東方千餘騎、夫婿居上頭、是婦人極喜情事、忽見陌頭楊柳
色、悔敎夫婿覓封侯、是婦人極楚情事、此詩具此兩情、

自伯之東。首如飛蓬。婦人夫不在、無容飾、豈無膏沐。誰適爲容。

適、主也、○延文本、傳飾下有也字、

箋曰、蓬、草名、見騶虞篇、蓬草叢生、風飛散亂、故以髮似之、管子形勢篇、飛蓬之問、不在所賓、尹注、蓬飛因風動搖不定、是也、程瑤田釋蓬曰、一幹之上、枝條橫生、以數十計、長者至二尺餘、枝上生稚枝、密排細葉、蓓蕾布生、葉中著稚枝、上稚枝上更有復生碎枝者、亦花葉相間如稚枝、其稚枝近幹處、必有一大葉承之、蓓蕾作花、綠瓣五出、中有五鬚、鬚末黃蘂如貝形、其蘂開後一日便落、五出旋合而作房結實、以五出者冪之、啓其冪、一子橫其中、似芝麻而小、唐書食貨志、懿宗時、自關東至海大旱、冬蔬皆盡、貧者以蓬子爲麪、槐葉爲齏、荀子云、蓬生麻中、不扶而直、以其生曠土、非扶之不能直也、漢書司馬遷傳注、師古曰、藜草似蓬、藜亦多稚枝、然茂密之中、自有條理、不似此物之劵如亂絲、故莊子以謂、猶有蓬之心、淮南子見飛蓬轉、而知爲車、商子飛蓬飄風而行千里、乘風之勢也、劉向說苑云、秋蓬惡於本根、而美於枝葉、秋風一起、根且拔矣、埤雅云、其葉散生、末大於本、故遇風輒拔而飛、余案、蓬之幹草本也、枯黃後其質鬆脆、近本處易折、折則浮置於地、受風旋轉不定、故法之爲車輪焉、大風擧之、乃戻於天、故言飛蓬也、蓬飛時、葉已黃而隕矣、存者但有枯枝、髮亂如飛蓬、如其枝之亂也、說苑言拔、埤雅言、葉言拔、皆考之不審矣、曹植詩云、吁嗟此轉蓬、居世何獨然、又云、願爲中林草、且隨野火燔、糜滅豈不痛、願於根荄連、可見蓬轉而飛、不得與根荄連、是折而非拔也、司馬彪詩云、秋蓬獨何事、飄飄隨風轉、長飈一飛薄、吹我之四遠、搔首望故株、邈然無由返、若蓬之飛、由遇風而拔、則故株隨枝而逝、安得云搔首望故株耶、史記老子韓非列傳、君子得其時則駕、不得其時則蓬累而行、余謂、駕也、蓬累也、卽古詩所謂乘車戴笠也、此蓬字指謂蓬實、蓬實形如仰笠、今之涼帽笠子、俗猶呼之爲涼蓬也、莊周書蓬心之言、余嘗疑之、今案爾雅、螟倉心、螣倉葉、蠹倉根、賊倉節、心節之義殊異、因知心言莖之末生穗處、節言莖之中閒生葉處也、心正其生意所聚、凡草未萼時、莖末生無數碎葉、其滋長也在是、其作萼也亦在是、所謂心也、蓬一本五六十莖、莖必有一心、多而且亂、蓬心云者、言其意念無所專主也、○豈無膏沐、誰適爲容者、膏以澤髮、沐、瀋也、瀋、米汁也、可以去髮之垢、故名瀋爲沐、是指沐之物、非沐之事、故與膏並言、而以豈無總之、適、主也、適是專一嚮望之意、言我髮散亂寒悴、非無膏沐、無心用之、是亦以禮自防也、杜子美新婚別、羅襦不復施、對君洗紅粧、卽本此、容、謂容飾也、

其雨其雨。杲杲出日。杲杲然日復出矣、**願言思伯。甘心首疾。**甘、厭也、○杲古老反、厭於豔反、

箋曰、其者將然之辭、其雨其雨、與易其亾其亾、繫于包桑、字法正同、杲杲、日出之貌、故玉篇云、杲、日出也、管子內業篇、杲乎如登於天、尹注、杲、明貌、楚辭遠遊、陽杲杲其未光、與此杲杲同、鸛鳴于垤婦嘆于室、雨則想旅途之苦、哀歸期之延、晴則反之、其雨憂將雨也、出日喜方晴也、將雨則晴、方晴則雨、悵望之間、徒過時月、杳然而無歸日、與瞻彼日月悠悠我思一意也、序言過時而不反、卽是、○願言思伯甘心首疾者、願猶懷也、首疾、頭痛也、猶言疾首、言

憂思之苦、本不能堪、而令人首疾也、但我則思而又思、寧甘心於首疾・而不辭耳、甘心・不辭避之甚也、鄭箋・我念思伯、心不能已、如人心嗜欲所貪、口味不能絕也、厭飫饜之古文、訓爲飽爲滿、首疾人所不滿也、思之至於首疾、而亦不以爲苦、不以爲悔、若如是思之而始滿意者、此毛義也、甘心至首疾而不悔、則思之不能已可知、雖首疾而心亦甘、則其思之如貪口味、心不與他事親、唯以思伯爲悅、是鄭申毛、非易毛也、

焉得諼草。言樹之背。 諼草令人忘憂、背・北堂也、 **願言思伯。使我心痗。** 痗・病也、○諼況爰反、痗音每、又音悔、延文本・傳人下有善字、憂下有也字、

箋曰、諼草樹背上、猶云石闕生口中也、焉得二字、空中翻弄、靈幻之極、蓋諼草假設之名、非眞有此草也、背・肩背之背、非指北堂也、其必欲得善忘之草、而種之背者、背與心連、種之近心之地、欲以忘心中之憂、故下文承之曰、願言思伯、使予心痗、陸士衡詩・焉得忘歸草、言樹背與襟、岑嘉州詩・離憂不可忘、襟背思樹萱、皆合詩旨、傳諼草令人忘憂、釋文云、令人力呈反、善忘亡向反、又如字、爾雅釋文引詩云、焉得蕿草・毛傳云蕿草令人善忘、是釋文本無憂字、正義云、諼訓爲忘、非草名、故傳本其意、言焉得諼草、謂欲得令人善忘憂之草、此正義本忘上有善字、與延文本合、其仍云忘憂者、以鄭說爲毛說、凡正義以爲毛鄭不異者、其自爲文每如此、非傳有憂字也、爾雅翼云、衛之君子行役、過時不反、其婦人思之、則心痗首疾、思欲暫忘之、而不可得、故願

得善忘之草而植之、庶幾漠然而無所思、然世豈有此物哉、蓋亦極言其情、說者因萱音之與諼同也、遂名萱以爲忘憂之草、蓋以萱合其音、以忘合其義耳、然忘草可也、而所謂忘憂憂字、何從出哉、據此羅所見傳本・亦無憂字、故於忘憂之名、但引說文・養生論・博物志・以爲皆諸儒附會之語、可謂善讀詩者矣、爾雅備列草名、而但有諼訓、別無諼草、考槃永矢弗諼・淇奧終不可諼・皆訓忘、詩意本謂、欲暫忘思伯之心、而不可得、故思焉得能忘之草而植之背、其憂字鄭箋添出、不必定謂是忘憂也、說文以諼與藼同音、遂以諼爲草名、因以爲忘憂草、無論諼之非萱、卽以萱言之、何以能令人忘憂、況萱草蘇頌圖經云、俗謂之鹿葱、味甘而無毒、李時珍曰、今東人採其花跗、乾而食之、名爲黃花菜、是萱草處處有之、詩何爲言焉得、焉得者以其必不可得也、惟其必不可得、故下仍接之曰、願言思伯云云、則非實語明矣、朱傳謂諼草合歡、食之令人忘憂、是因諼草連引合歡、非以合歡解諼草也、然增食之二字、古無此說、夫以諼爲草名、誤也、又因而誤以諼草爲萱、又因而誤以萱爲忘憂草、又因而誤以爲食之令人忘憂、以誤及誤、其稠疊如此、傳背北堂也者、古背北同字、吳語曰、吳師大北、韋昭注、北・古之背字、是也、釋名、背・倍也、在後稱也、背爲在後之稱、故正義言、背者嚮北之義、毛以經但言背、未言所在、故以北堂釋之、古人居室之制、前有堂、後有房、有室、室西、房東、入處扗於室、治事扗於房中、房扗堂北、謂之北堂、室之北有北牖、房之北有北階、北階下有餘地可樹草、北堂正指北堂階下、後世所謂後庭也、然以背爲北堂、恐非詩人之旨、○使我心痗者、不唯首疾也、二心字二首字相照、甘心而念念不止故心痗、首如飛蓬則首疾亦易發、此章下二句、申說上二句、言安得善忘之草而種之於背乎、何則願言思伯至於心痗、他無忘憂之方故也、只如是解、自有餘味、朱傳認詩人假設之語爲眞、頓覺索然無味、至云至於心痗而不辭、則泥上章甘心首疾之語、以爲一例、尤覺牽强、試思願言思伯使我心痗、安見其有不辭之意乎、

伯兮四章章四句

有狐。刺時也。箋曰、刺時之多喪耦也、詩人狀女與男爲室家之辭、見男女昏失時、以刺在位之不爲民計也、是桃夭摽有梅之變、**衛之男女失時。**箋曰、二十三十嫁娶之時、**喪其妃耦焉。**箋曰、喪亦失也、謂失其妃耦之道・不得早爲室家、故正義云、久而無匹、非先爲妃而相棄也、此語甚明、曰男女・皆未昏嫁之稱、初非寡婦鰥夫之謂、○妃音配、**古者國有凶荒。**箋曰、凶飢荒亂也、**則殺禮而多昏。**箋曰、大司徒以荒政十有二聚萬民、十曰多昏、此殺禮專指昏禮、○殺所戒反、**會男女之無夫家者。**箋曰、會・計也、男未娶・女未嫁、不得成一夫之家也、**所以育人民也。**箋曰、釋文云、所以育民人也、本或作蕃育者非、正義本有蕃字、鄭箋云、育、生也、長也、序唯無蕃

字、故箋兼二義釋育、釋文本是也、衞國無政、使民喪其妃耦、無爲生生、君與國政、覗乎莫之憂恤、故引古禮以責之也、人民卷子本旁書本作民人、

有狐綏綏。在彼淇梁。興也、綏綏、匹行皃、石絕水曰梁、**心之憂矣。之子無裳。**之子無室家者、在下曰裳、所以配衣也、○綏音雖、延文本、傳皃下者下、並有也字、

箋曰、比也、綏綏垂尾皃、狐獨行於水之梁、失其所也、以比男子失時屏營焉、齊風雄狐綏綏、吳越春秋塗山歌綏綏白狐、皆指一狐言、傳匹行皃者、匹、單獨之稱也、爾雅釋宮、隄謂之梁、郭注云、卽橋也、又石杠謂之徛、郭注云、聚石水中、以爲步渡、彴也、孟子曰、歲十月徒杠成、或曰今之石橋、郭知隄卽橋者、隄本積土防水之名、梁亦爲隄以偃水、故周語云川不梁、又云十月成梁、因知隄梁無論上石、皆可爲矣、徛者、玉篇、舉足以渡也、廣雅云、徛、步橋也、是徛本渡水之名、因以爲步橋名、石杠今南方謂之石步、毛傳石絕水曰梁、絕者渡也、以石渡水爲梁也、卽是爾雅之石杠、石杠亦梁也、故得通稱、○心之憂矣、之子無裳者、婦人見而憂其無爲作裳者、國敝民貧、人無室家、景色如見、言之子無裳、而不言願爲縫裳、亂離雖迫、廉耻猶存也、傳云之子無室家者、左傳言男有室女有家、是知傳無室家者、實合下章言之、亦兼男女言、古者上衣而下裳、以喻先陽而後陰、首章無裳、蓋以喻男之無妻、二章傳帶所以申束衣、婦人繫屬於人、無帶示無所繫屬、蓋以喻婦女無夫也、三章無服、乃統男女言之、然則以心之憂矣、爲詩人憂之、似失經旨、

有狐綏綏。在彼淇厲。厲、深可厲之旁、心之憂矣。之子無帶。帶所以紳束衣、〇厲力滯反、延文本·傳旁下衣下·並有也字、

箋曰、厲本涉水之名、傳以可厲之旁爲厲、猶今人稱渡口爲渡耳、傳意以水表岸也、然其說甚爲迂曲、故說者皆不從、或曰、厲當从廣雅訓方、廣雅云、隒厓厲·方也、又曰、邊厓㫄隒、方也、方亦㫄也、隒厓厲皆在㫄之名、故皆訓爲方、是淇厲爲淇水之厓、俞樾曰、厲者瀨之假字、說文水部、瀨·水流沙上也、從水賴聲、賴與厲古音相近、史記、老子者楚苦縣厲鄉曲仁里人也、正義曰、厲音賴、晉太康地記·苦縣城東有瀨鄉祠、論語子張篇·未信則以爲厲己也、釋文曰、厲鄭讀爲賴、漢書地理志·厲鄉故厲國也、師古曰、厲讀曰賴、皆其證也、瀨從賴聲、故得以厲爲之、史記南越傳·故歸義越侯二人爲戈船下厲將軍、徐廣曰、厲亦作瀨、此經厲字正與彼同、淇厲者淇瀨也、楚辭湘君篇、石瀨兮淺淺、瀨爲水流沙石間、當在由深而淺之處、漢書司馬相如傳、北揭石瀨、師古曰、石而淺水曰瀨、是瀨爲水淺之處、易曰、小狐汔濟、濡其尾、是水淺之處、狐得涉之也、上章石絕水曰梁、爲水深之所、次章言厲、爲水淺之所、三章言側、則在岸矣、立言次序如此、俞說是也、此若但訓水旁、與側無別、若水經注所引沙州記·吐谷渾於河上作橋·謂之河厲、自是方俗之命名、不足以證經也、〇之子無帶者、首言無裳、尚有衣也、次言無帶、無以束衣也、卒言無服、則衣亦無也、逐句而歷言其寒窶之甚也、傳紳束者、鄭注內則云、紳大帶、所以自

紳約也、紳約卽紳束也、

有狐綏綏。在彼淇側。心之憂矣。之子無服。言無室家、若人無衣服、○延文本・傳服下有也字、

箋曰、是詩以三無爲叙、而梁厲側・會韻耳、然求而彷徨之意、全寓於是三字矣、無服言其衣服之不備也、之子自無裳無帶無服、何預伊事、而彼爲之憂、因其言以探其所不言、而風人之情得矣、

有狐三章章四句

木瓜。美齊桓公也。箋曰、附錄也、置之編末、所以終三衞焉、衞之再興、齊桓之盛功偉德也、**衞國有狄人之敗。出處于漕。**箋曰、一事三出、皆變其文、**齊桓公救而封之。**箋曰、首稱齊桓公、廣辭又冒齊者、異國故也、它有許穆夫人魯莊公、皆同、楊龜山曰、齊桓攘夷狄而封衞、未嘗請命於天子、是專封也、不知漕與楚丘、本屬衞地、在齊桓亦不過戍之城之而已、春秋書城楚丘不言封、紀實也、**遺之以車馬器服焉。**

箋曰、此句與詩映帶而擧之、左傳衛立戴公以廬于漕、齊桓公使公子無虧、帥車三百乘・甲士三千人以戍漕、歸公乘馬祭服五稱・牛羊豕雞狗皆三百・與門材、歸夫人魚軒重錦三千兩、戴公卒、文公立、齊語曰、齊桓公又城楚丘以封之、與之繫馬三百、唐石經・摺本・並之下無以字、衛人思之。箋曰、與異國對、故衛風稱衛人、欲厚報之。而作是詩也。箋曰、厚報言傾國家勤齊、此詩大意只是受人之施・難以爲報、卽小以見大耳、若必謂對薄施者而言、則是先有見薄之心、又以己之厚、愈形其薄、恐厚於報人者・亦不應如是立言、左傳曰、衛國忘亡、衛人感桓公之德、設爲瓜瓊不等之喩、以致無已之情、雖不及感恩一語、而感恩無已之意・畢見於言下、此詩之善言情也、

投我以木瓜。報之以瓊琚。木瓜・楙木也、可食之木、瓊・玉之美者、琚・佩玉名、匪報也。

永以爲好也。○瓊求營反、琚音居、楙音茂、好呼報反、延文本・傳之木下・美者下・並有也字・

箋曰、三章一意、並虛擬之詞、言有人貽我以木瓜、其恩意感刻不忘、我欲報之以瓊琚也、惠有大於木瓜者、卻以木瓜爲言、是降一格襯托法、瓊瑤足以報矣、卻說匪報、是進一層翻剝法、考工記・弓人取榦之道七、木瓜次之、是其木中弓材矣、詩之木瓜謂實、故毛又云可食之木、木瓜實似瓜、故名木瓜、若桃李既是木名、元無所用木字、但承首瓜稱木瓜而爲言、故連下木字以取對耳、詩中如此類甚多、不可泥、爾雅・楙・木瓜、郭注云、實如小瓜、酢可食、蘇頌

曰、春末開華、深紅色、其實大者如瓜、小者如拳、呂記引徐氏曰、瓜有瓜瓞、桃有羊桃、李有雀李、此皆支蔓也、故言木以別之、漫引後世小說異名以證詩、詩人之意豈如是乎、○報之以瓊琚、瓊从夐、以夐絕夐高義例之、瓊乃玉之夐異乎常玉者、故傳云瓊玉之美者、瓊是玉之美名、非玉名也、此與應劭云瓊玉之華者同義、瓊爲玉之美者、因而引申、凡玉石之美者、通謂之瓊、詳齊風著篇、佩有璜有珩有琚、琚處佩之中、所以貫蠙珠、而上繫於珩・下維璜衡牙者也、雜佩謂之佩玉、亦謂之玉佩、故鄭風言佩玉瓊琚、秦風言瓊瑰玉佩、一也、傳云琚佩玉名者、雜佩非一、其中有名琚者耳、○永以爲好也、傳不解好字、蓋以爲親好也、凡詩數章・章各有意、而此篇別無淺深、正以其一唱三歎、而意猶餘於辭之外、乃見其銘德之深也、重在永以爲好、言贈以微物、猶當厚報・永好爲期、況同再造、而我無尺寸相酬、惟有世世子孫・玉帛相見齊廷、誓與永好而已、語複而意無窮、正於含蓄處見之、

投我以木桃。報之以瓊瑤。 瓊瑤・美玉、 **匪報也。永以爲好也。** ○瑤 音遙、

箋曰、木桃卽桃實也、樹桑樹檀語例同、王逸離騷注、石次玉曰瑤、詩曰報之以瓊瑤、傳美玉蓋美石之譌、上章正義、以傳琚言佩玉名、瑤言美石・玖言玉名、三者互文、是孔所見傳本作美石、呂記引傳、尙作美石、周禮享先王、太宰贊王玉爵、內宰贊后瑤爵、禮記、尸飮五、君洗玉爵獻卿、尸飮七、以瑤爵獻大

夫、瑤次於玉、當爲美石、大雅公劉詩亦言維玉及瑤、皆瑤異於玉之證、

投我以木李。報之以瓊玖。瓊玖・玉名、**匪報也。永以爲好也。**孔子曰、吾於木瓜見苞苴之禮行、○玖・音久、苴子餘反、延文本・傳行下有也字、

箋曰、木瓜最大、而桃、而李最小、是詩之叙也、琚・佩中長博而方者、蓋玉石並用、而瑤也玖也皆佩琚之材也、段玉裁云、王風傳玖石次玉者、說文、玖、石之次玉黑色者、今此傳作玉名、乃玉石之誤耳、玉石見楊雄蜀都賦・漢書西域傳、師古曰、玉石、石之似玉者也、段說不然、惟本作玉名、故正義必引丘中有麻傳玖石次玉、以明其非全玉、若文云玉石、不必爲是別白之辭矣、傳於章末引孔子語、以總釋全章、蓋木瓜桃李、皆苞苴之果實也、鄭箋以果實相遺者・必苞苴之、尙書曰厥苞橘柚、曲禮苞苴問人、所謂苞苴之禮行者、物薄而用可重之謂也、遺之以道・則感人極深、三木必得三瓊、此其禮行也、胡承珙曰、朱子以是詩爲男女贈答之詞、謂美桓之說、於經文無所據、不知衞人戴桓之德、實有難於報稱者、故作此詩以致其意、詩乃詠歌之文、非紀事之史、安得盡著實跡於篇中哉、劉瑾又駮序云、齊桓之德・豈可僅比于草木、衞人之報・何乃自擬于重寶、不知作者之旨・正以人當薄遺厚報、故設爲瓊瓜不等之喻、言若有厚于此者、報當何如、此尤詩人微婉之意也、且傳引孔子曰、吾於木瓜見苞苴之禮行、孔叢雖非眞古書、然如此等・已先見於毛傳、當必

有所受之、昭二年左傳・衛侯享韓宣子、北宮文子賦淇澳、宣子賦木瓜、使果爲男女贈答之私、則何以謂之行禮、而名卿燕享・安所取之、若謂賦詩斷章、則孔叢所引孔子之言、自二南至采菽、皆實據詩義、與古序相符、何獨於木瓜節取焉、至賈誼新書禮篇以木瓜爲下報上、此則因施報之義・而推廣之耳、未可爲此詩正詁也、

木瓜三章章四句

衛國十篇三十四章二百三句

箋曰、衛多君子、於詩可見、如淇奧之武公、固非諸國所有、而文公興衛、亦卓卓可稱者、其餘如凱風之七子、乘舟之二子、北門之忠臣、干旄之賢大夫、簡兮之賢者、考槃之隱君子、豈不特然於一世、又有賢婦人六人、莊姜共姜許穆夫人宋桓夫人泉水竹竿之女是也、而燕燕之全淑愼、伯兮之守專一、雄雉之知德行、又在六婦人以外、然則衛不特多君子、亦可謂多賢婦人矣、仁井田氏曰、周家之封魯衛也、分之以寶器、附之以舊族、命之以訓誥、二侯敬奉、而申之以德禮、化行俗成、亦爲諸侯之表章矣、後世雖衰、其餘烈遺化、猶有存者、非餘國之所敢望也、故孔子曰、魯一變至於道、又曰、魯衛之政兄弟也、非謂此耶、況衛有武公之賢、而中興之業、極其隆盛、宜乎雖莊宣淫昏家國殆滅、而文公能興復祖業、不失舊物、賢人君子烈婦貞女之雜出于其際、

歷歷可數、豈非由國俗之美哉、季札聘衛、美之以多君子、孔子適衛、稱之以庶矣哉、靈公之無道、而孔子猶低回于其間、惓惓如有望焉、則其遺化之猶存可想也、自宋朝諸老、目鄭衛爲淫詩、而後之學者、習聞其說、卑視衛國、不復問康叔武公美化之所在、豈不可惜哉、

毛詩卷第三

毛詩會箋

毛詩卷第四

竹添光鴻會箋

王黍離詁訓傳第六

毛詩國風

箋曰、王·王城、因地名王城、故其地之詩卽繫之以王、鄭氏作譜亦曰王城譜、是巳、始武王作邑于鎬京、謂之宗周、是爲西都、成王欲宅洛邑、使召公先相宅、旣成謂之王城、是爲東都、今河南是也、召公旣相宅、周公往營成周、今洛陽是也、成王居洛邑、遷殷頑民于成周、復還歸處西都、至於十一世、幽王嬖褒姒生伯服、廢申后、太子宜咎奔申、申侯與犬戎攻宗周、弒幽王干戲、晉文侯鄭武公迎宜咎于申而立之、是爲平王、徙居東都王城、呂氏曰、成周乃東都總名、河南成周之王城也、雒陽成周之下都也、平王東遷之後、所謂西周者豐鎬也、東周者東都也、威烈王之後、所謂西周者河南也、東周者雒陽也、朱右曾曰、閭巷之歌謠謂之風、何國無風、王城雖在畿內、然俗之淳薄、係乎保釐之人、且明目達聰、惟風是察、豈轉遺之輦轂之下、名之王者、以其采之王城也、不曰周者、以別於宗周也、迨幽王之亂、圖籍放失、詩之入樂者、以口誦而傳、如二南豳正雅及頌是也、其不入樂者、大半散佚、今所傳十二國風、西周之詩十有二篇、疑者十有四篇、東周之詩百有一篇、是西周之所存者、不及十之二也、或以王風無西周之詩、遂謂平王東遷、雅降爲風、豈其然哉、鄭譜曰、貶之爲風、貶之於采得之後歟、則風固不可以爲雅也、貶之於未采之前歟、則彼固非爲雅者、何所爲貶也、服虔曰、尊之猶稱王、以王爲尊、則仍以風爲貶矣、尊貶寓於二字之中、究不知是尊耶、是貶耶、且季札觀樂、已有王風、則所謂尊之貶之者、皆太師而非夫子也、夫太師食王之祿、何敢貶王也、且尊與貶、豈其職耶、或曰、子何以知周之有王風、又安見西周之詩亡乎幽王之亂乎、曰是固有徵、太史公云、余留滯周南、摯虞曰、今之洛陽古之周南、夫文武之時、登洛陽之詩於周南、豈文武以後、洛陽遂無詩耶、不登之王風、將附之何什邪、周本紀曰、申繒西夷犬戎共攻幽王、弒幽王驪山下、虜褒姒、盡取周賂而去、計此時兵燹蹂躪、不異劉聰入晉、女眞覆宋、典籍獻章、誰爲保護、孔子曰、我觀夏道、杞不足徵、我觀殷道、宋不足徵、我觀周道、幽厲傷之、我舍魯何適矣、上言不足徵、下言傷之、明西周之典册、有焚如棄如之慨、又言舍魯何適、則以魯之圖籍、較備於列國故也、韓宣子適魯見易象春秋、曰周禮盡在魯矣、季札聘魯、請觀周樂、孔子自衛反魯、然後樂正、雅頌得所、是列國之禮樂詩歌、皆不如魯之具備、孔子所據以删定者、惟魯太史之所藏、使周之典册文章、較備於魯、韓宣子不應至此始見、季札不應於魯是請、孔子不應反魯而後正雅頌矣、或曰、孟子曰、王者之迹熄而詩亡、詩亡然後春秋作、此何說、曰、欲知其所以亡、當先知其所以存、則孟子固已明言之矣、說文曰、迹・步處也、左氏傳曰、遷大國之迹於鄭、又曰、穆王欲肆其心、將皆必有車轍馬迹焉、漢書王褒傳曰、索人求士者、樹乎霸迹、霸迹・霸者會盟侵伐之迹也、然則王者之迹、其爲王者巡行之迹可知矣、先王卜征五年、而歲習其祥、諸侯朝於方嶽、乃命太師、以所采之詩、陳而觀之、大明黜陟、此王者之迹存、而詩之所以存也、王不巡守、則詩雖作而如亡也、何者、采詩與陳詩異、采詩則使婦人之老而無子者、采之以登於太師、於賞罰黜陟無與也、陳詩則本其俗之貞淫・詩之美刺、以知其政治禮教之得失、而慶黜行焉、是故詩非巡守亦采、非巡守不陳、不陳則詩雖作、而如亡矣、平王以降、天下晏然守府、視六百里之外、邈若異域、於是諸侯無所懼、大夫無所畏、民情無所達、此夫子所以不得已而作春秋也、始於平王之四十九年者、春秋魯史也、隱公之元、適當其時耳、春秋作而列國之風猶有存焉者、則所謂采而不陳、雖有如亡也、而豈係乎雅頌哉、又豈必俟頃定之世而詩始亡哉、安井氏曰、先儒疑變風次王於衞、求其說而不得、或云傷周室之衰、是執春秋之義而求之詩也、夫春秋正名謹禮、苟有紊上下之分者、隨而貶之、無所廻避、乃聖人治天下之大經大法也、詩則主於情、情從勢而變、就其情以觀勢所赴、成敗治亂、明若觀火、故誦詩三百、可以達爲政之道矣、平王東遷、政教不能及天下、其勢既變、故詩人之情、亦止於東周一國、與諸侯並列、固其宜已、且既謂之變風、則變之所始、風之所自、亦不可不記、衞詩始於夷王之時、先於黍離五世、乃變之始也、衞又爲康叔之國、康叔與周公夾補周室、皆周室之懿親、而魯有頌無風、故變風首衞、所以記其始也、而王、而鄭、雖以地相近、亦猶尊王也、魏唐亦周同姓、而不次鄭者、二國隔在河北、風土不相接、而齊爲大公之國、大公有大功於周室、而地又與衞鄰、於觀風之次爲宜、故居之魏唐之上、秦在雍州、其國大、掩有周之故都、其勢未可量、而地與豳鄰、故大史之序風、豳次齊、秦次豳、及孔子正詩、以豳詩周公所作、置之風末以近雅、以秦俗雜戎翟、黜之唐下、陳鄶曹三國在兗豫之間、地與周齊近、而其詩次秦者、其國既小、政教風俗無足觀焉、故季札之觀樂於魯、謂陳細既甚、國不能久、而自鄶以下無譏、是其義也、以此求之、十五國風之次、庶幾乎可得而窺矣、案先唐於秦、陳啓源說在秦風首者得之、至於吳楚之無詩、則非以僭王而刪之也、太師之本無也、顧炎武曰、楚之先熊繹、辟在荆山、篳路藍縷、以處草莽、惟是桃弧棘矢、以共禦王事、而周無分器、岐陽之盟、楚爲荆蠻、置茅蕝、設望表、與鮮牟守燎、而不與盟、是亦無詩之可采矣、況於吳自壽夢以前・未通中國者乎、

黍離。閔宗周也。箋曰、王風稱閔者四、言其衰弱不振也、與苕之華閔時幷考、可以求古義、**周大夫行役至于宗周。**箋曰、宗周鎬京也、宗周亦有二、正月赫赫宗周、書多方至于宗周、周官歸于宗周、皆謂鎬京也、東遷後定都於王城、又謂王城爲宗周、祭統衞孔悝之鼎銘曰、即宮于宗周、是也、蓋宗周無定名、隨所都而名、猶之河南洛陽皆可謂之成周也、以其爲天下所宗謂之宗周、以周道成於此謂之成周、**過故宗廟宮室。盡爲禾黍。**箋曰、禾・大名、黍亦禾也、草菅鳥鳥之例、**閔周室之顚覆。彷徨不忍去。**箋曰、詩義悉於是一句、**而作是詩也。**○彷蒲皇反、徨音皇、

彼黍離離。彼稷之苗。彼、彼宗廟宮室、**行邁靡靡。中心搖搖。**邁、行也、靡靡猶遲遲也、搖搖、深憂無所愬、**知我者。謂我心憂。不知我者。謂我何求。悠悠蒼天。此何人哉。**悠悠、遠意、蒼天以體言之、尊而君之、則稱皇天、元氣廣大、則稱昊天、仁覆閔下、則稱旻天、自上降監、則稱上天、據遠視之蒼蒼然、則稱蒼天、○傳深憂、摺本無深字、傳愬下、延文本有也字、遠意意字、卷子古本作貌、延文本作貌、意下、及傳末蒼天下、並有也字、

箋曰、首二句謂黍稷皆離離而方苗也、下二章放此、不指宮室、第曰彼、彼字中凄涼滿目、序所謂盡爲禾黍是也、離離猶茀離離靡之離、言其繁出也、明堂位叔之離磬、注謂、編縣之磬、歷歷非一、亦同義、程瑤田九穀考黍考曰、說文、黍、禾屬而黏者也、以大暑而種、故謂之黍、按黍有黏不黏二種、對文則黏者爲黍、不黏者爲糜、散文則通謂之黍、糜之米正黃色、黍之米淡黃色、色愈淡則其米愈黏、故山西靈石人、呼不黏者爲黃米、對黏者色淡言之也、其稷考曰、說文、稷、齋也、五穀之長、齋、稷也、重文作粢、秫、稷之黏者、重文作朮、是稷亦有黏不黏二種、對文則黏者秫、不黏者稷、散文則通謂之稷、亦謂之秫、今北方呼高粱爲秫秫、呼其稭爲秫稭、與稷一名秫者正合、是稷卽高粱之證、月令、孟春行冬令、首種不入、鄭注、首種謂稷、淮南時則篇作首稼、高注、百穀惟稷先種、故曰首稼、今北方種高粱最早、與稷爲首稼正合、郭璞以稷爲小米誤矣、諸穀惟高粱最高大、而又先種、謂之五穀之長、不亦宜乎、故司農之

毛詩會箋

官曰后稷、因之爲五穀之總名、因之爲祭穀之總名也、其黏者所謂秫也、以秫爲黏稷、於是他穀之黏者、亦假借通稱之曰秫、崔豹古今注所謂秫爲黏稻、是也、安井氏曰、程說鑿鑿有據、當以爲正說、高粱卽我俗稱高黍者是也、說文以大暑而種、種疑熟誤、蓋黍五月火中而種、七月暑未退而收、其種之與收、皆在暑時、故名黍、○行邁靡靡、毛訓邁爲行、卽是訓行爲邁、旣言行・又言邁、猶古詩言行行重行行耳、靡本不訓遲、靡靡與遲遲自別、說文、靡・披靡也、披靡者解散之意、引申之則爲慢緩、故傳不直訓靡靡爲遲遲、而曰猶遲遲也、中心搖搖者、是心憂無所附著之意、戰國策楚威王謂蘇秦曰、寡人心搖搖如懸旌・而無所薄、是也、○知我者謂我心憂、辥郇先生曰、知我不知我、與知我罪我之知不同、謂相知識之人、謂我心憂者・亦莫識我呼天怨禍之本意、案謂我心憂・以我爲心憂也、二句是客、次二句是主、不知我者謂我何求、怪我之彷徨久不去也、○悠悠蒼天、悠悠卽遙遙之叚借、古悠遙同音通用、此何人哉者、安井氏謂、致此宗廟宮室變爲黍稷之禍者、果係何人哉、故爲不知其人之辭、痛之甚也、得之、此字內怨恨滿懷、禍起君父、宗社淪亡、難直辭指斥、只得呼天以訴之、傳皇天等訓、以類言之、周禮大宗伯賈疏、載許愼五經異義引古尙書說、與毛略同、趙佑曰、悠悠蒼天・此何人哉、毋也天只・不諒人只・不愧于人・不畏於天、棫樸第四章、雲漢首四句、皆天人相韻、古音先眞通也、焦竑論三百篇無叶音、甚詳核、獨以黍離章末語不入韻、非、

彼黍離離。彼稷之穗。穗・秀也、詩人自黍離離見稷之穗、故歷道其所更見、**行邁靡靡。**

中心如醉。醉於憂也、知我者。謂我心憂。不知我者。謂我何求。悠悠蒼天。此何人哉。○穟音遂、延文本、傳更見下有也字、

箋曰、黍稷離離而成穗也、先苗而穗而實、猶桃夭之華也實也葉也、越時詠之、詩人之常也、凡穀之華、皆吐於穗、非華而後穗也、故始茁曰秧、分科曰苗、既穗曰秀、秀則穗而華矣、嚴緝云、朱氏論語解、吐華曰秀、是秀爲未穗、今毛氏所謂秀則已成穗而秀茂、與彼秀別、不知穀類惟菽作華、餘皆不華而秀、吐穗卽秀、既秀卽實、出車黍稷方華、此華卽秀、散文通耳、非於華之外、別有秀也、中心如醉者、芒芒然似失本心者、搖搖之感深・而沈冥也、

彼黍離離。彼稷之實。自黍離離見稷之實、行邁靡靡。中心如噎。噎・憂不能息也、知我者。謂我心憂。不知我者。謂我何求。悠悠蒼天。此何人哉。○噎於結反、

箋曰、實・謂成實而堅也、舊說以稷之苗穗實、爲歷道其所更見、不是、使果爲行役之久、不應黍惟言離離也、大抵此爲一時所賦、稷之苗穗實・合初終言、以取變文換韻、且寫黍稷處・亦正見錯綜法、○中心如噎、噎者咽喉閉塞之名、呑不下・吐不出、如噎・搖搖之鬱結而息滯也、傳於首章云、搖搖憂無所愬、

次章云、醉於憂也、末章云、噎憂不能息也、三傳皆探下句謂我心憂憂字釋之、如醉·其心惛也、如噎·其氣窒也、憂之深淺、是詩之序也、此詩三章百十七字、而所變僅八字、詩人淫液之最甚者、

黍離三章章十句

箋曰、此詩純以意勝、其沈痛處不當於文詞求之、或疑岐周故地、盡以封秦、不應鞠爲禾黍、此惑於鄭氏秦譜、橫有西都八百里之說、以爲秦不應毀廢本朝宗廟宮室也、不知史記平王賜襄公岐以西之地、曰戎侵奪我岐豐、秦能逐戎、卽有其地、是秦封在岐以西、豐鎬在岐東·爲戎所據、非秦有也、終襄公世·不能克戎、至文公十六年、逐戎始得至岐、岐以東仍獻之周、是豐岐故都、秦不得過而問焉、特爲戎殘破、銅駝荊棘固所不免耳、史記、秦獻地于周、在平王東遷後二十一年、至此而周始得有其地、大夫行役、因以經近故都、箋云、宗廟宮室毀壞、而其地盡爲禾黍、此事之必然者、謝枋得曰、天王而沒于夷狄、天地之大變、中國之大恥、東周臣子之大仇也、文武成康之宗廟盡爲禾黍、聞者當流涕矣、心搖搖而不忍去、能爲閔周之詩者、一行役大夫之外無人焉、不知平王而聞是詩也、亦有惻于中否乎、吾觀書、至文侯之命、知平王之不足有爲矣、所以訓戒晉文侯者、惟曰自保其邦而已、王室之盛衰、故都之興廢、悉置不言、吾於黍離之詩重有感也夫、

君子于役。刺平王也。箋曰、此君子以位言、下篇君子以德言、在位危難、有德祿仕、故聯、**君子行役無期度。**箋曰、以行釋于也、平王之慢、見於處者之言、**大夫思其危難以風焉。**箋曰、思・因勿思、蓋思其危難、風王速召之也、危難因飢渴、非國之危難也、○難乃但反、風福鳳反、

君子于役。不知其期。曷其至哉。雞棲于塒。日之夕矣。羊牛下來。鑿牆而棲曰塒、**君子于役。如之何勿思。**○曷寒末反、唐石經摺本並曷下無其字、棲音西、塒音時、

箋曰、君子指僚友也、此在家之大夫、思外之僚友、于往也、曷其至哉、別本曷下無其字者脫也、曷・何時也、至・歸來也、謂何時歸來也、詩中以曷爲何時者、如曷云其歸、曷云能穀之屬極多、朱傳此章曷爲何地、下章曷爲何時、殊屬支離、夫古人行役、歸期難卜則有之、若聘問遣戍、皆有定所、何有不知其所至者、且通章皆言行役之反無期、不應此句獨言不知所至也、惟不知其期、故云何時可至、以足其詞、卽下章有佸、亦言何時可會也、○雞棲于塒、徑接景物、正有情景相生之妙、塒者作鷄栖、穿垣繫之、爾雅雞大者蜀、郭曰、今蜀雞也、雞有蜀魯荊越諸種、越雞小、蜀雞大、魯雞又其大者、徐鍇曰、雞・稽也、能

稽時也、其鳴也知時、其棲也知陰、徐實夫云、人家畜之、夜群鳴謂之荒雞、黃昏獨啼謂盜啼、荒雞主不祥、盜啼主火患、○羊牛下來、唐石經以下皆作羊牛、詩中先羊後牛者、此詩及小雅無羊、及周頌我將絲衣凡四處、惟絲衣傳謂、自羊徂牛、先小後大也、其餘傳箋無說者、自以便文、不關意義耳、埤雅云、羊性畏露、故晚出早歸、此說近於鑿、雞棲于塒、羊牛下來、皆日夕事、郤以日之夕矣插在中間、是間架錯叙句法、試取日夕句置雞棲之上、則其意明、舊解三事平叙、失語氣、蓋雞棲亦其歸也、牛來亦其歸也、與君子之不歸相照、人家於日莫之時、約雞歸棲、呼牛羊來下、故興懷也、猶曰視大臣不及禽獸、是用辭之巧也、○如何勿思、思其危難也、飢渴則致疾病、疾病則致死亡、所謂危難卽疾病死亡也、

君子于役。不日不月。曷其有佸。 佸會也、 **雞棲于桀。日之夕矣。羊牛下括。** 棲於杙爲桀、括至也、 **君子于役。苟無飢渴。** ○佸戶括反、括戶活反、杙羊職反、

箋曰、不日不月、言其歸無日月之期也、曷其有佸、佸會疊韻爲訓、故栝與檜・髻與鬠・皆同字、釋文引韓詩、佸・至也、廣雅、會・至也、是會與至義亦相因、下文羊牛下括、易坤括囊、虞注、括・結也、文選劉越石答盧諶詩注、引韓詩章句、括・約束也、括訓結、訓約束、故有會意、小雅車舝、德音來括、傳、括・會也、此括當依

車牽傳訓爲會、猶云聚也、羊牛下而聚於一處也、上佸字亦訓會、字異義同也、羊牛多、故以爲會、以羣處無猜也、君子獨、故望其至、以見面無期也、佸字似當從韓、曷其有佸、猶上章云曷其至哉、特變文以協韻耳、雞棲于桀、桀卽櫟之省借、義與杙同、杙・橜也、蓋植杙而横架焉、地官牛人以授職人而芻之、鄭注、職讀爲樴、樴謂之杙、可以繫牛、是冝兔・繫牛・與棲雞・皆用杙也、四君子于役、疊複有情、苟無飢渴、憂其有飢渴之辭也、首章致思念之情、此則望其無飢渴之患、行役之無反期、益見矣、夫使大臣迫飢渴之難、若無連管之變、必有高克之禍、大夫憂之宜矣、朱傳以是詩爲大夫行役、室家思而賦之、說者因引班彪北征賦、日晻晻其將暮兮、覩牛羊之下來、寤怨曠之傷情兮、哀詩人之歎時四句、以證室家之思、不知李善注文選、於上二句引此詩、於下二句引雄雉序曰、大夫久役、男女怨曠、是則怨曠者不指此詩、不得援以爲證、

君子于役二章章八句

君子陽陽。閔周也。君子遭亂。相招爲祿仕。箋曰、祿仕者・苟得祿而已、不求道行、

全身遠害而已。箋曰、而已字照閔周、陳啓源曰、君子陽陽・中谷有蓷・兔爰三詩、敘皆云閔周、今觀其詞所云、仳離啜泣、百罹百憂、其爲可閔無疑、至相招祿仕、陽陽自得、似難與彼二詩同論、而槩以爲閔周、敘詩者其知本乎、善人隱居下位、則

當國者皆小人、內之徒足以病民、外之必至於召寇、政荒民散、納侮興戎、皆由此作、見幾之士、作詩以紀之、詞雖樂、情實悲矣、敍云閔周、旨哉、○遠于萬反、延文本、已下有矣字、

君子陽陽。左執簧。右招我由房。

陽陽・無所用其心也、簧・笙也、由・用也、國君有房中之樂、

其樂只且。

○樂音洛、下章同、延文本、傳樂下有也字、

箋曰、君子二字一頓、見中興事業全憑賢者、奈何陽陽然不見其憂戚也、傳陽陽無所用其心也、是將宗社絕大愁煩・一齊放下、○左執簧、正義曰、簧者、笙管之中金薄鍱也、蓋笙竽皆以竹管植於匏中、而竅其管底之側、以薄金葉障之、吹則鼓之而出聲、所謂簧也、故笙竽皆謂之簧、世本・女媧作笙、隨作簧、宋均注・隨女媧之臣、說文・古者隨作笙、女媧作簧、與世本互易、釋名云、笙・生也、竹之貫匏、象物貫地而生也、以匏爲之、故曰匏也、匏卽笙、或單言簧亦卽笙、故毛傳以簧爲笙、說文云、十三簧象鳳之身也、郭璞云十九簧、孟子疏引禮圖云、笙長四尺、諸管參差亦如鳥翼、皆其形狀也、或曰、笙不能無簧、而簧不必定施於笙、簧蓋自成一器、釋名云、簧橫也、于管頭橫施于中也、此謂竽笙中之簧也、又曰、以竹鐵作、于口橫鼓之、亦是也、此自成一器者、說文云、箟・簧屬、其不以簧爲笙中之簧明矣、月令、調竽笙篪簧、以簧與笙竽篪並列、此皆以簧別爲一器也、此說於舞者所執爲當、○右招我由房、我爲所招者

自我也、蓋其友感君子之相招而賦此、由・從也、自房招我也、大射儀・宰胥薦脯醢由左房、鄉射禮記・命負侯者由其位、字例正同、房非房中之房、是路寢之房也、書顧命・胤之舞衣・大貝鼖鼓・在西房、兌之戈・和之弓・垂之竹枝・在東房、上言狄設黼扆綴衣、下言東房西房、天子設黼扆在路寢、則房爲路寢之房、此明證也、李如圭儀禮釋宮云、東夾之北通爲房中、西夾之北通爲右房、戴東原考工記圖・亦皆以左右房圖於夾室之後、房之爲言旁也、說文・室在旁也、左右旁室曰左房右房、又曰東房西房、左房用事常多、故禮經單言房者、謂左房也、士大夫亦有左右房、士冠禮云、筵于東序・少北西面、將冠者出房南面、古者房戶在房之東偏、故出房南面・卽東序少北之位矣、房戶南向・與室戶同、又有西向之戶、以通房于室、右房戶亦偏東向南、而無東向之戶、蓋左房爲婦人行禮之處、故有戶以通于室、否則必出至于堂、而旋轉入室矣、若右房所以藏器物、故不必有通室之戶也、又左房無北壁、右房則有北壁、亦自不同矣、先儒以爲房有戶無牖、然房若無牖、是無所入明也、蓋士之寢廟、房之廣減於室三分之一、南壁分爲二股、東一股以其半爲戶、其度同室西一股、以其中央三分之一爲牖、牖之廣減於戶亦三分之一、夫戶者所以出入也、非爲明設也、故不必常開、曲禮曰、戶開亦開、戶闔亦闔、有後入者、闔而勿遂、亦可以見其義矣、傳云國君有房中之樂、安井氏衍其義云、房中之樂・謂周南召南、天子諸侯奏之房中、卿大夫則否、故毛云國君有房中之樂、蓋二南所用廣、鄉飲酒禮云、遂歌鄉樂周南召南、同是二南、而房鄉異名者、隨所用而稱之、毛解由房爲用房中之樂者、若是他樂、笙在庭、不始升堂、焉得在房中、且路寢正寢、正寢奏樂、必是賓客射燕之時、笙當在庭、安得從房招其友哉、然簧不必笙、何論在庭、況房中之樂、古未有單稱房者、以由房爲用房則不辭矣、吳樹聲曰、由與游古字通用、文選長笛賦、由衍識道、注、由衍、行貌、案由衍卽游衍也、由亦作游、左氏十六年傳養由基、後漢書斑彪傳作養游基、文選詠懷詩、素質游商聲、沈約注、游字應作由、古人字類無定也、檄吳將校部曲、則將軍蘇游反爲內應、注、游與由同、據此則由者游之借、房字古人不獨爲房室字、如詩閟宮邊豆大房、傳、大房、半體之俎也、呂覽仲冬、是謂發天地之房、注、房所以閉藏也、鴻烈解氾論、蜂房不容鵠卵、注房、巢也、左氏宣十二年傳、納諸廚子之房、注、房、箭舍、以上皆房字引申旁通之義、叚借之義則或借爲防、史記河渠書、宣房塞兮萬福來、文選月賦、徘徊房露、注、房與防古字通、或借爲旁、漢書賈山傳、又爲阿房之殿、注、房字或作旁、說云、始皇作此殿、未有名、以其去咸陽、且號阿旁、阿、近也、或借爲彷、莊子達生、彷徨乎塵垢之外、釋文、元嘉本作房皇、案房皇卽彷徨、又據說文敖字訓出游也、从出从放、則放亦有敖游義、因思孟子梁惠王下、放於琅邪、管子小問、桓公放春三月觀于野、二放字亦當訓爲敖游字、鴻烈解兵略、放乎九天之上、楚辭悲風、見伯夷之放迹、數放字皆與敖游字義近、讀爲游放、與下章由敖同意、房彷放俱从方、故得叚借、古人不分四聲也、按吳說似合經旨、文義亦妥、○其樂只且者、簡兮之伶官尙思用世也、故以賤爲悲也、由房之伶官、以執簧相招、止求全生也、故以賤爲樂也、安井氏以爲、詩人極摸君子安於賤職之狀、是也、只且語詞、北風篇既亟只且同、詩有且者、椒聊椒聊且遠條

且是也、有言只者、柏舟母也天只、不諒人只、是也、連言之曰只且、只且、猶也且、褰裳曰也且、皆爲語末助詞、

君子陶陶。左執翿。右招我由敖。其樂只且。　陶陶・和樂皃、翿・纛也翳也、

○陶音遙、翿徒刀反、纛徒報反、敖五刀反、延文本、傳皃下有也字、

箋曰、爾雅釋詁、陶・喜也、文選枚乘七發注、引薛君韓詩章句曰、陶・暢也、暢達也、後漢書杜篤論都賦、粳稻陶遂、謂暢遂也、七發陶陽氣、謂達陽氣也、是陶陶爲暢達之意、暢對鬱言之、人意鬱則憂思、暢則喜樂、故毛傳云、陶陶和樂皃、鄭箋云、翳・舞者所持、謂羽舞也、而宛丘箋又謂、翳・舞者所持以指麾者、宛丘持以興舞、當是舞師帥引、此則同列相招、非以指麾、箋觀文立說、故不同耳、翳是羽葆幢、自是析羽爲之、詳陳風宛丘、○右招我由敖、鄭箋以燕舞之位爲敖者、敖・游也、因謂游處爲敖、周禮、卒食、以樂徹于造、注、造言故作食處也、古文間有是例、燕是燕息之燕、非燕享之燕也、言右手招我、欲使我從之於燕舞之位、亦俱在樂官也、敖字毛傳無訓、釋文云、遊也、本小雅嘉賓式燕以敖傳文、毛解由房爲用房中之樂、則由敖亦謂用燕游之舞也、吳樹聲曰、由敖卽游敖、柏舟以敖以游、戴驅齊子游敖、莊子列禦寇、無所求食而敖游、或稱敖游、或稱遊敖、趁韻也、說文、敖・出游也、从出从放、禮曲禮、敖不可長、注、敖・遨游也、漢書食貨志上、邑亡敖民、注、敖・謂逸游也、敖本訓游、故知由敖爲游敖、由敖爲敖游字、可以證由房房字・必非房室字矣、

君子陽陽二章章四句

箋曰、朱子疑此詩亦前篇婦人所作者、因篇首俱以君子爲言耳、不知古者士大夫家有樂不自考擊、卽幼習象勺、成人之後、亦不聞無故自舞、若君子行役初歸、雖有室家之樂、亦何至執簧執翿、招其妻入於舞位、此詩自當與簡兮同意、

揚之水。刺平王也。 箋曰、竹書、平王三十三年楚人侵申、三十六年王人戍申、當楚武王時、 不撫其民。而遠屯戍于母家。 箋曰、不曰遠屯戍於中國、而曰遠屯戍於母家、此微指也、蓋平王自以母家而戍之、非果有見於天下之大計也、設偪楚被伐者非其母家、平王未必肯遣戍矣、 周人怨思焉。 箋曰、役夫在遠、故稱周人、辭之協也、稱國人則亦嫌於處者、宜與丘中有麻幷考、怨在三四句、思在五六句、古者列國有難、方伯以王命徵諸侯之師戍之、申呂爲中國門戶、至楚滅申呂、遂北向以抗衡中夏、今用重兵扼之、未始非東遷後之要務、然申於晉鄭諸國爲近、而於周差遠、平王不能號令四方、調遣侯國、惟以京旅遠戍母家、祇覺侯國之民安堵如故、而王畿之民、奔走不遑、更代無期、歸期莫卜、戍者所以怨也、朱子之責平王、辭嚴義正、然申繒合西戎以伐周、志在誅褒姒伯服、重定大子耳、不意戎殺王、而遂據有周也、不得已方立太子、東遷于王城、以周地賜秦、秦戎世仇、以秦滅戎、未必非申伯之謀也、當是

時、申侯實有存周之功、平王雖當復父之讎、而尤不可忘母之難、況其始也恐依之以避患、其後也又賴之以反國、乃欲從而誅之、不惟人情有所不忍、恐于事勢亦有所不安也、一旦犯衆怒而激他變、則宗社之憂有大可慮者矣、然則爲平王計、惟有痛心勵志、脩復文武之政、以蓋前人之愆、蔽弑逆于犬戎、以申討賊之義、準申侯之功罪、以全母子之恩、所可盡者如是而已、魏源曰、周自東遷、尙有大華外方之間・方六百里之地、西據崤函、通西京之道、南屛申呂、扼天下之膂、東擁成皋、鍵中原之戶、而且南陽澤潞拱其背、轘轅伊闕峙其前、襟山帶河、進可以戰、退可以守、故桓王之世、猶能號召諸侯、興師討伐、自晉滅西虢、啓南陽、而鎬京之故道不通、河北之膏腴盡去、自楚滅申滅息、而東南之藩籬盡撤矣、莊王予鄭以武公之略・自虎牢以東、而成皋之險阻盡失矣、然晉以同姓主盟、周室猶得其翼戴、楚則滅陸渾之戎於伊川、遂觀兵周室、使申息尙存、楚何由馮陵至是哉、觀楚出師則申息爲之前驅、守禦則申息爲之藩蔽、城濮之敗、子玉羞見申息之老、楚莊初立、而申之北門不啓、子重欲以申息爲賞田、而巫臣謂楚鄭必至於漢、是則申息者、楚不得之不足以窺中夏、中夏不得之不足以制荆舒者也、鄭得虢檜之墟、齊晉迭伯、與楚爭鄭者二百年、蓋滎陽成皋間、自古戰場、晉城虎牢、而楚遂不能與晉爭鄭、及三家分晉、韓得成皋、遂以滅鄭、則虢檜故地・周不得之不足以號令諸侯、伯主不得之不足以主盟中夏者也、价人維藩、大邦維屛、申呂虢檜、畿內之屛藩也、脣亡齒寒、不得謂在德不在險也、又曰、後漢書西羌傳曰、及平王之末、周遂陵遲、屢偪諸夏、自隴山以東及乎伊雒・往往有戎、於是渭首有狄貆邽冀之戎、涇北有義渠之戎、洛川有大荔之戎、渭南有驪戎、伊洛有揚拒泉皋之戎、潁首以西有蠻氏之戎、當春秋時、間在諸夏與盟會、然則戎申戎甫皆平王末年之事、夷狄始不可制、王迹遂不可復矣、蓋西周以前戎狄雖代爲邊患、至其錯處中夏・實始東周之世、北狄則滅邢衞、病燕齊、至出襄王而立叔帶、西戎則偪處伊洛、東侵曹魯、甚入王城而寇京師、故公羊傳言中國不絶若綫、論語言微管仲吾其被髮左衽矣、春秋欲不以攘夷予齊晉・存伯功、繼王迹、其得已哉、且東遷之初、諸侯猶假王靈、以號召與國、故鄭以王師伐郳、秦借王師伐魏、二郳本附庸、而進爵爲子、滕薛杞本列侯、而降爲子伯、列國之卿、猶請命於天子、虎牢入鄭、仍奪歸王朝、曲沃簒宗則興師致討、是命德討罪之大典大權、猶未盡失也、乃平王之末、桓王之初、鄭以懿親而交質、且射王中肩矣、曲沃之伐、不惟無功、且日後荀賈爲晉所滅矣、曰平王之後、西周何以盡亡、曰、地理志言・初雒邑與宗周通、封畿東西長、南北短、長短相覆爲千里、至襄王、以河內賜晉文公、又爲諸侯所侵、故其分地小、考惠王四年、鄭伯虢公同納王、王與鄭以武公之略・自虎牢以東、與虢公以酒泉、是爲東周再削之始、而酒泉在華州西畿之地、則自東遷歷四世百年、而故都未盡喪也、襄王十七年、晉文公殺子帶、逆王入於王城、王與之陽樊溫原攢茅之田、是爲東周三削之事、則是時秦已滅芮、始以臨晉瀕河、晉亦先滅虢、守桃林之塞、東西周從此異域矣、若東遷之初、則攜王尙立於西周、與平並立者二十餘年、平王以後、天厭周德、寖微寖削、先澤在人、僅能守府、比戰國時、僅得七縣、視東周初六百里之地、又喪其半、謂載祀八百至是

始亡者陋言也、

揚之水。不流束薪。興也、揚・激揚也、**彼其之子。不與我戍申。**戍・守也、申・姜姓之國、平王之舅、**懷哉懷哉。曷月予還歸哉。**○延文本、傳舅下有也字、

箋曰、比也、流水激薪而揚、其力不能流之、比王室衰弱、威令不行於諸侯、天子鄉遂之民、而遠戍下國、衰弱甚矣、傳箋以揚爲激揚、朱傳訓爲悠揚、然悠揚可作緩解、今只云揚、不可言緩、且水之能漂大木轉大石者、必瀠洄深碧・滔滔而來者、揚之水蓋淺淺之流・潺湲曲折・激石飛沫者、水而如此、決不能流束薪束蒲、莊周有云、水之積也不厚、則負大舟無力、可以見矣、乃若唐風揚之水白石鑿鑿皓皓、亦必解爲淺水、以水潺湲而石嶄巖、比翼弱而沃强、尤覺的切、○彼其之子、彼者對己之稱、其・語詞、猶左傳夫已氏也、嵩高箋引作彼記之子、叔于田箋引作彼巳之子、是箋云、其或作記、或作己、讀聲相似是也、朱傳以之子指戍者之室家、然詩中彼其之子凡五、未有目其室家者、況征戍之人、初無攜室同行之理、歐陽氏曰、周人謂他諸侯國人之當戍者、於義爲長、蓋上既比王令之不行、自當指諸侯之人、不敢怨王、而怨更番當戍者、意自婉厚、○不與我戍申、戍・屯兵以守也、鄭語史伯曰、當成周者、南有申呂、左傳楚子重請取於申呂以爲賞田、申公巫臣曰、不可、此申呂所以邑也、是以爲賦、以禦北方、然則申呂相距必近可知、漢地理志、南陽宛縣申伯

國、史記正義引括地志云、故呂城在鄧州南陽縣西、徐廣云、呂在南陽宛縣西、然則申呂漢之宛縣也、今南陽府南陽縣附郭周初申國、申城在縣北二十里、呂城在縣西三十里、杜佑通典謂、申在鄧州信陽軍之境、朱傳因之、不知是則楚靈王所遷、在信陽州之方城內、今屬河南汝寧府、非平王時之申也、〇懷哉懷哉者、思而弗措也、如懷土之懷、曷月予還歸哉者、思念故鄉、而悲其歸之不月也、曷・何也、

揚之水。不流束楚。楚・木也、**彼其之子。不與我戍甫。**甫・諸姜也、

懷哉懷哉。曷月予還歸哉。〇延文本、傳木下有名字、

箋曰、首章提束薪、而楚與蒲皆是薪也、提戍申、而甫與許皆是爲申故及之也、楚木爲棘之類、葛生蒙楚蒙棘、黃鳥止棘止楚是也、說文、楚・叢木也、一曰、荆也、〇不與我戍甫、馬瑞辰曰、正義・尙書有呂刑之篇、禮記引之皆作甫刑、孔安國云、呂侯後爲甫侯、按唐世系表亦云、宣王世改呂爲甫、特據此詩言戍甫、及嵩高詩言申甫、爲宣王以後詩耳、呂改爲甫、經傳無徵、其說非也、王鳴盛據國語說文・訓呂爲心膂之膂、因謂呂非以國爲氏、甫乃國名、其說亦非、國語・氏曰有呂、與氏曰有夏・句法相同、夏既以國爲氏、則呂亦以國爲氏、且呂苟非國名、何以與申齊許並列爲四、以是知王說非也、案呂甫二字、古音同部通用、呂與旅同、旅讀若臚、臚从盧聲、郘籀文膚字、呂通作甫、猶膚通作簠、又通作扶也、又呂甫古亦同義、爾雅、甫・大也、淮南天文訓、仲呂者・中充

大也、南呂者任包大也、則呂亦爲大矣、尙書古今文不同、多係同聲假借、據鄭注・古文尙書作呂刑、太史公從安國問故、史記亦作呂刑、是作呂者古文尙書也、尙書大傳爲今文家說、而作甫刑、是作甫者今文尙書也、虞夏之際、受封惟呂、至周乃別封其子孫爲申齊許、故齊許皆以呂爲氏也、安井氏曰、許在申西、甫在申東、三國同姓、相與爲唇齒以禦楚、戍甫許卽所以戍申也、故序直言屯戍于母家、其實并戍甫許、經就事上序之、故幷言甫許、傳欲明所以成甫許、故云甫許諸姜、言三國同姓、勠力以禦楚、故亦戍之、如是說之、周人怨思之意益明、正義謂・借甫許以言申、其實不成甫許、夫甫許國名、雖與申同姓、安得借以言申哉、誤甚、

揚之水。不流東蒲。蒲・艸名也、彼其之子。不與我戍許。許・諸姜也、

懷哉懷哉。曷月予還歸哉。○摺本、傳艸下無名字、

箋曰、東蒲微於東楚、水勢益弱、陸佃云、蒲水草、似莞而褊、有脊、生於水厓、輕揚善泛、柔滑而溫、可以爲席、故男執蒲璧、言有安人之道也、左傳臧文仲妾織蒲、卽此、箋以蒲爲蒲柳者、葢以前二章束薪束楚皆爲木、則東蒲不宜爲草、殊不知薪蕘也、柴小木散材、單言之則薪柴通、漢廣錯薪有楚蔞、則兼草木、南山析薪匪斧不克、小弁析薪杝矣、車舝析其柞薪、白華樵彼桑薪、棫樸芃芃棫樸、薪之槱之、此皆單言之也、對舉則薪草也、柴木也、古草木通曰薪、

今草木通曰柴、究之柴从木是木薪也、薪从草、是草柴也、各有本義、今燈草尙稱燈薪、其義最正、釋文引孫毓云、蒲草之聲、不與戍許相協、箋義爲長、今則二蒲之音・未詳其異耳、馬瑞辰曰、箋以蒲爲蒲柳者、束草可流、束蒲柳則不可流、故易傳、非謂聲異也、孫毓蓋讀蒲柳之蒲爲上聲、蒲草之蒲爲平聲、故謂蒲草不與戍許相協、不知古音蒲草蒲柳皆从浦聲、詩中平仄通韻、初不分四聲耳○不與我戍許、今河南許州、卽春秋時許國、甫申同壤、而許亦相連屬也、春秋時國小而近鄭、鄭再滅之以爲俘邑、後附楚、靈公遷葉、今南陽府裕州葉縣、悼公遷夷、今鳳陽府亳州東南七十里廢城父縣是、旋還葉、又遷於白羽、今南陽府鄧州析川縣是、許男斯又遷於容城、今荆州府東廢華容縣是、蓋皆爲楚所遷也、鄭語・史伯曰、王欲殺太子以成伯服、必求之申、申呂方强、其隩愛太子・亦必可知也、昭二十六年左傳疏、劉炫引汲冢紀年、平王奔申、申侯魯侯許文公立平王於申、然則平王之德甫許、當亦德申之亟、戍申戍甫戍許不一戍、而序專言母家者、甫許之戍、因戍申連及之也、申呂遂爲楚所滅、許爲楚屬國、當平王時、蚡冒武王方拓土疆、則爲楚戍之可必矣、

揚之水三章章六句

箋曰、陳啓源以朱傳謂、先王之制、諸侯有故、則方伯連帥以諸侯之師討之、王室有故、則方伯連帥以諸侯之師救之、天子鄉遂之民、供貢賦、衞王

室而已、未知出何典記、因歷擧周官大司馬大祝大史大師鄉師縣師諸職所言出征時之事、至成王踐奄伐東夷、穆王征犬戎、共王滅密、宣王伐魯、皆王師親征之明證、見於書序與外傳者也、周公之東征、宣王之南征北伐、則又見於詩者也、誰謂天子之六師不用以征伐乎、其說允矣、但出征究與遣戍有別、經傳所言皆天子征伐諸侯之事、從未有以畿甸之民而爲諸侯戍守者、此序言不撫其民而遠屯戍于母家、固西周以前未有之事也、李允升曰、後世儒者、只以平王不能復讐之說・橫據胸中、而遂取文侯之命、及王風等篇、力詆平王、夫平王所處綦難耳、當幽王之時、人心離叛、不能如共和之世、尙可有爲、西戎之强、鄭伯死之、合秦晉衛之力、乃能立王、至於棄岐豐而東、則大勢已去、欲如宣王之命將興師難矣、至平王二十一年、而秦始能大敗戎師、則其東遷之始、殆亦勢不獲已、而敗戎之日、又安知不承王命耶、平王在位五十年、未有失德、想亦崎嶇艱難危而能安、儒者事後論人、特以其不能中興爲罪、然使如後世之論、畿內無兵、徒欲指揮天下諸侯、與唐室藩鎭等耳、其所謂愚學張僞幟者乎、

中谷有蓷。閔周也。夫婦日以衰薄。 箋曰、二南之道陵遲、 **凶年饑饉。** 箋曰、饑・穀不熟、饉・蔬不熟、 **室家相棄爾。** 箋曰、兵革不息、男女相棄、出於出其東門及溱洧、而詩皆涉淫風、此篇則迫衣食而棄其妻、王政之慢、民情之薄、諸國所無、可謂衰矣、故曰閔周、序末延文本、有也字、

中谷有蓷。暵其乾矣。 興也、蓷・鵻也、暵・菸貌、陸艸生於谷中傷於水、 **有女仳離。嘅其嘆矣。** 仳・別也、 **嘅其嘆矣。遇人之艱難矣。** 艱亦難也、○蓷吐雷反、暵呼但反、仳匹指反、嘅口愛反、難乃旦反、鵻音佳、菸於據反、延文本、傳貌下水下並有也字、

箋曰、蓷在中谷失其所、谷水浸之、暵然而枯槁矣、以興女之仳離而歎傷也、爾雅以萑釋蓷、傳以鵻釋蓷、萑鵻皆音追、萑與雈異、萑从艸隹聲、益母艸也、雈从艸雈省聲、音丸、亂也、俗省作萑、與益母之萑溷、不可不辨、茨亦一名鵻、皆謂其色似夫不也、毛於大車、訓茨鵻也、恐其與蓷相亂、故又申之云、蘆之初生者也、爾雅郭注、蓷・今茺蔚也、葉似荏、方莖白華、華生節間、又名益母、郭所謂荏者、白蘇紫蘇類也、胡承珙曰、嚴緝據本草益母生濱海池澤、以毛傳傷水之說爲非、不知蘇頌圖經又言、充蔚今園圃及田野極多、是不必盡生水濱、王氏總聞又云、益母草在野甚多、最能任酷烈、日愈烈、色愈鮮、則其性不宜水可知、且凡隰草固生於下溼、若谷中水之所注、亦不能生、即如菴閭在子虛賦、亦卑溼所生、究未必能久浸於谷中之水而不菸也、○暵其乾矣、釋文、暵・說文云、水濡而乾也、字作灘、又作灘、皆他安反、毛曰菸貌、蓋水濡而乾後之貌也、許氏用毛詩、其義一也、今詩作暵者叚借字、暵訓乾、故从日、灘訓水濡而乾、故从水、胡承珙曰、說文暵下訓乾、但引易燥萬物者莫暵乎火、竝不引詩、惟水部引詩灘其乾矣、是則詩本作灘不作暵可知、毛傳亦必作

灘云菸貌者、說文、菸・鬱也、一曰矮也、菸鬱者兼乾與溼言之、乾謂槁瘁、溼謂浥爛、百草經、此皆菸邑而無色、觀經於乾脩溼、皆以暵言之、則必非乾義可該、故傳以灘爲菸貌、竝非如暵之但訓燥也、然經文承上中谷言之、故傳又以爲陸草生於谷中傷於水、蓋谷中水之所注、庶草所不能生、既傷於水而病、則或成槁瘁、或成浥爛、皆有菸鬱之形、次章脩爲且乾者、又介於槁瘁浥爛之間也、箋於末章云、雖之傷、始則溼、中而脩、久而乾、此由泥於乾燥卑溼之義、而不知其同爲草病之狀、乾固菸貌、脩與溼亦皆爲菸鬱之形耳、蘇氏以爲先燥其乾者、終更燥其溼者、以爲旱由漸而甚、與夫妻之以漸而薄、然經文暵其、與嘅其條其啜其四其字、皆連上一字作形容之詞、非以其乾其脩其溼二字相連也、說文灘不同暵但訓乾、而曰水濡而乾者、以灘字从水・說其本義、此乾與乾燥異義、當如外強中乾之乾、謂菁華已盡、乾竭徒存、許書此種訓義、最爲微妙、○有女仳離、此君子憐而詠之者、非婦人自述、仳離言相棄也、仳通作𢻱、方言、器破而未離謂之璺、南楚之間謂之𢻱、𢻱卽仳也、𢻱又作坡、玉篇廣韻竝云、坡・器破也、仳離猶云披離、屈原九章、妬披離而障之、又轉爲茀離、爾雅、覭髳茀離也、郭注、茀離卽彌離、彌離又轉作仳離、凡此等皆連舉之詞、不當以字別爲義、○嘅其嘆矣、朱傳嘅歎聲、說文、歎・吟也、亦謂之長大息、○遇人之艱難矣、哀時命之意、愴然有餘感者也、艱難合二字一義、古人屬辭一字未盡、重一字以足之、七月序正義亦云、艱亦難也、但古人之語字重耳、安井氏曰、序云、凶年饑饉夫婦相棄、則遇人之艱難、謂其夫逢凶年、衣食俱艱、遂至相棄、故鄭訓窮厄、正義所述、非序箋意也、

中谷有蓷。暵其脩矣。脩且乾也、有女仳離。條其歗矣。條條然歗也、

條其歗矣。遇人之不淑矣。○歗·籀文嘯字、本又作嘯、

箋曰、脩本訓乾肉、引伸之、草乾亦曰脩也、傳不云脩猶乾也·而云脩且乾也者、不盡乾也、曾釗曰、且者將然之詞、說文、脩·脯也、釋名、脩·縮也、腊脯·乾燥而縮也、周禮注、乾肉薄析曰脯、捶之而施薑桂曰服、脩脯小物全乾者、然則肉之久乾者爲腊、始乾者爲脩、將乾者爲脯、故說文脯訓肉乾、而腊訓乾肉、乾肉者·肉之已乾者、肉乾者·肉之將乾也、脩訓脯不訓腊者、亦以脯爲將乾、與始乾之義近、○條其歗矣、說文、䏲·失意視也、从目條聲、條卽䏲之省借、䏲从目、故說文訓爲失意視、其義亦通爲失意貌、魏都賦·吳蜀二客·䏲焉失所、是也、歗·蹙口出聲也、詩人所見只一女、而歎、而歗、而泣、以漸而深、○遇人之不淑矣、淑·善也、古者謂死喪饑饉皆曰不淑、蓋以吉慶爲善事、凶禍爲不善事、此詩亦凶年遇災、故言遇人之不淑、猶今言不幸也、與前章艱難同義、鄭箋謂、君子於己不善、失之、

中谷有蓷。暵其濕矣。蓷遇水則濕、有女仳離。啜其泣矣。啜·泣貌、

啜其泣矣。何嗟及矣。○啜張劣反、

箋曰、嘆其溼矣、胡承珙曰、此溼亦非乾溼之溼、說文乙部、乾・上出也、从乙、乙・
物之達也、倝聲、土部、𡑞・下入也、从土㬎聲、則是與乾對稱者、字本作𡑞、水部、
溼・幽溼也、此與湆訓幽溼同、廣雅、鬱・幽也、幽與鬱同義、是溼亦當爲菸鬱之
貌、方言、溼・憂也、注云、溼者失意潛沮之名、蓋人憂鬱謂之溼、物幽鬱謂之溼、
故在人則爲於邑、後漢書馮衍傳、日曀曀其將暮兮、獨於邑而煩惑、在物則
爲菸邑、楚辭九辨、葉菸邑而無色、此其義也、與泛言乾溼者不同、不然遇水
則溼、凡物皆然、尙何待於詁訓乎、○啜其泣矣、釋名、啜・惙也、是啜惙音義同、
一切經音義四・引聲類、惙・短气貌也、啜亦作歠、據孟子歠粥、又流歠二字皆
从㱃、似以飮爲正義、从口者古文、从㱃者籀文、啜其泣矣、後世飮泣字本此、
嘅歎條歗、大氐如一、特以艱難不淑爲敘、卒章最痛切、是結法、○何嗟及矣、
爾雅、嗟・發聲也、安井氏曰、及・追及也、何嗟及・猶嗟何及、古人語倒也、書曰疇
咨若時、句法同、言已旣嫁是人、遇此不淑、啜然以泣矣、雖怨悔噬臍、于嗟又
何能追及未嫁之前哉、安井說是也、人情値困窘・則牢騷
而嘆、遭橫逆則憤懣而歗、怨尤兩窮・則付之悲慟而已、

中谷有蓷三章章六句

箋曰、春秋隱六年、京師告饑、魯爲之請糴于宋衛齊鄭、此詩或作于此時、
孔子繫易、言夫婦之道、不可以不久也、故受之以恒、恒者久也、則常而久
者、乃夫婦之道也、凶年饑饉、爲夫婦者、正當患難相恤、設令上而王朝有
司徒荒政十二以聚民、下而有司能以時告其上、發倉廩開府庫、懋遷化

居以賑民、必無夫婦衰薄、室家相棄之事、而平王教之無素、又致荒政之不脩、此中谷有蓷所由作也、

兎爰。閔周也。箋曰、苕之華大夫閔時也、其詩曰、知我如此、不如無生、閔字可并考、君子無望於桓王也、桓王失信。箋曰、桓王・平王之孫也、失信必有其事矣、據左傳・王易田失鄭、又奪鄭伯政、其妄可知、正義以信不由中當之、是恐非桓王之過、諸侯背叛。構怨連禍。箋曰、釋百罹百憂百凶、王師傷敗。君子不樂其生焉。箋曰、甚於君子陽陽其樂只且、夫周之衰久矣、至于周鄭交惡、尊卑之分蕩然、桓王不能自克、欲振赫斯之旅、一舉而喪師辱身、讀左傳繻葛戰事、天地日月、昏變甚矣、而諸侯方伯無有起而聲鄭罪者、王亦卒無奈鄭何也、兎爰詩人、悲憤之至、而有是作、蓋曰、今日惟有長寐而置理亂于不知而已矣、序謂閔周、意當如此、〇背音佩、樂音洛、

有兎爰爰。雉離于羅。興也、爰爰・緩意、鳥網爲羅、言爲政有緩有急、用心之不均、我生之初。尙無爲。尙無成人爲也、我生之後。逢此百罹。尙寐無吪。罹・憂、吪・動也、〇罹力知反、吪五戈反、延文本、傳意下均下憂下並有也字、

箋曰、比也、離・麗也、狡兎脫於羅、而綽然自得、以比叛國橫逸於王罰外、雉介鳥而反苦於羅、以比王國士民羅於鋒鏑之禍也、毛傳言、爲政有緩有急、鄭申傳意云、有緩者有所聽縱也、有急者有所躁蹙也、胡承珙曰、聽縱者謂解放之、一切經音義引韓詩曰、爰爰・發蹤之貌也、蹤當作縱、顏師古注漢書蕭何傳曰、發縱謂解紲而放之也、箋云聽縱、與韓詩義同、躁蹙者、正義云定本作操、此卽公羊傳操之已蹙之義、正義曰、兎言緩・則雉爲急矣、雉言在羅・則兎無拘制矣、擧一緩一急之物、故知喩政在緩急、王心之不均也、安井氏曰、有兎爰爰、喩虢狡而畀之政、雉離于羅、喩鄭守介而見伐、言爲政有緩急之度、惟桓王用心之不均、是以失其度、諸侯所以背叛也、以上諸說皆蓋得毛義、然似不切時事、〇我生之初尙無爲、尙・庶幾也、言我生之初、庶幾無事以過了一生也、翁方綱曰、朱傳云、爲此詩者、蓋及見西周之盛、故曰方我生之初、天下尙無事、然以愚度之、所謂天下尙無事者、只是概論中國諸侯之不臣、未有若此時構怨連禍之甚、則雖屬東遷之始、而尙不至傷敗若此、陸務觀生於北宋末・戎馬倥偬之際、而其詩曰、宣和七年冬十月、尙是中原無事時、卽此尙無爲之義矣、蔡文姬十八拍亦云、我生之初尙無爲、我生之後漢祚衰、尤足相證、豈亦必其生於東漢盛時邪、翁說駁朱則是也、經文尙字上下異解、未允、安井氏曰、傳不解尙字、則讀與下尙同、下尙分明是庶幾、則此尙亦當訓庶幾、人爲者人所爲也、謂非天意者、言我幼穉之時、庶幾君相無敢成人私意所爲矣、案人爲者、所謂天下本無事、庸人擾之耳之意、〇我生之後逢此百罹、安井氏曰、鄭解我生之後爲長大之後、是也、百罹者百事皆可憂也、案爾雅、罹・憂也、惟訓思、能思患者、惟恐離于網羅、故字从网惟、言我始願在無爲、今而遇是百憂、不樂其生、願寢而不動耳、無吪者、不過欲付世事於不知耳、原非如士燮叔孫婼之祈死、說者釋以爲欲死者誤也、唐石經、吪誤作訛、破斧無羊皆同、

有兔爰爰。雉離于罦。罦・覆車也、我生之初。尚無造。造・爲也、我生之後。逢此百憂。尚寐無覺。〇罦音孚、覺古孝反、覆芳服反、

箋曰、罦說文作䍖、或作罦、云覆車網也、引詩雉離于䍖、郭璞曰、今之翻車也、有兩轅、中施罥以捕鳥、覆也翻也而稱車、是設機輪而翻覆罥者、既是兩轅、可以網鳥、亦可以網獸、說文、罟・兔罟也、字又作罘、莊子釋文、罘本又作罦、是罦罘通用、據齊語田獵畢弋韋注、畢弋掩雉兔之網也、是古者掩雉兔之網、可以同用、詩蓋以羅罦罿可兼取雉兔、而縱兔取雉取喻、〇尚無造、無造卽無爲也、造字尚書多例、〇尚寐無覺、覺・寤也、唐人詩、安得中山千日酒、酩然直到太平時、正尚寐無覺之意、

有兔爰爰。雉離于罿。罿・罬也、我生之初。尚無庸。庸・用也、我生之後。逢此百凶。尚寐無聰。聰・聞也、〇罿昌鍾反、罬張劣反、

箋曰、釋文引韓詩云、施羅於車上曰罿、爾雅、罿・罬也、罬謂之罦、據此則罦與罿是一物、郭璞以大網解罦、或罦大而罿小也、尙無庸者、不用力不用心、優游送日月也、鄭箋、庸・勞也、用力者勞、更事者亦勞、用與勞義正相成、傳意則安井氏謂、任道而行、庶幾無自用也、是也、與前二章其義略同、百凶則不止于百憂矣、尙寐無聰者、背叛傷敗、百凶之言、逆於耳衡於心故也、吪在身、而覺與聰在耳目、無覺・不見之意、無聰・不聞之意、凡人寤則憂、寐則不知、故願熟寐以無聞見、此詩較苕之華、不欲爲不如無生之直率、而集傳句句增出死字、偏以不如無生意解之、殊失詩旨、

兔爰三章章七句

葛藟。王族刺平王也。 箋曰、正義云、定本作刺桓王、義雖通不合鄭譜、釋文云、刺桓王本亦作刺平王、夫自秦火之後、篇帙散亡、傳者失次、先後之序、固有難以過執者、然兔爰刺桓、葛藟不應刺平、玩詩辭、亦於桓爲近、詩譜作平王者、疑轉寫者之誤、崔靈恩皇甫謐皆以爲桓王之詩、群書治要亦作刺桓王、**周室道衰。** 箋曰、周道親親、**棄其九族焉。**

箋曰、周之興、常棣伐木以親九族、及其亡、頍弁角弓作矣、至於葛藟、其辭愈疏遠、而無恩極矣、文七年左傳・宋昭公將去羣公子、樂豫曰、公族・公室之枝葉也、若去之則本根無所庇蔭矣、葛藟猶能庇其本根、故君子以爲比、況國君乎、論公族而及是詩、與序文合符、朱傳謂、世衰民散、有棄其鄉里家族、而

流離失所者、於葛藟取興之意、殊不親切、翁方綱曰、序云、刺王棄九族、故三章皆言終遠兄弟、族親爲兄弟、是此句實陳棄九族之事、若作流民失所解、則應首二章自云遠其父母、而末一章乃云遠其兄弟、方與謂父謂母謂昆、義相比協、不宜三章皆以遠兄弟爲說也、

緜緜葛藟。在河之滸。興也、緜緜、長不絕之皃也、水厓曰滸、**終遠兄弟。謂他人父。**兄弟之道、已相遠矣、**謂他人父。亦莫我顧。**○藟力軌反、遠于萬反

箋曰、比也、廣雅、藟、藤也、藟亦蔓生、詳周南樛木、緜緜葛藟、比九族之浸而蕃衍焉、在河之滸、比在天子之宇下也、河潤九里、況在其滸、沛澤所被、王族得以滋蔓云爾、如是比之、而後陳今之不然、以哀籲於下、是比體也、河潤所生、不止葛藟、特取其蔓延庇本根焉、葛藟猶之王室也、其本根以喻王、而枝葉以喻宗族也、枝葉之茂、即本根茂之、而還以自庇其本根、王能敦厚其宗族、而王亦藉以安固、葛藟之不緜、亦王室之瘁也、宋胡氏旦以爲葛藟宜生邱陵、不宜生水畔、以喻己之失所、又引他詩詠葛藟語、爲葛性喜燥惡濕之證、然所引諸詩、惟旄邱屬高阜耳、若樛木條枚蒙楚、止言其附木而生、不言所附之木、必在山不近水也、至葛覃篇言中谷、其近水更甚於河滸、詩言萋萋莫莫、反足爲葛性好水之一證、又此詩言緜緜、夫物生緜緜不絕、安見其不得地哉、河滸河涘河漘、乃近水之地、正葛藟之所託以生者、而曰必生於山谷丘野、而不生於水厓、非通論也、○終遠兄弟、謂他人父、傳已字乃解終字、

終遠兄弟者、已遠兄弟也、安井氏曰、小功以下之親、相謂爲兄弟、序云棄其九族、則兄弟詩人自稱也、言已爲王族、恃王爲父母、而王待族人之道、已相遠矣、於是不得已、而謂他人爲已父母也、〇謂他人父・亦莫我顧、安井氏曰、王遠棄兄弟、不得已而謂他人爲父、無有一人眷顧我者、言困約甚矣、此人未必謂他人爲父、言此者・王無恩與他人同、怨之深矣、莫重於無、若人莫闚志、人無有闚志也、則亦莫我顧・亦無有眷顧我者也、汎謂世人不顧已、非斥王也、說得之、以上四句、言王族不依王室則無怙也、魯成公欲就楚叛晉、季文子曰、不可、史佚之志曰、非我族類、其心必異、楚雖大・非吾族也、其肯字我乎、春秋間言是意甚多、

是詩亦與史佚合符、

緜緜葛藟。在河之涘。涘・厓也、**終遠兄弟。謂他人母。**王又無母恩、**謂他人母。亦莫我有。**〇涘音俟、

箋曰、李巡曰、涘一名厓、郭璞曰、謂水邊也、〇謂他人母、傳不言王無父恩・又無昆恩者、不待言也、嫌王非母、故特釋之、有父道者、必兼母道、朱傳解母字大拘、此詩父母等字、姑借用耳、非必眞事之如父母也、今乃云、謂他人父者、其妻則母也、然則謂他人昆者、亦必指夫婦所產之子歟、無怙之人、苟有可賴者、皆思欲託之、何必眷眷於此一家之父母與昆乎、〇亦莫我有、有者保抱相存也、古者謂相親曰有、荀子大略篇云、友者所以相有也、亦謂相親有

也、儀禮君不有其外臣、左傳不有寡君、多例、

緜緜葛藟。在河之漘。漘、水隒也、**終遠兄弟。謂他人昆。**昆、兄也、

謂他人昆。亦莫我聞。○漘順春反、隒魚檢反、

箋曰、伐檀寘之河之漘兮、釋文、漘本作脣、作脣者古字、釋名、脣、緣也、口之緣也、據此則河之脣者、河之緣也、古微書引春秋元命苞、脣者齒之垣、據此則河之脣、亦河之垣也、傳訓漘爲水隒、說文、隒、厓也、與上章訓涘爲厓義同、秦風在水之湄、傳亦云、湄水隒也、湄亦厓也、水邊謂之隒、與堂邊謂之廉、取義正同、釋丘、夷上洒下不漘、郭與李孫異解、洒下爲陗下、而不爲衍字者、李與孫也、洒爲水深、而不作發聲者郭也、釋魚、左倪不類、右倪不若、不皆發聲、從郭爲是、若洒字之義訓陗、尤與夷平相對爲合、釋邱上云望厓洒而高岸、亦但言其厓未及水也、郭以洒下爲厓下水深則非、○謂他人昆、昆者罤之假借也、說文云、周人謂兄曰罤、玉篇省作罤、云經典通作昆、詩惟王風有昆字、此正周人謂兄爲罤之證、論語、人不間於其父母昆弟之言、皇疏、昆、兄也、謂兄爲昆、昆、明也、尊而言之也、禮經以大功以上爲昆弟、小功以下爲兄弟、以別親疏、喪服傳曰、小功以下爲兄弟、是也、喪服曰昆弟、曰從父昆弟、曰從祖昆弟、曰族昆弟、雖疏必曰昆弟、親親之辭也、然詩辭不必拘、先生爲昆、而爾雅釋言云昆後也者、罤字从弟从眔、蓋取次序連及之義、眔从隶省、隶者从

後及之、然則罤字从眔从弟、二體俱有後義、故曰昆後矣、左氏哀十八年傳、昆命于元龜、晉語云、延及寡君之紹續昆裔、杜韋注竝云、昆、後也、是也、○亦、莫我聞、聞如字、言不聞我言如聾然、窮愁無據之人、每退一步望人、不敢冀他我顧我有、止望其動色傾聽、亦不可得、只一聞字、情轉切而意愈悲、父曰顧、母曰有、兄曰聞、用字極巧、

葛藟三章章六句

采葛。懼讒也。

箋曰、此詩三言不見、正懼讒隱微深切之語、蓋讒言之入、必乘其閒、故曹氏引古語云、一日不朝、其閒容刀、小人之譖人、多因其不見之時、乘隙而入、如上官桀譖霍光、伺光出沐日奏之、宏恭石顯之譖蕭望之、候望之出沐日上之、汲黯不願之郡、疑張湯也、京房不敢離左右、畏石顯也、故詩人以一日不見君爲三歲矣、

彼采葛兮。一日不見。如三月兮。

興也、葛所以爲絺綌也、事雖小、一日不見於君、則憂懼於讒矣、○見賢遍反、

箋曰、比也、詩言采多矣、或言采之地、則以地取義、首陽新田之類、是也、或言采之時、則以時取義、蘩之春日、薇之柔止剛止之類、是也、或言采之事、則以

事取義、不盈頃筐・不盈一匊之類、是也、采葛之詩、言采之外、無他詞焉、則義在葛蕭艾三草矣、彼指人君、惟其采葛、故有攀附之患、惟其采蕭、故有爇灼之憂、惟其采艾、故有鑠膚之慮、楚辭九歌、采三秀於山間、石磊磊兮葛蔓蔓、五臣注、芝藥仙草、采不可得、但見葛石耳、亦猶賢哲難逢、諂諛者衆也、劉向九歎、葛藟虆於桂樹兮、鴟鴞集於木蘭、王逸注、葛藟惡草、乃緣於桂樹、以言小人進在顯位、是葛爲惡草、古人以喩讒佞、又楚辭離騷經、戶服艾以盈要兮、謂幽蘭其不可佩、又何昔日之芳草兮、今直爲此蕭艾也、東方朔七諫、蓬艾親日御于牀第兮、馬蘭踸踔而日加、張衡思玄賦、珍蕭艾於重笥兮、謂蕙芷之不香、並以蕭艾爲讒佞進仕之喩、此詩采葛采蕭采艾、蓋皆喩人主之信讒、下二句乃懼讒之詞、胡承珙申毛義曰、事雖小、蓋通三章言之、三所以字蓋言・采此三物皆爲有用、本屬無疑、而暫違君遂行、顚倒是非、變亂黑白、無所不至、所以可懼在此、蘇氏曰、朝有讒人、則下不敢有所爲、采葛所以爲絺綌、采蕭所以供祭祀、采艾所以攻疾病耳、雖事之無疑者、猶不敢行、畏往而有讒之者、是以一日不見君、而如三月之久也、蘇胡申傳、勝於鄭箋、然恐不得經旨、○如三月兮者、心有所危懼、雖暫如久也、言一日不進見于君、則如三月之久、其中變態有不可知者也、

彼采蕭兮。一日不見。如三秋兮。 蕭所以共祭祀、○共音恭、

箋曰、爾雅、蕭・萩、下泉蓼蕭傳並云、蕭・蒿也、正義引陸疏云、今人所謂萩蒿也、說文、蕭・艾蒿也、萩・蕭也、此物一名艾蒿、許非謂艾爲蕭也、齊高帝云、蕭卽艾

也、此誤耳、白虎通義引王度記云、士以蕭、庶人以艾、是蕭艾二物矣、周禮甸師、祭祀共蕭茅、玄謂、詩所云取蕭祭脂、又郊特牲注云、蕭・薌蒿也、染以脂、合黍稷燒之、薌與香通、蕭有香氣、故采之以供祭祀、〇三秋以三冬例之、亦謂秋之三月也、唯積月而時、積時而歲、故其序如此耳、〇安井氏曰、正義云、三秋謂九月者、一秋有三箇月、三秋故九月也、首章云三月、此章云三秋、卒章云三歲、孔欲三秋久於三月、故云九月也、

彼采艾兮。一日不見。如三歲兮。 艾所以療疾、

箋曰、埤雅・艾字從乂、草之可乂病者、一曰灸草、蓋醫家灼艾灸病、故師曠謂之病草、別錄謂之醫草、初春布地生、葉背白、采葉暴乾、陳久者良、卽孟子所謂三年之艾是也、葛生於初夏、采於盛夏、故下承三月、蕭至秋乃可取用、故下承三秋、艾必求三年之久爲佳、故下承三歲、

采葛三章章三句

大車。刺周大夫也。 箋曰、朱傳云、淫奔者畏而歌之如此、殊不知凡淫奔者之言、作詩者述之之言也、此詩述其畏大夫、又述其死生、相約誓、謂其思之・非不若是甚也、然而且畏也、奈何今之大夫不能畏其民也、**禮義陵遲。** 箋曰、此句爲卒章繫之、**故陳古以刺今大夫不能聽男女之訟焉。**

箋曰、是詩自行露點化來、故以召伯聽訟示其義也、胡承珙曰、呂記云、此所謂陳古、其在文武成康之後歟、蓋惟止其奔、未能革其心、與行露之詩異矣、此說非是、序於變風變雅中、凡詩詞之美者、多謂之陳古、夫詩人既欲陳古、何不直陳文武成康之盛、而必陳其後之不能革心者以爲古歟、諸儒特以豈不爾思、畏子不敢二語、以爲免而無恥、特政刑之效耳、不知此正所謂發乎情止乎禮義者、詩人抑揚之詞、何可固執、范氏補傳曰、據詩所陳、當禮義陵遲之時、男女淫奔、由無所忌憚而然、詩人因言古之大夫能聽男女之訟、與行露美召伯之意略同、然行露言不從、此詩言不敢、其急訟雖同、而所以息者有異、曰不從者、德明惟明也、曰不敢者、德威惟畏也、明與威皆出于德、其可美均也、此說得之矣、

大車檻檻。毳衣如菼。 大車、大夫之車、檻檻・車行聲也、毳衣、大夫之服、菼・鵻也、蘆之初生者也、天子大夫四命、其出封五命、如子男之服、乘其大車檻檻然、服毳冕以決訟、**豈不爾思。畏子不敢。** 畏子大夫之政終不敢○

檻胡覽反、毳尺銳反、菼吐敢反、鵻音隹、延文本、傳大夫之車下・服下・訟下・並有也字、

箋曰、大車對兵車田車而言、非牛車、公羊昭二十五年傳乘大路、何休注、禮天子大路、諸侯路車、大夫大車、士飾車、所云禮蓋古逸禮、是大車爲大夫車之證、王朝大夫、於禮當乘墨車、墨漆之而不畫、巾車、大夫乘墨車、鄭注、墨車不畫也、正義以大車爲革路、失之、王逸楚詞九歎注、檻檻・車聲也、服虔通俗

文云、車聲曰轞、則檻乃轞之叚借字、此純取其聲、與緜緜有本義者不同。○毳衣如菼者、女子聞車聲檻檻、而知其爲大夫、仰而瞻之、毳菼之衣、儼然立於車中、如天下雷行、物與无妄、不怒而威於斧鉞也、傳謂、天子大夫四命、其出封五命、如子男之服、封者疆界之名、出封畿之外亦爲出封、毛意以周禮出封、爲出於封畿、非封爲諸侯也、典命、王之三公八命、其卿六命、其大夫四命、及其出封、皆加一等、蓋八命、加一等、所謂上公九命、其服以九爲節也、其不出封則與侯伯同服矣、公與侯伯同服、則卿與子男同服矣、此詩所謂周大夫者卿也、然則司服所謂卿大夫之服自玄冕而下者、諸侯之卿大夫也、毛謂服毳冕以決訟、當本於師說、或古制爾耳、康成好以禮釋詩、而不易此傳、必有見也、且毳衣天子卿職所得服焉、詩特舉以形容其可畏、縱非服以聽訟、於義自通矣、周制・子男五命、冕服五章、子男之服、自毳冕而下如侯伯之服、冕謂冠、毳謂衣、毳衣以宗彝爲首、蓋畫虎蜼、虎蜼淺毛、故謂之毳、毳衣所畫者三章、宗彝也、藻也、粉米也、裳所繡者二章、黼也、黻也、所畫所繡皆備五色、所謂以五采彰施於五色者也、說文艸部、薊雚之初生、一曰薍、一曰鵻、或从炎作菼、陳啓源曰、毳衣如菼、以艸色比衣也、傳云、菼・鵻也、又以鳥色比艸、毳衣如璊・以玉色比衣也、說文云、禾之赤苗謂之虋、玉色如之、蓋虋璊同音也、又以禾色比玉、皆轉相況譬以明之、此古人體物之妙也、鄭謂鵻色青、正義引爾雅郭注云、在青白之間、則淺青矣、戴震曰、傳蘆字譌、當作雚、孔沖遠不能考正、而溷蘆菼爲一、非也、夏小正、七月秀雚葦、傳曰、未秀則不爲雚葦、秀然後爲雚葦、故先言秀、又曰、雚未秀爲菼、葦未秀爲蘆、是菼與蘆乃雚葦、二物初生之名、凡詩中曰兼葭、曰葭菼、曰萑葦、及今人曰蘆荻、皆並舉二物、兼萑荻、一也、葭蘆葦一也、說文多本毛詩、於菼字云萑之初生、然則毛詩轉寫譌失顯然矣、葭菼又詳衞碩人秦蒹葭、○畏子不敢、子者稱所尊敬之詞、指大夫也、廣雅釋詁、敢・犯也、敢謂犯禮、不敢猶不犯也、吳語不敢左右、猶云不犯左右也、畏子不犯、卽謂不犯禮以奔、與下章畏子不奔同義、子曰、無畏而惡不仁者、天下一人而已、畏而不敢、非以禮制心者乎、

大車啍啍。毳衣如璊。 啍啍・重遲之皃、璊・赬也、 **豈不爾思。畏子不奔。** ○啍他敦反、璊音門、赬勑貞反、延文本、傳貌下有也字、

箋曰、啍啍亦當爲車行之聲、采芑戎車嘽嘽、嘽嘽焞焞、釋文、焞本作啍、啍啍猶上章之檻檻、亦假借字之純取聲者也、說文玉部、璊・玉赬色也、傳祗言赬、不言赬玉、疑脫玉字、說文可證、毳衣五色備、其青者如騅、其赤者如赬、二章各舉其一爾、沈括云、璊色在黃朱之間、則淺朱矣、爾雅、一染謂之縓、再入謂之赬、注以爲淺赤、又諸侯赤芾、而斯干傳謂諸侯黃朱、是黃朱乃赤也、據此二文・則赤淺於朱、赬又淺於赤、然細分則異、槩舉則通、說文云、赬・赤色也、亦以赬赤爲一矣、或謂、毳冕之服、以絲爲之、毳衣以毛布爲之、名同實異、毳冕享王於廟、及助王祭禩則服之、未有服以聽訟者、且五色備者、衣之文也、青白色者、衣之質也、詩人遠望車中之人、唯見其衣青白如菼而已、不當舉衣文中一色作形容、況遠望必不分別、烏得以稱焉、周官司服鄭司農注、毳・罽

衣也、說文、毳・獸細毛也、罽・西胡毳布也、罽通作罽、爾雅釋言、氂・罽也、釋文、氂李巡本作毳、舍人注、罽・戎人績羊毛而作衣、通俗文、織毛曰罽、罽衣蓋褐衣之類、取其可以禦雨、故爲大夫巡行之服、織染異色、故有如菼如璊之喻、此說不然、毛布者褐也、左傳曰褐之父、孟子曰褐夫、老子曰被褐、皆以爲賤服、大夫安得服之、又據說文䋃字之訓、則䋃卽罽矣、既曰毳衣、而又曰如罽、有此文義乎、況罽西胡毳布、三代大夫未必以爲冕服也、

穀則異室。死則同穴。謂予不信。有如皦日。穀・生、皦・白也、生在於室則外內異、死則神合同而爲一也、○皦古了反、延文本、傳生下有也字、

箋曰、說文、穀・續也、百穀之總名、穀訓續、有生生不已之義、故穀亦有生義、穆天子傳、皇人受穀、注、穀・生也、文選思玄賦、穀崑崙之高岡、注、穀・生也、皆本詩傳、異室卽男正位乎外、女正位乎內之義、穴・謂冢壙中也、異室同穴禮義也、安井氏曰、詳考毛傳、此蓋女防男之辭、言我畏大夫、終不敢爲無禮之事、汝若以禮迎我、我當生則正外內之禮、死則全同穴之義、此說是也、非禮不可犯、故以禮義勸之、朱傳謂、生不得相奔以同室、庶幾死得合葬以同穴、不知生不得爲婦、而死安可合葬以同穴、卽謂是欲奔者無聊之思、亦恐非所以垂訓、正義引檀弓曰、合葬非古也、自周公以來、未之有改、然則周公始合葬也、經稱死則同穴、則所陳古者・陳周公以來賢大夫、胡承珙曰、漢書、哀帝太后丁氏崩、上曰、朕聞夫婦一體、詩云穀則異室、死則同穴、附葬之禮、自周興

焉、此西京詔書、將以太后合葬定陶恭王、而引此詩、足知詩所陳者必夫婦之正禮、此詔與毛義正合、箋疏之言、皆爲有本、列女傳引此義同、若係淫奔者約誓之辭、何至用以比太后之葬、晏子春秋諫上、景公成路寢之臺、逢於何欲葬其母於臺下、願請命合骨、晏子言之、景公許之、引詩云穀則異室、死則同穴、此亦謂是夫婦之正禮也、○謂予不信有如皦日、此二句、承上穀則異室、四語同爲誓詞、左傳曰有如日、曰有如白水、皆誓辭也、如者指物之辭、與有如周公、有如召公之有同、卽指皦日、猶云謂吾不信、天日照鑒、必降大罰、所謂指天日以爲誓也、釋文、皦本又作皎、文選寡婦賦注、引作有如皎日、說文、皦、玉石之白也、皎、月之白也、月出傳、皎、月光也、正義、皦是日光之名、亦就詩說詩、非月光定作皎、日光定作皦也、生則異室、不至相瀆、死則同穴、從一以終、觀其誓辭、所守之堅可知矣、此由上之風化使然也、

大車三章章四句

箋曰、行露以旣訟言、大車以使無訟言、三章皆陳古之詞也、記云、君子禮以坊德、刑以坊淫、又曰、夫禮坊民所淫、章民之別、故男女無媒不交、無幣不相見、恐男女之無別也、大夫能使民生畏心、則其所以坊之者、必有禮以爲政刑之本、非特能聽訟、而亦使之無訟、聞大車之聲、見毳衣之容、而非禮之念、不萌於中、非畏刑也、畏禮義也、今禮義陵遲、則其隄防已壞矣、又何以禁水之奔溢哉、故爲大夫非惟不能止訟、而且不能聽訟、此詩人

所以傷今而思古也、

丘中有麻。思賢也。莊王不明。賢人放逐。國人思之。而作是詩也。

箋曰、莊王・平王孫、桓王子也、魯莊公十一年、周莊王之末年、春秋不書崩葬、是年齊桓公始覇、蓋君子於東遷之後、平桓之世、尙冀復興西周盛業、至莊王而降、無復望矣、賢人皆放逐、詩云、人之云亡、邦國殄瘁、信矣、

丘中有麻。彼畱子嗟。

畱・大夫氏、子嗟・字也、丘中墝埆之處、盡有麻麥草木、乃彼子嗟之所治、

彼畱子嗟。將其來施施。

施施・難進之意、○將七良反、墝苦交反、埆苦角反、延文本、傳治下意下並有也字、

箋曰、麻之屬總名麻、別而言之、則有實者名苴、無實者名枲、喪服傳曰、苴絰者麻之有蕡者也、牡麻者枲麻也、蕡卽實也、牡卽無實之名、然亦通名麻枲、績其皮以爲布、朱傳云、麻穀名、然麻之爲穀、是今之胡麻、穀非可績之麻也、績麻子雖可食、而不得充民食、朱傳混同、失之、麻麥李、是丘中所見者、思畱大夫之遺澤、卽甘棠思召伯之意、彼留子嗟、彼者、在彼而不在此也、說文無劉字有鐂字、徐鍇以爲鐂卽劉、鐂又省作畱、故畱氏卽劉氏、薛尙功鐘鼎款識有劉公簠、積古齋鐘鼎款識作畱公簠、胡承珙曰、括地志云、劉聚卽劉累故城、蓋在夏爲劉累邑、在周則爲周大夫留氏之邑、漢書地理志・河南緱氏

縣劉聚。周大夫劉子邑。水經洛水注云、合水北與劉水合、水出半石東山、西北流注於劉聚、三面臨澗、在緱氏西南、周畿內劉子國、故謂之劉澗、諸書所言皆合、春秋劉康公之後、有劉夏劉摯劉狄、皆食采於此、雖未知其卽子國子嗟後人與否、要皆以邑氏者、若桓十一年公羊傳云古者鄭國處于留、及遷鄭焉而野留、至蔡仲省留、而爲宋所執、此則地與宋近、卽水經渠水注所引孟康曰、留鄭邑也、後爲陳所幷、故曰陳留者、至路史所云彭城之留、則左傳襄元年楚子辛侵宋呂留者、皆不足以證王風之留也、又曰、傳以子嗟爲大夫字、子國爲子嗟父、必有所據、鄭箋從毛、並無異說、亦必其時古籍尚存、有可徵信者、歐陽本義謂、其人其事不見於春秋史記、以毛爲附會、不知詩序傳所載人名、湮沒者多矣、衛擊鼓序公孫文仲・鄭清人序公子素、俱不見于春秋、大雅韓奕之顯父則明見本經、而古今人表不載、子都子充並見鄭山有扶蘇、子都見孟子、子充無考、定之方中傳、述仲梁子曰、正義載鄭志仲梁子先師魯人、當六國時、此亦一傳詩者、而向來考毛詩授受人名、未之及、善乎李氏集解曰、此猶陳風所謂子仲之子、豈必求於他書、蓋詩中所陳便是實事跡、不必於春秋史記中求之也、正義云、子國是子嗟之父、不應同時見逐、又不應先思其子、今首章先言子嗟、二章乃言子國、然則賢人放逐、皆言子嗟耳、但作者既思子嗟、又美其奕世有德、遂言及子國耳、故首章傳曰、麻麥草木乃彼子嗟之所治、是言麥亦子嗟所治、非子國之功也、卒章言彼留之子、亦謂子嗟耳、此疏善達傳意、安井氏曰、序言賢人放逐、國人思之而作此詩、則丘中有麻者、詩人述子嗟前日居官之功、非放逐後之事也、傳云丘中墝埆處・盡有麻麥草木、則所治非一處、蓋子嗟爲大小司徒之屬、率其屬官、以敎國人、治荒僻之地、盡爲禾黍、故國人思之不置也、鄭以勸課農桑爲守令之事、故云去治卑賤之職而有功、殊與序傳乖、○將其來施施、釋文云、將・王申毛如字、鄭七良反、下同、正義述毛云、彼留氏之子嗟、其將來之時施施然、此所謂讀將如字也、然依此則經文當作其將來、不應作將其來矣、將猶氓詩將子無怒・鄭風將仲子之訓將爲願、將其來者願其來、正序所謂思也、釋文云、鄭七良反、是謂鄭訓將爲請、然次章箋云、言其將來食、是鄭意讀如簡兮方將萬舞之將、訓當爲且、非訓爲請・而讀七良反也、施施・自得之貌、猶曰施施來遊、孟子施施從外來、似因是詩、詩人願其來、則冀其不與斯世決絕・而有時復出、非嘉其肥遯之謂、故序以爲思賢、顏氏家訓書證篇曰、詩云將其來施施、韓詩亦重爲施施、河北毛詩皆云施施、江南舊本悉單爲施、俗遂是之、恐爲少誤、其言甚當、陸孔正從河北本也、說者猶有從江南本者云、此詩三章章四句、每句四字、不應此句獨五字、舊本當作將其來施、後人以傳云施施難進之意、因疑經重文而增之、然有經本一字而傳重文者、如草蟲篇憂心有忡、傳以忡忡釋之、碩人篇碩人其頎、傳以頎頎釋之、氓篇咥其笑矣、傳重言之曰咥咥、芄蘭篇垂帶悸兮、傳重言之曰悸悸、黃鳥篇惴惴其慄、傳重言之曰慄慄也、與施訓施施正同、今依古本作將其來施、與二章將其來食、句法正相類、荀子臣道篇、瓜牙之士施、則仇讎不作、楊倞注曰、施謂展其才也、然則將其來施者、願其來而展其才也、此說似是而非、經文果單言來施、以下章傳例之、何知非施德行惠、而必云施施難進之意乎、此

就傳文可決者也、

丘中有麥。彼留子國。子國子嗟父、**彼留子國。將其來食。**子國復來、我乃得食、延文本、傳父下食下並有也字、復扶又反、

箋曰、安井氏曰、據經傳、子國亦嘗有治民之功、雖老而致仕、是時猶存、作者欲見其有世功、而王放逐之之非、故借父以影子、所以重惜子嗟之去也、此說得之、來食、就我而食也、庶幾從我食、猶言中心好之、曷飲食之之意、非我乃得食之謂、

丘中有李。彼留之子。彼留之子。貽我佩玖。玖石次玉者、言能遺我美寶、○延文本、寶下有也字、

箋曰、安井氏曰、之子毛無傳、則以爲子嗟矣、子男子美稱、留之子猶言留子、戰國策稱麗姬爲麗之姬、此亦加之字足句耳、○貽我佩玖、說文、玖石之次玉黑色者、傳遺我美寶者、安井氏曰、孔云、美寶猶美道、是也、其爲陳昔日之功則失之、昔日之功、三章首句所述是也、貽我佩玖者、望其復來、而不可得、猶冀其遺我以美道也、若謂在朝所施之政教、傳當言賞、今不言嘗而云能、則其意謂能遺我以美寶乎、乃庶幾將來之辭、非陳昔日之功也、此說是也、

張平子四愁詩序云、屈原以珍寶爲仁義、騷人之辭・源流於風也、貽我佩玖・則賢者肯以善道惠我、卽白駒以金玉之音・望之伊人者、意漸深而思漸切矣、

丘中有麻三章章四句

箋曰、古之人・賤者名而已、貴者始有氏與字、春秋書法以此寓褒貶、此詩序言思賢、而傳以留爲大夫氏、子嗟子國爲字之意也、朱傳旣不能達字之訓、乃必反其賢爲淫、略其大夫而直斥爲男子、然彼留之子、旣并指前二人、則是一婦人而所歡者二焉、淫至于此、聖人豈猶有錄其詞之理、如舊說以留爲氏、則慕其人、欲其來而飮食我、贈貽我、義旣一貫、情文亦兼至、不可易也、

王國十篇二十八章百六十二句

箋曰、馬瑞辰曰、賢士之進退、朝廷之亂治繫焉、民情之向背、國家强弱屬焉、王風爲周室東遷以後之詩、誦君子于役・及君子陽陽二詩、則知君子始而憂危、繼而招隱、而小人之讒譖實啓之、此采葛所由作也、誦揚之水・及中谷有蓷・兔爰三詩、則知小民始困兵役、繼遭饑饉、求生而不可得矣、而風俗之淫亂卽因之、此大車所爲作也、衆賢退則羣枉進、民心散則國本傷、此東周所由顚覆・不能追美於二南之化、雅頌之正也、

毛詩會箋

鄭緇衣詁訓傳第七　毛詩國風

箋曰、地理志、鄭國今河南之新鄭、自武公後二十三世、爲韓所滅、新鄭縣今屬河南開封府、雷學淇曰、世本謂、桓公居棫林、徙拾、竹書謂、宣王二十二年、命王子多父居洛、晉文侯二年、多父伐鄶克之、乃居鄭父之邱、名之曰鄭、是爲桓公十年、桓公死于戎難、周東遷、十二年鄭人滅鄶、十四年鄭人滅虢、十六年鄭遷于溱洧、國語、史伯勸桓公寄孥于虢鄶、乃附會之詞、蓋桓公初邑于涇西之棫林、卽晉師伐秦•濟涇至于棫林者、棫咸形相似、故詩譜誤以爲咸林在京兆耳、繼封于雍之洛水、卽世本所謂徙拾也、古文拾洛字相似、故誤洛爲拾、洛乃周禮職方氏雍州之浸矣、桓公之封國•實始于此、在宣王二十二年、此時止國于洛、絕無鄭名、猶叔虞之封唐•初無晉名也、至幽王三年、桓公伐鄶克之、徙居鄭父之邱、始名曰鄭、此卽子產所謂先君桓公艾殺此地而共處之、公羊傳謂之處留、國語附會言之謂之寄孥者也、蓋此時公爲王臣、國雖遷于鄭邑、身猶居于王都、其孥與賄、有若寄于鄶邑者、故周末傳有此說、其實非是、安有王朝卿士、私交外侯、寄孥于人之理、此實外傳之誤、且傳曰、周之東遷、晉鄭焉依、合子產及竹書之說推之、可知武公時已國于舊鄭、此鄭卽竹書所云鄭父之邱、周穆王時謂之圃鄭、隋書地志亦云管有鄭水也、此在新鄭之東百餘里、武公時始都新鄭耳、蓋棫林在涇西、洛在渭北、此皆桓公之初封、與京兆之西鄭•漢中之南鄭、絕不相涉、桓公之鄭•止是圃鄭、武公之鄭•方是新鄭也、陳啓源曰、朱子辯說謂、孔子鄭聲淫一語、可斷盡鄭風二十一篇、此誤矣、夫子言鄭聲淫耳、曷嘗言鄭詩淫乎、聲者樂音也、非詩詞也。淫者過也、非專指男女之欲也、古之言淫多矣、於星言淫、於雨言淫、於水言淫、於刑言淫、於游觀田獵言淫、皆言過其常度耳、樂之五音十二律、長短高下皆有節焉、鄭聲靡曼幼眇、無中正和平之致、使聞之者導欲增悲、沈溺而忘返、故曰淫也、朱子以鄭聲爲鄭風、以淫過之淫爲男女淫欲之淫、遂舉鄭風二十一篇、盡目爲淫奔者所作、然則詩其誨淫之書哉、李紱曰、夫子所謂鄭聲淫者、言其聲非言其詩也、聲淫猶樂記論五音、所謂怗懘・所謂慢焉耳、如以淫爲男女相亂之詞、攷之於鄭、實無其跡、春秋傳所載、若齊之襄簡・及衞宣・蔡景・宋文・陳靈・楚平之爲君、與魯慶父・襄仲・宣伯・季魴侯・衞公子頑・晉趙嬰・齊慶克慶封・盧蒲嫳・楚公子元・陳孔寧儀行父之爲臣、則鄭之君臣・從未之聞、惟文公有報陳媯一語、若南晢之爭、則彊委禽焉、未嘗亂也、上無好者、下安得有甚焉者乎、小序於鄭詩目以淫奔者、東門之墠溱洧二篇而已、餘則並指時事、朱子以其無確據、槩不之從、然目以淫奔、亦無確據也、且鄭詩非淫奔、不可謂之無據、春秋襄二十六年秋七月、齊侯鄭伯爲衞侯如晉、晉侯兼享之、子展賦將仲子兮、二十七年鄭伯享趙孟於垂隴、七子賦詩、子太叔賦野有蔓草、昭十六年韓起聘鄭、六卿餞宣子於郊、子齹亦賦野有蔓草、子太叔賦褰裳、子游賦風雨、子旗賦有女同車、子柳賦蘀兮、蓋舉集傳所目爲淫奔者、當時賢士大夫、已盡賦於盟主君臣宴享之會、其非淫奔固可確然無疑、否則伯有之賦鶉奔者、趙孟卽斥之以爲牀第之言・非使臣所聞矣、況仲子之仲、孟姜之姜、尤有明據者哉、陳世鎔曰、周公所定通用之樂、見于儀禮者、笙入南陔白華華黍、間歌魚麗由庚南有嘉魚崇邱南山有臺由儀、合樂周南關雎葛覃卷耳召南鵲巢采蘩采蘋、金奏騶虞貍首肆夏繁遏渠陔鰲、下管新宮、見於左傳者兩君相見、文王大明緜、見于禮記者行以采齊、下管象、升歌清廟、其時未有鄭國、自無所謂鄭聲、降及春秋、列國朝聘燕享、時有賦詩之事、或主賦而賓答、或賓賦而主答、或有賦而無答、第舉其詩之辭、非卽以其詩被諸樂、舜之命夔曰詩言志、歌永言、聲依永、律和聲、聲雖從詩出、而歌之則成聲、不歌不成聲、雖歌之成聲、不播諸金石管絃、亦詩而非樂、春秋唯穆叔如晉、晉侯享之、工歌文王之三、及鹿鳴之三、曰工歌者爲樂、餘則賓主獻酬・此賦一詩、彼賦一詩、但爲賦而已、朱子徒見聲出于詩、聲之淫必由詩之淫、遂以鄭聲之淫、歸罪二十一篇之詩、夫詩爲樂章、有詩固有聲、然安見鄭聲之卽此二十一篇之詩之聲、樂記言、鄭衛齊宋之音、皆淫于色、而害于德、是以祭祀弗用也、祭祀弗用、燕享亦豈用之、若必以詩配之、則宋固無風、而商頌五篇、可謂之淫哉、此可知詩自詩、而聲自聲、不得謂鄭聲卽鄭詩矣、又古者樂必有舞、鄭聲韶舞對舉、乃互文見義、子夏之對魏文侯、新樂進俯退俯、奸聲以淫溺而不止、及優侏儒獶雜子女、兼舞言也、而女樂亦厠乎其中、鄭之賂晉悼公、以師悝師觸師蠲・歌鐘二肆・及其鎛磬・女樂二八、女樂固鄭所出、其聲之抑揚高下、與舞之俯仰屈伸、必皆出于尋常色授魂與之外、班固所謂內則致疾損壽、外則亂政傷民、秦穆遺戎、而由余去、齊人餽魯、而孔子行者此也、故惡之放之、嚴以絕之、四庫全書提要曰、既他事有刺、何爲獨不刺淫、必以爲鄭風語語皆淫、固非事理、必以爲鄭風篇篇皆不淫、亦豈事理哉、且人心之所趨向、形於詠歌、不必實有其人其事、六朝子夜諸曲諸歌、唐人香匳諸集、豈果淫者自述其醜、亦豈果實見其男女會合、代寫其狀、不過人心佚蕩、相率摹擬形容、視爲佳話、而讀者因知爲衰世之音、推之古人、諒亦如是、亦安得概以淫者必不自作一語、遂謂三百篇內無一淫詩也、楊名時論鄭風不盡淫詩、而聖人亦兼存淫詩以示戒、論亦持平、

緇衣。美武公也。父子並爲周司徒。 箋曰、父・桓公友、字多父、周厲王子、宣王弟、爲幽王之司徒、子・武公掘突、爲平王之司徒、詩中所言敝又作・敝又造、欲其永永不易也、故序倂及桓公、可謂徹底矣、 **善於其職。國人宜之。** 箋曰、稱國人者、示詩作於鄭國也、宜・稱也、左傳王子圍相郟敖、子羽曰、是謂不宜、 **故美其德。以明有國善善之功焉。** 箋曰、有國善善・言世濟其美也、桓公始封、武公繼大其國、益善父之善也、武公有大勳力於平王・見周語晉語、安井氏曰、若周人作此詩・其應入王風固也、又必當述在王朝之冠服、王朝君臣同服皮弁・素衣素裳、今不言皮弁素裳・而言緇衣、緇衣諸侯私朝之服、明鄭人作之矣、序善善卽上文善於其職之善、言桓公既善於其職、武公繼之、更又善桓公所善、詩意雖兼美桓公、所主在武公、故首序云美武公也、而繼序以有國善善之功結之、善善是更善於父所善也、鄭箋云、治之有功者、言武公治桓公所爲有

功也、有功解上善字、之
字指下善、孔疏失之、

緇衣之宜兮。敝予又改爲兮。緇・黑色、卿士聽朝之正服也、改・更也、有德君子宜世居卿士之位焉、

適子之館兮。還予授子之粲兮。適・之、館・舍、粲・餐也、諸侯入爲天子卿士、受采祿、○緇側基反、粲七旦反、延文本、傳適之下舍下並有也字、餐蘇尊反、

箋曰、緇衣諸侯與其臣服之、以日視朝、故禮通謂此服爲朝服、天子之朝・服皮弁服也、鄭箋緇衣者居私朝之服也、私朝對王朝言、宜者言衣稱其人也、淇奥云、會弁如星、猗重較兮、終南云、錦衣狐裘、則擧其在王朝最貴重者詠之、以致其尊也、此詩曰緇衣之宜兮、則擧其在私朝可接見者詠之、以致其親也、立言不同、適足相證、安井氏謂、鄭人美之、故不言皮弁・而云緇衣、不敢言武公宜於司徒之職、所以尊王室也、緇衣諸侯聽朝之正服、傳必言卿士聽朝之正服者、欲見此詩爲美武公爲司徒・善於其職而作也、聽朝・在其私朝而聽鄭國及采邑之政也、士・事也、卿之有職掌者謂之卿士是也、傳云卿士聽朝之正服、係專指外諸侯入爲卿士者言、非泛指王朝卿士也、考工記鍾氏・三入爲纁、五入爲緅、七入爲緇、鄭注・染纁者三入而成、又再染以黑則爲緅、緅今禮俗文作爵、言如爵頭色也、又復再染以黑、乃成緇矣、是緇爲黑色也、司服、凡甸冠弁服、注云、冠弁・委貌、其服緇布衣、委貌非玄端也、所謂玄

端者・玄冠端衣也、端・正也、玄端之衣、以十五升布・緇而爲之、前後各二幅、其長二尺二寸、幅廣亦二尺二寸、長與幅廣正等、故曰端、深衣以十五升白布・連衣裳爲之、以其被體深邃、故曰深衣、天子皮弁視朝、遂以食、卒食服玄端、諸侯朝服視朝、退適路寢釋服、服玄端、又朝服以食、卒食服深衣、大夫士朝服以朝、退朝、服玄端以食、卒食服深衣也、若大夫士視私朝・亦朝服也、凡禮服皆端也、樂記、端冕而聽古樂、大戴禮、端衣玄裳、絻而乘輅、此冕服謂之端也、左傳、晏子端委立於虎門之外、又劉定公曰、吾與子弁冕端委、以治民臨諸侯、又子贑曰、大伯端委以治周禮、此朝服謂之端也、而玄端亦以端爲名者、蓋深衣連衣裳爲之、玄端乃禮服之下、衣之端者自此始、故專以端名焉、玄端之衣雖與朝服以上同制、而其袂則異、雜記、凡弁絰・其衰侈袂、弁絰之衰侈袂、則吉時皮弁爵弁之服侈袂可知、少牢禮・主人朝服、主婦錫衣侈袂、主婦衣侈袂・則主人朝服侈袂可知、特牲禮、主人玄端不言侈袂、則袂不侈也、是知玄端之袂・屬於衣爲二尺二寸、至袖口而圜殺爲尺二寸、與深衣同、若朝服以上・則其袂不殺、不殺故侈、殺之故不侈、此端衣與朝服以上之異制也、漢以後、天子朝服、皆本深衣制度、通典載漢明帝永平中議、乘輿冠通天冠、服衣深衣、制有袍、隨五時色、梁劉昭續漢志注・今下至賤吏小史、皆通制袍、單衣皂緣領袖、中衣爲朝服袍制、即深衣之連衣裳者也、後漢馬援傳、故孝文皇帝綈袍革舄、明帝紀注・續漢表・三老五更皆服絺紵大袍・單衣皂緣、則漢時已以袍爲朝服矣、袍色以皂・則猶襲古緇衣之制也、冠弁服又詳曹風鳲鳩篇、○適子之館、傳館訓舍、似非王宮卿朝之謂、蓋諸侯入爲周卿士、受館舍于王宮之側、退王朝則聽鄭國及采邑之政于私朝、私朝所在卽館也、適者國人適之也、還乃武公退食自王所、而還其館也、古者諸侯之卿大夫有二朝、魯語、公父文伯之母、謂季康子曰、自卿以下、合官職於外朝、合家事於內朝、韋昭注、外朝・君之公朝、內朝・家朝是也、天子之卿大夫・制亦當有二朝、至考工記・外有九室・九卿朝焉、正韋氏所云君之公朝、不可謂卽治家事之私朝也、玉藻・朝辨色始入、君日出而視之、退適路寢聽政、謂君退於路寢・以待朝者各就其官府治事、有當告者乃入也、以此推之、知天子之卿大夫在外朝有事・尙當入告、不得先釋朝服・而易以緇衣也、玉藻又云、使人視大夫、大夫退、然後適小寢釋服、退、謂大夫退於家、釋服・謂釋朝服也、以此推之、知天子於卿大夫未退・尙不釋朝服、則卿大夫當天子未釋服以前・不得先服緇衣明矣、羔裘與緇衣相配、召南羔羊詩・上言羔羊之皮、下言自公退食、知諸侯之大夫退朝時・尙服朝服之緇衣、則知天子之卿士未退時・不得釋朝服之皮弁矣、緇衣指在私朝言可知、鄭箋云、卿士所之之館・在天子之宮、如今之諸廬也、葢謂館爲九卿治事之公朝、然適子之館、以爲武公適之、句上添一子字・曰子適子之館、始可通已、公羊定四年傳何休注云、諸侯入爲天子大夫、更受采地於京師、使大夫爲治其國、是諸侯入仕王朝、更受采地、又襄五年傳何注云、所謂采者、不得有其土地人民、采取其租稅耳、故毛傳謂之采祿、諸侯仕王朝者、居當與王宮相近、不必定居采邑、鄭以還爲還在采邑之都、亦誤、授子之粲兮、授粲猶授食、粲者、漢書惠帝紀注、應劭曰、坐擇米、使正白爲白粲、是粲爲米名、說文、粲・稻重一柘、爲粟二十斗・爲米十斗曰穀、爲米六斗大半斗曰粲、从米㲋聲、是也、傳粲・餐也、釋言同、郭璞曰、今河北人呼食爲粲、說文、餐・吞也、从食㲋聲、漢書高后紀・列侯幸得賜飡錢奉邑、注、飡所謂吞食物也、又引韋昭飡小食也、又孰食曰飡、飡錢賜厨膳錢也、餐飡同一字、韓信傳集注・引如氏小飯曰餐、據此則餐訓吞訓食訓水澆飯、不如粲字之訓爲米矣、釋文以爲饔飧字、尤誤、饔飧音義皆殊、魏風伐檀不素飧・與不素餐、分言甚明、傳何至訓餐爲飧、周禮掌客、上公飧五牢以下、乃待賓客之禮、武公入仕於周、初非朝王爲客也、況其實未必改衣授餐、特述其情耳、鄭云愛之欲飮食之、是也、顧氏詩本音云・敝字當作一句、還字當作一句、難屬下文、當作三章章六句、不知敝還字作一頓、離騷善用此法、蓋少讀・卽可連下爲句、此所以一字不制也、正義於關雎章句下云、句者聯字以爲言、則一字不制也、以詩者申志、一字則言蹇而不會、故詩之見句、少不減二、是也、

緇衣之好兮。敝予又改造兮。好猶宜也、適子之館兮。還予授子之粲兮。

箋曰、好・言衣之美好也、猶五服五章之章、衣稱其人則自然美好、然說好猶宜、不確、

緇衣之蓆兮。敝予又改作兮。蓆・大也、適子之館兮。還

予授子之粲兮。○蓆音席、

箋曰、蓆訓大、蓋指朝服侈袂而言、宜者衣足旌德、謂其無不稱之謂、好則衷旗之服・華于黼黻、直美其有章身之吉矣、若蓆則併其神情氣度之安舒而誌之、非快覩者、不能形容深切至此、是詩無前後深淺之別、但六十九字而換六字、蓋百千之情・積于一二之物、一二之物・不足以極百千之情、改衣授粲、反覆唱歎、不易一字、所謂物有盡而情無窮也、

緇衣三章章四句

箋曰、記曰、好賢如緇衣、又曰、於緇衣見好賢之至、所謂賢卽謂武公也、或以爲稱武公之好賢、誤矣、篇中無一字及武公德善、只說繾綣之情、津津不置、而武公之賢自見、改衣授粲不必眞有其事、特託寓爲言、以寫其愛賢之志爾、鄭衞二武、皆賢諸侯、一相幽無救於亾、一相平無補於弱、當年相業記載闕略、蔑由考耳、

將仲子。刺莊公也。箋曰、莊公不兄、故作是詩風之、不勝其母。以害其弟。箋曰、不勝猶不忍也、不能如其母之欲何、遂以陷害弟於不義也、二句語意上屬、序之例同有女同車、將七羊反、勝音升、弟叔

失道。而公弗制。祭仲驟諫。而公弗聽。 箋曰、唐石經、仲下無驟字、

小不忍以致大亂焉。 箋曰、貶叔而傷母心、小事也、兄弟克伐、與母永訣、大亂也、顧廣譽曰、詩欲公之處段而不至於亂也、莊公能守正禮、以事其母待其弟、封段以百雉之邑、迨其縱恣不憚、嚴正以諭之、愷惻以感之、恩義兼施、段必斂而自戢、何至終亂哉、故祭仲之言、私心也、卽其言而善用之、則公理也、詩人言此、見公之不聽仲諫、本非出於心之誠愛、徒以父母諸兄人言之故、則曷若納仲之諫、裁之以先王先公之制、使君臣兩安、亦初無愧於父母諸兄人言乎、朱氏通義謂、叔段之難制、國人知之、祭仲之諫莊公、國人亦知之、特骨肉間事、難以顯言、故託爲公之拒仲、以婉諷之、意欲公申繹仲語、先事而圖之、惜乎公之不悟、卒以養成其惡也、甚當至陳氏啓源謂莊公未必有意殺弟、則回護莊公太過、葢莊以失愛之故、久有觖望於母與弟、且亦以此自懷嫌疑之見、當其繼請制而請京、心雖不欲、姑濡忍以從母之請、而徐俟於其後、此時雖不必果有殺弟之心、而嫌怨已深、後日壅極而潰、思手刄其弟而後快、皆權輿於此、其去故與大邑以陷其弟者一間耳、故以莊爲志成乎殺者、猶爲近之、若竟謂莊無害弟之心、失之遠矣、

將仲子兮。無踰我里。無折我樹杞。 將、請也、仲子、祭仲也、踰、越、里、居也、二十五家爲

里、杞・木名也、無折・言無傷害也、豈敢愛之。畏我父母。仲可懷也。父母之言。亦可畏也。○傳兩無字・諸本並無、延文本、傳越下有也字、

箋曰、祭仲又曰祭仲足、曰祭足、曰仲足、又單曰仲、仲其行也、仲子猶伯子季子、無踰我里二句、比也、遂人五家爲鄰、五鄰爲里、皆有地域溝樹之、故曰無踰我里、無折我樹杞、又大司徒、五家爲比、五比爲閭、是郊內稱閭、而郊外則稱里也、經文父母諸兄人言有序、而取喩則不必有序、以無踰我里・比無與我家事、以無折我樹杞・比無傷害我兄弟、只就首章言之、而二三章可推矣、嚴氏謂、杞桑檀皆美樹、以喩兄弟、得之、傳於二三章云、桑・木之衆者、檀・彊忍之木、蓋桑以喩段之得衆、所謂厚將得衆也、檀以喩段之恃强、所謂多行不義也、殊涉附會、正義以樹杞爲所樹之杞、嚴緝謂、樹杞猶言杞樹、嚴緝爲勝、詩言杞者凡七、傳惟此言木名、小雅四牡之集于苞杞、四月之隰有杞桋、傳皆以爲枸檵、其他如小雅杕杜之言采其杞、南山有臺之南山有杞、湛露之在彼杞棘、北山之言采其杞皆無傳、毛意蓋以將仲子之杞・首見於經、故特言木名・以別四牡之枸檵、至四牡訓以枸檵、則其後杕杜南山有臺北山之單言杞者、當皆蒙此傳而爲枸檵、然則自四牡以後言杞者六、皆爲枸檵、惟將仲子爲別木、陸疏云、杞・柳屬也、生水旁、樹如柳、葉麤而白色、木理微赤、其材堅韌、故今人以爲車轂、孟子性猶杞柳也、趙注云、杞柳柜柳也、圖經云、今人取其細條、火逼令柔韌、屈作箱篋、與孟子爲桮棬義近、以下章傳、檀彊刃

之木例之、此杞當是大木、嚴緝謂、詩杞有三、將仲子同陸說、四牡杕杜四月北山皆爲枸杞、而別南山湛露之杞爲山木、不知湛露與棘竝言、自當爲叢生之枸檵、不必別爲山木、南山亦當爲枸檵、詩祇有二杞、而無三杞之別也、○豈敢愛之、畏我父母、二語畫出莊公之隱曲、以刺其心、是切諫也、安井氏曰、言段爲國害、我非愛而封之京、特畏父母、不敢移封耳、時武公既卒、言父母者、父母同倫、故言父以足句耳、此說是也、畏我父母、畏我父母之言也、畏我諸兄、畏我諸兄之言也、故下接句云父母之言、諸兄之言、猶末章畏人之多言、下接句云人之多言、是其句例也、○仲可懷也、懷者慕愛之思也、齊風曷又懷止、卽畏忌之反、言仲之爲我謀、親切而可佩愛也、呂氏曰、將仲子兮無踰我里、無折我樹杞、辭雖拒仲、而意則與之、豈敢愛之、畏我父母、則於段非有所不忍也、仲可懷也、父母之言亦可畏也、則拳拳於仲、而不得已於姜氏者可見矣、畏我諸兄、畏人之多言、特迫於宗族國人之議論、非愛段也、具文見意、而莊公之情得矣、安井氏曰、左傳祭仲曰、都城過百雉、國之害也、今京不度、非制也、君將不堪、公曰、姜氏欲之、焉避害、對曰、姜氏何厭之有、不如早爲之所云云、此言善處母子兄弟之間、使莊公從之、必無他日不及黃泉無相見之悔、至公子呂請除之、叛形既成矣、使莊公用其言、正足以賊兄弟之恩、安能救其敗哉、所以經言將仲子、而序以祭仲實之也、鄭不止誤引、又誤會經序之意矣、

將仲子兮。無踰我牆。無折我樹桑。 牆・垣也、桑・木之衆者也、 **豈敢**

愛之。畏我諸兄。諸兄・公族、仲可懷也。諸兄之言。亦可畏也。○傳衆下者字、搢本無、

箋曰、孟子曰、樹牆下以桑、則桑在牆下也、○畏我諸兄、不啻父母也、鄭至莊公・得國僅三世、同父昆・武族也、同祖昆・桓族也、左傳、莊公曰、多行不義必自斃、子姑待之、是詩每章末句須添子姑待之四字看、夫既知仲可懷、則叔之將叛、固公所知也、然叔之未叛、上有君母之寵、下有國人之歸、無故而貶黜之、則母兄國人未必服之、故曰子姑待之、詩人直揭莊公不從祭仲之隱衷・待其自斃之本意、以見如此設心・不可對父母、不可以告諸大夫、難免國人之清議、何若多方教誨、使賢師傅調停骨肉・保全親愛、自無異日之禍乎、

將仲子兮。無踰我園。無折我樹檀。園・所以樹木也、檀・彊忍之木、豈敢愛之。畏人之多言。仲可懷也。人之多言。亦可畏也。

○檀徒丹反、延文本、傳忍下無之字、木下有也字、

箋曰、自里而牆、而園、是漸迫也、自父母而諸兄、而國人、是漸廣也、太宰職、園圃毓草木、注、樹果蓏曰圃、園其樊也、故朱傳云、園者圃之藩、其内可種木也、

然說文園所以樹果也、又墓以栽植果木處謂之園、如園陵可見、東方未明傳、圃菜園也、據此、園以植木、圃以種蔬、不必相連、毛傳爲優、古者園內多樹檀、鶴鳴樂彼之園、爰有樹檀、是也、陸疏、檀木皮正青、滑澤、與繫迷相似、又似駁馬、駁馬梓楡、故里語曰、斫檀不諦得繫迷、繫迷不諦、尙可得駁馬、王充論衡、樹檀以五月生葉、後彼春榮之木、其材彊勁、車以爲軸、傳彊忍正義作彊韌、安井氏曰、說文、韌、柔而固也、凡經傳假借字、正義多以正字易之、此亦然、

○畏人之多言者、不義而得衆、國人說而歸之故也、

將仲子三章章八句

箋曰、朱傳以此詩爲淫奔之辭、然左傳襄二十六年載衛侯見囚于晉、齊侯鄭伯如晉、以請衛侯、子展賦將仲子兮、而衛侯得歸、使其爲本國淫奔之詩、當日晉侯賦嘉樂、齊侯賦蓼蕭、鄭伯賦緇衣、皆寓意弘遠、子展何取以同賦、而復見許於叔向耶、則是詩有關于兄弟無疑、況國風之例、多以君卿大夫比次於前、民俗居後、若民閒淫奔之詩、何得次此乎、杜注雖云義取衆言可畏、然實以全詩皆有關于兄弟、竝非斷章、惟晉語姜氏勸重耳歸國、專引卒章末三句、此則斷章取義耳、

叔于田。刺莊公也。

箋曰、左傳、稱鄭伯、譏失教也、三篇風切、其意皆同、

叔處于京。

箋曰、受上篇、故不言弟、稱京則非從公田、

繕甲治兵。以出于田。箋曰、說文、繕・補也、補其缺所以善之、故云善也、繕甲治兵、不臣之形已見矣、

國人說而歸之。箋曰、左傳、大叔命西鄙北鄙貳於已、公子呂曰、國不堪貳、是也、

叔于田。巷無居人。叔・大叔段也、田・取禽也、巷・里塗也、**豈無居人。不如叔也。洵美且仁。**○洵蘇遵反、大音泰、

箋曰、安井氏謂、經序皆單言叔、傳欲明叔爲左傳之大叔段、故云叔大叔段也、別無深義、此說是也、四時之田・總名爲田、爲田除害、卽以治兵也、于猶爰也、下篇放此、巷者謂出行所歷之里巷也、叔所經過、一帶里途、觀者如堵、故曰巷無居人、辨說泥于巷字、謂段以國君貴弟・不應出居閭巷・下雜民伍、不知毛訓巷爲里塗、卽說文所謂巷里中道也、詳詩辭、乃因叔之出田、繕甲治兵・誇耀愚俗、里巷之間・自覺其闇然無色耳、非以叔爲居此巷也、○不如叔也洵美且仁・二句一氣讀、洵・信也、說文、洵・渦中水也、從水旬聲、恂・信心也、從心旬聲、當以三家今文作恂爲正、毛詩古文、假借洵字爲之、仁・慈愛也、叔之仁愛・不過如陳氏之家貸公收・隋文之傳餐衞士而已、小人爲惡、亦必行小惠以結民心、康誥所謂別播敷・造民大譽者、故先稱其仁而悅之也、

叔于狩。巷無飲酒。冬獵曰狩、**豈無飲酒。不如叔也。洵美且好。**○狩手又反、

箋曰、狩又爲田獵之通稱、于狩猶于田也、亦是變文諧韻、不必冬獵、巷無飲酒者、一帶里途・若無飲酒之人也、既獵而飲酒出吉日、此是章所以言飲酒也、然巷飲非叔之飲、是日叔治兵出田、其所經過、縱觀慶喜、固當多會飲歌舞之人、故曰巷無飲酒、○不如叔也洵美且好、好以獻酬款洽而言也、安井氏曰、狩罷而飲、其儀甚盛、言叔奢侈無度、國人反悅之、而莊公不禁、必將馴致叛亂、所以刺之也

叔適野。巷無服馬。豈無服馬。不如叔也。洵美且武。

箋曰、適・之也、郊外曰野、承前二章于田于狩、而申言其地、易繫辭、服牛乘馬、服馬謂以馬服車、卽駕之成者也、方服曰駕、○不如叔也洵美且武、猶言服馬厲飾、誰不赴赴、然叔也實武而絕倫、人皆願爲之用也、不如仁、著其懷也、不如好、著其歡也、至於不如武・則百夫決拾之勢已見矣、詩人之辭、非苟且趁韻者、首章言巷無居人、故曰洵美且仁、次章言巷無飲酒、故曰洵美且好、三章言巷無服馬、故曰洵美且武、末一字皆與首句相應、說文馬部曰、馬・武也、於人言仁、猶於馬言武、皆古訓也、

叔于田三章章五句

箋曰、此詩陳愚民之悅叔、正諷公以禮裁制、所謂辭在此而意在彼、乃風之體也、篇中所美者、惟田狩飲酒之事、舍是葢無足言者、且公子居大都、專事驅騁田獵、沈湎於酒、而人心歸仰如此、則將何所不至、禍敗之來、詩人豫知之矣、

大叔于田。刺莊公也。 箋曰、是篇言其從公而田、以著人知有叔、而不知有君之狀也、篇名大叔于田、當讀如大小之大、與大叔之大不相關、二詩皆曰叔于田、故後之說詩者、加大以別之、非經本然、故傳箋俱無說、其示別有二義、前篇乃叔自田、此從公田、故加大、一也、以其章句較多於前故加大、二也、正義以大字入經、如京城大叔之大、失名篇之義矣、

叔多才而好勇。不義而得衆也。 箋曰、通篇皆是意也、經云獻于公所、明莊公與之俱田、則當以莊公爲主、如駟鐵公曰左之、舍拔則獲、吉日悉率左右以燕天子、是也、今惟陳叔段射御搏獲之事、詩人之意葢謂君非于田乎、自我觀之、叔于田耳、二叔于田詩、皆言叔之材藝武勇、詞似愛之、實則形容其輕揚麤暴之氣習、知其不足以有爲、而且將及于禍、故意又似乎戒之、然言外見公之於叔、不早諭敎、卒使陷于不義、葢與春秋書鄭伯克段、譏失敎之意同、

大叔于田。乘乘馬。叔之從公田也、執轡如組。兩驂如舞。驂之與服、和諧中節也、叔在藪。火烈具舉。藪、澤、禽之府也、烈、列、具、俱也、襢裼暴虎。襢裼、肉袒也、暴虎、空手以搏虎、獻于公所。將叔無狃。戒其傷女。狃、習也、○乘上如字、下繩證反、藪素口反、襢音但、裼素歷反、將七羊反、狃女久反、搏音博、傳搏虎、摺本無虎字、

箋曰、叔字十出、寫其得衆之甚也、阮元曰、釋文云、叔于田本或作大叔于田者誤、正義標起止云大叔至傷女、又上篇正義云、此言叔于田、下言大叔于田、作者意殊、是與或作本同、此詩三章共十言叔、不應一句獨言大叔、或名篇自異、詩文則同、如唐風杕杜有杕之杜二篇之比、其首句有大字者、援序入經耳、當以釋文本爲長、阮說是也、此詩每章首句、與上篇同作叔于田、觀毛傳云叔之從公田也、足證毛本無大字、開成石經則據正義本耳、○乘乘馬者乘馬四馬也、乘馬執轡皆在道時事、如組者、織組者總紕於此・成文於彼、御者執轡於手・馬騁於道、如織組之爲也、車有一轅而四馬駕之、中央夾轅者名服馬、兩邊名騑馬、亦曰驂馬、經以執轡藏兩服二字、故傳云、驂之與服・和諧中節也、如舞與下章如手一例、非借他物作比方之詞也、周官保氏注、五御之法・有舞交衢、賈疏云、御車在交道、車旋應於舞節、然則詩言兩驂如舞者、謂其騑驂之安行、皆如舞者之有行列・從容中節也、非謂馬有舞蹈

之容・如唐明皇舞馬之類也、安井氏曰、是詩通篇美叔、則此執轡如組二句亦謂叔矣、下文始言叔在藪、則叔在塗執轡、以示已能耳、輕浮少年以技能自誇者、率皆如此、此說是也、上段四句、三章俱說御馬、大槩之詞也、在藪以下、是指其實言之、葢于田只是說往田、在藪方是已到田所、固有虛實之辨、○叔在藪、火烈具舉者既至獵所、而叔之所在・烈火並起也、周禮注、澤・水所鍾、水希曰藪、然則藪澤非一、而毛云藪澤者、以藪澤俱是曠野之地、但有水無水異其名耳、云禽之府也者、言禽以該獸也、韓詩、禽獸居之曰藪、周禮職方氏、河南豫州・其澤藪曰圃田、釋地說十藪云、鄭有圃田、卽此地也、圃田在大叔京城之西、今河南開封府中牟縣西北七里有圃田澤、火烈猶曰烈火也、焚而驅獸也、孟子曰、益烈山澤而焚之、禽獸逃匿、說文、烈・火猛也、具爲俱之假借、具舉具揚、非一處之詞、毛傳以烈爲列、言火有行列也、火有行列由布列人使持之、故箋申之云、列人持火、而正義曰、此爲宵田、故持火炤之也、張衡東京賦云、火列具舉、武士星敷、李注引毛詩作列、此必三家詩有作列者、故毛以列釋烈、而張賦直作列、然張亦不云宵田、爾雅釋天・宵田爲獠、郭注・管子曰、獠獵畢弋、今江東亦呼獵爲獠、或曰、卽今夜獵載鑪照也、然田之用火、何必宵田、若夫刈草以爲防、驅禽而納諸防中、然後焚而射焉、則四時之田皆然也、釋天又曰、火田爲狩、郭注・放火燒草、獵亦爲狩、狩者與冬獵同名、故郭云亦也、春秋桓七年二月焚咸丘、杜注、焚・火田也、譏盡物、正義引李巡孫炎皆云、放火燒草・守其下風、春秋書焚咸丘、左傳定四年田於大陸焚焉、是詩言火烈具舉、皆非宵田之謂也○襢裼暴虎、釋文襢本又作袒、傳襢裼肉袒。本於爾雅釋訓、李巡曰、襢裼脫衣見體曰肉袒、是也、孫炎云、襢去裼衣、然裼衣禮服、加之裘上、非田獵所服也、此裼與裼襲之裼不同、只是脫衣之義、故連袒字、亦只袒而已、孟子、袒裼裸裎於我側、內則、不有敬事不敢袒裼、是也、說文、膻・肉膻也、引詩膻裼暴虎、玉篇引詩同、是肉袒之袒當作膻、今作襢袒皆假借字、襢卽丹穀衣、王后六服中之展衣也、與肉膻義無涉、暴搏一聲之轉、孟子馮婦善搏虎、而趙岐章指云、猶若馮婦暴虎、是暴卽搏也、此言放火焚藪、有虎跳出、田獵第一獲、襢裼暴虎・正叔段好勇輕脫之常態、得虎獻于莊公、乃自矜武力以驕其兄、夫暴虎者、死而無悔者也、以是著其不憚弑兄與君也、獻于公所者、公・莊公也、所・與小雅吉日漆沮之從・天子之所、春秋公朝于公所之所同、皆在外之詞、〇將叔無狃者、爾雅釋言、狃・復也、漢書刑法志、狃之以賞慶、注、狃・串習也、左氏桓十三年傳莫敖狃於蒲騷之役、狃是習慣以爲常之意、安井氏曰、凡事習以爲常、則復爲之、故習又訓重、是習復同義、鄭必訓復者、欲人易喩耳、孔以爲易傳、非也、孔又以將叔無狃、爲公戒叔之辭、然此篇以衆愛叔立辭、則此二句亦當爲衆戒叔之辭、此說是也、衆人悅其壯武、而謂之曰、勿狃今日而復之、恐其或傷女、故謹戒告之也、言其得衆如此、

叔于田。乘乘黃。 四馬皆黃、 **兩服上襄。兩驂雁行。叔在藪。火烈具揚。** 揚・揚光也、 **叔善射忌。又良御忌。** 忌・辭也、 **抑磬**

控忌。抑縱送忌。 騁馬曰磬、止馬曰控、發矢曰縱、從禽曰送、○行戶郎反、控口貢反、延文本、傳黃下有也字、送下有之也二字、

箋曰、乘黃・美其馬也、卽首章乘馬、傳以四釋乘、以馬皆黃釋黃、黃爲馬色、遂以馬色爲馬名、凡四驪四鐵四駱四騏四騵、皆其義也、明堂位、周人黃馬蕃鬣、黃・馬之上色、詩不過舉馬之上色誇之、固不必泥四馬爲一色、亦不必分驂服各一色也、○兩服上襄、兩驂雁行二句、亦美叔之良御也、上襄者呂覽高誘注云、上猶前也、大雅下武箋云、下猶後也、是上爲前・下爲後、古人自有此稱、安井氏曰、上如覲禮匹馬卓上九馬隨之之上、謂在驂馬之前、襄古通驤、漢書敍傳雲起龍襄、化爲侯王、是也、驤・騰也、言兩服在兩驂之前、勢如騰驤、謂不局趣如轅下駒焉、此說是也、雁行者在旁而差後・如雁行然、○叔在藪火烈具揚、三章如一、夫公之田而曰叔于田、公之所而曰叔在藪、並三復之、詩人風意所存也、獻于公所一句、何等雋逸、揚猶燎之方揚之揚、傳、揚・揚光也者、正義云、言舉火而揚其光耳、非訓揚爲光也、玩疏語、傳衍一揚字、呂記嚴緝引此・亦無下揚字、毛蓋以揚光二字通讀、卽蒙經文揚字作訓、不必更疊揚字、○叔善射忌、又良御忌、美叔之多才也、良亦善也、蓋叔忽又代御、以誇耀多能於廣衆之前、然其時必暫輟射、或謂至是并御者轡執之、且射且御、以顯其能、恐無其事、傳訓忌爲辭、鄭云、忌讀如彼已之子之已、蓋意與兮同、輕言之爲兮、重言之爲忌爲已、亦假借字、○抑磬控忌、抑縱送忌、安井

氏曰、大雅十月之交、抑此皇父、箋云、抑之言噫、噫是疾而呼之、蓋抑噫古同音、故鄭轉抑爲噫、乃古書假借之例、其義可通、但玉篇噫・痛傷之聲、廣韻恨聲、則亦非此章之義也、周頌噫嘻成王、傳云、噫・歎也、嘻・和也、成王・成是王業也、箋云、噫嘻有所多大之聲也、噫嘻乎能成周王之功、則噫亦可爲歎美之聲、取以解此章、義甚妥帖、安井說是也、磬控良御也、磬卽磬折之謂、或疑磬折不當單言磬、不知曲禮立於齊、注云、磬且聽也、疏云、磬之折殺、其形如曲、人之倚立亦當然也、此則磬折亦可單言磬也、止馬曰控者、載馳傳、控・引也、說文、引・開弓也、開弓不發謂之引、止馬不奔謂之控、控之爲言扣也、史記夷齊叩馬而諫、卽控馬而諫也、叩馬卽扣馬使之不前、故曰止馬也、蓋磬者縱馬從禽、曲折有法、所謂逐禽左也、控者馬行方速、遇獸而射、止之卽止、隨所制控也、若空空作御馬說、於射獵無干、或曰、禮凡言磬折者、皆謂屈身如磬之折殺、凡騁馬時、人之立於車中者、身必稍曲向前、故謂之磬、安井氏曰、磬磬通、罄・盡也、騁馬所以使之盡其力也、故騁馬曰磬耳、二說俱通、縱送・善射也、磬控縱送・分承善射良御而言、朱傳謂、舍拔曰縱、覆彇曰送、拔・矢末也、所謂括也、亦作筈、箭本受弦處、覆・倒也、彇與簫同、弓之梢末、所謂弭也、曲禮、左手執簫、疏云、弓頭梢剡差斜似簫、故名曰簫、又謂之弰、射者既發矢、則弓隨矢傾倒、直指於前以送矢、中井氏曰、射法・既放矢不卽收手、左手指的而目注視者須臾、所謂送也、是時絃反彇覆矣、然非謂覆彇爲送也、射有五法、曰、審轂勻輕注、注卽送、是謂傾精神以送去箭耳、毛傳從禽、謂逐獸命中、亦是言射之事、

叔于田。乘乘鴇。驪白雜毛曰鴇、**兩服齊首。**馬首齊也、**兩驂如手。**進止如御者之手、**叔在藪。火烈具阜。**阜盛也、**叔馬慢忌。叔發罕忌。**慢遲也、罕希也、**抑釋掤忌。抑鬯弓忌。**掤所以覆矢、鬯弓弢弓、○鴇音保、掤音冰、鬯敕亮反、弢吐刀反、延文本、傳鴇下有之也二字、傳手下矢下弢弓下並有也字、

箋曰、上章言黃、此章言鴇、蓋其副車也、自獵旣酣、息四黃而乘之也、駉傳、純黑曰驪、驪白襍毛・謂黑馬發白色而間有襍毛者・是曰鴇、馬色如鴇、故以鳥命馬也、郭璞曰、今呼之爲烏驄、釋文、鴇依字作駂、爾雅釋畜作駂、引說文云、黑馬驪白雜毛、陸所引今說文馬部無之、或今本脫漏固不可知、然毛詩自从鳥、不从馬、未可據他書以易本經、故唐石經以下竝作鴇、周禮・馬八尺以上曰龍、爾雅・二目白曰魚、馬可以名龍名魚、則亦可曰鴇、左傳唐成公有肅爽馬、即鷫鷞也、馬融曰、其羽如練、馬似之、天下希有、正與此同、○兩服齊首、兩驂如手者、安井氏曰、兩驂在衡外、貫其內轡於游環、以繫於陰版下、獨操外轡、御之最難、兩驂進止左右、如御者之手所欲爲、則其善御可知矣、兩服齊首、亦謂馬良御善、非特述服驂先後之狀也、鄭謂兩驂助兩服、如人左右手、此本常理、凡四馬車皆然、其義已淺矣、後儒則以如手爲如手在首後、則亦雁行之意也、此義蓋從首手二字看出、然首是馬首、手是人手、合人馬以

成譬、有是文理乎、安井說是也、毛釋如爲從、言兩驂進止、隨从御者之手所牽制也、說文、如・从隨也、从女从口、徐稭曰、女子从父教、从夫命、故从口會意、白虎通曰、女者如也、從如人也、在家從父母、既嫁從夫、夫歿從子也、亦以如爲從、鄭則以如者比諸外物、故易傳云・如人左右手之相佐助也、○火烈具阜、首章言火烈具舉、舉・起也、蓋火起虎出、段握拳迎之、的是初獵事、火勢漸揚、禽獸並出、故驅車逐之、的是中間事、火勢已盛、禽獸四散已畢、故車遲發罕以終焉、只寫火而次第不紊如此、○叔馬慢忌、釋文作嫚、云本又作慢、淮南主術曰、而職事不嫚、高注・嫚讀慢緩之慢、漢武帝紀師古注、嫚與慢同、○叔發罕忌者、發・發矢也、罕・希也、猶間隙也、謂漸漸希間去、正與慢字對、而叔之餘勇自見矣、○抑釋掤忌者、昭十三年左傳飲冰以蒲伏焉、杜注・冰箭筩蓋、可以取飲、又二十五年公徒執冰而踞、服虔曰、冰櫝丸蓋也、櫝丸是箭筩、左傳作冰者掤之段借、冰掤同聲故通用、櫝丸所以藏矢、掤爲櫝丸之蓋、所以覆櫝丸・卽所以覆矢、故傳云掤所以覆矢也、經特言蓋者、以蓋表身耳、釋・解也、射者腰佩矢房故釋之爲射畢之事、○抑鬯弓忌、傳以弢弓釋鬯弓者、鬯讀爲韔、此假借也、韔謂弓囊也、小戎虎韔鏤膺、韔亦謂之弢、又謂之韃、左傳右屬櫜韃、又謂之韣、禮記帶以弓韣、皆是物也、釋冰鬯弓、蓋誇其從容整暇、猶所謂善刀而藏躊躇滿志也、結四句衆皆屬目於叔、進退唯命之摸寫、雖有公猶無公、此詩人之忠信所以憂君憂國也、上篇是叔之自田、此則從公之田。上篇猶簡約言之、此更鋪張言之、則其情益切矣、

大叔于田三章章十句

清人。刺文公也。箋曰、文公名捷、莊公孫、厲公子、高克好利而不顧其君。文公惡而欲遠之不能。使高克將兵。而禦狄于竟。箋曰、春秋閔公二年冬十二月、狄入衛、鄭棄其師、左傳、鄭人惡高克、使帥師次於河上、久而不召、師潰而歸、高克奔陳、鄭人爲之賦清人、是時衛在河北、鄭在河南、恐狄渡河侵鄭、故使高克將兵於河上禦之、陳其師旅。翺翔河上。久而不召。衆散而歸。高克奔陳。公子素惡高克進之不以禮。箋曰、進之言進而事君也、與退之對而成辭、序以此詩爲公子素作、必有所傳、他共姜譚大夫召康公穆公凡伯仍叔皆同、左傳鄭人爲之賦清人、據此序知所謂鄭人卽公子素也、焦循曰、公之子稱公子、鄭文公之子詳見宣公三年左傳、子華子臧皆不賢得罪死、公子蘭卽穆公、公子兪彌早卒、公子瑕爲洩駕所惡奔楚、死周氏之汪、公子士僖二十年帥師入滑、後攝父事朝楚、楚人酖之、死於葉、以諸公子考之、士與素聲相轉、公子素蓋公子士也、觀其入滑朝楚、非碌碌者、故能賦刺高克、楚人酖之、當亦忌其才、虞其得立、素與華瑕正同類、士爲素之變、或本素字殘闕、僅

存上字頭訛作士、可用以互證、

文公退之不以道。危國亡師之本。故作是詩也。

箋曰、高克好利不顧、則何所不爲、而公授之師旅、久而不召、此危亡之本也、文公惡・惡一人也、公子素惡・爲軍國也、

夫擁大衆於外、而無所事、不爲亂則必潰散耳、清人不同二子乘舟、作詩時師未潰、故作詩風之也、廣序君臣竝言、歸重於君、正以申明首序之指、詩固與春秋之書鄭棄其師相表裏也、

清人在彭。駟介旁旁。

清・鄭邑也、彭・衛之河上地、鄭之郊也、介・甲也、

二矛重英。

重英・矛有英飾也、○旁補彭反、重直龍反、傳鄭字地字・搢本竝無、

河上乎翺翔。

箋曰、鄭箋・清者高克所帥清邑之兵也、方輿紀要云、河南開封府中牟縣雙洎小清河在縣西南五十里、卽古清池水、亦名清口水、水經渠水注云、渠水又東、清池水注之、清池水出清陽亭西南平地、東北流逕清陽亭南東流、卽故清人城也、然則鄭之清邑・卽今中牟無疑、彭王質據昭二十年左傳衛侯竄喜盟于彭水之上、鄭衛相近、彭或指此、然左傳上文云丁已晦公入、則是入國而盟、彭水當在衛都、據下二章傳消軸皆云河上地、則彭亦河上地、不得爲彭水也、○駟介旁旁者、介是甲之別名、駟介・四馬而被甲也、旁旁卽騯騯、說文馬部、騯・馬盛也、旁爲古字、首章旁旁言其盛也、次章麃麃言其衆也、

皆以著其擁大衆於外也、○二矛重英、古之矛卽今之槍也、詳小戎篇、鄭箋以二矛爲酋矛夷矛、酋矛長二丈、夷矛長二丈四尺、說文、矛・酋矛也、兵車所建長二丈、是知兵車所建惟酋矛耳、魯頌閟宮二矛重弓、箋云、備折壞、直是酋矛有二、則此詩二矛亦謂酋矛有二、非兼言夷矛也、王夫之曰、兵車所載之戎器、有酋矛而無夷矛、夷矛之長三尋、古尺二丈四尺當漢尺一丈八尺、所謂丈八鍦矛也、隴西健兒歌・丈八蛇矛左右盤、鍦蛇夷三字通用、今尺丈六尺有四寸、後世步騎或用之、古者惟用以守、若建於車上、則不相等而易搖、持之以刺・則礙于車後之籓、而舉之必後、舉之後則前重而無力、故不可以攻、而惟用以守望、守者步卒操之、進卻隨手、所謂長兵短用者也、傳云、矛有英飾者、衺之飾爲英、矛之飾亦爲英、其義一也、魯頌閟宮朱英綠縢、傳云、英・矛飾也、鄭云畫飾者葢刻畫於矛槃間以爲飾耳、魯頌所謂朱英者、刻畫爲英、又染之以朱也、則此英亦用朱可知、安井氏曰、初學記引郭璞說三英云、英、古者謂以素絲英飾衺、卽上素絲五紽也、案、英・華也、爾雅釋木、榮而不實者謂之英、朱絲纏矛、素絲飾衺、如草木著華、故皆謂之英也、我邦槍柄接刃處、用金銀螺鈿飾之、其下等者或用朱絲、卽古遺法也、○河上乎翺翔、翺翔猶彷徉也、翺翔逍遙・言其空間送日也、惡知其不擁大衆以叛、又惡知其不率師出奔、危亾之形見矣、

清人在消。駟介麃麃。消・河上地也、麃麃・武皃、**二矛重喬。河上乎**

逍遙。 重喬・累荷也、○麃表驕反、延文本、傳貌下有也字、

箋曰、載驅行人儦儦、傳、儦儦衆貌、作麃用古字、駟介麃麃亦當訓衆貌、重喬、傳云、累荷也、荷、釋文、沈胡可反、謂兩矛之飾・相負何也、正義引候人傳・訓荷爲揭、謂此二矛刃有高下、重累而相負揭、亦讀荷如負荷之荷、與沈重同、釋文引舊音何、以荷爲荷葉、謂刻矛頭爲荷葉相重累者、非也、上章重英、傳但釋經英字之義、不釋重字、此重喬累何、但釋經重字之義、不釋喬字、上章英是英飾、則喬亦必是矛飾、毛不釋者、在當時其義易知也、說文雉十四種、其二喬雉、又鷮字注云、走鳴長尾雉也、韓詩作鷮、毛詩作喬卽鷮之省借、謂以鷮羽爲飾也、懸鷮羽爲飾、因名其飾爲喬耳、箋云、喬・矛矜近上及室題、所以縣毛羽、矜・柄也、題・頭也、室謂矛頭受刃處也、是鄭以喬爲矛柄、承鋈處之名、未嘗爲雉名、若果雉名、何云所以縣也、朱傳矛之上句曰喬、是箋意也、○河上乎逍遙、文選南都賦注引韓詩逍遙遊也、檜羔裘箋・翺翔猶逍遙也、說文逍遙爲新坿字、徐鉉曰、案詩只用消搖二字、此二字字林所加、惠棟曰、後漢崔駰撰張平子碑、已用逍遙字、不始于呂諶也、但經典中只合用消搖耳、

淸人在軸。駟介陶陶。 軸・河上地也、陶陶・驅馳之皃、

左旋右抽。中軍作好。 左旋講兵、右抽抽矢以射、居軍中爲容好、○陶徒報反、抽勑由反、延文本、傳貌下射下好下・並有也字、

箋曰、安井謂古無入聲、軸以由得聲、當讀如抽是也、彭消軸皆河上之地、久不得歸、師有遷移、三地亦應不甚相遠、祭義陶陶遂遂、鄭注、相隨行之貌、楚辭哀歲冬夜兮陶陶、注、陶陶、長也、禮記注、有相隨之義、楚辭注有長義、合二注爲不息義、傳驅馳卽有不息之義、與久而不召意亦合、○左旋右抽、中軍作好、安井氏曰、凡用矛戟者、必前左手、今正車面而立、轉身前左手、是左旋也、故傳云左旋講兵、傳容好、猶言觀美也、箋云、左、左人、謂御者、右、車右也、中軍、謂將也、兵車之法、將居鼓下、故御者在左、王夫之駁鄭曰、御必居中、所以齊六轡而制馬也、使其居左、則攬轡偏、而縱送礙、且視不及右驂之外靷、而紓斂無度矣、故雖以天子之尊、而在車亦無居中之理、周禮、大馭掌馭玉路、犯軷、王自左馭、馭下祝、其曰王自左馭者、自左而嚮中也、馭犯軷、暫攝馭居中、王位固在左矣、戎僕掌馭戎車、犯軷如玉路之儀、則天子卽戎且不居中、而況將乎、鼓居車中、而將居鼓左、自可右嚮以擊之、甘誓曰、左不攻于左、右不攻于右、御非其馬之正、則御中而將左之一證也、鞌之戰、齊侯親將、逢丑父爲右、公羊傳曰、逢丑父者頃公之車右也、代頃公當左、此將居左之二證也、又是戰、韓厥夢子輿謂已曰、旦辟左右、故中御而從齊侯、韓厥將也、非因夢而避左右、則不居中、則將居左之三證也、若老子云上將軍處右偏將軍居左、則言軍陳之制、而非在車之位、至鞌之戰、張侯御郤克曰矢貫余肘、余折以御、左輪朱殷、則似郤克居中而御者左、要之杜預所云自非元師、御者居中、將在左之言、既無典據、而郤克或以傷夷易位、未可知也、然則左旋右抽、非以車左車右言之、蓋言戎車回旋演戰之法耳、毛傳曰、左旋講兵、右抽抽矢以射、是已、蓋兵車之法、有左旋以先弓矢者、有右旋而先矛者、左旋先弓以迎敵於左、則車右持矛以刺、右旋先矛以要敵、則將抽矢以射、勢以稍遠而便也、田獵之法逐禽左、駟鐵之詩曰、公曰左之、禽左則我右、此所謂右抽矣、蓋車戰之法類然、古未有呼將爲中軍者、胡承珙曰、左傳言車戰之法、如僖三十三年秦師過周北門、左右免冑而下、蓋惟御者居中、故左右下、宣十二年楚許伯御樂伯、攝叔爲右、樂伯曰、致師者左射以菆、皆足爲御在車中之證、故詩疏惟據成二年鞌之戰、以爲郤克在鼓下而居中、解張有左輪朱殷之言而居左、然將執旗鼓、豈必鼓定在中、解張之左輪朱殷、安知非射傷左手而流血於左耶、且是戰也、韓厥因夢避左右、而代御居中、杜注因有自非元師御皆在中之說、近於因文牽就、非有明證、總之此詩左右中、本不當以一車言之、傳云居軍中爲容好、則以中軍爲軍中、猶中谷卽谷中之比、並未嘗以中軍爲將、故左右亦必非車左車右之謂、王氏謂左旋右抽爲戎車回旋演戰之法、申明毛義甚確、此卽是居軍中爲容好也、王胡說與安井異、未知孰得毛義、中井氏曰、左·左方、右·右方、謂或左或右·回旋馳騁以遊戲也、抽取急疾之義、亦旋回之事矣、中軍·軍中也、好·謂相嬉樂、中井說自覺直捷、

淸人三章章四句

箋曰、方苞曰、以春秋傳證之、然後知先王井伍丘乘之法、敎孝作忠諸善備焉、蓋有田有宅之農民、各愛其父母妻子、見主將失意於君、則鳥獸散

而歸於家、況能挾之以叛乎、自秦漢以後、用招延募選之兵、然入伍籍者、類皆獨身無藉、素行不足自託於鄉里、易與爲叛、馴至大亂、應募者少、則按戶籍以選丁男、不敎而戰、驅赤子於必死之地、不亦痛乎、井田不能驟復、則唐之府兵明之衞所、乃百世不易之良法、

羔裘。刺朝也。箋曰、朝無直臣、故風之、**言古之君子。以風其朝焉。**

箋曰、此詩所陳純是思古之美、而其意則以刺今。序所言者詩之意、非詩之詞也、所美在此、則所刺在彼耳、刺朝如宋人諫院記、及待漏院記之類、此就衣服言之、彼就官與地言之、皆以風刺其同朝、非有所顯斥之人、所謂言之者無罪、聞之者足以戒也、蓋莊公以梟雄御下、一時用事之臣、大率狡猾而多詐、桀驁而不馴、與詩所謂舍命不渝、邦之司直正相反、朝鮮忠良、釀篡奪之禍者二十餘年、當此之時、有一君子人可以託孤寄命、則家國之擾亂、未必至于如此也、此詩人所以思邦彥司直舍命不渝也、

羔裘如濡。洵直且侯。如濡、潤澤也、洵、均、侯、君也、**彼其之子。舍命不渝。**渝、變也、○渝以朱反、傳如字卷子古本無、延文本、均下有也字、

箋曰、洵韓詩作恂、當讀如洵美且都、洵美且仁、洵訏且樂之洵、毛訓洵爲均、謂皆直且侯、非是、羔羊序曰正直、然則爲臣之道、主於正直不阿而已、至於

柔行巽入、委曲以就事、亦固有時而當用、要之其出於不得已而已、侯傳訓君、安井氏曰、蓋謂專心於君家、公羊傳曰、君爾亡身、是也、或曰、言其有主之德也、有君國長民之責、皆得稱君、釋文引韓詩云、侯、美也、古字訓君者多有美義、侯爲君、又爲美、猶皇與烝爲君又爲美也、次章云邦之司直、三章云邦之彥兮、彥爲士之美稱、則首章洵直且侯、似統下二章而言、直卽司直之直、侯卽美士爲彥之美、此訓從韓義爲允、○舍命不渝、舍有二義、亦有二音、詩夜切者、釋名云、舍於中、舍、息也、息卽止息、故周禮司戈盾注、舍、止也、漢書高帝紀注、舍、息也、後漢馮異傳注、舍、止息也、是皆以止息爲義也、其音書者反者、舍卽捨之假借、說文云、捨、釋也、釋、解也、經典捨俱作舍、故行葦箋、及周禮司圜注、舍俱訓釋、舍釋雙聲、古字通用、鄉飲酒禮、及大射儀注竝云、古文釋爲舍、楚語注、舍、去也、雨無正傳、舍、除也、是皆以捨釋爲義也、此詩鄭箋舍猶處也、處亦止也、卽止息之義、命當讀如死生有命之命、舍命謂安處於遭遇之命也、不渝、謂不變改其所守、而求苟免也、說文、渝、變汚也、是渝乃由清變濁之稱、

羔裘豹飾。孔武有力。 豹飾、緣以豹皮也、孔、甚也、 **彼其之子。邦之司直。** 司、主也、

箋曰、唐風羔裘豹袪、羔裘豹褎、傳、袪、袂末也、褎猶袪也、箋云、在位卿大夫之服也、傳云豹飾緣以豹皮也者、謂袂末緣以豹皮爲飾也、飾義通用、凡緣領、

緣襃、絇履、皆謂之飾、豹飾自指襃袪而言、大夫羔裘豹袖、固以不純用羔、下於諸侯、而豹亦飾之最盛者、管子大匡、諸侯之禮、令齊以豹皮往、小侯以鹿皮報、齊以馬往、小侯以犬報、注、往重報輕、蓋幣以鹿皮爲重、而豹皮又重於鹿皮、故揆度篇、令諸侯之子將委質者、皆以雙虎之皮、卿大夫豹飾、列大夫豹襘、注、卿大夫、上大夫也、列大夫、中大夫也、然則非上大夫及中大夫、且不得以豹爲飾矣、或謂檜羔裘專刺其君、唐羔裘專刺其臣、鄭羔裘兼刺君臣、然此詩言豹飾、止是臣下之服、舍命不渝、及司直邦彥、皆臣事也、止當爲刺在朝之臣、玉藻首云、君衣狐白裘、錦衣以裼之、下乃言君子狐青裘豹襃、羔裘豹飾之等、其下又云、錦衣狐裘、諸侯之服也、分析甚明、故鄭注以君子爲大夫士、○孔武有力者、人臣惟强而有力、乃能主國是而不撓、朱傳云、豹甚武而有力、故服其所飾之裘者如之、不知凡詩美其服、適所以美其儀容也、美其儀容、適所以美其才德也、究竟影語耳、不當分析作解、他多放此、○邦之司直、上章言洵直且侯、是君子之處己以直、此章邦之司直、是言君子之能直人也、司直猶司馬司命之類、若直爲其本職然、司字有爲一世主張砥柱意、

羔裘晏兮。三英粲兮。晏、鮮盛貌、三英、三德也、**彼其之子。邦之彥兮。**彥、士之美稱、○延文本、稱下有也字、

箋曰、宋玉九辨、被荷裯之晏晏兮、王逸注、晏晏・盛貌也、義與毛同、然晏安也、是常訓、蓋言服稱其德而晏如也、至下句三英粲兮、乃言裘之鮮盛耳、召南羔羊詩傳、素絲以英裘、三英當指裘飾、蓋以素絲爲組紃、以飾裘縫也、其狀似花、故曰英也、三者其數也、召南素絲五總、蓋與此同類、今俗所謂菊閉、尤與英相近、粲當讀如大東粲粲衣服之粲、伐木於粲洒掃、傳、粲・鮮明貌、蓋羔裘黑、而飾之以素絲、最爲明燦、首章但言羔裘之潤澤而已、次章兼及袪緣、三章則并及英飾、以次加詳也、此章已作別調、不與上章一例、而毛泥每章第二句皆言德美、以三英爲三德、自以英俊本爲才德之稱、鄭以剛柔正直中毛、亦因書立政之九德三俊・皆關卿大夫之事、讀粲如周語三女爲粲之粲、訓爲衆、非詩義也、○彼其之子、韓詩外傳作彼已之子、左傳襄二十七年引詩正作已、知韓詩亦本古文、王風揚之水箋云、其或作記、或作已、讀聲相似、蓋古人於此等、以聲爲主、聲同則字不嫌異、推之大叔于田之忌、箋云、忌讀如彼已之子之已、崧高之沍、箋云、聲如彼記之子之記、皆然、○邦之彥兮、彥卽是美士、猶君子成德之名、折中云、舍命而後能司直、常伸之氣節從淡定出也、司直而後爲邦彥、蓋世之勳名・由節義生也、

羔裘三章章四句

遵大路。思君子也。莊公失道。 箋曰、龜井氏曰、莊當作文、莊公英主也、無棄賢之事、且清

人之後、不可編莊公之詩也、文公退高克不以道、以致棄其師、咈三良大受晉師、又背王命執其使、可謂失道也、此說有理今從之、**君子去之。國人思望焉。**箋曰、序言思君子、乃從既去之後・追想臨去之時、一段留行情緒、而思之彌篤也、

遵大路兮。摻執子之袪兮。遵・循、路・道、摻・擥、袪・袂也、**無我惡兮。不寁故也。**寁・速也〇摻所覽反、袪起居反、寁市坎反、擥音覽、袂面世反、延文本、傳循下道下並有也字、

箋曰、地官遂人、澮上有道、川上有路、對文有廣狹之異、散則道路相通、循彼大道、見非私徑也、傳云摻擥者、說文、擥・撮持也、離騷、擥本根以結茝兮、注、擥持、亦作擥、漢書五行志上、是以擥仲舒、注、擥字與擥同、謂引取之、叙傳上、擥葛藟而授余兮、叙傳下、擥轡正席、注並云、擥・執取也、又別作攬、莊子在宥、此攬乎三王之利是也、喪服云、袂屬幅、袪尺二寸、則袂是袪之本、袪爲袂之末、玄端之制、士之袂二尺二寸、袪尺二寸、凡袂、布一幅四尺四寸、中屈之爲徑二尺二寸、而屬於衣、是謂之袂、中肘、以前尺漸殺之、則爲之袪、徑尺二寸、是謂之袂末、深衣袂可以回肘、肘長一尺、袂廣二尺二寸、袂長尺有二寸、士玄端袪與深衣同、冕服衣侈袂、司服注云、士之衣袂、皆二尺二寸、而屬幅、是廣袤等也、其袂尺二寸、大夫已上侈之、侈之者蓋半而益一焉、半而益一、則其袂三尺三寸、袪尺八寸、袂袪殊裁、袂聯腰腋之際、而袪爲袂之口也、唐羔裘傳云袪袂末、則袪袂不同、此傳云袪袂、渾言不別也、儀禮有司徹、以袂拂几、

公羊傳反袂拭面、皆指袖口而言、是袪未嘗不通稱袂、王逸注楚辭哀時命云、袪、袖也、此亦散文得通之證、○不寁故也、寁字訓速、速當讀同孟子可以速則速之速、趙注孟子、速、速去也、速對久言、久爲遲留、故知速爲速去、云不寁故・不寁好者、正序君子去之・國人思望之意、謂君子不宜速去其故交舊好也、鄭君失道、君子惡之、遵循大路而去、國人欲擥持其袂袪以留之、曰子無惡我而不留、不可倉卒於故舊也、言棄去之速也、不言其惡君、而以爲惡我、婉辭也、蓋使其君聞之、知賢人在國、眾心所歸、而先君舊臣・不宜輕棄、從對面一照、而君之不可寁故・已在言下、

遵大路兮。摻執子之手兮。無我魗兮。不寁好也。 魗・棄也、○魗市由反、

箋曰、執手不唯執袪也、俞樾曰、首章路字入韵、次章路字不入韵、猶騶虞篇首章虞字入韵、次章虞字不入韵、權輿篇首章輿字入韵、次章輿字不入韵也、合而讀之、則兩虞字、兩輿字、未始不自爲韵、詩固有此一例也、此詩兩章竝言遵大路兮、而一入韵、一不入韵、正與彼同、但彼在末、此在首、爲小異耳、經義述聞謂、此章路字當作道、與手歀好爲韵、凡詩次章全變首章之韻、則第一句先變韻、失之矣、○無我魗兮、正義云、魗與醜古今字、醜惡可棄之物、故傳以爲棄、○不寁好也、好言久要之好也、故不必好、是故而好者也、唐風羔裘、豈無他人、維子之故、豈無他人、維子之好、亦先故而後好、與此詩正同、

毛詩會箋

執袪言故、執手言好、下字不失分寸、朱傳以此詩爲淫詩、引宋玉登徒子賦爲證、殊不知後世騷人墨士、擷取經文、不過攬其芳華、以資潤色、今因片詞之偶同、遽謂經之正解在是、是猶據杯中之一勺、而測江海之洪流也、豈不謬乎、

遵大路二章章四句

女曰鷄鳴、刺不說德也。 箋曰、不悅德君子所以去也、故以是次遵大路、而終文公變風焉、忽之詩合緝於後、以表祭仲亂國也、**陳古義以刺今不說德而好色也。** 箋曰、龜井氏曰、德色對說、古言也、德言德行、又言有德君子、是詩句句皆陳德義、卒章稱有德君子、亦是其德行也、蓋文公報於叔父之妃、又娶于江、娶于蘇、頻殺其子、逐其子、閨門不治、國俗敗而又淫亂、可槩見矣、歐陽氏曰、是詩終篇皆是夫婦相語之事、蓋言賢夫婦相語如此、所以見其妻之不以色取愛於其夫、而夫之於其妻、不說其色而內相勉勵、以成其賢也、凡云子者、皆婦謂其夫也、其卒章又言子之來相和好者、當有以贈報之、以勉其夫、不獨厚於室家、又當尊賢友善、而因物以結之也、歐解至當不易、其述夫婦之賢者、正所以諷不賢者、而陳啓源力駁之、夫云與子宜之則無怠廢之萌矣、云與子偕老則無勃谿之搆矣、云莫不靜好、則無宴私之形矣、閨門懿德、已舉其要、陳氏疑其不得爲賢、則易曰在中饋、斯干曰唯酒食是議、常棣曰妻子好合如鼓瑟

琴果何
謂邪、

女曰鷄鳴。士曰昧旦。子興視夜。明星有爛。言小星已不見也、**將翱將翔。弋鳧與雁。**間於政事•則翱翔習射、○弋羊職反、延文本、傳射下有也字、

箋曰、此詩以女曰起、皆婦人語夫之辭、惟士曰昧旦一句、爲士語也、古未以地支紀時、故曰鷄鳴、曰昧旦、曰明星有爛、皆指時言也、昧旦猶言昧爽、旦說文云、明也、从日見一上、一•地也、日始出地、猶未大明、故說文以旦釋昧爽、昧字注、一曰、闇也、昧旦爲未大明貌、故爲將旦之稱、列子湯問曰、將旦昧爽之交、是其證矣、古者雞鳴而起、昧爽而朝、內則•成人皆雞初鳴、適父母舅姑之所、未冠笄者、昧爽而朝、皆昧旦後於雞鳴之證、女曰雞鳴者•警其起也、士曰昧旦、言已爲將明之時、有不止於雞鳴者、正義謂、雞鳴女起之常節、昧旦士起之常節、失之、○子興視夜、急以興字提之、以下都是興起中神理、一片習射、養性親賢妙處、都是枕上口中層層道出、爾雅釋天•明星謂之啓明、啓明爲大星、故毛言小星已不見耳、大白晨見東方爲啓明、昏見西方爲大白、大白金星、卽長庚也、詳小雅大東篇、將翱將翔、弋鳧與雁、兩將字、與且字其字相似、意尤輕、孟子將爲君子•將爲野人同例、婦人又語其夫曰、若是則子可以起而視夜之何如、意者明星已出而爛然、則當翱翔而往弋取鳧雁矣、箋云、弋•繳射也、說文、繳•謂生絲爲繩也、安井氏曰、生絲爲繩者、欲其加鳥易解也、

繳・纏也、繳末繫石謂之磻、射中鳥則磻奮繳轉、纏繞鳥翼、飛鳥迅疾、不則雖能中之、遠落於數百步之外、故射飛鳥必施繳也、後世謚令之屬、讀畢返納謂之繳、亦此義也、鳧水鳥、如鴨青色、背上有文、爾雅、鳧・鴈醜、其足蹼、郭注云、腳指間有幕蹼屬、其蹠企、郭注云、飛則伸其腳、蹼猶樸也、樸猶薄也、薄謂相迫近也、樸屬相著、鳧鴈之類、其足指有幕肉相連屬也、其蹠企者、蹠・足跟也、企・舉蹠也、鳧鴈行則前幕布地、後蹠企、故曰其蹠企也、爾雅又曰、舒鴈・鵝、注云、今江東呼䲹、爾雅又曰、舒鳧・鶩、注云、鴨也、爾雅又曰、鷊・沈鳧、鷊音施、詩之鳧卽沈鳧也、陸疏云、大小如鴨、青色、卑腳短喙、水鳥之謹愿者也、此卽今水鴨、謂之沈者、急就篇云、春草雞翹、鳧翁濯、顏師古注、翁・頸上毛也、然則鳧善沈水・洒濯其頸・故曰沈鳧、或說、鳧好晨飛、因名晨鳧、魏文侯嗜晨鳧是也、舍人云、鳧野鴨名、鶩家鴨名、本草拾遺引尸子亦云、野鴨爲鳧、家鴨爲鶩、然則鳧鶩本有定名、周官庶人執鶩、謂家鴨也、詩弋鳧與鴈、謂野鴨也、楚辭寧與騏驥抗軛乎、將與雞鶩爭食乎、寧昂昂若千里之駒乎、將汎汎若水中之鳧乎、尤爲分明、然鶩有舒鳧之名、鳧有野鶩之稱、故王勃滕王閣序・落霞與孤鶩齊飛、亦可以通用、古者男始生、縣桑弧、故知射爲丈夫生來第一事、而學宮敎士・必命之嫺習射藝、先王之訓也、左傳賈大夫取妻而美、三年不言不笑、御以如皋、射雉得之、於是始言而笑、詩弋鳧與雁、猶此志也、雁解詳小雅鴻雁篇、

弋言加之。與子宜之。宜・肴也、宜言飲酒。與子偕老。琴

瑟在御。莫不靜好。君子無大故不徹琴瑟、賓主和樂無不安好、○摺本、傳無下無大字、

箋曰、加・著也、謂中之、史記所謂以弱弓微繳加諸鳧雁之上是也、鄭以爲加豆、非是、弋言加之事言弋、下宜之方言肴、自不應以加之卽爲加豆、與子宜之・與與子偕老相對、並相共之義也、中饋之職不必言、與字有訓爲者、唯此不然、宜謂和劑調味得宜也、芹也・葱也・獨活也・皆宜也、不淡不鹹・亦宜也、朱傳引內則雁宜黍、近强、傳宜肴也者、肴與殽通、說文、殽・相雜錯也、殽爲治肉之名、毛以肴釋宜之之意、非謂宜卽肴也、鳧鷖公尸來燕來宜、傳、宜・宜其事也、呂覽當賞・爵祿之所加者宜、注、宜・當也、凡物得當曰宜、故治肉亦得名宜、下文宜言・承上宜之而言、猶弋言加之、承上弋鳧與雁而言也、不當上下異訓、宜言飲酒、與子偕老、言・語詞也、言調和嘉肴、以飲旨酒、至於白首、永同是歡樂矣、偕老自飲酒而生焉、以酒爲壽樂也、是以酒益壽長相娛之意、弋鳧非爲飲酒、而飲酒卽云偕老、古人飲食、節勞養性・以調陰陽、實有深理○琴瑟在御、莫不靜好、御・侍也、謂在側也、不妄動曰靜、無乖戾曰好、好是好合之好、靜好應貼夫婦、郤卸到琴瑟、言琴瑟則夫婦可知矣、添莫不二字、則非琴瑟者亦可知矣、語自婉妙、此詩通篇六子字、皆爲女目士之詞、箋以首章子興視夜爲子其夫、次二章言子者五、皆子賓客、試思飲酒偕老、琴瑟靜好、豈女謂賓客之詞乎、

知子之來之。雜佩以贈之。雜佩者・珩璜琚瑀衝牙之類、**知子之順之。**

雜佩以問之。問・遺也、 知子之好之。雜佩以報之。○珩音衡、瑀音禹、延

文本、傳類下有也字、

箋曰、因飲酒而及賓客也、三知字只作徵聞其事者、婉約入妙、三疊正見殷勤不盡、來之・招來有德者、如所謂脩文德以來之、言親愛其人而致之也、句末之字、皆指有德者、古之賢婦、善相其夫爲酒食、以待賓友延譽者、史傳多載其事、此詩已先之矣、○雜佩以贈之者、子衿傳、佩・佩玉也、佩所繫之玉謂之佩玉、集諸玉石以爲佩、謂之襍佩、襍之爲言、集也、合也、諸玉石・傳所謂珩璜琚瑀衝牙之類是也、或謂、玉佩盛服之飾、雖公卿亦不常佩、況婦人乎、非玉佩必矣、只是觿燧箴管佩帨茝蘭之類耳、且贈遺以申親情、必是輕貨、非重寶、不論玉佩可也、此說似有理、然以報瓊琚貽佩玖例之、毛傳得古義、詩之辭不必過拘、女曰、我苟知子之來之、我亦贈之雜佩以厚其好矣、夫婦所說在有德君子、而妻說夫所說、夫亦使妻敬愛客、此夫婦並說德行也、但尊賢重才、是士君子之常行、自男子口中出之、未見說德之至、今婦人化之、欲使其夫親愛賢者、非好德之至、安能致之哉、首章稱士、則兼有大夫、朱公遷謂此爲庶人之妻、誤矣、珩與衡通、爲佩玉最上之名、晉語、白玉之珩、韋注、珩形似磬而小、楚語、楚之白珩、韋注、珩・佩上之橫者、璜、說文・半璧也、圓玉曰瑀、方玉曰琚、玉藻佩玉有衝牙、鄭注、衝牙居中央・以前後觸也、孔疏、中央下端・縣以衝牙、動則衝牙前後觸璜而爲聲、所觸之玉、其形似牙、故曰衝牙、三禮

舊圖云、衡長五寸、博一寸、璜徑二寸、衡牙長三寸、皆以衡牙爲一玉、盧辯云、衡在中、牙在傍、皇侃說、衡居中央、牙是外畔、兩邊之璜、謂衡牙爲二玉、又誤、以璜爲牙、失之、穆天子傳天子夾佩、郭璞注云、左右兩佩、玉藻・古之君子必佩玉、右徵角、左宮羽、注、君子士以上、是天子至士・皆左右佩玉矣、佩玉有珩有璜、又有琚瑀衡牙、傳云之類、其外尚有蠙珠也、全詩兩言琚瑤玖、一言瑰、或擧中以該上下、或解一佩以贈、或繫一玉以佩、此詩乃擧佩玉之全者、故云雜佩以贈之也、周官玉府注・引詩傳曰、佩玉上有蔥衡、下有雙璜衡牙、蠙珠以納其間、賈疏云、詩傳謂韓詩、衡・横也、謂蔥玉爲横梁、下以組懸于衡之兩頭、兩組之末・皆有半璧、曰璜、故曰雙璜、又以一組懸于衡之中央、於末著衡牙、使前後觸璜、故曰衡牙、案毛詩傳別有琚瑀、其琚瑀所置、當於懸衡牙組之中央、又以二組穿琚瑀之内角、衺繫衡之兩頭、組末繫于璜、蠙・蚌也、珠出於蚌、故曰蠙珠、納其間者、組繩有五・皆穿珠於其間、故曰以納其間、朱傳錢詁皆祖其說、但朱以琚瑀皆爲佩名、琚在㫄組之中、瑀在中組之中、錢以琚爲佩名、瑀乃石之可爲琚者、非佩名也、又惟中組之中有琚瑀、㫄組之中不別繫玉、二說各異、胡承珙曰、朱錢二說、皆有所失、朱謂琚在㫄組之中、旣與賈疏不合、而謂大珠曰瑀、雖本盧辨大戴禮・及聶氏三禮圖、然瑀中旣貫中組、又貫衺繫於珩璜之兩組、以一珠而受三組、天下安得此徑寸之珠而佩之、錢氏以琚爲佩玉名、瑀卽石之可爲瑀者、則是以瑀石爲琚佩、於文當爲瑀琚、而傳兩云琚瑀、說文、瑀・石之次玉者、瑀・佩玉名也、然則瑀琚二物、琚爲玉、琚爲石、皆納於珩與衡牙之中、竝非以瑀石爲琚佩、大戴禮保傳篇・玭珠以納其間、琚瑀以雜之、韓詩傳言蠙珠、不言琚瑀、毛傳言琚瑀•不言蠙珠、大戴則玭珠琚瑀竝稱、是所佩有玉有石有珠、其爲物非一類、故曰雜佩也、中庸弗順乎親之順、正與此同、但彼此之辭有不同耳、嚴緝釋來之爲招來而新相知者、順之爲和順而莫逆於心者、好之爲好慕而尊敬之者、辭有次序、問猶問安也、禮道不虛、故曰遺也、夫知人者君子之事也、婦人何與焉、唯能知其所親愛、扶歡心而不失而已、雜佩之贈、所以厚君子之好也、雖有賢主人、入家婦惡、人情所不堪也、用心如是章、則金蘭之情、豈不日深乎、實是萬世之女師、○知子之順之、雜佩以問之、順者不逆也、信厚之極、唯彼之所言、是從是用、○知子之好之、雜佩以報之、好者所謂中心好之者是也、好其人必資其益、故思有以報之、安井氏曰、序言陳古義以刺今不說德而好色、而詩專言女勸士親有德者、士之說德乃是其常、女德奢淫、夫若好色、逸樂放肆、美衣珍食不欲其夫親正人、故詩專陳婦言、以見夫德刑于寡妻、而序本其意云、陳古義刺今不說德而好色也、經序相照、其旨甚明、

女曰雞鳴三章章六句

有女同車。刺忽也。 箋曰、龜井氏曰、忽之死•先於鄭棄其師三十餘年、忽之詩別起、至揚之水十篇一轄、序不曰昭公而曰忽、與春秋符合、夫春秋書鄭世子忽、則國固忽之國也、然立不一時、而爲突所逐、歸國二年、旋爲高渠彌所弑、中間不書鄭伯者、生不同盟、死不

赴告、故不君之、而稱突鄭伯、序亦襲用其例、據此則首序之傳自孔門信矣、

鄭人刺忽之不昏于齊。

箋曰、鄭風序唯此篇稱鄭人、蓋與齊字相睨、與下國人相變、

大子忽嘗有功于齊。

箋曰、猶曰忽爲大子時、嘗有功于齊、嘗者自後之辭也、此言伐北戎克之、兩于字、延文本、並作乎、

齊侯請妻之。

箋曰、齊僖公也、時爲小伯、延文本、齊侯上有而字、

齊女賢而不取。

箋曰、以上往事也、北戎之役、齊侯請妻之、非文姜也、延文本、而下有忽字、

卒以無大國之助。至於見逐。

箋曰、卒字與嘗字呼應、及卽位、以無大援故、爲祭仲所逐也、延文本、助下有而字、

故國人刺之。

箋曰、忽之弱、而祭仲專國、實本於此、故刺忽之詩、起編端於是篇、是篇蓋作於見逐之時也、忽之辭昏、詩人之意以爲、忽雖言自求多福、而卒之不能自保、國亂身亡、尙不如許昏於齊、猶或可藉大國之助、以圖存也、凡詩人意外之意、不必詩中所有、而以序合之、則微婉之旨畢見、此序之所以不可廢也、忽承莊公餘烈、郎之戰、惡曹之盟、與齊最睦、山戎伐齊、忽執其師大良少良歸之、固有功于齊者也、齊侯兩請妻之、又與忽甚暱也、使忽有中主之材、仲執突歸、發兵拒守、而請齊爲援、亦足自救、觀忽奔而齊再伐鄭、納突而齊不與、忽被弑而子亹誅渠彌轘、則齊之能爲忽用也明矣、詩人當其見逐之初、追憾往事、假爲有女同車、有者不有者也、德音不忘、蓋不勝其致惜之詞

焉、凡曰刺忽者、皆惜之也、且惡祭仲跋扈也、陳啓源曰、計忽兩爲君、其始以
桓十一年五月立、是年九月奔衛、其繼以桓十五年六月歸、至十七年遇弑、
前後在位不及三載、而國人閔之刺之、惓惓無已者、豈非以其世子當立・而
不克令終・故獨加憐惜歟、案忽之立而出奔也、因宋人之執祭仲也、釁起於
外也、使結齊昏有大援、則鄭突不能恃宋以竊國矣、故有女之刺辭昏、汲汲
於外援也、忽之歸而復見弑也、禍生於內也、使忽能用賢去奸、斷制威福、權
臣不得擅命、與忠臣良士共圖國政、則臣下之逆節、無自萠矣、故山有扶蘇
諸篇、刺其遠君子近小人、主弱臣專、孤立無輔之事、所憂在內也、然則前立
時詩、其作於忽之既奔、後立時詩其作於忽之未弑乎、既奔故多惋惜之情、
未弑故多憂危之語、趙文哲曰、忽之辭昏有二、始以非耦爲辭、繼以師昏爲
辭、其守義不可謂不正、特是鄭莊之時、內多嬖寵、外有權臣、羣公子交構其
間、禍亂之萠、已非一朝夕之故、忽以守小節、而亡大援、以致失國、祭仲不言
乎、君多內寵、子無大援、將不立、忽不能聽、當時鄭之廷臣、以其辭昏爲失、豈
作詩者與序詩者一人之私言乎、至以爲淫奔之詩者、朱子特以鄭風而臆
之耳、今就經文詮之、同車者親迎授綏之禮也、同行者御輪三周之候也、曰
佩玉是有矩步之節、曰孟姜則本齊族之貴、彼溱洧之相謔、桑中之相要、有
如是之威儀盛飾・昭彰耳目者乎、惠周惕曰、朱子釋詩、據夾漈之說、凡於鄭
風小序刺時刺忽閔亂之作、力詆其謬、改爲淫亂之詩、不知鄭國之亂、在君
臣不和、風俗之淫、猶其小者也、三十年中、公子五爭、弑奪數見、既立昭公、又
立厲公、已而厲公見逐、昭公入、卽弑昭公、而立子亹、子亹殺於齊、而子儀立、

十四年又弑之、而納厲公、易君簒國、等于兒戲、君臣之變、未有甚於鄭者、豈區區淫亂之罪、足以蔽其辜哉、朱子欲絕鄭、而實寬其大惡、亦弗思矣、安井氏曰、衛亂成於淫、故邶鄘衛多刺淫之詩、鄭亂生於爭、故多刺莊刺忽刺時之詩、聖人編詩之意、豈有他哉、亦唯原治亂所由起、欲使後世人主知所去就耳、左氏記鄭忽初辭昏、而結之曰、善自爲謀、蓋善之也、及再辭昏則結之曰、遂辭諸鄭伯、蓋齊侯不徒請諸忽、并請諸鄭伯、鄭伯命娶之、而忽辭不娶、故云遂辭諸鄭伯、蓋惜之也、其意與序實同、夫鄭聲淫・鄭別有其樂、卽左傳所謂淫樂之矇、本不指其詩、後儒牽合之鄭風、遂排序說、概以爲刺淫之詩、於是乎聖人憂世之經、變爲蕩子誨淫之書、遂使陋儒請經筵廢國風、倨傲自信之過、流毒至此、可不愼乎、延文本、序末有也字、

有女同車。顏如舜華。親迎同車也、舜・木槿也、**將翺將翔。佩玉瓊琚。**佩有琚瑀、所以納閒、**彼美孟姜。洵美且都。**孟姜・齊長女、都・閑也、○槿音謹、傳孟姜齊長女五字、卷子本傍書本無、

箋曰、有女同車、言有淑女可以同車也、士昏禮・壻揖婦出門、壻御婦車而授綏、是親迎之禮與婦同車也、此詩祇因辭昏失援、故設言親迎之時・有女同車、其容色佩服之美若此、彼何人哉、則孟姜也、通篇皆形容歎羨之詞、而不娶之失・自在言外、上言有女者、虛想其人、下言孟姜、實指其姓、顏如舜華美

其容也、將翺將翔佩玉瓊琚、美其度也、有女與孟姜只是一人、說文、𦮙・木槿、朝華暮落者、引詩顏如𦮙華、高誘呂覽仲夏紀注、引亦作𦮙、今毛詩作舜、省借字、文字集畧曰、𦮙・地蓮、花朝生夕落者也、和名木波知須、據此地蓮卽木芙蓉矣、樊光曰、與草同氣、故在草中、郝懿行曰、說文・華或作蕚、華蕚古音同、華或作花、別作蘤、後漢書張衡傳云、百卉含蘤、李賢注引張揖字詁云、蘤古花字也、廣雅・蘤花竝云華也、顧炎武唐韵正云、花字自南北朝以上、不見於書、晉以下書中、間用花字、或是後人改易、又云始見於後魏書、然廣雅已有花字、則非起於後魏矣、○將翺將翔、翺翔非車中之事、自指登降前後、翺翔字從羽、此借以美步趨之高貴神也、女賦、婉若游龍乘雲翔、洛神賦、若將飛而未翔、又翩若驚鴻、又體迅飛鳧、又或翔神渚、皆從此脫出、佩玉瓊琚者、木瓜傳、瓊・玉之美者、琚・佩玉名、上篇傳云、襍佩者珩璜琚瑀衝牙之類、上篇舉珩璜琚瑀衝牙・以釋襍佩、此傳以琚瑀爲佩玉之納間、大戴禮於琚瑀言襍、於衝牙言納間、而納間又有蠙珠、以石集合玉謂之襍、以石納玉間謂之納間、其義本同也、此傳蒙上篇傳而義互相足、凡佩玉繫於革帶、其繫於帶之組謂之緌、爾雅釋器、佩衿謂之緌、是也、經典紟衿通用、故東山傳・施衿結帨、內則衿纓注・衿猶結也、漢書揚雄傳注・衿音衿、繫之衿・皆借衿爲紟也、紟衿義又相通、故釋名云、衿亦禁也、禁使不得解散也、緌者、釋文引埤蒼云、佩綬也、凡佩皆有繫、不獨玉佩、故釋名云、佩・倍也、言其非一物・有倍貳也、有珠有玉有容刀有帨巾有觿之屬也、○彼美孟姜者、春秋桓三年夫人姜氏至自齊、卽文姜也、六年北戎代齊、鄭大子忽帥師救齊、是時文姜歸魯已久、則所謂齊侯又請妻之者、其非文姜明甚、或疑是女非孟、因謂稱孟姜者、古者男女異長、嫡長稱伯、宋伯姬是也、庶長稱孟、齊孟姜是也、或文姜是嫡出、孟姜是庶出耳、此不達詩之辭者耳、何必孟而稱孟姜乎、所主唯在姜也、○洵美且都、說文繫傳、引作恂、與史記司馬相如傳集解同、毛詩假借用洵字、傳、都・閑也、閑當作閒、閒者嫺之假借、都者鄙之對、淮南子云、始乎都者・常卒乎鄙、都者城郭之域、聲名文物之所聚、故其士女、雍容閑雅之態生、相如傳・車從甚都、今諺云京樣、是也、鄙者里鄰之名、細民所居、不過相習爲吝嗇村陋之狀、今諺云野樣、是也、冶容艷態、多出於膏腴甲族薰釀涵浸之下、彼山姬野婦、雖美而不都、今曰舜華、則芳膏醲態、曰翶翔則夭矯如神、曰佩玉則矩步中節、曰孟姜則甲族名閨、曰德音則韻流金玉、味澤詩書矣、至都之一字、尤非易擬、瓌姿瑋度、別有丰標者也、

有女同行。顏如舜英。行、行道也、英猶華也、**將翶將翔。佩玉將將。**將將、鳴玉而後行、**彼美孟姜。德音不忘。**○傳行道行字、將將二字、卷子古本並無、

箋曰、有女同行、亦猶曰有一女之堪同行者、婦始乘車、壻御輪三周、三周者轉婦車之輪三匝也、卽上章所謂同車也、三匝之後、御者代之、壻自乘其車、爲之先導、婦車從之、兩車行道中、相去不遠、所謂同行也、壻先至俟于門外、婦至、揖以入也、顏如舜英、釋草、木謂之華、草謂之榮、不榮而實者謂之秀、榮

而不實者謂之英、木菫月令言榮、而詩言華、詩上章言華、而下章言英、傳云英猶華者、草亦曰華、渾言無別耳、出其東門傳云、荼英荼也、荼亦榮而不實者、故得呼爲英、說文、英・艸榮而不實者、是英爲艸、不爲木也、故離騷云、夕餐秋菊之落英、○佩玉將將、釋文・將將七羊反、玉佩聲、此亦假借之純取音者、瓊琚・材之美也、將將聲之美也、德音不忘・言齊女不唯美於色而已、其德至今使人不能忘、惜不娶之也、

有女同車二章章六句

山有扶蘇、刺忽也。箋曰、自此至褰裳、四首相比、皆主權臣刺之、權臣祭仲也、有女曰見逐、揚水曰無臣、序者三致意焉、忽唯是弱主、而大亂鄭國者祭仲也、狂狡可惡、故風忽而欲以退之、是鄭人之志也、所美非美然。箋曰、所美非美、言所賢非賢也、美者詩之辭、然猶焉也、常武序亦出、

山有扶蘇。隰有荷華。興也、扶蘇・扶胥木也、荷華・扶渠也、其華菡萏、言高下大小・各得其宜也、不見子都。乃見狂且。子都・世之美好者也、狂・狂人也、且・辭也、○胥音疏、小木小字、卷子古本無、菡戶感反、萏度感反、箋曰、比也、比物有其所焉、言山宜有扶蘇者也、隰宜有荷華者也、朝宜有賢俊者也、今觀昭公之朝、不見子都、乃見狂且、則昭公所美非美可知矣、傳木

也、一本木上有小字、乃淺人用鄭說增字耳、釋文亦無小字、埤雅引毛傳・尙
無小字、傳云高下大小各其得宜者、高下謂山隰、大謂扶蘇松、小謂荷龍、說
文扶作枎、云、枎疏四布也、古疏胥蘇通用、段注、枎之言扶也、古書多作扶疏、
同音假借也、上林賦垂條扶疏、揚雄傳、枝葉扶疏、呂覽、樹肥無使扶疏、是則
扶疏謂大木枝柯四布、然下句荷華、二章橋松游龍、皆實言草木之名、不應
扶蘇獨泛言大木、佩觿引山有扶蘇、與扶持字別、是經字本亦作枎、傳既以
扶胥爲木、似非枝柯四布之謂、管子地員篇・五沃之土、宜彼羣木、桐柞枎櫄、
及彼白梓、據此則枎自爲木名、蓋緩言之曰扶蘇、急言之曰枎、扶蘇卽枎木
耳、○隰有荷華、傳云荷華扶渠者、以扶渠釋荷字、華則連經文而言之、詁訓
中多有此例、又恐人誤以扶渠當華、故申釋之云、其華菡萏也、陳風澤陂傳、
荷・夫渠也、夫與扶同、俗作芙蕖、爾雅釋草、荷・芙蕖、其莖茄、其葉蕸、其本蔤、其
華菡萏、其實蓮、其根藕、其中的、的中薏、李巡注・皆分別蓮莖華葉實之名、芙
蕖其總名也、的・蓮實也、薏・中心也、說文、扶渠・華未發爲菡萏、已發爲夫容、蓮・
扶渠之實也、茄・扶渠莖、荷・扶渠葉、蔤・扶渠本、蕅・扶渠根、段注云、今爾雅曰其
葉蕸、音義云、衆家無此句、惟郭有、就郭本中或復無此句、亦竝闕讀、按無者
是也、高注淮南云、荷・夫渠也、其莖曰茄、其本曰蔤、其根曰藕、其華曰夫容、其
秀曰菡萏、其實蓮、蓮之藏者菂、菂之中心曰薏、大致與爾雅同、亦無其葉蕸
三字、蓋大葉駭人、故謂之荷、大葉扶搖而起、渠央寬大、故曰夫渠、爾雅假葉
名其通體、故分別莖華實根各名、而冠以荷夫渠三字、則不必更言其葉也、
荷夫渠之華爲菡萏、菡萏之葉爲荷夫渠、省文互見之法也、段注又云、爾雅

以其本蔤·系於荷扶渠、其莖茄之下者、謂此乃全荷之本、今俗所謂藕者是也、蔤之言滅、沒於泥中也、以其根藕·系於其華菡萏其實蓮之下者、謂此乃根曰藕、本言其全、根言其偏、本在下、根上於本、下文的薏、仍蒙華實言之、爾華實之根、凡華實之莖、必偕葉一莖同出、似有耦然、故下近蔤、上近華莖之雅郭注云蓮謂房者、房卽其殼比戶相連、蓮之言猶連也、其中的、釋文的或作菂、下文菂菂·郭云卽蓮實、是菂卽的也、攢蔟房中、皮靑、子白的的然、故曰的也、初學記引陸疏云、的五月中生、生噉脃、至秋表皮黑、的成可食、或可磨以爲飯、如粟飯、又可爲糜、薏者、李巡曰、薏中心苦者、陸疏云、的中有靑爲薏、味甚苦、故里語云苦如薏、是也、薏是其萠芽、薏者意也、○不見子都、乃見狂且、孟子曰、不知子都之姣者、無目者也、而與易牙師曠並擧、則子都實有其人矣、第孟子所稱子都、以貌之美、此詩所稱子都、借以言賢者耳、子充亦同、狂者罵辭、謂狂悖無賴耳、非謂心疾之人、且·爲語已之詞、單言曰且、連言之曰只且、亦曰也且只且也且、皆以二字爲語已之詞、且有在句首者爲發語辭、山有樞且以喜樂、且以永日之屬、是也、且猶云姑且也、且猶云而且也、故卷耳傳以且詁姑、君子偕老傳以而詁且也、此傳統釋之云且辭也、

山有喬松。隰有游龍。 松·木也、龍·紅、艸也、 **不見子充。乃見狡童。** 子充·良人也、狡童·昭公也、○喬唐石經作橋、

箋曰、釋文、橋本亦作喬、大戴記、衞將軍文子其橋大人也、注、橋・高也、爾雅釋詁、喬・高也、漢廣南有喬木、釋文本亦作橋、橋喬二字通也、此章釋文謂、毛作橋、鄭作槁、然箋遇改字處、必云某當作某、此不言者、其非與毛有異字也可知、喬从高聲、故鄭以橋爲槁之假借、遂以槁字釋之、呂覽先已篇・百仞之松、本傷於下、而末橋於上、又介立篇、引介子推賦詩、四蛇從之、得其雨露、一蛇羞之、橋死于中野、橋死對上雨露、則橋死正是槁死、則橋槁古固通用矣、傳云松木也者、松易識之木、傳因下龍艸也而連釋之也、云龍紅草也者、以紅解龍、中之云艸也、此與莪蘿蒿也作三句讀一例、鄭箋連云紅草、與毛不同、安井氏謂、毛既以紅解龍、又言草者、上傳云松木也、欲以見小大高下得其宜之意、故云草也是也、釋草云、紅・蘢古、其大者蘬、龍卽蘢之省借、游龍葢狀其疎縱之貌、其性宜溼、故傳前章云高下大小各得其宜、陸疏云、龍一名馬蓼、葉麄大而赤白色、生水澤中、高丈餘、名醫別錄、葒草一名鴻蘈、如馬蓼而大、生水傍、鴻與紅聲同假借、蘈讀若蘷、蘢蘈與蘢古聲亦相轉、本草圖經云、葒草卽水紅也、今所在下溼地皆有之、似蓼而葉大、竝謂紅草狀似馬蓼、非卽馬蓼也、陸氏失之○不見子充、安井氏曰、傳以子都爲人名、則子充亦必是人名也、子充葢古忠良之人、故經假之以言忽無良臣、此說是也、狡童亦罵辭、指祭仲、狡爲狡猾、是變詐之義、高伯之轘、祭仲以知免、實狡也、狡童又出下篇、其人同、褰裳傳・狂行童昏所化也、晉語・僮昏不可使謀、僮童古字通、易釋文引廣雅童癡也、賈子道術篇・亟見窕察謂之慧、反慧爲童、晉胥童字之味、皆童爲昏昧之義、葢狡童當時有此方言、動相指斥不必未成人者・始可加之也、子都子充・正指君子、則狂且狡童・當指小人、用舍矢當、反正對言、合序所美非美之義、無由以狂且狡童目昭公也、鄭箋得之、

山有扶蘇二章章四句

蘀兮。刺忽也。 箋曰、刺忽、所謂繫一人之本也、其實惡祭仲之專也 **君弱臣强。** 箋曰、始提君弱、蘀兮蘀兮・君弱也、風其吹女・臣强也、臣强指祭仲而言、 **不倡而和也。** 箋曰、君倡臣和、理之常也、今也君弱臣强、專命自恣、不禀於君、不待君命而動、言倡而和之道廢也、

蘀兮蘀兮。風其吹女。 興也、蘀・槁也、人臣待君唱而後和、 **叔兮伯兮。倡予和女。** 叔伯・言羣臣長幼也、君倡臣和也、○蘀他洛反、延文本、傳後和下有也字

箋曰、比也、蘀比君、風比臣、葉既槁而風又吹之、幾何不敢落乎、比君既孤弱、而權臣脅之、死亡無日焉、蘀・落葉也、鶴鳴篇其下維蘀、七月篇十月隕蘀、是也、故槁而將落之葉、亦通謂之蘀耳、非蘀字有將落之義、女指蘀而言也、○叔兮伯兮、是羣臣相呼也、倡予和女、釋文於序不倡而和也云、倡本又作唱、則知倡予和女本亦作唱字、倡唱古相通用、唱・說文曰、導也、和・說文曰、相譍也、倡字略讀斷、與緇衣敝予又改爲兮・下篇駕予與行・句法正同、言此政此

事、汝若首倡之、我將和而偕謀之、羣臣自相倡和、不待君倡、此君倡臣和之道廢也、子產曰、國之大節有五、畏君之威、居其第一、祭仲輩不待君之倡、互相倡和以決斷軍國之事、蔑君甚矣、此二句毛傳以爲君責臣之詞、言倡者當是予、和者當是女也、鄭之君臣不相倡和、舉倡和之常理以正之、不如鄭箋以叔伯爲群臣相謂之得詩義也、文選孫楚與孫晧書注、女引作汝、女汝古今字、古書多作女、

蘀兮蘀兮。風其漂女。漂猶吹也、**叔兮伯兮。倡予要女。**要、成也、

箋曰、釋文漂本亦作飄、毛傳云、漂猶吹也、則漂乃飄之古文省借也、吹女、其辭汎、漂是飄蕩之也、益危、漂與吹不同義、而漂因吹致、故傳曰猶吹、凡訓詁言猶者視此、○倡予要女者、要讀如樂記要其節奏之要、凡樂節一終謂之一成、故要爲成也、和者和其始、要者要其成、和者唯是同意之義、要是求而必成之義、言盡心力以遂女志也、左傳使季路要我、又從其事而要其成、皆可證、

蘀兮二章章四句

狡童。刺忽也。箋曰、惡狡童而曰刺忽、風忽使退也、一國之事繫一人、詩之常也、**不能與賢人圖事。**箋曰、詩中四我字、卽賢人也、忽之所賢非賢、故乘勢蔑君、不倡而和、雖有賢人、然不能進參國政、而委之權臣、遂使其陵轢賢人、

權臣擅命也。箋曰、權臣釋狡童也、山有扶蘇之乃見狡童、亦指忽所美而言、左傳曰祭仲專、是也、嚴虞惇曰、史記箕子作麥秀之歌曰、麥秀漸漸兮、禾黍油油、彼狡童兮、不與我好兮、所謂狡童者紂也、後之說詩者、援此以證鄭風之狡童爲刺昭公、愚以爲不然、鄭風山有扶蘇狡童褰裳三詩、皆爲昭公而作、山有扶蘇之序曰、山有扶蘇刺忽也、所美非美然、其詩曰、不見子充、乃見狡童、言昭公所美非美、不見賢人而見小人也、既以小人爲狡童、則此篇狡童亦應指小人、一也、狡童之序曰、狡童刺忽也、不能與賢人圖事、權臣擅命也、其詩曰、彼狡童兮、不與我言兮、維子之故、使我不能餐兮、子指昭公也、既以昭公爲子、又以昭公爲狡童、屬文之體、不應如是、且詩人以昭公之故、至於不能餐息、忠愛之意宛然、豈有以狡童目其君之理、二也、褰裳之序曰、褰裳思見正也、狂童恣行、國人思大國之正已也、其詩曰、狂童之狂也、且夫自祭仲逐忽立突、突欲殺仲・不克出奔、忽歸於鄭、爲高渠彌所弑、子亹立而被殺、祭仲復立子儀、其後傅瑕弑子儀、而復納突、二十餘年中・忽突亹儀旋出旋入、旋立旋弑、方且惴惴奔亡救死之不暇、而祭仲專制國柄、置君如奕棋、豈非所謂狂童恣行乎、褰裳之狂童不指忽、則此篇之狡童亦不應指昭公、三也、詩所謂狡童卽昭公之所美非美者是也、

彼狡童兮者、嘆昭公之信彼狡童、而不與賢人圖事也、其詞雖若與麥秀相類、而意各有屬、不得以箕子爲證、

彼狡童兮。不與我言兮。昭公有壯狡之志、**維子之故。使我不能**

餐兮。憂懼不遑餐也、○餐七丹反、延文本、傳志下有也字、

箋曰、彼者薄之之辭、狡童、指祭仲、祭仲狡猾、左傳足徵、言祭仲擅國命、而不使賢人與聞也、嚴緝謂、仲自莊公時已爲卿、且爲莊公娶鄧曼、而生昭公、當昭公卽位、仲已老矣、不應目爲童、因謂此詩狡童正指忽所用之人、殊不知狡童之稱、爲古成語、故以此加祭仲耳、仲爲元老大臣、而無謀國之忠、視置君如奕棊、廢立擅命、故彼之、著其惡曰狡童、而乃作自彼不與我之詞、仲之專見矣、辯說駁毛曰、昭公非有大惡、且猶在位、豈可忘君臣之分、而目以狡童、誠有功名敎之言、而陳啓源主毛鄭舊說、據箕子麥秀之歌爲證、則何楷有曰、說者謬謂、箕子目紂爲狡童、然何知非指飛廉惡來輩邪、此可以息其喙矣、毛傳昭公有壯佼之志者、說文、狡、少狗也、狂也、猾也、疾也、健也、呂覽仲夏紀高注、壯狡多力之士、是壯狡與雄武意略同、狡當訓疾也健也、毛意蓋謂、昭公志在自奮、而所與圖者非其人、故惟有壯狡之志而闇于事機、終將及禍、故詩人憂之、然非詩義也、○維子之故、使我不能餐兮、子者親之之辭、以稱忽也、言吾惟憂君之故、至於不能餐兮、不能餐猶云食不下咽也、

彼狡童兮。不與我食兮。不與賢人共食祿、維子之故。使我不能息兮。憂不能息也、○延文本、傳祿下有也字、憂不能息也、卷子本傍書本作憂懼不遑息也、

箋曰、食受上章不能餐言之、不與食言不相親也、擅權者忌良士、不必說食祿、兩維子之故、說得恩深義重、纒綿難割、使我不能息兮、息猶安止也、卽寢不安席之意、上章言不能餐指飲食、此章言不能息指起居、猶言寢食俱廢也、憂念其君、至於不能餐息、此與君同休戚者、忠義悱惻、不能終闕之辭、漢劉向之倫也、

狡童二章章四句

箋曰、桓十七年左傳初鄭伯將以高渠彌爲卿、昭公惡之、固諫、不聽、昭公立、懼其殺已也、辛卯弑昭公、而立公子亹、君子謂昭公知所惡矣、孔疏云、韓子以爲言君子知所惡者、非多其知之明、而嫌其心不斷也、曰知之若是其明也、而不知早誅焉、以及於死、故言知所惡、以見其無權也、蓋忽之爲人、殆見賢而不能舉、見不善而不能退者、故山有扶蘇蘀兮狡童及揚之水、皆致慨於其不能任忠良、去權奸、以致身弑國危而不悟也、

褰裳。思見正也。狂童恣行。 箋曰、前篇所謂乃見狂・見狡童是也、恣行與擅命變文、

國人思大國之正已也。 箋曰、安井氏謂、已字蒙國人之文、正已謂正已之國也、大國蓋指齊、以其嘗欲妻忽、猶冀其正已也是也、蓋忽之力終不能如祭仲何、故欲借力也、以上四序・一意貫通、胡承珙曰、昭十六年左傳・鄭六卿餞韓宣子、子大叔賦褰

裳、宣子曰、起在此、敢勤子至于他人乎、子大叔拜、宣子曰、善哉子之言是、不有是事、其能終乎、朱子以爲、詩序之失・本於左傳、而未察其斷章取義之意、不知斷章取義者、於詩本爲鄭忽而作、而歌詩者爲晉賦之、卽是斷章取義矣、若謂以本國淫詩、而公然歌於聘卿爲餞之際、必無是理、且如所言、則狂童之狂、乃斷章以譏韓宣、天下有如是之唐突者乎、呂覽求人篇曰、晉人欲攻鄭、令叔向聘焉、視其有人與無人、子產爲之詩曰、子惠思我、褰裳涉洧、子不我思、豈無他士、叔向歸曰、鄭有人、子產在焉、不可攻也、秦荆近、其詩有異心、不可攻也、晉人乃輟攻鄭、此尤義炳事白、無庸別生岐說、爲之詩卽謂誦其詩耳、

子惠思我。褰裳涉溱。惠・愛也、溱・水名也、**子不我思。豈無他人。狂童之狂也且。**狂行童昏所化也、

箋曰、子者斥大國之正卿、子惠思我、與邶詩惠而好我、左傳君惠徼福於敝邑・句法同、褰裳涉溱、言疾奔走而從之也、釋文云、褰起連反、本或作騫、說文、褰・袴也、又手部、攐・摳衣也、从手褰聲、褰裳之褰當从手、作褰同聲借字、如左傳襄二十六年注拂衣騫裳也、作騫亦以聲同故借、以手摳衣不必有虧損之義也、此謂褰裳與摳衣同義、則褰當爲攐可知、歐陽氏謂、以難告人、豈待其思而後往、因易舊說、爲褰裳涉溱而來、然褰裳涉溱、當是奉國以從、自謂

已往、非彼來、下豈無他人、亦已往他國、非他人來此、故子太叔賦此詩、而宣子言敢勤子至於他人、是其明證、溱水在新鄭縣北、源出密縣境、東北流至縣界、與洧水合、國語史伯曰、主芣騩而食溱洧、卽此、芣騩大騩山也、今名具茨山、在新鄭縣西南四十里、與密縣接界、段玉裁詩小學云、說文、潧水出鄭國、从水曾聲、詩曰潧與洧、溱水出桂陽臨武、入涯、从水秦聲、廣韻曰、潧水南入洧、詩作溱洧、誤也、按秦聲在今眞臻韻、曾聲在今蒸登韻、此詩一章溱與人韻、二章洧與士韻、出鄭國之水本作溱、外傳孟子皆作溱、說文及水經作潧誤也、安井氏曰、孟子・子產以其乘輿濟人溱洧、車輪徑六尺六寸、軸在其中、又加伏兎、安輿於其上、輿底之高、約略四尺、乘輿可以濟人、則人亦可褰裳以涉矣、正義云未必褰裳可涉、未是、○子不我思豈無他人者、國人思正已之心甚急、故曰子不我思、則當有他國思我者耳、我將顚蹷而奔之、豈無他人者、求之又求、不得不措之意、狂童之狂也且者、祭仲恣其狂狡之行、弄其君於股掌之上、故不借力大國正之、國將顚覆、不可不急急決是一着、以見權臣擅命而鄭國無如之何也、

子惠思我。褰裳涉洧。 洧、水名也、 **子不我思。豈無他士。** 士、事也、

狂童之狂也且。 ○洧、于軌反、

箋曰、溱洧鄭之名川也、又勝地也、洧水在新鄭縣南、源出登封縣陽城山、陽城山乃馬嶺之統名也、水經注、洧水出河南密縣西南馬嶺山、又東過其縣

南、又東過鄭縣南、又東南過長社北、又東過新汲縣東北、又東北過茅城邑東北、又東過習陽城西、折入於潁、斯二水者、洧大而溱小、洧又逕鄭城中、由西北入而出其城南、左傳襄元年、晉伐鄭入其郛、敗其徒兵於洧上、昭十九年鄭大水、龍鬬於時門之外洧淵、皆鄭縣南之洧也、其成十七年、晉以諸侯伐鄭、自戲童至於曲洧、則新汲縣之洧也、至溱洧合流、則在密縣南、然溱洧之篇、言士女秉蕳、不應遠離都會、而竝舉二水者、意以洧水中已兼有溱水、故併目之耳、至下文專言洧之外、則鄭城洧水獨流信矣、淸一統志載、縣志溱洧自蜜縣兩水會合、而東爲雙泊河、後洧流獨盛、溱水漸微、今涸、是今新鄭有洧水無溱水矣、今昔之不同如此○豈無他士、他士與他人同、卷阿曰吉士、曰吉人、圻父曰爪牙、曰爪士、唯是會韻、傳云士事也者、以士爲堪任於事之稱、與泛言士者不同、猶云子不我思、豈無能任其士者乎、蓋士本訓事、其稱人爲士者、亦以其能任事故名之耳、北山偕偕士子、傳云、士子有王事者也、皆因文立訓、使與本義相比附、此傳訓士爲事、亦與東山勿士行枚、直訓士爲事者義異、故箋申之云、他士猶他人也、

褰裳二章章五句

箋曰、是思救之詩也、非乞救之辭也、忽以世子嗣位、其立也正、此詩及有女同車、皆思求援大國以扶植之、王道既微、小國無所控愬、往往思大國之拯已、霸圖無興乎、

是可以觀世變矣、

丰。刺亂也。箋曰、淫亂也、丰之先東門之墠、猶著之先東方之日、禮曰、昏姻之禮廢而淫辟之罪多矣、序唯知是意、昏姻之道缺。箋曰、昏禮廢而不脩也、非斥女不隨一事、陽倡而陰不和。男行而女不隨。箋曰、陳東門之楊曰、親迎女猶有不至者也、是詩悔不送、而曰駕予行、故曰不隨、詩以刺亂、不正陳其不隨、而反陳女子之自悔其不隨、蓋亦因以示戒、用意尤深至、詩凡此類皆欲在上者聞而正之也、朱傳易爲私期、輔廣申以爲・親迎在六禮之後、豈有親迎者已在堂而不行者、然坊記・昏禮壻親迎見于舅姑、舅姑承子以授壻、恐事之違也、以此坊民、婦猶有不至者、傳時有違而不至者、正用其語、則周末固有此敝俗矣、天下無有淫奔而・俟於堂者、亦無衣錦褧衣駕車而行者、則是詩非淫詩可知、序末延文本、有也字、

子之丰兮。俟我乎巷兮。丰・豐滿也、巷・門外也、悔予不送兮。時有違而不至者〇丰芳凶反、

箋曰、子謂壻也、鄭申傳云、面貌丰丰然豐滿、此謂形容其面貌也、文選謝靈運湖中瞻眺詩、升長皆丰容、注、丰容・悅茂貌、謝意本詩、小爾雅、丰・豐也、引之爲丰采・爲丰神、後世或借用風矣、俟我乎巷者、既奠鴈降堂、出大門、乘婦車・以俟之時也、論語在陋巷、秦策窮巷堀門、韓詩外傳窮巷白屋、莊子窮閭阨

巷、皆謂巷爲街巷之巷、因又謂里道爲巷、俟我乎巷兮、謂門外之道也、檀弓下、曾子與客立於門側、其徒趨而出、曾子曰、爾將何之、曰吾父死、將出哭於巷、此門外爲巷之證也、○悔予不送兮者、女時有異心不隨行、旣而悔之、故曰子美丈夫也、來而俟于巷、予有他故、不得隨行、使子徒歸、今甚悔之矣、送者、壻奠雁降出大門・婦從降自西階是也、

子之昌兮。俟我乎堂兮。 昌・盛壯皃也、 **悔予不將兮。** 將・行也、

箋曰、昌・言容止美盛、與丰相應、齊風猗嗟昌兮、頎而長兮同、俟于堂者、壻升堂奠鴈・再拜稽首而出之時也、時女在房、故追悔其不蚤隨而行也、堂卽堂室之堂、與說苑・言女辭父于堂正同、正義曰、王肅云、升于堂以俟、孫毓云、門側之堂謂之塾、謂出俟于塾前、然此篇所陳・庶人之事、人君之禮尊、故於門設塾、庶人不必有塾、不得待之於門堂也、著云俟我於堂、文與著庭爲類、是待之堂室、非門之堂也、士昏禮・主人揖賓入於廟、主人升堂西面、賓升堂北面奠雁再拜稽首、降出、婦從降自西階、是則士受女於廟堂、庶人雖無廟、亦當受女於寢堂、安井氏曰、俟我乎堂兮、毛無傳、則以爲寢堂、正義是也、經先言巷・後言堂者、明違而不至者、非一人也、故下衣錦褧衣・裳錦褧裳、亦演爲二章、以應上章及此章、齊著三章・毛每章各爲一人、此亦同、此序云昏姻之道缺、陽唱而陰不和、男行而女不從、著序云、時不親迎也、風俗所移、比屋皆然、故一篇幷詠數人耳、鄭以下皆以爲詠一人、故未免紛紜也、胡承珙曰、鄭

箋云、堂當爲棖、案棖爲門閫上豎木、非可待人之處、雖論語申棖、史記作申堂・二字古通、然此詩本不煩改字、安井氏曰、毛訓湘爲亨、讀湘爲鬺也、訓桑土爲桑根、讀土爲杜也、諸如此類、不可枚舉、同聲假借、於古爲常、毛時猶然、故不言讀爲當爲耳、至鄭時此義漸晦、恐人疑之、故創讀爲讀如當作之例以喩人、非易字始於鄭也、孔云毛無易字之理、蓋未達此義耳、○悔予不將兮、將亦送也、送卽隨也、

衣錦褧衣。裳錦褧裳。衣錦褧裳、嫁者之服、**叔兮伯兮。駕予與行。**叔伯迎已者、○褧苦迥反、延文本、傳服下迎已者下並有也字、

箋曰、衣錦褧衣、嫁時在塗之服、詳衛碩人篇、錦衣貴者之服、故衛莊姜嫁時服之、士昏禮云、女次純衣纁袡、士妻嫁時尙不得衣錦、況庶人乎、但昏服有攝盛、故極其美言之、士庶人非與衛莊姜同裝、且古者婦人不著裳、亦其衣長也、蓋其制如深衣、今別衣裳而言之、亦詩之辭也、故曰不以文害辭、不以辭害志、○叔兮伯兮、駕予與行、叔伯斥已家人也、送已者當不止一人、故或呼叔呼伯、夫之來迎、女有他心不隨、及夫之去、女則有悔心、乃曰、我衣裳既盛備矣、請爲我駕車、予將追及之、蓋是時禮廢、如是成昏者亦有之、鄭之亂可知、正不必如先儒所云變志于他人・而始謂之刺亂也、卽一人之初終、其反覆亦大甚矣、

裳錦褧裳。衣錦褧衣。叔兮伯兮。駕予與歸。

箋曰、士昏禮、婦乘以几、姆加景乃驅、景褧同、據禮、婦乘車而姆加景、今不俟駕而既已加景、狀其狂急之態也。〇駕予與歸、行、自此發也、歸、安于彼也、北風亦先行後歸、

丰四章二章章三句二章章四句

東門之墠。刺亂也。箋曰、淫亂也、丰主昏姻道缺、是詩刺淫風流行、男女有不待禮而相奔者也。

箋曰、東方之日序亦有禮字、可玩、私約相耦曰奔、朱傳以鄭詩多屬淫奔、故於東門之墠序云男女有不待禮而相奔者、獨取其得解、然序說亦不如此也、傳本渾言男女交際之難易、初無女奔男之說、次章以踐爲淺、準上章亦難易爲喩、此是思古之詩、當時有不待禮而奔者、故思古之人能以禮自防也、東門之墠言東門除處之地易往也、而有茹藘在阪焉、言其難行也、其室則邇、其人甚遠者、言其人雖甚近、卓然有不可犯、故曰甚遠、如晉人所謂室邇人遐者、鄭謂望其來迎己、則爲淫奔之說濫觴矣、實曲說也、此詩每章下二句、實與漢廣之不可求思相似、皆有可望不可卽之意、傳以墠阪之遠近難易、喩禮與非禮之別、其義甚精、若但云門外有墠、墠邊有阪、茅蒐生焉、則是任意指目、意味索然

矣、

東門之墠。茹藘在阪。東門・城東門也、墠・除地町町者、茹藘・茅蒐也、男女之際、近而易、則如東門之墠、遠而難至、則如茹藘在阪、**其室則邇。其人甚遠。**邇・近也、得禮則近、不得禮則遠、○墠音善、茹音如、藘力於反、蒐所留反、傳而易二字、卷子古本無、摺本難下無至字、延文本阪下有也字、

箋曰、比也、詩人疾時俗之淫亂・男女有不待禮而相奔者、因卽就鄭民居稠密之處以起喩、而曉之以禮、東門・左傳亦出、在鄭繁華地也、除地去草曰墠、是或爲賓客若貴人稅駕設之也、墠平易踐、東門之墠言地之易行也、阪崚難登、茹藘在阪言不容越禮而行、有禮以限之也、傳云東門城東門也者、鄭城西南・溱洧之所經流、唯城東門無水耳、故城東門皆民人所居、有墠有栗、下篇又云出其東門也、墠釋文作壇、云依字當作墠、正義亦曰、徧檢諸本、字皆作壇、左傳亦作壇、其禮記尙書言壇墠者、皆封土者謂之壇、除地者謂之墠、壇墠字異、今定本作墠、唐石經以下乃依定本作墠、據傳云除地町町者、是字作墠爲正、釋文及正義本作壇者・假借字也、周官大司馬暴內陵外則壇之、注壇讀如同墠之墠、司儀注故書壇作墠、是壇墠古聲近通用之證、據華嚴經音義引韓詩傳曰墠猶坦、是知作墠者本韓詩也、町町平意、論衡語增篇、町町若荊軻之閭、謂平夷其地、韓詩訓墠爲坦、亦平易之意也、安井氏

曰、襄二十八年左傳、壇與草舍對言、草舍亦謂墠、墠雖除地、旋草生之、非封土巍然存於後之比也、故稱墠爲草舍、非謂不除地而舍也、○茹藘在阪、茹藘・染艸也、可以染絳、陸璣曰、茹藘、蒨草也、一名地血、齊人謂之茜、徐州人謂之牛蔓、蜀本草圖經云、葉似棗葉、頭鋭下闊、莖葉俱澀、四五葉對生節間、蔓延草木上、根紫赤色、李巡曰、茅蒐一名茜、貨殖傳云、巵茜千石、亦比千乘之家、茜蒨同、爾雅、陂者曰阪、釋文、陂又作坡、普何反、釋名云、山旁曰陂、言陂陁也、然則坡之言頗也、阪之言反也、謂山田頗側之處可耕種者、故車鄰正義引李巡曰、陂者謂高峰山陂、正月箋云、阪田・崎嶇墝埆之處、易說卦云、其於稼也爲反生、虞翻本、反作阪、云陸阪也、是阪反通、呂覽高注云、阪險傾危也、書立政阪尹、鄭注云、其長居險、故言阪尹、是阪者險遠之地、故傳以喩遠而難也、○其室則邇、其人甚遠者、其室可望、其人難見也、人遠、以不得相親而言、此女貞潔自守、不肯苟從、故男子有室邇人遠之嘆、易林賁之鼎、東門之壇、茹藘在阪、禮義不行、與我心反、此正用毛義、毛於刺詩多主正言、以刺其不然者、此亦陳古義以刺今之不待禮而奔、說自正大、淮南說山訓行不合、趨不同、對門不通、高誘注云、詩所謂室邇人遠、亦與傳義相合、卽如晉酒泉太守馬岌求見宋纖、不得、銘詩於石壁曰、丹厓百尺、青壁千尋、室邇人遠、實勞我心、卽此亦可見詩言爲可望不可卽之意、蓋士爲知己者用、女爲悅己者容、古人往往以貞女比高士、可目爲淫奔之詞乎、此二句較論語所引豈不爾思、室是遠而、殊有情緖、彼言室遠、此偏言室邇、而以遠字屬人、又八字中不露一思字、乃覺無非思、而思字於下章始露之、子不我卽正釋人遠、又

以見人遠之非果遠也、

東門之栗。有踐家室。栗・行上之栗也、踐・淺也、豈不爾思。子不我卽。卽・就也、

箋曰、比也、詩人蓋以栗之有行列、喩人行禮之有法度、左傳、諸侯伐鄭、斬行栗、杜注・表道樹、周語、列樹以表道、栗在東門之外、不處園圃之門、則是表道樹也、故云行上之栗、行・謂道也、有踐家屋、踐當讀如豳風籩豆有踐之踐、爲行列貌、有行列・卽齊也、踐與翦古通用、爾雅、翦・齊也、齊斷曰翦、家室內外上下・截然整齊也、翦通作踐、猶玉藻凡有血氣之類・弗身踐也・踐當爲翦也、毛訓踐爲淺者、釋言云、俴・淺也、爾雅釋文、俴音踐、音同者義亦同、故毛訓踐爲淺也、○豈不爾思、子不我卽、爲女子言之、其室則邇、其人甚遠、爲男子言之、互文以見男女之皆當待禮耳、不我卽・言不能成禮以迎我也、女謂男子曰、我豈不於汝思爲室家乎、但子不以禮就我、我無由從子、貞女之行、非禮不動、今鄭國之女、何以不待禮而奔乎、故刺之、

東門之墠二章章四句

風雨。思君子也。亂世則思君子不改其度焉。箋曰、亂世

釋風雨、不改度釋雞鳴、子產曰、爲善者不改其度、故能有濟也、蓋突與忽更入更出之間、士皆怵利害、失其常度、故思見君子、然不言世無君子、而自陳其願見君子、則主文譎諫之義、居亂思治、欲得賢才以維持移易之、爲此詩者亦君子也、陳啓源曰、傳以瀟瀟爲暴疾、則甚於淒淒矣、云膠膠猶喈喈、則無所加焉、世之亂也、日甚一日、君子行已之道、祇得其常而已、以世亂而稍貶、非君子也、以世亂而加峻、是有心於矯俗、亦非君子也、故敍云不改其度焉、魏盧欽稱除邈曰、往者毛孝先崔季珪等用事、貴清素之士、於時皆變易車服以求名、而徐公不改其常、故人以爲通、比來天下奢靡轉相倣效、而徐公雅尚自若、不與俗同、故前日之通、乃今日之介也、是世人無常、而徐公有常也、噫茲爲不改其度與陳說盡之、朱子斷爲淫詩、然淫詩未見有稱其人爲君子者、且此詩詞氣亦未見有輕佻處、毛奇齡引陳晦伯經典稽疑曰、郭響叛、呂光遺楊軌書曰、陵霜不彫者松柏也、臨難不移者君子也、何圖松柏彫於微霜、而雞鳴已於風雨、辨命論云、詩風云、風雨如晦、雞鳴不已、故善人爲善、焉有息哉、廣宏明集云、梁簡文於幽縶中自序云、梁正士蘭陵蕭綱立身行已、終始如一、風雨如晦、雞鳴不已、非欺暗室、豈況三光、數至於此、命也、如何、自淫詩之說出、不特春秋事實皆無可按、卽漢後史事、其於經典有關合者、一概埽盡、如南史袁粲傳、粲峻於儀範、廢帝倮之、迫之使走、粲雅步如常、顧而言曰、風雨如晦、雞鳴不已、此風雨之詩、蓋言君子有常、雖或處亂世、而仍不改其度也、如此事實、載之可感、言之可思、不謂淫說一行而此等遂閒然、卽造次不移、臨難不奪之故事、俱一旦歇絕、無可據已、

風雨淒淒。鷄鳴喈喈。興也、風且雨淒淒然、鷄猶守時而鳴喈喈然、 既見君子。云胡不夷。胡・何、夷・說也

箋曰、比也、淒淒寒凉之意、喈喈・鷄鳴之聲、風雨比世壞亂也、雞鳴比君子不改其度也、既見二句、是虛擬之辭、夷・平也、曰云胡不夷、則初之不平易可知矣、傳以夷爲說者、心說則夷平也、

風雨瀟瀟。雞鳴膠膠。瀟瀟・暴疾也、膠膠猶喈喈也、 既見君子。云何不瘳。瘳・愈也、○膠音交、瘳勑留反、延文本、傳喈下有之字、

箋曰、吳樹聲曰、說文、潚・水清深也、玉篇潚訓、與說文同、別有瀟字從簫、曰水名、文選思玄賦、迅猋潚其媵我、舊注、潚・疾貌、與毛義合、水經注湘水篇、二妃從征、溺於湘江、神游於洞庭之淵、出入瀟湘之浦、用山海經語、又釋瀟字云、瀟者水清深也、用說文語、今俗以瀟湘爲二水名、且潚誤爲瀟矣、此晉以前無瀟字之證也、廣韻、二簫有瀟無潚、一屋有潚無瀟、此宋以前無瀟字之證也、羽獵賦、風廉雲師、吸嚊潚率、西京賦、飛罕潚箾、流鏑擂㩧、皆形容欻忽之貌、與毛傳之暴疾意正合、疑詩本作潚、潚字入聲音肅、平聲同羞、轉音霄、其字或借作蕭蕭、楚詞九歎・秋風瀏以蕭蕭、又九懷・秋風兮蕭蕭、皆潚潚之假

借、肅有蕭音、簫嘯等字、皆从其音、瀟字亦諧肅音、淺人不知、故妄增瀟字耳、首章言淒淒者未甚也、次章言瀟瀟、稍暴疾矣、三章言如晦、則烈風驟雨矣、一章淒似一章、○雞鳴膠膠、玉篇、嘐古包切、雞鳴也、廣韻引詩雞鳴嘐嘐、蓋據韓詩之文、毛詩作膠膠者、嘐之叚借、膠膠雞聲也、唐人詩云、膠膠角角聽雞鳴、說者以爲雞聲之和則非矣、○云何不瘳、說文、瘳、疾瘉也、既見而瘳、則未見若負重痾矣、蓋思見君子、如飢如渴、不啻病者之望瘉、左氏昭十三年傳、其何瘳乎、莊子人間世、庶幾其國有瘳乎、皆借用也、

風雨如晦。雞鳴不已。晦、昏也、**既見君子。云胡不喜。**喜、樂也、

箋曰、晦、明動晦休之晦、如晦言風雨昏冥如夜也、已、止也、不已、不變也、○云胡不喜者、既見而喜、則未見而抑鬱愁慘矣、夷如病初退、瘳如病既愈、喜則無病而且喜樂也、是詩前二章並疊字、卒章變語、與清人羔裘立格同、

風雨三章章四句

子衿。刺學校廢也。世亂則學校不脩焉。

箋曰、校是學之別名、故序連言之、言學校廢者、謂鄭國之人廢於學問耳、非謂廢毀學宮也、學校設而學不講、猶不設也、忽死後百五十年子產爲相、其時鄭士大夫、猶朝夕退而

游于鄉校、則是時可知矣、此蓋在師儒者・雖當生徒之渙、未忘教育之情、不勝其拳拳誘致也、挑達之徒、若依不率教而言、則皆在移郊移遂之列、由成均樂正考課之典不舉、任其佚遊燕樂、曾不之禁、故曰刺學校廢、而爲此詩者、但有眷戀之意、而無棄絕之辭、厚之至也、阮元曰、釋文、上云學校戶孝反、下云以挍正音教、是學校字當從木、挍正字當從才、各本挍正字從木誤、毛本學校字亦從才、更誤、○唐石經、世亂作亂世、

青青子衿。悠悠我心。 青衿・青領也、學子之所服、 **縱我不往。子寧不嗣音。** 嗣・習也、古者教以詩書。禮樂、誦之歌之絃之舞之、○搯本無書禮二字、

箋曰、衿當從漢石經作裣、說文、裣・交衽也、裣之別體或作襟、玉篇云、裣交領也、與襟同、然不當作衿、衿是紟之誤字、說文、紟・衣系也、士昏禮施衿結褵、又云、視諸衿鞶、皆非衣領之謂、爾雅衿謂之袸、郭注云衣小帶、此皆與說文衣系義近、系旁譌衣爲衿、又以聲同假借爲裣、經典相承通用、遂致裣襟衿三字不分、爾雅、衣眥謂之襟、孫郭注竝云、襟・交領也、釋名云、襟・禁也、交於前・所以禁禦風寒也、經典無衣眥之名、眥疑前字形譌、以說文前作歬與眥相近、又據釋名襟交於前、及公羊哀十四年傳、涕沾袍注、袍・衣前襟也、而爲說、義亦可通、禮記、深衣曲袷如矩以應方、鄭注云、袷・交領也、古者方領、如今小兒衣領、士常服服深衣、應用方領、故此傳釋衿爲領、就深衣曲袷之制言之、不必如斜領連及於交衽者矣、云學子之所服者、後漢書儒林傳・建武五年迺

脩起大學、服方領・習矩步者、委它乎其中、馬援傳注・引前書音義云、頸下施
衿領正方、學者之服也、此卽深衣所謂曲袷如矩者、注以衿領連言、正同毛
義、蓋深衣自領及衽皆以青緣之、總謂之青衿、領一物而重言青青者、複言
以狀純緣之色也、深衣云、具父母衣純以青、孤子衣純以素、純袂緣、純邊廣
各寸半、則服青衿者・原不定爲學子、而學子亦得服焉、經文言襘者、以與心
協韻、傳以衿統於領、故擧領以見襘、說文言字之本義、故但曰交衽、孫炎注
爾雅用毛義、故曰交領、其實義相成耳、此時鄭亂、淫風蕩人、學子多去不游
於藝、故責之曰、子今方服青衿、而遊惰不愛日、我心爲之悠悠、思其廢業也、
悠悠二字、有無限屬望、禮曰、爲人子者、所遊必有常、所習必有業、具慶青領、
是勉學惜寸陰之時也、○縱我不往、謂往敎强聒也、玩此言、當是師之於弟
子也、禮云、禮聞來學、不聞往敎、是也、子寧不嗣音、寧猶何也、寧不・何不也、音・
絃誦之音也、文王世子、春誦夏絃、王制・春秋敎以禮樂、冬夏敎以詩書、皆有
音可嗣也、不嗣音者、四時之敎荒也、安井氏云、傳訓嗣爲習者、嗣・續也、繼也、
習・數飛也、重也、凡肄業者、數之重之、否則不能熟、數之重之者、必繼續爲之、
不敢間斷、其義相因、故古者訓嗣爲習是也傳又以嗣音爲習詩樂、特就音
言之耳、實則詩書禮樂皆是、三章傳言禮樂不可一日而廢、意可見矣、中說
房玄齡謂薛收曰、道之不行也必矣、夫子何營營乎、薛收曰、子非夫子之徒
與、天子失道則諸侯修之、諸侯失道則大夫修之、大夫失道則士修之、士失
道則庶人修之、修之之道、從師無常、誨而不倦、窮而不濫、死而後已、得時則
行、失時則蟠、先王之道、所以續而不墜也、古者謂之繼時、縱我不往、子寧不

嗣音、如之何以不行而廢也、其引詩猶用毛義也、夫禮樂不可一日廢、當時之嗣音也、守先王之道、以待後之學者、數世之嗣音也、收所言是數世嗣音、時値喪亂、在上之學雖廢、而在下之學不可廢、廢則世道或幾乎息矣、詩人不得之於上、猶望之於下也、中說足發其未盡之蘊、釋文、嗣韓詩作詒、詒・寄也、曾不寄問也、鄭箋云、女曾不傳聲問我、則以嗣音爲屢寄聲用韓義也、

青青子佩。悠悠我思。 佩・佩玉也、士佩瓀珉・而青組綬、 **縱我不往。子寧不來。** 不來者・言不一來也、○珉亾巾反、延文本、傳綬下有也字、一來下有之字、

箋曰、傳引玉藻文、士佩瓀珉而青組綬、知非佩大夫水蒼玉也、釋文云、碝本又作瓀、如兗反、瓀當依釋文作碝、說文、碝・石次玉者、从石耎聲、珉・說文石之美者、从玉民聲、玉藻曰縕組綬、縕赤黃之間色、不得混爲青、傳引作青組綬者、依經言青青、故云青組綬耳、不知經於佩亦曰青青者、順承上文也、非謂組綬之色、佩不必玉、雜佩囊袋皆是、亦只變文耳、子曰、食夫稻衣夫錦、於女安乎、近就其身喻之、子衿子佩亦一例、傳不一來、謂學子無一次來者、學校之廢、於斯極矣、

挑兮達兮。在城闕兮。 挑達・往來相見皃、乘城而見闕、 **一日不見。如三月**

兮。言禮樂不可一日而廢、〇延文本、傳貌下闕下並有也字、闕上有於字、

箋曰、國無綱紀、風俗淫辟、少年皆棄業、遊蕩失志、於卒章著之、胡承珙曰、正義云、城闕雖非居止之處、明其乍往乍來、故知挑達爲往來貌、據此則正義本傳文似無相見二字、釋文云、挑達往來見貌、無相字、當本作往來貌、古貌字作皃、或誤爲見、淺人因於見下添貌字耳、挑與佻同、說文辵部・小徐本引詩作佻兮、初學記十八・引詩亦作佻、小雅大東佻佻公子彼傳云、佻佻獨行貌、此傳云挑達往來貌、其實往來者謂其避人游蕩、獨往獨來、二義自相足也、說文、叜・滑也、詩云叜兮達兮、又達行不相遇也、詩曰挑兮達兮、此達與泰音義皆同、說文水部、泰・滑也、太平御覽引詩達作撻、殷武傳云、撻・疾也、疾速亦滑利之意、許云行不相遇、毛謂乍往乍來、皆狀其滑泰耳、或曰、挑佻窕通、輕薄也、達・放縱也、晉人凡逃于禮法外者・謂之作達、今以青衿之子・爲狹邪之遊、以輕薄爲風雅、以閒情爲任達、相如當壚、幼輿折齒、禮坊潰裂、名教掃地、刺廢學卽是刺淫、初無二義也、士風之壞、挑達二字盡之、在城闕兮者、城闕卽城也、闕字只是帶言以足句耳、古者立學於郊、其地本在城外、故子衿之刺學校、以城闕爲言、在士女紛華之地・而槃樂怠敖、可謂遊有常乎、安井氏曰、雉門有兩觀、所以觀察雲物、兩觀之間、屋低如闕、因謂之闕、雉門外則外朝、正月之吉、縣象於此以示民、故又謂之象魏、觀闕相連、故爾雅云、觀謂之闕、以觀表闕、孫炎曰、宮門雙闕、舊章懸焉、使民觀之、因謂之觀、末是、雉門內卽治朝、非學子挑達之地、故傳云、乘城而見闕、少年游惰之狀如描、李黼

平曰、傳以城闕連文、恐人誤認爲城之闕、故曰乘城而見闕、毛意只言學子登城耳、箋言、登城又登闕、故曰、見于城闕、易傳、非申毛也、○一日不見如三月兮、所謂悠悠我思也、亦以見一日荒落、已有一日之害、況不止一日、深憂其遊惰消日、將惑溺不反也、此中有多少罣慮、多少憫惜、夫人於學不可一日荒也、昔人三日不見、刮目相待、陶侃云、大禹惜寸陰、吾人當惜分陰、先輩有言、此日虛度最可惜、一日不見如三月兮、以之言情則深、以之攻業則業積之意也

子衿三章章四句

箋曰、辨說云、其詞意儇薄、施之學校、尤不相似也、毛奇齡曰、青衿一詩、原屬風刺、未嘗儇薄、且亦漢唐以來、行文之甚有據者、如北魏獻文詔高允曰、道肆陵遲、學業遂廢、子衿之歎、復見於今、北史·大寧中徵虞喜爲博士、詔曰、喪亂以來、儒軌陵夷、每覽子衿之詩、未嘗不慨然、如此引用、不一而足、他時朱子作白鹿洞賦、亦云廣青衿之疑問、宏菁莪之樂育、則又從序說矣、

揚之水。閔無臣也。

箋曰、作詩時忽既死、故曰閔不曰刺、正義云、作詩時忽實未死、是泥詩之辭耳、詩於忽死後、爲生時言語、以惡祭仲卽閔忽也、

君子閔忽之無忠臣良士。終以死亡。

箋曰、忠臣良士一也、言其事君則爲忠臣、指其德行則爲良士、所從言之異耳、前序曰非美、曰臣强、曰權臣、皆無臣之謂也、**而作是詩也。**箋曰、有女揚水、錄之以始終忽之亂也、有女追刺忽未卽位之初、次四首權臣跋扈、次四首國家壞亂、揚水閔忽之死亡終焉、十篇一轄、是編輯之意也、朱傳改序說爲淫者相謂之辭、而於兄弟難通、則曰、兄弟昏姻之稱、禮所謂不得嗣爲兄弟是也、然禮文意殊不然、曾子問篇・壻有父母之喪、則辭于女家曰、恐不得嗣爲兄弟、其言嗣者、姑甥之子、永爲中表兄弟之親、居喪不可嫁娶、將無中表兄弟之續、故曰恐不得嗣爲兄弟、非夫婦而有兄弟之稱也、況兄弟可以多寡言、若夫婦而曰終鮮此何言乎、

揚之水。不流束楚。揚・激揚之水也、可謂不能流漂束楚乎、**終鮮兄弟。維予與女。無信人之言。人實迋女。**迋・誑也、○迋求往反、誑九況反、

箋曰、比也、國風揚之水有三、皆微弱之比、一王風、比平王不能令諸侯也、一唐風、比昭侯不能制曲沃也、一此篇、比忽之孤弱不能制權臣焉、○終鮮兄弟、終猶既也・已也、王風葛藟篇終遠兄弟、傳兄弟之道已相遠矣、正以已釋終字、此終鮮之終、亦與葛藟同、言已鮮兄弟矣、維有我與汝耳、如此則不必以終爲終竟、然李密陳情表云、既無叔伯、終鮮兄弟、蓋亦同鄭箋、以終爲終竟矣、序言閔忽無臣、則兄弟卽同姓之臣、鮮兄弟非眞少兄弟也、有之而不

得其助、則謂之少也、與人皆有兄弟・我獨無同、嚴緝專就昭公親兄弟言之、似失之泥、○維予與女者、設人而予之也、權臣奪政、忽抱空器、而孤立耳、○人實迋女、說文、迋・往也、左氏襄二十八年傳、使子展迋勞于東門之外、注、迋・往也、是迋字本義、又昭二十一年傳、子無我迋、注、迋・恐也、楚辭、魂廷廷而南行、王注、廷廷・惶懼貌、是借義、皆非詩義、毛云誑者・蓋假借字、曲禮上、幼子常視無誑、注、誑・欺也、釋文、誑又作訌、訌迋皆从王聲、故假借、君子閔忽曰、所美、非美、故國權下移、羣臣傾於私門、終至於鮮兄弟、唯人言不可信、彼狡童實誑女、使女至此矣、君子惡祭仲之狂狡滋甚、故其成辭如是、

揚之水。不流束薪。終鮮兄弟。維予二人。二人同心也、**無信人之言。人實不信。**

箋曰、維予二人、藏過女字、更覺親暱、予字雖設人而詠之、是眞忠臣獲君而不從狂狡者也、序所謂君子閔而作是詩、其伊人歟、人實不信、不信卽誑也、君子閔忽、曰人實迋女、曰人實不信、是惡祭仲今日之妄者也、實字可味、實如是則忽之見誑亦可閔矣、

揚之水二章章六句

出其東門。閔亂也。

箋曰、閔亂・閔淫亂之成俗也、漢書地理志云、鄭國土狹而險、山居谷汲、男女亟聚會、故其

俗淫、鄭詩曰、出其東門、有女如雲、又曰、溱與洧方灌灌兮、此其風也、則二詩
之旨瞭然矣、鄭上下習爲淫風、故出其東門、而袨粧麗服、紛然出遊、至于如
雲之多、凡詩人所爲觸目深惡者、當時恬然不以爲怪、故不以無恥爲可刺、
而轉以沉溺不反爲可閔也、提出縞衣綦巾、以明已之好尙在此而不在彼、
所以挽回
世道也、

公子五爭。兵革不息。

箋曰、五爭、桓十一年忽出厲
公入、一也、十五年厲公出忽
入、二也、十七年弑忽立子亹、三也、十八年齊殺子亹、
祭仲立子儀、四也、莊十四年厲公殺子儀復歸、五也、

男女相棄。

箋、
曰
男女夫婦也、王風曰
室家相棄、文相變、

民人思保其室家焉。

箋曰、夫保室家、生
民之常也、兵革窮
民、淫風亂俗、夫婦衰薄、日以流亡、於是
民思保其室家也、焉字卷子古本作爾、

出其東門。有女如雲。

如雲・衆
多也、

雖則如雲。匪我思存。

不
思
存乎相
救急也、

縞衣綦巾。聊樂我員。

縞衣白色、男服也、綦巾蒼艾色、
女服也、願室家得相樂也、◯縞
古老反、綦巨基反、員音云、傳衣
字上色字、卷子本並傍書本無、
箋曰、女未嫁者之稱、如雲言遊女之衆多也、大雅祁祁如雲、世亂男女無別、
故處子出遊、治容作態也、箋云、如雲者、如其從風東西南北、心無有定、夫詩

義只詠其衆多、不暇問其心思、觀下文雖則如雲匪我思存可見、鄭加以從風等語、宋儒於鄭詩以淫奔概之、實濫觴於此、匪我思存、存・在也毛意謂、有女如雲、見棄既多、非己一人所能救恤、故其思不得存乎相救急、失詩人之旨、○縞衣綦巾、皆指婦人服也、觀下章縞衣茹藘聊可與娛語、義最爲分明、此承上雖則如雲匪我思存、言有縞衣綦巾者、聊樂我也、縞衣綦巾蓋女服之賤陋者、猶後世云荊釵布裙也、戰國策云、强弩之餘、不能穿魯縞、然則縞是薄繒、不染故色白也、王制・殷人縞衣而養老、鄭注云、殷尙白而縞衣裳、是縞衣白色也、綦、說文作綥、云帛蒼艾色、从糸畀聲、詩曰縞衣綥巾、未嫁女所服、馬瑞辰曰、毛傳以縞衣爲男服、於經義未協、縞衣亦未嫁女所服也、夏小正、八月玄校、傳玄也者黑也、校也者若綠色然、婦人未嫁者服之、今按、校之言皎、謂白色也、婦人未嫁服校衣、正縞衣爲未嫁女所服之證、若傳以校爲綠色、則誤以白爲黑矣、釋名綠衣、綠然色黑也、此綠衣色黑之證、玉藻、麛裘絞衣以裼之、絞亦皎然色白、猶夏小正玄校之校、謂縞衣也、與論語素衣麑裘取衣色與裘相稱者正合、馬說是也、綦者青色之小別、青而微白爲艾草之色也、巾・佩巾、卽紛帨也、禮婦人左佩紛帨、紛本作帉、楚謂大巾曰帉、帉以拭器、帨以飾手、皆巾也、內則子生、女子設帨於門右、注、帨・事人之佩巾也、士昏禮記・母送女施衿結帨、注、帨・佩巾、春秋傳・嬴氏曰、寡君之使婢子侍執巾櫛、衞定姜曰、余以巾櫛事先君、杜注、巾・拭手者、可見女子之事人、以巾帨爲重也、○聊樂我員、聊猶且也、出泉水篇、此欲求於賤之女以全伉儷也、賤之女不必好婦、特取其不以靚裝衒人耳、妙寫衰世之情、胡承珙曰、釋文・員本亦作云、商頌元鳥箋云、員古文作云、說文、員・物數也、云乃古文雲字、皆非語辭、但用爲語辭、則古人多假員字爲之、後人多假云字爲之、如秦誓若弗云來、衞包以前作員來之類、正義曰云員古今字者、以員爲古之借字、云爲今之借字也、小雅正月員于爾輻、傳云、員・益也、商頌景員維何、傳云、員均、又正月昏姻孔云、傳云、云・旋也、獨於此員字無訓、正義以爲助句辭者得之、楊升菴引秦誓雖則員然、石鼓文君子員獵・員獵員游爲證、是也安井氏曰、有女如雲、既相棄者也、而語其妻曰、此物雖粗賤、願得我二人者服之永相樂、不欲如夫如雲之女、自男言之、故云樂我員、傳意當如此、

出其闉闍。有女如荼。 闉・曲城也、闍・城臺也、荼・英荼也、言皆喪服也、 **雖則如荼。匪我思且。縞衣茹藘。聊可與娛。** 茹藘・茅蒐之染女服也、娛・樂也、○闉音因、闍音都、荼音徒、

箋曰、門之外有副城、回曲以障門、謂之曲城、說文闉下云、闉闍、城曲重門也、引詩出其闉闍、又闍下云、闉闍也、毛雖以曲城城臺、分釋闉闍、然臺在城門之上、亦卽繞于城門、故闉闍二字、當從許君倂言之、禮器・天子諸侯臺門、闍爲臺門之制、上有臺則下必有門、有重門則必有曲城、二者相因、出其闉闍謂出此曲城重門、故闉闍二字皆從門也、後世城門外別築偃月小城、以護城門、謂之甕城、卽古之闉也、闍者闉之門也、鄭讀闍爲都、謂國外曲城之中市里也、然出其闉闍、文義自通、不煩改讀、上章出門是出內城之門、此章闉闍是出外城之門、次第如繪、○有女如荼、箋云、荼・茅秀也、傳云、英荼也、安井

氏謂、英爾雅榮而不實謂之英之英、英荼卽茅秀也、鄭重釋之、非易傳也、是也、漢郊祀歌顏如荼、應劭曰、荼・野菅白華也、言奇麗白如荼也、師古曰、菅・茅也、言美女顏貌如茅荼之柔也、豳風傳、荼・萑苕也、疏云、茅・蘼之秀、其物相類、故皆名荼、夏小正、七月灌荼、灌・聚也、荼萑葦之秀、是茅秀爲荼、葦秀亦爲荼、葦之秀、通可稱荼、皆取色白爲義、釋草有荼苦菜、又有荼委葉、邶風誰謂荼苦、卽苦菜也、周頌以薅荼蓼、卽委葉也、鄭於地官掌荼注、及既夕禮注、與此箋皆云荼茅秀、然則此言如荼乃是茅草秀出之穗、非彼二種荼草也、茅之秀者、其穗色白、灌荼則有叢聚之象、故以喻衆麗人之粉面成隊也、吳語白常白旂素甲白羽之矰、望之如荼、韋昭注・荼茅秀、亦以白色爲如荼、與此傳同、但傳以如荼爲皆喪服、則下文當云雖則喪服・非我思所存救、於文義終不順也、○匪我思且、且・助語辭、與上章員、並以爲韻、去存一字、愈益厭之之意、鄭箋以且爲徂之省借、故云且猶存、釋文、且音徂、引爾雅徂存也之訓、正所以證明鄭義、其又云舊子徐反者、乃引他家舊音、讀且如既亟只且之且、蓋以爲助語辭耳、○縞衣茹藘、茹藘唯鄭詩二出、蓋其地多產之、茹藘染草、因之以爲所染之服名、猶韎爲茅蒐所染之韋矣、傳云染女服也、此以上章例之、知其亦女服耳、未確定其爲何物、鄭云染巾則亦例以上章意其爲巾也、馬瑞辰曰、爾雅釋草、茹藘茅蒐、李巡注、茅蒐一名茜、可以染絳、釋器・三染謂之纁、郭注、纁・絳也、是茹藘染絳卽纁也、士昏禮・女次純衣纁袡、茹藘所染當卽纁袡、方言・蔽厀・齊魯之郊謂之袡、釋名・韠・蔽也、所以蔽厀前也、婦人蔽絜亦如之、纚帞卽婦人蔽絜、方言又云、蔽絜、魏宋南楚之間謂之大巾、箋但曰茅蒐染巾、不言大巾、蓋泛言拭物之巾、說亦未確、○聊可與娛、比聊樂我員、語意愈益自安矣、釋文云、娛本亦作虞、文選羽獵賦注云、虞與娛古字通、

出其東門二章章六句

野有蔓草。思遇時也。君子之澤不下流。民窮於兵革。 箋曰、是時鄭有二君、狂童恣行、上澤不降、爲戰伐不息、故民卒困窮也、唐石經及摺本並無子字、 **男女失時。** 箋曰、三十不娶、二十不嫁也、民窮於兵革、男女失時、與上章序所云兵革不息男女相棄、民人思保室家同意、息兵革所以保室家也、左傳襄二十七年•鄭伯之享趙孟也•爲弭兵還享、故子大叔賦此以美趙孟、亦與序相合、 **思不期而會焉。** 箋曰、安井氏曰、思遇時思願逢遇明時也、後序君之澤不下流、民窮於兵革、男女失時、述所以思遇時、不期而會焉解遇字、而首序遇字、乃從經文邂逅相遇來、然則思不期而會焉、謂不期而際會於明君、思際會於明君、卽思遇明時也、春秋傳曰、不期而會曰遇、凡男女相會、未有不期者、鄘風桑中序曰期於幽遠、是也、此序云思不期而會焉、明明非男女之會也、特經以美人喩明君、而後序思不期而會焉、承男女失時之下、鄭因以遇時爲遇昏姻之時、不期而會爲仲春合男女之無

夫家者、遂致後儒疑後序爲講師所益、古書之不可草草讀過如此、胡承珙曰、太平御覽引韋昭答問云、時草始生而云蔓者、女情急欲以促時也、此漢晉人詩說、蓋出三家者、實爲朱傳之濫觴、然揆之經文、東門有聊樂之言、則於閔亂爲近、蔓草爲偕臧之語、則於遇時爲宜、故知毛詩所傳爲得其正、

野有蔓草。零露漙兮。興也、野、四郊之外、蔓、延也、漙、漙然盛多也、**有美一人。清揚婉兮。邂逅相遇。適我願兮。**清揚、眉目之間、婉然美也、邂逅、不期而自會也、適得其時願、◯

漙徒端反、延文本、傳間下有也字、楊本、自字時字俱無、卷子古本願字無、

箋曰、比也、草之所以能延蔓、被盛露也、民之所以能蕃息、蒙君澤也、詠蔓草零露者、與蓼蕭同義、喩君澤之下流也、喩諸侯則曰蓼蕭、蕭、香草也、喩庶人則曰蔓草、蔓草者衆無名之草、風人之託物、可謂精矣、釋文、漙本亦作團、藝文類聚卷八十一引正作團、文選謝靈運永初三年之郡詩、火閔團朝露、謝朓京路夜發詩、猶霑餘露團、謝惠連七月七日夜詩、團團滿繁露、江淹雜體詩、簷前露已團、李善注竝引詩零露團兮、此必六朝古本作團、說文、團、圜也、露上草成團如珠是曰團、重言之曰團團、故傳訓盛多也、◯有美一人、指明君、古人於君臣朋友間、每託言美人、以致流連想慕之意、簡兮詩西方美人可證、其餘國風及離騷、無不以懷君友、清揚婉兮、君子偕老傳曰、清、視淸明也、揚、眉上廣也、故此傳總之曰眉目之間、謂眉目都好也、然猗嗟首章曰美

目揚兮、次章曰美目淸兮、三章卽合之曰淸揚婉兮、是淸揚皆指目之美、此詩淸揚婉兮、義與彼同、不必如毛傳以揚爲眉、而指爲眉目之間也、方言、好目謂之順、燕代朝鮮洌水之間曰盱、或謂之揚、是好目爲揚之證、蓋目以淸明爲美、揚亦明也、淮南覽冥訓高注、揚・明也、是其證矣、○邂逅相遇、適我願兮、情事之妙、在一邂逅、喜出望外、蓋非常之人、往往得之于此、邂逅通作解覯、唐風綢繆詩見此邂逅、釋文云、本作解覯、是也、又作解構、淮南俶眞訓・孰肯解構人間之事、高注・解構猶合會也、是也、蓋凡君臣朋友男女之遇合、皆可言之、魏志崔季珪傳注、大丈夫爲有邂逅耳、亦是遇合之意、綢繆傳云解說、卽因會合而心解意說耳、韓詩云邂覯不固之貌、則因不期而遇、卒然會合、故曰不固、後漢書閻后紀・安帝幸章陵、崩于葉、閻后與兄弟謀曰、今晏駕道次、濟陰王在內、邂逅公卿立之、還爲大害、此邂逅亦謂倉卒遘會、與韓詩不固之貌義近、餘詳綢繆篇、適猶當也、與己之願適相當、言膏澤下於民也、

安井氏曰、有美一人、以喩明君、未遇而云邂逅相遇、猶忽不娶齊女・而言有女同車、詩人願望之辭也、

野有蔓草。零露瀼瀼。瀼瀼・盛貌、**有美一人。婉如淸揚。邂逅相遇。與子偕臧。**臧・善也、

箋曰、婉如與夏如抑如句法一例、與子偕臧、詩人設爲國人相告之辭也、臧猶嘉也、小雅既見君子、庶幾有臧、

野有蔓草二章章六句

溱洧。刺亂也。箋曰、淫亂也、兵革不息。男女相棄。箋曰、省公子五爭句、而慝則與前序通、淫風大行。箋曰、夫婦相棄、則人情淫放、淫風流行、則夫婦恩薄、是互相爲本者也、莫之能救焉。箋曰、君防也、庶人水也、防壞而水從之、雖汎濫如之何哉、故不能救、桑中廣序起句曰、公室淫亂、結句曰不可止焉、與是全同、

溱與洧。方渙渙兮。溱洧・鄭兩水名、渙渙・春水盛也、士與女。方秉蕑兮。蕑・蘭也、女曰觀乎。士曰既且。且往觀乎。洧之外。洵訏且樂。訏・大也、維士與女。伊其相謔。贈之以勺藥。勺藥・香艸、〇延文本作維士與女方秉蕑兮、有一維字、渙呼亂反、勺時灼反、傳香草下有也字、

箋曰、渙・散也、氷泮水散、故曰渙渙、蓋瀰漫之意、溱洧詳褰裳篇、〇士與女方秉蕑兮、曰士曰女、皆旁觀者述之之辭、蓋叙其事、而可惡處使人自思、衞之桑中亦同、兩方字有方來未巳之意、早巳注下章殷其盈句、兩士與女之士女・泛指外人遊春者、女曰士曰之士女・是二人相語者、不當混說、秉・采而手

之也、蕑生於澤畔、澤陂云、彼澤之陂、有蒲與蕑、此詩之蕑、亦當生於溱洧之旁、此詩只是賦士女遊春耳、朱傳曰、鄭國之俗、三月上巳之辰、采蘭水上、以祓除不祥、此本韓詩傳、曰鄭國之俗、三月上巳、桃花水下之時、于溱洧兩水之上、招魂續魄、秉蕑草祓除不祥、此卽所謂祓禊、乃起于漢時、後謂之修禊事、今以言詩、蓋附會之說也、陳啓源曰、古香艸名、後人借以名他艸、相沿既久、遂執今卉、以實古名、此不可不辨也、古人最重蘭、左傳言其有國香、孔子以爲是王者之香、離騷咏之尤多、而兩見於詩國風、如鄭溱洧陳澤陂之蕑、毛公皆以爲蘭、是也、神農本艸謂之水香、陶氏別錄、名蘭澤艸、出都梁山、又名都梁香、本艸綱目以爲卽今省頭艸、然今之省頭艸、氣不甚佳、人亦莫珍、而古人顧重之如彼、此物性有變更耳、朱子楚辭辨證曰、黃魯直言、一幹一花而香餘者蘭、一幹數花而香不足者蕙、案本草所言之蘭、雖未之識、然云似澤蘭則處處有之、蕙則自爲零陵草、尤不難識、其與人家所種葉類茅·而花有兩種·如黃說者、皆不相似、大抵古所謂香草、必其花葉皆香、而燥溼不變、故可刈而爲佩、若今之所謂蘭蕙、則其花雖香、而葉乃無氣、其香雖美、而質弱易萎、皆非可刈而佩者也、胡承珙曰、正義引陸璣疏云、蕑卽蘭、香草也、其莖葉似藥草澤蘭、但廣而長節、節中赤、高四五尺、漢諸池苑及許昌宮中皆種之、可著粉中藏衣、著書中辟白魚、據此所言、毛詩之蕑、已極明晰、按其形狀、必非今之山蘭、惟寇宗奭朱震亨始以今之山蘭當之、李時珍歷引諸家之說、以正其誤、可爲定論矣、今更有可證者、神農本草經、蘭草在上品、澤蘭在中品、卽太平御覽引范子計然云、大蘭出漢中三輔、蘭出河東宏農、此其別也、今閩廣所產之蘭、不宜於西北、何由而入詩人之詠、晏子春秋云、今夫蘭本三年而成、湛之麋醢・而賈匹馬矣、家語作湛之以澠醑、既成則易以匹馬、注云、本・根也、投物水中曰湛、澄酒曰澠、以酒嗽口曰醑、姜氏廣義曰、夫惟蘭之根葉俱香、故投于酒而香洌、其貴敵匹馬、若今蘭之根、投之酒中、立見敗腐矣、可爲今蘭非古蘭之證、釋文云、蕳韓詩云蓮也、夫蕳與蓮是兩物、鄭箋澤陂云蕳當爲蓮、可證簡字不得訓蓮也、太平御覽引韓詩章句云、蕳・蘭也、是韓亦以蕳爲蘭、至釋文引韓詩作蕳蓮也、蓋釋澤陂詩有蒲與蕳、爲鄭箋所本、釋文誤移此章耳、若韓詩說以此詩爲三月上巳祓除、此時安得有蓮、此固可不辨而明者也、○女曰觀乎、遊於洧之外也、與下句映帶成義、士未誘女、而女先撩士、淫風大行故也、○士曰既且、且往觀乎、既且之且・與且往之且不同義、士曰既且、言士曰既觀也、且・語詞也、且往觀乎言姑往觀也、且・姑且也、女又言且往觀乎、洧之外洵訏且樂、士有外心、女猶要之、寫其善淫也、溱洧二水至新鄭已合流、故上言溱洧、下單言洧、訏言其土地信寬曠又樂、非一游可足也、首四句叙溱洧可樂之狀、中五句相勸誘也、卒三句既至之後事、○伊其相謔、贈之以芍藥、伊・是也、東山伊可懷也、正月伊誰云憎・皆同、芍藥之解、諸說不一、訓香草者是也、秉蕳・贈勺藥、事本相類、離騷之詠香草、蓋濫觴於此、疏云、今藥草芍藥無香氣、非是也、驗之吾邦、藥草芍藥當春水渙渙之時、抽苗僅三四寸、未堪以相贈、必非此物也、朱傳以爲三月開華、殆據閩中風土、非所以解鄭詩也、且古人以香草爲佩、取其柯葉之香、華不與焉、蓋佩欲其久、柯葉之香・雖鹹不歇、華則否矣、釋文引韓詩曰、勺藥離草也、言將離別贈此草也、崔豹古今注曰、芍藥一名可離、故將別贈以芍藥、猶相招則贈以文無、文無一名當歸也、正與韓詩以芍藥爲離草合、鄭箋云、其別則送女以勺藥、其義卽本韓詩、董逌因疑、勺藥是江離、江離香艸、見離騷、亦蘭之類也、別錄云、蘼蕪一名江離、芎藭苗也、本艸注言、未結根者爲蘼蕪、既結根者爲芎藭、大葉似芹者爲江離、細葉似蛇牀者爲蘼蕪、是三艸同類而稍別也、鄭箋又云結恩情者、以勺與約同聲、故假借爲結約也、勺有要結信約之義、則藥亦當从約爲葯、藥其假矣、古花草多取雙聲疊韵字爲名、單言之爲葯、重言之爲勺葯耳、陸疏以不知勺藥爲何草、惟引司馬相如子虛賦勺藥之和、揚雄蜀都賦甘甜之和・勺藥之美、以此知其爲和味之草而已、高誘注呂覽本生篇云、鄭國淫僻、男女私會于溱洧之上、有詢訏之樂・勺藥之和、亦當謂鄭詩之勺藥・爲香草之可以和味者、至枚乘七發云、勺藥之醬・張載七命云、和兼勺藥、文穎云、勺藥五味之和也、韋昭云、勺藥和齊酸鹹美味也、張衡南都賦云、歸雁鳴鵽香稻鰡魚、以爲勺藥、論衡譴告篇・猶人勺藥失其和、此皆爲調和五味之通名、與詩言香草者有別、蓋勺藥之言適歷也、適亦調也、與歷同、均調謂之適歷、聲轉則爲勺藥、然若但是五味均調、而曰贈之以調和、有是文義乎、

溱與洧。瀏其淸矣。瀏・深貌、 士與女。殷其盈矣。殷・衆也、 女曰觀乎。士曰既且。且往觀乎。洧之外。洵訏且樂。維士與

女。伊其將謔。贈之以芍藥。

○瀏音留、延文本、作士與女殷其盈矣、有一維字、

箋曰、說文、瀏、流清貌、瀏其狀其清也、水深故清、渙渙言水之盛、瀏清言水之美、秉蕑見其遊戲無別也、殷盈言游人之眾、而塡塞也、首章之趣、在二方字、卒章之趣、在瀏殷二字、兮矣相變處亦有趣、伊其將謔、將謔猶相謔也、尙書大傳、羲伯之樂舞將陽、將陽卽相羊之假借、朱傳云、將當作相、聲之誤也、未必然、箋云、將、大也、亦非、或曰、將方且也、較相字進一步、言方且相謔而未已也、此則可通已、

溱洧二章章十二句

箋曰、中井氏曰、論者多言、詩正者聲亦正、詩淫者聲亦淫、是論其大較則可、然未達于聲詩之精微、而有失於源委、蓋詩章與歌聲與樂音、各有不同也、夫制詩章在翰墨、而制樂音在金石、故舜聞六律八音、以在治忽、不聞先辨於詩章之邪正也、由此觀之、歌聲之雅淫、隨樂音而上下焉、所謂鄭聲者、合歌聲樂音言之、而樂音爲之本也、詩章則不與焉、今善調金石、使其音雅正、而歌詩以合之、歌聲未合者、務和之以比于樂音矣、詩章未協者、稍改定以就于歌聲也、則樂音一正、而歌聲亦正也、雖詩章有未正、而不能使音聲不正也、譬使后夔調金石、而歌桑中溱洧以合之、不合則已、合則歌聲亦正、終不能使后夔之音不正也、鄭衞之淫、亦在金石矣、乃歌關雎鹿鳴以合之、音淫而歌聲亦淫矣、故歌聲必比于樂音、隨而雅淫、

無自立辟也、詩章固無奈歌聲何、況於樂音乎、

鄭國二十一篇五十三章二百八十三句

箋曰、魏源曰、鄭衛皆以弱小、介強大之間、一迫於狄、一迫於伯、民歲受兵、而風俗淫佚、甲諸國者何、曰三河爲天下之都會、衛都河內、鄭都河南、故齊晉圖伯爭曹衛、晉楚圖伯爭宋鄭、戰國從橫爭韓魏、曹滅于宋、鄭滅于韓、衛河北故墟入趙、河內故墟入魏、皆異名同實、據天下之中、河山之會、商旅之所走集也、商旅集則貨財盛、貨財盛則聲色輳、蓋古時河北之妹邦邯鄲、河南之溱洧曹濮、其聲色藪澤乎、春秋時・車戰之法未亡、兵臨敵境、井堙木刊而止、所俘馘者皆臨陣禽戮之人、未有掠子女・括金帛・燬廬舍・驅牲畜之暴也、晉楚爭鄭十歲、十三受兵、皆取盟降服而止、非如狄人入衛、屠其君墟其國、遺民宵濟、渡河者男女僅七百・乘馬祭服魚軒牛羊豕雞狗皆貽自鄰國也、故鄭民之征役、不妨其游佚謔樂、而邶鄘衛詩亦皆作於河北故墟、未經狄亂以前全盛之時、自東徙渡河後、故墟久踞於狄、文公大布革車、無復妹邦流風餘韻、鄭則楚漢以後、滎陽京索間、久爲戰場、及隋開汴河以後、舟車皆集大梁、佳麗甲天下、而溱洧間榛狉曠莽、無復美人香草之風、豈非貨賄去而聲色隨之、地運遷變使然哉、春秋之鄭衛、亦猶後世之吳越、人物美秀而文、文采風流、照映諸國、故衛風莊姜定姜共姜許穆宋桓衛寡夫人・皆能以篇詠自達其情、而春秋時鄭歲歲

受兵、卒能以辭命自全於晉楚、廣谷大川異氣、民生其間、剛柔異俗、不競於武者、每嫺於文、宜鄭衞之詩、亹亹斐斐、皆善言情、豈盡風敎使然哉、曰、太公封於營邱、地潟滷、人民寡、於是太公勸其女工、極技巧、通魚鹽、則人物歸之、其後桓公管仲設女閭三百、以養游士、而齊民風之淫、不似鄭衞、田獵馳騁、有奮往之氣、卒爲伯國者何、曰、從來俗文而富者、其民易淫、鄭衞是也、俗武而富者、其民易鬬、齊晉是也、故歌詠莫富於鄭衞、而功利莫盛於齊晉、夫子嘗思用衞、又嘗思用齊、以聖人爲之、則皆可王也、導其血氣、而文以禮樂、返情於性、衞風可一變而二南、齊風可一變而豳岐、而惜乎無其會也、

毛詩會箋卷第四